半室斋文学论稿

⊙ 丁福林 著

凤凰出版社

图书在版编目（CIP）数据

半室斋文学论稿 / 丁福林著. -- 南京 : 凤凰出版社, 2014.11
ISBN 978-7-5506-1954-8

Ⅰ. ①半… Ⅱ. ①丁… Ⅲ. ①中国文学—古典文学研究—汉代—文集②中国文学—古典文学研究—魏晋南北朝时代—文集 Ⅳ. ①I206.2-53

中国版本图书馆CIP数据核字(2014)第248435号

书名	半室斋文学论稿
著者	丁福林
责任编辑	卞岐
出版发行	凤凰出版传媒股份有限公司 凤凰出版社(原江苏古籍出版社) 发行部电话025-83223462
出版社地址	南京市中央路165号,邮编:210009
出版社网址	http://www.fhcbs.com
经销	凤凰出版传媒股份有限公司
照排	江苏凤凰制版有限公司
印刷	江苏凤凰通达印刷有限公司 南京市六合区冶山镇,邮编:211523
开本	890×1240毫米 1/32
印张	13.75
字数	396千字
版次	2014年11月第1版 2014年11月第1次印刷
标准书号	ISBN 978-7-5506-1954-8
定价	68.00元

(本书凡印装错误可向承印厂调换,电话:025-57572508)

丁福林教授

丁福林教授和夫人

参加学术会议留影

丁福林教授全家合影

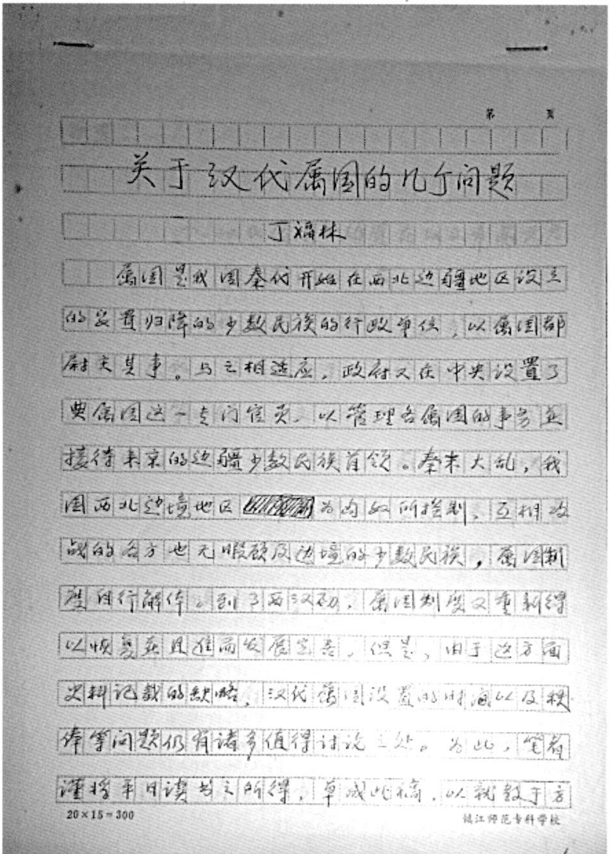
第　页

关于汉代属国的几个问题

丁福林

属国是我国秦代开始在西北边疆地区设立的安置归降的少数民族的行政单位，以属国都尉主其事。与之相适应，政府又在中央设置了典属国这一专门官员，以管理各属国的事务并接待来京的边疆少数民族首领。秦末大乱，我国西北边境地区为匈奴所控制，互相攻战的各方也无暇顾及边境的少数民族，属国制度自行解体。到了西汉初，属国制度又重新得以恢复并且得到发展完善。但是，由于这方面史料记载的缺略，汉代属国设置的时间以及职掌等问题仍有诸多值得讨论之处。为此，笔者谨将平日读书之所得，草成此稿，以就教于方

20×15=300　　镇江师范专科学校

著述手稿

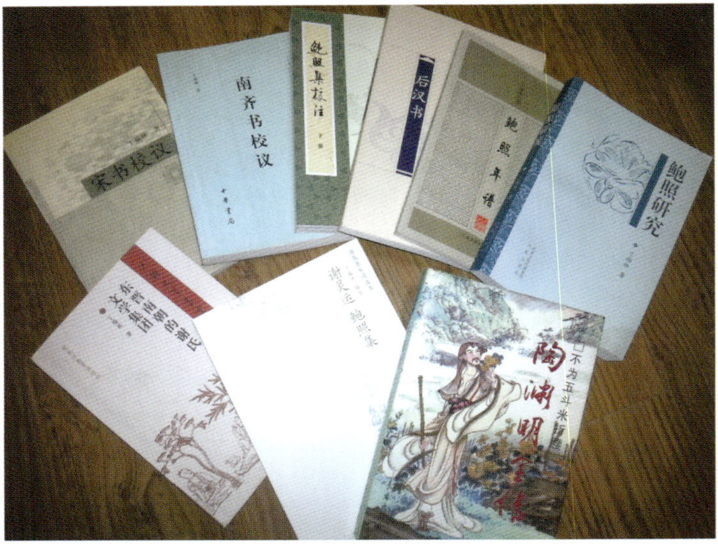

部分著述

目　录

论曹操的游仙诗

魏武帝曹操外定武功，内兴文学，不仅是一个杰出的政治家，军事家，也是一个著名的文学家，他“以相王之尊，雅爱诗章”①，一方面广泛收罗并优遇文士，一方面又身体力行，以他所特有的悲凉慷慨的笔调，写下许多优秀的诗篇，实录了汉末的动乱现实，表现出统一天下的雄心壮志和积极的进取精神。但是关于他游仙一类诗作的评价，却历来有着相当大的差异，一些论者以为曹操的这类诗作表现了较为浓厚的消极情绪，反映了诗人的思想矛盾，而近来一些曹诗的研究者则认为这类诗作也是诗人“积极进取精神的表现”②，甚至是“直接批判迷信思想的”③。笔者以为，对曹操的这类诗作作出公允客观的评价，不仅有助于我们正确评价他文学上的成就，也有助于我们准确评价这一历史人物。故不揣鄙陋，略作论述，以就教于大方之家。

一、曹操游仙诗写作年代辨

要准确把握曹操游仙诗的真实内涵，笔者以为首先需要清楚他这一类诗作的创作时间。因为解决了这些诗作的创作时间，才能了解当

---

① 《文心雕龙·指瑕》。

② 陈飞之、何若熊《曾操的游仙诗》，《学术月刊》1980 年 5 期。

③ 郭璞《谈曹操的游仙诗》，《艺谭》1982 年 3 期。

时的社会状况，并进而了解曹操创作这些诗歌时的思想状况。这样评价曹操的这一类诗作才能落在实处而不至于流于空泛。综观曹操的游仙诗作，现今传世的共有七首，即《气出唱》三首，《秋胡行》二首，《陌上桑》和《精列》各一首。其《气出唱》三首之一有云："奉持行，东到蓬莱山，上至天之门，玉阙下引见得入，赤松相对，四面顾望，视正焜煌。开王心正兴，其气百道至。传告无穷闭其口，但当爱气寿万年。"《陌上桑》云："驾虹晲，乘赤云，登彼九疑历玉门。济天汉，至昆仑，见西王母谒东君，交赤松，及羡门，受要秘道爱精神。食芝英，饮醴泉，柱杖桂枝佩秋兰。绝人事，游浑元，若疾风游欻飘翩。景未移，行数千，寿如南山不忘愆。"《精列》诗有云："愿螭龙之驾，思想昆仑居。思想昆仑居，见欺于迂怪，志意在蓬莱。周孔圣徂落，会稽以坟丘。"这些诗作，从总体上说结构比较松散，章法也显得颇为零乱，失去了他抒情诗激动人心的铿锵旋律和慷慨悲凉的风格。对于这点，论者看法基本一致，包括曹操游仙诗的赞赏者们似乎也并未提出不同之看法。陆侃如、冯沅君《中国诗史》曾因为这类诗作艺术上的拙劣，而以为它们是曹操早期艺术上尚未成熟时期的作品，说：

> 曹操的乐府大约可分两个时期，第一时期是模拟古乐府的，第二时期是藉乐府以说自己的话的。……最初，自然不免从模拟入手，这第一期的乐府，形式是杂言的，内容是游仙的。……到了后来，技术上渐渐进步了；……于是便进入第二期。①

他们对曹操游仙诗作在艺术上并不成熟的看法，无疑相当准确。但是，他们以为这些诗作创作于作者的早期，却明显有失偏颇。这在之前，黄节经过具体的分析后曾经指出，《秋胡行》二首乃建安二十年(215)诗人六十一岁高龄时的作品②，证据凿凿，无可辩驳。而《精列》一诗，陈祚明《采菽堂古诗选》论此诗以为诗人作此诗时，"当年暮之感，徘徊于心"。

---

① 陆侃如、冯沅君《中国诗史》，作家出版 1956 年版。

② 黄节《魏武帝魏文帝诗注》，人民文学出版社 1958 年版。

从诗的具体内容看,陈祚明的这一认识无疑是相当准确的。因此,此诗也就必然是曹操晚年的作品。其余四首,目前虽然尚不能具体地确定它们的创作时间,但此四首诗作所表现的内容以及反映出的作者思想感情也都和上面三首相近。如朱乾《乐府正义》论《精列》诗时,即以为此诗"合前《气出》篇,言神气无时而亡,精血有时而坏"。这也就是说,朱乾以为《气出唱》三首与《精列》诗流露出了同样的情感基调。因此,《气出唱》三首应该是与《精列》及《秋胡行》二首属于同一时期的作品。综上所述,曹操现今传世的游仙诗当为诗人后期的作品无疑,以为这几首诗作为作者前期作品的说法并不能成立。陆、冯二先生仅仅从艺术创作的优劣而作出的结论,显然有欠妥之处。

二、曹操游仙诗创作于晚年的原因

曹操的一生,以建安十三年(208)的赤壁之战为界,可以明显分为两个时期。在建安十三年五十四岁以前,可以说是曹操政治生涯中的上升阶段。他二十岁时即"举孝廉为郎"①,从而走上了政治道路,此后通过镇压黄巾起义以及军阀之间的相互攻战,逐步成了汉末拥有强大军事力量并独霸一方的主要割据者之一。建安元年(196)他奉迎汉献帝到许昌,自此控制了中央政权,得以挟天子以令诸侯,"奉国威灵,仗钺征伐"②,先后消灭了吕布、袁术、袁绍、刘表等割据势力,平定了三郡乌桓的叛乱,成了我国北方的实际统治者。当他全盛之时,如苏轼《赤壁赋》所称:"酾酒临江,横槊赋诗,固一世之雄也。"因此,在建安十三年赤壁大战之前,可以说是曹操在心理上志满意得,踌躇满志,感情上意气风发,睥睨一世之时。这一时期,他诗作中所表现出来的也正是强烈的进取精神和统一天下的雄心壮志。如他在建安十一年(206)五十二岁时出邺城,取道河内征讨高干的行军途中,虽然要经过高峻的太行山中"车轮为之摧"的盘旋曲折的羊肠坂,而且又时值冰天雪地的北国初

---

① 《三国志》卷一《魏志·武帝纪》。

② 曹操《让县自明本志令》。

春，可是他在当时所作的《苦寒行》诗中，流露出来的并不是个人得失和对征途艰险的感叹，而是通过行军途中环境的艰险以表现他深切的忧国忧民之思，反映了长期动乱所造成的社会残破和荒凉凄惨景象。诚如方东树《昭昧詹言》所云："取境阔远，写景叙情，苍凉悲壮。"又如他在建安十二年（207）五十三岁时，堑山堙谷，北征三郡乌桓时，遭遇到了"河朔隆寒，流澌浮漂，舟船行难。锥不入地，豐藾深奥。水竭不流，冰坚可蹈"的艰难险阻[①]，但他此时所作的《步出夏门行》诗四首，则表现出了积极的乐观主义情调。其中《土不同》一首在"心常怨叹，戚戚多悲"的感叹之中，却透露出一股超拔的气势，"虽悲戚，却并不颓废"[②]；在《龟虽寿》一首中，甚至还高昂地唱出了"老骥伏枥，志在千里。烈士暮年，壮心不已。盈缩之期，不但在天。养怡之福，可得永年"这样激情奋发，显现出积极进取精神的诗句；而《观苍海》一首中的"秋风萧瑟，洪波涌起。日月之行，若出其中。星汉粲烂，若出其里"，更表现了他开阔博大的胸怀和雄壮宏伟的气魄，对前途充满了无比的自信。上述诗作所表现出的诗人积极乐观的思想情感，应该说和他当时事业上的成功有着不可分割的关联。

建安十三年赤壁之战失利之后，曹操在政治上和军事上已不再如以前那样一帆风顺，三国鼎立局面的形成，使他在心理上受到沉重的打击。此后，他又曾经于建安十八年（213）、十九年（214）和二十年（215）接连三次亲征东吴，但都一无所得，无功而返。从此，他便清楚地意识到已经失去了由他亲手统一天下的可能，所以当他受到在荆州的刘备部将关羽的威胁时，由于军事实力上已经大不如前，乃至产生了"徙许都以避其锐"的打算。诚如《资治通鉴》卷六十八载建安二十二年刘备谋士法正所说："曹操一举而降张鲁，定汉中，不因此势以图巴蜀，而留夏侯渊、张郃屯守，身遽北还，此非其智不逮，而力不足也。"建安二十四年（219），他更被刘备夺去了战略要地汉中，折损了大将夏侯渊，势力日蹙。而更为严重的是，除了军事上的挫折以外，他在政治上又受到了来

① 曹操《步出夏门行·土不同》。
② 郑振铎《插图本中国文学史》，人民文学出版社 1957 年版。

自各方面的压力，其中特别是曹操集团内部的压力。如曹操集团内部在对他企图代汉自立这一点上，就产生了较大的分歧。建安十七年(212)曹操五十八岁时，曾大会文武，指使军师祭酒董昭提议尊自己为魏公，但当场就遭到了他最为倚重的谋臣荀彧的反对，结果不得不忍痛逼荀彧自杀；建安二十一年(216)他六十二岁时，逼迫汉献帝进封自己为魏王，他的重要谋士崔琰当场就有讥讽的表示，另一重要谋臣毛玠也流露出明显的不满情绪，因此他又不得已而杀崔琰，逐毛玠，以严酷的杀戮政策来清除这些阻碍他政治上代汉称帝的障碍。此外，一些忠于汉室的官员也在时时策划图谋推翻他的统治，建安二十三年(218)他六十四岁时，就曾经发生了少府耿纪、丞相司直韦晃、太医令吉本等人率众千余，企图奉汉献帝以攻曹魏的武装政变；建安二十四年(219)又发生了相国西曹掾魏讽等人聚集人众，谋图发动武装政变的事件。以上这些可谓内忧外患的政治事件都不可避免地使他在心理上受到极大的打击，从而产生某种消极的情绪。

建安二十二年(217)，在他统治区的中心还发生了一次大规模的瘟疫，这次瘟疫涉及面极为广泛，达官贵人多有染疫而丧身者，曹植在他的《说疫气》一文中说当时，“家家有僵尸之痛，室室有号泣之哀，或阖门而殪，或覆族而丧”，当时曹氏集团中的著名文士除阮瑀早逝而外，其余王粲、刘桢、徐干、陈琳、应玚等人皆丧生于这次瘟疫，这对当时已经是六十三岁高龄的曹操来说，无疑会在心理上受到了巨大的震动，自然地产生兔死狐悲的伤感和恐惧。在这种内外交困，心力俱疲的状态之下，伴随着死的恐惧和对生的渴望，自然就会产生出对神仙幻境的追求和渴望。这种情感反映到文学创作上，使他在诗作中流露出某些消极颓废情绪也就成了必然之事，这也是一个封建时代的满脑子充满功利主义政治家的必然的情感流露。以上这些，正是他游仙诗作产生于晚年的根本原因。

曹操的消极颓废情绪，其实并不仅仅表现在他晚年的游仙诗作之中，他作于建安十八年(213)的《短歌行》二首，这种情绪就已经有所流露，虽然表现得并不明显。其中“对酒当歌”一首，总的说来表现了他求贤士以建立功业的宏大抱负，全诗的基调也是积极和健康的，但“对酒当歌，人生几何，譬如朝露，去日苦多。慨以当慷，忧思难忘。何以解忧，唯有杜康”等句，感叹时光流逝，人生朝露，功业未就，也表现出了某种消极伤感的情调，并经常被后世一些在困境之下产生消极情绪的文人加以引用和发挥，也是无法回避的事实。朱嘉征《乐府广序》论曹操游仙诗《秋胡行》时说：

《秋胡行》歌“晨上”，思治也。武帝有大一统之志，尔时三分之业已定，自苦年力不逮，是其遗恨。读“去去不可追，长恨相牵攀”，“爱时进趣，将以惠谁”，寄托益远矣。

朱氏所云曹操此诗“自苦年力不逮”，可谓一语中的，揭示了他游仙诗写作的根本原因之所在。因此我们可以说，曹操游仙诗的出现，正是他晚年对功业未就、年力不逮的感叹，是他欲完成统一大业而难以实现时发出的哀音，也是他受到挫折后心力俱疲时消极情绪的自然流露。

三、曹操游仙诗的内容与实质

《气出唱》三首与《陌上桑》正面写与神仙的交往，在《气出唱》中，诗人想象着驾驭神龙，乘风云在四海八荒之外，在天帝的宫廷之中任情遨游，想象着在泰山、华阴山、昆仑山、君山等一系列神山仙境随意出入，在这些凡人不可企及的环境里与仙人王乔、赤松相交游，与玉女仙童相嬉戏，与西王母以及众仙灵共行觞，同欢乐。在神仙境界中，他忘却了一切的烦恼和人世间的纷争，心情恬淡，养气自守，他渴饮神山的玉液琼浆。饥餐仙府的灵丹妙药，唯一的愿望就是能够生长不死，万寿无疆：

驾六龙，乘风而行。行四海外，路下之八邦。历登高山，临溪谷。乘云而行，行四海外，东到泰山，仙人玉女，下来遨游。骖驾六龙，饮玉浆，河水尽，不东流。解愁腹，饮玉浆，奉持行，东到蓬莱山，上至天之门。玉阙下，引见得入，赤松相对，四面顾望，视正焜煌。开王心正兴，其气百道至。传告无穷闭其口，但当爱气寿万年，东到海与天连。神仙之道，出窈入冥，常当专之，心恬淡，无所愒欲，闭门坐自守，天与期气。愿得神之人，乘驾云车，骖驾白鹿。上到天之门，来赐神之药。跪受之，敬神齐，当如此，道自来。（“驾六龙”）

华阴山，自以为大，高百丈，浮云为之盖。仙人欲来，出随风，列之雨，吹我洞箫鼓琴瑟。何訚訚，酒与歌戏，今日相乐诚为乐。玉女起，起舞移数时，鼓吹一何嘈嘈，从西北来时。仙道多驾烟，乘云驾龙，郁何蓩蓩，遨游八极，乃到昆仑之山，西王母侧，神仙金止玉亭。来者为谁，赤松王乔，乃德旋之门，乐共饮食到黄昏。多驾合坐，万岁长，宜子孙。（“华阴山”）

游君山，甚为真，崔嵬砟硌，尔自为神。乃到王母台，金阶玉为堂，芝草生殿旁。东西厢，客满堂，主人当行觞，坐者长寿遽何央，长乐甫始宜孙子，常愿主人增年，与天相守。（“游君山”）

在以上三首诗中，诗人对人生寿命有限的看法，已不再像《步出夏门行》那样的以为人的成败、祸福、寿夭等不由天定，而是可以通过人为的积极努力来加以改变了，先前的那种“烈士暮年，壮心不已”的老当益壮的积极进取精神，那种睥睨一切的宏伟气魄和力图统一天下的雄心壮志也已消失殆尽。老庄的消极虚无思想从而占据了上风，对生命的来日无多深感苦闷和忧愁，将解决矛盾的希望，完全寄托在使人长生不死的“神药”和“玉浆”上，并表示要对“神仙之道”而“长当专之”，追慕神仙幻境，显示了浓厚的消极情绪。

《陌上桑》诗云：“驾虹蜺，乘赤云，登彼九疑历玉门，济天汉，至昆仑。”所写的内容和形式都与《气出唱》三首极为相似，其中“绝人事，游浑元，若疾风游欻飘翩”，情调较之《气出唱》又要更为消极，自然也就谈不上有什么“积极的进取精神”了。以上四首是曹操游仙诗的基本类型，它们主要在于对神仙幻境的追慕，抒发人生无常的悲感，最终归结为“寿如南山不忘愆”，长生不死。如果不是为故意拔高而穿凿附会的话，这类诗是没有什么积极的情调可言的。

《秋胡行》二首和《精列》为曹操游仙诗的另一类型，据黄节《魏武帝诗注》考证，《秋胡行》二首为诗人建安二十年三月西征张鲁途中，自陈仓出散关时所作。这次行军途中所经历的艰难险阻，其实比不上他建安十一年出邺城，北度太行山征讨高干和建安十二年出卢龙塞外，北征三郡乌桓时的艰难，但是《秋胡行》的内容和情调却和上两次征讨途中所写的《苦寒行》及《步出夏门行》大相径庭了。在《秋胡行》二首之一的"晨上散关山"诗中，诗人竭力渲染征途的艰难和环境的险恶，所谓"牛顿不起，车堕谷间"，表示了"意中迷烦"的迷惘和苦闷之情，同时又假托三老公问语："谓卿云何困苦以自怨，徨徨所欲，来到此间。"甚至对自己的这次出征表示某种程度的悔意，对不能追随"道深有可得，名山历观，遨游八极，枕石漱流饮泉。沉吟不决，遂上升天"的三老公而深感惋惜，从而发出"去去不可追，长恨相追攀。去去不可追，长恨相追攀。夜夜安得寝。惆怅以自怜"的感慨。在二首之二"愿登泰华山"诗中，他进而表示了要遨游神山仙境的愿望，感叹"壮盛智慧，殊不再来"，痛惜人生的短暂，企羡天地神仙的久长，故而欲"飘繇八极，与神人俱。思得神药，万岁为期"，希望"爱时进趣"，患得患失之心理充满全篇。甚而还发出了"存亡有命，虑为之蚩"的感叹，以为人的祸福存亡由命运支配，一切人为的思虑和努力则是无知和愚蠢的，表现出了相当明显的宿命论思想。当然，在他的这类诗中，间或也有一二较为积极的诗句，如《秋胡行》之"不戚年往，忧世不治"，《精列》之"陶陶谁能度，君子以弗忧"等。除了求仙而外，这些诗中时而还表现了其他的内容，如黄节注《秋胡行》就以为此诗"盖有求贤"之意，但是我们评价一篇作品，应该看其主要倾向，而不能一叶障目，抓住其中的一二句而任意夸大其辞。陈祚明《采菽堂古诗选》论《秋胡行》二首说：

一首戚然兴感，生此彷徨，意亦自叹。沉吟之累，升天难期，盖决绝始能蹈遐，沉吟不免羁绊。"遂上"之云，情知近诬，固定爱勋名，归于霸业。齐桓自拟，已矣终焉。二首浩然远怀，始信旋疑，猝恐难至，得之未闻。且复上惑前哲，庶以寿考，聊复乍顾。今兹因宝身贵人，慕名戚世，年往勿顾，竟以建树为期，而永念后来，岁道

> 奄忽，几何壮盛，终用萦情。故首章自升仙而归于时业，次章自时业而悼于人生，会味其旨，总归“沉吟不决”四言而已。

论《精列》诗说：

> 仙人不可得学，托之于不忧，然年暮之感，徘徊于心。“时过时来微”，玩景之悲，造语不近。

这一评论，可谓深得诗人之本心，也就是说诗人之“不忧”是假，托之不忧方是真，“不戚年往”是假，戚戚于年往才是真。它们虽然也表现出了求贤的愿望，表现出了对统一大业的追求，但与《短歌行》“对酒”篇不同的是，写这类诗作时的曹操，消极忧惧之心已经占据了主导。它们充分表现了世易时移，诗人前后思想的差别，也反映了诗人晚年欲完成统一大业但却受到种种阻碍时，目标不能实现的复杂矛盾的心理状态，这正是他游仙诗创作的实质所在。

需要指出的是，对曹操游仙诗的上述理解，并不会降低他的诗歌成就，相反却能帮助我们了解他思想上的复杂性，并全面完整地认识和评价这个封建时代杰出的政治家和文学家。《三国志・魏武帝纪》裴松之注引张华《博物志》说曹操：“又好养性法，亦解方药，招引方术之士，庐江左慈、谯郡华佗、甘陵甘始、阳城郗俭，无不毕至，又习啖野葛至一尺，又得多少饮鸩酒。”可见他平时就颇为致意于长生之术，这应该正是他晚年遭到挫折时创作游仙诗的思想基础。诗中津津乐道、一意追求“神药”、“玉浆”的实质和秦皇武汉的寻求仙人长生不死之药并无二致。作为一个封建时代的政治家，他在事业顺利时，会有“志在千里”的壮志雄心；在受到挫折后个人目的不能实现时，又会有“绝人事，游浑元”之类的叹哀。这和曹植、郭璞等人“坎壈怀忧、非列仙之趣”的游仙诗完全不同，不可相提并论。曹道衡先生在《郭璞和游仙诗》（载《社会科学战线》1983 年第 1 期）一文中指出：

> 甚至像曹操那样的政治家兼诗人，在他所拟作的乐府诗中，写

> 到游仙时，也不过是追求成仙和长生。因此，如《气出唱》、《精列》等诗，在他的作品中，均非上乘。他这些诗的内容，有些与《太平经》中所讲的仙人相似。这可能和东汉后期的某些思潮有关。另外，曹操本人对求长生恐怕也颇感兴趣。……他几首讲到仙人的诗，也可能是沿袭汉乐府的题材，所以跟郭璞等人的《游仙诗》的倾向不大一样。

这应该是对曹操游仙诗的非常准确和中肯的评价了。

综上所述，曹操整个游仙作诗的基本情调是消极的，某些地方甚至表现出了较为浓厚的悲叹人生无常。追慕神仙幻境的颓废情绪和宿命论思想，表现了他晚年思想上的复杂和矛盾。只有认识到这一点，我们对他在天下三分形势已定，全国尚未统一，内部意见又不统一的情势之下，于建安十八年匆忙自立为魏公并加九锡，建宗庙社稷；建安十九年进位诸侯王之上，二十一年又进爵为魏王，服饰器御全用天子之制的举动才能清楚地理解；对于他屡次下诏求贤，同时又逼死荀彧、赐死崔琰，黜逐毛玠的行为才能有充分的认识。同时，正确理解曹操的游仙诗，对全面评价曹操这一历史人物也会有较大的参考价值。

建安文学五题

一、曹丕《黎阳作》诗三首写作时间考

魏文帝曹丕《黎阳作》诗三首，清初著名思想家王夫之曾给予了极高的评价，云其"纵横成文，伤悲之心，慰劳之旨，皆寄文句之外。一以音响写之，此公子者，岂不允为诗圣"①。此诗之创作时间，黄节于《魏武帝魏文帝诗注》论之曰②：

> 《魏志》：建安四年秋八月，公进军黎阳。七年，绍死，小子尚代谭，自号车骑将军，屯黎阳；秋九月，公征之。八年春三月，大破之，谭、尚夜遁；夏四月，进军邺；五月，还许，留贾信屯黎阳；八月，谭、尚争冀州，谭败乞降，公许之，引军还；冬十月，到黎阳。九年二月，尚复攻谭，留苏由、审配守邺，公进军到洹水，由降；八月，邺定。《魏志》所言用兵于黎阳者止此。皆在魏武未定邺以前。此诗言"朝发邺城，夕宿韩陵"，行行乃到黎阳，是定邺以后，由邺出师黎阳，与前此之屯黎阳，而进军于邺，其形势不同。知文帝此作，不在武帝时也。且诗云："我独何人，能不靖乱。"亦非五官将之言，盖必

---

① 王夫之《古诗评选》卷二，张国星点校，河北大学出版社 2008 年版。

② 黄节《魏武帝魏文帝诗注》，人民文学出版社 1958 年版。

为文帝即位以后作也。但考《魏志》,文帝在位七年,并无用兵黎阳之事。则此诗之作,未能断其为何年矣。

陆侃如《中古文学系年》①、张可礼《三曹年谱》②则皆未予此诗系年,当是未能定其所作之年。今不揣冒昧,参照黄氏考释,又傍及其时史实,对此诗之创作时间推断如下。

黄节据建安时曹操用兵邺城屯驻黎阳之情势并参合曹丕此三首诗之内容,推定此三首诗之作必在曹操卒后,所论甚为精当。寻《黎阳作》其一有云:"在昔周武,爰暨公旦。载主南征,救民涂炭。"借周武王为周文王木主,载于车中以伐纣之典,比喻自己此次用兵出征,亦可为黄节论断之补充,说明诗乃曹丕继曹操而为魏王之后有所征讨而作。今据《三国志》卷一《魏武帝纪》,曹操卒于建安二十五年(220)春正月庚子,则此诗之作必在建安二十五年正月以后。

据《续汉书·郡国志二》,黎阳与邺城是时皆属冀州魏郡。黎阳即今河南浚县,邺城之地理位置则在今河北临漳县西南。曹操自建安九年(204)破袁尚夺取邺城之后,乃以之为根据地。建安十八年(213),曹操以冀州之河东十郡为魏公,即以邺为魏都,凡所征伐,多始发于此,事定即还邺。及曹操卒后,曹丕继立,数月后遂代汉称帝并移魏都于洛阳,此后之征伐事宜则皆发自洛阳,无有发自邺城之可能。而此诗其一云:"朝发邺城,夕宿韩陵。"即明言此次出兵发自邺城者也,故黄节乃云此诗"由邺出师黎阳"者耳。由此,此诗之作又在曹丕移都洛阳之前。

又考之此诗其三有"千骑随风靡,万骑正龙骧。金鼓震上下,干戚纷纵横,白旄若素霓,丹旗发朱光"数句,黄节注云:"汉上火,为赤;魏上土,为黄。见文帝黄初元年(按:即汉建安二十五年,延康元年,220)《定服食诏》及《改雒为洛诏》。此曰'丹旗',仍汉帜也,以时考之,当在延康元年受禅之前。"亦明确指出此诗之作乃在魏文帝移都洛阳之前。今据《三国志·魏文帝纪》及《后汉书·孝献帝纪》,汉建安二十五年正月曹

① 陆侃如《中古文学系年》,人民文学出版社 1985 年版。

② 张可礼《三曹年谱》,齐鲁书社 1983 年版。

操卒后，曹丕即嗣位为丞相、魏王，尊王后为王太后；三月，改元延康元年；十月筑坛于繁阳，升坛即祚，代汉称帝，改延康元年为黄初元年；十一月，以河内之山阳邑万户奉汉献帝为山阳公；十二月，营建洛阳宫室并由邺城移都洛阳。由是观之，此诗之作乃在黄初元年十二月之前。

据《三国志》所载，曹丕于此诗所作之上下限之间曾有过一次军事行动，《魏文帝纪》云："（延康元年）六月辛亥，治兵于东郊。庚午，遂南征。"裴松之注引《魏略》云："王将出征，度支中郎将新平霍性上疏谏曰：'臣闻文王与纣之事，是时天下括囊无咎……而今创基，便复起兵，兵者凶器，必有凶扰，扰则思乱，乱出不意。臣谓此危，危于累卵。……'奏通，帝怒，遣刺奸就考，竟杀之。既而悔之，追原不及。"皆记其事。又考之《三国志》各纪传，此次曹丕南征乃往征孙权，其行军路线大致如下：是年六月庚午发自邺城南行，大军行经黎阳，又由荡阴（今河南安阳）而南，历二十四日，于七月甲午，军次于谯（今安徽亳县）。大飨六军及谯父老百姓于邑东。因孙权"遣使奉献"求和，故不复继续前行，南征遂止，即此次出兵乃有名而无实。此后即回师转道而西，十月行经曲蠡，于繁阳（今河南临颍）筑土坛称帝。是黄节以为魏文"无用兵黎阳之事"者，殆失考。由此，《黎阳作》诗三首必为此次行军途中经黎阳时所作，时间在延康元年（220）六七月之间。

据顾祖禹《读史方舆纪要》卷四九《河南四·彰德府·安阳县》，韩陵山在安阳（今河南安阳）城东北十七里，地近邺城，故此诗其一有"朝发邺城，夕宿韩陵"之句。又黄节注引《水经注》云："洹水东北流，经邺城南。"故此诗其二又有"遵彼洹湄，言刈其楚"之句。黎阳地在韩陵之南，故诗其三又有"经历万岁林，行行到黎阳"之句。见三诗之所言，与此次曹丕征吴之行军路线正为相合。《三国志》卷二《魏文帝纪》云："延康元年……五月戊寅，天子命王追尊皇祖太尉曰太王，夫人丁氏曰太王后。"因此，诗之三又有"追思太王德，胥宇识足臧"之句。又且是时曹操已死，曹丕嗣丞相、魏王位，而尚未代汉为天子，故此诗其一既云"载主南征，救民涂炭"，又云"我独何人，能不靖乱"，以领袖自谓；而诗其三又有"白旄若素霓，丹旗发朱光"之句，仍张汉帜也。即诗之所云，又与是时情势正相一致，以上皆可为此诗乃延康元年六七月间大军行经黎阳时所作之有力佐证。此诗黄节题注以为诗并非任五官中郎将时口气，因而遽断此诗“盖必为文帝即位后作也”，亦失考。盖是时曹丕虽已掌汉之实权，然却未即位为天子也。

又，六七月时正当夏末秋初之雨潦季节，因此，此诗其一又有“霖雨载涂，舆人困穷。载驰载驱，沐雨栉风”之句，其二有“殷殷其雷，蒙蒙其雨。我徒我车，涉此艰阻”之语，发苦雨之叹，又可为此诗作于延康元年六七月间之又一佐证也。

二、曹丕诗《十五》之写作时间考

《宋书》卷二十一《乐志三》、《乐府诗集》卷二十七皆载有曹丕《十五》诗一首，朱乾《乐府正义》（清乾隆五十四年秬香堂刻本）论之云：“《水经注》：魏文帝猎于大石山，虎超乘舆，孙礼拔剑投虎于是山。山在洛阳南。”《魏武帝魏文帝诗注》黄节云：“乾所云《水经注》，似证此诗为当时所作，意盖可从。若其以‘雉雊’、‘鸡呜’，谓指丁仪、丁廙、杨修之伦；‘虎啸’，指曹植，则凿矣。”皆以为此诗乃为孙礼拔剑斫虎事而作。今考之《三国志》卷二四《孙礼传》云：“明帝方修宫室，而节气不和，天下少谷。礼固争，罢役。……帝猎于大石山，虎趋乘舆，礼便投鞭下马，欲奋剑斫虎，诏令礼上马。明帝临崩之时，以曹爽为大将军，宜得良佐，于床下受遗诏，拜礼大将军长史，加散骑常侍。”则孙礼拔剑斫虎事乃在明帝曹叡时。是时文帝卒已久，朱乾所引之《水经注》或恐误明帝为文帝耳。黄节未细考而从朱乾所说，亦非是。由此，此诗必非为孙礼事而作也。陆侃如《中古文学系年》、张可礼《三曹年谱》皆未为此诗系年，或恐是已见此误之故尔。

考《三国志》卷十三《王朗传》云：“文帝即王位，迁御史大夫，封安陵亭侯。……及文帝践阼，改为司空，进封乐平乡侯。时帝颇出游猎，或昏夜还宫。朗上疏曰：‘夫帝王之居，外则饰周卫，内则重禁门。将行则设兵而后出幄，称警而后践墀，张弧而后登舆，清道而后奉引，遮列而后转毂，静室而后息驾，皆所以显至尊，务戒慎，垂法教也。近日车驾出临捕虎，日昃而行，及昏而反，违警跸之常法，非万乘之至慎也。’帝报曰：

‘览表,虽魏绛称虞箴以讽晋悼,相如陈猛兽以戒汉武,未足以喻。方今二寇未殄,将帅远征,故时入原野以习戒备。至于夜还之戒,已诏有司施行。’”而《十五》诗则云:“登山而远望,溪谷多所有。楩柟千余尺,众草芝盛茂。华叶耀人目,五色难可纪。雉雊山鸡鸣,虎啸谷风起。号罴当我道,狂顾动牙齿。”似自述其出猎之事者,即“时入原野以习戒备”而为游猎之事也,诗中“虎啸谷风起”等语,与王朗表之“车驾出临捕虎”亦正相一致,意诗乃其时所作。稽之《三国志·魏文帝纪》有“黄初元年十一月癸酉,……改相国为司徒,御史大夫为司空”事,则王朗由御史大夫而为司空在是时。又据《魏文帝纪》于此后所载之“是岁,长水校尉戴陵谏不宜数行弋猎,帝大怒,陵减死罪一等。二年春正月,郊祀天地、明堂。甲午,校猎至原陵,遣使者以太牢祠汉世祖”等事,则诗以作于黄初元年至黄初二年之间为近是。又考之此诗称众草盛茂,华叶耀目,似又在春日者。由此,此诗之作或在黄初二年(221)春。

三、王粲及曹丕《柳赋》之写作时间辨

建安诗人王粲及曹丕各作有《柳赋》一篇,缪钺《王粲行年考》系于建安二十年①,其云:

> 《艺文类聚》八十九载曹丕《柳赋》,序云:‘昔建安五年,上与袁绍战于官渡,是时余始植斯柳。自彼迄今,十有五载矣,左右仆御已多亡,感物伤怀,乃作斯赋。’按序云建安五年后十有五载,盖即本年所作。王粲亦同作。《艺文类聚》八十九引粲《柳赋》断句云:‘昔我君之定武,改天届而徂征。元子从而抚军,植嘉木于兹庭。历春秋以逾纪,行复出于斯乡。览兹树之丰茂,纷旖旎以修长。’元子即谓曹丕也。

① 缪钺《读史存稿》,三联书店1963年版。

此说一出，几成定论，俞绍初先生《王粲年谱》①，吴云、唐绍忠之《王粲年谱》②、张可札《三曹年谱》皆祖其说，以为此赋之作在建安二十年(215)。如吴云、唐绍忠《王粲年谱》云："二一五年（汉献帝建安二十年乙未）……粲作《柳赋》。(《艺文类聚》八十九载曹丕《柳赋》序云：'昔建安五年，上与袁绍战于官渡，是时余始植斯柳。自彼迄今，十有五载矣，左右仆御已多亡，感物伤怀，乃作斯赋。'粲《柳赋》文意与此相合。"而后出之陆侃如《中古文学系年》则系二赋为建安十九(214)年作，其云：

> 王粲、陈琳均有《柳赋》，但下年丕在孟津，粲、琳随操西征，故系于本年。

与缪钺建安二十年说相差一年，谁是谁非，须作进一步考实。

据《三国志》卷一《魏武帝纪》，建安二十年三月，曹操率军西征张鲁。是时出征，王粲随行，曹植《赠丁仪王粲诗》云："从军渡函谷，驱马过西京。"可为之证。而其年三月至秋末，曹丕则在孟津，有《与钟繇书》、《与吴质书》等文，见《三国志》卷一三《钟繇传》注引《魏略》及卷二一《王粲传》。至于是年曹丕在孟津，张可礼先生也是承认的，其《三曹年谱》云："(建安二十年)三月……曹丕在孟津，令曹植使人说钟繇让玉玦于丕。……(四月)曹丕在孟津，作《与吴质书》。……秋，刘桢有诗赠曹丕。《文选》卷二三载刘桢《赠五官中郎将四首》……诗当作于是年秋丕在孟津时。"寻刘桢诗有云："清风凄已寒，白露涂前庭。"乃秋末之景，即是年秋末曹丕尚在孟津也。而曹丕、王粲所咏之柳，乃建安五年所植于官渡者。今考曹丕赋云："上扶疏而孛散，下交错而龙鳞。"王粲赋云："览兹树之丰茂，纷旖旎以修长。枝扶疏而覃布，茎森梢于奋扬。"乃叙夏日森茂之柳。曹丕赋又有"于是曜灵次乎鹑首兮"之句，则必为五月所作者。这也就是说，建安二十年五月，王粲在曹操西征张鲁之军中而曹丕则在孟津，二人不可能同时作此赋，亦即缪钺等诸先生以赋乃建安

---

① 俞绍初《王粲年谱》，见俞先生点校《王粲集》之附录，中华书局1980年版。

② 吴云、唐绍忠《王粲年谱》，见吴、唐二先生《王粲集注》之附录，中州书画社1984年版。

二十年作之说颇为可疑。正由于此,俞绍初先生《王粲年谱》虽系赋于建安二十年而犹存疑问,其云:“是年三月曹操西征张鲁,由《从军诗》(“从军有苦乐”)可知粲从行,而曹丕则在孟津,未尝西征。……五月,曹操已由散关至河池,何以王粲是时随曹丕于官渡?颇费猜疑。”由此,俞先生乃假设云:是时“丕、粲同行过官渡,至孟津,丕留住,而粲则继续赶赴曹操军中?”然而这一论断亦难以成立。因为一方面曹丕与王粲同行过官渡至孟津后,曹丕留住而王粲继续从军的假设与时间不相合,盖曹丕三月时已在孟津,故不能五月尚在官渡而与王粲同作此赋也。另一方面,这一论断又与是时行军之地理位置大相径庭,因为曹操西征,必不能经官渡(在今河南中牟县境)而后至孟津(今河南孟津)也。

今考曹丕赋序云建安五年手自植柳,历十有五载而作此赋。故此二赋之作年自可由建安五年(200)顺推十五载而得。而是时计算年代之法,实首尾并计。如诸葛亮《出师表》云:“后值倾覆,受任于败军之际,奉命于危难之间,尔来二十有一年矣。”诸葛亮之为刘备所任在建安十二年(207),《出师表》则作于蜀汉建兴五年(即魏太和元年,227),此说历来皆无异议,是首尾凡二十一年。又如《三国志·魏武帝纪》载建安八年(203)秋七月令云:“丧乱以来,十有五年,后生者不见仁义礼让之风,吾甚伤之。”令中之“丧乱”,乃指汉中平六年(189)董卓引兵入洛阳,废少帝,杀何太后等事,是年迄于建安八年,首尾相加,亦正合十五年之数。这种推算法,缪钺等诸先生亦是承认的,如《三国志·王粲传》云:“建安二十二年(217)春,道病卒,时年四十一。”缪钺《王粲行年考》、俞绍初《王粲年谱》、吴云、唐绍忠《王粲年谱》等皆据之而以为王粲生于汉灵帝熹平六年(177)。又如张可礼《三曹年谱》系曹植《与吴季重书》于建安十九年,其云:《文选》卷四十二引吴质《答东阿王书》曰:“‘墨子回车,而质四年。’知质为朝歌长始于建安十六年,至是岁正四年,故系是书于此。”亦首尾并计之也。由此,自建安五年顺推十五载,曹丕、王粲《柳赋》之作实在建安十九年(214)夏日,作于建安二十年之说推算乃有误。

四、王粲《登楼赋》写作时间辩

王粲名作《登楼赋》，缪钺《王粲行年考》、陆侃如《中古文学系年》皆以为建安十一二年前后所作，俞绍初先生《王粲年谱》则以为乃建安十三年(203)作。今辩之如下：

俞先生《年谱》云："建安十三年戊子，……随曹操军往江陵，至当阳麦城，登楼作赋。"王粲所登之楼，乃荆州当阳麦城之城楼，此说以俞先生所言为详且可信，陆氏《系年》亦赞成之。今考之《三国志》各纪传，建安十三年秋七月曹操南征刘表；八月，刘表卒，子琮代领荆州，屯襄阳；九月，曹军至新野，刘琮举州降曹。于时刘备走夏口，曹操乃释辎重，轻车到襄阳，率五千精骑追之，于当阳长坂大破刘备军。时刘备众十余万，辎重数千辆，而一旦崩溃，备乃弃妻子，与诸葛亮、张飞等数十骑奔走。若王粲赋作于是时，则登麦城所见当是白骨纵横，遍野哀号之惨景。而赋则云："背坟衍之广陆兮，临皋隰之沃流。北弥陶牧，西接昭丘。华实蔽野，黍稷盈畴。"又云："虽信美而非吾土兮，曾何足而少留。"一片繁荣富庶之景象和对他乡富庶繁华的赞美，与当阳战时尸横遍野的惨破景象明显不相合。又且曹操于数十万军中简五千精骑追刘备，一日一夜行三百余里，乃追及于当阳之长坂，战争之紧张激烈可知，即王粲是时若随曹操大军道经当阳，又必不得有从容登城楼欣赏景物作赋之事，即便登楼亦必不可能有赋中"聊暇日以销忧"之句也。又且，刘琮举全荆之地降曹，王粲劝降之功莫大焉，《三国志·王粲传》自可为证，故而是时曹操乃辟其为丞相掾，并"赐爵关内侯"。其受关内侯之爵，诚如俞先生《年谱》所论"封侯之事当表奏许都，公文往返，须待时日，故粲之受封必不在襄阳"。然其为丞相掾，自又可于襄阳得之。退一步而言，王粲即使在襄阳未曾被曹操辟为丞相掾，而其以名公之孙，新遇英主，又有劝降之功，当时得到曹操的赏识和对前途抱有美好的希望则是肯定的，因此其时作赋亦必不至有赋中"惧匏瓜之徒悬兮，畏井渫之莫食"等语，"喻修身全洁，畏时君之不用也"(《文选》五臣李周翰注)，表现前途未卜，既有忧虑，亦有希求之心情。再则，是时曹操南征，赤壁大战之前破襄阳，下江陵，顺流而东，乘胜逐北，有席卷江东，吞并全国之势。王粲既归曹，复还故乡自为指日可待之事，而赋则有“悲旧乡之壅隔兮，涕横坠而弗禁”，“惟日月之逾迈兮，俟河清其未极”，“夜参半而不寐兮，怅盘桓以反侧”等语，表现出浓厚的欲归故乡而不能得之惆怅感伤，二者亦不相合。综上所叙，此赋之作必不在建安十三年秋王粲归曹操之后。

据《三国志》所载，曹操于建安十三年十二月兵败于赤壁，引军北还，王粲随之。今由此赋所述之登楼所见景象，以及“凭轩槛以遥望兮，向北风而开襟”、“风萧瑟而并兴兮，天惨惨而无色”等句，皆深秋之景，则此赋之作又在建安十三年之前。又据《三国志・王粲传》云：“年十七，司徒辟，……以西京扰乱，皆不就，乃之荆州，依刘表。”王粲因两京扰乱而避地荆州，时在汉献帝初平四年(193)，是年任司徒者为淳于嘉。此赋云：“遭纷浊而迁逝兮，漫逾纪以迄今。”自初平四年(193)越一纪而作此赋，则赋之作又在建安九年(204)之后。由此，此赋之作仍在建安十年(205)至十二年(207)之间。缪钺《王粲行年考》以为此赋作于建安十一二年前后，差为近是。但赋既然作于建安十年至十二年之间，则此赋又极有可能为建安十年所作，且又必不在建安十二年之后也，即《行年考》所论，亦有欠妥之处。

又按：曹操于此前破袁绍，取邺城，统一中原之势已定。然而建安十二年前，高干、袁尚犹在，三郡乌桓亦未平定。王粲不遇于刘表，久有归曹之心，故赋中乃有“俟河清其未极”之感慨，又有“冀王道之一平兮，假高衢而骋力”之希冀，亦为赋作于建安十年(205)至十二年(207)间之佐证。

五、吴质事迹钩沉

吴质字季重，建安时期著名文学家，与曹丕、曹植兄弟交游甚密。后又参与曹丕与曹植兄弟争夺继承权之斗争，为曹丕所亲任，是曹丕政治集团中的重要成员之一。其事迹附见《三国志・王粲传》，然而所载则甚略，但云：“吴质，济阴人，以文才为文帝所善，官至振威将军，假节，

都督河北诸军事,封列侯。”吴质它事多散见,今将有关资料,稍作整理考实,并为《吴质年表》如下云:

《三国志·王粲传》裴松之注引《魏略》曰:“吴质字季重,以才学通博,为五官将及诸侯所礼爱。质亦善处其兄弟之间,若前世楼君卿之游五侯矣。”萧统《文选》卷四十二载曹丕《与朝歌令吴质书》、《与吴质书》各一篇,载曹植《与吴季重书》一篇,卷四十载吴质《答魏太子笺》、《在元城与魏太子笺》各一篇,卷四十二载吴质《答东阿王书》一篇,《三国志·王粲传》裴松之注引《魏略》载曹丕《又与吴质书》一篇。又,《文选》卷二十五载傅咸《赠何劭王济》诗,李善注引有吴质《答魏文帝笺》;《文选》卷二十九载张翰《杂诗》,《文选》李善注引有吴质《与曹丕书》一篇。以上皆为吴质与曹丕兄弟交往密切之明证。

吴质生年,史未有载。清卢弼《三国志集解》曾辩之曰:“质《答魏太子笺》云:‘今质已四十二矣。’时为建安二十三年,至魏太和四年(230)卒,年五十四。”后人因据卢弼说,由魏明帝太和四年逆溯五十四载,从而推定吴质生于汉灵帝熹平六年(177)。此说一出,几成定论。近年增订重版之《辞源》、《辞海》亦皆据之而以为吴质生于熹平六年,陆侃如《中古文学系年》亦持此说,然而此说尚有可商榷之处。

考曹丕《与吴质书》云:“昔年疾疫,亲故多离其灾,徐、陈、应、刘,一时俱逝,痛可言邪!”又云:“光武言:‘年三十余,在兵中十岁,所更非一。’吾德不及之,年与之齐矣。”又考之吴质《答魏太子笺》云;“自谓可终始相保,并骋材力,效节明主,何意数年之间,死丧略尽。臣独何德,以堪久长。陈、徐、刘、应,才学所著,诚如来命,惜其不遂,可为痛切。”又云。“伏惟所天,……虽年齐萧王,才实百之。”则吴质《答魏太子笺》实曹丕《与吴质书》之答书也,二文乃一时之作。曹丕书谓“二月三日,丕白”,吴质答笺云“二月八日庚寅,质言”,时间亦正相合。今由曹丕书之“昔年疾疫”而“徐、陈、应、刘,一时俱逝”之语,则二文作于刘桢、徐干等数人卒后。据《三国志·王粲传》,此数子皆卒于建安二十二年(217)。由此,曹丕与吴质赠答之二文又作于建安二十二年之后。寻《三国志·王粲传》裴松之注引《魏略》云:“二十三年,太子又与质书:

‘岁月易逝，别来行复四年。’”故后人遂据之以为二文乃建安二十三年(218)之作。然而，据陈垣《二十史朔闰表》，建安二十三年二月己丑朔，庚寅为月之初二日。与吴质笺之“二月八日庚寅”不相合。故陆侃如《中古文学系年》以为吴质笺“‘八’字疑误”，然臆断之言，原不足据。这是因为曹丕书明言作于二月三日，而质笺乃曹丕书之答笺，又不应在其月二日，故陆氏之说亦未审。这也就是说，此前论者所认定的曹丕《与吴质书》以及吴质《答魏太子笺》二文之写作时间，在建安二十三年说非是。

据陈垣《二十史朔闰表》，建安二十四年二月癸未朔，庚寅适为二月初八日。由是，此二文应为建安二十四年(219)二月所作。即《魏略》之“二十三年”，应是“二十四年”之误。据吴质笺云：“年岁若坠，今质已四十二矣。”由建安二十四年逆溯四十二载，则吴质之生，乃在汉灵帝光和元年(178)。

曹丕有《与朝歌令吴质书》一篇，是吴质曾有为宰朝歌(今河南淇县)之事.张可礼《三曹年谱》谓“质为朝歌长始于建安十六年”。今考《三国志·王粲传》裴松之注引《魏略》曰：“及河北平定，五官将为世子，质与刘桢等并在坐席，桢坐谴之际，质出为朝歌长，后迁元城令。”则吴质之为歌朝长乃在建安年间曹操平定冀州之后。考曹植有《与吴季重书》一篇。丁晏《魏陈思王年谱》、张可礼《三曹年谱》皆系之于建安十九年(214)，是也。吴质亦有《答东阿王书》一文，考之二文文意，吴质答书应是曹植《与吴季重书》之复书，即吴质《答东阿王书》亦建安十九年所作。寻吴质此书有“墨子回车，而质四年。虽无德与民，式歌且舞”之句，是吴质出为朝歌长至作此书时已历四载，由此逆溯，吴质之出为朝歌长在建安十六年(211)。《世说新语·言语》刘孝标注引《典略》谓刘桢坐罪被谴在建安十六年，是《典略》所载，与《魏略》所载之“桢坐谴之际，质出为朝歌长”者适相合。即张可礼《三曹年谱》之系年是也。

吴质在朝歌与曹丕亦有往来，曹丕《与朝歌令吴质书》即为之例。曹丕此书《文选》李善注引《典略》曰；“质为朝歌长，大军西征，太子南在孟津小城,与质书。”考之《三国志》各纪传,吴质任朝歌令前后之数年间,曹操西征事有建安十六年之征马超以及建安二十年之征张鲁。而此书云:“今果分别,各在一方,阮瑀长逝,化为异物。”则书之作必在阮瑀卒后,又在建安二十二年王粲、刘桢等数人卒之前。《三国志·王粲传》裴注引《文士传》云:“瑀以十七年卒。”是曹丕《与朝歌令吴质书》乃作于建安十七年至二十二年之间。书云大军西征而“与质书”,即此书又作于曹操西征张鲁之建安二十年(215)。张可礼《三曹年谱》系年虽是,然则未能予以考实。陆侃如《中古文学系年》亦系于是年,然则以为“朝歌”有误。陆氏《系年》云:“书尾有‘今遣骑到邺,故使枉道相过’句,如果质在朝歌,那正在从孟津到邺的路线上,惟有在元城,方可说‘枉道’。”所说非是,盖古之驿道,岂可以今之交通度之。

《文选》卷四十载吴质《在元城与魏太子笺》一篇,是吴质任朝歌长之后又有元城令之任。吴质何时由朝歌长迁元城(今河北大名东)令,史亦未载。《文选》李善此文题注引《魏略》曰:“质迁元城令,之官,过邺辞太子,到县与太子笺。”是吴质迁元城令时尝有经邺而与太子曹丕谋面事。考曹丕作于建安二十四年(219)之《与吴质书》有“岁月易得,别来行复四年”之语,应即指吴质迁元城令时与其会面后已四年。由此,吴质之由朝歌长而迁元城令在建安二十一年(216)。张可礼《三曹年谱》未尝论及此事,而陆侃如《系年》以为在建安十九年(214),乃非是。

《三国志》卷十九《陈思王植传》裴注引《世语》云:“(杨修)与丁仪兄弟皆欲以植为嗣,太子患之,以车载废簏,内朝歌长吴质与谋。修以白太祖,未及推验,太子惧,告质,质曰:‘何患?明日复以簏受绢车内以惑之,修必复重白。重白必推而无验,则彼受罪矣。’世子从之,修果白,而无人,太祖由是疑焉。”陆侃如《系年》以为此事在吴质迁元城令过邺时,余亦颇以为然。然此事当在建安二十一年,而非陆氏所论之建安十九年。

《三国志·王粲传》裴松之注引《魏略》云:“太子即王位,又与质书曰:‘南皮之游,存者三人,烈祖龙飞,或将或侯。今惟吾子,栖迟下仕,从我游处，独不及门。瓶罄罍耻，能无怀愧，路不云远，今复相闻。’初，曹真、曹休亦与质等俱在渤海游处，时休、真亦以宗亲并受爵封，出为列将，而质故为长史。王顾质有望，故称二人以慰之。”是吴质迁元城令后又尝迁为长史，然其为何人之长史则已难以考知矣。又吴质《答文帝笺》云：“曹烈、曹丹加以公室支庶，骨肉旧恩，其龙飞凤翔，实其分也。”按曹真字子丹，曹休字文烈，则吴质笺即曹丕书之答文。寻曹丕代曹操为魏王时在建安二十五年正月，是吴质此笺亦建安二十五年作。陆氏《系年》未尝提及，张可礼《三曹年谱》云是年曹丕作《又与吴质书》而不及吴质之复笺，皆疏于考实。

《三国志·王粲传》裴松之注又引《魏略》云：“及魏有天下，文帝征质，与车驾会洛阳。到，拜北中郎将，封列侯，使持节督幽、并诸军事，治信都。”事应在魏文帝黄初元年十一二月之间。

《三国志·王粲传》裴注引《吴质别传》云：“质黄初五年朝京师，诏上将军及特进以下皆会质所，大官给供具。酒酣，质欲尽欢。时上将军曹真性肥，中领军朱铄性瘦，质召优，使说肥瘦。真负贵，耻见戏，怒谓质曰：‘卿欲以部曲将遇我邪？’骠骑将军曹洪、轻车将军王忠言：‘将军必欲使上将军服肥，即自宜为瘦。’真愈恚，拔刀瞋目，言：‘俳敢轻脱，吾斩尔。’遂骂坐。质案剑曰：‘曹子丹，汝非屠几上肉，吴质吞尔不摇喉，咀尔不摇牙，何敢恃势骄邪？’铄因起曰：‘陛下使吾等来乐卿耳，乃至此邪！’质顾叱之曰：‘朱铄，敢坏坐！’诸将军皆还坐。铄性急，愈恚，还拔剑斩地。遂便罢也。”则吴质之恃宠而骄，极矣。然恃宠骄横如此而不为祸，曹丕与之私交之甚亦可见。

《三国志·王粲传》裴松之注引《吴质别传》又云：“及文帝崩，质思慕作诗曰：‘怆怆怀殷忧，殷忧不可居。徙倚不能坐，出入步踟蹰。念蒙圣主恩，荣爵与众殊。自谓永终身，志气甫当舒。何意中见弃，弃我归黄垆。茕茕靡所恃，泪下如连珠。随没无所益，身死名不书。慷慨自俪俛，庶几烈丈夫。’”寻曹丕之卒在黄初七年(226)五月丁巳，为月之十七日，是吴质此诗亦是年五月所作。按裴注又引《世语》曰：“魏王尝出征，世子及临淄侯植并送路侧。植称述功德，发言有章，左右属目，王亦悦焉。世子怅然自失，吴质耳曰：'王当行，流涕可也。'及辞，世子泣而拜，王及左右咸歔欷，于是皆以植辞多华，而诚心不及也。"是吴质助文帝继位之功之高，众所不及，曹丕之亲质，宜哉！《三国志・王粲传》裴注引《吴质别传》又云："帝尝召质及曹休欢会，命郭后出见质等。帝曰：'卿仰谛视之。'其至亲如此。"故曹丕之卒，质此诗"泪下如连珠"等深哀之辞，诚发自肺腑也。

《三国志・王粲传》裴注引《吴质别传》又云："太和四年，入为侍中，时司空陈群录尚书事，帝初亲万机，质以辅弼大臣，安危之本，对帝盛称'骠骑将军司马懿，忠智至公，社稷之臣也。陈群从容之士，非国相之才，处重任而不亲事'，帝甚纳之。明日，有切诏以督责群，而天下以司空不如长文，即群，言无实也。"裴松之注又云："太和中，入朝。质自以不为本郡所饶，谓司徒董昭曰：'我欲溺乡里耳。'昭曰：'君且止，我年八十，不能老为君溺攒也。'"寻《三国志・董昭传》云："太和四年，行司徒事。"则吴质欲溺乡里之事当亦在太和四年入为侍中时也。

《三国志・王粲传》裴注引《吴质别传》载吴质于太和四年(230)夏卒后之事云："先以怙威肆行，谥为'丑侯'。质子应仍上书论枉，至正元中乃改谥'威侯'。"按吴质之谥"丑"，盖由其怙威肆行，恃宠而骄也。其众辱曹真、朱铄，又欲溺乡里之事，可见一斑矣。至于高贵乡公曹髦正元(254—255)年间始改谥者，意其既得罪曹氏，故其子虽论枉而不能改；正元时曹氏宗党已衰，司马氏执政，质又有荐司马懿之力，故乃改谥耳。

据《隋书》卷三五《经籍志四》，吴质有集四卷，亡。又据《三国志・王粲传》裴注引《吴质别传》，质子应，字温舒，仕晋为尚书。应子康，字子仲，亦知名于时，任至高位。

由以上考实，今略为《吴质年表》如下：

汉灵帝光和元年(178)　吴质一岁。

汉献帝建安十六年(211)　三十四岁，出为朝歌长。

建安十九年(214) 三十七岁。在朝歌。曹植有《与吴季重书》,质作《答东阿王书》以报。

建安二十年(215) 三十八岁。在朝歌。曹丕作《与朝歌令吴质书》以赠。

建安二十一年(216) 三十九岁。迁元城令,过邺,辞曹丕。到县作《在元城与魏太子笺》报曹丕。

建安二十四年(219) 四十二岁。曹丕作《与吴质书》以赠,质报以《答魏太子笺》。

魏文帝黄初元年(220) 四十三岁。正月,曹操卒,曹丕即魏王位,为丞相.时质为长史。是年曹丕作《又与吴质书》以赠,质作《答文帝笺》以报。十月,曹丕废汉自立,征质,与车驾会洛阳。拜北中郎将,封列侯,使持节督幽、并诸军事,治信都。

黄初五年(224) 四十七岁。朝京师。

黄初七年(226) 四十九岁。曹丕卒。吴质作《怆怆怀殷忧》诗一首。

明帝太和四年(230) 五十三岁。入为侍中。夏,卒。

陶渊明诗新证

一、《始作镇军参军经曲阿作》的写作本末

陶渊明有《始作镇军参军经曲阿作》诗一首，为研讨陶渊明思想和生活经历的重要诗作之一。诗云："弱龄寄事外，委怀在琴书。被褐欣自得，屡空常晏如。时来苟冥会，宛辔憩通衢。投策命晨装，暂与园田疏。眇眇孤舟逝，绵绵归思纡。我行岂不遥，登降千里余。目倦川途异，心念山泽居。望云惭高鸟，临水愧游鱼。真想初在襟，谁谓形迹拘。聊且凭化迁，终返班生庐。"诗题之"镇军"，为镇军将军之简称。"镇军参军"，即镇军将军府之参军。而由于对陶渊明所担任参军之府主是谁这一问题之看法不同，因而历来对此诗写作背景与写作年代认识的分歧也比较大。为了便于说明问题，今将旧说略作梳理如下：

最早对这一问题进行探讨的是唐初的李善，他在《文选》卷二六此诗之题注中说："臧荣绪《晋书》曰：宋武帝行镇军将军。"这也就是说，李善以为陶渊明所担任的镇军参军是刘裕镇军将军府的参军。宋代马端临《文献通考》卷二百三十《经籍考五十七》说："裕起兵讨桓玄，诛之，为镇军将军，渊明参其军事。未几，迁建威参军，见裕有异志，乃求为彭泽令。"则说得更为明确。他们之所以下此断语，主要依据恐怕就是因为陶渊明与刘裕同时代，而刘裕又曾经担任过镇军将军的缘故。

此后,宋王质《粟里谱》则将陶渊明任镇军参军的时间定为晋安帝隆安四年(400),宋吴仁杰据王质说而对李善的说法提出了怀疑,他在《陶靖节先生年谱》中说①:

《文选·经曲阿诗》李善注云:“宋武帝行镇军将军。”按裕元兴元年为建威将军,三年行镇军将军,与此先后岁月不合,先生亦岂从裕辟者?善注引用非是。

王质与吴仁杰对李善说提出疑问的根据,主要是因为记载诗人事迹的《宋书》卷九三《隐逸·陶潜传》中说陶渊明“复为镇军、建威参军”,而据《宋书·武帝纪》,刘裕则是先为建威将军,此后方任镇军将军,盖建威将军官阶低于镇军将军也。由于带有这样的一个疑问,加之史书又没有除了刘裕以外其他人物担任过镇军将军一职的记载,因此王质与吴仁杰所作的二谱虽然以为渊明担任镇军参军一职时在隆安四年,但是却并没有明确地指出陶渊明当时所担任的究竟是何人的镇军府参军。此后清顾易的《柳村谱陶》、丁晏的《晋陶靖节年谱》等虽然在陶渊明担任镇军参军并作此诗时间的看法上小有差异,但由于未能寻找到他们自认为正确的答案,所以他们所作的年谱中对此问题仍阙如而已。

清陶澍作《陶靖节年谱考异》,始别出新说,提出了陶渊明这首诗诗题中的“镇军”并非指镇军将军,而是“镇卫军”的简称,并进而提出了陶渊明当时所担任的乃是前将军刘牢之的军府参军。同时他又将陶渊明担任镇军参军的时间较之王质《粟里谱》、吴仁杰《陶靖节先生年谱》提前了一年,即系于晋安帝隆安三年(399)。《陶靖节年谱考异》于晋安帝隆安五年云:

其《始作镇军参军》诗编于庚子之前,庚子有《五月中从都还阻

① 本文所引王质《粟里谱》、吴仁杰《陶靖节先生年谱》、陶澍《晋陶靖节年谱》、顾易《柳村谱陶》、丁晏《晋陶靖节年谱》、朱自清《陶渊明年谱中之问题》等皆见许逸民校辑《陶渊明年谱》,中华书局1986年版。

风规林》诗，则作参军在庚子前可知。题曰“经曲阿”，曲阿，今丹阳县，则镇军之为何人，开府何地？亦可推寻而得。……东晋各镇，虽皆握兵柄，尤以北府为盛，其镇在京口。先生《始作镇军参军》诗题曰“经曲阿”，镇军在京口，故曲阿有必经也。自太元十五年庚寅至隆安二年戊戌九月，镇京口者为王恭。赵泉山、汤东磵谓先生以乙未作参军，则仕于恭者四年。自戊戌十月至元兴元年壬寅三月，镇京口者为刘牢之。王景文、吴斗南谓先生以庚子作参军，则仕于牢之者二年。要其参牢之军，固有年可纪也。……至刘裕则辛丑方为牢之参军，甲辰始行镇军将军。先生以辛丑冬月居忧，甲辰服阕，次年乙巳三月，有《为建威参军使都》诗。盖因居忧寻阳，值敬宣以建威将军刺江州，先生旧参牢之军，与敬宣世好，故敬宣即辟参其军。若裕甲辰行镇军时镇石头，至乙巳十月始旋镇丹徒，先生正在彭泽赋《归去来》矣，何得有参裕军事也。……考《晋书·百官志》，有左右前后军将军，左右前后四军为镇卫军。王恭、刘牢之皆为前将军，正镇卫军，即省文曰“镇军”，亦奚不可？先生《赠庞参军》诗序曰：“庞为卫军参军。”其时卫将军王弘，省文曰“卫军”，即其例矣。……而《始作参军》诗编于庚子之前，亦可知为己亥。

此后，梁启超作《陶渊明年谱》，虽然将陶渊明任镇军参军的时间又提前了一年即隆安二年(398)，但却仍采用了陶澍的“镇军”乃指刘牢之的说法。然而，他对陶澍将前将军解释为镇卫军，又转而解释成为镇军的牵强说法并不赞成，而提出了这首诗的题目的“镇军”，乃是“镇北”之讹的新说，其于晋安帝隆安二年云：

本集卷三第一首为《始作镇军参军经曲阿》，第二首为《庚子岁从都还》，先生作镇军参军在庚子前，略可推定。惟究属何年？所参之军，其主将为何人？皆吾侪所欲亟知也。考渊明时代曾任镇军将军者，前有太元六年之郄愔，后有元兴三年之刘裕。太元六年，先生仅七岁，不成问题。《文选》本诗下李善注云：“臧荣绪《晋书》曰：‘宋武帝行镇军将军。’辟公参其军事。”是以先生所参即刘

> 裕幕也。然元兴三年，先生实参刘敬宣之建威将军幕。而庚子辛丑间先生在镇军幕时，刘裕亦仅官参军，则此镇军非裕甚明。……考其时镇京口者，自太元十五年庚寅至隆安二年戊戌九月为王恭；自戊戌九月至元兴元年壬寅三月为刘牢之。先生庚子辛丑两年皆在镇军幕，则主将必牢之无疑。……然则何以解于镇军之名？考是时牢之军号为镇北将军，"镇军"或"镇北"之讹耳。以本集各本讹误之多，盖不足异也。

这个说法一直延续到近人古直的《陶渊明年谱》，皆以为此诗题目之"镇军"，乃刘牢之无疑。今考从王质、吴仁杰直到梁启超、古直推倒"镇军"为刘裕并将渊明任镇军参军系在隆安年间的根据，主要是因为在《陶渊明集》中，《始作镇军参军经曲阿作》编在了《庚子岁五月中从都还阻风于规林》诗之前，因此他们断言渊明任镇军参军也应该在庚子年即隆安四年或此前。而后又根据《宋书·隐逸·陶渊明传》所记载的渊明"复为镇军、建威参军"，而刘裕则于元兴元年始任建威将军，元兴三年为镇军将军，其庚子岁时尚在刘牢之军府任参军，因而得出了渊明必不得任刘裕的镇军参军的结论。其实，这个说法的疑问却是非常明显的。

朱自清《陶渊明年谱中之问题》以有力的证据，指出了《陶渊明集》并非按时间的先后而编排，其编排次序紊乱已久。他说：

> 《四库全书提要》谓今世《陶集》即宋庠《私记》所称"次第最若伦贯"之"江左本"，然已非萧统所编之旧。且据北齐阳休之序录，统之前《陶集》已行世，"编比颠乱，兼复阙少"，则陶诗次序紊乱，由来已久。而恽敬《靖节集书后一》云："昭明太子《序》曰：'素爱其文，不能释手，故加搜校，粗为区目。'是先生之诗并无先后次第也。"则并统所编亦未必当耳。《还旧居》一诗次于《乙巳使都》诗后，殆以渊明乙巳(405)归耕当之。是卷之首有《始作镇军参军》诗、《庚子岁从都还》诗(440)，前作初无甲子，而次在前者，殆以题中"始作"二字。后人胶执此次第，遂多讹论。

既然《陶渊明集》的编次与创作时间并无一定的顺序关系，则此诗未必即作于《庚子岁五月中从都还阻风于规林》诗之前，亦即从王质到古直所认为的陶渊明不可能仕于刘裕的结论就失去根据，其说法也是难以成立的。有鉴于此，朱自清在文中又继续阐述了陶澍及梁启超等人所说之非，并重新采用了李善注所说的"镇军"指刘裕的旧说。其云：

> 恽敬《靖节集书后二》云："元兴二年(404)桓玄篡位。三年(405)刘裕复京邑，行镇军将军。追桓玄，过寻阳，渊明为其参军。盖附义旗而起，以裕为可安晋室耳。后微窥裕怀异志，乃自镇军参建威，自建威令彭泽，然后脱身远去。"……大抵叶、吴、恽、陶诸家，皆有"耻事二姓"一语横梗胸中，故或信或不信李善注，均曲为辞说，以申此义。实则勿论渊明见解如何，裕是时逆迹未著，亦何由微窥逆揣，知其必篡，辄于十六年前耻事二姓哉！此一事也。《陶集》次第不足凭信。前已具言；《始作镇军参军》诗以"始作"二字列在三卷之首，要当以史事证之。……则渊明之仕裕，岂不信而有征耶？寻《宋书·武帝纪》，元兴三年(404)裕镇石头城，义熙元年(405)屡请归藩，三月，旋镇丹徒。渊明始作参军而经曲阿，当是赴丹徒；味"归藩"之语，裕在丹徒殆亦设军府也。"始作"但谓初就军职，恽氏以为自幸附义，梁君以为"始仕"，皆无当。……抑"左右前后四军为镇卫军"一语亦误。按《晋书·职官志》"五校"条下有云"后省左军右军前军后军为镇卫军"，意即省并为一军；陶《考》引此，截去"后省"二字，义便大异。

朱自清所说，除以为《晋书·职官志》中"后省左军右军前军后军为镇卫军"乃"意即省并为一军"之说法颇有不足之外①，其所论陶渊明此诗题之"镇军"，乃指刘裕的说法无疑是非常正确的。随后，宋云彬《陶渊明

① 福林按：是时乃无镇卫军之职，"镇卫军"乃镇军将军与卫军将军合称，是省并为二军而非一军也。即朱说以为《晋书·职官志》之"后省左军右军前军后军为镇卫军"，意即省并为一军者，非是。

年谱中的几个问题》又一次重申了朱自清的说法，并明确指出这首诗题的镇军，就是镇军将军，决不可能是镇卫军或镇北将军的简称，刘牢之一生并未任过镇军将军，况且他任前将军亦不在隆安三年，因此陶渊明也决不可能任过刘牢之的参军。此外，他又指出了在东晋后期担任过镇军将军的有郗愔、王蕴和王荟，他们三人任镇军时，陶渊明年尚少，因而也不可能在他们的军幕中任职。因此，最有可能成为陶渊明镇军参军府主的人还应该是刘裕。

根据以上的一系列论述，今人逯钦立先生作《陶渊明行年简考》①经考证后认为陶渊明最有可能自寻阳东下就任刘裕军职的时间在元兴三年(404)三月晋安帝被桓玄挟持西上之时，“盖是时刘裕在丹徒，渊明诣之，故途经曲阿也”。从此，这个结论一直为陶诗的研究者所信从，如袁行霈先生近作《陶渊明年谱汇考》②即说：“渊明于是年(福林按：指元兴三年)任镇军将军刘裕参军，自寻阳至京口，途中有《始作镇军参军经曲阿作》。”但是接下来的令人费解的问题是，陶渊明往参刘裕军幕，无论前往的是是时刘裕镇军将军府的所在地京口，还是前往刘裕镇军将军府的临时所在地京都建康的石头城，又何以会“途经曲阿”呢？因为曲阿(今江苏丹阳)乃在京口(今江苏镇江)东南数十里，而建康则更在京口西北，诗人自寻阳前往京口或建康，又怎么可能绕道曲阿而前往京口或建康呢？因此，既始作镇军参军而又“途经曲阿”，也不可能不给人留下一个深深的疑问。况且，当晋室危难之际，刘裕率众发难，击败了篡夺晋室自立的叛贼桓玄，实在是合乎民心的举动。可谓功勋卓著。为海内外所共敬仰。渊明当桓玄在战败后逼迫晋安帝西上之际，自寻阳(今江西九江)东下而就任镇军参军之职，心中应该是怀有一线中兴晋室的希望的。所以他在此诗中说：

时来苟冥会，宛辔憩通衢。投策命晨装，暂与园田疏。

---

① 逯钦立《陶渊明行年简考》，载《汉魏六朝文学论集》，陕西人民出版社1984年版。

② 袁行霈《陶渊明年谱汇考》，载《中国典籍与文化论丛》第4辑，中华书局1997年。

表示自己既然遇到这样一个不求自至，自然而来的仕进机会，于是乃屈辔而登仕路耳。诚如逯钦立先生《陶渊明行年简考》中所说的：

渊明时来冥会，克于此际参其（福林按：指刘裕）军，为甚可幸之事。

因此，接下来又出现了另外的一个疑点。既然陶渊明这次东下就任刘裕的军府幕僚是出于自愿的行动，可是为什么在行经曲阿时，在这首诗中说："眇眇孤舟逝，绵绵归思纡。"又说："目倦川途异，心念山泽居。望云惭高鸟，临渊愧游鱼。"表现出自悔自责，返身躬耕之意，在思想上出现了如此巨大的反差呢？因此，笔者认为找到了这一问题的答案，才能对此诗的创作原因及作年作出一个比较令人满意的解释。

既然曲阿不是寻阳到建康或京口的必经之途，而更在京口的东南数十里处，那末此诗必非渊明这次赴任途中行经曲阿时作。理解此诗创作时间的关键，笔者以为乃是对诗题"始作"二字的理解。历来的论者由于将由诗题"始作"之"始"理解成开始之意，因而得到了以上错误的结论。其实，"始作"可以理解成初作，如此，由此诗之诗题视之，诗当是渊明任镇军参军不久，因为公务而行经曲阿时所作耳。《说文解字》卷十二下："始，女之初也。"即诗题之"始"，可以解释成初之义。《左传》昭公二十八年："昔贾大夫恶，娶妻而美，三年不言不笑。御以如皋，射雉获之，其妻始笑而言。"是其例。从始的这一意项来说，将诗题理解成诗人于任镇军参军之初因公务而行经曲阿所作是可以成立的。

至于诗人缘于何事又会在始任镇军参军后不久即会在心理上产生出如此巨大的反差，由"时来苟冥会"的欣喜到自悔自责、自怨自叹的伤感，其个中原因，则又当作更进一步的考察。

《宋书·武帝纪上》记载了刘裕在元兴三年击败桓玄，收复建康后的一则事件：

尚书左仆射王愉、愉子荆州刺史绥等，江左冠族。绥少有重名，以高祖起自布衣，甚相凌忽。绥，桓氏甥，亦有自疑之志。高祖悉诛之。四月,奉武陵王遵为大将军,承制。大赦天下,唯桓玄一祖后不在赦例。

王愉父子因为昔日得罪刘裕而在这时以党附桓玄的罪名被诛杀,然而同为琅邪王氏且又党附桓玄并成为桓玄篡晋功臣的王谧却得到截然不同的待遇。《宋书·武帝纪》以下又续记曰:

初,高祖家贫,尝负刁逵社钱三万,经时无以还。逵执录甚严,王谧造逵见之,密以钱代还,由是得释。高祖名微位薄,盛流皆不与相知,唯谧交焉。桓玄将篡,谧手解安帝玺绂,为玄佐命功臣。及义旗建,众并谓谧宜诛,唯高祖保持之。刘毅尝因朝会,问谧玺绂所在,谧益惧。及王愉父子诛,谧从弟谌谓谧曰:"王驹无罪,而义旗诛之,此时剪除胜己,以绝民望。兄既桓氏党附,名位如此,欲求免得乎?"驹,愉小字也。谧惧,奔于曲阿。高祖笺白大将军,深相保谧,迎还复位。

《晋书》卷六五《王导传附王谧传》亦云:

初,刘裕为布衣,众未之识也,唯谧独奇贵之,尝谓裕曰:"卿当为一代英雄。"及裕破桓玄,谧以本官加侍中,领扬州刺史、录尚书事。谧既受宠桓氏。常不自安。护军将军刘毅尝问谧曰:"玺绶何在?"谧益惧。会王绥以桓氏甥自疑,谋反,父子兄弟皆伏诛。谧从弟谌,少骁果轻侠,欲诱谧还吴,起兵为乱,乃说谧曰:"王绥无罪,而义旗诛之,是除时望也。兄少立名誉,加位地如此,欲不危,得乎!"谧惧而出奔。刘裕笺诣大将军武陵王遵,遣人追蹑。谧既还,委任如先。加谧班剑二十人。

王谧在桓玄篡晋过程中扮演了极不光彩的角色,被桓玄任命为司徒,封武昌县公,成为桓玄的腹心佐命大臣。桓玄的叛乱平息之后,王谧理应受到严惩,可是他却又因为在刘裕贫贱时曾经有代刘裕尝还债务等知遇之恩，因而刘裕执政后不仅保全了他的性命，而且又在原任司徒的基础上加任他为侍中，领扬州刺史、录尚书事这样具有实际权势的官职，成了当朝宰相。这种反常的做法虽然遭到当时大臣如刘毅等人的极力反对，可刘裕却也在所不顾。当王谧担心众怒难犯，惧而出奔时，刘裕又遣人迎还复位。这次王谧逃奔于曲阿，刘裕遣人迎还的时间，《通鉴》卷一百十三记在元兴三年四月。这个时间正好与渊明初至刘裕镇军将军幕府的时间是相一致的。

陶渊明有《祭程氏妹文》一篇，其中有"昔在江陵，重罹天罚"，"萧萧冬月，白云掩晨，长风悲节"等语，叙其母之亡，论者据之考订渊明于安帝隆安五年(401)冬遭母丧，于此学术界已无异议。《宋书》卷十五《礼志二》："武帝永初元年，黄门侍郎王准之议：'郑玄丧制二十七月而终，学者多云得礼。晋初用王肃议，详禫共月，遂以为制。江左以来，唯晋朝施用，搢绅之士，犹多遵玄议。"见是时三年丧制，实以二十七月为限。今以渊明母于隆安五年冬月丧计之，则渊明服母丧毕当在元兴三年(404)二月。据《宋书·武帝纪》，元兴三年二月，刘裕帅何无忌、刘毅等起义兵讨伐桓玄。是年三月，刘裕义军攻克京都建康，桓玄率子侄退至寻阳，并挟持安帝退往江陵，刘毅与何无忌率军追讨。是月，刘裕为镇军将军、徐州刺史，镇石头城。四月，刘裕等奉武陵王遵为大将军，承制。《通鉴》卷一百十三所载同。逯钦立《陶渊明行年简考》谓桓玄逼迫安帝西上江陵之时，渊明即自寻阳附义而东下前往建康，并云："渊明此行，殆又为传递安帝被劫消息而起者也"。逯钦立先生以为渊明此行为传递安帝被劫消息而起，虽未有明证，但大抵于安帝在寻阳被劫持西上之时，陶渊明即由寻阳东下就任镇军参军，却是颇为可信的。是年二月，陶渊明服母丧已毕，刘裕适于此时击败桓玄，晋室出现了中兴之希望，也正是渊明施展抱负，以图一骋的大好时机，因此在这年三月，渊明满怀建功立业的希望，东下赴刘裕军幕，也就比较容易理解了。

据《宋书·高帝纪上》，刘裕在被任命为镇军将军后并未之镇，而是率众屯石头城，至义熙元年(405)三月，安帝自江陵返京后始"屡请归藩"，此后乃正式就镇丹徒(即京口)之镇军将军府。《通鉴》卷一百十四记刘裕还镇京口事在此年四月。是逯钦立以为元兴三年陶渊明东下时刘裕在丹徒，非是。因此这次渊明东下就刘裕军幕应先至建康见刘裕，而不是前往京口。今人龚斌《陶渊明集校笺》①论此诗时说渊明这次进入刘裕幕府后，“不久，即有公事东下赴京口”，这个说法应该是可信的，但龚斌因为并未细考曲阿与京口的地理位置而以为渊明于赴京口途中经曲阿而作此诗则亦非是。这点，在上文已经说过，因为曲阿又在京口东南耳。香港学者杨勇同样因为不清楚曲阿的地理位置，在其近著《陶渊明年谱汇订》②中说：“是曲阿与石头皆在江宁县境。题云‘经曲阿’，乃赴石头刘裕镇军府所必经之途也。”则更是明显错误的见解。

至于陶渊明就任镇军参军后不久，又何以会有因公事东下而有“经曲阿”之事，笔者以为与王谧事件是有着相当大的关系的。

王谧因为惧祸而在元兴三年四月由建康逃往曲阿，正是陶渊明始参刘裕镇军幕之时。但渊明此前不仅于新政权未立尺寸之功，而且曾经一度还进入过桓玄的幕府，他的入刘裕幕，完全是凭借他的学问和声望。因此刘裕此时派他追蹑王谧复位以立功，作为进身之阶，是情理中之事，而这却并非渊明所愿为，相反只会使他感到深深的失望。

刘裕是个睚眦之怨必报的人物，王绥父子被族诛就是典型的例子。与王绥父子有相同遭遇的还有刁逵。刁逵在刘裕穷困时曾执录刘裕并强行逼债，在桓玄谋反失败之后，刁逵和他的整个家族，“子侄无少长皆死”③，刁逵家族被杀的冠冕堂皇的理由当然是因为刁逵党附桓玄了。然而，逼迫晋安帝禅位于桓玄，并亲自解下安帝玺绶交给桓玄，成了桓玄佐命功臣的王谧在东晋王朝复辟后不仅没有受到任何的惩罚，反而晋升了官职。在朝野的一片喊杀声中，王谧恐惧不安而弃职离去，刘裕又不但不予追究，反而笺白大将军武陵王遵，竭力保持，并派人追之复位。刘裕这一狭隘的行为，以之使南朝梁时的史学家萧方等不免大为感叹道：“夫蛟龙潜伏，鱼虾亵之。是以汉高赦雍齿，魏武免梁鹄。安可以布衣之嫌，而成万乘之隙也。今王谧为公，刁逵亡族，酬恩报怨，何其

---

① 龚斌《陶渊明集校笺》，上海古籍出版社 1996 年版。

② 杨勇《陶渊明年谱汇订》，载《新亚学报》第 7 卷 1 期，香港中文大学 1970 年。

③ 《通鉴》卷一百十三。

狭哉！”[①]刘裕的这一行为，对于具有高度正义感的陶渊明来说，其内心的不满应该是不言而喻的。

前面已经说过，陶渊明在这次东下赴刘裕军府时，应该是对刘裕怀有某种程度的好感和兴复晋室的希望的。逯钦立先生在《读陶管见》[②]中曾列举了诗人《感士不遇赋》中的一节：

> 奉上天之成命，师圣人之遗书，发忠孝于君亲，生信义于乡闾。推诚心而获显，不矫然而祈誉。

加以证明，并且以为赋中发忠孝于君亲等，其中就“包含这次东下附义旗的行为的一方面”，这个说法应该是可信的。然后他始至镇军参军任即遇到这样一件赏罚不公，黑白颠倒，以私交而害公义的事件，并要由他亲自去完成追回王谧这样一件令他反感和尴尬的事件。一种被欺骗后的心力交瘁的感觉以及对自己这次东下的自悔自责的心理和对游鱼、飞鸟般的自由自在、不受羁绊约束人生的企羡也就自然而然地流露出来，写下了“眇眇孤舟逝，绵绵归思纡。我行岂不遥，登陟千里余。目倦川途异，心念山泽居。望云惭高鸟，临水愧游鱼。真想初在襟，谁谓行迹拘。聊且凭化迁，终返班生庐”这样的诗句，抒发重新回归园田，脱离官场，躬耕自食的强烈愿望。如果不是这次事件，又为何能使方始兴冲冲踏上报国立功仕途的诗人在思想上突然之间发生如此巨大的变化呢？

总之，笔者以为此诗当是渊明在晋安帝元兴三年（404）四月始仕刘裕镇军幕时，奉命追蹑王谧行至曲阿时所作。此事虽未有明证，然亦相去不远也。

二、《饮酒》诗系年的再考察

渊明有《饮酒》二十首，其中第十九首为其回顾仕宦经历并披露心

---

① 《通鉴》卷一百十三。
② 逯钦立《读陶管见》，载《汉魏六朝文学论集》，陕西人民出版社 1984 年版。

迹之作，其诗云：

> 畴昔苦长饥，投耒去学仕。将养不得节，冻馁固缠己。是时向立年，志意多所耻。遂尽介然分，拂衣归田里。冉冉星气流，亭亭复一纪。世路廓悠悠，杨朱所以止。虽无挥金事，浊酒聊可恃。

学人往往根据诗中的“是时向立年”与“亭亭复一纪”二句以推定诗人《饮酒》组诗的系年，但是由于对此二句认识上的不同而又造成了对此诗作年的较大差异。今不揣鄙陋，亦辨之如下。

《论语·为政》有“三十而立”之语，因此前人多以为“向立年”乃指二十九岁。如吴仁杰《陶靖节先生年谱》就将此组诗系在晋安帝元兴二年(403)，其云：“内一篇上云‘是时向立年’，下云‘亭亭复一纪’。又别篇云‘行行向不惑’，是年三十九矣。”这个说法，颇为后人所从，如逯钦立《陶渊明事迹诗文系年》就据此而将《饮酒》诗系在元兴二年诗人三十九岁时。然而由于对“一纪”理解的不同，学人在释此时又出现了一定的歧义。

《国语·周语》云：“若国亡不过十年，数之纪也。”后人因此有以十年为一纪的。如吴仁杰以为“向立年”，为二十九岁，而至“亭亭复一纪”时诗人为三十九岁，就明显地是采用了这一说法。然而《国语·晋语》又记载说：“文公在狄十二年，狐偃曰：‘……蓄力一纪，可以远矣。”明显又以十二年为一纪。晋潘岳《夏侯常侍诔》：“畴昔之游，二纪于兹。”《文选》李善注云：“孔安国《尚书传》曰：‘十二年曰纪。”说得就更为明确。因此，王质《栗里谱》即将“亭亭复一纪”时定为元兴三年(404)陶渊明四十岁时，因为陶渊明太元十八年二十九岁时投耒为州祭酒，至元兴三年时前后正十二年也。

对于这样一个明显的矛盾，笔者以为还是应从这首诗所表现的内容作具体的分析。诗中说：“是时向立年，志意多所耻。遂尽介然分，拂衣归田里。冉冉星气流，亭亭复一纪。”明指初仕(即任江州祭酒)后回归田里又已经一纪。而这一纪的解释则又与以下的四句：“世路廓悠悠，杨朱所以止。虽无挥金事，浊酒聊可持。”有着很大的关系。

《淮南子·说林训》：“杨子见逵路而哭之，为其可以南可以北。”杨朱之所以见逵路而哭，是因为容易误入歧途，引发祸端。因而在仕宦的道路上，汉代的疏广、疏受叔侄二人乃引以为戒，急流勇退，上疏自请还乡。回乡后每日具设酒食与族人相酣饮，不留金钱于身后。此诗的结尾用杨朱见逵路而哭以及疏广挥金酣饮事，以表现其退出仕途的决心，则应该是诗人在回忆他因“冻馁固缠己”而出仕后至彻底退出仕途的经历。渊明义熙元年(405)自彭泽令任自解而回归乡里，今由其太元十八年(393)始仕计之，至义熙元年时前后为十三年，实为十二年，所以这里谓“复一纪”也。亦即诗之一纪以十二年释之为是。解决了这一问题，《饮酒》的作年也就比较容易推算了。

诗人于始仕后“复一纪”而退出仕途，并不代表他作《饮酒》诗的时间在“复一纪”之年，因为《饮酒》诗序云：“余闲居寡欢，兼比夜已长，偶有名酒，无夕不饮。”可见明显是在由仕途退归后的秋后所作。而渊明彭泽之归在义熙元年十一月，则此组诗之作又当在义熙二年(406)或其后。北京大学中国文学史教研室《魏晋南北朝文学史参考资料》云：

> 诗云：“行行向不惑，淹留遂无成。”可见这组诗的写作年代，不会距四十岁太远。诗中又说：“是时向立年，志意多所耻，遂尽介然分，拂衣归田里。冉冉星气流，亭亭复一纪。”可见此诗当作于向立年以后又十二年，正是刚过四十岁不久。从诗的内容看来，应当是在从彭泽归园田之后，这时归隐不久。所以第九首中才会写到田父劝他出仕之事。兹定此诗于晋安帝义熙二年(406)，时陶渊明四十二岁。

这一说法虽然未经详细之考证，但结论却是大致可信的。因此，陶渊明《饮酒》诗的作年最为可信的应该是在义熙二年(406)秋。

汤汉《陶靖节先生诗注》释“亭亭复一纪”为义熙元年陶渊明自彭泽归田后之十二年，因而以为《饮酒》诗乃义熙十二三年之间作。王瑶《陶渊明集注》、袭斌《陶渊明集校笺》皆从其说。这应该是过分拘泥于晋宋易代，诗人借饮酒以寓言的说法而对诗意造成的误解，恐怕难以征信。因为如果照“复一纪”为自彭泽归田之后一纪的说法，那么对于诗结尾的四句“世路廓悠然，杨朱所以耻。虽无挥金事，浊酒聊可恃”，是很难作出圆满的解释的。

论谢灵运的辞赋和散文

在我国文坛上，南朝刘宋诗人谢灵运(385—433)是第一个致力于创作山水诗并取得了重大成就的作家，他确立了山水诗在我国诗坛上的重要地位，为历代论者所称颂。但也正因为谢灵运诗名太盛，后人在讨论他的文学创作时，往往仅局限于他的诗歌创作。而对于他的辞赋和散文则明显注意不够。这对于全面客观评价谢灵运及其在文学史上的成就，显然令人不无遗憾。其实，他的辞赋和散文也有着显著的个人特色，取得了相当高的成就。为此，笔者不揣鄙陋，对作为谢灵运整个文学创作重要组成部分的辞赋和散文略作论述。

谢灵运的赋现存十四篇，其中以《山居赋》最为著称。沈约曾将它全文载入《宋书·谢灵运传》。赋有作者自注，可见是其力作。赋前有序云：

> 古巢居穴处曰岩栖，栋宇居山曰山居，在林野曰丘园，在郊郭曰城傍，四者不同，可以理推。言心也，黄屋实不殊于汾阳；即事也，山居良有异乎市廛。抱疾就闲，顺从性情，敢率所乐，而以作赋。扬子云云："诗人之赋丽以则。"文体宜兼，以成其美。今所赋既非京都宫观游猎声色之盛，而叙山野草木水石谷稼之事，才乏昔人，心放俗外，咏于文则可勉而就之，求丽，邈以远矣。览其废张、左之艳辞，寻台、皓之深意，去饰取素，傥值其心耳。意实言表，而书不尽，遗迹索意，托之有赏。

显示出此赋旨在突破汉大赋以京都、宫殿、游猎、声色、车马及游乐生活为传统表现内容以及华采丽辞、“润色鸿业”①的表现手法，而是以朴素的言辞，叙述山野、草木、水石等景物并对人生真谛进行探索。力图在司马相如、扬雄、班固、张衡、左思等人的大赋创作之外，开辟出一条旨在表现内容上全新的创作之路。这与他在对山水诗创作上的探求乃是一致的。

《山居赋》是作者离开永嘉太守任后隐居会稽始宁时所作，所以赋中先以张良、范蠡等人弃官避世和李斯、陆机等恋居高位而招致杀身之祸的正反两方面的历史事实，指出仕途之不可留恋，并进而表现自己归隐之得其所哉，以及“览古人之遗书，与其意合”的恬淡心境。接着，作者又以大量的篇幅，描绘始宁墅及其周围优美的自然环境、丰富的物产和自由闲适的山居生活，以及身处其间的乐趣和“见柱下之经二，观濠上之篇七。承未散之全朴，救已颓于道术”，“乘摄持之告，评养达之篇”的对人生的领悟。赋末云：

暨其窈窕幽深，寂漠虚远。事与情乖，理与形反。既耳目之靡端，岂足迹之所践。蕴终古于三季，俟通明于五眼。权近虑以停笔，抑浅知而绝简。

显示了悟道后的超然心志，张溥《汉魏六朝百三家集·谢康乐集题辞》谓之云：“宅心如此，何异《秋水》《齐物》。”可谓知言。

《山居赋》规模宏大，内容广博，虽然和班、张、扬、马的大赋表现之内容迥异，但是在形式结构和表现方法上仍然因循着汉大赋“须当有者尽有，更须难有者能有也”和“于前后左右广言之”②的特色以及铺张扬厉的风格。如文中描述其所隐居之山居环境的一段：

其居也，左湖右江，往渚还汀。面山背阜，东阻西倾。抱含吸

① 班固《两都赋序》。

② 刘熙载《艺概·赋概》，上海古籍出版社1978年版。

吐，款跨纡萦。绵联邪亘，侧直齐平。

近东则上田、下湖，西溪、南谷，石埭、石滂，闵硎、黄竹。……

近南则会以双流，萦以三洲。表里回游，离合山川。……

近西则杨、宾接峰，唐皇连纵。室、壁带溪，曾、孤临江。……

近北则二巫结湖，两䜩通沼。横、石判尽，休、周分表。……

远东则天台、桐柏、方石、太平，二韭、四明，五奥、三菁。……

远南则松箴、栖鸡，唐嵫、漫石。崪、嵊、对岭、䏍、孟分隔。

远西则(下阙)

远北则长江永归，巨海延纳。昆涨缅旷，岛屿绸沓。

排比铺陈，包罗万象，次序井然，在继承中寻求新的变化。既有借鉴，又有创新，充分体现了他高超的创作才能和卓越的创造力。

谢灵运义熙十二年(416)，谢灵运奉使北上彭城，慰劳率军北伐的刘裕，次年春南返后所作之《撰征赋》亦是一篇力作。是时，他“仲冬就行，分春反命。途经九守，路逾千里。沿江乱淮，溯薄泗、汳，详观城邑，周览丘坟，眷言古迹，其怀已多”。一路上，他又“采访故老，寻履往迹，而远感深慨，痛心殒涕”①。赋中，作者由沿途所见历史遗迹，纵论古今，评品历史人物的功过得失，是非成败。斥责古代吕布“假父子以诈爱，借兄弟以违恩，相魏武以谲狂，宄谟备于东藩”的奸诈，感叹项羽“杀义害婴，而僈丰疑，缧贤不策，失位谁持”的失策和“追理屈而逾闭，方怨天而怀悲。对骏骓以发愤，伤虞姝于末词”的悲惨结局，回顾西晋“内慢神器，外侮戎狄，君子横流，庶萌分析”而遭致灭亡。由东晋立国后所经历的多次事变，歌颂其曾祖谢安、祖父谢玄“晏皇途于国内，震天威于河外。扫东齐而已宁，指西峭而将泰”的历史功绩，斥责王敦“怙宠而判违，敌既勍而国圮”谋图篡夺。描绘了一幅以建康到彭城沿途为中心的漫长历史画卷。赋最后说：

嗟我行之弥日，待征迈而言旋。荷庆云之优渥，周双七于此

① 谢灵运《撰征赋序》。

年。陶逸豫于京甸，违险难于行川。转归舷而眷恋，望修樯而流涟。愿关邺之谧清，迟华銮之凯旋。穆淳风于六合，溥洪泽于八埏。颁贤愚于大小，顺规矩于方圆。固四民之获所，宜税稷于莱田。苦邯郸之难步，庶行迷之易痊。长守朴以终稔，亦拙者之政焉。

对东晋王朝的前途充满希望，流露出济世救物，干一番事业的政治激情。此赋在表现手法上受班彪《北征赋》、班昭《东征赋》、蔡邕《述行赋》、潘岳《西征赋》等纪行赋之影响，以行踪经历为线索，对所经之地的历史人物及历史事件作概括的评论并抒发感慨。此外，又往往借途中自然景物以烘托他的心情，具有较强的抒情色彩：

入夫江都之域，次乎广陵之乡。易千里之曼曼，溯江流之汤汤。济赤圻以经复，越二门而起涨。眷北路以兴思，看东山而怡目。林丛薄，路逶迤，石参差，山盘曲。水激濑而骏奔，日映石而知旭。审兼照之无偏，怨归流之难濯。羡轻鲦之涵泳，观翔鸥之落啄。在飞沈其顺从，顾微躬而缅邈。

□□□具瘁，值岁寒之穷节。视层云之崔巍，聆悲飙之掩屑。弥昼夜以滞淫，怨凝阴之方结。望新晴于落日，起明光于跻目。眷转蓬之辞根，悼朔雁之赴越。披微物而疚情，此思心其可说。问徭役其几时，骇阅景于兴没。

借景抒情，寄托自身征途的感慨，“以情纬文”，情深味长。刘熙载《艺概·赋概》说：“实事求是，因寄所托，一切文字不外此两种，在赋则尤缺一不可。”正是因为他遵循了这一创作规律，其所取得的良好效果也是显而易见的。

谢灵运的赋较多的是为自身遭遇而抒发感慨的抒情写怀之作。特别是入宋以后，由于政治上的不得志，因而他的赋多为抒写失意后“弱质难恒，颓龄易丧。抚鬓生悲，视颜自伤”①的时光流逝、壮志难酬的忧

① 谢灵运《山居赋》。

愤和伤感：

卧洞房兮当何悦，灭华烛兮弄晓月，昨三五兮既满，今二八兮将缺。浮云褰兮收泛滟，明舒照兮殊皎洁。墀除兮镜鉴，房栊兮澄彻。(《怨晓月赋》)

嗟夫！卞赏珍于连城，孙别骏于千里，彼珍骏以贻爱，此陋容其敢拟。丁旷代之渥惠，遭谬眷于君子。眺徂岁之骤经，睹芳春之每始。始春芳而羡物，终岁徂而感己。貌憔悴以衰形，意幽翳而苦心。(《伤己赋》)

有时则进而表现为对古来高士的钦慕和对飞鸿游鱼式的自由自在隐逸生活的向往：

其见也则如游龙，其潜也则如隐凤。来无所从，去无所至。有酒则舞，无酒则醒，不明不晦，不昧不类。萧条秋首，葳蕤春中。弄琴明月，酌酒和风。御清风以远路，拂白云而峻举。指寰中以为期，望系外而延伫。(《逸民赋》)

爰有名外之至人，乃入道而馆真。荒聪明以削智，遁支体以逃身。于是卜居千仞，左右穷悬，幽庭虚绝，荒帐成烟。水纵横以触石，日参差于云中，飞英明于对溜，积氤氲而为峰，推天地于一物，横四海于寸心。超埃尘以贞观，何落落此胸襟。(《入道至人赋》)

谢灵运离永嘉太守任时所作的《辞禄赋》和《归途赋》则表现了脱离羁绊约束、反身草泽的轻松。在《归途赋》中，其云："递簪带于穷城，反巾褐于空谷。果归期于愿言，获素念于思乐。于是舟人告办，伫楫在川。观鸟候风，望景测圆。背海向溪，乘潮傍山。凄凄送归，愍愍靠旋。"而在临川被收，徙付广州后所作诸作，则表现出对世态人生绝望的悲哀和"颓年致悲，时惧其速"①的恐惧：

① 谢灵运《感时赋序》。

离乡眷壤，感时怀气。恋丘坟而萦心，忆桑梓而零泪。孟积雪而抽笋，王斫冰以鲙鲜。蔑莱叶于枯木，起春波于寒川。（《孝感赋》）

揆大耋之或遄，指崦嵫于西河。鉴三命于予躬，怛行年之蹉跎。于鶗鴂之先号，挹芬芳而夙过。微灵芝之频秀，迫朝露其如何。虽发叹之早晏，谅大暮之同科。（《感时赋》）

从上述例子中我们可以看出，谢灵运的赋极富真情实感，这正如同他的为人处世，毫不矫情，也极少掩饰，时时向人们呈现出他那赤裸的身心。较之他的诗歌，由于省去了玄言的悟道结尾和说理的内容，所以更能表现出他真挚的情感。从中我们可以看出一个自傲自负而又有着脆弱情感世界的诗人形象。

谢灵运酷爱山水，他的山水诗善于用铺陈夸张的手法和锤炼之辞句描绘优美的自然景物，表现出一种画境。他的赋作，也在作出同样的探索，以期创作出一种新的艺术珍品。这种情况，在他的《山居赋》中表现得尤为突出：

爰初经略，杖策孤征。入涧水涉，登岭山行。陵顶不息，穷泉不停。栉风沐雨，犯露乘星。

决飞泉于百仞，森高薄于千麓，写长源于远江，派深毖于近渎。

竹缘浦以被绿，石照涧而映红。月隐山而成阴，木鸣柯以起风。

周勋初先生曾给第一例的每句增加一字，二、三例的每句省略“于”、“以”、“而”等虚词，并移每句第一字至中间，从而使之分别变成了优美的五言诗，可见出谢灵运的山水诗和赋作中写景段落联系的密切。这种联系，应该是与诗人对山水的酷爱以及求新求变的创作追求分不开的。周亮工《书影》说：“谢客诗只一机轴，……措词命意，尽于《山居》一赋。所谓‘溯溪终水涉，登岭始山行’，即赋中‘入涧水涉，登岭山行’，此类甚多。”可谓一语道出了其中之奥妙。然而推敲起来，谢灵运《山居赋》似乎尚不仅仅在于和山水诗的联系，请看下列数例：

阡陌纵横，塍埒交经。导渠引流，脉散沟并。蔚蔚丰秫，苾苾香粳。送夏蚤秀，迎秋晚成。兼有陵陆，麻麦粟菽。候时觇节，递艺递熟。供粒食与浆饮，谢工商与衡牧。生何待于多资，理取足于满腹。

求归其路，乃界北山。栈道倾亏，蹬阁连卷。复有水径，缭绕回圆。瀰瀰平湖，泓泓澄渊。孤岸竦秀，长洲芊绵。既瞻既眺，旷矣悠然，及其二川合流，异源同口。赴隘入险，俱会山首。濑排沙以积丘，峰倚渚以起阜。石倾澜而捎岩，木映波而结薮。径南漘以横前，转北崖而掩后。隐丛灌故悉晨暮，托星宿以知左右。

这种段落单列出来，便是短小优美的写景骈文了。其后吴均的《与宋元思书》、陶弘景的《答谢中书书》明显受到了它的影响。陶弘景《答谢中书书》叙述江南山水之美时说："自康乐以来，未复有能与其奇者。"也承认了这种影响。至于以下一节：

山中兮清寂，群纷兮自绝。周听兮匪多，得理兮俱悦。寒风兮搔屑，面阳兮常热。炎光兮隆炽，对阴兮霜雪。愒曾台兮陟云根，坐涧下兮越风穴。在兹城而谐赏，传古今之不灭。

引入了《楚辞》民歌的句式，无疑又增加了全文摇曳的风姿和优美动人的情韵。由以上分析我们可以说，谢灵运的《山居赋》不仅以内容的包罗宏富而著称，还以独特多变的艺术表现手法而卓然独立，在我国辞赋史上当占有相当重要的地位。

《山居赋》而外，谢灵运的《长溪赋》："潭结绿而澄清，濑扬白而戴华。飞急声之瑟汩，散轻文之涟罗。始镜底以如玉，终积岸而成沙。"《撰征赋》："被宿莽以迷径，睹生烟而知墟。""散叶荑柯，芳花饰萌。麦萋萋于旄丘，柳依依于高城。"《岭表赋》："斑采类绣，明白若月。萝蔓绝攀，苔衣流滑。"也都是上佳的写景之句。而在赋中加入《楚辞》体的民歌句式，则是诗人的常用手法。他的《撰征赋》云：

> 沂泗远兮清川急，秋冬近兮绪风袭。风流蕙兮水增澜，诉愁衿兮鉴戚颜。

这使议论成分较重的此赋陡然增加了浓厚的诗一般的幽远意境和强烈的抒情色彩，使整篇赋作显得摇曳多姿，别具风神。

谢灵运的赋作还善于通过景物的描绘来渲染气氛，烘托心情。如他在徙付广州途中所作的《岭表赋》说：

> 若乃长山款跨，外内乖隔。下无伏流，上无夷迹。麋兔望冈而旋归，鸿雁睹峰而反翮。既陟麓而践坂，遂升降于山畔。顾后路之倾巘，眺前磴之绝岸。看朝云之抱岫，听夕流之注涧。罗石棋布，怪谲横越。非山非阜，如楼如阙。

借途中麋兔旋归、鸿雁反翮的险恶环境，制造出一种反常的气氛，表现他被迫远涉的伤感和对前途的忧惧与绝望。他的《怨晓月赋》则借满盈将亏的皎洁清明的圆月，营造出冷寂凄清的情调，以体现他伤时感怀的忧愁和对自身前途的忧虑。凡此种种，都可见出谢灵运在辞赋创作上既借鉴和融合前人的创作手法，又力求有所开拓和发展，体现了一种积极的探索和创新精神。刘勰《文心雕龙·通变》云：

> 文律运周，日新其业，变则其久，通则不乏。趋时必果，乘机无怯。望今制奇，参古定法。

萧子显《南齐书·文学传论》说：

> 在乎文章，弥患凡旧。若无新变，不能代雄。

谢灵运的创作无论是诗歌抑或辞赋，都在孜孜追求着这种文学创作的精神，力求变革，力图创新，继承前代的优秀文化传统而不为古人所束缚。他的称雄当代，睥睨千古，与他在辞赋创作上所作出的努力是分不开的。

谢灵运散文的成就虽然不及他的辞赋，但推敲起来，却仍然可以见出他独立于时代的个人风格特色。鲁迅在《魏晋风度及文章与药及酒之关系》中论及当时文风时说："到东晋，风气变了，社会思想平静得多，各处都夹入了佛教的思想。再看晋末，乱也看惯了，篡也看惯了，文章便更和平。"又说："正始名士和竹林名士的精神灭后，敢于师心使气的作家也没有了。"在这种文风影响下，晋末宋初的散文几乎都是一律的心平气和之作。那些因外族入侵而偏安江左的文士们，甚至连《安边论》那样本该充满激情，慷慨陈辞的文章，也能用极其平静的口吻表现出来：

> 汉世言备匈奴之策，不过二科，武夫尽征伐之谋，儒生讲和亲之约，课其所言，互有远志。加塞漠之外，胡敌制肘，必未能摧锋引日，规自开张。当由往年冀土之民，附化者众，二州临境，三王出藩，经略既张，宏图将举，士女延望，华夷慕义。故昧于小利，且自矜侈，外示余力，内坚伪众。今若务存遵养，许其自新，虽未可羁致北阙，犹足镇静边境。①

所以张溥《汉魏六朝百三家集·何衡阳集题辞》称这类文章为"儒者中正之言"。义熙十二年(416)，晋军北伐姚秦，收复洛阳，傅亮奉命谒晋帝陵墓，作《谒五陵表》，"表文无痛哭之谈"②，也同样是平心静气之作。然而和他们同时代的谢灵运的散文却表现出了截然不同的风格，字里行间，往往流露出一股强烈的气势和炽热的感情。他的《劝伐河北表》说：

---

① 何承天《何衡阳集》。
② 张溥《汉魏六朝百三家集·傅光禄集题辞》。

昔陇西伤破，晁错兴言；匈奴慢侮，贾谊愤叹。方于今日，皆为赊矣。晋武中主耳，值孙皓虐乱，天祚其德，亦由钜平奉策，荀、贾折谋，故能业崇当年，区宇一统。况今陛下聪明圣哲，天下归仁，文德与武功并震，霜威共素风俱举，协以宰辅贤明，诸王美令，岳牧宣烈，虎臣盈朝，而天威远命，亦何敌不灭，矧伊顽虏，假日而已哉。

援古论今，纵横开张，意气风发，令人有耳目一新之感。至于他在被孟顗诬陷为谋反时所作的《诣阙自理表》，则更是一篇悲愤慷慨之作：

未闻俎豆之学，欲为逆节之罪；山栖之士，而构陵上之衅。今影迹无端，假谤空设，终古之酷，未之或有。匪吝其生，实悲其痛。诚复内省不疚，而抱理莫申。是以牵曳疾病，束骸归款。仰凭陛下天鉴曲临，则死之日，犹生之年也。

以长短交错的句法，一气贯注，将他所遭受的诬陷毫无保留，也毫无掩饰地表现了出来。虽为剖明心迹的辩诬之辞，但却具有昂扬之气势，咄咄逼人。这种文风的形成，既是他傲岸狂放性格的外在表现，也与他力图创新的文学创作理念有着密切的关系。沈约《宋书》将以上二文全篇收入《谢灵运传》，既说明了沈约对谢灵运这二篇散文的推崇，同时也表现了谢灵运推陈出新，力图变革创新的创作精神所取得的重大成功。

谢灵运的几篇诔文，也是有着丰富感情的哀怨沉痛之作。其《庐陵王诔》有云："曾是忍虐，古来一酷。身微咎累，痛逾酖毒。何斯祸斯，乃怨乃辱。命如可延，人百有赎。矜急景之难留，悼惊波之易沦。自君王之冥漠，历弥稔于此春。"对庐陵王刘义真的无罪被杀，表示了无限的伤痛和强烈的愤慨。其《庐山慧远法师诔》说慧远之死使"日月沉晖，三光寝晰。众麓摧柯，连波巾结。鸿化垂绪，微风永灭"，又说其死后"风啸竹柏，云霭岩峰。川壑如泣，山林改容"，痛悼慧远"诚愿弗遂，永违此世"，情深意切，感人肺腑。他的《昙隆法师诔》序文叙述法师事迹，"旅舟南溯，投景庐岳。一登石门香炉峰，六年不下岭，僧众不堪其操，法师不改其节。爰物之念，不以幽居自抗；同学婴疾，振锡万里相救"，对昙隆的操守人品深表敬仰。说他得到昙隆丧问后，“承凶感痛，实百常情”。诔文中说：“承疾怀灼，闻凶懑悲。孰云不痛，零泪沾衣。呜呼哀哉，行久节移。地边气改，终秋中冬。逾桂投海，永念伊人。”运用四六句式，一气直陈，痛悼老友，笔势流畅劲健，也是“志深而笔长，故梗概而多气”的作品①，颇能引起读者的共鸣。这种富含激情热血的文章，在东晋一代至宋初，很难见到，对南朝散文的发展有着较大的影响。

① 《文心雕龙·指瑕》。

鲍照生年考

南朝著名诗人鲍照"家世贫贱"①,出仕后亦宦途不显。"才秀人微,史不立传"②,其生年亦无明确之记载,于此各家颇有歧说。今人吴丕绩《鲍照年谱》③据清陈沆《诗比兴笺》,以为鲍照《拟行路难·中庭五株桃》篇乃宋文帝元嘉元年(424)时为伤庐陵王刘义真之死而作,又据《拟行路难》末首,以为作此组诗时鲍照年二十,从而推断鲍照生于晋安帝义熙元年(405)。此说缺陷颇为明显,钱钟联《鲍参军集注》之《拟行路难·中庭五株桃》篇按语及是书之附录《鲍照年表》注五辨之甚详,所说是也。钱仲联《鲍照年表》又提出了鲍照生于晋安帝义熙十年(414)之新说,其云:

> 本集卷六《在江陵叹年伤老》诗振伦注曰:"明远生年无考。临海王子顼系大明五年出镇荆州,此诗以'叹年伤老'为题,约以五十称老计之,似当生于晋末宋初。"联按《宋书·孝武本纪》,大明六年秋七月庚辰,临海王子顼为荆州刺史(虞序云"大明五年",误。)《在江陵叹年伤老》诗中所叙,是春日节物,写作时间不能早于大明七年春。今以大明七年照年为五十计之,则当生于晋安帝义熙十年,

---

① 虞炎《鲍照集序》。

② 张溥《汉魏六朝百三家集·鲍参军集题辞》。

③ 吴丕绩《鲍照年谱》,商务印书馆1940年版。

下推至宋明帝泰始二年，得年五十三，与虞序所云“年五十余”者相合。

钱先生《鲍照年表》义熙十年说的要点，就是其所推断出的鲍照卒年五十三与虞炎序的“年五十余”颇为相合，故其后学者多乐从之。然而推敲起来，此说的疑点仍然较多。首先，古人的日常生活和诗文创作中，或为了抒情的需要，或出于文人的习性，在四十岁左右甚至三十多岁即感叹华发早生、老之将至的简直不胜枚举，即人之叹年伤老并不一定为五十岁。退一步说，即使鲍照《在江陵叹年伤老》诗作于五十岁时，也不能就此断定诗即作于大明七年(463)时，因为自大明六年(462)至泰始二年(466)的数年间，鲍照皆随临海王子顼在荆州之江陵，虽然作此诗之时间不能早于大明七年春，但却又完全有可能作于大明八年(464)或泰始元年(465)春。再者，义熙十年说虽然与“年五十余”者相合，但虞序既然说鲍照卒时“年五十余”，则他如生于晋安帝义熙四年(408)至义熙十二年(416)之间，又皆与之相合。由此，义熙十年说似亦缺乏有力之证据。

此外，鲍照生年又有晋安帝义熙八年(412)说①、义熙六年(410)说②、义熙十一年(415)说③等，也都与虞序的“年五十余”相符。遗憾的是，以上数说皆未能说明理由，故学者亦多不从。今谨就平日研读鲍照诗文及有关材料之所得，探讨鲍照之生年如下。

一、鲍照初仕地点在荆州而非江州

鲍照生年的推算之所以会陷入一种令人尴尬的境地，笔者以为主要乃是因为论者几乎无一例外地将鲍照初次出仕的地点定在江州，并将他初次出仕的时间进而定在元嘉十六年(439)所致。此说始于方东

① 见北京大学中国文学史教研室编《魏晋南北朝文学史参考资料》，中华书局1962年版。
② 见陆侃如、冯沅君《中国诗史》，作家出版1956年版。
③ 见余冠英《汉魏六朝诗选》，人民文学出版社1985年版。

树《昭昧詹言》，而后吴汝纶《古诗钞》、吴丕绩《鲍照年谱》、钱仲联《鲍照年表》等皆从之。因此，后人在推断鲍照生年时，由于既拘泥于诗人于元嘉十六年初仕临川王义庆于江州，又要照顾到南齐虞炎《鲍照集序》关于诗人卒时“年五十余”的记载。这就不但限制了鲍照初仕的时间与地点，而且将他初仕时的最低年龄限制在二十四岁以上，从而使得诗人自己在诗文中所透露出来的一点有关生年的线索被掩盖了。

关于鲍照之出仕时间与地点，我们不妨首先考察一下《宋书》卷五十一《宗室·临川烈武王道规传附刘义庆传》的以下的一段记载：

(义庆)招聚文学之士，近远必至。太尉袁淑，文冠当时，义庆在江州，请为卫军谘议参军；其余吴郡陆展、东海何长瑜、鲍照等，并为辞章之美，引为佐史国臣。太祖与义庆书，常加意斟酌。

方东树《昭昧詹言》据此以为鲍照“初与袁淑、陆展、何长渝等在江州，为义庆佐吏，寻擢为国侍郎，甚见知赏”。此说一出，后人所论鲍照的仕宦经历及所作之年谱、年表等皆沿袭不变，迄今几成定论。钱仲联《鲍参军集注》于论诗人《登大雷岸与妹书》时，即据方氏所说而以为诗人于元嘉十六年始仕义庆于江州。

段熙仲师曾撰《鲍照五题》一文①，以无可辩驳的充分证据，指出了旧说即鲍照初仕地点在江州的讹误，并进而提出了鲍照初仕义庆于荆州的新说。为引起重视，特概其要而重作论证如下：

首先，根据以上所引的《宋书》刘义庆本传，袁淑于元嘉十六年仕临川王义庆于江州并为其军府谘议参军无疑。但是，我们却不能就此而以为陆展、何长瑜和鲍照三人皆同于元嘉十六年仕义庆于江州。为此，我们不妨考察《宋书》卷六十七《谢灵运传》中以下的一段记载：

临川王义庆招聚文士，长瑜自国侍郎至平西记室参军。尝于江陵寄书与宗人何勖，以韵语序义庆州府僚佐云：“陆展染霜发，欲

① 段熙仲师《鲍照五题》，《文学遗产》1981 年第 4 期。

以媚侧室。青青不解久，星星行复出。”如此者五六句，而轻薄少年遂演而广之。凡厥人士，并为题目，皆加剧言苦句，其文流行。义庆大怒，白太祖除为广州所统曾城令。及义庆薨，朝士诣第叙哀，何勖谓袁淑曰：“长瑜便可还也。”淑曰：“国新丧宗英，未宜便以流人为念。”庐陵王绍镇寻阳，以长瑜为南中郎行参军，掌书记之任。行至板桥，遇暴风溺死。

以上有几点颇值得我们注意，首先，传文云何长瑜“尝于江陵寄书于宗人何勖”，可见长瑜寄书时当在荆州而非江州，盖荆州刺史镇江陵，江州刺史镇寻阳之故也。其次，据《宋书》之《文帝纪》及《刘义庆传》，元嘉九年六月，临川王义庆由前将军、丹阳尹出为使持节、都督荆雍益梁宁南北秦七州诸军事、平西将军、荆州刺史，镇江陵，在州八年，于元嘉十六年夏四月，又改任散骑常侍、都督江州豫州之西阳晋熙新蔡三郡诸军事、卫将军、江州刺史，镇寻阳。而上文云何长瑜为义庆僚属，“自国侍郎至平西记室参军”，国侍郎者，乃义庆临川王国侍郎也；平西记室参军者，乃义庆平西将军府之记室参军也。义庆在荆州刺史任时为平西将军，改为江州刺史时乃迁任卫将军。如此，何长瑜仕义庆必自荆州始，若在江州，则当云“卫军记室参军”。再次，何长瑜因于江陵寄书于宗人何勖而触怒义庆，遭到贬斥，则其是时被贬为广州所统曾城令，亦必在荆州，且贬曾城后终义庆之世未尝北还。可见何长瑜仅于荆州为义庆佐吏，而未曾于江州为义庆僚属。复次，由何长瑜于江陵寄书何勖讽陆展事可知，陆展是时亦在荆州为义庆僚属。综上所述，方东树所认为的鲍照“初与袁淑、陆展、何长瑜等在江州。为义庆佐吏”的说法，乃是误读《宋书·刘义庆传》的记载，从而导致了错误判断。因是时袁淑所任之谘议参军乃军府上佐，位高于陆展、何长瑜、鲍照数人，且袁淑此后又曾任尚书吏部郎，太子左卫率等要职，死后追赠太尉，谥忠宪公，位高望重，故其虽入刘义庆幕之时间在后，而于《宋书》刘义庆本传中序次则在前。陆展位望次于袁淑，故序次乃在袁后。何长瑜、鲍照是时位望又次于陆展，故序次又在后。即《宋书》此段文字乃探官阶高低而序之也。由此，我们可以说，旧说鲍照于元嘉十六年始仕义庆于江州的说法失之于草率.并不可信。根据陆展与何长瑜出仕的情况，鲍照之仕义庆为国侍郎亦应在荆州。这样，对鲍照生卒年考察的空间就被打开了。

二、鲍照解褐为临川王国侍郎在元嘉十二年

综合《宋书》之《文帝纪》及刘义庆本传之记载，临川王义庆自元嘉十六年(439)夏四月由平西将军、荆州刺史徙任卫将军、江州刺史后，时隔一年有余，于元嘉十七年(440)冬十月徙为卫将军、南兖州刺史；后乃因病还朝，于元嘉二十一年(444)正月卒于京都建康。义庆卒时，鲍照为其临川国臣，从时制为义庆服丧三月，此后自请解职家居。鲍照作有《临川王服竟还田里》诗一首记其事，诗中有"怆怆秋风生，戚戚寒纬作"二句，钱仲联《鲍照年表》系诗于元嘉二十一年秋。诗又有"舍缛将十年，还得守场藿"二句，吴丕绩《鲍照年谱》云：

> 窃谓诗言"舍耨将十龄"，乃举成数，不必泥，盖"将"字本未满之意也。

钱仲联《鲍参军集注》沿用此解不变，亦云："诗言'舍耨将十年'乃举成数，不必泥.盖'将'字本未满之意也。"但首尾仅六年而举成数说成"将十龄"，显然令人怀疑，盖此乃拘泥于鲍照元嘉十六年始仕刘义庆于江州所致也。若据段师鲍照初仕义庆于荆州之新说，则"舍缛将十龄"者，乃为实指。由"将"字未满之意，自元嘉二十一年逆溯十载，则鲍照"舍缛"之年为元嘉十二年(435)。段熙仲师《鲍照五题》云："'舍耨'者犹言'投耒'，同于谢朓《辞随王笺》之言'舍耒场圃'。其事则拜官为临川王国侍郎，所谓释褐。"由此，鲍照初仕临川王义庆为国侍郎之时间为元嘉十二年，所仕之地点则在荆州。

三、鲍照初离家赴荆州之时间在元嘉十二年

《宋书·宗室·临川烈武王道规传附刘义庆传》云："照始尝谒义

庆,未见知,欲贡诗言志,人止之曰:‘卿位尚卑,不可轻忤大王。’照勃然曰:‘千载上有英才异士沈没而不闻者,安可数哉!大丈夫岂可遂蕴智能,使兰艾不辨,终日碌碌,与燕雀相随乎?’于是奏诗。义庆奇之,赐帛二十匹。寻擢为国侍郎,甚见知赏。”是鲍照为临川王国侍郎前有一未见知而处卑位的过程,即其离家赴荆干谒义庆又在此前。

鲍照究竟何时离家赴荆,还需要作更进一步之考察。其《登大雷岸与妹书》,《鲍参军集注》题注钱仲联增补注曰:“至此书有‘去亲为客,如何如何’之语,则是初离家时口气,当是元嘉十六年临川王出镇江州引照为佐吏时作。王镇江州在四月,而照书有‘寒雨’、‘秋潦’语,岂照往江州,已在秋后耶?”钱说以为此文乃元嘉十六年鲍照被临川王引为佐吏时作,显而易见是误会了《宋书》刘义庆本传中刘义庆招聚文士的记载而导致的错误。但是,他认为此文乃是初离家时的口气,却又明显是切中文意之言。因此,此文又应是鲍照初次离家赴荆州求仕时途中行经大雷时作。考此文云:“吾自发寒雨,全行日少,加秋潦浩汗,山溪猥至,渡泝无边,险径游历。”又云:“途登千里,日逾十晨,严霜惨节,悲风断肌。”可见此书之作即鲍照离家赴荆行经大雷时,乃在此年之深秋。又由建康至大雷“途登千里,日逾十晨”看,其从建康出发抵达荆州江陵约以一月为期,因为大雷至江陵的路程大约相当于建康至大雷的路程。再考之文末云:“风吹雷飙,夜戒前路。下弦内外,望达所届。”“所届”,即所至,指其所欲抵达之目的地荆州之江陵;“下弦”,乃指月亮东半明而西半暗的每月的二十三日前后。如此,则诗人到达荆州江陵的时间约在此年的九月或十月的下旬。再据诗人贡诗言志时所流露出来的迫不及待的求取功名的心情,以及他在他的诗文中所流露出来的力图建功立业的雄心大志,他抵达荆州后不会有所等待,而会立即干谒求仕。其始虽未见知,而有一任卑位的过程,但旋即又会去奏诗义庆,并因之而得到义庆之赏识。这也就是说,鲍照从“未见知”到“贡诗言志”并被义庆赏识且“擢为国侍郎”的全过程极有可能在抵荆后之当年完成。如此,《登大雷岸与妹书》当以元嘉十二年深秋所作为近是。亦即鲍照离家赴荆的时间为元嘉十二年(435)秋。

四、鲍照离家赴荆求仕时之年龄

鲍照有《拟行路难》十八首，此组诗末首云：

> 诸君莫叹贫，富贵不由人。丈夫四十强而仕，余当二十弱冠辰。莫言草木委冬雪，会应苏息遇阳春。对酒叙长篇，穷途运命委皇天，但愿樽中九酝酒，莫惜床头百个钱。直须优游卒一岁，何劳辛苦事百年。

是此首显系其二十岁时所作，一些论者据此认为一组诗乃诗人二十岁时所作，显然并不足取。近代研究者多以为此组诗虽然非一时之作，但其中部分篇章则作于诗人二十岁时。组诗中一些诗篇往往以愤激之反语抒发他对功名事业的迫切追求和求仕的强烈愿望。如其中第五首云："人生苦多欢乐少，意气敷腴在盛年。且愿得志数相就，床头恒有沽酒钱。功名竹帛非我事，存亡贵贱付皇天。"即为典型之例。而第一首云："红颜零落岁将暮，寒光宛转时欲沈。愿君裁悲且减思，听我抵节《行路》吟。"第十一首云："君当见此起忧思，宁及得与时人争。人生倏忽如绝电，华年盛德几时见？但令纵意存高尚，旨酒嘉肴相胥宴。"第十七首云："君不见春鸟初至时，百草含青俱作花。寒风萧索一旦至，竟得几时保光华？日月流迈不相饶，令我愁思怨恨多。"又以沉痛悲愤的笔调，抒发了时光流逝，华年将去，功名事业无成的伤悲和感慨，表现了他为做一番事业而对时间的珍惜。诗人表面上说"为此令人多悲悒，君当纵意自熙怡"（第十首），"持此从朝竟夕暮，差得忘忧消愁怖"（第十一首），"随酒逐乐任意去，莫令含叹下黄垆"（第十五首），貌似消极乃至颓废，但细加体会，实乃寒士遭压抑而借酒浇愁的愤激之辞。而最为直接地表现出上述复杂感情的则是其中的第四首："写水置平地，各自东西南北流。人生亦有命，安能行叹复坐愁！酌酒以自宽，举杯断绝歌《路难》。心非木石岂无感？吞声踯躅不敢言。"一种贫贱之士被压抑的痛彻心肺的悲愤和对功名事业强烈追求的愿望，充满了字里行间。但是诗人也并未因此而消沉，屈服于命运的安排。末首的“莫言草木委冬雪，会当苏息遇阳春”，即对自身的前途充满了信心和希望。正因为如此，他在《登大雷岸与妹书》中才会发出“长图大念，隐心者久矣”这样的极具有豪迈气魄的话语。所以组诗末首才会说“对酒叙长篇”，所谓“叙长篇”者，即是时所作并非仅此一首也。如果将诗人二十岁时所表现出来的上述思想感情，以及他此后在荆州上书临川王刘义庆时所表现出来的迫不及待的求取功名的心情结合起来看，我们可以发现，《拟行路难》组诗中某些篇章的情调与鲍照离家西游荆州时的心情完全相吻合。所以，他极有可能在创作了《拟行路难》组诗中的若干首以后即已离开家乡，外出求仕，亦即他赴荆州干谒临川王刘义庆时的年龄极有可能为二十岁。这与笔者上文考察而得出的结论正相一致。

事实上，鲍照二十岁时也已经具备了游宦求仕的条件。《梁书》卷一《武帝纪》曾记载刘宋时的用人情况说：“甲族以二十登仕，后门以过立试吏。”这和《南史》卷二十《谢弘微传附谢庄传》所记载之“初，文帝世限年三十而仕郡县，六周乃选代，刺史或十余年，至是（按指宋孝武帝时）皆易之”，又是颇为一致的。但是，当时的这种出仕的年龄限制并不很严格与一成不变。如与鲍照曾同为学士的徐爰，据《宋书》卷九十四《恩倖传》，徐爰卒于宋后废帝刘昱元徽三年(475)，时年八十二，则其应生于东晋孝武帝太元十九年(394)。由此计之，徐爰在晋末任琅邪王司马德文大司马府中典军时年应在二十二岁之前。徐爰南琅邪开阳人也，乃非中原旧姓，门第应较鲍照为低无疑。这说明了鲍照在二十岁时就已经具有了“试吏”的条件，再加上当时他本身又急于求仕以一展宏图大念。所以他二十岁时出游荆州干谒临川王义庆又是颇为自然的。更何况刘义庆爱好文义，尤喜招纳文学之士这一特点也令他对前景充满美好的向往呢。

除了《拟行路难》以外，鲍照的另一组诗《拟古》八首中的第二首也同样提供了他初次出游求仕的线索。其云：

十五讽诗书，篇翰靡不通。弱冠参多士，飞步游秦宫。侧睹君子论，预见古人风。两说穷舌端，五车摧笔锋。羞当白壁贶，耻受聊城功。晚节从世务，乘幛远和戎。解佩袭犀渠，卷帙奉卢弓。始愿力不及，安知今所终。

李光地《榕树诗选》论此诗云："言少为儒者而晚从戎，乖其始愿而虑其所终。"以为此诗乃诗人晚年自叙身世之作。今以此诗的内容结合诗人的经历看，这个理解是颇为合理的。诗首四句乃叙其少年时所学及青年时期的求仕出游。此后六句乃活用鲁仲连说新垣衍及下聊城事，指出他年轻时高远的志趣，以此表现他对古来高士的企慕和追随之情，并流露出当时企图建功立业的雄心壮志和功成身退的高洁追求。这都与他赴荆州求仕途中所作的《登大雷岸与妹书》"长图大念，隐心者久矣"，以及此后在荆州献诗言志时以鸿鹄自比所表现出来的心情正相符合。"晚节"以下四句，又追叙他在大明六年(462)以后为临海王子顼军府佐吏事。《宋书·宗室·临川烈武王道规传》云："临海王子顼为荆州，照为前军参军，掌书记之任。"即此事也。今考《宋书》卷八十《孝武十四王·临海王子顼传》云：

前废帝即位，以本号都督荆、湘、雍、益、梁、宁、南北秦八州诸军事，刺史如故。

子顼时所都督之八州，皆刘宋西北边疆地区，鲍照任其军府参军，分掌一曹事务，特别是后来所担任的刑狱参军，更是掌理军府刑罚的事务性职务，所以诗有晚年参预世务，镇守边疆，以和邻族之说。鲍照又由太学博士，兼中书舍人这样的文职到转任子顼军府佐吏这样的武职，所以诗中乃有"解佩袭犀渠，卷帙奉卢弓"的弃文就武之句。而诗末二句流露出来的因为本志不能实现的感慨和对前途归宿的忧虑，也和他晚年的心情正相一致。所以诗发端四句中的"弱冠参多士，飞步游秦宫"，当是自言他在二十岁时即去拜谒名士，并出游求仕。至于出游的地点"秦宫"，闻人倓《古诗笺》注云：

秦宫，西京之宫。

今考之《宋书》刘义庆本传，义庆于元嘉九年(432)六月出为使持节、都督荆雍益梁宁南北秦七州诸军事、平西将军、荆州刺史。见义庆当时所统领之地区包括了刘宋整个西北边境，此地区的政治经济中心即为荆州之江陵。《宋书》卷三十七《州郡志三》云："荆州刺史，……宋初领郡三十一，后分南阳、顺阳、襄阳、新野、竟陵为雍州，湘川十郡为湘州，江夏、武陵属郢州，随郡、义阳属司州，北义阳省，凡余十一郡。"①"雍州刺史，晋江左立。胡亡氐乱，雍、秦流民多南出樊沔，晋孝武始于襄阳侨立雍州，并立侨郡县。宋文帝元嘉二十六年，割荆州之襄阳、南阳、新野、顺阳、随五郡为雍州，而侨郡县犹寄寓在诸郡界。"雍州刺史属下诸郡情况如下："京兆太守，故秦内史。汉高帝元年，属塞国；二年，更为渭南郡；九年罢，复为内史。武帝建元六年，分为右内史；太初元年，更为京兆尹。魏改为京兆郡。初侨立，寄治襄阳。朱序没氐，孝武太元十一年复立。大明土断，割襄阳西界为实土。""扶风太守，故秦内史。高帝元年，属雍国，二年，更为中地郡，九年罢。后为内史。武帝建元六年，分为右内史。太初元年，更名为右扶风。侨立，治襄阳，今治筑口。""河南太守，故秦三川郡，汉高帝更名。光武都洛阳，建武十五年，改曰河南尹。侨立，始治襄阳，孝武大明中，分沔北为境。""冯翊太守，故秦内史。高帝元年，属塞国。……太初元年，更名。三辅流民出襄阳，文帝元嘉六年立，则何《志》应有而无。治襄阳。"可知当时在荆州所侨立的雍州属下，包括有原秦所属之主要地区，寄寓了原三辅地区的广大流民。因此，荆州之江陵乃可以以"秦"称之；至于诗中之"秦宫"，自然也就可以指义庆在江陵之王府。证明了鲍照二十岁时游宦之地为荆州，与上文对《拟行路难》组诗考察所得之诗人离家赴荆州干谒义庆时，年为二十岁的结论也正相契合。

五、鲍照生年在晋安帝义熙十二年

根据以上论述，是鲍照初离家求仕之地点乃在荆州之江陵，时间在

① 福林按：上文之"竟陵"应移置"武陵"之后，说见拙著《宋书校议》，上海古籍出版社2002年版。

宋文帝元嘉十二年(435),时年二十岁。今由元嘉十二年逆溯二十载,则鲍照生于晋安帝义熙十二年(416)。果如此,鲍照宋明帝泰始二年(466)卒于乱兵时年为五十一岁,与虞炎序所记载之鲍照卒时"年五十余"适相合。此结论与余冠英先生所说的诗人约生于宋文帝元嘉十一年(415)差为相近,只是余先生未能说明他这一推断的理由,不免令人甚为遗憾。

鲍照籍贯考

南朝诗人鲍照的籍贯,南齐虞炎的《鲍照集序》说是上党人,而《宋书》卷五十一《宗室·临川烈武王道规传附义庆传》、萧子显《南齐书》卷五十六《倖臣传序》、《南史》卷十三《宋宗室及诸王传上》则说是东海人。由于这种记载上明显的差异,加上西晋永嘉大乱以后,北方流民的大量南渡,北方州、郡、县在南方的纷纷侨立,造成了地名上的混淆,因而后人对鲍照籍贯的认识各有不同。如《郡斋读书志》卷四云鲍照为"上党人",而陈振孙《直斋书录解题》则云:"照东海人,云上党人,非也。"《四库全书总目提要》亦云:"照字明远,东海人。晁公武《读书志》作上党人,盖误读虞炎序中'本上党人'之语。"谁是谁非,需要考实。

一、鲍照为东海人和上党人之间并不矛盾

首先记载鲍照为东海人的是署名沈约的《宋书》,沈约卒于梁天监十二年(513),历仕宋、齐、梁三朝,生于宋文帝元嘉十八年(441),仅小鲍照二十多岁。鲍照宋明帝泰始二年(466)卒于乱兵时,他已经二十六岁,作为同一时代的著名文人,沈约对鲍照的家世情况当有所了解,似乎不至于将他的籍贯搞错,更何况沈约的诗歌创作又深受鲍照的影响,钟嵘《诗品》在论及沈约诗时即云:"详其文体,察其余论,固知宪章鲍明远也。所以不闲于经纶,而长于清怨。"因此,沈约恐怕就更没有将他宪章的诗人鲍照籍贯搞错的可能了。另外,据《宋书》卷一百《自序传》,沈

约奉敕撰《宋书》在齐武帝永明五年(487)春,但到永明六年二月时,全书除"所撰诸志,须成续上"外,其纪传七十卷均已毕功。这七十卷纪传,规模浩大,非一年内所能完成。据《宋书·自序》所说,刘宋时著作郎何承天在元嘉年间就已经开始撰《宋书》,但只"止于武帝功臣,篇牍未广"。其后,宋孝武帝刘骏又命苏宝生"续造诸传",撰修国史,"元嘉名臣,皆其所撰"。苏宝生于大明二年(458)因高阇事被杀后,又由孝武帝倖臣徐爰"因何、刘所述,勒为一史",徐爰所撰,止于大明末,全书尚未毕功。沈约虽然对何承天、苏宝生、徐爰等人之著述有所不满,但他的《宋书》却是在前人的基础上整理而成,其绝大部分内容即应该本自何、徐诸人之撰,他本人只是总成其事而已。鲍照为东海人的说法见于《宋书》卷五十一《宗室·临川烈武王道规传附义庆传》,云:"其余吴郡陆展、东海何长瑜、鲍照等,并为辞章之美。"考临川王义庆卒于元嘉二十一年(445),是此传即可能为苏宝生或徐爰所撰。《南齐书》卷五十二《文学·贾渊传》有云:"孝武世(刘宋孝武帝),青州人盗发古冢,铭云'青州世子,东海女郎',帝问学士鲍照、徐爰、苏宝生,并不能悉。"由此可见,苏、徐二人与鲍照在刘宋时曾有同僚之谊,与《宋书》卷九十四《恩倖传》、《南齐书》卷五十六《倖臣传》所明确记载的徐爰与鲍照在宋孝武帝时期曾同为中书舍人的说法正相符合,因此,他们之间会有较多的交往,二人对鲍照的家世籍贯等会十分之清楚,他们的鲍照为东海人的记载应该是有着相当的根据。我们并不能因为《宋书》记载鲍照事不多,而怀疑会将鲍照的籍贯搞错。

记载鲍照为上党人的是虞炎的《鲍照集序》,虞炎的事迹,见载《南齐书》卷五十二《文学·陆厥传》,云:"会稽虞炎,永明中以文学与沈约俱为文惠太子所遇,意眄殊常,官至骁骑将军。"《南史》卷四十四《齐武帝诸子·文惠太子长懋传》亦云:"会稽虞炎、济阳范岫、汝南周颙、陈郡袁廓,并以学行才能,应对左右。"可见,虞炎乃当时之著名文人,而且他对典章制度又颇为熟悉,《南齐书》卷九《礼志上》就载有他任骁骑将军时有关郊祀的一段议论。据《鲍照集序》,此序乃奉当时皇太子之命而撰写,此皇太子即齐文惠太子萧长懋。长懋永明年间为太子,可见虞炎序之作距鲍照卒时最多不过二十多年。况且,虞炎与沈约同为长懋所亲遇，对鲍照的事迹又会相当的清楚，记载鲍照的籍贯应该不至于出现将东海误记为上党这样明显的错误。此外，虞炎奉皇太子之命，对鲍照“流迁人间”的著作“备加研访”①而编成专集，并为之作序，态度慎重，对鲍照的家世籍贯以及其诗文创作必定经过深入的考察与专门研究。从以上两个方面来看，虞炎所说的鲍照“本上党人”应该也不至于有误。曹道衡《关于鲍照的家世和籍贯》②一文即认为：“根据现有的材料，应该肯定虞炎所说的鲍照祖籍上党未必有误。”这个说法，是颇为客观和公允的。

说鲍照为东海人或上党人，这二者之间实际上并不矛盾。张志岳《鲍照及其诗新探》③根据《元和姓纂》卷七：“鲍：东海郯县。汉太尉昱子德始居东海。”认为鲍照是东海鲍德的后裔，所以，鲍照就应该也是东海人，从而否定了上党说。然而东汉鲍德又是西汉鲍宣的后裔，《汉书》卷七十二《鲍宣传》云：“鲍宣字子都，渤海高城人也，……拜宣为司隶，时哀帝改司隶校尉但为司隶，官比司直。……朝日，遮丞相孔光自言，丞相车不得行，又守阙上书。上遂抵宣罪减死一等，髡钳。宣既被刑，乃徙之上党，以为其地宜田牧，易长雄，遂家于长子。”鲍宣所徙居的上党，就是秦汉以来一直属并州的上党郡（今山西长子县一带），因而鲍宣就成了上党人。据《后汉书》卷五十九《鲍永传》，鲍宣徙居上党长子县后，其子永，永子昱，皆家于上党之屯留，与长子接壤。自上党屯留徙居东海乃是鲍昱之子鲍德时事。因此，既然承认鲍照的籍贯为东海，那自然也可以说他的籍贯为上党。虞炎奉文惠太子之命为鲍照编集并为之作序，自然要为鲍照捧场。而鲍氏自鲍德为大司农徙居东海后，其子鲍昂“举孝廉，辟公府，连征不起，卒于家”④，后世似乎显赫者寥寥，但上党却是鲍氏郡望之所在。据《后汉书·鲍永传》，鲍宣徙居上党后，其子鲍永曾任司隶校尉，后任兖州牧；永子昱，汉明帝时曾任司徒，章帝时又曾为

① 虞炎《鲍照集序》。
② 曹道衡《关于鲍照的家世和籍贯》，载《文史》第七辑。
③ 张志岳《鲍照及其诗新探》，载《文学评论》1979 年第 1 期。
④ 《后汉书》卷五十九《鲍永传》。

太尉，凡再为三公，时号太平宰相；昱子德为南阳太守，后任大司农，亦为九卿。世代卿相，声势显赫，乃上党之著名大族。虞炎为了标榜鲍照郡望，称他为上党人，这是可以理解的，更何况虞炎所记为："本上党人。"着一"本"字，明显有暗示上党乃鲍氏郡望之意。

《晋书》卷九十五《艺术·淳于智传》云："上党鲍瑗家多丧病贫苦，或谓之曰：'淳于叔平，神人也，君何不试就卜，知祸所在。'瑗性质直，不信卜筮。曰：'人生有命，岂卜筮所移！'会智来，应詹谓曰：'此君寒士，每多屯虞，君有通灵之思，可为一卦。'智乃为卦，卦成。謂瑗曰：'君安宅失宜，故令君困。君舍东北有大桑树，君径至市，入门数十步，当有一人持荆马鞭者，便就买以悬此树，三年当暴得财。'瑗承言诣市，果得马鞭，悬之三年，浚井，得钱数十万，铜铁器复二十余万，於是致赡，疾者亦愈。"鲍瑗寒士，而《传》乃云"上党鲍瑗"，也确切地表现了上党乃鲍氏郡望之所在。此外，《晋书》卷九十五《艺术·鲍靓传》云："鲍靓字太玄，东海人也。"可是同在《晋书》中，卷七十二《葛洪传》却又记葛洪"后师事南海太守上党鲍玄"，这个鲍玄，就是《晋书·艺术传》中字太玄，"学兼内外，明天文河洛书"，并曾任南海太守的鲍靓，同书两传中载其籍贯却一说上党，一说东海。显然这也不是《晋书》的作者误记，而是东海鲍氏中有一支和上党鲍氏同宗的缘故。此即清光绪二十三年(1897)鲍辅楹等重修的《鲍氏宗谱》所载清康熙二年(1663)梦麒天石公之《原序》所云"我鲍氏得姓，始于鲍城，盖以封邑为氏族。自是之后，聚族于东海，标望于上党"者也。因此，称鲍照为东海人或者上党人二者之间其实是一致的，不必持其一端而去否定另一说。

二、上党和东海地理位置的考实

《宋书》卷三十五《州郡志一》载徐州淮阳郡有上党县，云："上党令，本流寓郡，并省来配。"钱仲联《鲍参军集注》附录之《鲍照年表》[①]即据此而以为鲍照的籍贯上党系指南朝侨立于徐州淮阳郡之上党县而说，即

① 钱仲联《鲍参军集注》，上海古籍出版社1980年版。

在今之江苏省宿迁一带。但根据现有的材料，并不能找出淮阳上党与东海鲍氏之间的迁徙联系。况且，前人称他人籍贯时并没有单指县的，其具体一些的称法是："某人，某郡某县人也。"笼统一些的称法则是："某人，某郡人也。"称"某人，某县人也"的则不合史家的惯例，这大概是因为县名重复者多，直接称"某县人"较容易引起地名的混淆所致。如《魏书》卷四十二《尧暄传》云："尧暄，字辟邪，上党长子人也。"载尧暄为上党郡的长子县人。《南史》卷七十四《孝义下·韩怀明传》云："韩怀明，上党人也，客居荆州。"这个韩怀明也应该是并州上党郡人，单言上党，并不指东晋后侨立在淮阳郡的上党县。北魏还有个茹皓，《魏书》卷九十三《恩倖·茹皓传》云："茹皓字禽奇，旧吴人也。父让之，本名要，随巴陵王刘休若为将，至彭城。是时南土饥乱，遂寓淮阳上党。"茹皓之父茹让之所寓居的淮阳上党，即是东晋后侨立在徐州淮阳郡的上党县。传中载为"淮阳上党"，而不单言"上党"，究其因乃是记人籍贯时例不单称县名，且单言上党又容易与山西并州之上党混淆故也。作为当时著名的学者及文人的虞炎，不可能不明乎此。因此，他所说的鲍照"本上党人"的上党，必为并州之上党郡，其郡治的地理位置在今山西省长子县一带。

鲍照籍贯东海的地理位置，有人以为指汉晋时建置在郯（今山东郯城）的东海郡，亦有人以为是南朝时治所在连口（今江苏涟水）的东海郡，更有人以为此东海系指今江苏灌云及连云港等。谁是谁非，尚需作进一步之考实。

笔者以为，鲍照籍贯的东海系指汉晋时建置在郯城的东海郡。理由大致如下。第一，鲍照为东海人的记载，最早见于沈约的《宋书》。在《宋书》的人物传记中，提到籍贯为东海的还有徐羡之、何承天、虞丘进等人，而皆作"东海郯人"。根据《汉书》卷二十八《地理志上》的记载，西汉时所置东海郡领三十八县，其第一属县即为郯县，为郡治之所在。当时，东海郡的范围包括今山东省枣庄、郯城以南，江苏宿迁、灌云以北之广大地区，幅员颇为辽阔。东汉时，东海郡的规模逐渐缩小到了十三县，其郡治仍在郯县，见《续汉书·郡国志三》。到晋代，据《晋书》卷十五《地理志下》所载，东海郡又进一步缩小到了十二县，郯县仍在其间。

到南朝宋明帝泰始年间，淮北失陷于北魏，徐州之东海郡仅领有襄贲、赣榆两县，没有郯县，见《宋书》卷二十五《州郡志一》。至于寄治连口的北东海郡，当时则已划属冀州。《南齐书》卷十四《州郡志上》记是时之北东海郡"寄治连口"，下属襄贲、僮、下邳、厚丘、曲城五县，郯县也不在其中。这里寄治连口的北东海郡即系原东海郡，其之所以称为北东海，乃是相对于侨立的南东海郡而言。由此可见，《宋书》称徐羡之、何承天等人的籍贯东海，乃是指郡治在郯城的原汉晋时的东海郡而言，而决不是指南朝侨置在连口的东海。故同书中指鲍照为东海人的东海，也应是指原东海。另外，记载鲍照为东海人的又有《南史》，《南史》传记中记籍贯为东海的有王僧孺、徐勉、何远、王谌等人，也皆称"东海郯人"。显然，所指的东海也都是指汉晋时治郯城的原东海。《南史》还记有一个鲍泉，其卷六十三《鲍泉传》云："鲍泉字润岳，东海人也。"单指东海。这个鲍泉，经张志岳《鲍照及其诗新探》的考证，也是东海郯人。所以，《南史》所载鲍照籍贯东海，也必定是指原东海郡而言，而不是南朝侨立于今涟水的东海。再者，《宋书》载鲍照籍贯时与何长瑜连称，《宋书》卷六十七《谢灵运传》有以下的一段有关何长瑜逸事的记载："长瑜自国侍郎至平西记室参军。尝于江陵寄书于宗人何勗，以韵语序义庆州府僚佐云：'陆展染鬓发，欲以媚侧室。青青不解久，星星行复出。'如此者五六句。"何长瑜与何勗同宗，而何勗乃何无忌之子，见《宋书》卷七十一《徐湛之传》。今考之《晋书》卷八十五《何无忌传》云："何无忌，东海郯人也。"可见何无忌也是东海郯人。《宋书》以何长瑜与鲍照之籍贯连称，谓"东海何长瑜、鲍照"，则鲍照亦必为原汉晋时治郯城的东海人，而并非南朝时侨置于连口的东海人也是非常明显的。

第二，最早提出鲍照籍贯东海为今江苏涟水的乃是黄节，鲍照有《春羁》诗一首，其中有"佳期每无从，淮阳非尺咫"二句，《鲍参军诗注》黄节注云："曰'淮阳非尺咫'，思乡也。"①从诗的内容看，此诗确实表现了浓厚的思乡情绪，黄节的说法是可信的。据此，鲍照的故乡应该在淮阳附近。黄节又云："宋淮阳郡徐州，今江苏淮安府清河县东南。"以为

① 黄节《鲍参军诗注》，人民文学出版社 1957 年版。

淮阳在清代的淮安府清河县，也就是今江苏淮阴。故黄节又云："明远东海人。东海今江苏淮安府安东县北。"黄节所说的清安东县即今之江苏涟水县。如此看来，说鲍照籍贯为涟水似乎又有它的理由。但是，如果我们作更进一步的推求，则事实并非如此。据《通鉴》卷一百三十一"薛索儿闻之，释睢陵，引兵击弥之。弥之战败，走保北海，申令孙进据淮阳"胡注："晋安帝义熙中土断立淮阳郡于下邳角城。唐泗州治宿豫县，古角城也。"《通鉴》卷一百三十二"魏将孔大恒等将千骑南攻淮阳，淮阳太守崔武仲焚城走"胡注："淮阳太守治角城，角城在唐泗州宿迁县界。宿迁即宿预，唐避讳改焉。"《通鉴》卷一百三十五"（建元）三年春正月，……魏人冠淮阳，围军主成买于甬城"胡注："'甬城'，当作'角城'。《水经注》：角城在下邳睢陵县，南临淮水，其地据济水入淮之口，后梁武帝置淮阳郡角城为县，属焉。高闾曰：角城去淮阳十八里。杜佑曰：角城，晋安帝义熙中置，在宿预县界。《五代志》作'甬城'。"则刘宋时淮阳郡的地理位置应在今江苏宿迁一带，而并非在今江苏淮阴境内，这也就是说黄注释淮阳的地理位置其实并不准确。上文我们已经考察过，汉晋时治郯城的东海郡包括今山东枣庄、郯城以南，江苏宿迁、灌云以北之广大地区。如此则《春羁》诗中诗人所思之淮阳故乡正在原治郯城的东海郡范围之内。诗中"淮阳非尺咫"的"淮阳"实际上是泛指原淮水以北的原东海郡的广大地区，而涟水则在此以南，不在《春羁》诗所说"淮阳"范围之内。因此，鲍照《春羁》诗中的思乡之句，与我们所论鲍照籍贯是汉晋时治郯城的东海郡不但不相矛盾，反而为此说提供了有力的证据。

第三，也是最为重要的一点理由。据《宋书·州郡志》和《南齐书·州郡志》之记载，东海郡移治连口应当在宋泰始七年(471)至齐建元元年(479)之间。鲍照宋人，卒于宋明帝泰始二年(466)，他的祖辈迁居江南更在此之前。但古人称人的籍贯乃指其家族世代族居之地，决没有可能将后代设立的地名加到前人身上去的可能。因此，鲍照的祖籍根本不可能是南齐时属冀州的寄治连口的北东海，更何况东海在移治连口时已更名为北东海郡了。退一步说，即使《宋书》、《南史》的作者因为疏忽而以治连口的东海称鲍照的籍贯，也应该说是北东海人，而不应该以其与何长瑜并列,统称为东海人。南朝有个陈显达,《南齐书》卷二十六《陈显达传》云:"陈显达,南彭城人也。"就明确地指出他是东晋时侨立的南徐州的南彭城郡人,以区别于长江以北的徐州彭城。① 至于与鲍照在宋孝武帝时同为中书舍人的徐爰,《宋书》卷九十四《恩倖传》云:"徐爰字长玉,南琅邪开阳人也。"也清楚地指出他是侨立的南徐州的南琅邪人,以区别于徐州的琅邪。至于原籍为徐州琅邪者则例不加"南"字而单称琅邪。如《宋书》卷七十五《王僧达传》称其为"琅邪临沂人"。根据这种记载的体例,《宋书》、《南齐书》所说鲍照籍贯的东海,也必定是汉晋时治郯城的东海无疑。《山东通志》卷三十五云:"鲍照字明远,宋东海郯人。"是也。

最后需要指出的是,在叙述鲍照籍贯时说得符合事实的是余冠英《汉魏六朝诗选》②、王仲荦《魏晋南北朝史》③、曹道衡《鲍照评传》④,他们都认为鲍照的原籍为郡治今山东长子的上党,而籍贯东海则是汉晋时治郯城的东海。因不敢掠美,故特以揭出。

四、西晋永嘉乱后鲍照家庭的迁徙情况

西晋永嘉大乱之后,晋室南渡,北方人民也纷纷离乡背井,大量南下避乱。为了适应移民如潮水般涌入的需要,东晋政府陆续在南方为北来流民侨立州、郡、县,以为安置。《宋书》卷三十五《州郡志序》云:"自夷狄乱华,司、冀、雍、凉、青、并、兖、豫、幽、平诸州,一时沦没,遗民南渡,并侨置牧司,非旧土也。"王仲荦《魏晋南北朝史》第五章第二节云:"谭其骧教授把《宋书·州郡志》中所记载的侨州、郡、县之户口数作为南渡人口(政府的编户齐民)之约数,自永嘉截至刘宋之季,南渡人口(编户齐民)约有九十万,占当时政府编户齐民五百四十万的六分之一。

---

① 南徐州之彭城郡为东晋时侨立,陈显达乃宋、齐时人,所以述其籍贯时可说为"南彭城人"。而东海移治涟水在宋末齐初,鲍照其时已卒多年,故涟水不能用以指鲍照籍贯。

② 余冠英《汉魏六朝诗选》,人民文学出版社 1978 年版。

③ 王仲荦《魏晋南北朝史》,上海人民出版社 1979 年版。

④ 曹道衡著《鲍照评传》,《中国著名文学家评传》,山东教育出版社 1983 年版。

当西晋太康之初，北方诸州及徐州之淮北共有户约百四十万（见《晋书·地理志》），以一户五口计，共有口七百余万，而南渡人口九十万，占北方人口总数的八分之一强。换而言之，亦即晋永嘉以来，北方平均八人之中，有一人迁徙至南方。结果使东晋、南朝所辖境域内，其政府编户齐民中六分之五为本土旧民，六分之一为北来侨民。"即可看出当时移民规模之大，数量之多。大约也就是在永嘉以后这种大规模的移民浪潮中，鲍照祖辈作为徐州的淮北流民离开了世代族居的东海，南下到江南避乱。所以鲍照《拜侍郎上疏》中有"臣北州衰沦，身地孤贱"这样的说法。

鲍照祖辈迁徙至南方后居于何处，这也是论者经常讨论到的一个问题。《宋书》卷三十五《州郡志一》于"南徐州刺史"条下载云："南东海太守，晋元帝初，割吴郡海虞县之北境为东海郡，立郯、朐、利城三县，而祝其、襄贲等寄治曲阿。穆帝永和中，郡移出京口，郯等三县亦寄治于京。"可见，晋元帝时南东海郡原寄治于海虞（今江苏常熟）之北境，而二十年后旋即移治京口，汉晋时原东海郡的旧县郯、朐、利城也同时移之京口。《宋书·州郡志一》此后又云："文帝元嘉八年立南徐，以东海为治下郡，以丹徒属焉。""郯令，汉旧名。文帝元嘉八年，分丹徒之岘西为境。"是南东海郡在元嘉八年时已有实土，但仍在京口附近。鲍照籍贯徐州东海，那么南渡之后其先世是极有可能寄居京口的。王仲荦《魏晋南北朝史》第五章第二节云："南渡民户，以侨寓今江苏省为最多，约二十六万。……而南徐州（州治丹徒，今江苏镇江市）一州领有侨寓人口二十二万余，凡占有全省侨寓人口总数的十分之九。南徐州内侨旧人口合计为四十二万余，若侨寓人口二十二万余，则比旧有人口多二万余人。"这一统计，更为鲍照先世南渡后寓居京口提供了较为有力的佐证。

鲍照有《从拜陵登京岘》诗一首，乃宋文帝元嘉二十六年（499）他在始兴王刘濬幕时所作。京岘，即京岘山，京口之山也。所拜之陵即刘宋先世帝后之陵。其诗末有云："衰贱谢远愿，疲老还旧邦。深德竟何报？徒令田陌空。"这里的"旧邦"和"田陌"乃指其家乡和田园。正说明鲍照祖辈南渡之后寓居于京口一带。

然而鲍照先世南渡后寄居在京口，并不等于说鲍照就生长在京口。

鲍照《还都至三山望石头城》诗有"征夫喜观国，游子迟见家"句。"三山"，在今江苏南京西南数十里处的长江南岸；"石头城"，本楚金陵城，孙权重筑改名，故址在今南京清凉山。《发后渚》诗有："从军乏衣粮，方冬与家别"句，缪鉞《鲍照远年谱》[①]据此以为是时鲍照家居建康。鲍照又有《重与世子启》一文，此启乃上临川王刘义庆世子刘烨者，亦作于京都建康。其中有"居职还私，两者无异"句，钱仲联《鲍参军集注》云："义庆薨于京邑。据此处文意，照家亦在京。"皆证据确凿，说明了鲍照当时确实家于建康。至于鲍照《瓜步山楬文》，据钱仲联《鲍参军集注》此文题注之考证，当为元嘉二十九年(452)五月，鲍照离始兴王刘濬幕后，经由瓜步返建康时作，并云："是时照家在建康，故此文有'归扬'之语。"也为鲍照当时家居建康提供了有力的证据。

鲍照《还都至三山望石头城》、《发后渚》二诗作于元嘉十七年，是此年之前他已家于京都建康无疑。而他于元嘉十二年已离乡西游荆州，此后到元嘉十七年始得还都。由此，他家居于建康又必在元嘉十二年之前。

综上所述，鲍照的籍贯本为原并州之上党，即今山西长子一带，后鲍照之祖先(上党鲍氏之一支)又由上党迁徙至汉晋时治郯城的徐州东海，故鲍照又可说成东海人。晋永嘉乱后，鲍照的祖先又由徐州东海迁徙至侨立于京口的南东海郡，而后在元嘉十二年之前，他家又由京口迁至当时的京都建康。

① 缪钺《鲍明远年谱》，载《文学月刊》1932年3卷1期。

鲍照家世考

关于六朝著名诗人鲍照的家世，即他的出身是庶族还是士族，是历来争论较多且悬而未决的一个问题。鲍照在他的诗文中曾多次提到过他家庭贫贱的情况，如《解褐谢侍郎表》云："臣孤门贱生，操无炯迹，鹑栖草泽，情不及官。"《谢解禁止表》云："臣自惟孤贱，盗幸荣级。"《侍郎报满辞阁疏》云："臣嚚杌穷贱，情嗜踳味，身弱涓甃，地幽井谷。本应守业，垦畛剿芿，牧鸡圈豕，以给征赋。而幼性猖狂，因顽慕勇；释担受书，废耕学文。画虎既败，学步无成。"《重与世子启》云："仆以常人，所蒙隆厚，久应知退，非适今日。"《谢秣陵令表》云："臣负锸下农，执羁末皂。"《请假启》云："臣居家之治，上漏下湿。暑雨将降，有惧崩压。比欲完葺，私寡功力，板锸绹涂，必须躬役。冒欲请假三十日，伏愿天恩，赐垂矜许。"虞炎《鲍照集序》亦谓："鲍照字明远，本上党人，家世贫贱。"而且《南齐书》卷五十六《倖臣传》也将鲍照与倖臣巢尚之相提并论，因此有些学者乃据此而以为鲍照出身庶族。但是从鲍照的仕宦经历以及他妹妹鲍令晖所受的教养来看，他的出身应该并非庶族可比，所以一些学者又以为鲍照的出身乃是士族。如张志岳先生在《鲍照及其诗新探》①一文中说：

鲍照在"余当二十弱冠辰"就已经能写出《行路难》那样的杰

① 张志岳《鲍照及其诗新探》，载《文学评论》1979年第1期。

作，而他的妹妹鲍令晖也是一位有名的女诗人，这似乎不是后世一般贫贱之家所能够培养出来的。同时，鲍照在二十余岁时出仕，即为三国侍郎，相当于郡守的僚佐，这在九品官人制度已经固定的时代，如果没有家世的凭籍，似乎也难以索解。

又说：

我们承认鲍照的家世贫贱是事实，但同时要明确那是和高门大族相比较而来说的，是特定历史条件下的"贫贱"，而不能用后世一般的"贫贱"尺度去看待。魏晋南北朝时期出身寒素的著名诗人，鲍照以外，比较常提到的还有张华、左思、陶渊明等，张华"少孤贫，自牧羊"，陶渊明"少而穷苦，躬耕自资"。但是，张华的祖父封肥如侯，父亲做过渔阳郡守；陶渊明的祖父和父亲也都做过郡守之类的官。这说明他们虽然贫寒，家世却不简单，就是以《咏史诗》知名，突出地表现寒士慷慨的左思，也是家世儒学，父亲曾做过中级京官—殿中侍御史，而他的妹妹左芬也能诗善赋，并被选为晋武帝的贵嫔。于此可见，这些出身寒微的诗人，他们的家世地位都远非后世一般中小地主出身的知识分子所能比拟。但在当时的门阀制度下，和高门大族相比，他们又确是受到压抑，乃至相对的可以被称为或自称为"贫贱"的。鲍照生在他们之后，生在门阀制度已经定型化的时代，那末，他的贫贱，似乎就更适宜于从当时的社会风尚去解释了。

这就是说，张志岳先生乃以为鲍照的出身乃是士族。

曹道衡先生《鲍照评传》①则以为根据现有的材料，鲍照的出身究竟是士族还是庶族，似乎尚难以确定。他说：

关于鲍照的出身，当前学术界尚有争论，即，他是士族还是庶

① 曹道衡《鲍照评传》，《中国历代文学家评传》，山东教育出版社 1983 年版。

族出身的问题。从文化教养及仕官经历看，认为他虽然贫寒，还应属于士族。这些意见应该说是有道理的。不过，《南齐书·倖臣传》中却把他和巢尚之等庶族出身的人并提。因此这个问题，似不易断定。

但曹先生在《关于鲍照的家世和籍贯》①一文中则针对张志岳先生的士族说，提出了新的看法，又力主鲍照出身庶族，他说：

王国侍郎的地位，也不过是区区九品的小官，似乎并不需要什么“家世的凭借”。再看《宋书·恩倖传》中的人物，出仕时的官职，也不比鲍照低。例如巢尚之，《宋书》说他是“人士之末”，他在元嘉时代“侍始兴王濬读书，亦涉猎文史，为上（文帝刘义隆）所知。孝建（孝武帝刘骏年号）初，补东海国侍郎，仍兼中书通事舍人。”他出任中书舍人的时间和鲍照差不多，一开始都是九品小官，但到前废帝刘子业时，他已做到淮陵太守，属第四品，而在同一期间，鲍照却不过做到临海王子顼的前军参军，位不过七品。巢尚之不是世族出身，这大致可以肯定。那么如果说鲍照门第高于巢尚之，恐怕也很难说通。《宋书·恩倖传》中还有一个徐爰，他出仕于东晋末年。“初为晋琅邪王大司马府中典军。”琅邪王即晋恭帝司马德文。徐爰做这个官是在刘裕奉司马德文北伐姚泓以前。刘裕伐姚泓是晋安帝司马德宗义熙十二年(416)的事。徐爰卒于宋后废帝刘昱元徽三年(475)，卒年八十二。根据他卒年上推到义熙十二年，徐爰约二十二岁。他当时所任的官职，据《宋书·百官志》属于“公府掾属”一类，是七品官职。象巢尚之、徐爰这些人物，应该说是庶族出身，并无“家世的凭借”的。但其中一个出仕的官职与鲍照相仿，而升迁却快得多；另一个出仕之初就比鲍照高出了两品。因此说鲍照出身的家族原是山东的世族，在仕途上曾受到照顾，这并不符合事实。张志岳同志推测鲍照出身世族的另一个理由是鲍照和他的

① 曹道衡《关于鲍照的家世和籍贯》，见《中古文学史论文集》，中华书局1989年6月版。

> 妹妹鲍令晖都是作家，有很高的文化教养。这个理由看起来似乎比较有力。其实，在南北朝时代，文化虽然基本上为世族大地主所把持，但一般中小地主等士大夫圈子以外的人，也绝不是不可能有较高的文化教养的。《宋书·恩倖·戴法兴传》："戴法兴，会稽山阴人也，家贫，父硕子，贩纻为业。法兴二兄延寿、延兴并修立，延寿善书，法兴好学。"又说："法兴能为文章，颇行于世。"《宋书·历志下》还载有他一篇论历法的表疏，说明他还对历法颇有研究。戴法兴不是世族出身，这是可以肯定的。然而他的文化教养似乎不能不说很高。……可见文化教养高的人，并不一定都出身世族。

最后，曹先生得出结论说：

> 总之，鲍照的出身，根据现有的材料，很可能是庶族。因为《南齐书·倖臣传》和《南史·恩倖传》都把他和巢尚之、戴法兴等庶族人物相提并论，而这种情况，在其它作家身上，却没有发生过。这多少说明鲍照的出身比起左思、陶渊明等出身于所谓'寒门'的作家要更贫寒得多。

曹道衡先生论述鲍照出身在两篇文章中截然相左，这本身就说明了曹先生在这一问题上的困惑。二者谁是谁非，尚须作更进一步的考察。为此，我们不妨首先考察一下以为鲍照出身庶族最为有力证据的《南齐书》卷五十六《倖臣传序》中的一段文字：

> 宋文世，秋当、周纠并出寒门，孝武以来，士庶杂选。如东海鲍照，以才学知名，又用鲁郡巢尚之，江夏王义恭以为非选。

上文既然说"孝武以来，士庶杂选"，因此我们并不可以就此断定巢尚之出身庶族。而且上面的文字乃是说宋文帝时任中书舍人的秋当、周纠出自寒门，《宋书》卷五十七《蔡廓传附蔡兴宗传》云："元嘉初，中书舍人秋当诣太子詹事王昙首，不敢坐。其后中书舍人王弘为太祖所爱遇，上谓曰:‘卿欲作士人,得就王球坐,乃当判耳。殷、刘并杂,无所知也。’”就是文帝时期任中书舍人的秋当、周纠乃是寒门庶族出身的明证。但是,到了孝武帝时期,这种情况乃有所改变,即中书舍人乃以士庶杂而用之。由此看来,巢尚之似乎更应该是属于“士庶杂选”中“士”族,正因为杂用士人,故江夏王义恭乃以为非选耳。况且,《宋书》卷九十四《恩倖传》在提到巢尚之时说:

> 鲁郡巢尚之,人士之末。

《宋书》卷八十八《薛安都传》载安都从弟道生为秣陵令庾淑之所鞭,安都往杀庾淑之,柳元景责之曰:“卿从弟服章言论,与寒细不异,虽复人士,庾淑之亦何由得知。且人身犯罪,理应加罚,卿为朝廷勋臣,宜崇奉法宪,云何放恣,辄欲于都邑杀人。”《南齐书》卷五十六《倖臣·吕文度传》云:“永明中,敕亲近不得辄有申荐,人士免官,寒人鞭一百”。《南史》卷五《齐本纪下·废帝东昏侯纪》云:“又先是诸郡役人,多依人士为附隶,谓之‘属名’。又东境役苦,百姓多注籍诈病,遣外医巫,在所检占诸属名,并取病身。凡属名多不合役,止避小小假,并是役荫之家。”皆为“人士”即“士人”之明证。则《宋书·恩倖传》云巢尚之为“人士之末”,乃是说巢尚之是士人中的末流,即低级士族。因此,对《南齐书·倖臣传》有关文字的正确理解应该是,宋文帝时的中书舍人秋当、周纠等人皆出自寒门,而自宋孝武帝以来则士族与庶族杂而用之,巢尚之虽然是士族中的末流,但由于属于士族之列,故其任中书舍人之时,江夏王义恭乃以为非选耳。这就是说,曹先生立论的基础有值得可疑之处。

其次,根据现有的材料,似乎并不能肯定“初为晋琅邪王大司马府中典军”的徐爰和其父“贩纻为业”的戴法兴出身为庶族。而且退一步说,即使徐、戴二人的出身为庶族,也并不能作为鲍照出身即是庶族的证据。因为在宋孝武帝刘骏时期,中书舍人之职本就是“士庶杂选”,《南齐书·倖臣传》与《南史·恩倖传》将鲍照与巢尚之、徐爰、戴法兴等人相提并论,巢尚之既然可以是“人士之末”,那么鲍照为什么就一定出身庶族呢?由此,据此以为鲍照出身庶族的根据明显不足。

以下，不妨再考察一下鲍照的仕宦情况。首先，鲍照初仕为临川王国侍郎，诚如曹先生所说，虽然“不过是区区九品的小官”，但这种九品的小官，也并非庶族出身的人才能担任，这从以下的几则记载中就可以清楚地看出。《晋书》卷七十一《王鉴传》云：

王鉴字茂高，堂邑人也。父濬，御史中丞。鉴少以文笔著称，初为元帝琅邪国侍郎。

按王鉴的父亲王濬于晋任御史中丞，其出身必非庶族可知。《南齐书》卷二十七《王玄载传》云：

王玄载字彦休，下邳人也。祖宰伪北地太守。父蕤，东莞太守。玄载解褐江夏王国侍郎。

《南齐书》卷四十一《周颙传》云：

周颙字彦伦，汝南安成人，晋左光禄大夫顗七世孙也。祖虎头，员外常侍。父恂，归乡相。颙少为族祖朗所知，解褐海陵国侍郎。

按以上王玄载的祖父任过北魏的北地太守，父亲任过东莞太守。而汝南周氏则更是当时的名门望族，皆非庶族之比。又《宋书》卷六十七《谢灵运传》云：

临川王义庆招聚文士，长瑜自国侍郎至平西记室参军。

按何长瑜与刘宋开国功臣何无忌同宗，《宋书·谢灵运传》记载何长瑜因作诗讽陆展而激怒临川王刘义庆后，被贬为广州曾城令，何无忌之子何勖曾为长瑜求情，“谓袁淑曰：‘长瑜便可还也。’”也不可是庶族。至于《宋书》卷九十三《隐逸·王素传》云：

王素字休业，琅邪临沂人也。高祖翘之，晋光禄大夫。素少有志行，家贫母老，初为庐陵国侍郎。

作为琅邪王氏的王素，其祖父任过晋光禄大夫，非但不是庶族，而且是高门士族。以上数人皆是初仕为王国侍郎，与鲍照的一出仕即为临川王国侍郎相似。因此，鲍照的担任王国侍郎之职，也完全不能作为他的出身是庶族的理由。相反，到成了鲍照出身士族的一个颇为有力的佐证。

《晋书》卷五十五《潘岳传》云："父芘，……初，芘为琅邪内史，孙秀为小史给岳。"《晋书》卷四十三《王戎传》云："初，秀为琅邪郡吏，求品于乡议，戎从弟衍将不许，戎劝品之。"唐长孺《九品中正制度试释》据此论之云："给使的小吏如《刘卞传》所云至于在茅厕中执烛，地位的卑微可知，所以不能入品，直到王衍答应了他（福林按指孙秀）的请求，才能由琅邪国书佐做到赵王伦国侍郎。"唐先生认为当时的王国侍郎一职，必须由有品第的人才能担任，这也就是说唐先生即以为担任王国侍郎的必须是士族出身的人，这与笔者以上所论乃是完全一致的。

此后，鲍照在孝武帝时期又先后担任过海虞令（今江苏常熟）和秣陵令（今江苏江宁），皆为江南富庶之地的京畿大县，《晋书》卷七十六《王廙传附王彪之传》有云：

简文有命用秣陵令曲安远补句容令，殿中侍御史奚朗补湘东郡。彪之执不从，曰："秣陵令三品县耳，殿下昔用安远，谈者纷然。句容京畿，三品佳邑，岂可处卜术之人，无才用者邪？"

据《宋书·百官志》，县令秩千石者第六品，则王彪之所云之"三品县"、"三品佳邑"，乃指士人九品品第中的第三品。由此可见，当时京畿大县例以品第第三品之士人担任，简文帝先用曲安远，品第不及，已为破例之举，故王彪之云"谈者纷然"，今再改授句容，较秣陵更优，故彪之又执不从也。《晋书》卷七十一《陈頵传》云：

会解结代杨准为刺史,……结至大会……又问僚佐曰:“河北白壤膏梁,何故少人士,每以三品为中正。”

按:陈頵,豫州陈郡苦人,为州部从事,劾案沛王韬狱,未竟,沛王韬则“因河间王颙属(解)结”,为沛王滔求请。解结为州新任刺史,故解结到任之初,乃于大会时以河北少人士,“每以三品为中正”以讥陈頵,因不便直斥,乃有此言也。所以传于此后载陈頵答解结云:“老子、庄周生于陈、梁,伏羲、傅说、师旷、大项出于阳夏,汉魏二祖起于沛、谯,准之众州,莫之与比。”按陈、梁、沛、谯皆豫州之属郡,阳夏则梁郡之属县,陈頵历数老子、庄周等人,盖欲彰显豫土英才贤人之众,以驳解结河北“少人士”之语耳。由此可见,品第为三品者乃属九品中正制中的上品。而且“每以三品为中正”,更说明当时品第三品成为中正的并不在少数,至少在河北一带是如此。既然决定士人品第的中正可以由三品品第之人出任,那么三品属于上品之列乃是毫无疑问的。《晋书》卷六十六《刘弘传》云:

时荆部守宰多缺,弘请补选,帝从之。弘乃叙功诠德,随才补授,甚为论者所称。乃表曰:“……南郡谦吏仇勃,母老疾困,贼至守卫不移,以致拷掠,几至殒命。尚书令史郭贞,张昌以为尚书郎,欲访以朝议,遁逃不出,昌质其妻子,避之弥远。勃孝笃著于临危,贞忠厉于强暴,虽各四品,皆可以训奖臣子,长益风教。臣辄以勃为归乡令,贞为信陵令。”

按:刘弘表中所谓之“四品”,亦为九中论人中的品第。因是时大县例由三品之人所担任,而仇勃、郭贞皆为四品人士,品第不及,只能担任尚书令史之类的属吏,故刘弘乃上表以求得皇帝之许可。而从鲍照在宋孝武帝时能成为在一般情况下只有三品人士才能担任的京畿大县海虞和秣陵县的县令,其例大概相当于郭贞担任归乡令和仇勃担任信陵令的情况,乃是超授。但这也至少说明了一点,即鲍照的出身绝不属于庶族之列。

以下我们不妨再来观察一下当时士族的情况，士族制度发展到两晋南北朝时期，已形成了以血缘相联系的宗族家庭组织，所以当时往往以郡望相标榜，以姓氏宗族以区分人的地位之高低。《晋书》卷八十八《孝友·庾衮传》："齐王冏之唱义也，张弘等肆掠于阳翟，衮乃率其同族及庶姓保于禹山。"大姓聚族而居是当时的一个重要特点，而聚族而居的人数则往往又是相当可观的。《北史》卷三十三《李灵传附李显甫传》云：

集诸李数千家，于殷州西山开李鱼川，方五六十里居之，显甫为其宗主。

由此可见，赵郡李氏人户数量至少在数千家以上。《晋书》卷一百三《刘曜载记》记刘曜攻破长安之后：

徙秦州大姓杨、姜诸族二千余户于长安。

则杨、姜诸族亦族在千户左右。所以，《晋书》卷一百二十七《慕容德载记》记尚书韩绰上书有"或百室合户，或千丁共籍"的说法，这种百室千丁聚族而居的族人，实际上都属于士族阶层，遇到适当的时机即可有出仕的机会，《三国志·吴志·朱治传》云：

公族子弟及吴四姓多出仕郡，郡吏常以千数。

正因为"或百室合户，或千丁共籍"，所以当时属于士族这一阶层的人数乃相当之多。同时，这些属于士族的人众，又皆可获得种种特权，如《晋书》卷一百六《石季龙载记》云：

镇远王擢，表雍、秦二州望族，自东徙以来，遂在戍役之例，既衣冠华胄，宜蒙优免，从之。自是皇甫、胡、梁、韦、杜、牛、辛，十有七姓，蠲其兵贯，一同旧族。

凡属十七姓中之人皆得以预蠲兵贯之优待，可见是时所蠲免者范围之广。《梁书》卷五十三《沈瑀传》：

起为振武将军、余姚令。县大姓虞氏千余家，请谒如市，前后令长莫能绝。自瑀到，非讼所通，其有至者，悉立之阶下，以法绳之。

福林按：余姚虞氏为会稽四姓之一，乃江东士族中之高门，所以他们可以随意请谒县令，而前后令长不能绝，因虞氏家族甚众，故请谒之时乃至人众"如市"也。再以南齐时会稽郡的山阴县为例，据《南齐书》卷四十六《陆慧晓传附顾宪之传》载顾宪之议云：

山阴一县，课户二万，其民资不满三千者，殆将居半，刻之又刻，犹且三分余一。凡有资者，多是士人复除。其极贫者，悉皆露户役民。

在山阴县的众多士族人士之中，虽然有以贿赂除去旧日卑籍而更为新籍以冒充士族，从而得到免除兵役和徭役的情况，但不可否认的事实是，山阴县符合当时免除课税条件的士人相当惊人，而承担政府繁重赋税的就成了那些"极贫者"。以上数例，皆证明当时士族人数之多。《南齐书》卷五十二《文学·贾渊传》云：

贾渊字希镜，平阳襄陵人也。……建武初，渊迁长水校尉，荒伧人王泰宝买袭琅邪谱，尚书令王晏以启高宗，渊坐被收，当极法，子栖长谢罪，稽颡流血，朝廷哀之，免渊罪。

北方避难到南方的王泰宝因为举不出他是琅邪王氏的证据，当然不是士族，而当他买通了当时主管谱籍的贾渊，得以冒充琅邪王氏以后，情况也就发生发根本的变化，这样他就取得了士族的待遇，当然也就得到了免除徭役课税的优待。王泰宝冒充琅邪王氏，至多也只能算是琅邪王氏中之疏远者，因为近几代之内的关系是无法冒充的。东海鲍氏乃山东旧族，渡江以后虽然逐渐衰落，但仍当属于士族之列，而鲍照为东海鲍氏的一支则是毫无疑问的。王泰宝因为冒充琅邪王氏而成了士族，那么，确凿地出自东海鲍氏的鲍照自然应该是士族无疑。《南齐书·文学·王智深传》云：

王智深字云才，琅邪临沂人也。少从陈郡谢超宗学属文。好饮酒，拙涩乏风仪。宋建平王景素为南徐州，作《观法篇》，智深和之，见赏，辟为西曹书佐。贫无衣，未到职而景素败。后解褐为州祭酒。……家贫无人事，尝饿五日不得食，掘苋根食，司空王僧虔及子志分其衣食。

王智深为琅邪临沂人，而其父祖事迹无存，史传亦不载其名讳，家贫到衣食无着的状况，但是他一释褐即能做到州祭酒这样的官职，可见他一定是拥有仕宦特权的士族。王智深的处境比起鲍照来应该差不多甚至更为糟糕，王智深是士族，因此鲍照当然也不可能是庶族了。

同样为上党鲍氏的还有晋代的鲍瑗，《晋书》卷九十五《艺术·淳于智传》云：

上党鲍瑗家多丧病贫苦，或谓之曰："淳于叔平神人也，君何不试就卜，知祸所在？"瑗性质直，不信卜筮，曰："人生有命，岂卜筮所移。"会智来，应詹谓曰："此君寒士，每多屯虞，君有通灵之思，可为一卦。"

传云"上党鲍瑗"，明标郡望，只是鲍瑗家庭不显，故应詹乃称其"寒士"，即低级士族也。鲍照的状况与鲍瑗相似，这也从另一侧面说明了鲍照的士族出身。

其实，鲍照在自己的诗文中就有数处透露出了他的出身状况，只是历来的论者皆忽略了这一点，对此未予重视而已。如他的《拜侍郎上疏》说：

臣北州衰沦，身地孤贱。

这里需要注意的是“北州衰沦”四字。说“北州”，乃是说他本是中原旧姓；说“衰沦”，乃是说鲍氏家族至此已经衰落。东海鲍氏原是上党旧姓，在汉代声名显赫，南朝时虽然已经衰落，并非高门，但也必非庶族之列。《宋书》卷四十二《王弘传》载王弘于元嘉初的一段议论说：“如衰陵士人，实与里巷关通，相知情状，乃当于冠带小民。”王弘所说的“衰陵士人”，其实也就是鲍照自称的“北州衰沦”，二者乃是一致的。再看鲍照的《谢永安令解禁止启》说：

臣田茅下第，质非谢品。志终四民，希绝三仕。

“下第”，乃是当时被举为秀才和孝廉者对策所得的等第之一。马端临《文献通考》卷二十八《选举一》说：“宋制……凡州秀才、郡孝廉至，皆策试，天子或亲临之。及公卿所举皆属于吏部，序才诠用，凡举得失，各有赏罚。……齐吏部都令史骆宰议策秀才格五问，并得为上，四、三为中，二为下，一，不合与第。”卷三十四《选举七》说：“宋制，丹阳、吴、会稽、吴兴四郡岁举二人，余郡各一人，州举秀才，郡孝廉，皆策试。”鲍照既然自称“田茅下第”，虽是自谦之辞，但其中表现出他能有被州郡所荐举的资格则也是没有疑问的，而这种资格则决非庶族中人所能有。

至于“谢品”，《鲍参军集注》钱仲联注说：“《新唐书·柳冲传》：‘魏氏立九品，置中正，尊世胄，卑寒士，权归右姓。其州大中正、主簿，郡中正、功曹，皆取著姓士族为之，以定门胄，品藻人物。晋、宋因之，始尚姓已。过江则为侨姓，王、谢、袁、萧为大。’”即鲍照所谓的“质非谢品”，乃指其并非陈郡谢氏那样所能取得的高品，这也就是说，他是能取得士人品第的人。至于能取得士人品第的人是否即是士族，还当作更进一步的探讨。

《三国志》卷二十三《魏志·常林传》裴松之注引《魏略·清介吉茂传》云：“先是，国家始制九品，各使诸郡选置中正，差叙自公卿以下，至于郎吏，功德材行所在。”是九品中正制自设立之始，乃置中正以品评官员"功德材行"之等第,而不及于一般百姓。《魏书》卷五十九《刘昶传》载:"高祖临光极堂大选曰:'……我今八族以上,士人品第有九,九品之外,小人之官,复有七等,若苟有其人,可起家为三公,正恐贤才难得,不可止为一人,浑我典制,故令班镜九流,清一朝轨。'"北魏高祖所谓的"士人品第有九",即指九品中正制的九品,乃当时评定士大夫等第之法。《文苑英华》卷七百六十引《寒素论》云:"服冕之家,流品之人,视寒素之子,轻若仆隶,易如草芥,曾不以之为伍。"《晋书》卷六十四《会稽王道子传》云:"今台府局吏,直卫武官,及仆隶婢儿,取母之姓者,本臧获之徒,无乡邑品第。"皆为九品中正制乃是时士族内部分别高下制度之明证。也就是说,只有士族中人才有获得九品品第的资格。故《魏书》卷四十一《源贺传附源怀传》云:

> 景明二年,征为尚书仆射,加特进。时有诏,以奸吏犯罪,每多逃窜,因眚乃出,并皆释然。自今已后,犯罪不问轻重,而藏窜者悉远流。若永避不出,兄弟代徙。……怀重奏曰:"臣以为法贵经通,治尚简要,刑宪之设,所以网罗罪人。苟理之所备,不在繁典;行之可通,岂容峻制。此乃古今之达政,救世之恒规。伏寻条制,勋品已下,罪发逃亡,遇恩不宥,仍流妻子。虽欲抑绝奸途,匪为通式。谨按事条,侵官败法,专据流外,岂九品已上,人皆贞白也?其诸州守宰,职任清流,至有贪浊,事发逃窜,而遇恩免罪,勋品已下,独乖斯例。如此则宽纵上流,法切下吏,育物有差,惠罚不等。又谋逆滔天,轻恩尚免,吏犯微罪,独不蒙赦。使大宥之经不通,开生之路致壅,进违古典,退乖今律,辄率愚见,以为宜停。"书奏,世宗纳之。

按以上源怀所奏,乃因入流品之人与不入流品之人的法律不同而发,正因为凡入品第之人皆为士族,故其乃发出"岂九品以上,人皆贞白也"之感慨,并希望朝廷能停止这种不平等之法令。因此,鲍照自云"质非谢品",也从另一角度确凿地说明了他的出身乃是士族无疑。所以,鲍照一出仕即能成为刘义庆的临川王国侍郎,出仕之后又与当时一流高门世族琅邪王氏和陈郡谢氏的代表人物王僧达、王僧绰、谢庄等人交往甚密，且屡有诗酒唱和之举，就比较容易理解了。《宋书》卷八十三《宗越传》云：

> 宗越，南阳叶人也。本河南人，晋乱，徙南阳宛县，又土断属叶。本为南阳次门，安北将军赵伦之镇襄阳，襄阳多杂姓，伦之使长史范觊之条次氏族，辨其高卑，觊之点越为役门。

即当时之士族又有次门，即低级士族者。东海鲍氏是时既然已经衰陵，鲍照的父、祖又不见载于史册，则鲍照无疑属于低级士族之列。其实，段师熙仲先生二十多年以前在他的《鲍照五题》[1]中就曾经指出：

> 如依颜氏文例解钟记室人微之语，至少可以说，明远决非寒族，而很可能是上党旧姓，南渡较迟，致仕宦不达，亦非势族。

就从另外一个角度明确指出了鲍照的出身应该是低级士族，遗憾的是，这一结论并未曾得到人们应有的重视。

① 段师《鲍照五题》，载《文学遗产》1981年第3期。

虞炎《鲍照集序》的一处传写错误

鲍照卒后的二十余年，南齐著名文士，当时任散骑侍郎的虞炎乃奉皇太子萧长懋之命，搜集鲍照遗文编之成集，并作有《鲍照集序》一篇，其中载鲍照事迹有云：

> 孝武初，除海虞令，迁太学博士，兼中书舍人，出为秣陵令，又转永嘉令。

对于鲍照的任永嘉令一事，吴丕绩《鲍照年谱》[①]曾提出过怀疑，其云："大明二年戊戌(458)。先生转永嘉令，约在是年。案先生集有《谢永安令解禁止启》一篇，疑虞序所云永嘉者，是永安令之误，抑先生又尝为永安令耶?"《鲍参军集注》[②]钱仲联于《谢永安令解禁止启》题注中又重申了此意，云："虞炎《鲍照集序》谓照于孝武时为永嘉令，而此文题为永安令，未知虞序所云永嘉令者，是永安之误否，抑照又尝为永安令耶?"其《鲍参军集注》所附录之《鲍照年表》注三十七亦云："按照之为永嘉令或永安令，疑不久即得罪去职，旋解禁止。故卷一有《谢永安令解禁止启》"吴、钱二先生对虞炎序所言鲍照曾为永嘉令之说表示怀疑，仅仅是因鲍照有《谢永安令解禁止启》一文而猜测可能是永安令之误，但仍存

---

① 吴丕绩《鲍照年谱》，商务印书馆 1940 年版。

② 钱仲联《鲍参军集注》，上海古籍出版社 1980 年版。

疑而未予认定。

《四川大学学报》1957年第4期载曾君一《鲍照研究》一文,其中有云:"综计鲍照一生,……外放如海虞令,秣陵令,永安令(虞炎《鲍集序》作永嘉令误)。"明确指出虞炎序中永嘉令乃永安令之讹误,遗憾的是其并未说明讹误理由。

考《晋书·地理志》《宋书·州郡志》《南齐书·州郡志》《隋书·地理志》,晋时乃无永嘉县之建制。《宋书》卷三十五《州郡志一》:"扬州刺史……永嘉太守,晋明帝太宁元年分临海立,领县五。"所领五县为永宁、安固、松阳、乐城、横阳,亦无永嘉县。《南齐书》卷十四《州郡志上》,扬州之永嘉郡领永宁、安固、松阳、横阳、乐城五县,与宋志同。《隋书》卷三十一《地理志下》,永嘉郡领括仓、永嘉、松阳、临海四县,其永嘉县条云:"永嘉,旧曰永宁,置永嘉郡。平陈,郡废,县改名焉。"《读史方舆纪要》卷九十四《浙江·温州府》:"永嘉县,汉回浦县地,后汉为章安县地,永建四年析置永宁县。刘昭曰:'永和三年所置也。'仍属会稽郡。三国吴太平二年属临海郡。晋初因之,太宁元年为永嘉郡治,宋齐以后因之。隋废郡,改县曰永嘉,属处州。"是晋以前尚无永嘉这一地名,至东晋明帝太宁元年(323),始分原临海郡之部分设立了永嘉郡,然则是时并未设永嘉县治。刘宋与萧齐皆沿袭晋制不变,只设永嘉郡而无永嘉县。直至隋灭陈后,始将永嘉郡治所所在之永宁县改名为永嘉县。由此,较隋早一百五六十年的刘宋时既然无永嘉县治,则虞炎序所谓鲍照曾任永嘉令之说必误。此永嘉,当即为永安之误,吴丕绩《鲍照年谱》、钱仲联《鲍照年表》所疑是也。

据《宋书·州郡志》,刘宋时永安县有二,一在荆州之南河东郡,一在益州之宋宁郡,荆州刺史属下之南河东郡为晋咸康三年征西将军庾亮以司州侨户立,下属闻喜、永安、松滋、谯四县。钱大昕《廿二史考异·宋书·州郡三》:"按晋志,渡江以后,河东人南寓于汉武陵郡孱陵县界上明地,侨立河东郡,即此郡也。桓冲为荆州刺史都督司州之河东军事,亦指此。"是时由流寓于荆州境内之司州侨民侨立之南河东郡位置在现今之湖北省松滋县一带,其属下之永安县之地理位置亦应在此附近。益州刺史属下之宋宁郡,据《宋书》卷三十八《州郡志四》云:"文帝元嘉十年免吴营侨立。领县三，户一千三十六，口八千三百四十二。寄治成都。”其属下“永安令，与郡俱立”。此永安县之地理位置亦当在今四川成都附近。鲍照所任县令之永安当为二县之一。

虞炎为南齐时一颇为著名之文士，与鲍照时代相近，不可能不清楚宋齐二朝无永嘉县之建置。因此现今流传之虞序中将永安令误为永嘉令当是后人刻版或传抄而造成。因此，虞炎《鲍照集序》的正确版本应该是：

> 孝武初，迁太学博士，兼中书舍人，出为秣陵令，又转永安令。

隋朝所设立的永嘉县地在今浙江丽水一带，而刘宋时的两个永安县则分别在今四川成都及湖北松滋，相距甚远，不能混淆。虞炎序历来为研究鲍照生平之重要依据之一，辨明序中“永嘉”为“永安”之传写错误，当有助于对鲍照行踪及有关诗文之考察，故辩之如上云。

论鲍照的义兴与吴兴之行及其后期的升降沉浮

一、鲍照的义兴之行

宋文帝元嘉末年，曾经发生了一件令人震惊的也影响到整个刘宋王朝后期政局的大事，这就是元嘉三十年（453）二月文帝太子刘劭率兵杀父自立的事件。参与这起杀父事件的另一主要人物，是文帝次子始兴王刘濬。由于鲍照曾在始兴王刘濬幕中担任过国侍郎之职，因此，他在这次刘劭、刘濬兄弟合谋杀父事件中为何没有受到牵连就成了论者颇为关心的问题。鲍照有《侍郎报满辞阁疏》一篇，《鲍参军集注》①钱仲联补注云：

> 始兴王濬引照为侍郎，当在元嘉二十四年，已见《拜侍郎上疏》补注。至元嘉二十八年三月，始兴王解南兖州任时照为侍郎已三年有余矣，报满辞阁，疑在此时。元嘉二十八年，始兴王率众城瓜步，照当以佐吏从行。及始兴王解南兖州任，则王应回南徐州刺史任，而照在元嘉二十九年尚淹留于江北。余补注《瓜步山楬文》，考知楬文为二十九年壬辰五月照归扬时作，则二十八年始兴王回京

① 《鲍参军集注》，上海古籍出版社 1980 年版。

口时，照并未从往。至三十年春，始兴王为荆州刺史，元凶劭弑文帝，始兴以从谋，于五月伏诛。如果照尚在始兴幕，当被坐及，今不尔，故知二十八年始兴王解南兖州任时，照即已因病去职矣。

《鲍参军集注》钱仲联于《瓜步山楬文》题注补注云：

本文首云“岁舍龙纪，月巡鸟张”，是必作于辰年五月者。……以上诸辰年皆不合，则惟有元嘉二十九年壬辰矣。前补注《拜侍郎上疏》、《侍郎报满辞阁疏》，考知元嘉二十四年，始兴王濬引照为侍郎，二十八年，王以南徐兖二州刺史率众城瓜步，三月解南兖州任，时照为王国侍郎已三年余矣。其后元嘉三十年始兴王为荆州刺史，太子劭弑逆，王从谋伏诛，是时明远当已不在始兴幕，否则无有不坐及之理。然则明远离始兴幕，其在二十八年春王解南兖州任时欤？据本集《谢赐药启》，请假第二启所述，照中年多病，侍郎报满后，或未即离南兖，尚滞留江北，作客淮楚，至二十九年壬辰，始经瓜步返扬州乎？据《还都至三山望石头城》、《发后渚》二诗，是时明远家在建康，故此文有“归扬”之语。

这就是说，鲍照在元嘉二十八年(451)三月始兴王刘濬解南兖州任返南徐州任所京口(今江苏镇江)时，已经离开刘濬幕，此后逗留江北，作客淮楚，至次年即元嘉二十九年(452)五月，乃经由瓜步返回京都建康。对于鲍照于元嘉二十八九年间即辞去始兴王国侍郎的说法，曹道衡《鲍照几篇诗文的写作时间》①表示赞同，但是却对鲍照作《瓜步山楬文》后即元嘉二十九年五月以后的去向表示了不同的意见，而这主要是基于对《瓜步山楬文》中“辞吴客楚，指兖归扬”的不同理解而造成。他认为：

既然“辞吴客楚”，当系离开今江苏南部向湖北省的方向走，亦即溯长江而西。

① 曹道衡《鲍照几篇诗文的写作时间》，见《中古文学史论文集》，中华书局1986年版。

基于这样的理解,曹先生于是将下句的“指兖归扬”解释成出于行前的安排,认为从时间顺序上看,应该是“指兖归扬”在前,而“辞吴客楚”在后。说这为鲍照于元嘉二十七年至二十八年在刘濬幕下,当时他很可能将家属从京口老家带往南兖州刺史驻地广陵(今江苏扬州)。二十八年他跟随刘濬去瓜步,将家属留在广陵,当他于二十九年五月前不久离开刘濬幕时,家属仍在广陵。他于是从瓜步出发先到广陵接家属,把家属安排在京口或建康,这就是所谓的“指兖归扬”。然后他再自己去“辞吴客楚”,前往今湖北境内。

以上两种说法,笔者以为当以钱先生所说为佳,即“指兖归扬”乃谓诗人由南兖州而道经瓜步返扬州(治建康,今江苏南京)。为了说明这一问题,我们不妨首先考察一下《宋书·二凶传》中有关始兴王刘濬的一段记载:

> 二十六年,出为使持节、都督南徐兖二州诸军事、征北将军、开府仪同三司、南徐兖二州刺史,常侍如故。二十八年,遣濬率众城瓜步山,解南兖州。

上文说刘濬当时“都督南徐兖二州”,又说为“南徐兖二州刺史”,按照当时的惯例,刘濬的驻地应是南徐州的京口而不是南兖州的广陵,所以《二凶传》下文又说:“及出镇京口,听将扬州文武二千人自随,优游外藩,甚为得意。”这就是说鲍照于元嘉二十七八年间在刘濬幕时,不可能将家属从京口迁往广陵。至于刘濬于元嘉二十八年春率众城瓜步,乃是刘濬当时兼任南兖州刺史,而瓜步又为南兖州属地的缘故。当刘濬解南兖州任后,自然也就会离开瓜步返回京口驻地,而不可能逗留于南兖州,更不可能前往南兖州的驻地广陵了。为此,我们可以再考察一下《宋书·文帝纪》的以下记载:

> (元嘉二十八年)三月……壬辰,征北将军始兴王濬解南兖州。……壬申,徐州刺史武陵王骏为南兖州刺史。

这就是说刘濬在元嘉二十八年三月解南兖州刺史之职后即由武陵王刘骏继任，亦即刘濬此后已经没有前往南兖州驻地广陵的可能。因此，曹先生以为鲍照在元嘉二十九年五月离开刘濬幕前，“先到广陵接家属，把家属安排在京口或建康”的说法，就失去了事实的依据。而且《瓜步山楬文》中所说，明明是“辞吴客楚”在前，而“指兖归扬”在后，曹先生却将此二句解释成“指兖归扬”在前，而“辞吴客楚”在后，这又是明显不合作者本意的。

曹先生之所以会造成这样的误解，我以为恐怕是由于拘泥于将“楚”理解为春秋前期的楚地而造成。其实，到了春秋末，楚国曾先后吞并四十多个中小诸侯国，疆土向东迅速扩张，包括今河南、安徽和江苏北部的广大地区。秦汉之交，项羽自称西楚霸王，都彭城（今江苏徐州）；汉初韩信被封为楚王，都下邳（今江苏宿迁）。可见淮河流域一带皆可以以“楚”称之，并不一定专指湖北的江陵一带。因此，《鲍参军集注》钱仲联补注将“辞吴客楚”的“楚”理解为“淮楚”是比较合理的，即“辞吴客楚，指兖归扬”乃鲍照自述行踪，说他先辞去始兴王刘濬国侍郎之职，离开吴地而作客淮楚，然后于元嘉二十九年五月又取道瓜步而返回京都建康也。

关于鲍照在元嘉二十九年五月以后的行踪，钱仲联《鲍参军集注》及其所附录的《鲍照年表》皆未提及，而曹道衡《鲍照几篇诗文的写作时间》则以为他离开瓜步后即去就任永安令之职。而这个说法，其实也是难以成立的。

鲍照卒后二十余年，南齐的著名文士、当时任散骑侍郎的虞炎乃奉皇太子萧长懋之命，搜集鲍照遗文编之成集，并作有《鲍照集序》一篇，其中载鲍照事迹有云：

> 孝武初，除海虞令，迁太学博士，兼中书舍人，出为秣陵令，又转永嘉令。

对于鲍照的任永嘉令一事，吴丕绩《鲍照年谱》[1]曾提出过怀疑，云："先生集有《谢永安令解禁止启》一篇，疑虞序所云永嘉者，是永安令之误，抑先生又尝为永安令耶？"《鲍参军集注》钱仲联于《谢永安令解禁止启》题注中又重申了此意，云："虞炎《鲍照集序》谓照于孝武时为永嘉令，而此文题为永安令，未知虞序所云永嘉令者，是永安之误否，抑照又尝为永安令耶？"模棱于永嘉和永安之间，并未正面表示见解。

笔者尝撰《虞炎〈鲍照集序〉的一处传写错误》[2]一文，通过对《晋书·地理志》、《宋书·州郡志》、《南齐书·州郡志》以及《隋书·地理志》的考察，指出在晋以前尚无永嘉这一地名，至东晋明帝太宁元年(323)，始分出原临海郡之部分设立了永嘉郡，然是时则并未设永嘉县治。刘宋与萧齐皆沿袭晋制不变，只设永嘉郡而无永嘉县。直至隋灭陈后，才将永嘉郡治所所在之永宁县改名为永嘉县。由此，较隋早一百五六十年的刘宋时既然无永嘉县这一建治，则鲍照也就没有担任永嘉县令的可能。这个永嘉当就是永安的传写之误，说明了吴丕绩和钱仲联二先生怀疑的正确性。因此，虞炎《鲍照集序》的正确版本应该是：

孝武初，迁太学博士，兼中书舍人，出为秣陵令，又转永安令。

这也就是说，鲍照转任永安令的时间乃在孝武帝即位且他又数次变换职务之后。那么，认为鲍照在元嘉二十九年五月作《瓜步山楬文》以后即去就任永安令之职的说法自然也就不攻自破了。

在鲍照集中有《学陶彭泽体》及《和王义兴七夕》二诗。《学陶彭泽体》宋本题下注云"奉和王义兴"，此"王义兴"，吴丕绩《鲍照年谱》、钱仲联《鲍照年表》皆以为指义兴太守王僧达，且以为此二诗皆为元嘉二十九年所作。《鲍参军集注》钱仲联于《学陶彭泽体》题注增补注云：

本集《送别王宣城》诗吴挚父注："僧达再莅宣城，在元嘉二十

① 吴丕绩《鲍照年谱》，商务印书馆 1940 年版。
② 拙作《虞炎〈鲍照集序〉的一处传写错误》，载《文史》第十五辑。

八年，离任在二十九年。”则僧达为义兴，当自二十九年始，至次年二月，元凶劭弑逆，世祖入讨时，奔世祖止。此诗有“秋风七八月”语，是二十九年作。

于《和王义兴七夕》题注增补注云：

按此诗与《学陶彭泽体》，盖同为元嘉二十九年秋作。

是此二诗乃元嘉二十九年七八月间，与义兴太守王僧达相唱和之作。笔者以为，这里有一点需要特别注意之处，就是作此二诗时鲍照必在义兴（今江苏宜兴），因为王僧达既然在义兴太守任，就不可能擅离职守，优游他处而与鲍照从容唱和作诗。这就说明了自从元嘉二十九年五月鲍照离开瓜步以后不久，于同年的七月上旬之前即到了义兴。诗人这一次的东南义兴之行的提出，不仅证实了钱仲联对《瓜步山楬文》“辞吴客楚，指兖归扬”理解的正确性，而且对理解鲍照在宋孝武帝时期的升降沉浮有着重大的作用。但遗憾的是，历来的论者皆将这一重要的线索忽略了。

二、鲍照任海虞县令及迁太学博士，兼中书舍人的过程和原因

上文已经指出，虞炎《鲍照集序》记鲍照事的正确版本应该是：“孝武初，除海虞令，迁太学博士，兼中书舍人，出为秣陵令，又转永安令。”《宋书》卷五十一《宗室·临川烈武王道规传附鲍照传》亦云：“世祖以照为中书舍人。上好为文章，自谓物莫能及。照悟其旨，为文多鄙言累句。当时咸谓照才尽，实不然也。”二处所载虽有详略的区别，但都记载了鲍照在孝武帝刘骏即帝位后职务的迁转情况。在此之前，鲍照在始兴王刘濬幕担任的是王国侍郎，此职的品第，《宋书·百官志》等皆未予明确记载。但据司端临《文献通考·职官考》，曹魏时诸国之常侍、侍郎位为八品，萧梁时皇子国侍郎位仅为从九品。因此，介于曹魏与萧梁之

间的刘宋时期，王国侍郎大约也就是九品之职，可谓位卑职小。而在孝武帝即位后他担任的第一个官职为海虞令，据《宋书·州郡志一》，海虞（今江苏常熟）时属扬州吴郡，为当时三吴富庶之地著名的大县。据《宋书》卷四十《百官志下》，海虞令时应为六品之职。而他随后所迁之太学博士，虽然也是六品，但位次却又要高于海虞令。至于他在太学博士时所代理的中书舍人[①]，则更是君主"耳目所寄"[②]的亲近之臣，品位虽然不高，但由于"出内王命"的特殊身份，权力却相当大。如当时与鲍照同为中书舍人的戴明宝、戴法兴、巢尚之等人，据《宋书》卷九十四《恩倖·戴法兴传》云："凡选授迁转诛赏大处分，上皆与法兴、尚之参怀，内外诸杂事，多委明宝。上性严暴，睚眦之间，动至罪戮，尚之每临事解释，多得全免，殿省甚赖之。而法兴、明宝大通人事，多纳货贿，凡所荐达，言无不行，天下辐凑，门外成市，家产并累千金。"可见这种职务地位之重要。鲍照由刘劭逆乱之前的一个无任何官职的庶民，到孝武帝刘骏平乱之后这种官职的骤然迁升，是一相当特殊的个案。此前的论者，对于这一点，皆避而不谈，只是笼统地说，由于鲍照在刘劭、刘濬逆乱之前即离开了始兴王刘濬幕，所以乱平之后，得以免受株连。然而，鲍照在二凶乱前离开始兴王幕，最多也就是免于牵连而已。至于在乱后的迁任要职，如果没有某种外力的帮助，则是无论如何也不可能的。这个中的原因，笔者以为还得归之于他的义兴之行以及其与王僧达的交往。

王僧达，琅邪临沂人，宋初开国功臣太保王弘之少子，门第既高，人才又优，为当时之著名人物。鲍照与王僧达的交往，还得追溯到元嘉年间在临川王义庆幕时。其时鲍照为义庆临川国侍郎，而僧达则为义庆女婿，故二人有相往还之机缘而以文义相交往也。在鲍照现存的与人相唱和的诗作中，以与王僧达相唱和者为最多，这些诗作除了上文提到过的《学陶彭泽体》、《和王义兴七夕》外，还有《送别王宣城》《和王护军秋夕》二诗。可见二人关系之非他人可比。《宋书》卷七十五《王僧达

① 六朝时用于官职前之"兼"皆有代理义，说详拙作《试论"兼"、"行"的代理义》，载《中华文史论丛》1984年第1期。

② 《宋书·恩倖传》。

传》载僧达于二凶逆乱后之事云：

> 三十年，元凶弑逆，世祖入讨，普檄诸州郡，又符郡发兵，僧达未知所从。客说之曰："方今衅逆滔天，古今未有，为君计，莫若承义师之檄，移告傍郡，使工言之士，明示祸福，苟在有心，谁不响应，此策上也。如其不能，可躬率向义之徒，详择水陆之便，致身南归，亦其次也。"僧达乃自候道南奔，逢世祖于鹊头，即命为长史，加征虏将军。……上即位，以为尚书右仆射。

由于琅邪王氏是当时最为著名的世家大族，僧达又是琅邪王氏的代表人物，其父王弘的义故门生遍于天下，所以王僧达的到来，无疑对武陵王刘骏的平定逆乱起到了重大的作用。因此在鹊头与刘骏相逢后，王僧达随即被任命为刘骏军府的首席幕僚即长史之职。

在刘骏举江州兵讨伐刘劭、刘濬逆乱且符郡发兵，而王僧达却未知所从，在举棋不定之时，"客"的说辞无疑起到了很大的作用，终于使僧达决心投奔刘骏共讨二凶。虽然我们不能断定鲍照即是劝说僧达归依刘骏的"客"，但是有一点却是可以肯定的，那就是在王僧达"自候道南奔，逢世祖于鹊头"的过程中，鲍照是始终追随在僧达左右的。《通鉴》卷一百二十七记元嘉三十年三月"癸丑，武陵王军于鹊头，……僧达乃自候道南奔，逢武陵王于鹊头，王即以为长史"，胡三省注："鹊头，在宣城郡界，……《唐志》，宣州南陵县有鹊头镇兵，盖其地在鹊洲之头。"地在今安徽铜陵界。从上文我们知道，鲍照自元嘉二十九年五月道经瓜步山南返后不久，即前往义兴投奔王僧达，于是年七八月间在义兴，有与僧达相唱和之诗作。是时鲍照并无任何公私事务的牵累，至元嘉三十年春，二凶逆乱、王僧达南奔武陵王刘骏于鹊头时，鲍照应该始终追随着僧达，而素怀雄心壮志，又极富正义感的他也决不会放过这千载难逢的建功立业的机会。因此，鲍照在王僧达作出投奔刘骏而讨刘劭的重大决策的紧要关头，所起到的推波助澜甚或是举足轻重的作用也是显而易见的。这恐怕也就是他在此后得到刘骏赏识并迅速迁任要职的最为重要原因。

认为鲍照追随王僧达参加了武陵王刘骏平定刘劭逆乱的军事行动，还有另外的一个理由。在鲍照的诗作中，有《中兴歌》十首，据吴丕绩《鲍照年谱》的考证，乃是元嘉三十年刘骏攻克建康时改“新亭”为“中兴亭”时作。《鲍参军集注》钱仲联增补注则以为此十首没有一句提到刘骏讨刘劭事，因而否定了这一说法。但推敲起来，元嘉三十年正月的刘劭杀父自立，实为古今罕见的逆乱，刘骏举义兵讨平之，可谓扭转乾坤之举，堪以中兴称之。况且，时人亦正以中兴视之。《宋书》卷八十八《薛安都传》：“安都从征关、陕(按：指元嘉二十七年，薛安都随柳元景北伐关、陕时)，至臼口，梦仰头视天，正见天门开。谓左右曰：‘汝见天门开不?’至是(按：指元嘉三十年四月，刘骏克京邑平定刘劭时)，叹曰：‘梦天开，正中兴之象邪!’”可为明证。说明吴丕绩以为《中兴歌》作于元嘉三十年五月刘骏平定京邑时的说法可以成立。《宋书》卷六《孝武帝纪》载刘骏于元嘉三十年四月己巳即皇帝位，是为孝武帝。同月壬申，以征虏将军王僧达为尚书右仆射。改新亭为中兴亭。同年五月丙子，京邑平定。鲍照此时作《中兴歌》以颂，正说明了他当时身在京都建康。而这一举止恰好又迎合了孝武帝刘骏喜谀的性格特点，满足了刘骏的虚荣心。再加上鲍照追随王僧达投奔义军的功绩，因此而得到爱好文义的孝武帝刘骏的赏识，被任为海虞县令，旋又迁太学博士，兼中书舍人，也就是很自然的了。

三、鲍照出为秣陵令及在永安令任被禁止的原因

虞炎《鲍照集序》记鲍照“迁太学博士，兼中书舍人”之后的仕历说：“出为秣陵令，又转永嘉令(按：永嘉当是永安之误)。”鲍照有《谢秣陵令表》一文，云：“即日被尚书诏，以臣为秣陵令。”又云：“遘命逢天，得污官牒，不悟恩泽无穷，谬当奖试。用谢刀笔，猥承宰职，岂是暗懦，所能克任。今便抵召，违离省闼，系恋罔极，不胜下情。”乃他由太学博士，兼中书舍人出为秣陵令之明证。诗人有《代白头吟》诗一首，刘履《选诗补注》论之云：“此殆明远为人所间，见弃于君，故借是题以喻所怀。”笔者

尝撰《鲍照诗文系年考辨》一文①，其中曾论证了刘履这个说法的正确性，并指出诗乃孝武帝孝建三年(456)鲍照被谗见疏后出为秣陵令时的作品。诗人又有《代陈思王京洛篇》一首，借一女子之口，叙述她备受君王爱幸，宠压群芳的情形，并抒写其色衰爱弛，不得所终的忧惧之情。诗云："但惧秋尘起，盛爱逐衰蓬。坐视青苔满，卧对锦筵空。"又云："古来共歇薄，君意岂独浓。"与《代白头吟》相较，可谓异曲而同工，应该与《代白头吟》为同一时期的作品。只是此诗云"但惧"，当是在尚未曾被抛弃之前，所以恐怕又为他任太学博士，兼中书舍人后期的作品。从以上所论我们可以看出，鲍照所任职的秣陵虽然是京畿大县，但他由太学博士，兼中书舍人而出为秣陵令却是他政治生涯中的一次重大挫折。至于诗人又缘何被小人谗言中伤而遭疏被贬？则又是鲍照的研究者迄今未曾涉及的但却是研究诗人后半生经历所必须解决的问题。

《宋书·宗室·临川烈武王道规传附鲍照传》云：

> 世祖以照为中书舍人，上好为文章，自谓物莫能及。照悟其旨，为文多鄙言累句。当时咸谓照才尽，实不然也。

可见诗人在孝武帝孝建年间为太学博士，兼中书舍人时，是以一种相当谨慎小心的面貌出现的。他为了避免引起孝武帝的猜忌和不满，甚至不惜刻意掩盖自己高超的创作才能。这种思想状态，在他所作的《尺蠖赋》中也曾曲折地表现了出来，此赋云：

> 智哉尺蠖，观机而作，伸非向厚，屈非向薄。当静泉渟，遇躁风惊。起轩躯以旷跨，伏累气而并形。冰炭弗触，锋刃靡迕，逢险蹙蹐，值夷舒步，忌好退之见猜，哀必进而为蠹，每骧首以瞰途，常驻景而翻露。故身不豫托，地无前期，动静必观于物，消息各随乎时，从方而应，何虑何思？是以军算慕其权，国容拟其变。高贤图之以隐沦，智士以之而藏见。笑灵蛇之久蛰，羞龙德之方战，理害道而

① 拙作《鲍照诗文系年考辨》，载《中华文史论丛》1983年第3期。

为尤，事伤生而感贱，苟见义而守勇，岂专取于弦箭。

可以说正是他当时委屈求全性格的曲折体现。因此，在鲍照担任太学博士，兼中书舍人这一期间，并不会做出什么违忤孝武帝的过激举动，从而导致受小人谗言的攻击而被疏远外任。笔者认为，诗人“出为秣陵令”的根本原因，应该还得归咎于他和王僧达的交往。《宋书》卷七十五《王僧达传》云：

上即位，以为尚书右仆射，寻出为使持节、南蛮校尉，加征虏将军。时南郡王义宣求留江陵，南蛮不解，不成行。仍补护军将军。僧达自负才地，谓当时莫及。上初践阼，即居端右，一二年间，便望宰相。及为护军，不得志，乃启求徐州，……上不许。僧达三启固陈，上甚不说。以为征虏将军、吴郡太守。期岁五迁，僧达弥不得意。吴郭西台寺多富沙门，僧达求须不称意，乃遣主簿顾旷率门义劫寺内沙门竺法瑶，得数百万。荆、江反叛，加僧达置佐领兵，台符听置千人，而辄立三十队，队八十人。又立宅于吴，多役公力。坐免官。初僧达为太子洗马，在东宫，爱念军人朱灵宝，及出为宣城，灵宝已长，僧达诈列死亡，寄宣城左永之籍，注以为己子，改名元序，启太祖以为武陵国典卫令，又以补竟陵国典书令，建平国中军将军。孝建元年春，事发，又加禁锢。上表陈谢云：“不能因依左右，倾意权贵。”上愈怒。僧达族子确年少，美姿容，僧达与之私款。确叔父休为永嘉太守，当将确之郡，僧达欲逼留之，确知其意，避不复往。僧达大怒，潜于所住屋后作大坑，欲诱确来别，因杀而埋之。从弟僧虔知其谋，禁呵乃止。御史中丞刘瑀奏请收治，上不许。孝建三年，除太常，意尤不说。顷之，上表解职。……侍中何偃以其词不逊，启付南台，又坐免官。

王僧达由于对自己当时的处境地位不满足而屡发牢骚，多次得罪孝武帝刘骏并受到朝臣的弹劾，而鲍照却与之交厚，往来密切。因此，这就很有可能成为别人谗言中伤的理由。所以他的《代白头吟》有“何惭宿昔意,猜恨坐相仍。人情贱恩旧,世议逐衰兴。毫发一为瑕,丘山不可胜。食苗实硕鼠,玷白信苍蝇”这样的说法。在他这一时期中与王僧达相唱和的《和王护军秋夕》①诗中也多少透露出了这样的一种讯息,联系其诗云:“停歌不能和,终曲久辛酸。金气方劲杀,隆阳微且单。”又云:“生事各多少,谁共知易难?投章心蕴结,千里途经纨。”在金秋肃杀背景之下,对自身处境的担忧之情溢于言表。这应该就是他由太学博士,兼中书舍人而出为秣陵令的主要原因。吴丕绩《年谱》、钱仲联《年表》将他出为秣陵令的时间定为孝建三年(456),《宋书·王僧达传》载王僧达因上表求解太常而坐免官之时间亦在孝建三年,二者之间的联系是颇为明显的。

然而,事情还远非如此简单,王僧达在孝建三年被免职后虽然又很快被重新起用,但二年以后却更遭到了毁灭性的打击。《宋书·王僧达传》云:

> 顷之,除江夏王义恭太傅长史、临淮太守,又徙太宰长史,太守如故。大明元年,迁左卫将军,领太子中庶子。以归顺功,封宁陵县五等候。二年,迁中书令。……僧达屡经狂逆,上以其终无悛心,因高阇事陷之。……于狱赐死。

王僧达因为屡次违忤孝武帝刘骏,终于导致这位心胸狭窄,手段凶残的暴君对他下了毒手,故意诬陷他参与了高阇的叛乱并将他处以了极刑。而这次事件,也同样会不可避免地对鲍照造成极大的影响,致使他遭受到更进一步的沉重打击。

上文我们已经论述了虞炎《鲍照集序》中“永嘉令”乃是“永安令”的传写错误,也就是它的正确版本是“孝武初,除海虞令,迁太学博士,兼中书舍人,出为秣陵令,又转永安令”。根据笔者的考察,当时的永安县有二,一在荆州南河东郡,据《宋书》卷三十七《州郡志三》,此郡为晋成帝咸康三年(337),征西将军庾亮以司州侨户立。宋初领八县,孝建二

---

① 说详拙作《鲍照诗文系年考辨》。

年(455)以后乃领闻喜、永安、松滋、谯四县,凡"二千四百二十三户,口一万四百八十七。"钱大昕《廿二史考异·宋书·州郡三》:"按晋志,渡江以后,河东人南寓于汉武陵郡孱陵县界上明地,侨立河东郡,即此郡也。桓冲为荆州刺史都督司州之河东军事,亦指此。"是此侨立的南河东郡的地理位置在今湖北松滋县一带,其属下之永安县位置亦在此。另一永安县则在益州之宋宁郡,据《宋书》卷三十八《州郡志四》,此郡乃宋文帝元嘉十年(433)免吴营侨立,领欣平、宜昌、永安三县,凡"户一千三十六,口八千三百四十二",郡寄治成都,即此永安县也在成都附近。根据目前的材料,我们尚不能确定鲍照当时所任职的永安县究竟是哪一个永安,但有一点又是可以肯定的,那就是他由秣陵令而转永安令乃是他政治生涯中所遭受到的又一次重大打击。这是因为秣陵乃京畿大县,据《宋书》卷三十五《州郡志一》,秣陵时属扬州丹阳郡,郡领八县,"户四万一千一十,口二十三万七千三百四十一"。若以均数计,则秣陵时约有民五千一百多户,二万九千六百余人。而荆州南河东及益州宋宁之永安则皆为远离京都的侨置之小县。若以均数计,南河东之永安约有民六百户,二千六百余人;宋宁之永安则仅约有民三百四十余户,二千七百八十余人。规模尚不及秣陵的十分之一。更何况他在转任永安令时又遭到被禁止的处分,他现存的《谢永安令解禁止启》一文,即是他当时受此处分的明证。

吴丕绩《鲍照年谱》、钱仲联《鲍照年表》将鲍照转永嘉令的时间定为孝武帝大明二年(458),由于永嘉乃永安的讹误,这就是说鲍照由秣陵令转永安令之时间为大明二年。而据《宋书·孝武帝纪》,王僧达被赐死的时间正在此年八月。二者这一时间上的契合,正说明了一个问题,那就是他的这次由京畿富庶地区之大县被贬到僻处一隅的弹丸之地的小县,正是由于受到王僧达的牵连所致。

这一认识,我们还可以从另一方面得到印证,鲍照的《谢永安令解禁止启》云:"臣田茅下第,质非谢品。志终四民,希绝三仕。遨世逢辰,谬及推择。恩成曲积,荣秩兼过。虽誓投纤生,昊天罔极,迄无犬马,孤惭星岁。加以沦节雪飙,沈诚款晦,值天光烛幽,神照广察,操舋从宥,与物更禀,遂晞阳春,湔汰秋水,缀翼云条,葺鲜决沼,洗胆明目,抃手太平，重甄再造，含气孰比？"正透露出了这一方面的信息。曹道衡《鲍照诗歌的几个问题》认为上文后几句，乃是涉及到一起重大的政治事件，而且鲍照是犯有嫌疑的；并且这一事件关系到朝廷中发生了重大变故，所以有"抃手太平"、"重甄再造"等语。这种认识无疑是十分正确的。但令人遗憾的是，曹先生却认为朝廷中的这次重大变故以及鲍照所涉及的政治事件，乃是元嘉三十年(453)春刘劭弑父自立之事。而由于虞炎《鲍照集序》中"永嘉令"为"永安令"之误的认定，说明了鲍照任永安令的时间在孝武帝大明二年(458)，曹先生的猜测也就不可能成立。而在大明年间所发生的重大变故，并且鲍照有可能受到牵连的政治事件，应该只有高阇的谋反事件，《宋书·王僧达》云：

> 先是南彭城蕃县民高阇，沙门释昙摽、道方等共相诳惑，自言有鬼神龙凤之瑞，常闻箫鼓音。与秣陵民蓝宏期等谋为乱。又要结殿中将军苗允、员外散骑侍郎严欣之、司空参军阚千纂、太宰府将程农、王恬等，谋克二年八月一日夜起兵攻宫门，晨掩太宰江夏王义恭，分兵掩杀诸大臣，以阇为天子。事发觉，凡党与死者数十人。上以其终无悛心，因高阇事陷之。

这次形同儿戏的阴谋叛乱虽然因密谋的泄露而很快被镇压，但王僧达却成了最无辜的受害者，终被诬陷而于大明二年八月被赐死。因此，作为王僧达诗友的鲍照，在这时由秣陵令而再一次降职为永安令，并受到被禁止的处分，就是颇为自然的了。况且，这次谋反事件主谋之一的蓝宏期，又是鲍照所治理的秣陵县民，鲍照理应为之承担责任。综合以上诸多原因，鲍照这次受到牵连而被贬为永安令，并受到禁止的处分，也就成了必然之事。

四、鲍照的吴兴之行

鲍照有《自砺山东望震泽》诗一首，《鲍参军集注》此诗题注钱振伦注云："《湖州府志》：'砺山，山石可以作砺。俗名粝山，非也。'《书》：'震泽底定。’传:‘震泽,吴南太湖也。’”湖州,即时之吴兴;砺山者,即为吴兴之山也。见此诗乃诗人在吴兴时所作。鲍照又有《吴兴黄浦亭庾中郎别》、《送盛侍郎饯候亭》二诗,《吴兴黄浦亭庾中郎别》诗《鲍参军集注》题注钱振伦注云:“颜真卿《妙喜寺碑》:‘杼山之阳有妙喜寺,寺前有黄浦桥,桥南有黄浦亭,宋鲍照送盛侍郎及庾中郎赋诗之所。其水出黄柏山,故号黄浦。’”是此二诗亦诗人在吴兴时作,《送盛侍郎饯候亭》之“候亭”,亦即黄浦亭也。即以上数诗皆作于吴兴者。也就是说,在诗人的游宦生涯中,曾有过一段逗留于吴兴的时间。对于这一点,此前的论者皆未予提及,而这却又是诗人后期生涯的一个重要的转折,对研究他后期的经历有着较为重要的作用。

《自砺山东望震泽》诗云:“幽篁愁暮见,思鸟伤夕闻。以此藉沈痾,栖迹别人群。”《吴兴黄浦亭庾中郎别》诗云:“奔景易有穷,离袖安可挥?欢觞为悲酌,歌服成泣衣。”《送盛侍郎饯候亭》诗云:“欣悲岂等志,甘苦诚异身。结涕园中草,憔悴悲此春。”皆为诗人悲愁郁闷之心情的抒发,应该是他后期之作品。

考鲍照中后期之行踪,其自元嘉二十四年(447)年三十二岁为始兴王刘濬所辟,为始兴王国侍郎。元嘉二十八年(451)春,始兴王濬解南兖州刺史任,自江北返其南徐州刺史驻地京口,诗人侍郎报满辞任,有《侍郎报满辞阁疏》一篇以记其事,辞侍郎后未即南返,逗留江北,作客淮楚。元嘉二十九年(452)五月,诗人乃经由瓜步南返京都建康,又于是年六七月间,到了南徐州之义兴,访义兴太守王僧达。元嘉三十年(453)春,文帝太子刘劭杀父自立,江州刺史武陵王刘骏率军入讨。是时诗人乃与王僧达往投刘骏于鹊头,并为刘骏即帝位及率军攻克建康而作《中兴歌》十首以献,旋被任为海虞令。在孝武帝孝建三年(456)左右,诗人又由海虞令而迁太学博士,兼中书舍人,不久遭谗被疏而出为秣陵令。大明二年(458),诗人四十三岁时又被贬为永安令。在以上这一段时间内,他并没有逗留吴兴并从容作诗之机会。而大明六年(462)秋,他又为临海王子顼军府参军,随子顼镇荆州。此后直至宋明帝泰始二年(466)在荆州江陵被乱兵所杀为止,诗人一直未有东还之机会。这也就是说,大明六年以后他也没有逗留吴兴的可能。因此,鲍照唯一有可能逗留吴兴并从容作诗的时间应该在大明二年(458)任永安令以后，大明六年(462)随临海王子顼上荆之前。

鲍照有《谢永安令解禁止启》一篇，乃是他在永安令任受到禁止而解时的谢启。《宋书》卷三十九《百官志上》："二台奏劾，则符光禄加禁止，解禁止亦如之，禁止身不得入殿省，光禄主殿门故也。"可见所谓禁止的处分，乃是禁止在任的官员不能进入殿省的门内，而并不是被解除官职。钱仲联《鲍照年表》注三十七云："按照之为永嘉令或永安令，疑不久即得罪去职，旋解禁止。故卷一有《谢永安令解禁止启》，卷四《拟行路难》有'弃置罢官去'之语。"对鲍照的此次受禁止的处分乃是被免去永安令之职的理解，恐怕并不准确。这就说明了鲍照在永安县令任受到禁止的处分时，县令的职务并没有被革去。明乎此，才能对鲍照此后行踪的考察得出比较准确的结论。

考《吴兴黄浦亭庾中郎别》诗云："旅雁方南过，浮客未西归。已经江海别，复与亲眷违。"既明确指出了他的客居吴兴，同时也是他当时久经宦途沉浮后复杂心情的自然流露。诗末又云："役人多牵滞，顾路惭奋飞，昧心附远翰，炯言藏佩韦。"以"役人"自指，说自己因为受到羁牵约束而不得追随庾中郎，只能滞留于吴兴，这又是他当时已有官职在身的明证。又考之《送盛侍郎饯候亭》云："君为坐堂子，我为负羁人。欣悲岂等志，甘苦诚异身。"以"负羁人"自指，说自己受到某种羁绊约束。而这种羁绊，正是指官场而说，说明他当时已有官职在身。就这一点而言，二诗所表现的是相当一致的。

上文笔者已经考知鲍照吴兴之行的时间乃在大明二年(458)他转任永安令之后，至大明六年(462)随临海王子顼上荆州之前的数年间。在吴兴时他既然已有官职在身，那就说明了鲍照在担任永安令后又转而到吴兴担任了一个新的职务。考之他的《谢永安令解禁止启》说：

> 重甄再造，含气孰比。不悟乾陶弥运，复垂埏饰，矫迹升等，改观非服，振缨珥笔，联承贵宠。岂臣浮朽，所可恭从，实非愚瞢，所宜循践。

这就是说他在永安令任被解禁止时又有了新的任命。《鲍参军集注》钱振伦注“改观非服”时引东晋庾亮的《谢中书令表》“遂阶亲宠，累忝非服”句，即此“非服”，意为非宜有之服饰。可见鲍照在解禁止之同时所获得的新的任命，乃是比较荣耀的职务。所以此启中又有“矫迹升等”，“联承贵宠”等语，这二者之间其实是一致的。

至于鲍照在离开永安而之吴兴后所担任的究竟是何职？他的《谢永安令解禁止启》其实已经向我们透露出了某些端倪。启中说：“振缨珥笔，联承贵宠。”应该是就他今后的去向而说。“振缨”，犹弹冠，这里指任职；“珥笔”，插笔，本指古代史官和谏官入朝，或近臣侍从等为便于随时记录，将笔插在帽上，这里则应该指他将担任某一文职侍从官员，《三国志》卷十九《魏志·陈思王植传》载曹植《存问亲戚疏》说：“执鞭珥笔，出从华盖，入侍辇毂。”可以为例。结合《宋书·临川烈武王道规传附鲍照传》和虞炎《鲍照集序》的记载，笔者认为这一文职侍从官员并非指侍从孝武帝而言，乃是指他转而到了临海王子顼的幕下。《宋书》鲍照本传云：“世祖以照为中书舍人。……当时咸谓照才尽，实不然也。临海王子顼为荆州，照为前军参军，掌书记之任。”虞炎《鲍照集序》云：“孝武初，除海虞令，迁太学博士，兼中书舍人，出为秣陵令，又转永嘉令。大明五年，除前军行参军，侍临海王镇荆州，掌知内命，寻迁前军刑狱参军事。”一详一略，都记载了鲍照在大明后期曾经在临海王子顼幕中担任过文职的书记之职。至于鲍照入临海王幕的时间，虞序说是在任永嘉令后的大明五年(461)，也就是任永安令之后的大明五年。虽然根据《宋书·孝武帝纪》及《孝武十四王·临海王子顼传》，子顼受命为荆州刺史在大明六年(462)七月。但是，在大明五年时鲍照即进入子顼幕的可能性却非常之大。为此，我们不妨考察一下《宋书》卷八十《孝武十四王·临海王子顼传》的以下记载：

> 大明四年，年五岁，封历阳王，食邑二千户。仍为冠军将军、吴兴太守。五年，改封临海王，户邑如先。其年，迁使持节、都督广交二州湘州之始兴始安临贺三郡诸军事、征虏将军、平越中郎将、广州刺史。未之镇，徙荆州刺史、将军如故。

据《宋书·孝武帝纪》,子顼被封为历阳王在大明四年正月,改封临海王在大明五年闰九月,为广州刺史在大明五年十月。由于临海王子顼为孝武之爱子,大明五年被任为广州刺史时年方六岁,自然需得力之佐吏以掌文书簿籍并辅佐之。而鲍照此前曾一度得到过孝武帝的赏识,并担任了中书舍人这样的亲近之职,此后虽然因为王僧达事件遭到他人之谗毁而被疏远放逐,但鲍照的学问才干孝武帝应该相当地清楚。况且,王僧达之被杀毕竟是孝武帝刻意罗致的罪名,鲍照受其牵连,本已处罚过当,至大明五年已历时数载,加上又为用人之际。因此,在大明五年子顼被任为广州刺史之前乃解除鲍照禁止的处分,并让其进入子顼幕府也就成了自然之事。然而,子顼被任为广州刺史后出于某种原因并未成行而仍留于吴兴,至大明六年七月始改任荆州刺史,所以鲍照乃有在吴兴逗留并从容作诗之机会。《吴兴黄浦亭庾中郎别》诗云:"旅雁方南过,浮客未西归。"时在深秋;《送盛侍郎饯候亭》诗云:"结涕园中草,憔悴悲此春。"乃在春日。经秋历春,又与他大明五年进入临海王子顼幕后在吴兴逗留之时间正相一致。况且由于鲍照历经沉浮,屡遭打击,政治上的阴影难以抹去;加上大明五六年时他已四十六七岁,早年的豪情已消磨殆尽。因而此时在诗中流露出浓厚的悲郁情绪,表现出对仕宦生活的厌倦和自身命运的担忧,又是颇为自然的。这些,也都为上说增加了有力之佐证。

鲍照著作考

一、《芜城赋》

此赋为鲍照的代表作之一，也是历代赋作中的名篇。“芜城”即广陵城(今江苏扬州)。据《文选》李善注，此赋乃诗人登广陵故城时所作。广陵城为西汉初吴王刘濞所建，汉高祖刘邦灭英布后封兄刘仲之子濞为吴王，都城即为广陵。汉景帝三年(前154)，濞联合七国共反，兵败走越，越人杀之，城破家亡。因此，一些学者乃以此赋为感慨吴亡之作，如张云璈《选学胶言》即云此赋乃“深惜吴王濞之不能长有其国”。然而更多的则认为此赋乃托古讽今之作，从赋的内容看，这种认识应该是符合作者意图的。但是，接下来的一个问题就是，赋借刘濞事又是讽的当时的何事何人？对此问题的认识，历来学者颇有分歧，今大要述之如下。

最早提出托古讽今说的是《文选》五臣注中的李周翰注，云：“宋孝武帝时，临海王子顼镇荆州，明远为其下参军，随至广陵。子顼叛逆，昭(照)见广陵故城荒芜，乃汉吴王濞所都，濞亦叛逆，为汉所灭。昭(照)以子顼事同于濞，遂感为此赋以讽之。”但是临海王子顼大明六年(462)出镇荆州时年仅七岁，至泰始二年(466)被杀时也仅有十一岁，年幼无知，不可能有背叛的预谋。而且据《宋书》卷八十《孝武十四王传》、卷八十四《邓琬传》，子顼之据荆州以对抗明帝，乃其长史孔道存与晋安王子勋长史邓琬于事急之时所为，仓卒举事，时在泰始元年(465)末，足见子顼无叛逆之预谋。退一步说，即使子顼有预谋欲反叛，鲍照是时也没有随子顼东下广陵而凭吊芜城之机会。所以，李周翰的说法明显为穿凿臆断之辞，并不可取。

清人何焯于《义门读书记》乃提出新说，以为此赋乃诗人有感于竟陵王刘诞叛逆时，遭受兵火后的广陵城的残破景象而作。其云：

> 宋世祖孝建三年，竟陵王诞据广陵反，沈庆之讨平之，命悉诛城内男丁，以女口为军赏，照盖感事而赋也。

何焯的这一说法有一因为疏忽而造成的错误，即他将刘诞叛乱的大明三年(459)误写成孝建三年(456)。此后钱仲联《鲍照年表》对此作了纠正，并根据何焯的讽刘诞说而系赋于大明三年作。此后，学者在论及此赋的创作意图和写作时间时多从其说而无异辞，一些诗文选本也同样采用这一说法而不变。

近来，曹道衡先生在《鲍照几篇诗文的写作时间》①中又对以上说法提出了疑问。认为当时讨平广陵的主帅沈庆之所采取的残酷镇压完全是出于孝武帝本人的意志，鲍照这时候写此赋去凭吊广陵城，实际上是对孝武帝表示不满。特别是在大明三年(459)即刘诞被镇压的当年，或大明四年(460)即被镇压的次年，鲍照就去冒“大逆不道”的风险，这种可能性就很小。在此基础上，他又进而提出了新的见解，以为此赋乃元嘉末宋魏之战后，借吴王濞事而讽谏刘劭、刘濬的阴谋。其云：

> 因为鲍照在元嘉二十七年至二十八年在刘濬幕下时，确曾到过广陵，而广陵在元嘉二十七年宋魏之战时，也在一定程度上遭受过破坏。再说他在元嘉末年目睹刘濬、刘劭的阴谋而借吴王濞故

① 曹道衡《鲍照几篇诗文的写作时间》，见《中古文学史论文集》，中华书局1986年版。

事进行讽谏，也完全是近乎情理的。

上面的这个说法，笔者认为相当有说服力。所以，以为此赋乃大明三年有感于竟陵王刘诞据广陵谋反事而作的看法，显然还值得作更进一步的商榷。笔者此前曾撰《鲍照〈芜城赋〉的现实意义》①一文，认同此赋为大明三年有感于刘诞事而作的说法，现在看起来，这一观点是应该予以修正的。但是，曹先生所认为的赋为元嘉末讽谏刘劭、刘濬阴谋而作的说法似乎也缺乏有力的证据。因为推敲此赋的文意，丝毫看不出有讽谏刘劭、刘濬叛逆的意思；况且，刘劭在其父欲废其太子的事急之时，以东宫卫士而突发兵变，入宫弑逆，似乎并无叛逆的预谋。《宋书》卷九十九《二凶传》云：

> 其年二月（福林按：指元嘉三十年二月），濬自京口入朝，当镇江陵，复载道育还东宫，欲将西上。……上谓劭、濬已当斥遣道育，而犹与往来。惆怅惋骇。乃使京口以船送道育二婢，须至检核。废劭，赐濬死，以语濬母潘淑妃，淑妃具以告濬。濬驰告劭，劭因是异谋，每夜辄飨将士，或亲自行酒，密与腹心队主陈叔儿、詹叔儿、斋帅张超之、任建之谋之。

从以上记载我们可以看出，刘劭、刘濬在当时虽然有颇多不轨的举动，但却也并无蓄意谋反之阴谋，他们的弑父夺国乃是在元嘉三十年二月事急之时的仓卒之举。此外，刘劭、刘濬在京都以东宫兵入宫弑逆，与汉吴王刘濞据其都城广陵拥兵叛乱，从而造成广陵城的残破之间似乎也并无必然的联系。因此，笔者认为，以为此赋乃讽刘劭、刘濬阴谋的说法仍然有值得进一步探讨的余地。

《芜城赋》虽然写得颇为隐晦曲折，似乎难以探测其真正的创作意图，但是如果我们作更进一步的细致推求，就可以发现赋中仍然透露出了这方面的某些信息。而这一关键就是论者往往所忽略的对赋末《芜

① 拙作《鲍照〈芜城赋〉的现实意义》，载镇江师专《教学与进修》1983年第3期。

城之歌》的理解。其歌云：

> 边风急兮城上寒，井径灭兮丘陇残。千龄兮万代，共尽兮何言！

这里需要特别注意的是歌中的“边风”二字，在当时刘宋与北方的拓跋魏之间大致以淮河为界，广陵以北的重镇包括有今江苏的徐州、淮阴、安徽的砀山、山东的枣庄、河南的济南、济宁、漯河等市。也就是说，广陵并非是当时的边城。既然如此，那末作为此赋总结性的《芜城之歌》为何要以“边风急”作为它的发端呢？而且这“边风”所造成的却又是“井径灭兮丘陇残”这样的严重后果，这就不能不使我们想到刘宋与北魏之间所发生的战争。

宋文帝、宋孝武帝在位期间，南北之间的大规模战争主要有两次，一次在文帝元嘉七年(430)，右将军到彦之率军北伐，一度占领碻磝(今山东茌平西南)、滑台(今河南滑县东南)等战略要地，但这次战争最后仍以刘宋失败而告终。当时鲍照年仅十余岁，尚不可能有此赋之作是十分明显的。另一次则在元嘉二十七年(450)，文帝命宁朔将军王玄谟率众北伐，结果又一次战败，魏主拓跋焘亲自率领大军乘胜追击，直至瓜步(今江苏六合县境内)，与京都建康隔江相望，直至元嘉二十八年春方始退兵。魏军所过之处，烧杀抢掠，给刘宋广大地区造成了极其严重的毁灭性的破坏。《宋书·索虏传》记载当时情形时云：

> 既而虏纵归师，歼累邦邑，煎我淮州，俘我江县，喋喋黔首，跼高天，蹐厚地，而无所控告。强者为转尸，弱者为系虏，自江、淮至于清、济，户口数十万，自免湖泽者，百不一焉。村井空荒，无复鸣鸡吠犬。时岁惟暮春，桑麦始茂，故老遗氓，还号旧落，桓山之响，未足称哀。六州荡然，无复余蔓残构，至于乳燕赴时，衔泥靡托，一枝之间，连窠十数，春雨裁至，增巢已倾。虽事舛吴宫，而歼亡非异。甚矣哉，覆败之至于此也！

在这次战争中，广陵城同样也遭受到了严重的破坏，《宋书》卷九五《索虏传》就曾数次提到过广陵：

> 焘……自率大军南出，中书郎鲁秀出广陵，高梁王阿斗埿出山阳，永昌王于寿阳出横江。凡所经过，莫不残害。
>
> 初，太祖闻虏寇逆，焚烧广陵城府船乘，使广陵、南沛二郡太守刘怀之率人民一时渡江。

因此，笔者认为，赋末《芜城之歌》中的"边风急兮城上寒，井径灭兮丘陇残"二句，即指广陵在宋魏战争中所遭受到的严重破坏；歌的后二句"千龄兮万代，共尽兮何言"，乃是针对这一惨痛景象而发的感慨。也就是说，这首歌乃是此赋点明主旨的画龙点睛之笔。明乎此，对赋的创作意图也就比较容易理解了。

事实上，诗人当时也有创作此赋的条件。为此，我们不妨来考察一下他的生活经历。从元嘉二十四年(447)开始，鲍照即进入了始兴王刘濬的幕府，担任了刘濬的始兴王国侍郎之职。在元嘉二十八年(451)春，北魏主拓跋焘率众自瓜步退归，当时担任南徐、南兖二州刺史的刘濬奉命率众筑城于瓜步，鲍照也随同前往。此年三月，刘濬解南兖州刺史任，返回南徐州刺史任所京口，诗人并未随之南返，在辞去始兴王国侍郎后乃逗留江北，作客淮楚，直至元嘉二十九年五月方经由瓜步返回京都建康。对于这一点，学术界已经没有什么异议。因此，诗人在元嘉二十八年北魏退兵后，是非常有可能亲眼见到过遭受兵火严重摧残后的广陵城的残破景象的。作为一个关心国事、具有浓厚报国热情的爱国诗人，鲍照不可能无动于衷、漠然视之，由此他写下这首借古讽今的赋作也就是相当自然的了。

其实，钱仲联先生虽然赞同何焯的说法，并在他的《鲍照年表》中将此赋定于大明三年时作。但是，他在《鲍参军集注》[①]此赋题注的补注中又有以下的一段值得我们注意的话语：

① 《鲍参军集注》，上海古籍出版社 1980 年版。

考宋文帝元嘉二十七年冬十二月，北魏太武帝南犯，兵至瓜步，广陵太守刘怀之逆烧城府船乘，尽率其民渡江。大明三年四月，竟陵王诞据广陵反，七月，沈庆之讨平之。是十年间，广陵两遭兵祸，照盖有感于此而赋。故既云“通池既已夷，峻隅又已颓。直视千里外，唯见起黄埃”，“边风急兮城上寒，井径灭兮丘陇残”，极言大兵之后，千里荒凉之状；又云“东都妙姬，南国丽人，蕙心纨质，玉貌绛唇，莫不埋魂幽石，委骨穷尘，岂忆同舆之愉乐，离宫之苦辛哉”，哀竟陵王眷属之同尽也。

在上述这段话中，钱先生虽然认为此赋乃有感于竟陵王刘诞据广陵谋反兵败事而发，但是他却又认为此赋乃诗人有感于元嘉二十七年及大明三年广陵城两遭兵祸而作，认为赋末《芜城之歌》中的“边风急兮城上寒”二句，乃极言大兵过后广陵城的千里荒凉之状。说明了钱先生与笔者在这一点看法上的一致。一方面，由于在大明三年竟陵王刘诞的叛乱被镇压以后，孝武帝刘骏亲自下令屠戮广陵，诚如曹道衡先生所言，如果这时诗人去凭吊广陵，实际上就是表示对孝武帝的不满，这将要去冒“大逆不道”的风险，从而危及到身家性命的安全，因此这时候诗人创作此赋的可能性是极小的。另一方面，如笔者上文所论述，由于元嘉三十年刘劭、刘濬的叛逆以及大明三年时刘诞据广陵的反叛，与《芜城之歌》中的“边风”云云没有任何的联系，所以此赋也不应该是为大明三年广陵的残破而作。而元嘉二十七八年时北魏对广陵的严重破坏，正与赋末歌诗中“边风”相合，再加上诗人当时又正在江北，去凭吊广陵的可能性就相当大。此前的论者之所以将此赋理解为感慨竟陵王刘诞或刘劭、刘濬的反叛阴谋而作，主要是拘泥于广陵城乃汉吴王刘濞所筑，刘濞此后乃以叛乱而覆灭，而且赋中又花了较多的笔墨夸饰了刘濞统治下广陵城全盛时期的繁华景象。其实，此赋极力描绘广陵昔日的繁华，主要乃是对比现今广陵城的残破，因此理解此赋并不一定要和藩王的据城反叛联系在一起，否则就会和此赋的创作原意背道而驰。至于赋中的“东都妙姬，南国丽人，蕙心纨质，玉貌绛唇”等句，似乎也不必如钱先生那样解释成哀叹竟陵王眷属之同尽，而可以理解为对历史往事的感慨和对国家前途命运的担忧，对造成战争失利的执政者的委婉的讽谏。

综上所述，笔者认为此赋应是诗人为感慨北魏入侵所造成的广陵城的残破而作，它的创作时间大约在元嘉二十八年(451)春夏之间。

二、《野鹅赋》

此赋前有序，云："有献野鹅于临川王，世子愍其樊絷，命为之赋。"是此赋乃临川王义庆生前，受临川世子之命而作。据《宋书》卷五十一《宗室传》，义庆世子当即临川哀王，名烨字景舒，官至通直郎，元嘉末为元凶刘劭所杀。鲍照有《通世子自解启》、《重与世子启》二文，所上者即景舒。二启乃元嘉二十一年(444)义庆卒后，鲍照为之服三月丧，服竟后上书自解临川王国臣时作。(说详后)《自解启》有云："自奉清尘，于兹六祀。"指其与景舒相识相交已经六载，今由元嘉二十一年逆溯六载，则他与景舒相识之始在元嘉十六年(439)。是此赋之作应在二人相交之六年间。

钱仲联《鲍照年表》系此赋于元嘉十六年，当非是。因为鲍照于元嘉十六年时，出仕尚未久，仕进之心亦甚浓，此年他在江州所作之《从登香炉峰》等诗，尚竭力称颂义庆。《从登香炉峰》诗云："辞宗盛荆梦，登歌美凫绎。"谓义庆门下文学之士，视屈、宋为盛。歌颂义庆，比之鲁侯之保有凫、绎。并云"惭无献赋才，洗污奉毫帛。"用《东观汉记》之典，谓已愧无班固之才，每从巡则献赋颂以赞颂功业也。当时所作的《登庐山》诗虽有"乘此乐山性，重以远游情。方跻羽人途，永与烟雾并"，《登庐山望石门》诗也有"倾听凤管宾，缅望钓龙子。松桂盈膝前，如何秽城市"之语，表出世之愿望，但只是由庐山优美如仙境般的景物而引起的遐想，而不是真有退隐之念。而《野鹅赋》则表现出了与《登庐山》诸诗迥异的思想感情，全文以野鹅自比，云：

舍水泽之欢逸，对钟鼓之悲辛。岂徇利而轻命，将感爱而投身。入长罗之逼胁，怅高缴之樊萦。

将临川王府比作束缚人身自由的网罗,全无他本来所居之地水乡泽国的欢乐和谐。所以虽身居王府妙物毕备之地,但却“终在我而非群”,并云:

> 望征云而延悼,顾委翼而自伤。无青雀之衔命,乏赤雁之嘉祥。空秽君之园池,徒惭君之稻粱,愿引身而翦迹,抱末志而幽藏。

赋末又云:

> 虽陋生于万物,若沙漠之一尘。苟全躯而毕命,庶魂报以自申。

表现出较为浓厚的忧郁惧祸心理以及退隐还归以全驱毕命的消极心态。因此,此赋决不可能是元嘉十六年所作,而应是在义庆幕后期的作品。

考临川王义庆卒后,鲍照服三月丧毕而自请解职,归家时有《临川王服竟还田里诗》一首记其事,《野鹅赋》所流露出来的即为他解职前特有的复杂心情。据《宋书》卷五《文帝纪》,义庆卒于元嘉二十一年正月。而此赋作时义庆尚未卒,则此赋之作应以元嘉二十年(443)为近是。是时义庆为南兖州刺史,诗人亦随之在广陵。

三、《伤逝赋》

此赋前此未有系年。《鲍参军集注》此赋题注钱振伦注云:“明远之妻某氏,史传无考。”以为赋乃诗人悼亡之作。今从此赋发端:“晨登南山,望美中阿。露团秋槿,风卷寒萝。凄怆伤心,悲如之何!”以及赋中“日月飘而不留,命倏忽而谁保?譬明隙之在梁,如风露之停草。发迎忧而送华,貌先悴而收藻。共甘苦其几人?曾无得而偕老”等语看,这个说法无疑是很正确的。由此,赋之作年乃有线索可寻。

考鲍照有《梦还乡》诗一首,诗中有“沙风暗空起,离心眷乡畿。夜分就孤枕，梦想暂言归。孀妇当户叹，缫丝复鸣机。慊慊论久别，相将还绮纬。历历檐下凉，胧胧帐里晖。刈兰争芬芳，采菊竞葳蕤。开奁夺香苏，探袖解音徽”等句，明显为诗人作客在外，梦中还乡与妻子相见时的情景，说明当时他的妻子尚未卒。此诗之作年，乃在大明六年(462)秋后，亦即此赋之作又在此后也。

鲍照又有《在江陵叹年伤老》诗一首，亦晚年在荆州为临海王子顼军府参军时作。此诗之作约在宋明帝泰始元年(465)，曹道衡《鲍照几篇诗文的写作时间》以为诗中未提及其妻，说明作此诗时其妻很可能已经亡故。由此《伤逝赋》之作年又在此前，即泰始元年之前。亦即此赋之作，时当在大明七八年(463—464)之间。

四、《谢秣陵令表》

此表吴丕绩《鲍照年谱》、钱仲联《鲍照年表》皆系于孝建三年(456)，《鲍参军集注》此表题注钱仲联补注云：

> 宋本有注曰：“时为中书舍人。”按《南史》照本传：“于是奏诗，义庆奇之，寻擢为国侍郎，甚见知赏，迁秣陵令。文帝以为中书舍人。”是在文帝时。虞炎《鲍照集序》：“孝武初，除海虞令，迁太学博士，兼中书舍人，出为秣陵令，又转永嘉令。”是在世祖时。据自注云：“时为中书舍人。”表文有“用谢刀笔，猥承宰职”，“今便抵召，违离省闼”等语，是先为中书舍人出为秣陵令之证，虞序自较《南史》为可信。照自孝武初至大明四年间，为令凡三迁其职，一为海虞，一为秣陵，一为永嘉，依《汉书·段令宗传》(福林按：“段令宗”应是“段会宗”之讹，段会宗，《汉书》卷七十有传)如淳注“边吏三岁一更”例之，照自孝建元年除海虞，越三年当孝建三年，迁太学博士，兼中书舍人，出为秣陵令；又三年当大明三年，迁永嘉令；又三年当大明六年，除临海王前军行参，前后颇相符。

今按：钱注辨《南史》之误颇可从，今复以一例证之。《南齐书·倖臣传序》云：

> 中书之职，旧掌机务。……而舍人亦称通事。元帝用琅邪刘超，以谨慎居职，宋文世，秋当、周纠并出寒门。孝武以来，士庶杂选，如东海鲍照，以才学知名。又用鲁郡巢尚之，江夏王义恭以为非选。

明言鲍照任中书舍人在孝武帝时，则虞炎所载，自为可信。

然而，钱注又有未惬人意之处。据虞炎序，鲍照在任海虞令后又转任太学博士，兼中书舍人，而后乃转令秣陵，即诗人并非由海虞令而转为秣陵令。海虞即今江苏常熟，时属扬州吴郡，地近京都建康，而秣陵则更为建康之郊县，皆非边境郡县可比，二县县令并非边吏亦甚明。退一步说，即使二县县令可算作边吏，而太学博士，中书舍人及其后他所任之临海王子顼军府参军则绝对不能说成是边吏。如此，鲍照由中书舍人而出为秣陵令，而后再由永嘉令（按：永嘉令当是永安令之讹）到临海王前军行参军的迁徙过程，又如何可以以"边吏三岁一更"例之？又且"孝建元年除海虞，越三年当孝建三年"，首尾凡三年；而孝建三年后"又三年当大明三年，迁永嘉令；又三年当大明六年，除临海王前军行参"，首尾又皆为四年而非三年，前后相左，自相矛盾，又不待辩。再且，西汉至刘宋，时隔数百年，年代绵邈，三岁一更之例，应久已废止。即如鲍照所仕之临川王义庆为例，义庆元嘉九年出为平西将军、荆州刺史，至元嘉十六年始改为卫将军、江州刺史，先后在荆州共八年。这种例子，数不胜数，是钱注所据三岁一更之西汉边吏的任期，原不足据也。

今据虞炎序，鲍照出为秣陵令的时间应在宋孝武帝刘骏初即位的元嘉三十年(453)四月至他任子顼参军的大明六年(462)秋七月的数年间。由于鲍照在任秣陵之前先任海虞令，又转任为太学博士，兼中书舍人；在任秣陵令以后又出为永安令，而后乃任临海王子顼军佐。因此，他任秣陵令的时间大要居其中，即大明元年(457)左右。此表之作亦约在其时。

五、《论国制启》

《鲍参军集注》此启题注钱振伦注根据启中"伏见彭城国旧制,犹有数卷"之语,以为鲍照必于衡阳王义季任徐州刺史时随义季到过徐州彭城。并云:"惟启中语意,不必定为徐州所作,或事后追忆及之欤?"因此,钱仲联《鲍照年表》虽然也认为鲍照曾入衡阳王幕,随义季到过彭城,但却未予此启系年。

今按:此启虽然不一定即作于徐州,如钱振伦所言。但是启文论国制而以彭城国旧制为法,则所论之国制必是藩国之制,所以启又有"臣忝充直员,脱以启闻"之语也。再从启中数次称"臣"的情况看,启又必定为元嘉年间所作而上于他所任职的藩王者,这是因为在孝武帝时,藩国之佐吏已不再对藩王称臣而称下官。考鲍照离义季幕后又曾在始兴王刘濬幕担任过王国侍郎之职,因此,启又必定在衡阳王义季或始兴王濬幕中时作。据《宋书》卷六十一《武三王·衡阳文王义季传》云:"(元嘉)二十二年,进督豫州之梁郡。迁徐州刺史,持节、常侍、都督如故。"《宋书》卷五《文帝纪》云:"(元嘉二十二年)秋七月……乙酉,征北大将军、南兖州刺史衡阳王义季改为徐州刺史。"是义季任徐州刺史自元嘉二十二年七月始,鲍照随义季之彭城当在此后。又根据钱仲联对鲍照《侍郎报满辞阁疏》和《瓜步山楬文》的考证,鲍照在元嘉二十八年三月始兴王濬解南兖州刺史任时,已经离开始兴王幕。此后,直至孝武帝孝建和大明初,一直未曾在藩王幕中任职,是鲍照上启论国制即此启之作又应在元嘉二十二年(445)秋后,二十八年(451)春前,要当在二十三年(446)至二十七(450)之数年间。

六、《谢永安令解禁止启》

此启应为鲍照在永安令任遭到禁止而被解时的谢启。诗人的出任永安县令一职,《宋书》、《南史》以及现今流传的虞炎《鲍照集序》皆未提及,这对判断他担任永安令的时间以及何时被禁止并解而作此谢启,就

带来较大的困难。《鲍参军集注》此启题注钱仲联补注转引吴丕绩《鲍照年谱》之语,云:

> 虞炎《鲍照集序》谓照于孝武时为永嘉令,而此文题为永安令,未知虞序所云永嘉令者,是永安之误否,抑照又尝为永安令耶?

模棱于永嘉与永安之间,并未正面表示见解。

曹道衡《鲍照几篇诗文的写作时间》曾推断鲍照在元嘉二十九年(452)离开刘濬幕后,即出任永安令。而在孝武帝平定刘劭、刘濬的叛乱后,鲍照因为曾经在刘濬的幕府中担任过国侍郎之职而遭牵连,受到禁止的处罚。后来朝廷觉察到他和刘濬的阴谋无关,又取消了对他的禁止。因此,他最后得出结论说:

> 那篇《谢永安令解禁止启》即作于元嘉三十年孝武帝击溃刘劭以后。

今按:曹先生的推测,理由并不充分,而且还有几处误解,今辩之如下:

笔者曾作《虞炎〈鲍照集序〉的一处传写错误》①,指出东晋和整个南北朝时期都没有永嘉县这一建置,当时永嘉只是郡名而不是县名。因此,鲍照在刘宋孝武帝时期并没有担任永嘉令的可能。并据此而进一步指出了虞序的永嘉令应是永安令的传写错误。所以,虞炎《鲍照集序》的正确版本应该是:

> 孝武初,迁太学博士,兼中书舍人,出为秣陵令,又转永安令。

因此,鲍照转永安令的时间应该在孝武帝即位而他又数次变换职务之后,那么以为此启乃元嘉三十年(453)孝武帝击溃刘劭以后所作的说法,也就失去了推断的根据。

---

① 拙作《虞炎〈鲍照集序〉的一处传写错误》,载《文史》第十五辑。

曹先生以为此启为元嘉三十年作的另一个理由是：他根据鲍照《瓜步山楬文》中“鲍子辞吴客楚，指兖归扬”之句，认为其中的“辞吴客楚”，是指诗人本身的去处，“楚”的地点乃指他赴任今湖北境内的永安；而“指兖归扬”，乃指行前诗人对家事的安排。因为《瓜步山楬文》作于元嘉二十九年五月，所以鲍照任永安令的时间就在二十九年。到元嘉三十年，刘濬被杀，于是鲍照受牵连而被禁止。但是，这个假设的理由依然不能成立。因为鲍照有《和王义兴七夕》、《学陶彭泽体奉和王义兴》二诗，经吴丕绩《鲍照年谱》、钱仲联《鲍照年表》的考证，皆为元嘉二十九年七八月间鲍照与义兴太守王僧达的相唱和之作。证据确凿，毋容置疑。是元嘉二十九年鲍照离开江北即“指兖归扬”之后，乃在扬州之义兴而不在荆州南河东之永安。所以，此启为元嘉三十年作之说又失去了另一重要的立论依据，自然就不可能成立了。

另外，曹先生以为此永安的地理位置即“实际治所在今湖北随县一带”。今考之《宋书·州郡志》，当时的永安县有二，一在荆州的南河东郡，“南河东太守，河东郡，秦立。晋成帝咸康三年，征西将军庾亮以司州侨户立”，“永安令，前汉彘县，顺帝阳嘉二年更名，后属平阳”（见《宋书》卷三七《州郡志三》）。另一在益州的宋宁郡，“宋宁太守，文帝元嘉十年，免吴营侨立。领县三，……寄治成都”，“永安令，与郡俱立”（见《宋书》卷三十八《州郡志四》）。根据现有的材料，鲍照所任的永安令究竟是哪一个永安似乎还难以确定。而且，即便是指荆州永安，但也不在今之湖北省的随县。钱大昕《二十二史考异·宋书·州郡三》云：

> 《晋志》，渡江以来，河东人南寓于汉武陵郡界上明地，侨立河东郡，即此郡也。桓冲为司州刺史都督司州之河东军事，亦指此。

因此，当时为安置流寓在荆州的原司州侨民而侨立的南河东郡的地理位置乃在今湖北的松滋县一带，地近江陵。而随县则在今湖北的北部，二地相隔悬远，不容混淆，故亦辨之。

据《宋书》卷三十九《百官志上》云：

二台奏劾，则符光禄加禁止，解禁止亦如之。禁止，身不得入殿省，光禄主殿门故也。

而此启则云：

值天光烛幽，神照广察，澡瞢从宥，与物更禀，遂晞晒阳春，湔汰秋水，缀翼云条，茸鲜决沼，洗瞻明目，抃手太平。重甄再造，含气孰比？不悟乾陶弥运，复垂埏饰。矫迹升等，改观非服，振缨珥笔，联承贵宠。岂臣浮朽，所可恭以，实非愚瞢，所宜循践。

由此可见，鲍照在被解禁止的同时又有了新的任命。今据《宋书》、《南史》所载，鲍照在临海王子顼为荆州刺史时即为子顼军府参军而随之上荆。子顼任荆州刺史自大明六年七月始，即鲍照在永安令任解禁止并作此谢启又在此之前。又考《宋书》卷六《孝武帝纪》、卷八十《孝武十四王传》，大明五年(460)冬十月，子顼由吴兴太守迁征虏将军、广州刺史，未之镇而于大明六年七月改刺荆州。子顼，孝武帝第七子，大明五年时年仅六岁，大明七年(462)时年为七岁，出镇吴兴太守这样的腹心之地和广州这样的边境重镇，应有干吏掌文书簿籍并辅佐之。故鲍照极有可能在子顼担任吴兴太守时即被解禁止而由永安令改任子顼的军府佐吏，即此启所谓“振缨珥笔，联承贵宠”者也。鲍照此前曾经担任过中书舍人这样的耳目亲近之臣，并一度得到过孝武帝的信任和赏识。后来虽然失宠，但有了这段经历，这次被任为子顼的军府佐吏也是符合情理之事。因此，鲍照被解禁止并作此谢启约在大明五年(460)。

七、《通世子自解启》

吴丕绩《鲍照年谱》系此启于元嘉二十一年临川王义庆卒后，并以为乃上义庆世子烨者。钱仲联亦从其说，《鲍参军集注》此启题注补注云：

自解，谓自解临川王国侍郎也。按临川王义庆于元嘉十六年为江州刺史，以照为国侍郎。至二十一年春正月，临川王薨，照服三月之丧，服竟上书世子，自解侍郎还乡。本集有《临川王服竟还田里诗》可证。照为临川王国侍郎凡六年，此启有“今请解所职，原蒙矜许。自奉清尘，于兹六祀，坠辰永往，遗恩在心”等句，明谓义庆已薨，六祀之数亦相合。

今按：吴谱、钱表以为启乃元嘉二十一年(444)义庆薨后，鲍照上义庆世子烨以自解者，是也。然而上说又有二点未惬人意之处。其一，鲍照仕义庆自荆州始，而不在江州。笔者曾撰《鲍照年谱》①，考得鲍照始仕义庆在元嘉十二年(435)，则至作此启时诗人在义庆幕先后凡十年，而非六载。此启既为上义庆世子而作，则启中所云：“自奉清尘，于兹六祀”，当指其与世子相识相交凡六载，而非指在义庆幕之时间。吴谱、钱表之误，乃误会《宋书》义庆本传，以为鲍照与袁淑同在元嘉十六年于江州入义庆幕所致，辨已见拙作《鲍照年谱》而不赘叙。其二，鲍照有《皇孙诞育上表》、《转常侍上疏》二文，皆作于他在临川王幕期间。《皇孙诞育上表》云：“兼郎中令侍郎臣照言。”即他在义庆幕期间曾代理过郎中令之职，此郎中令乃六品的王国三卿之一，位高于侍郎。当时虽然是代理，但至少说明他在义庆幕中的地位已非一般的侍郎可比。《转常侍上疏》云：“即日被中曹板转臣为左常侍。”据《宋书·百官志》，常侍官亦稍高于侍郎。以上二职皆为鲍照离义庆幕前亦即在上此启之前所担任。因此，鲍照此次上启请自解者，恐为王国左常侍。吴谱、钱表云“自解，谓自解临川王国侍郎”的说法，亦恐有欠审慎。

八、《石帆铭》

《集注》本文题注钱振伦注云：“《荆州记》：‘武陵舞阳县有石帆山，若数百幅帆。’《宋书·临川王道规传》：‘临海王子顼为荆州，照为前军

① 拙著《鲍照年谱》，上海古籍出版社2004年版。

参军，掌书记之任。'此铭当在荆州时作。"钱仲联《鲍照年表》乃据之进而将此铭定于孝武帝大明七年(463)时作。

今按：武陵之舞阳因位于舞水之阳而得名，故城在今湖南省芷江县东南。今从本文所说的"应风剖流，息石横波，下潨地轴，上猎星罗。吐湘引汉，歙蠡吞沱，西历岷冢，北泻淮河"的情况看，以为此铭乃鲍照于大明末随临海王子顼在荆州时作，颇有可商榷之处。

今考之《宋书·州郡志三》云：

> 荆州刺史，……宋初领郡三十一，后分南阳、顺阳、襄阳、新野、竟陵为雍州，湘川十郡为湘州，江夏、武陵属郢州，(中华书局点校本《校勘记》云："'武陵'各本并作'武阳'，孙彪《宋书考论》云：'武阳当是武陵。'按孙说是，今改正。")随郡、义阳属司州，北义阳省，凡余十一郡。
>
> 郢州刺史，魏文帝黄初三年，以荆州江北诸郡为郢州，其年罢并荆，非今地。吴又立郢州。孝武帝孝建元年，分荆州之江夏、竟陵、随、武陵、天门，湘州之巴陵、江州之武昌，豫州之西阳，又以南郡之州陵、监利二县度属巴陵，立郢州。天门后还荆。领郡六，县三十九。

是时郢州所领六郡为江夏、竟陵、武陵、巴陵、武昌、西阳。其中：

> 武陵太守，《前汉·地理志》，高帝立。《续汉·郡国志》云，秦昭王立，名黔中郡，高帝五年更名。本属荆州。领县十。

武陵郡所领十县之一的舞阳：

> 前汉作无阳，后汉无，《晋太康地志》有。

由此可见，石帆山所在的武陵郡之舞阳县于宋孝武帝孝建元年前属荆州，孝建元年后则改为郢州之属郡。《集注》题注所引之盛弘之《荆州记》以武陵归之于荆州，应该是孝建元年(454)前的地理建置。《宋书》卷六《孝武帝纪》载云：

> 孝建元年……六月……癸末，分扬州立东扬州。分荆、湘、江、豫州立郢州。

即武陵舞阳属荆州乃孝建元年六月以前之事。而临海王子项以大明六年(462)秋七月为征虏将军、荆州刺史，鲍照为子项军府参军，亦在荆州之江陵。既然当时武陵不是荆州的属郡，那么鲍照似乎也就没有理由去武陵舞阳观山而作此铭。又据《宋书》卷七《前废帝纪》、卷八十《孝武十四王传》，子项在前废帝于大明八年闰五月即位后，以前将军都督荆、湘、雍、益、梁、宁、南北秦八州诸军事，荆州刺史如故。见统府所领之八州中，亦无郢州，亦即武陵之舞阳也不在子项统府的管辖范围之内。以上足证鲍照随子项在荆州期间，应该无由至舞阳观石帆山而作此铭。因此，钱仲联《鲍照年表》据盛弘之《荆州记》而系此铭于大明七年者，非是也。

今考《宋书》之《文帝纪》及刘义庆本传，义庆元嘉九年六月至十六年四月之间为平西将军、荆州刺史。而鲍照自元嘉十二年释褐为义庆临川国臣始，至元嘉十六年义庆改刺江州止，一直随义庆在荆州，其间武陵尚属荆州而未尚为郢州之属郡。由此，鲍照在此期间当有去武陵舞阳之机会，也就是说此铭之作应在元嘉十三年(436)至十六年(439)之间。

九、《瓜步山楬文》

瓜步山，又名桃叶山，在今江苏六合县东南，南临长江，相传吴人卖瓜于江畔，因此得名，南北朝时为京都建康之门户，兵家必争之地。楬，用作标志的小木桩；楬文，指写在木桩上的短文。一些流行的文学史和作品选引此时作《瓜步山揭文》，当为误写或因排版不慎而造成的错误。

《鲍参军集注》此文题注钱振伦注据诗人《上浔阳还都道中》诗《文

选》五臣注，以及诗人《还都至三山望石城》诗闻人倓《古诗笺》注，以为此文乃鲍照在临海王子顼幕时从荆州还京都时所作。然而，鲍照随临海王上荆州后直到被乱兵所杀，这中间并没有还京都的机会。这点，前人辩之已详。因此，钱注的结论并不可信。于是钱仲联提出了新的看法，他在此文题注补注中说：

临海王以大明六年秋出镇荆州，泰始二年诛，凡五年，明远在荆州与同祸，中间无因至瓜步。本文首云“岁舍龙纪，月巡鸟张”，是必作于辰年五月者。明远以泰始二年死于荆州，虞炎《鲍集序》谓时年五十余。据此上推，其一生所值辰年，为晋安帝义熙十二年丙辰，年约三岁；宋文帝元嘉五年戊辰，年约十五岁；元嘉十七年庚辰，年约二十七岁；元嘉二十九年壬辰，年约三十九岁；孝武帝大明八年甲辰，年约五十一岁。甲辰年在荆州；丙辰尚在孩提；戊辰年亦幼，且无“辞吴客楚，指兖归扬”之迹可寻；庚辰十月，临川王义庆为南兖州刺史，照自江州随往，虽可至瓜步，然事在孟冬，集中《还都道中》、《还都口号》诸诗皆明言初冬，五月尚在江州，无因至瓜步。以上诸辰年皆不合，则惟有元嘉二十九年壬辰矣。前补注《拜侍郎上疏》、《侍郎报满辞阁疏》，考知元嘉二十四年，始兴王濬引照为侍郎，二十八年，王以南徐兖二州刺史率众城瓜步，三月解南兖州任，时照为王国侍郎已三年余矣。其后元嘉三十年始兴王为荆州刺史，太子劭弑逆，王从谋伏诛，是时明远当已不在始兴幕，否则无由不坐及之理。然则明远离始兴幕，其在二十八年春王解南兖州任时欤？据本集《谢赐药启》、请假第二启所述，照中年多病，侍郎报满后，或未即离南兖，尚滞留江北，作客淮楚，至二十九年壬辰，始经瓜步返扬州乎？

钱先生认为此文作于元嘉二十九年的这一说法，曹道衡先生《鲍照几篇诗文的写作时间》表示赞同，但却对文中“辞吴客楚，指兖归扬”提出了不同的见解，他认为：

"辞吴客楚",当系离开今江苏南部向湖北省的方向走,亦即溯长江而西。

基于这样的理解,他于是将下句的"指兖归扬"解释成出于行前的安排。说因为鲍照于元嘉二十七年(450)至二十八年(451)在刘濬幕下,当时很可能将家属带往广陵,二十八年他跟随刘濬离开广陵去瓜步时,家属仍留在广陵。当他于元嘉二十九年五月前不久离开刘濬幕时,刘濬仍在广陵。他于是从瓜步出发,先到广陵接家属,把家属安排在京口或建康,自己去"辞吴客楚",前往今湖北境内。

今按:曹先生以为"指兖归扬",乃元嘉二十九年五月前诗人离开刘濬幕,而转往湖北之前的安排家事的说法,恐为臆断之辞。这是因为一方面,当时刘濬的驻地乃在南徐州之京口,而不在南兖州之广陵,因此鲍照不可能将家属带往广陵;另一方面,"辞吴客楚"的"楚"并不一定要拘泥于理解成春秋时的楚地即江陵一带,因为淮河流域一带都可以以"楚"称之。对于这一问题,笔者在《论鲍照的义兴和吴兴之行及其后期的升降沉浮》①一文中已经论述得比较清楚。因此,《鲍参军集注》钱仲联补注将"辞吴客楚"的"楚"理解为"淮楚",乃是十分准确的说法。即此二句为鲍照自述行踪,说他于元嘉二十八年春先辞去始兴王刘濬国侍郎之职,离开吴地而作客淮楚,然后于元嘉二十九年乃取道瓜步而返回京都建康。即钱先生以为此文作于元嘉二十九年五月者,是也。

① 拙作《鲍照的义兴和吴兴之行及其后期的升降沉浮》,载《文史》第五十八辑。

再论鲍照几首诗歌的创作时间

一、《从拜陵登京岘》

诗题之“京岘”，即南徐州州治京口（今江苏镇江）之京岘山。《读史方舆纪要》卷二十五《镇江府·丹徒县》云：“城东五里，一名丹徒岘。相传即秦时所凿以泄王气处。京口、京镇皆因以名。或谓之荆岘。又云此为京山，今府西南五里为岘山云。”①宋高祖刘裕先世南渡后居于京口，宋初帝后亦多有葬于京口者。故刘宋之帝王往往有之京口谒陵之举。今由诗题观之，诗当为鲍照随帝王于京口谒陵时所作。关于诗人此次究竟随何人之京口谒陵，以及此诗的写作年代，黄节在《鲍参军诗注》中曾经作过考察，其云：

> 《元和志》：“永宁陵在丹徒县东南三十五里，宋武帝父翘追尊曰孝皇帝陵也。”《宋书·后妃列传》：孝穆赵皇后生高祖，殂于丹徒官舍，葬县东乡练壁里雩山。宋初，追崇号谥，陵曰兴陵。孝懿萧皇后与兴宁陵合坟。武帝胡婕妤生文帝葬丹徒，陵曰熙陵。以上诸陵皆在丹徒，当时拜陵之礼，见之《文帝纪》者，元嘉四年二月，行

---

① 《读史方舆纪要》，中华书局2005年版。

幸丹徒，谒京陵。则其举复举。本诗从拜陵登京岘，属孟冬十月，疑即元嘉十七年九月二十六日葬元皇后于长宁陵时作。长宁陵即颜廷之《哀策文》所谓“南背国门，北首山园”者，当在丹徒。《哀策》序云：“皇帝亲临祖馈，躬瞻宵载，群臣相从。”《策文》所谓“佳人按节，服马顾辕”，明远礼毕而登京岘，故曰“孟冬十月交”也。

以为乃元嘉十七年(440)九月随宋文帝刘义隆之京口葬元皇后于长宁陵时作。但是，这个说法的缺陷却又十分明显，因为根据鲍照的经历，元嘉十七年时他正在临川王刘义庆幕中。据《宋书》卷五《文帝纪》，元嘉十七年十月戊寅，刘义庆由江州刺史改任南兖州刺史。考是年十月丙辰朔，戊寅为二十三日。由此，鲍照随义庆还京都最早应该在此年的十一月初，所以他在这次还都时所作的《还都道中》诗有“回风扬江泌，寒响栖动树”，《还都口号》诗有“征歌首寒物，归吹践开冬”等句。而此诗则云“孟冬十月交”，在时间上有着一定的差距。而且鲍照是时仅为一藩王之低级幕僚，位卑职小，他在随刘义庆由江州之寻阳赴南兖州任所广陵而道经京都，还都城后，旋即又侍从文帝赴南徐州之京口葬元皇后于长宁陵，于情理似乎也不相合。《鲍参军集注》此诗题注钱仲联增补注则从年龄这一角度对黄节说提出了疑问，其云：“黄注以此诗为元嘉十七年冬作。按照死于宋明帝泰始二年，虞炎《鲍集序》称‘五十余’，溯至元嘉十七年，照年才二十五六，与诗中所云‘疲老还旧邦’者不合。”以上无疑都说明了黄节说并不可信。

在推倒黄节所认为的此诗作于元嘉十七年的同时，钱仲联先生又提出了新的见解，云：

疑是世祖孝建年中事，照年四十余，时方为中书舍人秣陵令，似较合。然拜陵事于《宋书》及《南史》之《世祖纪》无徵，不敢凿说。

钱先生虽然怀疑此诗为孝武帝孝建年间所作，但却不敢断言这个说法的正确性，在他的《鲍照年表》中也没有将此诗列入。这种谨慎的态度明显地说明了他对自己见解的怀疑。笔者认为，在我国古代，作为一国之尊的皇帝，亲自离开京都重地去拜谒先帝陵寝，乃是一件相当重大的事情，特别是在魏齐王曹芳正始十年(249)高平陵事件发生以后，历代帝王对于离京谒陵之事就更是显得格外慎重。如果宋文帝或孝武帝有至京口谒陵之事，《宋书》《南史》不可能不作记载。这也就是说，钱先生认为的此诗作于孝武帝孝建年间的说法也难以成立。

过去的研究者之所以没有能对这一首诗的系年作出令人满意的答案，笔者以为乃在于他们拘泥于将鲍照的这次出行，固定为随同皇帝谒陵的缘故。其实，诗人的这次出行未必就是随同皇帝，而极有可能跟随他所依从的藩王，这与诗题的“从拜陵登京岘”并不矛盾。今考之鲍照所依从的藩王中，临川王义庆和衡阳王义季，以及他在大明后期所跟随的临海王子顼皆无镇京口的经历，所以他不大可能随从以上诸王去京口谒陵，并游京岘山而作此诗。而始兴王刘濬则有过一段镇京口的经历，据《宋书》卷五《文帝纪》、卷九九《二凶传》，刘濬于元嘉二十六年(449)冬十月甲辰由扬州刺史改任南徐兖二州刺史，镇京口，直任至元嘉末。鲍照则自元嘉二十四年(447)起进入始兴王幕府，为始兴国侍郎，此后于元嘉二十八年(451)春侍郎报满，自请解职，有《侍郎报满辞阁疏》一篇记其事。因此，元嘉二十六年冬刘濬前往南徐州州治京口就任时，鲍照必定随同前往。始兴王濬为文帝之爱子，其时年少喜游，《宋书·二凶传》说他；

> 及出镇京口，听将扬州文武二千人自随，优游外藩，甚为得意。

所以他到京口就任之初即去拜谒先帝陵寝并游京岘山乃是颇为自然之事。考元嘉二十六年十月癸巳朔，甲辰为月之十二日，始兴王刘濬离开扬州之驻地建康前往南徐州之京口，应在此月之内。这样，就与此诗发端的“孟冬十月交，杀盛阴欲终”在时间上正相契合。而且，是时鲍照年已三十四岁，人生过半，这又与诗中“伤哉良永矣，驰光不再中。衰贱谢远愿，疲老还旧邦”所表现出的思想感情颇为一致。由以上所论可知，此诗应是元嘉二十六年(449)十月，诗人随始兴王刘濬赴南徐州任谒陵并游京岘山时所作。

二、《自砺山东望震泽》

《鲍参军集注》此诗题注钱振伦注云:"《湖州府志》:'砺山,山石可以作砺。俗名粝山,非也。'《书》:'震泽底定。'传:'震泽,吴南太湖也。'"湖州,即时之吴兴(今浙江吴兴),砺山者,吴兴之山也。见此诗乃鲍照在吴兴时所作。考鲍照又有《吴兴黄浦亭庾中郎别》、《盛侍郎钱候亭》二诗,亦皆作于吴兴者(说详后),是诗人又有吴兴之行而有此数诗。

考此诗云:"幽篁愁暮见,思鸟伤夕闻。以此藉沈疴,栖迹别人群。结言非尽意,有念岂敷文。"《吴兴黄浦亭庾中郎别》云:"旅雁方南过,浮客未西归。已经江海别,复与亲眷违。奔景易有穷,离袖安可挥。欢觞为悲酌,歌服成泣衣。"《送盛侍郎钱候亭》云:"君为坐堂子,我乃负羁人。欣悲岂等志,甘苦诚异身。结涕园中草,憔悴悲此春。"似此数首诗作乃诗人后期满怀悲愁郁闷心情的抒发,又当作于孝武帝时。而孝武帝即位后,鲍照先为海虞令,后又迁太学博士,兼中书舍人,这一段时期是他颇为得意的时期。但这之后由于受到小人谗言的攻击中伤,他因此而屡受贬黜,先被黜为秣陵令,后又被调离作为京畿大县的秣陵,担任了远在荆州或益州的弹丸之地永安县的县令,同时更受到被禁止的处分。虽然他被禁止的处分不久即被解除,但是这种严重的政治上的打击对他造成的心理上的阴影可想而知,因此在诗作中表现出对自己命运的担忧以及抒发对仕途生活的厌倦情绪也是很自然的。所以,以上三首诗很有可能是诗人在永安令任上遭禁止而被解除以后的作品。

《宋书》卷三十九《百官志上》:"二台奏劾,则符光禄加禁止,解禁止亦如之。禁止,身不得入殿省,光禄主殿门故也。"可见所谓禁止的处分乃是禁止在任的官员不能进入殿省的门内,而并不是被解除官职。这也就是说鲍照在永安县令任上受到禁止的处分时,县令的职务并没有被革去。今考之他的《谢永安令解禁止启》云:"不悟乾陶弥运,复垂埏饰,矫迹升等,改观非服,振缨珥笔,联承贵宠。岂臣浮朽,所可恭从,实非愚瞢，所宜循践。”说明了他在被解禁止之同时又有了新的任命。《鲍参军集注》钱振伦在注释“改观非服”一句时，引东晋庾亮《谢中书令表》之语云：“遂阶亲宠，累忝非服。”即“非服”乃非其所应有的服饰。这也就是说，这次鲍照所新任的官职，乃是颇为亲近荣耀的职务。所以，《启》文有“矫迹升等”、“联承贵宠”之语，这二者之间其实是一致的。

至于鲍照在离开永安令任之后所担任的究竟是什么样的职务，这又是我们所必须解决的一个问题。关于这一点，他的《谢永安令解禁止启》其实已经向我们透露出了某些信息。《启》文中说：“矫迹升等，改观非服。振缨珥笔，联承贵宠。”应该说是就他自己今后的去向而言。“振缨”，犹弹冠，这里乃指任职；“弭笔”，插笔，本指古代史官、谏官入朝，或近臣侍从等为便于随时记录，将笔插在帽上，这里则应该指他即将担任文职侍从官员。《三国志》卷十九《魏志·陈思王植传》载曹植上疏存问亲戚说：“执鞭珥笔，出从华盖，入侍辇毂。”可以为例。而鲍照当时又将要担任什么样的亲近的职务？以下还得作更进一步的探讨。

《宋书》卷五十一《宗室·临川烈武王道规传附鲍照传》云：

> 世祖以照为中书舍人。上好为文章，自谓物莫能及。照悟其旨，为文多鄙言累句。当时咸谓照才尽，实不然也。临海王子顼为荆州，照为前军参军，掌书记之任。子顼败，为乱军所杀。

而虞炎《鲍照集序》则云：

> 孝武初，除海虞令，迁太学博士，兼中书舍人，出为秣陵令，又转永嘉令。大明五年，除前军行参军，侍临海王镇荆州，掌知内命，寻迁前军刑狱参军事。

以上两种记载相互对照，应该有详略的不同。观鲍照一生中既没有做过高官，未立功勋，又没有家世的凭借，所以在沈约的《宋书》中，有关他的事迹只是作一简单的介绍；而虞炎乃奉南齐皇太子萧长懋之命，搜集鲍照遗文并为之作序，对他的事迹自然又要记载得详细一些。但是它们对鲍照在孝武帝大明后期，曾经在临海王子顼幕府中担任过掌书记这样的职务的记载，却又是完全一致的。至于鲍照进入临海王子顼幕的时间，虞炎说是在担任永嘉令以后的大明五年(461)。而虞炎所说的永嘉令，应该说是后人传抄时的误写，其实他当时所担任的乃是永安县的县令，这是因为在当时尚没有永嘉县这一建置①。这就是说，鲍照在离开永安令任后，即他在永安令任上受禁止的处分被解除之后，很可能就被任命为临海王子顼的幕僚。笔者在此前对鲍照的《谢永安令解禁止启》一文进行考察时曾经指出，他在永安令任被解禁止的时间约在大明五年(461)。因此，他进入临海王子顼幕就在大明五年时。也就是说，此诗之作乃在大明五年或此后。

考之《宋书》卷八十《孝武十四王・临海王子顼传》，子顼以大明四年为冠军将军、吴兴太守，大明五年改为征虏将军、广州刺史。未之镇，徙荆州刺史。据《宋书・孝武帝纪》，子顼被任命为广州刺史在大明五年(460)冬十月，徙任荆州刺史在大明六年(461)秋七月。因此，鲍照在永安令任被禁止而解的同时所"矫迹升等"的，应该即是临海王子顼的军府参军。因为在子顼军府是"掌书记之任"，或曰"掌知内命"，所以他的《谢永安令解禁止启》有"振缨珥笔"之语；子顼为孝武帝之爱子，所以启文又有"联承贵宠"之语。大明五年十月，子顼虽被任命为广州刺史，但却未至任所而仍逗留吴兴，直至大明六年七月改任荆州刺史之后，始有荆州之行。因此，鲍照有在吴兴的一段经历并有此诗及《吴兴黄浦亭庾中郎别》等诗作也。至于虞炎《鲍照集序》"大明五年，除前军行参军，侍临海王镇荆州，掌知内命"的记载，我们可以理解为他在大明五年先为临海王子顼的行参军，掌书记，地点在吴兴，而大明六年方随子顼镇荆州。

综上所述，此诗应是大明五六年(461—462)之间，诗人在吴兴任临海王子顼军府参军，掌书记时所作。

---

① 说详拙作《虞炎〈鲍照集序〉的一处传写错误》，载《文史》第十五辑。

三、《和王丞》

闻人倓《古诗笺》以为诗题之“王丞”，即指王僧绰。黄节《鲍参军诗注》引吴汝纶《古诗钞》云：“《宋书》，僧绰以元嘉二十六年为尚书吏部郎。此诗在二十六年以前作，盖临川王服竟归田里时也。”以为此诗乃鲍照离开临川王幕府时所作。《鲍参军集注》此诗题注钱仲联增补注提出了新的看法，其云：“《宋书·僧绰传》：僧绰初为始兴王文学秘书丞、司徒左长史、太子中庶子，以元嘉二十六年徙尚书吏部郎。按：此诗至晚当作于二十五年以前。盖僧绰为始兴王文学时，照为国侍郎，同在王府，遂相款洽，故僧绰转为秘书丞，有此唱和之作。吴挚父说非是。”他的《鲍照年表》因此也将此诗系于元嘉二十四年。

今按：钱仲联先生论此诗的作年无疑是正确的，因为只有在始兴王刘濬幕，鲍照才有和王僧绰相识的机会。但是钱说又存在一个明显的疏忽，那就是他误会了《宋书》卷七一《王僧绰传》的文意，将王僧绰所担任的秘书丞认作是始兴王府的秘书丞。所以在引《宋书》时标点为：“僧绰初为始兴王文学秘书丞、司徒左长史”，并说：“故僧绰转为秘书丞，有此唱和之作。”其实，根据《宋书·百官志》和《南齐书·百官志》的记载，当时王国是没有秘书丞这一官职的。王僧绰所担任的秘书丞，应该是中央政府的秘书丞。中华书局校点本《宋书》王僧绰本传的有关内容标点为：“初为江夏王义恭司徒参军，转始兴王文学，秘书丞，司徒左长史，太子中庶子。”无疑，中华书局校点本的见解是正确的。据《宋书》卷四十《百官志下》，当时有秘书监一人，秘书丞一人，掌秘书省事。王国的师、友、文学虽然和秘书丞都是六品的官职，但秘书丞的位次却要高于王国的师、友、文学，况且秘书丞又是士人所向往的清阶，一般情况下只有世族子弟才能得到这项任命。因此作为琅邪王氏后起之秀的王僧绰在担任了一段时间的始兴王文学之后乃升任为秘书丞。又根据《宋书》卷九十九《二凶传》，始兴王濬在元嘉十七年(440)至二十六年(449)之间为扬州刺史，其驻地即为京都建康。王僧绰为秘书丞时，鲍照在始兴王府任侍郎之职，同处一地，故能有相聚并以诗相唱和的机会。这一时间应在元嘉二十四五年(447—448)之间。钱仲联《鲍照年表》所定的时间应该是可信的。

四、《吴兴黄浦亭庾中郎别》

此诗黄节《鲍参军诗注》引吴汝纶《古诗钞》云:"庾中郎,庾永也。此诗亦元嘉二十二年作。二十三年庾已徙江夏王中兵参军,是后不得仍称中郎矣。"以为此诗与《从庾中郎游园山石室》诗皆为与庾永相交往之作。吴说之非,钱仲联于《鲍参军集注》辨之已详,盖其将张永之事而误作庾永也。由此,诗题之"庾中郎",当以存疑待考为是。此前笔者通过对诗人《自砺山东望震泽》诗的考察,认为鲍照约在大明五年(461)之间有过吴兴之行,并在是时进入了临海王子顼幕。今考之此诗云:"旅雁方南过,浮客未西归。已经江海别,复与亲眷违。"不仅明确地指出了他当时于吴兴作此诗时乃是客居的身份,而且也与他当时久经游宦后的复杂的思想感情相一致。此诗"役人多牵滞,顾路惭奋飞"二句,乃其自指。言自己因为受到羁牵约束而不得随行回归,只能滞留于吴兴,又是他当时已有官职在身的明证。因此,此诗应该说也是诗人在临海王子顼幕中所作,时间约在大明五年(461)。至于诗之发端云:"风起洲渚寒,云上日无晖。"诗中又有"旅雁方南过,浮客未西归"之语,则诗又作于秋日。

五、《送盛侍郎饯候亭》

《鲍参军集注》之《吴兴黄浦亭庾中郎别》诗题注钱振伦注引颜真卿《妙喜寺碑》云:"杼山之阳有妙喜寺,寺前有黄浦桥,桥南有黄浦亭,宋鲍照送盛侍郎及庾中郎赋诗之所。其水出黄柏山,故号黄浦。"见此诗与《吴兴黄浦亭庾中郎别》诗皆为诗人在吴兴时作,诗题之"候亭",乃吴兴之亭也。考此诗云:"君为坐堂子,我乃负羁人。欣悲岂等志,甘苦诚异身。"表明他也正受到官场的羁绊约束。可见他当时已有官职在身,这个官职应该就是临海王子顼的军府参军。与《吴兴黄浦亭庾中郎别》

诗相比较，二诗表现的思想感情也正相一致。诗末云："结涕园中草，憔悴悲此春。"则此诗之作又在大明六年(462)春。

六、《行京口至竹里》

缪钺《鲍明远年谱》于宋文帝元嘉十七年云："按诏临川王徙镇南兖州，在十月戊午，为初三日。而明远诗中所云'寒律惊穷溪'、'潮上冰结洑'、'夜分霜下凄'、'征歌首寒物，归吹践开冬'、'冰闭寒方壮'、'从军乏衣粮，方冬与家别'，皆明言初冬。故此数诗，殆皆一时所作也。"缪谱所说之"寒律惊穷溪"等三句，为诗人《还都道中》诗三首中的句子；"征歌首寒物"二句，则出自《还都口号》诗；"冰闭寒方壮"句，乃见之于此诗，而"从军乏衣粮"二句，又见于诗人《发后渚》诗。即缪谱以为以上数诗皆诗人元嘉十七年冬随临川王义庆自江州还都时作。此后，吴丕绩《鲍照年谱》、钱仲联《鲍照年表》皆从其说，系以上数诗于元嘉十七年(440)冬。

今按：《鲍参军集注》之《登翻车岘》诗题注钱振伦注引《江乘地记》云："城东四十五里竹里山，王途所经，甚倾险，行者号为翻车岘。"江乘即今之江苏句容，故城在今句容县北。从诗题看，此诗应是诗人由京都建康前往京口途中行经竹里山时所作。缪谱、吴谱以及钱表将此诗与《还都道中》、《上寻阳还都道中》、《还都口号》诸诗皆定为同一时期的作品，应该是以为此诗乃鲍照随临川王义庆自江州寻阳还都后，经由京口而赴南兖州刺史任所广陵时所作。但是推敲起来，这个说法是难以成立的。今试述如下：

首先，当时的南兖州，州治为广陵，即今之江苏扬州市，与京口隔江相对。那末，从当时的京都建康之南兖州的广陵，是否一定要经由京口过江前往呢？答案是否定的。考诗人有《瓜步山楬文》一篇，其中"鲍子辞吴客楚，指兖归扬，道出关津，升高问途"数句，《鲍参军集注》钱振伦注引《日知录集释》引王氏云：

> 自开邗沟，江淮已通，道犹浅狭。六朝皆都建康，南北往来，以

瓜步就近为便，故不取邗沟与京口相对之路。鲍照《瓜步山楬文》有曰"鲍子辞吴客楚，指兖归扬，道出关津，升高问途"云云，即此观之，则南北朝之以瓜步为通津明矣。

这就是说，在当时京都建康的南北往来，以取道瓜步为近便。因此，由京都建康前往南兖州的广陵并不一定要取道京口而渡江北往。其次，我们再从此诗中所写的"斯志逢凋严，孤游值曛逼"二句，感叹自己孤游无伴，旅途寂寞来看，也与他随临川王义庆赴南兖州刺史任时的情况大相径庭。似乎也不可能是与《还都道中》诸诗同时的作品。再次，缪谱以及钱表等以为此诗与《还都道中》《还都口号》同时所作的理由是，这几首诗表现的都是初冬景物，节令相合。但是，推敲起来，诗人当时家于建康，又随始兴王刘濬在京口有数年的逗留，而建康与京口之间相隔甚近，仅一日之路程。所以，他是可以经常有建康之京口之行的。因此退一步说，即使鲍照随临川王义庆自京都建康赴南兖州广陵时，要道经京口，渡江北往。我们也不能因为此诗中所表现的节令与《还都道中》诸诗相一致，而认为此诗与以上诸诗为同时的作品。所以笔者认为，从目前的情况看，此诗的系年还是以存疑待考为妥。

七、《发后渚》

闻人倓《古诗笺》此诗题注云："后渚在建业城外江上。《齐书·张融传》：'融出为封溪令，从叔永出后渚送之。'即此。"可见此诗乃作于京都建康。由于此诗中有"从军乏衣粮，方冬与家别"二句，与《还都道中》、《还都口号》等诗所表现的节令相近，所以缪谱、吴谱、钱表皆以为此诗与以上诸诗同为元嘉十七年(440)初冬，诗人随义庆由江州刺史转任南兖州刺史时，于途中所作。《鲍参军集注》此诗题注钱仲联增补注则更进一步说："诗作于建康，应列于《行京口至竹里》前。"他的《鲍照年表》是按这样的顺序排列以下的诗作的：《上寻阳还都道中》，《还都道中》，《还都至三山望石头城》，《还都口号》，《发后渚》，《行京口至竹里》。很显然，钱先生认为鲍照是按照这样的顺序而创作了以上这几首诗作。

但是笔者以为,这一说法其实也是难以成立的。

首先,我们从此诗所表现的节令说起,黄节《鲍参军诗注》释诗中“方冬与家别”一句时引《文选》李善注云:

方,犹将也。

按《发后渚》诗不见载于《文选》,黄节所引乃是李善对《文选》中其他诗文的解释。可见,黄节认为“方冬与家别”者,即将入冬之时与家别也,这就是说,黄节认为此诗乃秋末所作。钱仲联对这一说法予以了否认,他在《鲍参军集注》此诗的增补注中说:

方,不应训作将;《广雅·释诂》:“方,始也。”方冬,始入冬。

据钱先生说,此诗又应为初冬时作。钱先生否定黄说的原因非常明显,那就是要证明他所认为的此诗为元嘉十七年(440),诗人随临川王义庆还都城建康后赴南兖州刺史任所时作。否则,如作于秋末的话,那此诗也就不可能是元嘉十七年的作品了。但是,即便如钱先生那样,将“方冬”训释为始入冬,此诗为元嘉十七年作的说法也是不能成立的。

《宋书·文帝纪》载元嘉十七年冬十月,“戊寅,卫将军临川王义庆以本号为南兖州刺史”,考是年十月丙辰朔,戊寅为月之二十三日。缪谱在检《宋书》时偶有疏忽,将“前丹阳尹刘湛有罪,及同党伏诛”的“戊午”日,误以为义庆受命为南兖州刺史之日,钱仲联先生未经核实原文而沿用了同样的错误。因此,朝廷任命临川王义庆为南兖州刺史之日,应该在是年十月初冬的下旬,再加上诏命往返,并作交割事宜,又须时日。因此,诗人随义庆自江州寻阳出发回都,最早也得在这一年的十一月上旬或中旬。其实,《还都道中》诗三首之二的“寒律惊穷溪”、“潮上冰结洑”,之三的“回风扬江泌,寒响栖动树”,《还都口号》的“征歌首寒物,归吹践开冬”等句,似乎并不能随意地解释为初冬景物。如“潮上冰结洑”句,钱振伦注引《广韵》云:“洑,回流也。”长江浪急，潮上之时而冰乃回旋，岂是初冬景物。所以，此诗之“方冬与家别”，即便如钱钟联先生所训释的为初冬与家别，也不应该是元嘉十七年随义庆还都后的作品。而且，像刘义庆那样的皇室宗亲，在回京以后又应该有一段并不会很短的与亲朋欢聚之时间，而不会如他人那样立即起程赴南兖州刺史任所。这样的例子可以找出许多，如据《宋书》卷六《孝武帝纪》，临海王子顼于大明六年秋七月庚辰被任为荆州刺史，乃初三日。而鲍照随子顼上荆州途中所作的《登黄鹤矶》诗云：“木落江渡寒，雁还风送秋。”《阳岐守风》诗云：“洲迥风正悲，江寒雾未歇。”皆为深秋景物。这可以充分说明，临川王刘义庆于仲冬回京后决不可能立即起程前往南兖州之广陵。因此笔者以为，此诗并不能仅仅依据“方冬与家别”句，而断定为诗人于元嘉十七年随义庆还都后所作。

八、《梦还乡》

此诗系年的提出，始于曹道衡《鲍照几篇诗文的写作时间》[①]。曹先生文认为，此诗中有“沙风暗空起，离心眷乡畿”二句，说明诗人身在刘宋王朝统治区的北部边界；诗中又有“梦中长路近，觉后大江违”二句，似乎也说明了他在长江以北而家在长江以南。而诗的内容为梦中与妻子相见并因此而抒发思乡的感慨，说明当时他的妻子尚未去世。接着，曹先生又进一步分析了鲍照一生中几次逗留江北的情况，其中在始兴王幕随刘濬至广陵和瓜步时，因为广陵和瓜步距离建康和京口皆很近，所以与诗中所写的情境不合；另一次为随衡阳王义季之徐州之彭城，因为彭城距离鲍照的原籍很近，作为东海人的鲍照，在诗中将彭城说成“此土非吾土”，也不太近情理；至于随临海王子顼在荆州的一次，由于他在荆州所作的《在江陵叹年伤老》诗中没有提到想念妻子的话，曹先生认为说明当时他的妻子已经去世，所以诗也不像是在江陵时所作。因此，曹先生最后得出结论，认为只有在

---

① 曹道衡《鲍照几篇诗文的写作时间》，载《中古文学史论文集》，中华书局 1986 年版。

元嘉末年，诗人担任永安令时才有可能作此诗。而且他还对此诗中“白水漫浩浩，高山壮巍巍”二句进行了考察，认为白水在今河南省的南部，而鲍照所任职的永安，则在今湖北省的随县一带，两地相距很近。因此，“白水”二句正说明了永安与长江下游之间隔着鄂皖间的大别山区，地理位置也正相符合。

笔者认为，曹先生关于诗人创作此诗时身在长江以北的刘宋统治区的北部边界，当时其妻尚未去世的论述，以及据此而得出的诗人随始兴王刘濬在广陵和瓜步、随衡阳王义季在彭城这二次皆不可能作此诗的结论，无疑是十分正确的。但是他关于此诗不可能作于荆州，而应该是元嘉二十九年至三十年之间在永安令任所作的结论，却又是颇为令人怀疑的。

笔者曾通过对鲍照《谢永安令解禁止启》的考察，指出诗人担任永安令之职在他离开秣陵令任以后的孝武帝大明五年(460)，而并非在宋文帝元嘉末。并且根据《宋书·州郡志》的记载，认为鲍照最有可能任职的永安令为荆州南河东郡的永安县，它的地理位置在今湖北省的松滋，而并不是在今湖北省的随县。这就与曹先生的论断发生了矛盾。首先，湖北省松滋地在长江以南，如果此诗作于诗人任永安令时，那么就与此诗中“沙风暗空起，离心眷乡畿”及“梦中长路近，觉后大江违”所表现的，诗人当时身在长江以北的刘宋统治区的北部边界不相合。其次，诗人在孝武帝大明年间方担任永安令的事实，也与曹先生所说的诗人在元嘉二十九年(452)即担任永安令的说法大相径庭。由此，认为此诗为元嘉末作于永安令任上的说法就失去了依据，不可能成立。然而，此诗究竟为何时所作？还须作进一步的探讨。

考诗人一生逗留江北的几次，由于排除了在始兴王刘濬幕和衡阳王义季幕中作此诗的可能，因此能够创作此诗的时间应该只有两次。一次为元嘉十三年至十六年(436—439)，是时诗人在荆州之江陵任临川王义庆国臣；另一次则为大明六年(462)以后，是时诗人在江陵任临海王子顼军府参军。其于元嘉中期在江陵任临川王义庆僚属时，乃诗人年轻时初次踏上仕途，颇思有所作为之时，是时欲一展抱负之心甚浓,所谓"长途大念,隐心者久矣"①,"不愿终日碌碌,与燕雀相随"②者也。因此,诗人是时所作诗文,不可能有此诗"波澜异往复,风霜改荣衰"的哀叹,也不可能有此诗中"此土非吾土,慷慨当告谁"的消极无奈。所以,诗人最有可能作此诗的时间应在大明六年以后,是时他在荆州之江陵为临海王子项军府参军。当时,子项所统辖的地区,包括了刘宋王朝的整个西北边境,这与诗所表现的诗人当时身在长江以北的刘宋王朝的北部边界也正相合。

诗人有《游思赋》一篇,此前笔者曾通过对该文的考察,指出此赋乃大明六年深秋随临海王子项上荆州途中作。③ 此赋云:"贱卖卜以当垆,隐我耕而子织。"以司马相如、卓文君当垆卖酒的典故,表示了退而归隐与妻子相伴,耕织自食的愿望;赋又云:"抚身世而识苦,念亲爱而知乐。"表现的也是对妻子的眷念之情,皆说明当时其妻尚未卒。这与他在大明六年(462)以后作此诗时,所表现出来的其妻尚在的情况又颇为一致。至于曹先生所认为的,诗人此次在荆州所作的《在江陵叹年伤老》诗中没有想念妻子之语,而认为当时其妻已去世,恐怕也只是一种猜测,因为诗人作诗甚多,不可能篇篇提到他的妻子。而且即使他在江陵叹年伤老时妻子已经去世,也只能说明此诗作于《在江陵叹年伤老》诗之前,而并不能就此否定此诗在江陵作。

大明六年秋,诗人随临海王上荆而并非出其所愿,他在这次上荆离建康赴任时所作《从临海王上荆初发新渚》诗云:"狐兔怀窟志,犬马恋主情。抚襟同太息,相顾俱涕零。奉役途未启,思归思已盈。"怀乡恋土之情,溢于言表。而这次上荆途中所作的《登黄鹤矶》、《阳岐守风》、上荆后所作的《在江陵叹年伤老》诗也都充满了浓厚的悲郁之情和强烈的思乡心绪。如《登黄鹤矶》云:"临流断商弦,瞰川悲棹讴。适郢无东辕,还夏有西浮。"又云:"泪行感湘别,弄珠怀汉游。岂伊药饵泰,得夺旅人忧。"《阳岐守风》云:"洲迴风正悲,江寒雾未歇。飞云日东西,别鹤方楚

① 见鲍照《登大雷岸与妹书》。

② 见《南史》卷十三《宋宗室及诸王传上》。

③ 见拙作《鲍照诗文系年考辨》,《中华文史论丛》1983 年第 3 期。

越。尘衣孰挥浣？蓬思乱光发。"皆为典型之例。由此可见，此诗云："波澜异往复，风霜改荣衰。此土非吾土，慷慨当告谁。"所表现出来的对时光流逝的哀叹和强烈思乡的无奈，也都与那一时期诗人的心境正相一致。

此外，我们不妨再考察一下诗中"白水漫浩浩，高山壮巍巍"二句。此二句曹先生以为是实写，即白水系指今河南省南部的汉光武帝祖先在西汉后期的移封之地，高山乃指今鄂皖之间的大别山区。但是由于永安县地理位置的考实，即它并不在今湖北省的随县一带，而在今湖北省的松滋，因此此诗也就不可能是诗人在永安令任上所作。这样，曹先生所猜测的"白水"、"高山"的具体所指也就根本不可能成立。此二句黄节《鲍参军诗注》以为：

> 用秦嘉《赠妇诗》"河广舟无梁，浮云起高山"意。

据黄节说，此二句乃借以指归家之难，并非实写，因此也就不必实地去找"白水"、"高山"来证实它。更何况江陵到建康地隔千里，其间的山山水水又不可以胜计呢。

另外，曹先生以为此诗不是随子顼在荆州作的另一个理由是，即诗的内容为想念妻子，其中的感情，似乎与老年人不同。但这点应该说也不能作为否定的根据。因为诗人在泰始二年(466)被乱兵所杀时年仅五十一岁，大明六年(462)随子顼上荆时更只有四十七岁，这种年龄未必就会没有诗中所写的"慊慊论久别，相将还绮纬"、"开奁夺香苏，探袖解音徽"这样缠绵细腻的感情和举动。况且，鲍照作为一个并不是很受礼教束缚的诗人，本是性情中人，诚如江淹《泣赋》所谓"况余辈情之所使哉"一类人物，感情自然又要比常人更为丰富一些。根据以上的论述，此诗很有可能是诗人大明六年(462)上荆后所作。诗人《在江陵叹年伤老》诗中没有涉及到思念妻子的内容，如果曹先生的猜测成立，当时他的妻子已经去世的话，则此诗又应该作于泰始元年(465)之前。也就是说，此诗应作于大明六年(462)到泰始元年(465)之间。

九、《代陈思王白马篇》

《白马篇》属乐府“杂曲歌辞”。此题为曹植所首创，通过对一武艺高强的边塞游侠忠勇报国、捐躯赴难的歌颂，以表现他自身报国立功的愿望。郭茂倩《乐府诗集》云：“白马者，见乘白马而为此曲。言人当立功立事，尽力为国，不可念私也。”并引《乐府解题》云：“鲍照云‘白马骍角弓’，沈约云‘白马紫金鞍’，皆言边塞征战之事。”今考之此诗云：“含悲望两都，楚歌登四墉。丈夫设计误，怀恨逐边戎。弃别中国去，邀冀胡马功。”又云：“但令塞上儿，知我独为雄。”可见乃是鲍照借此题以表现自己立功边塞愿望的作品，而并非如《乐府解题》所认为的泛泛的“言边塞征战”之作。所以朱嘉征《乐府广序》认为此诗“正接出言外感慨”，理解是颇为准确的。曹道衡《论鲍照诗歌的几个问题》认为，鲍照虽然没有从过军，但由于他到过宋、魏两个政权交界的地区，对军人们也有过接触，所以能写出《代东武吟》、《代出自蓟北门行》以及此诗等一些写军旅生活的诗篇。因此，此诗之作最早应该在元嘉二十二年(445)他随衡阳王义季到梁郡、徐州之后。再从诗的具体内容看起来，又应该以元嘉二十七八年(450—451)间宋魏两个政权爆发的大规模战争期间所作的可能性为最大。

论鲍照军事题材的诗歌

南朝著名诗人鲍照现存诗歌二百多首，有关戎行题材的诗作在他整个诗作中的比例并不算很大，可是这类诗作却是他整个诗作的精华，也代表了他诗歌创作的主要风格。梁代著名诗歌评论家钟嵘在《诗品》中列举从曹植起的五言诗名家的代表作时就将戎行诗作为鲍照诗的代表，与曹植《赠白马王彪》、王粲《七哀》、阮籍《咏怀》、左思《咏史》、陶渊明《咏贫士》等一起，誉之为“五言之警策”，并称赞说：“所以为篇章之珠泽，文采之邓林。”可见对他戎行诗的推重，以及这一部分诗作在他的诗歌创作中所占有的重要地位。南朝著名诗人江淹作《杂体诗三十首》，模拟从五言古诗起到刘宋汤惠休为止的三十名家的代表作各一首，颇为后人所称道，其中拟鲍照的一首即题为《鲍参军戎行》。也将戎行诗视为鲍照诗的代表。这些都可明显见出他的戎行诗在后人心目中的地位，显示了他这一类诗作所取得的巨大成就。

(一)

西晋永嘉大乱到南北朝这一时期，我国北方陷入了一片大混乱之中，各外族统治者相继入主中原，并时时对南方进行骚扰和侵犯。这种异族的入侵、国土的沦丧、人民的苦难、志士的抗敌，应该正是产生壮怀激烈、慷慨悲凉的戎行戍边诗的大好时机，可令人遗憾的是，从西晋刘琨以后到刘宋前期一百多年的时间中，这类题材的诗歌却几乎绝迹于诗坛。鲍照这时拔出于流俗之外，用他那“如饥鹰独出，奇矫无前”[1]的笔力，结合他建功立业、报效国家民族的强烈愿望，创作了一批具有浓厚爱国主义色彩的激动人心的戎行诗作，彻底打破了东晋南朝诗坛上戎行戍边诗冷寂的局面，同时也表现了他恢复国土、报效国家民族的雄心壮志。《代出自蓟北门行》乃是他这类诗作的代表，同时也是他整个诗歌创作中写得极具气势的一首：

> 羽檄起边亭，烽火入咸阳。征骑屯广武，分兵救朔方。严秋筋竿劲，虏阵精且强。天子按剑怒，使者遥相望。雁行缘石径，鱼贯渡飞梁。箫鼓流汉思，旌甲被胡霜。疾风冲塞起，沙砾自飘扬。马毛缩如猬，角弓不可张。时危见臣节，世乱识忠良。投躯报明主，身死为国殇。

发端即奇峰突起，以雄健有力之笔法，配合险急促迫的声调，交待了外族侵略者对我方国土的入侵，颇为引人注目。接着进而描绘了边境形势的险恶和入侵胡兵的强盛，以及边境与朝廷之间使者往来的延续不断。又用汉武帝怒李广利之典故，写天子的盛怒，更突出了这种形势的严重性。以下则用四组工整的对句，抓住北方边疆自然风物严寒和风急的特点，形象地渲染了恶劣的气候条件和险阻的地理环境。进一步表现出了为捍卫国家民族利益而守卫边疆的战士们忠于国家民族，不顾个人安危的高尚品质。结尾四句则点明，国家真正的忠良之臣乃是这些为了祖国领土完整而奋勇杀敌，不惜牺牲自己生命的爱国志士。此诗气势雄壮，通篇一气呵成，读后颇有令人神气飞扬之感。方伯海论此诗说：“写出一时声息之紧，应敌之猝，师行之速，征途之苦，许国之勇，短幅中神气奕奕，真神工也。”[2]朱熹也以为此诗“疾风”四句，“分明写出边塞之状，语又峻健”[3]，都对此给予了高度的评价。江淹《杂体诗

① 敖陶孙《臞翁诗评》。《升庵诗话》卷八，《历代诗话续编》本，中华书局 1983 年版。

② 于光华《重订文选集评》，清同治十一年刻本。

③ 朱熹《朱子语类》，中华书局 1986 年版。

三十首》模拟鲍照的一篇虽然题作《鲍参军戎行》,但是具体的模拟对象乃是此篇。江诗云:

豪士枉尺璧,宵人重恩光。殉义非为利。执羁轻去乡。孟冬郊祀月,杀气起严霜。戎马粟不暖,军士冰为浆。晨上成皋坂,碛砾皆羊肠。寒阴笼白日,太谷晦苍苍。息徒税征驾,倚剑临八荒。鹪鹏不能飞,玄武伏川梁。铩翮由时至,感物聊自伤。竖儒守一经,未足识行藏。

从内容、形式到结构、韵脚等各个方面都可以见出模拟鲍照此诗的痕迹,其中的"孟冬郊祀月"等八句对仗工整,也形象地描绘出了北方边境荒凉苦寒的环境特点,以及战士们边疆戎马生活的严酷艰苦。同时,诗中的"徇义"二句与结尾"竖儒"二句相呼应,又极好地模拟了鲍照不死守经书的豁达个性,和他建功立业、报效国家民族的远大胸襟和抱负,整个诗作应该说还是相当成功的。但是与鲍照的原诗相比较,却又不免相形见绌。所以清何焯在《义门读书记》中比较这两首诗时说:"明远之奇丽,是其天才绝伦,固非文通所能到也。"①这个评论,不仅指出了鲍照此诗所取得的巨大成功,同时也说明了他整个戎行诗作所取得的巨大成就。

他的《代陈思王白马篇》和《拟古》八首之二的"幽并重骑射"两诗,与《代出自蓟北门行》属于同一风格,所要表现的内容也颇为相近。都是表明国家危急存亡之秋,正是爱国志士报国立功的大好时机,同时也用以显示自己建功立业、报效国家民族的远大志向。应该指出的是,以上几首诗作并不是无病呻吟,凭空抒发感慨,而是有感于当时北方边境的现实形势而作。它们既是诗人民族精神和远大志向的自我表现,同时也是当时历史现实的反映。

整个刘宋一代,正是北方鲜卑拓跋部所建立的北魏政权力量最为强盛,向外极力扩张之时期。据《资治通鉴》记载,鲍照一生主要活动的

① 何焯《义门读书记》,中华书局1987年版。

宋文帝元嘉年间和宋孝武帝孝建、大明年间，两国之间的战争几乎从未间断，而由于南北力量的悬殊，双方之间的战争大多以刘宋的失败而告终。其中最为惨痛的一次失败为宋文帝元嘉二十七年，是年“二月辛亥，魏主自将步骑十万奄至。……十二月……引兵南下，所过无不残灭，城邑皆望风奔溃”，“魏人凡破南兖、徐、兖、豫、青、冀六州，杀伤不可胜计，丁壮者即加屠戮，婴儿贯于槊上，盘舞以为戏，所过郡县，赤地无余。春燕归，巢于林木。”（《资治通鉴》卷一百二十六）在这种形势之下，鲍照这一类慷慨激越的戎行诗作的出现可以说表现了时代的需要，反映了广大人民恢复沦陷国土的强烈愿望，也充分显示了诗人对国事的关心。

《代陈思王白马篇》虽出自曹植的名作《白马篇》，但却并非单纯的模拟之作，乃是根据原诗的意境加以发挥变化而写成。曹植诗云：“白马饰金羁，连翩西北驰。借问谁家子，幽并游侠儿。”赞颂一个武艺高强，不顾身家性命，誓死捍卫祖国边疆的少年英雄。同时，“篇中所云捐躯赴难，视死如归，亦子建素志[①]，因而也是借以述志之作。所以，曹植诗中大力渲染的乃是奋不顾身的壮士形象。而鲍照此诗除描绘了为捍卫国家民族利益而舍生忘死的战士形象以外，其中的“要途问边急，杂虏入云中。闭壁自往夏，清野径还冬。侨装多阙绝，旅服少裁缝”还大力渲染了边境形势的危急和前方战争环境的艰难险恶。同时诗中“薄暮塞云起，跮歌登四墉”又含蓄地指出了两京的失陷，切合时势，用以唤起人们的危机意识。较之曹植的原作，无疑具有更强的现实意义和时代气息。

《拟古》八首中的“幽并重骑射”篇用意也与曹植《白马篇》一致，所拟应该说即是曹植的《白马篇》。诗通过“毡带佩双鞬，象弧插雕服。兽肥春草短，暮还楼烦宿。石梁有余劲，惊雀无全目”等句，着力夸饰了边塞青年英雄豪迈的气概和勇武的精神面貌，以及立功疆埸、奋不顾身以报效国家民族的雄心壮志，少年豪壮之气，溢于言表。是被方东树誉之

---

① 朱乾《乐府正义》，清乾隆五十四年刻本。

为“句格俊逸奇警”之作，以为“杜公所称，政在此等”①。刘履《选诗补注》以为此篇乃“托古讽今之诗”②，我们从诗中“汉虏方未和，边城屡反复”等句，再结合当时刘宋边境地区屡屡得而复失的实际情况来看，刘履的这个论断应该是比较准确的。

萧统《昭明文选》载刘琨《扶风歌》一首，李善注：“集云：‘《扶风歌九首》。’然以两韵为一首，今此合之，盖误。”宋人郭茂倩编《乐府诗集》，载刘琨此诗时采用李善说，乃题作“刘琨《扶风歌九首》”。今人黄节于此也说：“刘琨《扶风歌九首》。”③今观此诗一气贯注，诗末又有“我欲竟此曲，此曲悲且长”之语，应该说是九首一组完整的诗歌，说明了李善所说的正确性。刘诗作于西晋永嘉元年(307)，当时我国北方为外族所侵占，处于一片混乱之中。刘琨于此时临危受命，出任并州刺史，北上抗敌。《晋书》卷六十二《刘琨传》云：“琨募得千余人，转斗至晋阳(今山西太原，时为并州刺史治所)，府寺焚毁，僵尸蔽地，其有存者，饥羸无复人色。荆棘成林，豺狼满道。”此诗即叙述了他从洛阳北上抗敌途中的经历和感受，并充分表现了他恢复国土、扶衰定乱的雄心壮志，乃是一组充满爱国激情的壮丽诗篇。而现今所传的《鲍照集》亦载有鲍照所作《扶风歌》一首，全诗八句。黄节《鲍参军诗注》云：“刘琨《扶风歌》九首，……同韵者三首，明远此篇亦应分两首，不能因其同韵而合之。”同时，黄先生还具体地指出鲍照《扶风歌》的前四句乃模拟刘诗的第一首，后四句拟刘诗第四首。以下我们试比较二人所作：

朝发广莫门，暮宿丹水山。左手弯繁弱，右手挥龙渊。(刘诗第一首)

昨辞金华殿，今宿雁门县。寝卧握秦戈，栖息抱越剑。(鲍诗前四句)

挥手长相谢，哽咽不能言。浮云为我结，飞鸟为我旋。(刘诗

---

① 方东树《昭昧詹言》，人民文学出版 1961 年版。

② 刘履《选诗补注》，四库全书本。

③ 黄节《鲍参军诗注》，人民文学出版社 1957 年版。

第四首）

忍悲别亲知，行泣随征传。寒烟空徘徊，朝日乍舒卷。（鲍诗后四句）

两两相比较，乃可以明显见出二诗之间的模拟痕迹，可见黄节所说要非虚语。因此我们可以认为。鲍照所模拟的刘琨的《扶风歌》，本来也应该是一组诗，乃一整体的九首，只是由于流传佚失的缘故，仅存现今的八句罢了。而仅从现存的八句看起来，也明显表现出了与刘琨诗相同的意境，即表现他的忧国忧民之思以及恢复国土、建功立业的远大志趣。笔者以为，以陈绎曾《诗谱》赞美刘琨此诗之语："忠义之气，自然形见，非有意于诗也。"①借以来赞美鲍照此诗，恐怕并不过分。而且推敲起来，鲍诗的"寝卧握秦戈，栖息抱越剑"比起刘诗中"左手弯繁弱，右手挥龙渊"的战士形象似乎要更完美些，责任心也要更强一些。鲍诗的"寒烟空徘徊，朝日乍舒卷"二句，渲染出征前将士与亲人作生离死别的悲凉气氛，较之刘诗的"浮云为我结，飞鸟为我旋"来似乎又更委婉含蓄、深刻细腻，也更感人些。因此，仅就表面现象来看，鲍照此诗的艺术成就应不在刘琨原诗之下。只是鲍照缺少刘琨那一段激动人心的疆場征战的经历，再加上由于鲍照此诗所存并不完全，整首诗的意境表现得不很完整，因而不为历来的论者所重视而已。

以上几首诗作，代表了鲍照戎行诗一个方面的风格。从内容方面看，这些诗作重在歌颂在外族入侵，国家民族处于危急存亡的严峻关头之时，那些为了捍卫祖国领土完整而舍生忘死地战斗在边境的爱国志士，同时也借以表现诗人自身建功立业、报效国家民族的远大志向。在这些诗作中，我们不仅看到了一个为国家民族生死存亡而大声疾呼的诗人形象，同时也看到了一个"骏马轻貂，雕弓短剑，秋风落日，驰骋平冈"②的以身许国，视死如归的壮士形象。这就是既作为一个诗人，又作为一个战士的鲍照的完整形象。从表现手法上看，这类诗作运用极具

① 陈绎曾《诗谱》，中华书局 1981 年版。

② 陆时雍《诗镜总论》，见何文焕辑《历代诗话》，中华书局 1981 年版。

煽动性和感染力的语言以表现其内容，抒发作者的情感。它们多显得气势强烈、慷慨豪迈，因而具有一种震撼人心的力量，催人奋发。诚如王闿运《缃绮楼说诗》卷六论《代陈思王白马篇》所说："起法虽暂远古度，殊有昂藏之气。'丈夫设计误，怀恨逐边戎，弃别中国爱，邀冀胡马功'数语，顿挫慷慨，所谓'幽燕老将，气韵沈雄'。"①可以说，这类诗作正是具有杜甫所说的"俊逸"特色诗作的典型代表。

（二）

无论在内容上还是在艺术手法上，表现出鲍照戎行诗另一种风格特征的则是他的《代东武吟》与《代苦热行》。此二首诗作虽然也有表现边境环境的艰苦和战士英勇杀敌的内容，但是它们的主要目的却在于揭露时弊，讽刺当时腐朽的兵役制度，并企图揭示刘宋对北魏边界战争屡次失败的主要原因。《代东武吟》云：

> 主人且勿喧，贱子歌一言。仆本寒乡士，出身蒙汉恩。始随张校尉，占募到河源。后逐李轻车，追虏穷塞垣。密途亘万里，宁岁犹七奔。肌力尽鞍甲，心思历凉温。将军既下世，部曲亦罕存。时事一朝异，孤绩谁复论？少壮辞家去，穷老还入门。腰镰刈葵藿，倚杖牧鸡豚。昔如鞲上鹰，今似槛中猿。徒结千载恨，空负百年怨。弃席思君幄，疲马恋君轩。原垂君主惠，不愧田子魂。

通篇以一个老战士的口吻，自叙他从小参战到穷老还乡的悲惨遭遇，表现统治者对士兵的刻薄寡恩，揭露当时兵役制度的腐朽。诗中穷老还乡的战士形像与汉乐府《十五从军征》中"十五从军征，八十始得归"的老兵形像可谓异曲而同工。诗的"密途"四句，极力描绘该战士为保卫祖国边疆所付出的巨大代价，与此后"腰镰刈葵藿"所描绘的他退伍还

① 王闿运《缃绮楼说诗》，台北文海出版社 1974 年版。

家后的悲惨遭遇形成了明显的对照。并通过这个“倔强而不肯甘心”① 的老战士所发出的“千载恨”、“百年怨”,对统治者发出了强烈的控诉和愤怒的反抗。诗中的“少壮”二句则更反映了当时落后的政治军事制度,揭示出这种腐朽野蛮制度的极端黑暗的一面。根据史料的记载,整个南朝时期,士兵和武吏的身分都相当低。他们平时乃佃耕政府的土地,战时则上阵杀敌,而且这种士兵的身分更是世代相袭,难以改变。因此他们不仅要世世代代承担起沉重的兵役,还得担负起繁重的课税。《宋书》卷九十二《良吏·徐豁传》记载刘宋时,“武吏年满十六,便课米六十斛,十五以下至十三,皆课米三十斛,一户内随丁多少,悉皆输米”。《南史》卷六《梁本纪上》载梁武帝天监十七年诏云:“兵驺奴婢,男年六十六,女年六十,免为编户。”可见当时武吏和士兵的身分已经沦为与奴婢身分相等的奴隶阶层,统治者根本不把这些守边保国的战士们当人看待。士兵们当时具体的服役年龄是“休老以六十为限,役少以十五为制”②,从十五岁起即开始了艰苦的军营生活,一直到六十岁才能免却戍守之苦。更为甚者,据《宋书》卷一百《自序》载沈亮《上宋文帝表》所载,宋文帝元嘉年间“西府(按指荆州)士兵,或年几八十,而犹伏隶;或年始七岁,而已从役”,可谓骇人听闻。从以上记载,我们可以看出,鲍照此诗中的“少壮辞家去,穷老还入门”二句所描绘的老战士的形象,并不是诗人随意的夸张,而是当时现实历史的客观再现。由于受到这种极为不公正的歧视性的待遇,士兵和武吏身分的人们也就自然产生了抵触与反抗情绪,他们“年及应输,便自逃逸。……或乃断截肢体,产子不养”③,造成了严重的社会问题,也造成了兵源的严重缺乏和士气的极度低落,这实际上就是刘宋对北魏战争屡次失败的最根本的原因。鲍照在这首诗中将它揭示出来,无疑具有重大的现实意义和进步意义。因此,诗中的“千载恨”、“百年怨”,并不仅仅是士兵和武吏怨恨不满情绪的发泄,同时又是对造成战争失利原因的揭示,以及对这种失利负有不

---

① 朱熹《朱子语类》,中华书局 1986 年版。

② 《宋书》卷一百《自序》载沈亮《上宋文帝表》。

③ 《宋书》卷九十二《良吏·徐豁传》。

可推卸责任的当时统治者的斥责和鞭挞。

曹操有《苦寒行》诗一首，描写出征将士们行军途中的艰难险阻，颇为后人所称道。鲍照的这首《代东武吟》应该说在某种程度上受到曹操诗的启发和影响。但不同的是，曹操诗乃是站在旁观者的立场上，以统治者高高在上的口吻去表现士兵的痛苦，抒写自己"悲彼《东山》诗，悠悠令我哀"的感受。而鲍照此诗乃是站在士兵的立场上，以士兵的口吻，去叙述士兵所遭受的痛苦，表现士兵的反抗，斥责统治者的罪恶，并进一步揭示出当时边界战争失利的根本原因。虽然鲍诗不得不借用西汉张骞、李蔡的典故，但诗中借古讽今的意味则相当明显。因此，鲍照此诗无疑要比曹诗进步得多，思想意义与社会意义也要积极得多。伟大的爱国主义诗人陆游于《徐大用乐府序》云："古乐府有《东武吟》，鲍明远辈所作，皆名千载。"摒弃陆机《东武吟行》原作而不称，也说明了两位爱国诗人心灵上的相通之处。

鲍照的《代苦热行》则从另一角度表现了上述主题，通过最高统治者对将领们刻薄寡恩的讽刺，去揭示当时刘宋边界战争失利的原因。在鲍照生活的时代，一些智勇双全的名将，因为屡立战功、威名远扬，受到广大人民的敬仰。但是，他们却又往往遭受到气量狭窄的宋文帝刘义隆、宋孝武帝刘骏的猜忌而招致杀身之祸。如刘宋时的开国名将檀道济，在宋魏战争中多次取得重大胜利，威震北方。可正因为他"立功前朝，威名甚重，左右腹心，并经百战，诸子又有才气"①，因而遭受到宋文帝的猜疑，于是在元嘉十三年(436)被文帝以一莫须有的罪名加以杀害。而更令人震惊和气愤的是，文帝在杀害檀道济的同时，还杀害了檀道济的三子及其部下十多个屡立战功的名将。其中就有"有勇力，时以比张飞、关羽"(《宋书·檀道济传》)的名将司空参军薛彤、高进之二人。这一事件，致使朝野人心惶惶，极大地削弱了刘宋的军事力量，所以檀道济在临死前怒斥道："乃复坏汝万里长城。"元嘉时期的另一名将裴方明智勇双全，为平定仇池立有大功，结果也在元嘉二十年(443)被宋文帝找了个借口杀害。裴方明之死，使得正在积极扩张势力，谋图入侵中

① 《宋书》卷四十三《檀道济传》。

原的北魏太武帝拓跋焘大喜过望。《资治通鉴》卷一百二十五载元嘉二十七年(450)拓跋焘《与宋文帝书》云:“彼前使裴方明取仇池,既得之,疾其勇功,已不能容。有臣如此,尚杀之,乌得与我校耶?”这种使亲者痛、仇者快的举动,既造成了广大将士们的离心,也导致了刘宋前期强盛的军事力量逐渐削弱衰退的严重后果。对于大多数立功疆埸的将士,宋室统治者虽然并不采用全部杀戮的政策,但对他们也相当刻薄,少有封赏,元嘉二十三年(446)宗悫平定林邑就是一个颇为典型的例子。以上种种情况,也正是导致长期以来刘宋对北魏战争总是以失败而告终的另一个主要原因。这种令人难以置信的事实,当为鲍照亲所见闻,作为一个时刻关心国家民族的诗人,他不能无动于衷,漠然视之。因此在当时的形势之下创作出这首《代苦热行》也就是很自然的了。其诗云:

> 赤坂横西阻,火山赫南威,身热头且痛,鸟坠复来归。汤泉发云潭,焦烟起石圻,日月有恒昏,雨露未尝晞。丹蛇逾百尺,玄蜂盈十围,含沙射流影,吹蛊病行晖。鄣气昼熏体,菵露夜沾衣,饥猿莫下食,晨禽不敢飞。毒泾尚多死,渡泸宁具腓?生躯蹈死地,昌志登祸机。戈船荣既薄,伏波赏亦微,爵轻君尚惜,士重安可希。

发端即以八组工整的对句表现我国西南边境环境的艰苦,其中“汤泉”等句夸饰南方瘴疠之地的环境恶劣,可谓不遗余力。在这样艰苦的环境下作战,自然是“身躯蹈死地”,生命非常危险。这就为下文所要表现的主题即讽刺功高赏薄作了极好的铺垫。结尾又用汉代戈船将军归义侯严及伏波将军马援功高赏微之典故,借古讽今,点明主题。同时更以“爵轻君尚惜,士重安可希”收束全篇,指出统治者刻薄寡恩所造成的严重危害,深刻含蓄,耐人寻味,乃一诗精髓之所在。朱乾在《乐府正义》中以史证诗,说:“宋文帝元嘉二十三年,遣交州刺史檀和之讨林邑,宗悫自请从军,和之遣悫为前锋,遂克林邑,阳迈父子挺身走。所获未名之宝,不可胜计。悫一无所取,还家之日,衣栉萧然。此刺功高赏薄。‘戈船’、‘伏波’,盖指和之及悫也。”可见鲍照此诗深刻的现实意义之所在。由于以上两首诗作的创作目的在于揭露时弊，讽刺朝政，而此二首诗之作又正当文帝刘义隆在位时期，因此诗乃不得不借用汉事以表现其内容，意境也显得颇为含蓄，特别是《代东武吟》一诗，深沉悲抑，颇有沉郁顿挫之风格，与《代出自蓟北门行》、《代陈思王白马篇》等诗形成了明显的区别。王夫之《古诗评选》论鲍照《代东武吟》时说："而言者之生平，闻者之感触，无穷无方，皆所含蓄。故言若已尽，而意正未发，自非唐宋人力所及，心所谋也。"方东树于《昭昧詹言》论《代东武吟》时也认为"杜公《出塞》诗从此出"。皆一语中的，指出了这类诗作的创作风格之所在，杜甫诗的某些篇章受其影响是颇为明显的。

（三）

鲍照戎行诗作的又一个方面乃以表现征人思妇之情感为内容，但与传统的表现征人思乡、思妇思夫内容不同的是，鲍照的这类诗作又较多地反映出了征夫思妇们在极端不合理的兵役制度之下的怨望心理，和当时的社会现实仍然联系得相当紧密。他的名作组诗《拟行路难》十八首之十四可谓其中的代表：

> 君不见少壮从军去，白首流离不得还。故乡窅窅日夜隔，音尘断绝阻河关。朔风萧条白云飞，胡笳哀极边气寒。听此愁人兮奈何，登山远望得留颜。将死胡马迹，能见妻子难。男儿生世坎坷何所道？绵忧摧抑起长叹！

战士们少年出征，离乡背井，身蹈死地，白首无归。仍针对当时"休老以六十为限，役少以十五为制"的极为不合理的兵役制度而言。他们数十年如一日地守卫着"朔风萧条"、"胡笳哀极"的北方边境，既没有任何家庭的温暖，更得不到任何来自朝廷的关怀慰问，自然要"绵忧摧抑起长叹"，要发出"愁人兮奈何"的感慨。这种愤激的叹息和忧伤的感慨，与《代东武吟》中士兵的"千载恨"、"百年怨"相呼应，既是对统治者刻薄寡恩的强烈控诉，也是从侧面对当时腐朽兵役制度的愤怒抨击。需要指出的是，在当时政治环境极其严酷的情况之下，鲍照敢于写出这样的抨击时政的诗篇，代表广大处于非人待遇之中的士兵及其家属发出忧愤的心声，应该冒有相当大的危险。但他却全然不顾于此而秉笔直书，这一方面表现了他直率豪迈的个性，另一方面恐怕他也试图以这类诗作来唤起统治者对边疆现实的注意，以改变腐朽落后的军事制度，争取边疆形势的逐步好转，表现了他高度的责任感和对国事的热切关心。

《拟行路难》十八首之十三“春禽喈喈旦暮鸣”篇，描绘一个士兵或下级军官对家乡妻子的怀念。表面上看，诗似乎仅仅表现久戍将士对亲人的思念之情，然而细细推敲起来，却又大有弦外之音。诗云“我初辞家从军侨，荣志溢气干云霄”，离家从军之初，乃是一个豪情万丈，意气风发，满怀立功战场、报效国家民族之心的少年壮士。可下文却陡然转折，“流浪渐冉经三龄，忽有白发素髭生。今暮临水拔已尽，明朝对镜复已盈”，时仅三年即白发丛生且拔之不去，这个中的原因，除了上文所说的怀人之外，应该还有其他的难言之隐。所以张玉谷于《古诗赏析》论此诗时以为诗“隐然言外”，确为中的之言。联想起当时现实政治军事制度的黑暗腐败，这言外之隐当就是对边境现实形势无比失望而形成的挥之不去的忧愁，与前一首表现了同样的主旨。只是感情上前一首要直率强烈些，而这一首则显得委婉含蓄一些而已。

《拟行路难》十八首之十二“今年阳初花满林”篇，则从另一个角度，通过征人妻子对“推陈代谢纷交转，我君戍边犹稽沈。执袂分别已三载，迩来寂然无分音”的守边战士的深切怀念：“朝悲惨惨遂成滴，暮思绕绕最伤心。”表现其内心无限的伤痛。《拟古》八首之七“河畔草未黄”篇，写思妇对出征守边、长久不得回归的丈夫的缠绵之思和秋夜怨情：“闻君上陇时，长望久叹息。宿昔改衣带，朝旦异容色。念此忧如何，夜长愁更多。明镜尘匣中，瑶琴生网罗。”表现广大守边将士家属的怨望心理，委婉地表示了对当时兵役制度的不满。以上这部分诗作，抒情细腻，委婉曲折，缠绵悱恻，而意境深厚，感人至深。这也就是陈祚明《采菽堂古诗选》论诗人《拟古・河畔草未黄》篇所说的“写情曲折”、“何其纡萦”，表现了鲍照戎行诗的又一个方面的特色。

要之，鲍照的戎行诗不仅表现了他收复被外族侵占国土的强烈愿望，和他立功边疆、报效国家民族的雄心壮志，更为重要的是，它们还对当时腐朽落后的兵役制度进行了大胆的讽刺和揭露，对猜忌成性、刻薄寡恩的统治者予以了尖锐的批评和斥责，并进而揭示出了当时刘宋对北魏战争屡次失利的主要原因，体现了他强烈的爱国精神和高尚的人格。在艺术风格上，它们或慷慨激昂。热情洋溢；或蕴藉含蓄，沈郁深厚；或委婉细腻，缠绵悱恻，随着不同的内容而灵活地采用各种不同的创作手法。显示了一个卓越诗人高超而全面的创作才能，具有后人所说的大家气象。这就是他的戎行诗作为后人所推重的原因，也是他独立于整个南朝文人之上，并成为当时文坛的佼佼者的原因之一。

论鲍照山水诗的抒情意绪和悲苦情结

自从谢灵运在晋末宋初以他在山水诗创作上所取得的巨大成功，确立了山水诗的地位以后，这一题材即成了诗人们在文学创作上不可或缺的部分。鲍照作为一个现实主义诗人，他虽然创作了大量“如五丁凿山，开人世所未有”①的五七言乐府诗，对七言诗的发展和成熟起到了重要的作用，但仍然在山水诗的创作上投入了较多的精力。鲍照的诗歌今存二百零四首，其中乐府诗八十六首，古体诗一百十二首。古体诗中，与山水题材有关的诗作约有二十多首，这类诗作在他全部诗歌创作中的比重虽然并不大，但是其中较多作品却显示了与谢灵运山水诗不同的风格特色，丰富和扩大了我国山水诗的表现内容和创作方式。可以说，在刘宋时期山水诗的创作上，鲍照乃是唯一可以与谢灵运相颉颃的人物，也是山水诗发展成熟过程中的重要诗人。

鲍照的山水诗大致可以分为两类，一类为受谢灵运铺陈摛写手法影响的模山范水之作，另一类则为借山水景物的摹写以抒发自己哀怨之情的作品。前一类诗作以诗人早期任临川王刘义庆国侍郎时，于元嘉十六年在江州寻阳所作之《登庐山》《登庐山望石门》《从登香炉峰》等为代表，后一类诗作则以他后期创作的《登翻车岘》、《登黄鹤矶》、《阳岐守风》诸诗为代表。

谢灵运在刘宋初期遭受到政治上的挫折之后，一向自负自傲的个

① 沈德潜《古诗源》，文学古籍刊行社 1957 年版。

性即逐渐趋于消极，由对政治的极度热衷转而对我国东南沿海山水的赏玩。他的足迹，几乎踏遍了永嘉和始宁的山山水水，寻幽探胜，搜奇索异。他的山水诗作也以赋体的表现手法，力图从各个角度，真实详尽地表现大自然婀娜多姿的风貌，“钩深索隐，穷态极妍”①，“曲写毫芥，如印之印泥”②般地展现出浙东山水的风貌。他创作山水诗的主观目的之一，即是以此体玄悟道，力图寻求精神上的寄托，慰藉失意后惆怅痛苦的心灵，并与老庄哲学“原天地之美而达万物之理”③产生共鸣。因此，他的山水诗作中的绝大多数即如人们所指出的那样，为“叙事—写景—说理”这样的三段式结构程序。鲍照的《登庐山》《登庐山望石门》二诗即为受谢灵运这种手法影响的典型诗作，《登庐山望石门》诗：

> 访世失隐沦，从山异灵士。明发振云冠，升峤远栖趾。高岑隔半天，长崖断千里。氛雾承星辰，潭壑洞江汜。嶈绝类虎牙，巑岏象熊耳。埋冰或百年，韬树必千祀。鸡鸣清涧中，猿啸白云里。瑶波逐穴开，霞石触峰起。回互非一形，参差悉相似。倾听凤管宾，缅望钓龙子。松桂盈膝前，如何秽城市。

发端四句叙事，交待登山，“养生之士，问之世则屡失，从之山则多异也”④。以下十四句，正面写望石门之所见，石门山是庐山的支脉，闻人倓《古诗笺》引《庐山诸道人〈游石门诗〉序》云：“石门在精舍南十余里，一名障山，体绝众阜。辟三泉之会，并立而开流，倾岩玄映其上，蒙形表于自然，故因以为名。此虽庐山之一隅，实斯地之奇观。”⑤这里即很好地表现出了石门山的这一特色。特别是“高岑”四句，以“断”字，“隔”字，突出了山峰壁立，长崖横贯的气势；又以“承”字，“洞”字，再现了庐

① 陈祚明《采菽堂古诗选》，上海古籍出版社 2008 年版。
② 王士祯《带经堂诗话》，北京：人民文学出版社 1963 年版。
③ 庄子《知北游》，诸子集成本，中华书局 2006 年版。
④ 钱钟联《鲍参军集注》，上海古籍出版社 1980 年版。
⑤ 闻人倓《古诗笺》上海古籍出版社，1980 年版。

山诸峰上接云天、云雾缭绕和山峰之间潭壑深不见底的幽深。“鸡鸣”句承接“潭壑”,“猿啸”句承接“氛雾”,以补足上文的描绘,于恢宏奇特的景象之中又注入生命的灵动和神异的色彩,同时也给读者留下了无限的想象空间。结尾四句,写“望”后的感受,用《列仙传》王子晋好吹笙,作凤凰鸣和陵阳子明钓白龙事,抒发由所见瑰丽神异景象而引起的对古代高士的企慕,以及由此而引起的欲回归自然的出世之想。以表示对所见庐山胜景的留恋与向往,同时也暗示了庐山景物的迷人之深。此诗从虚实两个方面,由不同的方向角度,多层次地表现了望中石门山既雄峻峭拔,又清幽深邃的景象,造成了一幅变幻莫测的神奇境界。整首诗作叙事、写景、说理,按部就班,秩序井然。钟嵘《诗品》谓谢灵运“兴多才高,寓目辄书,内无乏思,外无遗物”,陈延杰注云;“谢客诗刻划微眇,在诗家为独辟之境,故山水之作,全用客观,皆寓目即书者,是外无遗物也。”①此诗可以说正是深受谢灵运山水诗影响的亦步亦趋之作。所以陈祚明《采菽堂古诗选》论鲍照《登庐山》诗时说:“其源亦出于康乐,幽隽不逮,而矫健過之。”即明确指出了二诗与谢灵运山水诗的一致之处。

但是,由于谢灵运从小寄养在道士杜昺处十多年之久,长期受到道家思想的教育与熏陶,对道家哲学思想有着深入的理解和研究,所以他在山水诗中表现道家哲理也就格外的纯熟自如。而“居家之治,上漏下湿。暑雨将降,有惧崩压”(鲍照《请假启》),“本应守业,垦畛剿芿,牧鸡圈豖,以给征赋”(鲍照《侍郎报满辞阁疏》)的鲍照显然没有谢灵运这样的条件,也未必有谢灵运那样对老庄哲理的浓厚的兴趣。由于生活环境与精神追求的差异,使鲍照的山水诗不可能过多地去阐述道家的哲理,而必须去另辟蹊径,从另一个渠道,以另一种方式去表现他心中的感受,借山水景物以浇胸中之垒块。因此,他的山水诗作的结尾乃大多表现出抒情的特色。他的《登庐山》与《登庐山望石门》二诗即已显现出与谢灵运山水诗的这种差异。《登庐山》结尾说:“乘此乐山性,重以远游情。方跻羽人途,永与烟雾并。”《登庐山望石门》说:“倾听凤管宾,缅

① 钟嵘《诗品》,陈延杰注,人民文学出版社 1958 年版。

望钓龙子。松桂盈膝前,如何秽城市。”与谢灵运或用老庄玄言,或用《易经》、《论语》以说理,就已经有了一定的变化。他的另一首受谢灵运影响较为明显的《从登香炉峰》诗则也显示出了他的山水诗向自己独特的山水诗风转化的迹象:

辞宗盛荆梦,登歌美凫绎。徒收杞梓饶,曾非羽人宅。罗景蔼云扃,沾光扈龙策。御风亲列涂,乘山穷禹迹。含啸对雾岑,延萝倚峰壁。青冥摇烟树,穹跨负天石。霜崖灭土膏,金涧测泉脉。旋渊抱星汉,乳窦通海碧。谷馆驾鸿人,岩栖咀丹客。殊物藏珍怪,奇心隐仙籍。高世伏音华,绵古遁精魄。萧散生哀听,参差远惊觌。惭无献赋才,洗污奉毫帛。

首八句重在歌颂临川王刘义庆,说自己有幸随从临川王游香炉峰,能亲历古代得道高士列子御风所经历之处,穷尽圣人大禹周游的足迹,照应题目的“从登”。以下八句写所见香炉峰奇峰突起,悬崖峭壁重叠,以及峰上烟雾环绕,飘渺如同仙境般的景物。此诗在写景上虽然仍明显沿用谢灵运山水诗的铺采摛物的手法,章法结构上也沿袭谢诗的三段式,但结尾八句,先由香炉峰的神奇,想象到香炉峰上的神仙、丹客的栖息,他们的踪迹虽已隐没不见,但是他们的精神魂魄却长留不死。这就更平添了香炉峰的神秘色彩和无穷魅力,也更增加了诗人对这灵山胜境的向往。这种浓郁的抒情性则是谢灵运山水诗中所少有的。

鲍照受谢灵运山水诗影响较为明显的另一首诗作是《从庾中郎游园山石室》,其诗云:

荒途趣山楹,云崖隐灵室。冈涧纷萦抱,林障沓重密。昏昏磴路深,活活梁水疾。幽隅秉昼烛,地牖窥朝日。怪石似龙章,瑕壁丽锦质。洞庭安可穷,漏井终不溢。沈空绝景声,崩危坐惊栗。神化岂有方,妙象竟无述。至哉炼玉人,处此长自毕。

发端二句交待游园，点明园山石室的所在地，照应题目，“言我从庾中郎由荒途而向园山，见云峰间隐隐有石室也”①。以下十二句正面描绘园山石室一带景色，先从冈涧的纷繁环绕，山林的浓密复沓，写到磴路的绵长和水流的湍急。“昏昏”为“沓重密”的林障所致，“活活”乃“纷萦抱”的冈涧所为；“秉昼烛”、“窥朝日”，既补足“林障”句，又交待时间，暗示游园心情之迫切浓厚；“怪石”、“瑕壁”，则补足“冈涧”句，同时又点明园山山石之绚丽奇特。而后又由园山的广阔无垠联想到洞庭湖的无边无际和漏井的深不可测，再以“沈空”句承接洞庭、漏井，以“崩危”句承接怪石、瑕壁。层层相接，环环相扣，联系紧密，将园山一带奇险怪异，空旷辽阔的特点充分展现了出来。末四句抒发游园的感想，由园山的鬼斧神工，妙不可言，联想到炼玉的神仙，表示脱离尘世，长留此地的愿望。同样也是按部就班的三段式的结构。王闿运批评此诗及《登庐山》数诗有“但务琢句，不善追神”②的缺憾，钱仲联则说：“康乐五言，山水老庄，打成一片。明远于此，未窥消息，不仅不善追神而已。”③钱氏所说鲍照以上几首学谢灵运的山水诗于老庄的“未窥消息”，恰恰说明了鲍照山水诗对谢灵运诗的变革，以及他这一类诗作结尾由说理到抒情的转化特征。

谢灵运的山水诗，大多是他主动游山玩水后的内心体验，《宋书·谢灵运传》说他“凿山浚湖，功役无已。寻山陟岭，必造幽峻，岩障千里，莫不备尽”，又“尝自始宁伐木开径，直至临海，从者数百人。临海太守王琇惊骇，谓为山贼，徐知是灵运乃安”。④ 因此，谢灵运的山水诗乃是他刻意去亲近山水之后的产物，意在通过对山水景物的再现，求得大自然与精神的合一，力图在体玄悟道之中使自己淡去人世的功名利禄，使失意后的心灵得到慰藉与解脱。所以他的山水诗结尾大多表现出游山玩水后的满足和苦闷内心的缓解。如《游南亭》结句“逝将候秋水，息景

① 钱钟联《鲍参军集注》，钱振伦注，上海古籍出版社 1980 年版。
② 王闿运《八代诗选》，上海古籍出版社 1995 年版。
③ 钱钟联《鲍参军集注》，钱振伦注，上海古籍出版社 1980 年版。
④ 沈约《宋书》，中华书局 1974 年版。

偃旧崖。我志谁与亮，赏心惟良知”，用《庄子·秋水篇》意，说从此将忘却一切烦恼，回到故居，回到大自然的怀抱之中。这一愿望只有知心朋友才能体会，只有他们才能给自己带来安慰和喜悦。《行田登海口盘屿山》的结句：“依稀采菱歌，仿佛含颦容。遨游碧沙渚，游衍丹山峰”，在对大海壮观景象的陶醉之中诗人仿佛听到远方传来的采菱少女悠然的歌声，看到唱歌少女们那姣好的面容。并希望自己羁旅外乡的苦闷能在此后碧沙渚与丹山峰的遨游之中得到解除。在他的山水诗中。虽然也有淡淡的忧伤，以及愤世嫉俗的牢骚和怀才不遇的感慨，但在牢骚与感慨以及忧伤之中，诗人并没有刻骨铭心的痛楚，反而表现出一种旷达的情调。他的《石室山》结句说：“灵域久韬隐，如与心赏交。合欢不容言，摘芳弄寒条。”以其站在合欢树下，摘下树上的花枝，把玩着还带有寒意的枝条这一特写镜头，形象而含蓄地表现了诗人与灵异莫测，仙气飘渺的石室山融合为一的陶醉与悠然神往。《富春渚》的结尾说：“宿心渐申写，万事俱零落。怀抱既昭旷，外物徒龙蠖。”运用《易经·系辞下》“尺蠖之屈，以求信也；龙蛇之蛰，以存身也”之意[①]，说既然决定隐居避世，则龙蛇的蛰伏与尺蠖的屈伸以求生存，都已经与自己无关了。在无可奈何的忧愤之中，又透露出一种旷达的胸怀。而鲍照由于出身寒微，有着对功名事业迫切追求的愿望，诚如他自己在初谒临川王刘义庆时所说的“千载上有英才异士沉没而不闻者，安可数哉！大丈夫岂可遂蕴智能，使兰艾不辨，终日碌碌，与燕雀相随乎”[②]。因此，他并没有那么多的闲情逸致去欣赏山水景物，他的登庐山，游园山石室，都是陪他人而游，情不得已，乃是被动之举。他的《登庐山》、《从登香炉峰》诸诗作，虽然结尾表现出因受大自然美景感染而欲脱离尘世，隐居避世的愿望，但却并不是诗人心中真实思想的表露，而是诗作本身的要求和特定环境下的灵光一现而已。客观地说，鲍照的上述山水诗作虽然对谢灵运的山水诗作出了由说理到抒情的改变，但却并没有在诗中表现出真实的自我，也并没有形成自己山水诗的独特风格。所以方东树《昭昧詹言》

① 董楷《周易传义》附录卷十一，四库全书本。
② 李延寿《南史·宋临川烈武王道规传》，中华书局1975年版。

在论鲍照《登庐山》诗时批评说："此不必定见为庐山诗，又不必定见为鲍照所作也。换一人换一山，皆可施用，前人未有见及而言之者也。"①虽然未必准确，但却也击中了鲍照这类山水诗作并没有自己独特风格这一弊病。

真正显示鲍照山水诗创作风格的，乃是占据他山水诗的绝大多数，借山水景物的摹写以抒发自己哀怨之情的作品。诗人从元嘉十二年(435)出仕以后即一直仕途不顺，在临川王刘义庆幕府期间可以说是他较为顺利的时期，但即便如此，他也曾受到禁止的处分，随后又因过失而遭到谴责。在宋孝武即位之初，他也曾得到过孝武帝刘骏的赏识，被任为太学博士，兼中书舍人这样的近职，可孝武帝却又"好为文章，自谓人莫能及"，因而他又不得不"故为鄙言累句"②以避祸，以致遭到才尽的讥讽，不久即被贬为秣陵令，又转永安令并受到禁止的处分。因此，在这种仕途不顺，志向不得伸展，事业遇到挫折的状况之下，他急于求进却又不得成功的失望和尤怨之情就会喷涌而出，并借助他所见到的山水景物，以抒发他失意的苦闷与烦恼。表现怀才不遇的愤激，从而形成了他山水诗区别于谢灵运的不同内容。

元嘉十七年(440)十月，临川王义庆改任南兖州刺史，由江州之寻阳移镇南兖州之广陵，鲍照作为义庆临川国臣，随从义庆经由长江返回京都建康，面对烟波浩渺的江水和长江两岸变化万千的壮观景象，他所创作的《还都道中》三首、《上浔阳还都道中》、《还都至三山望石头城》等诗中所写，并不是如谢灵运在永嘉时扬帆海上所作的《游赤石进帆海》那样，表现出"川后时安流，天吴静不发。扬帆采石华，挂席拾海月。溟涨有无端倪，虚舟有超越"的令人如痴如醉的美景和诗人超越自然、凭虚凌空、飘飘然欲乘风归去的喜悦；也没有谢灵运在永嘉江中泛舟时所作的《登江中孤屿》那样，表现出"乱流趋正绝，孤屿媚中川。云日相辉映，空水共澄鲜"的奇丽灵异景色和诗人初见矗立于江中孤屿时的惊喜。而是表现出"急流腾飞沫，回风起江濆。孤兽啼夜侣，离鸿噪霜群"

① 方东树《昭昧詹言》，人民文学出版社 1961 年版。
② 李延寿《南史·宋临川烈武王道规传》，中华书局 1975 年版。

的浪高风急，鸟兽哀鸣的凄苦，和诗人内心“物哀心交横，声切思纷纭。叹慨诉同旅，美人无相闻”（《还都道中作》三首之一）的忧伤；表现出“隐隐日没岫，琵琶风发谷。鸟还暮林喧，潮上冰结洑”的日色暗淡、凉风萧瑟的凄凉，和诗人内心“夜分霜下凄，悲端出遥陆。愁来攒人怀，羁心苦独宿”（《还都道中作》三首之二）的刻骨铭心的痛苦。他的《上浔阳还都道中》诗云：

昨夜宿南陵，今旦入芦洲。客行惜日月，崩波不可留。侵星赴早路，毕景逐前俦。鳞鳞夕云起，猎猎晚风遒。腾沙郁黄雾，翻浪扬白鸥。登舻眺淮甸，掩泣望荆流。绝目望平原，时见远烟浮。倏忽坐还合，俄思甚兼秋。未尝违户庭，安能千里游。谁令乏古节，贻此越乡忧。

诗首六句照应题目，写还都途中归心的急迫和途中的劳苦。“昨夜”、“今旦”二句写行程地点的改变，正见出船行之急速。“客行”二句，补充说明船行急速的原因，一方面是风急浪高，归船顺流而下，不可阻挡，另一方面则是由于诗人的归心似箭，早起晚歇，争分夺秒所致。诗人途中所见，鳞鳞夕云、猎猎晚风，弥漫着的灰黄色的尘土，茫茫江面之上逐浪而飞的洁白的江鸥，无一不是令人伤心的凄凉景物，这自然就引起了诗人对家乡的深切怀念。“登舻”而眺，正见思乡之切；“掩泣”而望，又见思乡之悲。“倏忽”二句，暗用《庄子·天地篇》和《诗经·王风·采葛》之典，此二句《鲍参军集注》黄节注说：“诗盖谓倏然悲至，则坐忘而与天地合。俄焉又思，有甚兼秋也。”用以申足以上之意，将诗人的思乡之情和悲愁之感，推向了高潮。末四句抒发感慨，说此前从未离开过家乡的自己，由于缺少古人那样恬淡自守的节操，因而贸然有了远离家乡的千里远游，导致受到如此强烈的思乡情绪的煎熬。表达了诗人对当初出游求仕的后悔与深深的自责。综观此诗，已全然没有谢诗“俪采百字之偶，争价一句之奇，情必极貌以写物，辞必穷力而追新”（《文心雕龙·明诗》）的特点和诗中所蕴含的旷达情调，向人们展现的则是浓郁的抒情意绪与沉重的悲苦情结，与谢灵运的山水诗形成了鲜明的反差。方东树于《昭昧詹言》论此诗说:"'鳞鳞'四句写景,兴象甚妙,杜公行役诗所常拟也。"杜甫的行役诗拟鲍照山水诗的写景方法,也正说明了鲍照山水诗所包含的沉重内涵。

他后期表现长江景色的《登黄鹤矶》就更表现了他山水诗作的悲苦意绪:

> 木落江渡寒,雁还风送秋。临流断商弦,瞰川悲棹讴。适郢无东辕,还夏有西浮。三崖隐丹磴,九派引沧流。泪行感湘别,弄珠怀汉游。岂伊药饵泰,得夺旅人忧。

孝武帝大明六年(462)秋,鲍照作为荆州刺史临海王刘子顼的军府参军,随同子顼前往荆州江陵,这一年他已是年近五十的高龄。在这之前,诗人经历了太多的仕途挫折,饱尝了太多的人世艰辛,往日对功名事业强烈的追求之心此时已经荡然无存,充满诗人心中的乃是对现实政治的无比失望和厌烦。所以他在这次上荆临行时所作的《从临海王上荆初发新渚》诗就有"狐兔怀窟志,犬马恋主情。抚襟同太息,相顾俱涕零。奉役途未启,思归思已盈"之句,表示对家乡的留恋和这次上荆的无奈,所以黄节注此诗说:"上荆非明远所愿,故词多悲郁。"①他在这次上荆途中所作的《游思赋》说:"瞻荆吴之远山,望邯郸之长陌。塞风驰兮边草飞,胡沙起兮雁扬翮。虽燕越之异心,在禽鸟而同戚。怅收情而拭泪,遣繁悲而自抑。此日中其几时,彼月满而将蚀。生无患于不老,奚引忧而自逼?物因节以卷舒,道与运而升息。贱卖卜以当垆,隐我耕而子织。"一种对现实政治无比失望之情以及与妻子相依相伴以度余生的愿望溢于言表。元嘉十七年自江陵还建康时,诗人所见长江之景象"急流腾飞沫,回风起江濆"(《还都道中三首》之一)、"鸟还暮林喧,冰上潮结洑"(《还都道中三首》之二)、"回风扬江泌,寒响栖动树"(《还都道中三首》之三)、"鳞鳞夕云起,猎猎晚风遒。腾沙郁黄雾,翻浪扬白鸥"(《上浔阳还都道中》)、"两江皎平迥,三山郁骈罗。南帆望越峤,北

① 钱钟联《鲍参军集注》,钱振伦注,上海古籍出版社 1980 年版。

榜指齐河”(《还都至三山望石头城》),虽然凄凉萧瑟,但其中却透露出些许的雄壮和苍劲,表现了诗人当时对前途尚未完全失去期望。所以孙月峰以为《上浔阳还都道中》诗“风调自劲快”①。而这次,当诗人登上黄鹤矶面对雄伟的长江时,不仅没有谢灵运泛舟永嘉江和扬帆永嘉近海时所见奇异景色的惊喜与陶醉,以及因之而体玄悟道的旷达,而且连早先所描绘的长江景物苍劲雄健的气势也已经消失殆尽。所以诗的起手二句即直写所见景色,并着眼于一“寒”字,渲染肃杀气氛,使诗的发端即蒙上了悲愁抑郁的情调。所见景物亦围绕“悲”字而写。商调是乐曲七调之一,其音凄怆哀怨,琴弦因弹奏商调而断,则诗人的心情可知,江上传来的棹歌之声对于诗人而言,自然也就凄凉悲切。那来来往往的船只皆“无东辕”而只有“西浮”,有去无回,将使他距离故乡愈来愈远,京都方向的三山也已被重重叠叠的山峰所隐没,此情此景,人何以堪。诗人这时所想到的,乃是挥泪成血的舜之二妃和失望之至的郑交甫,留给他的,也就只能是深深的遗憾和痛苦了。同为这次上荆途中于阳岐山停舟待风时所作的《阳岐守风》诗说:“洲迥风正悲,江寒雾未歇。飞云日东西,别鹤方楚越。尘衣孰挥浣,蓬思乱光发。”悲风寒雾、东西异道的云日与吴越分离的别鹤,无一不是令人伤心欲绝的景象。结尾的尘衣不浣,光发而乱如飞蓬,则更将诗人不愿离乡背井的痛苦推向了高潮。

鲍照又有《登云阳九里埭》诗一首,其诗云:

宿心不复归,流年抱衰疾。既成云雨人,悲绪终不一。徒忆江南声,空录齐后瑟。方绝萦弦思,岂见绕梁日。

诗虽然以登临为题,但全诗却全无写景之句,而是借登临为题以抒怀,以突出他忧愁悲愤之情感,所以方东树《昭昧詹言》论此诗说:“此是空咏感怀不遇知音之作,于题全不相蒙。”可以说是他山水诗所具有的抒情特质的典型之例。要之,鲍照的山水诗虽然有《登庐山》和《登庐山望

① 于光华《重订文选集评》,清同治十一年刻本。

石门》等学谢灵运山水诗铺陈手法和三段式结构之作,但绝大多数作品却显示了他独特的风格和个性特征,即借助山水景物的描绘以表现他仕途坎坷的失望和尤怨,抒发怀才不遇的愤激之情,从而充溢了浓郁的抒情意绪与悲苦情结。

试论鲍照诗歌创作的俊逸特色

白也诗无敌，飘然思不群。
清新庾开府，俊逸鲍参军。

这是杜甫《春日忆李白》诗中的前四句，此后，人们论到鲍照时，便常常以“俊逸”二字来概括他诗歌的艺术特色。叶燮《原诗》说：“鲍照之才，迥出侪偶，而杜甫称其‘俊逸’，夫‘俊逸’则非建安本色矣。”“俊逸非建安本色”，可见“俊逸”二字在某种程度上确实概括了鲍照诗歌的独特风格。但是，由于杜甫当时只是借此以称道李白，所以对“俊逸”二字的具体含义并没有作出更进一步的解释，因而给后人论述鲍照诗歌的创作特色带来了一定的困难。在论及鲍照的“俊逸”诗风时，或则含糊其词，或则因各人观点的不同而产生了较多分歧。

据笔者所接触的材料，给鲍照诗的风格“俊逸”二字作具体说明的，仅有清代方东树一人，他在《昭昧詹言》中论鲍照《还都道中》诗说：“以下皆直书即目，直书胸臆，所谓俊逸也。”方氏这里是说直书胸臆就是俊逸？但是我们看到“直书胸臆”和“俊逸”在字面上并没有任何联系。而且，方氏在《昭昧詹言》中所指出的几首“直书胸臆”的诗，如《还都道中》《发后渚》《阳岐守风》《吴兴黄浦亭庾中郎别》等，也并无其他论者以为具有“俊逸”的特色。因此，方氏所论是值得怀疑的。

此外，方氏对“俊逸”一词的理解又时有混淆之处，同样是在《昭昧詹言》中,他又说:"李、杜皆推服鲍明远,称曰'俊逸',盖取其有气,以洗茂先、休奕、二陆、三张之靡弱。""明远虽以俊逸有气为独妙,而字字炼,步步留,以涩为厚,无一步滑。凡太炼涩则伤气,明远独俊逸,又时出奇警,所以独步千秋。"且言:"学康乐之沈厚深重,须济以明远之俊逸,乃免滞气。"以上都是说"俊逸"就是有气,对这一观点,他还证之以实例,在同书中论鲍照的《拟古》八首之"幽并重骑射"一首时,说此诗"句格俊逸奇警,杜公所称,政在此等。"我们知道,《幽并重骑射》诗在于通过对幽并少年意气豪壮,骑射精妙的歌颂,以表现自己立功报国的英雄志向,通篇充满了一股豪迈雄壮之气。孙月峰论此诗说:"气劲而骨奇。调响而语哨,句含金石,字挟风霜。"①可见这确是一首气势磅礴的诗作,方氏以此篇为俊逸,即是对"俊逸"就是有气的具体例证,可是这首诗的风格又和同样被他称作俊逸的《还都道中》。《阳岐守风》,《吴兴黄浦亭庾中郎别》等诗有着明显的不同。方氏既说直抒胸臆为俊逸,又说有气为俊逸,可见他对"俊逸"的理解本身就是模糊的,概念也颇为混淆。因此,也谈不上对鲍照作品"俊逸"的特色作出圆满的解释了。

"俊逸"一词连用,最早出自《后汉书》卷一百四《袁绍传》所载《讨曹操檄》的"故九江太守边让,英才俊逸",是指边让才智高超出群。杜甫借用这个词来称鲍照诗的风格特色,是以此称赞鲍照诗的高超出众。但说诗文风格高超出众,却比较笼统,且杜甫称此时,又以鲍照的"俊逸"对庾信的"清新",所以笔者以为杜甫用本词的原意,并不仅仅是笼统的高超出群的意思,而应当还包含有更具体深入的含义。

"俊",本是指人的才智高超,有风姿俊秀,容貌秀美的意思。称文风为俊,我以为具体的含义就是指文章的俊美。钟嵘《诗品》称鲍照"善制形状写物之词",又称其"贵尚巧似"。因为他善"形状",善"写物",所以也就能得物之精彩,使笔下所描绘的事物显得特别俊美,整个诗作也就因之而显现出相当的美感。如他的《代结客少年场行》云:"九衢平若水,双阙似云浮。扶宫罗将相,夹道列王侯。日中市朝满,车马若川流。击钟陈鼎食,方驾自相求。"《咏史》云:"京城十二衢,飞甍各鳞次。仕子

① 于光华《重订文选集评》,清同治十一年刻本。

彯华缨,游客竦轻辔。明星晨未稀,轩盖已云至。宾御纷飒沓,鞍马光照地。”就是他“善制形状写物之词”的典型例子,因此,此二首诗作也就显得特别的俊美,因而高超出众,这又符合“俊逸”一词的原始含义。

再说“逸”,《论语·微子》“逸民”何晏《集解》注曰:“逸民者,节行超逸也。”有超群之意。又“逸”与“轶”通,《庄子·徐无鬼》有“超轶绝尘”,《汉书》卷六十四《王褒传》有“因奏褒有轶材”之语,是“逸”乃有超群之意。任华《杂言寄李白》称李白诗“振摆超腾,既俊且逸。”则把“逸”超群的含义具体化了。文章之所以能超腾,我以为主要靠的还是“气”,也就是一股打动人,吸引人的力量。就任华所言,“振摆”是姿态美,“逸”是“超腾”有气势,这也就是说,“俊逸”当有此两个方面的意思。《世说新语·轻诋》:“裴郎又云:‘谢安目支道林如方九皋之相马,略其玄黄,取其俊逸”。亦当指此两个方面。古人论文,往往重气,如刘勰《文心雕龙·风骨》篇说:“故魏文称‘文以气为主,气之清浊有体,不可力强而致’。故其论孔融,则云‘体气高妙’;论徐干,则云‘时有齐气’;论刘桢,则云‘有逸气’。公干亦云:‘孔氏卓卓,信含异气,笔墨之性,殆不可胜。’并重气之旨也。”同篇又说:“思不环周,索莫乏气,则无风之验也。”可见出文章中“气”的重要性。另一方面,气又各有不同,如《风骨》篇中所举,孔融是“含异气”,徐干是“时有齐气”,而刘桢则是“有逸气”。气的不同,形之于文,则形成各人的文风不同,鲍照文风的“俊逸”中“逸”所含之气,应当就是“逸气”,和刘桢“有逸气”同。鲍照和刘桢同气,方东树也如此认为,他在《昭昧詹言》中说明远“诗体仗气,极似公干。”又说:“鲍诗全在字句讲求,而行之以逸气,故无騃蹇、缓弱、平钝、死句、懈笔。”即认为鲍照作品所含之气就是逸气。潘德舆《养一斋诗话》也说:“元晖之隽骨,与鲍照之逸气,可称六朝健者。”也认为有“逸气”是鲍照诗歌的一大特色,这些都可作为杜甫论鲍照诗风“俊逸”中“逸”即为“逸气”的有力佐证。证之以刘桢诗风而对“逸气”作更进一步的说明,那就是遒劲强健的笔力所形成的雄壮豪迈的气势和激动人心的力量。因为“文以气为主”,而鲍照作品又具有以上理解的“逸气”,所以他的作品自然也就超群,这也和“俊逸”一词中“逸”的原始含义相同。“俊”、“逸”相结合,使他的多数作品成为了一个完美的统一体。

钟嵘《诗品》在论鲍照诗时说:“骨节强于谢混,驱迈疾于颜延。”这应当是针对谢混的“才力苦弱”和颜延之的“弥见拘束”及“乖秀逸”而说。《诗品》沦谢瞻、谢混、袁淑、王微、王僧达诸人诗时云:“其源出于张华,才力苦弱,故务其清浅,殊得风流媚趣。”其论张华诗则云:“儿女情多,风云气少。”是“才力苦弱”即气力不足。沈德潜《古诗源》谓颜延之“镂刻太甚,填缀求工,转伤真气”。《诗品》论颜延之则云:“雅才减若人,则蹈于困踬矣。”何焯《义门读书记》乃云;“拟颜遂蹈困踬,然颜之诗体本耳。”是颜延之的“弥见拘束”实使诗困踬蹇滞而了无生气,药二者之病,唯有济之以气。钟嵘以为鲍诗能弥补谢混、颜延之二人之弱点,也说明了他认为有气是鲍照之所长。而使“骨节强”,使“驱迈疾”的气,又似乎和形成“真骨凌霜,高风跨俗”(《诗品》)的刘桢的“逸气”相同,这就说明了钟嵘和杜甫对鲍诗风格特色的看法在这方面又是一致的。

由此看来,杜甫《春日忆李白》诗中所说“俊逸鲍参军”的含义,包含着两个方面,既指他诗歌形状写物的精美,又指他诗作笔力遒劲、有豪迈雄壮的气势和激动人心的力量而言。吴汝纶《古诗钞》以为鲍诗《日落望江赠荀丞》中“惟见独飞鸟,千里一扬音。推其感物情,则知游子心”具有俊逸的特色,大概也即是着眼于此。而既非方东树所说的直抒胸臆,也不是近代某些学者所理解的“大抵是开朗直率,变化自如”(见《四川大学学报》1958年1期李伯勋等著《读〈鲍照研究〉》)的意思。

有些学者理解“俊逸”时,注意到了“俊”的一面,而忽略了“逸”的一面,他们的着眼点仅在精美上,认为精美就是俊逸。如沈德潜在《古诗源》中论鲍照《玩月城西门廨中》诗时,认为这类诗作具有杜甫所称的“俊逸”的特点,他说“少陵所云俊逸,应指此种。”而陈祚明甚至以为只有《玩月城西门廨中》诗才具有杜甫所说的“俊逸”的特色,他认为此诗“稍见轻俊,少陵以明远为俊逸,颇不甚然其言,此首近之。”(陈祚明《采菽堂古诗选》)我们知道,《玩月城西门廨中》诗是鲍照在刘宋孝武帝孝建年间,在太学博士、兼中书舍人任上遭到贬黜,出为秣陵令时所作,全诗通过秋夜赏月情景,借怀人之思,抒发他当时的愁苦心情。其中写新月初生时的灵幻光景和怀人之思一段:“始出西南楼,纤纤如玉钩,末映东北墀,娟娟似娥眉。娥眉蔽珠栊,玉钩隔琐窗,三五二八时,千里与君同。夜移衡汉落，徘徊帷户中，归华先委露，别叶早辞风。客游厌苦辛，仕子倦飘尘，休浣自公日，宴慰及私辰。”确实是当得上“善制形状写物之词”的评价，得物之精彩，把当时新月初生及公廨处景物描绘逼肖，形象优美，整个诗作也给人以一种美的感受。有人曾将它比作宫体，固然并不符合事实情况，是片面而偏激的评论，但是，要说它有刘桢诗那样的逸气，说此诗有强健遒劲的笔力和激动人心的力量却也肯定是不可以的。因此，沈德潜、陈祚明对“俊逸”的理解显然是忽略了“逸”的一面，是片面甚或是错误的理解。反之，方东树在《昭昧詹言》中所论的“李、杜皆推服明远，称曰‘俊逸，盖取其有气。”亦只涉及了其中“逸”即有气的一面而忽略了俊美，因而也是不足取的。

李白学鲍照，主要是在乐府诗的创作上，胡仔《苕溪渔隐丛话》引《雪浪斋日记》说：“或云太白诗，其源流出于鲍明远，如乐府多用《白纻》。”沈德潜《古诗源》说：“明远乐府如五丁凿山，开人世所未有，后太白往往效之。”都说明了这点，而在李白受鲍照影响较大的乐府诗中，又以七言和杂言歌行体诗作所受影响为最大。杜甫《苏端薛复筵简薛华醉歌》云：“近来海内为长句，汝与山东李白好。何刘沈谢力未工，才兼鲍照愁绝倒。”就指出了李白和鲍照诗风相似的主要表现所在，而此种相似之处又主要表现在“俊逸”的风格特色上。从李白的乐府歌行来看，它们大部分也都是具有以上理解的“俊逸”的特色的。如《李太白集》卷三十“诗文补遗”所载李白之《鞠歌行》云：

> 丽莫似汉宫妃，谦莫似黄家女。黄女持谦齿发高，汉女恃丽天庭去。人生容德不自保，圣人安用推天道。君不见蔡泽嵌枯诡怪之形状，大言直取秦丞相。又不见田千秋才智不出人，一朝富贵如有神。二侯行事在方册，泣麟老人终困厄。夜光抱恨良叹悲，日月逝矣吾何之。

借用历史故事，揭露社会上的反常现象，抒发了怀才不遇，被压抑而致终身潦倒的强烈愤慨，笔力遒劲强健，纵横变化，字里行间洋溢着诗人炽热的感情，颇能引起读者的共鸣。在用词状物方面也颇为形象生动，应该说是具有以上理解的俊逸风格的诗作。此外，他的《行路难》、《将进酒》、《远别离》、《梁甫吟》、《梦游天姥吟留别》等也都具有形状写物的精美和豪迈雄壮的气势，激动人心的力量。从李白的这些诗作的风格特点看，可见以上对杜甫所称的"俊逸鲍参军"之"俊逸"的理解是适用于李白诗的。

再从鲍照的作品看，对"俊逸"的这个理解也基本上符合杜甫所论。因为鲍照的大部分作品，都有以上"俊逸"的特征，当然也有得其一端的。他的《代陈思王京洛篇》、《代白头吟》、《代陆平原君子有所思行》、《拟行路难》、《梅花落》等诗作，是这种风格特色的代表作品。他的《代陈思王京洛篇》云：

> 凤楼十二重，四户八绮窗。绣桷金莲花，桂柱玉盘龙。珠帘无隔露，罗幌不胜风。宝帐三千所，为尔一朝容。扬芬紫烟上，垂彩绿云中。春吹回白日，霜高落塞鸿。但惧秋尘起，盛爱逐衰蓬。坐视青苔满，卧对锦筵空。琴瑟纵横散，舞衣不复缝。古来共歇薄，君意岂独浓。唯见双黄鹄，千里一相从。

借一个舞女前后遭遇的变化，以发抒自己不得意的愤懑不平之气。遣词造句形象生动，状形写物也能把握住事物特征。前半节描写舞女盛时所处地位的尊荣繁华情景，精美如画，细致入微。"春吹"二句形容音乐声之妙也相当形象生动，给人一种美的享受，全诗笔力遒劲，字里行间隐含着一股被埋没沉沦而发出的不平之气。结尾更是"笔势如飞"（王闿运《缃绮楼说诗》），令人读之流连忘返而不厌。确实是具有以上所理解的"俊逸"风格特色的诗作。再看他的《学刘公干体》五首之三：

> 胡风吹朔雪，千里度龙山。集君瑶台上，飞舞两楹前。兹晨自为美，当避艳阳天。艳阳桃李节，皎洁不成妍。

此诗乃学刘桢《赠从弟》三首之二：

凤凰集南岳，徘徊孤竹根。于心有不厌，奋翅凌紫氛。岂不常勤苦，羞与黄雀群。何时当来仪？将须圣明君。

刘桢诗用凤凰以比他的从弟，说他才能超群，非庸碌之人可比，当待圣明之君主以建立功业。鲍诗从结构到取喻都学刘桢诗，借朔雪之洁白无瑕以自比品质的正直高洁，但在世风恶劣，小人得志之时，却不能不退让以避祸。抒发了才智之士被压抑的不平，在立意上已高出刘桢原作一筹。刘桢作诗，向来以笔力强劲见称。所谓“文最有气”（谢灵运《拟魏太子邺中集》），“仗气爱奇，动多振绝”（《诗品》）。可是鲍照的拟作，在气力方面又要超过刘桢原作。“胡风吹朔雪，千里度龙山”的气势，自非“凤凰集南岳，徘徊孤竹根”所能比拟，而“何时当来仪？将须圣明君”的意境之高远和笔力之遒劲强健，气势之雄壮豪迈也要比“艳阳桃李节，皎洁不成妍”略有逊色。此外，鲍诗的词句也要比刘桢原作精美得多，特别是“集君瑶台上，飞舞两楹前”等句，模拟雪花飞舞的姿态相当准确，形象生动，当得上“善制形状写物之词”的评价，说明鲍照的这首诗也具有以上理解的“俊逸”的特色。此外，他的《代东吴吟》：“少壮辞家去，穷老还入门。腰镰刈葵藿，倚杖牧鸡豚。昔如鞲上鹰，今似槛中猿。徒结千载恨，空负百年怨。”《拟行路难》十八首之十三：“我初辞家从军侨，荣志溢气干云宵。流浪渐冉经三龄，忽有白发素髭生。今暮临水拔已尽，明日对镜复已盈。但恐羁死为鬼客，客思寄灭生空精。”《代出自蓟北门行》：“羽檄起边亭，烽火入咸阳。征骑屯广武，分兵救朔方。严秋筋竿劲，虏阵精且强。天子按剑怒，使者遥相望。雁行缘石径，鱼贯度飞梁。箫鼓流汉思，旌甲被胡霜。疾风冲塞起，沙砾自飘扬。马毛缩如猬，角弓不可张。时危见臣节，世乱识忠良。投躯报明主，身死为国殇。”都是这种独特风格的代表作品。我们从李白、鲍照二人诗风上的这种共同之处，也可见出杜甫所称的鲍照诗风“俊逸”含义之所在。

鲍照艺术风格上这种“俊逸”的特点，贯串于他的大多数作品之中，特别是表现于其乐府诗中。这是因为他的乐府诗大多是他向民歌学习而富于创造性的诗篇。沈德潜《古诗源》说：“明远乐府，如五丁凿山，开人世所未有。"张荫熹《古诗赏析》说明远"乐府诸章,更超忽变化,生面独开。""开人世所未有"和"生面独开"都说明了鲍照乐府诗的创造性,正因为有这种创造性,所以他能够不受任何约束,纵横自如地在他的诗歌创作中运用自己的俊逸这一独特风格。如他的《拟行路难》十八首之六:

对案不能食,拔剑击柱长叹息。丈夫生世会几时?安能蹀躞垂羽翼?弃置罢官去,还家自休息。朝出与亲辞,暮还在亲侧。弄儿床前戏,看妇机中织。自古圣贤尽贫贱,何况我辈孤且直!

《拟行路难》十八首之十二:

今年阳初花满林,明年冬末雪盈岑。推移代谢纷交转,我君边戍犹稽沈。执袂分别已三载,迩来寂淹无分音。朝悲惨惨遂成滴,暮思遶遶最伤心。膏沐芳余久不御,蓬首乱鬓不设簪。徒飞轻埃舞空帷,粉筐黛器靡复遗,自生留世苦不幸,心中惕惕恒怀悲。

《行路难》原辞已佚失,今所存最早者即鲍照《拟行路难》十八首,笔者曾对这十八首歌辞详加排列,发现其中除第一首和第三首是七言十句相同之外,其余十七首的字数、结构竟是各不相同,排列错杂,差异甚大,每句的字数从三言,五言,六言,七言,八言到九言俱备,没有一定的规律,可见是原《行路难》的创造和发展。因为诗人突破了前人的限制,创造性地在诗作中运用"俊逸"的风格特色。因而诗作取得了极大的成功。沈德潜《古诗源》称其中第四首"写水置平地"篇的起句,"无端而下,如黄河落天走东海也";王夫之《古诗评选》更说:"明远《行路难》诸篇,一似天才天韵,吹宕而成,独唱千秋,更无和者。太白得其一桃,大者仙,小者豪矣。"都说明了这一点。再如他将陆机五言六句之《东武吟行》扩充为五言二十八句的《代东吴吟》,变《诗经·邶风·北风》为风格迥异的《代北风凉行》等等,都显示了他"俊逸"的艺术特色和他的诗歌创造性之间的联系。而他的乐府诗以外的作品则又较多地受到当时文坛追求声貌风气的影响,使他的"五言古雕琢与谢公相似"(沈德潜《古诗源》),缺少新意。特别是那些刻意模拟而无创新的作品,如《拟青青陵上柏》、《拟阮公夜中不能寐》等,又更多地受到一层限制,不能自如地运用自己的独特的"俊逸"风格,因而这些诗作就显得板滞而缺乏生气。以上都充分说明了"俊逸"确实代表了鲍诗艺术上的独特风格,表现了诗人高超的艺术修养和豪迈气质。

最后,需要指出的是,作为我国文学史上的一个杰出诗人,鲍照创作的艺术风格是多方面的。而且就杜甫《春日忆李白》诗的原意看,也只是说李白诗得庾信诗清新和鲍照诗俊逸的长处,并非想用"俊逸"二字来全面概括鲍照诗的艺术风格。张荫嘉《论古诗四十首》有云:"拏龙跳虎鲍参军。七字尤蒸笔底云。分取一端能俊逸,青莲已是思超群。"就指出"俊逸"只是鲍诗的特色之一。除"俊逸"而外,前人对鲍照诗作的特色论得较多的还有他的"奇丽",但这已不是本文所要涉及的范围了。

从《飞蛾赋》和《尺蠖赋》看鲍照前后期人生态度的转变

自建安时期开始，借咏物以抒写情志，托言微小之物体以喻大义深旨，已成了赋家常用的手法，以祢衡的《鹦鹉赋》为例，赋全篇写鹦鹉，而全篇则又是在写祢衡自我，赋中的鹦鹉即是祢衡，祢稀也即为鹦鹉，二者不可分割，“字面上是替鹦鹉诉衷怀，词气之情却是写有志之士离乱时期那种委屈苦闷的心情”①。这种赋作，较之汉初贾谊的《鹏鸟赋》中鹏鸟仅仅作为引入抒情的楔子，在赋中只是陪衬而言，自是有了很大的发展。然而在鲍照生活的时代，由于文坛为贵族士大夫所把持，再加上险恶政治形势的逼迫，咏物赋作中寄情言志的内容已经大大减少，甚或多有带有应命献谀色彩的作品，如谢庄的《赤鹦鹉赋》、《舞马赋》、颜延之的《赫白马赋》等可以说是此类赋作的代表。而鲍照的咏物小赋继承了祢衡的抒情寄志的传统，并将这种表现手法运用到他的所有的咏物小赋的创作之中，显示了与当时文坛截然相左的创作内容和风格。在他咏物小赋中，《飞蛾赋》与《尺蠖赋》特别值得人们的注意，此二赋篇幅短小，历来较少有论者涉及，但它们却表现了诗人性格由刚到柔的转化，为研究诗人思想历程颇为重要的作品。

《飞蛾赋》为鲍照赋作中最为短小者，仅有七十五字，其文云：

仙鼠伺暗，飞蛾候明。均灵舛化，诡欲齐生。观齐生而欲诡，

① 瞿蜕园《汉魏六朝赋选》，上海古籍出版社 1979 年版。

各会住以凭方。凌燋烟之浮景，赴熙焰之明光。拔身幽草下，毕命在此堂。本轻死以邀得，虽糜烂其何伤。岂学山南之文豹，避云雾而岩藏。

飞蛾本是自然界最为弱小的昆虫之一，它的赴火求死在历代文人的眼中乃是愚昧者的代表，成为讥讽和同情的对象。如早于鲍照的傅亮《感物赋》云："于时风霜初成，蛰类尚繁，飞蛾翔羽，翩翾满室，赴轩幌，集明烛者，必以燋灭为度。虽则微物，矜怀者久之。"而在诗人的眼中，飞蛾明知无益却仍然前赴后继地赴火而死，乃是对光明的追求，所以特别值得尊重和称道。因此诗人乃一反前人之意，对飞蛾进行了高度的赞美。赋的发端即以伺暗的仙鼠与候明之飞蛾对比，以反衬飞蛾对光明的追求和渴望。文末又用《列女传》"南山有玄豹，雾雨七日而不食者，欲以泽其皮毛而成文章也，故藏而远害"之典，以南山文豹与飞蛾进行对比。南山文豹爱惜自己的身体，在雾雨之日即深藏不出以避害。这种深藏不出以避害的文豹，本是古代比喻贤者隐居避世，全身远祸的。但在诗人的眼中，文豹的全身远祸，则是懦弱者的典型，丝毫不值得称道。所以他表示决不学避云雾而岩藏的南山文豹，而要效法"拔身幽草下，毕命在此堂。"的飞蛾，要为追求功名事业而一往无前，要与一切的邪恶势力抗争到底，绝不妥协。诗人所赞美的飞蛾为追求光明而奋不顾身的精神正是古往今来为事业，为正义而献身的志士精神的象征，也是诗人年青时期所向往和孜孜以求的。《南史·宋临川烈武王道规传附鲍照传》记载云：

照始尝谒义庆，未见知。欲贡诗言志，人止之曰："卿位尚卑，不可轻忤大王。"照勃然曰："千载上有英才异士沉没而不闻者，安可数哉！大丈夫岂可遂蕴智能，使兰艾不辨，终日碌碌，与燕雀相随乎？"

这种为建功立业而不顾一切，勇往直前的行为，是他刚直性格的具体体现，也正是他赞美飞蛾"本轻死以邀得，虽糜烂其何伤"的深层次的原因。在他此后的仕宦生活中,他确确实实做到了这一点。他在临川王义庆幕期间所作的《谢解禁止表》云:“臣自惟孤贱,盗幸荣级。暗涩大义,猖狂世礼。奇非阮籍,无保持之助;才愧冯衍,有辒轙之因。”《转常侍上疏》有云:“臣既无仿佛,上报殊绝之恩,有分每丰其过。前后轻重,辄得原恕。奖以君子之方,赦以不闲教训,大愆不责,矜泽必加。”《谢随恩被原疏》有云:“由臣悴贱,可侮可诬,曾参杀人,臣岂无过。寝病幽栖,无援朝列,身孤节卑,易成论砻。”说明了他在刘义庆幕中曾多次有过因过失而遭遭受谴责和处罚,而他受到谴责和处罚的原因乃是受到同僚之中小人的谗言,罪名即是“暗涩大义,猖狂世礼”和“不闲教训”。这不闲教训和猖狂世礼,实际上也就是对刘义庆某种程度的不恭。鲍照当时在临川王刘义庆幕中仅仅是一个王国侍郎,位不过九品,地位卑下,而且又出身低微,没有任何家世的凭借。在这种情况下他敢于对刘义庆有所不恭,笔者以为当是对刘义庆作出了某种抗争。而这种抗争,又必然是诗人认为刘义庆的行为有某种不妥当之处。《宋书·临川烈武王道规传附义庆传》记载义庆“受任历藩,无浮淫之过,唯晚节奉养沙门,颇致费损”,根据历史记载,南朝时期奉养僧人的费用是相当惊人的。因此,诗人此时为此事或以其他事情进谏从而得罪刘义庆就很有可能。而冒着遭受谴责和禁止的危险去进谏,可以说正是飞蛾的本轻死以邀得,虽糜烂其何伤精神的具体体现。

然而,在鲍照的《尺蠖赋》中,却又表现出了与《飞蛾赋》截然不同的内涵,其云:

> 智哉尺蠖,观机而作,伸非向厚,屈非向薄。当静泉渟,遇躁风惊。起轩躯以旷跨,伏累气而并形。冰炭弗触,锋刃靡迕,逢险蹙蹐,值夷舒步.忌好退之见猜,哀必进而为蠹,每骧首以瞰途,常驻景而翻露。故身不豫托,地无前期,动静必观于物,消息各随乎时,从方而应,何虑何思?是以军算慕其权,国容拟其变。高贤图之以隐沦,智士以之而藏见。笑灵蛇之久蛰,羞龙德之方战,理害道而为尤,事伤生而感贱,苟见义而守勇,岂专取于弦箭。

尺蠖是尺蠖蛾的幼虫，体柔软细长，屈伸而行。《尔雅翼》卷二十四："尺蠖，屈申虫也。狀如蚕而绝小，行则促其腰使首尾相就乃能进步，屈中有伸，故曰屈申。郑康成谓之屈虫，郭景纯谓之步屈，皆此义。"由于它的这一特性，所以后世常用它作为能屈能伸的比喻。《易・系辞下》："尺蠖之屈，以求信（伸）也；龙蛇之蛰，以存身也。"《周易传义大全》卷十二释之云："尺蠖之行，先屈而后信，盖不屈则无信，信而后有屈。观尺蠖则知感应之理矣。龙蛇之藏，所以存息其身，而后能奋迅也，不蛰则不能奋矣。动息相感，乃屈信也。"晋支遁《咏利城山居》诗即以尺蠖之曲与腾龙之伸相提并论，其中有句云："迹从尺蠖屈，道與腾龙伸。"郭璞《尺蠖赞》云："贵有可贱，贱有可珍，嗟兹尺蠖，体此屈伸，论配龙蛇，见叹圣人。"也对尺蠖作出了高度的赞扬。而鲍照此赋，即采用前人的这一意象，对尺蠖"冰炭弗触，锋刃靡迕，逢险蹙蹐，值夷舒步"的能屈能伸表示欣赏，对久蛰之灵蛇和方战之神龙予以嘲讽。《毛诗名物解》卷十一"腾蛇"云："灵蛇弃鳞神龙，解角，以言至人达士超世拔俗，委蜕万物。"《周易传义大全》卷二："上六，龙战于野，其血玄黄。传：'阴从阳者也。然盛极则抗而争，六既极矣矣，复进不已，则必战，故云战于野。谓进至于外也，既敌矣，必皆伤，故其血玄黄。本义阴盛之极至与阳争，两败俱伤，其象如此。"灵蛇久蛰不出，犹人之超世拔俗，脱离现实社会，遗弃功名事业，固不足取，而龙进而不止，必战而后休，以至两败俱伤，也不足效法。所以赋最后提出了"苟见义而守勇，岂专取于弦筈"的主张。这里虽然也表现出了对避世深藏者的不屑，以及为追求正义事业而采取的积极的人生观。但不可否认的是《尺蠖赋》所表现的内涵与《飞蛾赋》中所说"本轻死以邀得，虽糜烂其何伤。岂学山南之文豹，避云雾而岩藏"的为追求正义而一往无前，虽死无恨，仍然形成了极大的反差。同一个作者在两篇文章中所表现出来的内涵上的巨大差别，其实并不矛盾，这正反映了作者创作这两篇文章时思想上的根本变化。《宋书・临川烈武王道规传鲍照传》有以下的一则记载，云：

> 上好为文章，自谓物莫能及，照悟其旨，为文多鄙言累句。当时咸谓照才尽，实不然也。

《南史》鲍照本传也有大致相同的记载。宋孝武帝刘骏能文善诗,《南史》卷二十二《王昙首传》记载云:“先是,宋孝武好文章,天下悉以文采相尚,莫以专经为业。”钟嵘《诗品》称其诗“雕文织采,过为精密”,刘勰《文心雕龙》卷九《指瑕》称“孝武多才,英采云构”,对他的文学创作皆有较高之评价。但刘骏与鲍照之间在文学创作的才能和天赋上必竟又有着巨大的差距,二人不可同日而语。对于刘骏的自负其才,鲍照这时所采取的态度则是故为鄙言累句,以表示与刘骏的差距。对于《宋书》与《南史》的这一记载,历来多有表示怀疑的,如张溥《汉魏六朝百三家集·鲍参军集题辞》即云:“集中文章,实无鄙言累句,不知当时何以相加。”虽然我们在鲍照集中似乎难以找出诗人故为鄙言累句的例子,但从这篇《尺蠖赋》看来,这一记载应该还是可信的。只不过他故为鄙言累句之诗文如今已经佚失,或是虞炎在奉文惠太子萧长懋之命搜集鲍照遗文时,因其有鄙言累句而未曾收入集中而已。

鲍照之所以会出现始谒临川王刘义庆时的急于求进,不愿以卓荦英才而沉没下僚,无闻于世,而在仕于孝武帝任太学博士,兼中书舍人时的故为鄙言累句,从而避祸全身的巨大反差,乃是他在长期仕途不顺的困境之下随着年龄渐增而产生的人生态度的转变,也是在险恶的政治环境之下的无奈之举。《飞蛾赋》到《尺蠖赋》的创作,正显示了他这一人生态度转变的思想轨迹。

论鲍照创作在南北朝隋唐时期的影响

鲍照生前以才秀人微而“取湮当代”(钟嵘《诗品》),经受了一生被压抑而沉沦的痛苦,但他在文学创作特别是在乐府诗创作上的突出成绩,却使这位“史不立传”①的诗人普遍得到了后人的重视和赞扬,使他在我国文学史上占有了一席较为重要的地位,成了被后人誉为“上挽曹、刘之逸步,下开李、杜之先鞭”②的诗人,对后世尤其是对南北朝隋唐时期的文学创作产生了重大的影响。

鲍照生活的时期,正是门阀制度兴盛,士庶区别严格之时,当时把持文坛的皆为高级士族出身的文人。较为著名的如王诞、王微、王僧达、王韶之、王准之为琅邪王氏的代表人物,谢混、谢灵运、谢瞻、谢惠连、谢庄为陈郡谢氏的杰出代表,都是当时数一数二的世家大族。此外如颜延之、范晔、袁淑、殷淳、何尚之、沈怀文等,也都是当时的著名士族出身。这些士族文人中的大多数人对于“身地孤贱”(鲍照《拜侍郎上疏》)、“家世贫贱”(虞炎《鲍照集序》)的鲍照自然绝不肯服膺而推重,相反的却往往故为贬辞以压抑之。如钟嵘《诗品》论汤惠休诗时说:“惠休淫靡,情过其才,世遂匹之鲍照,恐商、周矣。羊曜皤云:‘是颜公忌鲍之文,故立休、鲍之论。’”当时的文坛领袖颜延之一方面鄙薄汤惠休诗作,一方面又故意以休、鲍并列,以压低鲍照,即是典型的例子。当然,颜延

① 张溥《汉魏六朝百三家集题辞注》,殷孟伦注,人民文学出版社 1960 年版。

② 胡应麟《诗薮》,上海古籍出版社 1979 年版。

之的故为贬抑鲍照，这其中也有二人文风的不同以及文学见解上差异的原因，但不可否认的一点就是出于颜延之对其才华的妒忌而故意为之。鲍照才气横溢，二十岁时即写出天才天韵的组诗《拟行路难》十八首中的部分诗作，可却又穷愁潦倒一生，不为世人所重。这里面，士族文人的压抑，应该说是一个颇为重要原因。《南史》卷三十四《颜延之传》云："延之尝问已与灵运优劣，照曰：'谢五言如初发芙蓉，自然可爱。君诗若铺锦列绣，亦雕缋满眼。"《诗品》在论及齐黄门谢超宗、齐浔阳太守丘灵鞠、齐给事中郎刘祥、齐司徒长史檀超、齐正员郎钟宪、齐诸暨令颜则、齐秀才顾则心时说："余从祖正员（按指钟宪）常云：'大明、泰始中，鲍、休美文，殊已动俗，惟此诸人，傅颜、陆体。用固执不移，颜诸暨最荷家声。"[①]即便如颜延之这样的文坛领袖与谢灵运比较优劣之时，也要征询鲍照的意见。而鲍、休美文的"殊以动俗"则更说明了尽管鲍照在当时受到士族文人的压抑和排斥，但其生前在文坛上的影响却也是明显可见的。《诗品》在论及齐梁之际文坛领袖沈约时又说："详其文体，察其余论，固知宪章鲍明远也。所以不闲于经纶，而长于清怨。"沈约诗风，颇有与鲍照相似处，如沈约之《学省愁卧》、《应王中丞思远咏月》诸诗，皆足为清怨者。何焯《义门读书记》卷四十六亦谓："沈休文《钟山诗应西阳王教》规抚《蒜山》诗（按：指鲍照《蒜山被始兴王命作》），而峭蒨则过。"据《梁书》卷二《武帝纪中》及卷十三《沈约传》，沈约于梁天监十二年（513）卒，则其当生于宋文帝元嘉十八年（441）。而鲍照卒于宋明帝泰始二年（466），即鲍照卒时，沈约年已二十六岁，在文坛上早已享有盛誉，可见他受鲍照的影响也应在鲍生前。以上乃鲍之创作在生前对当时文坛所产生的较大影响之一斑。

据虞炎《鲍照集序》所载，鲍照死后，齐文惠太子萧长懋为太子期间就已命当时任散骑侍郎的虞炎搜集鲍照遗文，并编次成集。据《南齐书》卷二十一《文惠太子传》，萧长懋为太子乃在齐永明年间（483—493），上距鲍照卒年也仅二十年左右。这就说明了鲍照死后，他的作品很快就引起了相当的重视，并已在文坛上占有了一席重要的地位。同

① 何文焕辑《历代诗话》，中华书局 1981 年版。

时，在编次成集行世以后，他的作品应当得到更为广泛的传播，也就会更加扩大在社会上的影响。萧子显作《南齐书》在梁朝初年，《南齐书》卷五十二《文学传论》在评论当时文坛状况时说："今之文章，作者虽众，总而为论，略有三体。"三体之一就有鲍照体，其云：

次则发唱惊挺，操调险急，雕藻淫艳，倾炫心魂。亦犹五色之有红紫，八音之有郑卫。斯鲍照之遗烈也。

与谢灵运、颜延之体成为当时鼎足文坛的三派。所以萧梁钟蝾著《诗品》就已有"次有轻薄之徒，笑曹，刘为古拙，谓鲍照羲皇上人"之说法，许文雨《诗品讲疏》于此说："今观此语，尤见齐梁士俗，尊鲍之甚矣。鲍诗之流为梁代侧艳之词，及此体之风靡一世，均于此觇之。"钟嵘《诗品》对鲍照虽颇微辞，置其于中品之列，但却也已有"骨节强于谢混，驱迈疾于颜延。总四家而擅美，跨两代而孤出"之誉，且又以鲍照戎行诗诸作为"篇章之珠泽，文采之邓林"，评价可谓相当之高。以上我们可以看出，鲍照在文学创作上的声望在他死后不久又得到了进一步的提高，影响也有了进一步的扩大。

根据一些史料的记载，鲍照作品在当时的影响甚至巳超过了地域的界限而扩大到了我国的北方。南北两朝在当时虽然是对立的两个政权，相互之间的交往也并不是很多。但是鲍照的作品却可以说是受到了双方的共同欢迎。据李延寿《南史》卷六十三《王神念传附杨华传》的记载，北魏胡太后曾作有《杨白花歌辞》一首，"宫人昼夜连臂蹋蹄歌之"，其辞见载于郭茂倩《乐府诗集》，其前半为：

阳春二三月，杨柳齐作花。春风一夜入闺闼，杨花飘荡落南家。

而鲍照的《拟行路难》之八的前半则是：

中庭五株桃，一株先作花。阳春妖冶二三月，从风簸荡落西家。

两诗相比较,除了个别字词的差异外,其余从字数、用韵到声调、内容都几乎完全相同。这恐怕并不是偶然的巧合,而应该是刻意的模仿。作《杨白花歌》的北魏胡太后即《魏书》卷十三《妃后传》中的宣武灵皇后胡氏,北魏孝明帝元诩之母,延昌四年(即梁天监十四年,515年)八月被尊为皇太后。她作此歌应在被尊为太后之后不久,距鲍照之死五十余年,这就确凿地证明了《杨白花歌》乃是胡灵太后对鲍照诗的模拟之作。鲍照诗在北魏的传播,我们还可以找到其他的例证。据《北史》卷五《魏孝武帝纪》所载,北魏孝武帝元修尝于内宴时

令诸妇人咏诗,或咏鲍照乐府曰:"朱门九重门九闺,愿逐明月入君怀。"

元修宫人所咏鲍照乐府之句,出自鲍照《代淮南王》篇,二句今通行本鲍集作"朱城九门门九闺,愿逐明月入君怀",但也有本子作"朱门九重"的,与《北史》所载相同。北魏孝武帝元修永熙元年(532)至永熙三年(534)在位,距鲍照之死六十余年。以上数例皆足以证明鲍照死后不久,他的作品就已经在南北双方广为流传,并已得到人们的广泛推重了。

鲍照以后成就较大的六朝作家,如江淹、谢朓、沈约、庾信等人,在创作上都不同程度地受到过鲍照的影响。如江淹作诗行文的风格,就和鲍照颇有相一致之处,前人因此多有以江、鲍并称的。江淹作《杂体诗》三十首,其中即有一首题名《鲍参军戎行》,乃模拟鲍照《代出自蓟北门行》者,二诗从字数、内容、用韵到声调都完全相似。再如江淹《恨赋》有云:

若乃骑叠迹,车屯轨。黄尘匝地,歌吹四起。

而鲍照《芜城赋》则有数语云:

车挂轊，人驾肩，廛闬扑地，歌吹沸天。

二者在结构、音节和遣词造句上都有着惊人的雷同。且数语在二篇赋中分别都是在描写统治者全盛时期的繁华景象，为下文感慨盛衰兴废伏笔。由此亦可见出江淹《恨赋》以上数句乃从鲍照《芜城赋》变化而来。此外，江淹《别赋》之“暂游万里，少别千年”也袭用了鲍诗《代升天行》中“暂游越万里，少别数千龄”的成句。如此等等，不一而足，皆可见出江淹对鲍照作品有作过细致的研讨并有过刻意的模仿，表现出了江淹对鲍照文学创作的高度重视。

萧子显是我国著名的史学家，同时也是南朝一位享有盛名的文学家，他的《南齐书》卷五十二《文学传论》对鲍照体的诗歌虽颇有微辞，以为“犹五色之有红紫，八音之有郑卫”，但从萧子显现存的十八首诗作来看，其大多数为表现游子思妇的生活和复杂凄怨的感情，这类诗作和鲍照作品中同类题材的作品是颇有相一致之处的。如萧子显的《春闺思》《咏苑中游人》《南征曲》《桃花曲》等短诗就颇近似鲍照的《可爱》《幽兰》《夜听声》《王昭君》《采菱歌》等。萧子显之《春闺诗》云：

金羁游侠子，绮机离思妾。春度人不归，望花尽成叶。

而鲍照之《夜听声》诗则云：

辞乡不觉远，欢寡忧自萦。何用慰秋望，清烛视夜翻。

可见萧诗明显乃是一首学鲍之作。短诗而外，萧子显的七言、杂言体诗如《春别》四首、《乌栖曲应令》二首及《燕歌行》等诗受鲍照七言、杂言诗的影响亦较明显，如萧子显《从军行》云：

左角明王侵汉边，轻薄良家恶少年。纵横向沮泽，凌厉取山田。黄尘不见景，飞蓬恒满天。邀功封浞野，窃宠劫祁连。春风春月将进酒，妖姬舞女乱君前。①

就是一首在文体上近似鲍照《拟行路难》的杂言歌行体。萧子显的《春别》之二：

幽宫积草自芳菲，黄鸟芳树情相依。争风竞日常闻响，重花叠叶不通飞。当知此时动妾思，惭使罗袂拂君衣。

与鲍照《代白纻舞歌辞》之四：

池中赤鲤庖所捐，琴高乘去腾上天。命逢福世丁溢恩，簪金藉绮开曲筵。思君厚德委如山，洁诚洗志期暮年，乌白马角宁足言！

二者在文体和结构上也有着较大的相近之处，可见二人之间的师承关系相当明显。

六朝诗人中，受鲍照影响甚大的还有谢朓。谢的才名，无论在当时还是在后代都很大，沈约评谢朓诗说："二百年来无此诗。"②大诗人杜甫也称赞说："谢朓每篇堪讽诵。"③可是在谢朓每篇堪讽诵的诗篇中，却吸取了鲍诗较多的营养。

谢朓诗受鲍诗的影响，大致可以从两个方面来说，一是在琢句炼辞上的模仿，另一则表现为章法、意境及风格等方面的潜移默化。前者，如方东树《昭昧詹言》曾指出说："玄晖于公干、康乐、明远三家时相出入，缔情缠绵似公干，琢句似鲍、谢。"这里准备简单说一下后者，即章法意境等方面的影响。在章法结构上，二人相似处实颇多，以谢朓的《游敬亭山》和鲍照的《登庐山》二诗为例相比较，可见二者从几句起，几句议论，几句写景，一直到结尾几句的抒情都相同，两诗也分别皆为二十

① 此及下一首所引萧子显诗，见穆克宏笺注《玉台新咏》，中华书局 1985 年版。
② 《南齐书》卷四十七《谢朓传》。
③ 杜甫《寄岑嘉州》。

句。同时二诗所表现出的诗人之心情以及当时二人处境也都颇为一致。鲍诗写庐山云:“千岩盛阻积,万壑势回萦。巃嵸高昔貌,纷乱袭前名。洞涧窥地脉,耸树隐天经。”谢诗写敬亭山则曰:“兹山亘百里,合沓与云齐。”“上干蔽白日,上属带回溪。”鲍诗写庐山山景云:“松磴上迷密,云窦下纵横。阴冰实夏结,炎树信冬荣。”谢诗写敬亭山山景则云:“交藤荒且蔓,樛枝耸复低。”“渫云已漫漫,夕雨亦凄凄。”鲍诗有二句写山中动物曰:“嘈囋晨鹍思,叫啸夜猿清。”谢诗也有二句写山中动物云:“独鹤方朝唳,饥鼯此夜啼。”鲍诗写对神仙长生的企慕云:“深崖伏化迹,穹岫閟长灵”。谢诗写此则云:“隐沦既已讬,灵异居然栖。”“我行虽纡组,兼得寻幽蹊。”鲍诗结尾四句云:“乘此乐山性,重以远游情,方跻羽人途,永与烟雾并。”谢诗也结云:“要欲追奇趣,即此凌丹梯。皇恩竟已矣,兹理庶无睽。”可见出二诗在章法意境上的相似之处,以及鲍诗对谢朓诗的影响。至于谢朓的《暂使下都夜发新林至京邑赠西府同僚》则更是一首法则鲍照《上浔阳还都道中》的诗,二诗之结构风格以及深切的思乡情绪和对前途的忧虑之感皆颇近似。当然,谢朓此诗气象之阔大雄远又要超过鲍诗,但二诗的宗法关系却是可见的。所以方东树于《昭昧詹言》论此说:小谢之还都,“亦与明远之从荆州回京,上浔阳道望京邑,情事相同,诗亦似之。”要之,谢朓诗所取得的成就,与他对鲍诗的学习应该说有着相当大的关系。

到了唐代,鲍照的声望得到了更进一步的扩大,时人曾有“至若鲍照,文宗学府,驰名海内”①之说。有唐一代的著名诗人,也都或多或少地受到鲍诗的影响。但在文学史上,受其影响较大而又取得了巨大成就的当首推唐代大诗人李白和杜甫。李白的诗风和鲍照相同处较多,显然受鲍照的影响较大,特别是李白纵横变化、汹涌奔腾的七言歌行更是和鲍照之《拟行路难》诸章一脉相承,这点,前人已有定评,所论皆同,故不赘叙。而杜甫作为一个“读书破万卷”的“转益多师”的一代宗匠,在创作上也同样受到了鲍照较大的启发。陈绎曾《诗谱》说:“六朝文气衰缓,唯刘越石、鲍明远有西汉气骨,李、杜筋取此。”张溥《鲍参军集题

① 刘知几《史通·人物》,浦起龙释,上海古籍出版社1978年版。

辞》则以为鲍照的"乐府五言,李、杜之高、曾也。"陈祚明于《采菽堂古诗选》也说鲍照《行路难》"纵横奔放,固开李、杜七古之风。"在谈到鲍照某一方面的影响时都以李、杜并称。

总观鲍照整个创作,以乐府诗成就为最大,李白正是相当重视乐府诗创作的诗人,而杜甫的诗歌创作则多种诗体并重,所以李白受鲍照的影响又更为明显些。但是,李、杜二人诗歌创作中所具有的对鲍诗的篇章、辞句的模拟,风格的神似和意境的一致,却又都有共同之处。如鲍照的《代白纻曲》:

> 朱唇动,素腕举,洛阳年少邯郸女。古称渌水今白纻,催弦急管为君舞。穷秋九月荷叶黄,北风驱雁天雨霜,夜长酒多乐未央。

李白的《白纻辞》:

> 扬清歌,发皓齿,北方佳人东邻子。且吟白纻停渌水,长袖拂面为君起。寒云夜卷霜海空,胡风吹天飘塞鸿,玉颜满堂乐未终。

二者几乎完全相同,我们知道,现存的创作于鲍照之前的《白纻歌辞》古辞并非如以上的七言七句形式,可见此种形式乃是鲍照的首创。因此,李白学的不是古辞,而是鲍诗。这种亦步亦趋之作在李白集中也非仅此一首,如他的《夜坐吟》拟鲍照《代夜坐吟》,亦为类似的刻意模仿之作。同样,在杜甫集中也可见到此种例子。范晞文《对床夜语》即以为杜甫的"'丈人试静听,贱子请具陈'则又用鲍明远'主人且勿喧,贱子歌一言'之句"。杨慎《升庵诗话》也说:"鲍照的'秋霜晓驱雁,春雨暗成虹',佳句也;杜子美诗'朔风驱胡雁,惨淡带沙砾'之句本此。"而最为显见之例则是杜甫之《杜鹃行》与鲍照《拟行路难》之七"愁思忽而至"首,二诗属同一题材,皆为借古蜀帝杜宇化为杜鹃鸟之神话传说以抒写自身的感慨,而杜诗乃多为化鲍诗而成者。如同是咏杜鹃鸟:写外貌,鲍诗为:"羽毛憔悴似人髡。"杜诗则为:"毛衣惨黑貌憔悴。"写鸟鸣之声,鲍诗说:"声音哀苦鸣不息。"杜诗则说:"声音哀哀如有谓。"写鸟之觅食，鲍诗云“飞走树间啄虫蚁”，杜诗则化为“穿皮啄朽觜欲秃，苦饥始得食一虫”。抒发感慨：鲍诗云：“岂忆往日天子尊。”杜诗则云：“岂思昔日居深宫。”鲍诗云：“念此死生变化非常理”，杜诗则云：“乃知变化不可穷”。萧规曹随，不越雷池一步，乃是典型的模拟之作。

由于李、杜二人的才气磅礴，功力深厚，因而他们从鲍照那里接受到的又并非仅仅表现在辞句的模拟和章法的相似上，而主要是通过他们高超的艺术表现手法，在行文的风格和积极的创作精神上所达到的神似方面接受了鲍照诗较大的影响。如李白的《出自蓟北门行》中“收功报天子，行歌归咸阳”的舍身为国的英雄将士形象，即鲍照《代出自蓟北门行》的“投驱投明主，身死为国殇”的志士形象的再现。二诗渲染外寇强悍和军情紧急的句子，如鲍照的“羽檄起边亭，烽火入咸阳”、“严秋筋竿劲，虏阵精且强。天子按剑怒，使者遥相望”，李白的“虏阵横北荒，胡星曜精芒。羽书速惊电，烽火昼连光”，“明主不安席，拔剑心飞扬”。以及描绘燕蓟风物的句子如鲍照诗的“箫鼓流汉思，旌甲被胡霜。疾风冲塞起，沙砾自飘扬。马毛缩如猬，角弓不可张”，李白诗的“途冬沙风紧，旌旗飒凋伤。昼角悲海月，征衣卷天霜”，相互之间都在风格上达到了神似的境界。此外，突出地显示出李白与鲍照这种师承关系的又是他们的杂言歌行，冯班《钝吟杂录》云：“歌行之名，本之乐章，其文句长短不同，……太白多效三祖及鲍明远，其语尤近古耳。”即明确指出了这一点，杜甫诗《苏端薛复筵简薛华醉歌》：“近来海内为长句，汝与山东李白好。何刘沈谢力未工，才兼鲍照愁绝倒。”亦指出了二人诗风相似之主要所在。鲍照《拟行路难》之六中那个“对案不能食，拔剑击柱长叹息”的悲愤失意的士人形象和李白《行路难》之一中那个“停杯投箸不能食，拔剑四顾心茫然”的壮士形象又是何等的相像。鲍照《拟行路难》之四中那个借“泻水置平地，各自东西南北流”的自然现象而发抒自身“人生亦有命，安能行叹复坐愁”的愤激心情，并欲“酌酒以自宽”的陷于痛苦之中的士人形象，与李白《将进酒》中那个借“黄河之水天上来，奔流到海不复回”的自然现象以抒发被压抑的积郁而迸发出“古来圣贤皆寂寞，惟有饮者留其名”感慨的壮士形象又多么的相似乃尔。同时，我们从李白《梦游天姥吟留别》、《梁甫吟》等杂言歌行和鲍照的杂言歌行中又可以发现它们都共同具有那种奔腾咆哮、一泻千里的气势，变化自如、不受任何形式羁绊约束的创作风格，“如五丁凿山，开人世所未有”的[①]强劲笔力。这主要又是艺术风格上的相似之处。杜甫《春日忆李白》诗有云“白也诗无敌，飘然思不群。清新庾开府，俊逸鲍参军”，黄子云《野鸿诗的》之云李白“歌行乐府，俊逸超群”，皆是指二人在“俊逸”创作风格上的一致。此外，二人在创作中所表现出来的对不合理社会制度的无情揭露与尖锐讽刺，对黑暗现实猛烈抨击时所表现出的大无畏精神，流露出来的受压抑而对恶势力无可奈何的哀叹又都是共同的，这又是创作内容和感情上的一致。这些，都可见出李白所受到鲍照影响之大。

杜甫从鲍照诗歌中所接受到的则与李白又有着较大的不同，它一方面表现在杜甫一系列的行役诗中，另一方面则主要表现在他乐府诗积极的现实主义创作手法上。对杜甫行役诗的影响又主要体现在对山水景物的描绘之中，特别是他于唐肃宗乾元二年(759)弃官后由华州到秦州，而后再到成都时期，一路上所写的山川景物诗和鲍照的一些山水诗之间达到了神似的境界。

鲍照家世贫贱，出身低微，因而受到世族门阀制度的压制；加上他因才高见忌，屡屡受到小人的诽谤攻击，数次因过失而受到谴责并遭受到禁止的处分，仕途不顺而一直屈居下僚，晚年又被迫远离家乡到荆州为临海王刘子顼的军府参军。一生中极大多数时间过着东西奔走，四方漂泊的生活，心情压抑，艾怨满腹。所以，他对接触到的山水景物并没有谢灵运那样以闲适优游的心情去细致地观察，恬淡地去欣赏，而是将笔下的山水景物写得如他的崎岖曲折生活道路般的坎坷多难，险恶异常。如《发后渚》云：“孤光独徘徊，空烟视升灭。途随前峰远，意逐后云结。华志分驰年，韶颜惨惊节。”《登翻车岘》云：“高山绝云霓，深谷断无光。昼夜沦雾雨，冬夏结寒霜。淖坂既马岭，碛路又羊肠。”《行京口至竹里》云：“高柯危且竦，锋石横复仄。复涧隐松声，重崖伏云色。冰

---

① 沈德潜《古诗源》：“明远乐府如五丁凿山，开人世所未有，后太白往往效之。”文学古籍刊行社 1957 年版。

闭寒方壮，风动鸟倾羽。斯志逢凋严，孤游值曛逼。”《从拜陵登京岘》云：“风烈无劲草，寒甚有凋松。军井冰昼结，士马毡夜重。晨登岘山首。霜雪凝未通。”《日落望江赠荀丞》云：“日落岭云归，延颈望江阴。乱流灇大壑，长雾匝高林。林际无穷极，云边不可寻。”《园中秋散》云：“气交蓬门疏，风数园草残。荒墟半晚色，幽庭怜夕寒。既悲月户清，复切夏虫酸。流枕商声苦，骚杀年志阑。”严霜苦雾，无论春夏秋冬，皆呈现出一种萧瑟严峻的气氛。如此等等，不一而足。而杜甫的《白沙渡》云：“天寒荒野外，日暮中流半。”“高壁抵嵌崟，洪涛越凌乱。”《铁堂峡》云：“峡形藏堂隍，壁色立积铁，径摩穹苍蟠，石与厚地裂。修纤无垠竹，嵌空太始雪。”《积草岭》云：“飕飕林响交，惨惨石状变。山分积草岭，路异明水县。”此外杜甫的《水会渡》、《泥功山》等诗作，皆将自然环境写得相当的艰辛悲凉，险恶严峻。这主要原因乃因杜甫飘泊奔波之处境、屡受挫折之心情皆与鲍照相近之故。同时由于他“读书破万卷”的无所不包的深厚的学问功力，对鲍照之创作风格了然于胸，钦佩有加，因而自觉或不自觉地受到了鲍照诗的影响，吸取了鲍照山水诗的创作手法，从而达到了风格上的神似。对于这一点，前人曾多有较为精辟之见解，如方东树《昭昧詹言》即说：鲍照山水诗“兴象华妙清警，开小谢；沈郁紧健，开杜公。”清晰地指出了他们这方面的师承关系。

鲍照作品对杜甫影响较为明显的还表现在他现实主义的创作手法和创造性的创作精神上。以鲍照的《代东吴吟》为例，它的表现形式可以说是鲍的独创，全篇通过一个苦难士兵或下级军官对自身不幸遭遇的直接倾诉，以揭露当时政治军事制度的腐朽落后，并暗示出当时对北魏战争屡次失利的主要原因。这比起在他以前的有关反映士兵痛苦的诗作，如曹操的《苦寒行》等，以统治阶级旁观者的姿态去写，显然是一次大胆的创新。杜甫的《出塞》诗即吸取了《代东吴吟》的表现手法，并进而扩大为《前出塞》九首和《后出塞》五首两个组诗，进行了一种新的尝试。如《后出塞》之五云：

> 我本良家子，出师亦多门。将骄益愁思，身贵不足论。跃马二十年，恐辜明主恩。坐见幽州骑，长驱河洛昏。中夜间道归，故里

但空村。恶名幸脱免，穷老无儿孙。

也是以士兵自述的形式，通过一个脱身归家的老战士叙述其艰难坎坷的军事生涯，揭露安禄山以边功恃宠，谋图叛乱的事实，明显地见出所受鲍诗创作手法的影响。

鲍照还写有《拟古》诗八首，其中"束薪幽篁里"篇，通过当时广大劳动人民的悲惨生活遭遇，以揭露当时农民负担的苛捐杂税之繁重和所受的徭役之苦，揭示了广大人民生活的苦难艰辛，称得上是再现当时农民生活的"史诗"，所以陈祚明论此诗云："固是实事，真至，此等最为少陵所摹。"①杜甫集中之《北征》《三吏》《三别》《自京赴奉先县咏怀五百字》等即为向鲍照此诗学习的现实主义的代表作品，如《北征》云："靡靡逾阡陌，人烟眇萧瑟。所遇多被伤，呻吟更流血。回首凤翔县，旌旗晚明灭。前登寒山重，屡得饮马窟。""鸱鸟鸣黄桑，野鼠拱乱穴。夜深经战场，寒月照白骨。潼关百万师，往者散何卒？遂令半秦民，残害为异物。"真实地描绘了安史之乱带给人民的沉重灾难，和鲍诗一脉相承。当然，李、杜是集大成的两位伟大诗人，他们博取众家之长而后丰富了自己的整体创作，成就又要远远超过鲍照，但是就一方面来说，他们所受的鲍照的影响也是不能忽视的。

此外，鲍照的文学创作对唐代著名诗人岑参、韩愈、孟郊等人也都产生了较大影响，对盛唐边塞诗的形成和发展起到一定的先驱作用。故前人有"岑嘉州五言古源出鲍照"②、"杜、韩常取鲍句格"③的说法，这里就不一一加以论述了。

---

① 陈祚明《采菽堂古诗选》，上海古籍出版社 2008 年版。
② 施补华《岘佣说诗》，见丁福保辑《清詩話》，上海古籍出版社 1978 年版。
③ 方东树《昭昧詹言》，人民文学出版社 1961 年版。

《南齐书·文学传论》对文坛三派的评价和萧子显的文学创作

我国的魏晋南北朝时期是一个大动荡、大变革的时期，也是一个充满创造力的新旧变革的时期。在这一时期中，一切旧的传统、旧的伦理道德、旧的社会风尚习俗和旧的学术文化思想无一不在受到强烈的挑战和冲击，并且发生着重大的变化。在这种求新求变思潮的剧烈撞击推动之下，文学创作也由于无数作家长期不懈的追求而经历了曲折的变化，一步步地走向一个新的境地。而作为南朝齐梁宗室的萧子显，正可称得上是这个剧烈动荡、不断追求创新的文学创作时代的一个推波助澜的人物。

萧子显字景阳，生于齐武帝永明七年(489)，卒于梁武帝大同三年(537)①，南齐兰陵(治所在今江苏常州西北)人，南齐高帝萧道成孙，豫章王嶷之子，为我国著名的史学家，也是著名的文学家，著有《南齐书》《后汉书》《晋纪》《普通北伐记》等多种史学著作，并有文集二十卷。他的《南齐书·文学传论》又是著名的文学评论之作，在文中，他提出了"新变"的文学观。这一全新的文学观无论在当时还是对后世的文学创作都产生了相当大的影响。他在该文中对当时文坛三派所发表的议论也一直为后人所重视。其云：

---

① 按《梁书》卷三十五《萧子恪传附萧子显传》云："大同三年，出为仁威将军、吴兴太守，至都未几，卒，时年四十九。"今自梁武帝大同三年逆溯，则子显生于齐武帝永明七年。

今之文章，作者虽众，总而为论，略有三体：一则启心闲绎，托辞华旷，虽存巧绮，终致迂回。宜登公宴，本非准的。而疏慢阐缓，膏肓之病，典正可采，酷不入情。此体之源，出自灵运而成也。次则缉事比类，非对不发，博物可嘉，职成拘制。或全借古语，用申今情，崎岖牵引，直为偶说。唯睹事例，顿失清采。此则傅成五经，应璩指事，虽不全似，可以类从。次则发唱惊挺，操调险急，雕藻淫艳，倾炫心魂。亦犹五色之有红紫，八音之有郑、卫，斯鲍照之遗烈也。

以上议论，虽然针对当时文坛三种创作倾向而发，但实际上代表了萧子显对刘宋文坛三杰谢灵运、颜延之和鲍照的评价。其所论鲍照一派的几句，今人多以为是对鲍照文学创作特别是乐府诗创作的轻视和否定，甚者乃至以为是正统文人对鲍照的诬蔑和诽谤。仅从表面看，萧子显对鲍照的创作确有不满之处，甚至提出了颇为严厉的批评。但仅据此表面的批评而以为萧子显否定或轻视鲍照的创作，却是和子显“新变”的文学创作观背道而驰的错误见解。

首先，笔者以为上述议论对谢灵运、颜延之派的创作提出较之鲍照一派更为严厉的批评。其论谢灵运一派云：“启心闲绎，托辞华旷。”这与钟嵘《诗品》论谢灵运诗所谓之“名章迥句，处处间起；丽典新声，络绎奔会”以及《南史》卷三十四《颜延之传》载鲍照所言“谢五言如初发芙蓉，自然可爱”，颇相一致，是对谢诗的赞美之辞。但接着又说“虽存巧绮，终致迂回，宜登公宴，本非准的”，则开始了对谢诗的批评，而后又更指出了谢诗“疏慢阐缓”的膏肓之病所造成的“酷不入情”的致命弱点。“情”历来被认为是文学创作的一大关键，刘勰《文心雕龙》即专列《情采》篇以论之，以为“情者文之经”，乃“立文之本源”，又说“繁采寡情，味之必厌”。梁简文帝萧纲在《与湘东王书》中也说：“比见京师文体，懦钝殊常，竞学浮疏，争为阐缓，玄冬修夜，思所不得。既殊比兴，正背风骚。若夫六典三礼，所施则有地；吉凶嘉宾，用之则有所。未闻吟咏情性，反拟《内则》之篇，操笔写志，更慕《酒诰》之作，迟迟春日，翻学《归藏》，湛湛江水，遂同《大传》。”因此，萧子显以为谢诗“典正”之作“酷不入情”，显然是对谢诗提出的相当严厉的批评。事实上，谢诗确实存在着这种弊病，即便如一些为人传颂之作品亦是如此。如其《于南山往北山经湖中瞻眺》描摹景物，极态尽妍，声色俱现，其"初篁"四句，由静而动，活泼生动地再现了绚丽多彩的春景和大自然的勃勃生机，饶有自然之情趣。陈祚明《采菽堂古诗选》论此诗说："由'初'字，'新'字，得'苞'字，'含'字；觉'绿'字，'紫'字，鲜翠可餐，'戏'字，'弄'字，禽鸟灵动；大妙在'春岸'、'和风'情迈。"乃写景诗的上乘之作。但是不可讳言的是，此诗从整体来看又有雕琢冗滞之弊，且难以推测诗人的内在情感。《南史》卷四十三《齐高帝诸子下·武陵昭王晔传》载武陵王晔"学谢灵运体，以呈高帝。帝报曰：'见汝二十字，诸儿作中，最为优者。但康乐放荡，作诗不辨有首尾，安仁、士衡深可宗尚，颜延之抑其次也。'"，萧道成推崇潘岳、陆机而贬抑大谢，固然有其局限，但其论谢诗"不辨有首尾"，却颇有见地。灵运如此，后人学灵运诗者，文才又远逊于谢，造成"阐缓疏慢"典正无情之作，诚有以也。

《文学传论》又论颜延之派云："缉事比类，非对不发，博物可嘉，职成拘制。或全借古语，用申今情。"尖锐而准确地道出了颜延之作诗之弊，过度地追求对偶和典故，使他的诗作大多显得板滞而了无生气。此种作文之弊，同时代的批评家已多有指出，钟嵘《诗品》云："至于吟咏情性。亦何贵于用事？'思君如流水'，既是即目；'高台多悲风'，亦惟所见；'清晨登陇首'，羌无故实；'明月照积雪'，讵出经史？观古今胜语，多非补假，皆由直寻。颜延、谢庄。尤为繁密，于时化之：故大明、泰始中，文章殆同书钞。"近代评论家于此则更多针砭。章太炎《国故论衡·辨诗》曰："《诗品》云颜延之喜用古事，弥见拘束，任昉博物，动辄用事，所以诗不得奇。寻此诸论，实诗人之药石。但颜、任诸公，足诒书钞之诮。"可见萧子显对颜延之的这种创作方式颇为不满，批评也是相当激烈的。

分析了《文学传论》对谢灵运、颜延之的批评以后，我们已经可以说此文并不是萧子显专对鲍照创作的攻击，而是从他的文学观出发，对当时文坛三派的客观评价。钟嵘《诗品》论鲍照诗云："骨节强于谢混，驱迈疾于颜延。"许文雨《讲疏》曰："明远之诗，任举其一首，靡不骨节坚强,如《秋日示休上人》起云:'枯桑叶易零,疲客心易惊。今兹亦何早,已闻络纬鸣。'何其出语之挺拔耶!"萧子显谓鲍照派"发唱惊挺",应该正指此种风格而说,谓鲍照诗出语惊人挺拔,骨力强劲,具有强烈奔放的感情和激动人心的力量。此与敖器之《诗评》所谓"鲍明远如饥鹰独出,奇矫无前",陆时雍《诗镜总论》所谓"鲍照材力标举,凌厉当年。如五丁凿山,开人世所未有",其实正相一致,可说并非对鲍诗的贬抑之辞。鲍照《拟行路难》十八首之四:"泻水置平地,各自东西南北流,人生亦有命,安能行叹复坐愁!酌酒以自宽,举杯断绝歌路难:心非木石岂无感,吞声踯躅不敢言。"沈德潜《古诗源》论之云:"起手无端而下,如黄河落天走东海也。"其气势如山洪之倾泻,如江河之奔腾,给人以振奋和力量,正是此种风格的代表作。至于"操调险急"这一评论,据《南史》卷三十四《周朗传附周弘正传》云:"刘显将之寻阳,朝贤毕祖道。显悬帛十匹,约曰:'险衣来者以赏之。'众人竟改常服,不过长短之间。显曰:'当有甚于此矣。'既而弘正绿丝布绔,绣假种,轩昂而至,折标取帛。"周弘正南朝梁人,与萧子显同时,可见其时对"险"字的理解即为"奇"之意。即萧子显所说"操调险急"之"险"当亦"奇"之义耳。后人乃多有以"奇险"称绝照之诗作的,这就是说"操调险急"乃渭鲍诗之造语新奇和音调的急迫不舒缓。与萧子显同时代的钟嵘在《诗品》中溯及鲍诗渊源时所云:"其源出于二张,善制形状写物之词,得景阳之諔诡,含茂先之靡嫚。"正相吻合。"諔诡",亦即造语奇谲变幻之意。可见时人对鲍照所作"奇"的看法,还是较为一致的。后人于鲍照作品之特色,说得较多的,也是"奇"。钟惺《古诗归》说:"鲍照能以古诗声格作乐府,以五言性情人七言。别有奇响异趣。"何焯《义门读书记》说:"鲍诗中过事夸饰,奇之又奇。"丁福保《八代诗菁华录笺注》说:"明远独俊逸,又时出奇警,所以独步千秋,衣被百世。"皆是其例,且皆为褒扬之语。于光华《文选集评》引孙月峰论鲍照《咏史》诗时以为此诗"与太冲'济济京城'篇同格,而以险急之凋出之,故更觉雄拔劲快",直以"险急之调"所产生的艺术效果为"雄拔俊快";黄节《鲍参军诗注序》说:"明远善自造辞,章法奇变,有类楚骚。"甚而以鲍照"奇变"章法之作比之屈原《离骚》等作,可谓赞誉之词,无以复加。因此,无论是从当时看,还是从后世看,萧子显所论鲍照的“操调险急”之语，皆不能看作是对鲍照创作的贬抑或否定。

南朝时期，文学创作上追求辞藻声貌，成了时代的趋势，也是当时批评家相当重视的方面。萧统《文选》选文标准的重点之一即是辞采之华美，《文选序》云：“若其赞论之综缉辞采，序述之错比文华，事出于沈思，义归乎翰藻。故与夫篇什，杂而集之。”钟嵘《诗品序》论诗亦以为“干之以风力，润之以丹采：使味之者无极，闻之者动心，是诗之至也”，至于一般人士，则尤致力于斯，《诗品》在论及齐谢超宗、丘灵鞠、刘祥、檀超、钟宪、颜则、顾则心诸人诗时说：“余从祖正员（福林按指钟宪）常云：‘大明、泰始中，鲍、休美文，殊已动俗，惟此诸人，傅颜、陆体，用固执不移，颜诸暨最荷家声。”’[①]《诗品序》云：“次有轻薄之徒，笑曹、刘为古拙，谓鲍照羲皇上人，谢朓古今独步。而师鲍照，终不及‘日中市朝满’，学谢朓，劣得‘黄鸟度青枝’。徒自弃于高明，无涉于文流矣。”于此，许文雨《诗品讲疏》云：“今观此语，尤见齐梁士俗，尊鲍之甚矣。鲍诗之流为梁代侧艳之词，及此体之风靡一世，均于此觇之。”可见其时文坛对鲍照等人华美文辞之重视，作为那个时代的诗人和批评家，萧子显受此风气之影响乃是相当大的，《南齐书·文学传赞》即有“文成笔下，芬藻丽春”之说。由此看来，子显之所谓“雕藻淫艳，倾炫心魂”者，也并非完全是对鲍的否定和贬抑之辞。当然，雕藻而至于“淫”，自是严重不足，但却不是全盘的否定，更不是恶意攻击，而是由萧子显自身文学观出发而作出之客观评价。

再看萧子显论鲍照作品所云之“亦犹五色之有红紫，八音之有郑卫”，红紫非正色；郑卫乃靡靡之音，非正音。非正则俗，子显的这个看法。正代表了当时文坛批评家对鲍照作品的普遍认识。虞炎于《鲍照集序》说鲍照作品“虽乏精典，而有超丽”，非精典则俗矣。《诗品》论鲍照诗亦谓“颇伤清雅之调，故言险俗者，多以附照”。观时人以鲍照诗为俗之原因，大抵有二点。其一乃指其诗歌的创作内容，另一乃指其诗歌之体裁。就内容而言，鲍照诗作，尤其是乐府诗之创作较多地表现了怀才不遇的愤懑与牢骚，对魏晋以来长期持续的门阀制度予以了尖锐之

① 据何文焕辑《历代诗话》，中华书局 1981 年版。

揭露与猛烈抨击，对处于社会底层之士兵及劳动人民寄以了无限之同情，表现了与当时士族文人格格不入的感情，而少有颜延之诗常有的“崇闳典则，有海岳殿阁气象”①的庄重典雅，雍容华贵；也较少谢灵运的一些以悠然自得的局外人的闲适心情所写的水山诗。东晋南朝僻处一隅，可是士大夫却以纵情山水为风雅，因此，模山范水，流连光景之作一时成为士大夫文人追求之目标。《文心雕龙·物色》云：“山林皋壤，实乃文章之奥府。”《世说新语·赏誉》载孙绰讽刺卫君长云：“此子神情都不关山水，而能作文？”所以，谢灵运的山水诗颇为符合当时士大夫口味，而鲍照的写景诗作则带有明显的肃杀和艰险的情调，从而导致士大夫之反感，被认为俗也就是颇为自然之事。另一方面，鲍照的诗歌创作，较多以乐府诗，特别是以七言和杂言乐府诗的形式出现，而这却正是当是士族文人所不屑的。《诗品》论宋汤惠休诗云：“惠休淫靡，情过其才，世遂匹之鲍照，恐商、周矣。羊曜璠云：‘是颜公忌鲍之文，故立休、鲍之论。’”《南史·颜延之传》载云：“延之每薄汤惠休诗，谓人曰：‘惠休制作，委巷中歌谣耳，方当误后生。”汤惠休以委巷中歌谣而遭非议，正指他诗歌创作乐府化倾向而言，“委巷中歌谣”，俗之甚矣。在这一方面，汤惠休和鲍照是一致的。《南齐书》卷三十三《王僧虔传》载僧虔上表云：“自顷家竞新哇，人尚谣俗，务在噍杀，不顾音纪，流宕无崖，未知所极，排斥正曲，崇长烦淫。”《南史》卷十八《萧思话传附萧惠基传》云：“自宋大明以来，声伎所尚多郑、卫，而雅乐正声，鲜有好者。惠基解音律，尤好魏三祖曲及《相和歌》，每奏辄赏悦不已。”从目前尚保存的南朝诗歌来看，其中七言、杂言乐府诗，宋有谢灵运三首，谢惠连五首，何承天六首，汤惠休四首，谢庄四首，吴迈远一首；齐有陆厥一首，释宝月一首；梁则亦仅有数首。著名士族文人颜延之、谢朓、沈约等则皆无一首，而鲍照则有三十多首。从这一点来说，时人以鲍照诗为俗，以为其诗“亦犹五色之有红紫，八音之有郑卫”，乃是极为自然的，此与《诗品》论鲍诗所谓“颇伤清雅之调，故言险俗者，多以附照”，又颇为一致。而《诗品》论诗仅就五言诗而论，不取七言、杂言的根本原因其实也就是

---

① 方东树《昭昧詹言》，人民文学出版 1961 年版。

七、杂言诗歌在当时乃被认为是俗体，更何况鲍诗又是用这种诗体来抒写与士大夫们格格不入的思想感情呢？然而，值得注意的是，萧子显虽于鲍诗之俗颇有不满，但他却又不十分反对俗，只是反对过俗而已，所以他在《文学传论》中又力主“不雅不俗，独中胸怀”之作。由上文分析可见，萧子显在《南齐书·文学传论》中对当时盛行文坛之三派皆有批评，而对颜、谢的批评程度之激烈似又明显超过鲍，因而不能看做是对鲍照的否定或贬抑，而是从他的“新变”文学观出发所作出的客观的评价。

从另一方面看，《南齐书·文学传论》为萧子显为阐述他文学观点而发，评价当时的文坛三派。乃是为提出自己的创作主张而服务。文中，他首先提出了“属文之道，事出神思，感召无象，变化不穷。俱五声之音响，而出言异句；等万物之情状，而下笔殊形”的观点，强调文学创作的变化。此后，他又列举各个不同时代的代表作家在文学创作上的差异以说明每一个时代都有各自的创作特色，以说明文学创作中求新求变的重要性和必然性。关于这一点，略早于萧子显的文学批评巨匠刘勰于《文心雕龙》专立“通变”一篇，指出了文学创作由质朴而趋于艳丽、由简陋而趋予繁缛的变化过程，乃是时代发展的必然规律，是不可改变的历史潮流。因此，萧子显的上述见解可说与刘勰“通变”观遥相呼应，异曲而同工。而在此基础上，萧子显又更进一步提出了著名的“新变”文学观：

> 习玩为理，事久则渎，在乎文章，弥患凡旧，若无新变。不能代雄。

明确指出了创作只知规矩前人的危害和创新求变的重要。接着，他又列举了前代文学大师作文求新求变而取得成功之实例，以作为他“新变”观的事实根据。其云：“建安一体，《典论》短长互出，潘、陆齐名，机、岳之文永异。江左风味，盛道家之言，郭璞举其灵变，许询极其名理。仲文玄气，犹不尽除，谢混清新，得名未盛。颜、谢并起，乃各擅奇；休、鲍后出，咸亦标世。朱蓝共妍，不相祖述。”谓汤惠休、鲍照后出，求新变而标世。《晋书》卷八十《王羲之传附王桢之传》云："桓玄为太尉，朝臣毕集，问桢之：'我何如君亡叔（福林按指王献之）？'在坐咸为气咽。桢之曰：'亡叔一时之标，公是千载之英。'一坐皆悦。"可见萧子显以为汤惠休及鲍照之诗作标世者，乃是溢美之辞也。由此亦可见出，萧子显论文坛三派，并非对鲍照的否定和贬抑是颇为明显的。

《梁书·萧子显传》云："子显性凝简，颇负其才气。"其卒后，及葬请谥，梁武帝"手诏曰：'恃才傲物，宜谥曰骄。'"这种恃才傲物的性格正是他对当时文坛现状不满而提出变革主张的内在原因。叶燮《原诗》云："即如左思去魏未远，其才岂不能为建安诗耶？观其纵横踯踏，睥睨千古，绝无丝毫曹、刘余习。鲍照之才，迥出侪偶，而杜甫称其俊逸，夫俊逸则非建安本色矣。千载后无不击节此两人之诗者，正以其不袭建安也。"正因为左思、鲍照这种不因袭前人，大胆创新，力求变革的文风与萧子显的"新变"文学观相一致，从而导致了他对颜、鲍、谢创作的态度较为倾向鲍照，而不是否定和贬抑鲍照。在此基础上，他在最后又具体地提出了他所认为的适合时代的新文体：

> 三体之外，请试妄谈：若夫委自天机，参之史传，应思悱来，勿先构聚。言尚易了，文憎过意，吐石含金，滋润婉切。杂以风谣，轻唇利吻，不雅不俗，独中胸怀。轮扁斫轮，言之未尽，文人谈士，罕或兼工。非唯识有不周，道实相妨，谈家所习，理胜其辞，就此求文，终然翳夺。故兼之者鲜矣。

首先针对颜延之"全借古语，用申今情"之弊，提出"委自天机，参之史传，应思悱来，勿先构聚"的主张，这是因为他并没有否定用典，而是反对用典过滥所致。接着针对谢灵运"疏慢阐缓"、"终致迂回"之弊而提出"言尚易了，文憎过意，吐金含石，滋润婉切"的主张。由于他不仅不完全反对七、杂言形式的乐府体诗歌，同时反而较多地尝试了民间歌谣体诗歌的创作，所以其后又针对鲍照"雕藻淫艳，倾炫心魂"之"俗"，提出了"杂以风谣，轻唇利吻，不雅不俗，独中胸怀"的主张，反对过俗。力图布新除旧，从而开创出新一代的文风。因此，他对当时文坛三派的批评，并非针对某一派或某一人的攻击，而是代表了当时不满于现状的文人革新文风的积极追求，是改革者的大胆探索。

需要指出的是，萧子显的上述文学创作观与当时流行的宫体诗的创作有着较为本质的区别，《南史》卷八《梁太宗简文帝纪》云："雅好赋诗，其自序云：'七岁有诗僻，长而不倦。'然帝文伤于轻靡，时号'宫体'。"刘肃《大唐新语》云："梁简文帝为太子，好作艳诗，境内化之，浸以成俗，谓之'宫体'。"也就是说萧纲等人所制作的轻靡的宫体诗即为艳诗，用萧纲自己的话来说就是"立身之道与文章异，立身先须谨重，文章且须放荡"(《诫当阳公大心书》)的轻靡文学。梁元帝萧绎《金楼子·立言》甚至提出"至如文者，惟须绮縠纷披，宫徵靡曼，唇吻遒会，情灵摇荡"的观点。在这种轻靡文风的笼罩下，萧子显表现出了他过人的见解和独立特行的性格，显示了他既有继承，又有创新的独特的文学观。

萧子显现存诗歌十八首，其中七、杂言诗有九首，这说明了他在创作体裁上与鲍照有相近之处。而创作风格上，他受鲍照的影响也颇为明显，如他的《咏苑中游人》《南征曲》《桃花曲》等短诗就与鲍照的《王昭君》《采菱歌》《夜听声》等颇为相似。其《春闺思》云："金羁游侠子，绮机离妾思。春度人不归，望花尽成叶。"而鲍照的《夜听声》则云："辞乡不觉远，欢寡忧自萦。何用慰秋望，清烛视夜翻。"二者异曲而同工。但他受鲍照诗影响最为明显的则是七、杂诗体诗歌《春别》四首、《乌栖曲应令》三首、《从军行》以及《燕歌行》各一首。《从军行》云："左角明王侵汉边，轻薄良家恶少年。纵横向沮泽，凌厉取山田。黄尘不见景，飞蓬恒满天。邀功封浞野，窃宠劫祁连。春风春月将进酒，妖姬舞女乱君前。"不仅在体裁上，而且在结构和声调上都与鲍照的《拟行路难》相近似。其《春别》四首之二云："幽宫积草自芳菲，黄鸟芳树情相依。争风竞日常闻响，重花叠叶不通飞。当知此时动妾思，惭使罗袂拂君衣。"也显然得力于鲍照的《代白纻舞歌辞》四首之四："池中赤鲤庖所捐，琴高乘去腾上天。命逢福世丁溢恩，簪金藉绮升曲筵。思君厚德委如山，洁诚洗志期暮年。乌白马白宁足言。"说明了他新变的文学观与鲍照创作的接近。因此，他在评论当时文坛三派时比较的倾向鲍照体，而对谢灵运和颜延之二人提出了较为严厉的批评,也就在情理之中了。

在我国文学史上,萧子显的创作成就并不算高,作品流传下来的也甚为寥寥.但他的新变文学观在当时却有着相当大的影响。《梁书·萧子显传》载其《自序》云:"每有制作,特寡思功,须其自来,不以力构。少来所为诗赋,则《鸿序》一作,体兼众制,文备多方,颇为好事所传,故虚声易远。"在这种创作观的指导下,他的一些诗作也确实取得了相当的成就并有着一定的影响,如他的《燕歌行》:

> 风光迟舞出青苹,兰条翠鸟鸣发春。洛阳梨花落如雪,河边细草细如茵。桐生井底叶交枝,今看无端双燕离。五重飞楼入河汉,九华阁道暗清池。遥看白马津上吏,传道黄龙征戍儿。明月金光徒照妾,浮云玉叶君不知。思君昔去柳依依,至今八月避暑归。明珠蚕茧勉登机,郁金香蔼特香衣,洛阳城头鸡欲曙,丞相府中乌未飞,夜梦征人缝狐貉,私怜织妇裁锦绯。吴刀郑绵络,寒闺夜被薄。芳年海上水中凫,日暮寒夜空城雀。

采用杂言歌行体的形式,用典而不滥,切对而不拘,辞藻华美而无刻意堆砌之弊,细腻传神地表现出了思妇秋夜怀人的复杂情感,表现了作者深厚的艺术功力。对后代歌行体的发展起到了较大的作用。这一类诗作,还是应该引起我们的重视的。

谢朓诗三题

谢朓字玄晖，陈郡阳夏(今河南太康)人，南朝齐代的杰出诗人，以山水诗闻名于世。今就平日研读其诗之心得，撰成此稿，以供读者参考。

一、谢朓对谢灵运山水诗三段式结构的继承和发展

在我国诗坛上，谢灵运以其敏锐的观察和细腻的笔法，“钩深索隐，穷态极妍”①，如“印之印泥”②般地展现了我国东南一带优美的山水景物，真实而详尽地表现出大自然婀娜多姿的风貌，成了我国山水诗的开创者。但是由于政治上的失意，以及他从小所受到的老庄哲学的熏陶，谢灵运的山水诗又并非以写景为目的，而是借山水之灵秀来体玄悟道，以便在失意的烦恼中求得精神的解脱，所谓“原天地之美而达万物之理”③。他的山水诗中有着“积疴谢生虑，寡欲罕所阙”(《邻里相送至方山》)的生命感慨，以及“始信安期术，得尽养生年”(《登江中孤屿》)的人生领悟。由此，谢灵运山水诗的绝大多数篇章，形成了如近代学者所指出的“叙事—写景—说理”三段式结构程序。甚至连他最简短的且不属

---

① 陈祚明《采菽堂古诗选》，上海古籍出版社 2008 年版。

② 刘勰《文心雕龙·物色》。

③ 《庄子·知北游》，《庄子集释》，郭庆藩集释，王孝鱼整理，中华书局 1961 年版。

于模山范水之作的《岁暮》诗，也同样是这样的三段式结构：

殷忧不能寐，苦此夜难颓。（叙事）
明月照积雪，朔风劲且哀。（写景）
运往无淹物，年逝觉已摧。（说理）

第一段叙述他心有忧愁而夜不能寐，第二段描绘明月积雪辉映，北风呼啸悲鸣的夜景，结尾则抒写由此而引起的对自身壮盛年华将随岁月的流逝而渐趋衰老的理解。这种段落分明，章法谨严的结构程序虽然为一些批评家所不满，但是他山水诗作所取得的巨大成功和对山水诗发展所产生的深远影响却也不容抹煞。周勋初先生《论谢灵运山水文学的创作经验》在分析了大谢《登江中孤屿》诗后指出："他的诗歌确由三段构成，一些成功的诗篇，前后呼应，看不出生硬拼凑的痕迹，读后只是觉得全诗层次井然，开合有致，写景抒情，浑然一体。"①可说是非常公正客观的评价。

晚于大谢约八十年的他的族侄谢朓，也同样以山水诗的创作而享誉诗坛，被称为是发展和完善山水诗的重要诗人。大谢山水诗以富艳精工著称，小谢则以清新秀美见长。二人诗风虽然有着较大的差异，但在许多方面，小谢受大谢诗的影响却是很明显的。贺贻孙《诗筏》曾说小谢诗"仍是谢诗宗派，而一种奇俊幽秀处，似沉酣于康乐集中而得者"，可谓一语而中的。但是，论者往往较多地着眼于小谢对大谢山水诗写景艺术和修辞手法上的借鉴，而忽略了二人在篇章结构上的相承和变化。今以小谢《游敬亭山》诗为例以说明之：

兹山亘百里，合沓与云齐。隐沦既已托，灵异居然栖。上干蔽白日，下属带回溪。交藤荒且蔓，樛枝耸复低。独鹤方朝唳，饥鼯此夜啼。渫云已漫漫，夕雨亦凄凄。我行虽纡组，兼得寻幽蹊。缘源殊未极，归径窅如迷。要欲追奇趣，即此陵丹梯。皇恩竟已矣，

① 周勋初《论谢灵运山水文学的创作经验》，《文学遗产》1985年第5期。

兹理庶无睽。

发端四句叙事，交待游山。其次八句写耳闻目睹之景。结尾八句写游山感受，表现归隐之愿望，以理语作结。虽然受鲍照《登庐山》诗的影响较明显，但却“乃是康乐构法”①。这种“抒事—写景—说理”三段式结构在小谢诗中并不鲜见，如他的《在郡卧病呈沈尚书》前数句叙事写景，末用《论语・阳货》的子游宰武城事以抒写感慨，“犹得康乐遗度，但调微轻耳”②。又如他的《游山》诗结句云：“寄言赏心客，得性良为善。”则明确地将山水赏心与对得性为善的哲理的领悟相统一，都可以说是继承大谢山水诗三段式结构的典型例子。

但是，由于大谢是一个精通玄言、佛理、《易经》、《楚辞》等多种经典的大学者，思想深处也不时闪现着老庄哲学中重精神，轻物质以及贵道贱迹的内容，“山水闲适，时遇理趣，匠心独运，少规往则”③。而小谢则缺少这种博大精深的学问功力，再加上由于他多愁善感的个性所决定，因而时时流露出一种真挚细腻的感情。所以小谢的山水诗在继承大谢诗篇章结构的同时，又淡化了大谢诗中说理部分而增强了抒情的氛围，从而衍变为一种新的“叙事—写景—抒情”的三段式结构，如谢朓的《直中书省》云：

紫殿肃阴阴，彤庭赫弘敞。风动万年枝，日华承露掌。玲珑结绮钱，深沉映朱网。红药当阶翻，苍苔依砌上。兹言翔凤池，鸣佩多清响。信美非吾室，中园思偃仰。朋情以郁陶，春物方骀荡。安得凌风翰，聊恣山泉赏。

前二句叙事，“点清省中”。接着八句描绘省中风和日丽的美景。结尾六句抒情，说此地虽佳，却非久居之地，希望得到能凌风飞翻之羽翼，以

① 于光华《重订文选集评》，清同治十一年刻本。
② 于光华《重订文选集评》，清同治十一年刻本。
③ 沈德潜《古诗源》，文学古籍刊行社 1957 年版。

助他随心所欲地去欣赏山水林泉的优美景色,“转出归思”①。这种学习大谢山水诗章法结构而又有着新的发展变化的“叙事—写景—抒情”的三段式结构之作,在小谢山水诗中可以说比比皆是,而《晚登三山还望京邑》,《游东田》、《观朝雨》等乃其代表。由于这种结构上的结尾从说理到抒情的转变,所以小谢山水诗往往表现出情景和谐融合的特点而深受人们的赞赏。这种形式结构乃是大谢到小谢山水诗的最重要的变化,显示了我国山水诗从开创到发展完善的变化轨迹,应该引起我们足够的重视。

二、谢朓诗的末篇多踬及其原因

钟嵘《诗品》论谢朓诗说:“善自发诗端,而末篇多踬,此意锐而才弱也。”对于小谢诗的工于发端,历来评论家见解并无不同。如他的《暂使下都夜发新林至京邑赠西府同僚》诗,明杨慎《升庵诗话》论曰:“五言律起句最难,六朝人称谢朓工于发端。如‘大江流日夜,客心悲未央’,雄压千古矣。”清王夫之《古诗评选》论曰:“旧称朓诗工于发端,如此发端语,寥天孤出,正复宛诣,岂不夐绝千古,非但危唱雄声也。”王士祯《渔洋诗话》曰:“或问诗工于发端如何?应之曰:如谢宣城‘大江流日夜,客心悲未央。”其《之宣城郡出新林浦向板桥》的发端“江路西南永,归路东北骛。天际识归舟,云中辨江树”四句,又曾被王士祯《师友诗传录》誉为律诗起句之楷模。《观朝雨》之发端“朔风吹飞雨,萧条江上来”二句,更是被王夫之《古诗评选》赞许为“遽欲一空古今”的胜语。明王世懋《艺圃撷余》曰:“诗称发端之妙者,谢宣城而后,王右丞一人而已。”此语虽意在推崇王昌龄诗发端之警妙,但却充分表现了前人对谢朓诗发端的推崇和倾倒。

然而,对于钟嵘“末篇多踬”的评论,后人却颇多不同的看法。陈祚明《采菽堂古诗选》曰:“后人哦传警句;未究全文,知其选语之悠扬,不知其谋篇之深造也。发端结想,每获骊珠;结句幽寻,亦铿湘瑟。而《诗

① 张玉谷《古诗赏析》,上海古籍出版社 1955 年版。

品》以为'末篇多踬'，理所不然。夫宦辙言情，旨投思遁，赋诗见志，固应归宿是怀。仰希逸流，贞观丘壑，以斯托兴，趣颇萧然，恒见其高，未见其踬。"《四库全书总目》卷一百四十八甚至以为钟蝾是"过毁"而"失其真"的说法。其云："本传称朓长五言诗，沈约尝云'二百年来无此诗'，钟嵘《诗品》乃称其'微伤细密，颇在不伦，一章之中，自有玉石'，又称其'善自发诗端，而末篇多踬'。过毁过誉，皆失其真。"客观地说，谢朓诗中确有颇为出色的结尾，并因之得到人们赞赏。如《暂使下都夜发新林至京邑赠西府同僚》，"收归斥谗，结甚劲快"①；《之宣城郡出新林浦向板桥》结尾，"以廉节自厉，收'之郡'，使事无迹"②；《游东田》，"收结首二句，……绝不矜奇，而人自不能及"③；《晚登三山还望京邑》，"一起一结，情绪相应"④可谓其代表。然而，谢朓诗的结尾，虽然一改大谢诗的说理为抒情，语意颇为流畅，但却大多表现得较为平淡，与他的气势阔大，惊世骇俗的发端往往不相协调。《左传》宣公十五年："杜回踬而颠，故获之。"杨伯峻注："踬，谓行时足遇阻碍而触之也。"《文选》卷十八马融《长笛赋》："薄凑会而凌节兮，驰趣期而赴踬。"李善注："踬，谓颠仆也。"见踬乃为窒碍之意。由此，钟嵘以谢朓诗之结尾为"多踬"，当指他因结尾平淡而造成的诗意表达上的窒碍。何焯《义门读书记》云："玄晖俊句为多，然求其一篇尽善，盖不易得。"游国恩等所撰《中国文学史》说："谢朓的山水诗也和谢灵运一样，存在着有句无篇的缺点。"皆是较为中肯之说。

谢朓诗末篇多踬的原因，钟嵘以为乃"意锐而才弱"所造成。但就其诗发端的阔大气势，描绘物态的高超功力以及对大谢山水诗的创造性发展来看，他的才力并不弱。所以沈约《伤谢朓》诗称他"信才杰"，梁元帝萧绎《金楼子·立言》也誉其"天才命世"。清黄子云《野鸿诗的》说，凡诗之病在陈腐者，乃"疗之以宣城"，更是对他在诗作中运用杰出

① 于光华《重订文选集评》，清同治十一年刻本。
② 于光华《重订文选集评》，清同治十一年刻本。
③ 方东树《昭昧詹言》，人民文学出版1961年版。
④ 陈祚明《采菽堂古诗选》，上海古籍出版社2008版。

的思维才能而有所创新的高度肯定。因此，钟嵘所论似乎未为中的。以下，笔者拟从以下两个方面来剖析他末篇多踬的原因。

其一，沈德潜《古诗源》说："康乐每板拙，玄晖多清俊，然诗品终在康乐下，能清不能厚也。"以为谢朓诗欠深厚，对此，清施补华也有相同看法，其《岘佣说诗》说"谢玄晖名句络绎，清丽居宗"，然而却"不如魏晋诸贤之厚"。今以大小谢诗相比较，从某种程度上说，大谢"乃是学者之诗"，博大精深，"纯是功力，如挽强弩，规矩步武，寸步不失"①；小谢乃是才子之诗，"思逐风云上"②"如花之初放，月之初盈，骀荡之情，圆满之辉，令人魂醉"③所以，小谢诗往往清新有余而深厚不足，情有余而内涵欠缺，这自然也就有碍于诗意的表现，造成篇末的不振。究其原因。笔者以为主要由于诗人生活面的狭窄所造成。观诗人一生，青年时期，他主要在萧齐诸王幕府中渡过，足迹所历，不出王公贵族的亭台楼阁、宫殿苑囿，侍宴应酬消磨了他大量的时间和精力。后期，他虽有过宣城之行，但为时既短，且又缺少大谢那种寻幽探胜的兴致，加上他在三十六岁的壮盛年华即被诬而死于狱中，以上的多种原因，导致了他生活内容的贫乏单调，反映到他的诗歌创作中，就往往在结尾时采用一种单调的怀旧和企求隐遁，或感时伤怀的内容以抒发情感。虽然他也竭力在遣辞造句上寻求变化以弥补这种缺憾，但却仍然无法掩盖由于内容单调所造成的弊病。就具体诗作的结句而言，《答张齐兴》云："曾厓寂且寥，归轸逝言陟。"《同羁夜集》云："恐君城阙人，安能久松柏。"《将游湘水寻句溪》云："及兹畅怀抱，山川长若斯。"《京路夜发》云："行矣倦路长，无由税归鞅。"以上几首诗作的结尾，皆在表现思归之情与归隐之念。《别王丞僧孺》云："非君不见思，所悲思不见。"《新亭渚别范零陵云》云："心事俱已矣，江上徒离忧。"《怀故人》云："安得同携手，酌酒赋新诗。"《秋夜》云："谁能长分居，秋尽冬复及。"以上数首诗的结尾，则皆用以表现怀人之思与自我伤感的内容。当然，上述结尾有写得颇为出色的。但

---

① 方东树《昭昧詹言》，人民文学出版 1961 年版。

② 沈约《伤谢朓》。

③ 方东树《昭昧詹言》，人民文学出版 1961 年版。

这种单纯且单调的内容，写得多了，自然也就限制了诗的内容的深入和诗意的变化，使诗的后半部分显得单调而欠缺深厚的内涵。另外一方面，谢朓诗的欠深厚，乃是时代的产物。谢朓是永明体诗的主要诗人之一，《南史》卷五十《庾易传附庾肩吾传》云："齐永明中，王融、谢朓、沈约，文章始用四声，以为新变。至是转拘声韵，弥为丽靡，复逾往时。"永明诗人以新变为号召，追求诗歌音韵的谐和与声调的变化，他们的诗作，因而也大多有"圆美流转"的长处，是古体诗向律诗过渡过程中的一大转关。在这方面，谢朓起到了重要的作用。所以，前人有"玄晖诗变有唐风"①，"玄晖为唐调之始"②的说法。但是，永明诗人在诗歌声律上的创新尚处于艰难的探索阶段，并没有前人成功或失败的经验可供借鉴。因此，他们在致力于新的艺术形式追求的同时，乃忽略了内容的充实丰富，造成了永明诗人的诗作大多缺乏内容上的深厚和变化的通病。反映到谢朓诗中，即造成了他诗作的"末篇多踬"。明王世贞《艺苑卮言》说谢朓诗"特不如灵运者，非直材小力弱，灵运语俳而调工，玄晖调俳而气今"，乃是相当中肯的说法。

至于谢朓诗末篇多踬的另一个原因，笔者以为则应该是王夫之所说的为发端声情过高所造成。王夫之《古诗评选》分析谢眺《观朝雨》诗时说此诗"发端峻甚，遽欲一空古今，声情所引太高，故后亦难继。"笔者以为此语乃切中了谢朓诗之要害，只可惜未能引起后人重视。谢朓由于极为重视诗之发端，花大气力进行锤炼，加上他缺乏广泛的社会生活的基础，因此他的诗作的后半部分往往显得气力不加，某些篇章甚而有虎头蛇尾之嫌。这种情况，犹如歌手的演唱，因发唱过于高亢而影响到此后的演唱效果，又犹如长跑运动员开场的奔跑过猛而导致后半程的体虚气喘。以其诗为例，《和刘西曹望海台》诗发端云："沧波不可望，望极与天平。"写眼前之景，波涛接天，浩渺无际，气象阔大雄健；而结尾则云："嚣尘及簿领，弃舍出重城。临川徒为羡，结网庶时营。"则与发端形成了较大反差，给人以强弩之末的感觉。这一结句，以致被后人讥为

① 赵师秀《秋夜偶成》。

② 胡应麟《诗薮》，中华书局 1962 年版。

"颇为累句"①。又如《答王世子》诗发端云:"飞雪天山来,飘聚绳棂外。苍云暗九重,北风吹万籁。"写北风肆威、飞雪漫天,苍劲浑茫,几可动人心魄;而结尾则云:"有酒招亲朋,思与清颜会。熊席惟尔安,羔裘岂吾带。公子不垂堂,谁肯怜萧艾。"则平淡无味。相比之下,前后优劣之势,立然可判。这种情况,在小谢诗中并不少见。

三、谢朓后期的隐遁思想及诗歌创作的荒寒意识

谢朓的诗歌创作,以齐武帝永明十一年(493)秋他被遣自荆州还京都为界,可以明显分两个时期。在永明十一年之前,他出入诸王幕府,又是竟陵王萧子良西邸的重要成员之一,活跃在上流社会的文坛,活动范围狭小,主要过着诗酒流连的宴游生活。因此,他的前期创作绝大多数乃是内容贫乏的咏物诗,虽微有寄托,却缺少真性情的流露,艺术上则竭力追求声调的谐和与辞句的华美,因而少有杰出的诗作。

永明十一年诗人三十岁时的被遣还都,可以说是他人生道路上所遭到的首次沉重打击,从而加深了他对社会人生的了解,使他从一个不经事的青年一下变得深沉起来,诗歌创作的内容和风格也随之发生了根本性的变化。此次还京都所作的《暂使下都夜发新林至京邑赠西府同僚》可说是他前后两期诗作内容和风格变化的分水岭。从此,诗人迈出了亭台池苑、园荷庭草的狭小天地,创作内容也超越了歌功颂德的范围。同时,他诗作的基调也随之发生了根本的改变,即由前期的轻松愉悦逐渐趋于消极和伤悲,一种失落的惆怅,看不到出路的彷徨和对前途渺茫的忧惧时时盘旋萦绕在他的心怀。齐明帝建武二年(495),他自京都建康赴宣城太任时所作的《之宣城郡出新林浦向板桥》,可说是反映他后期思想和创作内容的代表作:

江路西南永,归流东北骛。天际识归舟,云中辨江树。旅思倦摇摇,孤游昔已屡。既欢怀禄情,复协沧洲趣。嚣尘自兹隔,赏心

---

① 王夫之《古诗评选》,张国星点校,河北大学出版社 2008 年版。

于此遇。虽无玄豹姿,终隐南山雾。

“既欢”二句,明确地表现了他当时既企求爵禄,又欲洁身隐遁,全身远害的矛盾心理。“盖是对明帝方弑君自立,而玄晖乃有全身远害之志,故以玄豹隐雾说之,其意远矣”①。

其实,这种思想在建武元年(494)齐武帝萧赜初即位时,诗人所作的《观朝雨》中就已有所表露。此诗有云:“戢翼希骧首,乘流畏曝腮。动息无兼遂,歧路多徘徊。方同战胜者,去翦北山莱。”用《三秦记》:“河津一名龙门,两傍有山,水陆不通,龟鱼莫能上。江海大鱼薄集龙门下,上则为龙,不得上曝腮水次也。”之典,说隐居时希冀如潜龙一般的仰首直上,想要出仕;而出仕时又担心宦途的艰险多难,“欲退又怀荣,欲进又畏祸,所谓无兼遂”②。最后说隐与仕之矛盾交战于胸中,结果归隐的思想战胜,所以还是回家耕田去吧。上述复杂矛盾的思想和伤感抑郁的心理主宰着他后期的生活和创作,希求隐遁的主题也就时时出现在他后期的诗作之中。

谢朓隐遁思想的抬头,还可以追源到他的“以素退为业”的谢氏家风。陈郡谢氏赖以振兴的核心人物、诗人的族高祖谢安,就是一个不愿沉溺俗务的、有着“萧然有陵霞之致”③情操的风流雅士。当为时势所迫,不得已而走出东山幽旷之地的谢安在淝水之战中建立盖世功勋以后,并没有像中国历史上其他功臣一样以功业自负,企图把持朝政,甚而篡权夺位。反而处处求退,“虽受朝寄,然东山之志,始末不渝,每形于言色”。在遭到昏庸贪鄙的会稽王司马道子的猜忌之后,他又“出镇广陵之步丘,筑垒新城以避之”,病笃临终前又“召子征虏将军琰解甲息徒”④。性行高洁,一犹“青松负雪,白玉经飙”⑤。东晋南朝陈郡谢氏和琅邪王氏两大家族有一个明显的不同之处,就是王氏子弟大多是热衷

① 刘履《选诗补注》,四库全书本。

② 闻人倓《古诗笺》,上海古籍出版社 1980 年版。

③④⑤《晋书》卷七十九《谢安传》。

功名，急功好利的“性尚物，不欲人在己前”，“尝谓已力用不尽”①的人物；而谢氏子弟则大多以风流自赏，恬淡守分，政治上的进取心远不如王氏子弟来得强烈。就谢朓这一支来说，他的祖父谢述虽然颇具才干，为当时执政的大司徒刘义康所亲任，但却不预事务，淡泊功名。以至刘义康在得罪后不仅感慨说：“谢述唯劝吾退，刘湛唯求吾进，今述亡而湛存，吾所以得罪也。”②在这种家风的影响下，处于齐末政治风云险恶变幻的多事之秋，性格软弱的谢朓心情趋于消沉忧伤，企求隐遁思想的抬头也就颇为自然了。他的《高斋视事》诗有句曰：“列俎归单味，连驾止容膝。空为大国忧，纷诡谅非一。”用《韩诗外传》“今如结驷列骑，所安不过容膝，食方丈于前，所甘不过一肉，以容膝之安，一肉之味，而殉楚国之忧，其可乎？”的典故，表示对富贵荣华的淡漠和对充满诡诈险恶人世的厌恶，引出下文对脱离世事的隐居生活向往情感的抒发。字里行间隐含着对人世的担忧及身遭乱世的伤感。正是他上述思想的典型反映。

由诗人后期欲进不能，欲退不得的忧郁伤感的矛盾心理和隐遁避祸的思想所决定，他此阶段的诗作乃多以黯淡的晚景和肃杀悲凉的秋冬为背景。这种情况，仅就诗题表现出来的就有《晚登三山还望京邑》《京路夜发》《秋夜》《落日怅望》《秋夜讲解》《冬日晚郡事隙》《侍宴西堂落日望乡》等，而不见于诗题的则更俯拾皆是：“巉嵒带远天，切切阴风暮。桑柘起寒烟，怅望心已极”（《宣城郡内登望》），“停琴伫凉月，灭烛听归鸿。凉熏乘暮晰，秋华临夜空”（《移病还园示亲属》），“寒草分花映，戏鲔乘空移。兴以暮秋月，清霜落素枝”（《将游湘水寻句溪》），以寒烟、荒树、阴风、冷月、清霜、归鸿等为描绘对象。其中“荒”、“寒”、“凉”、“孤”一类清瘦字眼在诗中出现的频率之高，在魏晋南北朝诗人中实在是罕见的。诗人后期诗作涉及到“荒”、“寒”之类字眼的又如：

秋河曙耿耿，寒渚夜苍苍。（《暂使下都夜发新林至京邑赠西

① 《宋书》六十三《王华传》。

② 《宋书》卷五十二《谢景仁传》。

府同僚》)

邑里向疏芜，寒流自清泚。(《始出尚书省》)

寒城一以眺，平楚正苍然。(《宣城郡内登望》)

荒城迥易阴，秋溪广难渡。(《临溪送别》)

结宇夕阴街，荒幽横九曲。(《治宅》)

春夏二季虽无"荒"、"寒"可吟，但诗人表现的却是"信美非吾室，中园思偃仰"(《直中书省》)的怅茫感慨，"不对芳春酒，还望青山郭"(《游东田》)的满腹悲伤，以及"佳期怅何许，泪下如流霰"(《晚登三山还望京邑》)的无限愁苦。以乐景写哀情，而"一倍增其哀乐"①。这种情况，即构成了谢朓后期诗歌创作的主题色调，也正是诗人当时抑郁心情的写照。

① 王夫之《姜斋诗话》，见丁福保辑《清诗话》，上海古籍出版社 1978 年版。

论江淹青年时期历仕刘宋诸王之时间、过程及其行踪

江淹自刘宋孝武帝大明七年(463)二十岁起即进入诸王幕府,开始了他的仕宦生涯。初时乃以五经授始安王刘子真等诸王,此后又进入南徐州刺史新安王子鸾幕,为子鸾从事,奉朝请;旋又入新安王子真幕,随子真戍石头城,子真为南兖州刺史,又随子真之南兖州之广陵。子真为宋明帝所杀后,江淹又进入了建平王刘景素幕。此后,他又被桂阳王刘休范举为南徐州秀才,旋因对策上第,被任为巴陵王刘休若右常侍。再后,江淹又一次进入了建平王刘景素幕,先后任建平王主簿,镇军参军,领南东海郡丞等职,直至宋后废帝元徽年间,因谏止景素谋反并作诗以讽而激怒景素,被黜至南方僻远之地的建安吴兴,为吴兴令。这一时期历时十余年。在这一期间,江淹创作了大量的诗文作品,可以说是他创作生涯最为旺盛的时期。因此,比较准确地把握江淹历仕诸王之时间与过程,及其于此阶段之行踪,对研究江淹及其诗文创作都有着相当重要的意义。故撰作此文,以江淹历仕宋诸王幕之时间先后为顺序,以为探索,并就教于方家焉。

一、江淹以五经授始安王子真之个中情形及其原因

江淹《自序》云:"弱冠,以五经授宋始安王刘子真,略传大意。"《广弘明集》卷三江淹《遂古篇》注引《梁典》则云:"以五经授宋诸王。"而《文选》卷二十二江淹《从冠军建平王登庐山香炉峰》诗李善注引刘璠《梁

典》又云："江淹年二十，以五经授宋建平王景素。"所载各有不同。考《隋书》卷三十三《经籍志二》著录有刘璠《梁典》三十卷，《周书》卷四十二《刘璠传》、《北史》卷七十《刘璠传》亦云刘璠"著《梁典》三十卷"。《隋书·经籍志二》又著录有陈何元之《梁典》三十卷。《广弘明集》所注引之《梁典》既与刘璠《梁典》有异，则恐是何元之所撰。于此，吴丕绩《江淹年谱》(以下简作"吴谱")①以为《梁典》之语乃不足信，云："刘氏之称'建平'，自是始安之误也。"曹道衡先生《江淹作品写作年代考》(以下简作"年代考")亦云："'江淹授景素五经'，显系谬误。"于此，俞绍初先生《江淹年谱》(以下简作"俞谱")②则辨之云：

> 考江淹《诣建平王上书》云："'日者，谬得升降承明之阙，出入金华之殿，何尝不局影凝严，侧身扃禁者乎？窃慕大王之义，复为门下之宾。'"《文选》李善注："'《汉书》曰：郑宽中、张禹朝夕入说《尚书》、《论语》于金华殿。'"是文中"升降"、"出入"当指淹在后宫为建平王讲经事。然则，《梁典》所言未可轻疑为非。盖受业者除始安王，尚有建平王等诸王，《自序》因涉下文"始安之薨也"，故于此但书其一人。其时，始安王五岁，建平王十岁，皆年在幼时，淹授以五经，仅"略传大意"，发蒙而已。

以上俞谱计算始安王刘子真以及建平王刘景素之年龄当有疏忽之处。据《宋书·孝武十四王传》，始安王子真于大明五年(461)年五岁时封始安王。而江淹弱冠授其五经之时则在大明七年(453)，是年子真年应是七岁，非五岁。又据《宋书·后废帝纪》，建平王景素宋后废帝元徽四年(476)卒时年二十五，则景素生于宋文帝元嘉二十九年(452)，大明七年时景素年应是十二岁，非十岁。而其所论江淹以五经所授，乃始安、建平等诸王之说，据《宋书·文五王·建平宣简王宏传附景素传》云："大明四年，为宁朔将军、南济阴太守，徙历阳、南谯二郡太守，将军如故。

① 吴丕绩《鲍照年谱》，商务印书馆1940年版。

② 俞绍初《江淹年谱》，载《六朝作家年谱辑要》，黑龙江教育出版社1999年版。

中书侍郎，不拜。监南豫豫二州诸军事、辅国将军、南豫州刺史，又不拜。"考《宋书·明帝纪》，景素为南豫州刺史为泰始元年十二月(465)事。是大明七年之时，景素乃在京都。作为藩王，景素虽然自有其王府，然而是时其尚在幼年。又且据建平王宏本传，宏素为其兄孝武帝所信仗，大明二年建平王宏卒后，孝武乃优遇之，故景素入宫作为始安王子真之陪读，应亦属可能之事。

至于江淹《自序》为何仅提及始安王子真而不及建平王景素之原因，俞绍初《读〈文选〉江淹诗文拾琐》(以下简作"拾琐")①云："这或许与他授五经是以始安王为主要对象，其余诸王只作为伴读有关；此外，《自序》作于齐武帝萧道成建元之末，而建平王在刘宋季年因谋反被萧道成所杀，因此在行文中有意讳言其事亦属可能。"今考江淹二十弱冠之时，当宋孝武帝刘骏大明七年(463)，据《宋书·孝武十四王传》，始安王子真字孝贞，为孝武帝第十一子，大明五年，年五岁时封为始安王。而由《宋书·文九王传》可知，景素乃文帝刘义隆第七子建平王宏之子，大明二年宏卒后袭父爵为建平王。由于始安王子真乃孝武帝之子，故江淹之以五经所授，当是以始安王子真为主，而建平王景素仅以藩王之身分，入宫陪读而已，《自序》不及景素之真正原因应该正是此点。《自序》中，江淹丕提及日后在景素幕中被景素"宾待累年"之情形，因此有意讳言此段经历，则恐未必耳。

《宋书》卷四十《百官志下》："晋武帝初置师、友、文学各一人。师即傅也，景帝讳师，改为傅。宋世复改曰师。""王国公三卿、师、友、文学"，皆官第六品。是王子自有其辅导之臣，而江淹其时授宋诸王以五经，仅为一般侍读之人，诚如俞谱所云，乃发蒙而已，既非正式官职，更无品位可言。此种情形于其时颇为多见，然而由于他们所侍读的乃是皇子，所以也就给他们日后的升迁带来了较多之机会。其例如《宋书》卷九十四《恩倖·戴法兴传》云：

鲁郡巢尚之，人士之末，元嘉中，侍始兴王读书，亦涉猎文史，

① 俞绍初《读〈文选〉江淹诗文拾琐》，载《郑州大学学报》1993年第1期。

为上所知。孝建初，补东海国侍郎，仍兼中书通事中书舍人。

在《宋书·恩倖传》中，又有以下的一段记载：

李道儿，临淮人。本为湘东王师，稍至湘东国学官令。太宗即位，稍进至员外散骑侍郎，淮临太守。泰始二年，兼中书通事舍人，转给事中。

“师”，本为王国的高级幕僚，乃六品之职。然而据《宋书·百官志下》，王国的学官令位次乃在典书、典祠、典卫令之下，并云：“晋制，典书令在常侍下，侍郎上。江左则侍郎次常侍，而典书令居三军下矣。”这就是说，典书令到了南朝，其地位不仅已经低于王国的常侍、侍郎，而且尚不及王国的三军将军，而王国学官令则又在其下。据马端临《文献通考》卷六十七《职官考》，萧梁时皇子皇弟国常侍、侍郎仅为九品之职。因此，南朝时王国学官令之位次当远低于六品之王国师、友、文学。即上文中所记载之李道儿“本为湘东王师”之“师”，当非王国师、友、文学之“师”可知。这也就是说，李道儿之“本为湘东王师”，乃指其本为湘东王刘彧的一般讲读人员而已。巢尚之、李道儿当时入宫侍读始兴王、湘东王之情形，应即如同江淹之以五经授始安王，乃皇子之启蒙教师，并非正式官职，也就更说不上品秩。但是由于巢尚之在元嘉年间所侍乃宋文帝之爱子始兴王刘濬，而李道儿所侍读之湘东王刘彧日后更是登上了皇帝的宝座，因而二人皆先后被任为典掌机密、出内王命而权重一时之中书舍人。由此可见，江淹二十岁弱冠之时即授始安王以五经，可谓其政治生涯中的一个良好开端。然而，江淹却命运多舛，在他于大明七年(463)入宫之次年即大明八年闰五月，年仅三十五岁的孝武帝刘骏即因病去世，继任者孝武长子前废帝子业乃一暴虐无道之昏君，于诸弟多所猜忌；此后旋即又发生了明帝刘彧之宫廷政变，明帝即位后乃尽杀孝武诸子，因此江淹也就失去了一次通达的仕宦之路。

江淹于二十岁即入宫授诸王以五经，除了他本身的学问功力之外，还自有其外在的原因。笔者以为，这外在原因就是檀超的举荐。《南史·江淹传》:"淹少孤贫,常慕司马长卿、梁伯鸾之为人,不事章句之学,留情于文章。早为高平檀超所知,常升以上席,甚加礼焉。"考檀超少好文学,为人放诞任气,且自视甚高,与外戚萧惠开共事而不为之下,乃时之大名士。《南齐书·文学·檀超传》:"举秀才。孝建初,坐事徙梁州,板宣威府参军。孝武闻超有文章,敕还值东宫。"据此,檀超值东宫之时与江淹入宫授诸王以五经之时正相合。檀超为江淹之前辈,又为宋孝武帝所欣赏,其礼遇江淹,升以上席,除益其声誉而外,于江淹入宫授诸王以学或恐更有荐举之力也。

二、江淹为南徐州新安王从事,奉朝请之始末

江淹《自序》于授始安王五经,略传大义后云:"为南徐州新安王从事,奉朝请。"《梁书》、《南史》本传亦皆云江淹"起家南徐州从事,转奉朝请"。江淹以五经授宋诸王,并非正式官职,故其为南徐州新安王从事乃谓之起家,即释褐也。考刘宋时先后有孝武帝第八子子鸾及建平王之子延年被封为新安王,故吴谱乃于宋明帝泰始二年(466)云:"先生作新安王从事,奉朝请,不识究为何人。延年事迹不详,未敢遽论。姑志于此,以存疑云。"俞谱、曹道衡《年代考》则皆以为指孝武子子鸾而未说明理由。

今按:刘宋时封新安王者虽先后有子鸾及延年,然《自序》既云"为南徐州新安王从事",《梁书》、《南史》本传亦云"为南徐州从事",则江淹所仕之新安王必曾有过南徐州刺史之任。江淹有《奏记诣南徐州新安王》一文,即始仕新安王时作,可为明证。景素子延年事迹虽不详,然则却有迹可寻。据《宋书》之《明帝纪》、《孝武十四王传》,延年泰始二年(466)十一月封新安王,三年(468)十月改封始平王。四年(468)卒,时年四岁。又据《宋书》之《明帝纪》及《文五王传》,泰始元年(465)十二月至五年(469)十二月,南徐州刺史始终为桂阳王休范所任。由是知延年必不得有任南徐州刺史之事,亦即江淹始释褐乃为子鸾从事可知。考《宋书·孝武十四王·始平孝敬王子鸾传》,子鸾大明四年(460)封襄阳王,同年改封新安王,大明五年(461)任北中郎中将、南徐州刺史,前废

帝景和元年(465)九月于南徐州任所为前废帝所赐死。则江淹之仕子鸾为其从事,当在大明七年入宫授五经于始安王子真后,景和元年子鸾被赐死前。俞谱云:"《奏记》中已称新安王为'明公',据《宋书》卷六《孝武帝纪》,大明七年九月,'南徐州刺史新安王兼司徒',则淹为新安王从事当在是年九月或稍后。"所说是也。

江淹于入新安王子鸾幕后,不久又入始安王子真幕,并有侍子真于石头城事,其集中《侍始安王石头》诗一首,乃为明证。据《宋书》卷七《前废帝纪》、卷八十《孝武十四王传》,始安王子真大明七年(463)为南彭城太守,领石头戍事;景和元年(即泰始元年,465),为丹阳尹;其年九月庚子(初十日)由丹阳尹改任南兖州刺史,是子真离石头戍事乃在宋明帝泰始元年八月癸酉(月之十三日)改元景和之日起至是年九月庚子之间。则江淹《侍始安王石头》诗又当作于大明七年(463)九月后,泰始元年(465)九月前。今考之此诗云:"何如塞北阴,云鸿尽来翔。"《礼记·月令》季秋之月,"鸿雁来宾"。孔颖达疏:"今季秋鸿雁来宾者,客止未去也。犹如宾客,故云客止未去也。"证之以陶渊明《九日闲居》:"往燕无遗影,来雁有余声。"则诗乃作于季秋者,即此诗当作于大明八年(464)九月。由是知江淹为新安王子鸾从事乃在大明七年九月至八年八月之间。

又考之江淹《哀千里赋》云:

> 伊孟冬之初立,出首夏以归来。自出国而辞友,永怀慕而抱哀。

赋中"初立",谓初立功名,即释褐也,乃指其为子鸾从事之事。由此,江淹之为子鸾新安王从事必在大明七年(463)十月无疑。

江淹之初入始安王幕,侍始安王石头时,当无正式官职,故其《自序》及《梁书》、《南史》本传皆未予记载。惟《梁书》、《南史》江淹本传皆云:"起家南徐州从事,转奉朝请。""起家",犹释褐,即初仕。即此二史乃记江淹于释褐为南徐州从事后又转为奉朝请之职;而江淹《自序》则云:"为南徐州新安王从事,奉朝请。"无"转"字。虽仅为一字之差,然而于江淹这段时间之经历，却可以造成歧义相当大的两种不同理解。考《宋书·百官志下》云：

奉朝请，无员，亦不为官。汉东京罢省三公、外戚、宗室、诸侯，多奉朝请。奉朝请者，奉朝会请召而已。晋武帝亦以宗室外戚为奉车、驸马、骑都尉，而奉朝请焉。元帝为晋王，以参军为奉车都尉，掾、属为驸马都尉，行参军、舍人为骑都尉，皆奉朝请。后省奉车、骑都尉，惟留驸马都尉、奉朝请。永初以来，以奉朝请选杂，其尚主者惟拜驸马都尉。三都尉并汉武帝置。孝建初，奉朝请省。

以上一段文字，似乎是说奉朝请并非正式官职，仅为部分官员所享受的奉朝会请召之特权而已。因而，俞谱于提及江淹这段经历时以为，“奉朝请无实职，请召而已。……淹当以新安王掾属而为奉朝请”。根据这一说法，则《梁书》、《南史》之江淹本传所记载的“转奉朝请”中之“转”字，又当为衍文。然而，作为熟悉典章制度的这二部史书的作者姚思廉与李延寿，连奉朝请亦不为官这一点也不懂得，似乎令人难以置信，如果说此“转”字为后人所误加，而《梁书》与《南史》同时衍入此一字，也不免令人怀疑。而且在南朝五史中，转奉朝请的例子并非仅此。他如《梁书》卷十《邓元起传》云：

起家州辟议曹从事史，转奉朝请。

《梁书》卷五十三《良吏·何远传》云：

远释褐江夏王国常侍，转奉朝请。

《魏书》卷八十八《窦瑗传》云：

游学十载，始为御史，转奉朝请，兼太常博士。

因此，如果以为以上“转奉朝请”之“转”皆为后人衍入的话，则于理也似乎难以说通。故笔者以为，并不能将当时江淹所任职之经历简单地理解为以新安王掾属而为奉朝请。为此，我们不妨考察一下有关史书的几则记载。《南齐书》卷二十八《崔祖思传》云：

> 除奉朝请，安成王抚军行参军。

《南齐书》卷三十九《刘瓛传》云：

> 瓛初州辟祭酒主簿。宋大明四年，举秀才，……除奉朝请，不就。

《南齐书》卷五十四《高逸·杜京产传》云：

> 郡召主簿，州辟从事，称疾去。除奉朝请，不就。

《梁书》卷三十二《陈庆之传》云：

> 从高祖东下平建业，稍为主书，散财聚士，常思效用。除奉朝请。

《梁书》卷五十一《处士·陶弘景传》云：

> 未弱冠，齐高帝作相，引为诸王侍读，除奉朝请。

以上记载皆作“除奉朝请”，可见奉朝请应是他们其时惟一的官职，即他们是时并非以他官而为奉朝请。如果说以上数例还不足以令人信服的话，那么下面几则记载就似乎更能说明问题一些。《南齐书》卷五十二《文学·崔慰祖传》云：

慰祖解褐奉朝请。

《南齐书》卷三十四《庾杲之传》云：

杲之少而贞立，学涉文义。起家奉朝请，巴陵王征西参军，郢州举秀才。

《梁书》卷四十《司马褧传》云：

初为国子生，起家奉朝请，稍迁王府行参军。

《梁书》卷四七《孝行·刘霁传》云：

天监中，起家奉朝请，稍迁宣惠晋安王府参军，兼限内记室。

《梁书》卷四十九《文学上·刘昭传》云；

天监中，起家奉朝请，迁中卫建安王水曹行参军，兼记室。

《陈书》卷三十三《儒林·郑灼传》云：

梁中大通五年，释褐奉朝请。

以上或曰解褐，或曰起家，亦即始仕。既然是始仕，也就是说，他们当时并非以他官而奉朝请。《南齐书》卷五十四《高逸·沈驎士传》云：

昇明末，太守王奂上表荐之，诏征为奉朝请，不就。

《梁书》卷十一《张弘策传》云：

起家齐邵陵王国常侍，迁奉朝请，西中郎江夏王行参军。

以上二则记载，一则曰征沈驎士为奉朝请之职，一则曰由王国常侍而迁任为奉朝请，皆明确地说明了奉朝请于其时为一种官职。这就与《宋书·百官志》所谓的，奉朝请“亦不为官”之说，产生了较为明显之矛盾。而如何看待这一问题，则又是我们必须解决的问题。

马端临《文献通考》虽然未记载刘宋和萧齐时奉朝请之品秩，但其卷六十七《职官考》却记萧梁时奉朝请官第九品，陈时则为第八品。这也就说明奉朝请于是时乃一种官职，从另一方面证明了上文所论述之正确性。这也就是说，以为江淹是时乃“以新安王掾属而为奉朝请”之说法，其实并不准确。然而，作为同时代的沈约，其所撰《宋书》记载当时之官制，不可能，也不应该出现这种明显之错误，亦即我们也不应该就此否认《宋书·百官志》之奉朝请“亦不为官”之记载的正确性。笔者以为，造成错误理解的根本原因，乃是因为论者忽略了当时官制的变迁，片面地理解了沈约《宋书》的有关记载。《宋书·百官志下》有关奉朝请之一段文字最后云：

孝建初，奉朝请省。

而宋孝武孝帝建以后的情况如何，《宋书》未曾提及。事实上，在孝建初省奉朝请以后不久，奉朝请应当旋即又得到了恢复，而且奉朝请自孝建后得以恢复以后，乃成了正式的官职。上文提到的有关记载就是比较明显的例子。为了更好地说明问题，我们不妨再看以下几则有关记载：

建元初，度东宫主书。除奉朝请，补东宫通事舍人。（《南齐书》卷五十六《倖臣·茹法亮传》）

永明三年，除奉朝请。（《梁书》卷十八《康绚传》）

齐初，起家奉朝请。（《梁书》卷二十八《夏侯亶传》）

齐建武初，起家为奉朝请。（《梁书》卷四十七《沈崇傃传》）

以上所记载者乃齐初任奉朝请之情形，说明了齐时奉朝请不仅得以恢复而且成了正式官职。而更早的宋末的情况如何，则当作更进一步的考察。《梁书》卷二十六《范岫传》云：

> 泰始中，起家奉朝请。兴宗为安西将军，引为主簿。

《南齐书》卷五十六《倖臣·刘系宗传》云：

> 元徽初，为奉朝请，兼中书通事舍人，员外郎。

《梁书》卷九《王茂传》云：

> 宋昇明末，起家奉朝请。

以上所记载的宋明帝、后废帝、顺帝时任奉朝请之情形，说明在刘宋孝建后不久，奉朝请这一职务就已经得到了恢复并成了正式官职。此外，《南齐书》卷五十二《文学·丘巨源传》云：

> 桂阳王事起，使于中书省撰符檄，事平，除奉朝请。

考宋桂阳王刘休范谋反在宋后废帝元徽二年(474)五月，同月休范被杀，乱平。即丘巨源之任奉朝请在是时。而更值得我们注意的则是《南齐书》卷三十一《江谧传》之一段记载：

> 解褐奉朝请，辅国行参军，于湖令，强济称职。

今考下文续云："宋明帝为南豫州，谧倾身奉之，为帝所亲待。即位，以为骠骑参军。"据《宋书》之《前废帝纪》、《明帝纪》，宋明帝刘彧任南豫州刺史在永光元年(即宋明帝泰始元年，465)正月。由此，江谧之为奉朝请约在宋孝武帝大明年间(457—464)，这就是说孝武帝于孝建年间

(454—456)省奉朝请之后,旋即于大明时又恢复了这一官职的设置。而随着这一官职之重新恢复,它的性质也因之发生了变化,即自此开始,成了正式之官职。

至于沈约《宋书》记载有宋一代官制,为何仅记至孝武帝刘骏孝建年间,也是本文需要指出的问题。此盖沈约奉敕撰《宋书》乃在齐武帝永明五年(487)春,但至永明六年二月时,即已毕功。据《宋书·自序》所云,刘宋时著作郎何承天于元嘉年间(424—453)即已开始撰修《宋书》,但仅"止于武帝功臣,篇牍未广"而已。其后,宋孝武帝刘骏又曾命苏宝生"续造诸传",撰修国史,"元嘉名臣,皆其所撰"。苏宝生于大明二年(458)因高阇事被杀后,又由孝武帝倖臣徐爰"因何、刘所述,勒为一史",徐爰所撰,止于大明末,全书尚未毕功。是沈约《宋书》乃在前人基础之上整理而成,其绝大部分内容应皆本自何、徐诸人之撰,其本人仅为总成其事而已。然而正是由于这一记事时间上的缺憾,从而造成了其《百官志》记述有宋一代官制的不完整,也造成了后人对奉朝请这一官制认识上的模糊和理解上的不足。这也是我们引用《宋书》十志所需要注意的问题之一。

由以上之论述可知,《梁书》、《南史》之江淹本传所记载之"起家南徐州从事,转奉朝请",与江淹《自序》所记载之"为南徐州新安王从事,奉朝请"二者之间,其实并无矛盾之处,皆是说江淹先为新安王子鸾南徐州从事,此后又转为奉朝请,而并非如一些学者所认为的乃以新安王从事而为奉朝请。其转奉朝请之时间虽难以确切考知,但大致在大明七年(463)冬至大明八年(464)春夏之间,却也是可以肯定的。又考之《宋书·孝武十四王·始平孝敬王子鸾传》,子鸾乃孝武宠妃殷淑仪所生,爱冠诸子,其于孝武帝时虽先后为吴郡太守,南徐州刺史,然却仍留京都建康而未之任所。即江淹为其南徐州从事,转奉朝请,亦在建康也。

三、江淹入始安王子真幕始末及在建平王景素幕因受金事下狱之时间

江淹由子鸾从事转奉朝请之后不久,又进入始安王子真幕,时间约

在大明八年(464)秋,已见上文。但江淹在子真幕中似乎并没有正式职务,入子真幕之初,他曾作有《侍始安王石头》诗、《始安王拜征虏将军丹阳尹章》、《始安王拜征虏将军南兖州刺史章》诸诗文。泰始元年(465)九月,江淹又随子真之南兖州之治所广陵,途中作《从征虏始安王道中》诗一首记其事。其《侍始王石头》诗,吴谱、曹道衡《年代考》皆以为乃大明七年(463)时作。然而,大明七年正是江淹弱冠始仕之际,初则入宫授宋诸王以五经,秋后又释褐为新安王子鸾从事,二王皆孝武之爱子,这对于少孤贫且门无强援的江淹来说,无疑是仕途生涯中一个极为良好的开端,给其日后之升迁带来了较多之机会。是时之江淹,可谓志满意得,前程一片光明。然而,《侍始安王石头》诗则云:“暮情郁无已,流望在川阳。”又云:“揽镜照愁色,从坐引忧方。山中如未夕,无使桂叶伤。”充满忧郁之情调。故吴、曹二说或非是。《文选》卷二十三刘安《招隐士》“桂树丛生兮山之幽”句,《文选》李善注云:“桂树芳香,以兴忠良也。”此诗“山中如未夕,无使桂叶伤”,即借以指子真。盖大明八年闰五月孝武帝卒后,前废帝子业即位,迫害兄弟之意已显露无遗,故诗乃借以比兴,既伤子真,又隐含对己身前途之忧惧,是诗当为大明八年秋作。此与次年秋所作之《从征虏始安王道中》诗末之“仰愿光威远,岁晏返柴荆”二句,谓冀值此暴虐之世而得以生返家园之意,实为异曲而同工。

宋明帝泰始二年(466)十月,年仅十岁的始安王子真等孝武诸子为明帝所杀,继子真任南兖州刺史者乃明帝之弟建平王刘宏之子景素。江淹遂又被景素招致幕中,其《自序》云:“始安之薨也,建平王景素闻风而悦,待以布衣之礼。”《梁书》、《南史》之本传亦并云:“建平王景素好士,淹随景素在南兖州。”即记载了这一段事实,即是时江淹在建平王景素幕乃为宾客之身分,而并无正式之官职。在景素幕期间,江淹又曾因被诬受金事而下州狱,寻在狱中作《诣建平王上书》以自陈,寻被赦出。吴谱以为此事乃在泰始二年(466)至七年(471)之间,曹道衡《年代考》则以为“至于被诬受金事则应是泰始二年底至三年初的事,故知此文(福林按指《诣建平王上书》)作于这两年之间”。以上吴谱所论失之宽泛,而《年代考》于此事件具体时间之论述则有误。考建平王景素于泰始二年九月为南兖州刺史,至三年八月为沈攸之所代,江淹之系州狱等事当在此数月间。于此，俞绍初《拾琐》论之云：

> 《上书》有云："不图小人固陋，……加以涉旬月，迫季秋，天光沈阴，左右无色。身非木石，与狱吏为伍。"……其中"涉旬月"表明作此书时已在狱中经历了一整月，"迫季秋"则明确指出其时已接近秋末九月。因此，可以判定，此书之作必在泰始三年八月下旬无疑，距初入建平王幕将近一年，又据《明帝纪》，其年八月癸卯，朝廷大赦天下。如此看来，江淹之出狱既与南兖州刺史换任，又复遇大赦有关，不仅如《自序》所说"上书见意而免焉"。

这一说法，言之凿凿，是谓中的之辞。据此，则江淹在景素幕因受金事而被系州狱在泰始三年(467)七月，同年八月下旬，乃在狱中作《诣建平王上书》，且又因适值朝廷大赦而被免。

四、江淹被举为南徐州秀才并对策上第及为巴陵王右常侍之时间及过程

江淹出南兖州狱后的行踪如何，也是论者分歧较多的一个问题，其《自序》于"上书见意而免"后续云："寻举南徐州桂阳王秀才，对策上第，转巴陵王右常侍。"《梁书》本传亦云："景素览书，即日出之。寻举南徐州秀才，对策上第，转巴陵王国左常侍。"考桂阳王即刘休范，据《宋书》之《明帝纪》及《文五王传》，休范为文帝第十八子，孝建三年正月，封顺阳王。大明元年十二月，改封桂阳王。泰始元年十二月，为使持节、镇北将军、南徐州刺史。泰始五年，征为中书监、中军将军、扬州刺史。江淹《自序》既云被举为南徐州桂阳王秀才，则必在休范任南徐州刺史时，即时在泰始元年(465)十二月至五年(569)十二月之间。关于这一问题，曹道衡《江淹评传》(以下简作"评传")①论之云：

① 曹道衡《江淹评传》，载《中国历代著名文学家评传》，山东教育出版社1983年版。

> 江淹出狱后，曾被南徐州刺史桂阳王刘休范举为秀才，对策上第，任巴陵王刘休若的右常侍，当时刘休若正任雍州刺史，在襄阳。江淹于赴襄阳途中，写下了《望荆山》一诗。……江淹在刘休若的幕下并没有久留，就又回到建平王景素那里充任主簿之职。那时刘景素正在丹阳尹任上。

笔者以为，曹先生以上所论颇有差强人意之处。《评传》虽未明确指出江淹被举为南徐州秀才之时间，但据《宋书》卷八《明帝纪》、卷七十九《文五王·巴陵哀王休若传》，休若于泰始二年九月，被任为宁蛮校尉、行雍州刺史；泰始四年五月，改任为行湘州刺史；泰始五年闰十一月改任荆州刺史。即休若任雍州刺史在泰始二年(466)九月至四年(468)五月间。而《望荆山》诗云："寒郊无留影，秋日悬清光。悲风挠重林，云霞肃川涨。岁晏君如何，零泪染衣裳。"乃深秋节候，即曹先生以为此诗乃泰始三年深秋所作。其《年代考》亦云此诗为"泰始三年下半年"作，二者是一致的。这也就是说，曹先生以为江淹于泰始三年深秋之前即已被桂阳王刘休范举为秀才。然而，江淹于泰始三年八月始出南兖州狱，出狱后又经一被"举为南徐州桂阳王秀才，对策上第，转巴陵王国右常侍"之时间过程，再复由京都建康西上，又如何能于当年之深秋作《望荆山》诗耶？由此，曹先生以为江淹于泰始三年(467)被举为南徐州秀才者，恐非是。

俞谱则系江淹被举为南徐州秀才在泰始五年(469)十月，其云：

> 又据江淹《哀千里赋》云："伊孟冬之初立，出首夏以归来。"初立，谓始立功名，指举秀才事，而已知上年淹在吴兴，则其举南徐州桂阳王秀才当在本年十月。《通典》卷十四《选举二》："宋制，丹阳、吴、会稽、吴兴四郡岁举二人，余郡各一人。凡州秀才、郡孝廉至，皆策试，天子或亲临之。"又云："秀才格五问，并得为上。"

今按：俞谱所论亦有未惬人意处。首先，泰始三年秋江淹即出南兖州狱，据其《自序》及《梁书》、《南史》本传所云其出狱后，"寻举"为南徐州桂阳王秀才之语，则其之被举为南徐州秀才似不应在时隔两年后之泰始五年冬，盖“寻”，不久之意也。也就是说，俞先生以为江淹之被举为南徐州秀才在泰始五年之结论，恐未为定论。其次，俞谱以为江淹泰始四年时在吴兴，故其举为秀才乃在泰始五年之依据并不充分，因为江淹被举为秀才未必即在其随景素之吴兴后，如曹道衡先生《评传》即以为江淹被举秀才在前，而随景素之吴兴在后。再次，俞先生以为《哀千里赋》中之“初立”，乃“谓始立功名，指举秀才事”，亦有未审。盖因秀才非官，被举为秀才不得理解为始立功名也。为说明这一问题，以下不妨复以南朝五史中有关记载为例：

既长，好学有口辫。州举秀才，郡迎主簿。起家秘书郎，累迁太子舍人。(《梁书》卷四十一《王规传》)

逊八岁能赋诗，弱冠，州举秀才，南乡范云见其对策，大相称赏。……天监中，起家奉朝请，迁中卫建安王水曹行参军，兼记室。(《梁书》卷四十九《文学上·何逊传》)

州举秀才。解褐宣惠始兴王行参军，累迁法曹外兵参军。(《陈书》卷三十四《文学·陆琰传》)

由于秀才并非官职，故为秀才乃曰“举”，《梁书》于记载王规与何逊举秀才后乃云“起家”，《陈书》亦于陆琰举秀才后云“释褐”也。根据南朝举士之规定，是时被举为秀才者皆须经策试，策试之优者始得授予官职，而不合格者不仅不得录用，其本人及荐举者甚至皆会受到严厉之制裁。马端临《文献通考》卷二十八《选举一》云：

东晋元帝制扬州岁举二人，诸州各一人，时以天下丧乱，务存慰勉，远方孝秀不复策试，到即除署。既经略粗定，乃诏试经，有不中科，刺史、太守免官。

宋制，……凡州秀才、郡孝廉至，皆策试，天子或亲临之。及公卿所举皆属于吏部，序才铨用，凡举得失，各有赏罚，失者其人加禁锢，年月多少，随郡议制。

齐尚书都令史骆宰议策秀才格五问,并得为上,四、三为中,二为下,一,不合与第。

《文献通考》卷三十四《选举七》云:

宋制,丹阳、吴、会稽、吴兴四郡岁举二人,余郡各一人。州举秀才,郡孝廉,皆策试。

即记载了这一情况,即是时秀才乃州举,孝廉则郡举,秀、孝被举后又需经策试,而后根据各人的策试等第乃得序才铨用。故江淹被举为南徐州桂阳王秀才,以对策上第而为巴陵王右常侍也。上例《南齐书·文学传上》所载何逊被州举秀才后,"南乡范云见其对策,大相称赏",亦为一例。类似的例子还有一些,如:

乃举秀才,宋孝武见其对策强直,甚异之。(《南齐书》卷二十八《刘善明传》)

举秀才,对策中第,为尚书殿中郎,不就,为仪曹郎。(《南齐书》卷四十一《张融传》)

举秀才,对策高第,奉朝请。(《梁书》卷二十八《裴邃传》)

齐末,州举秀才,对策为当时第一。(《梁书》卷五十《文学下·伏挺传》)

弱冠举秀才,对策高第。起家梁宣城王国左常侍。(《陈书》卷十九《虞荔传附虞寄传》)

以上皆确凿地说明了当时秀才并非正式之官职。因此,江淹《哀千里赋》之"伊孟冬之初立",不可能指其举秀才之事,亦即江淹之被举为秀才,未必即在十月之时。综上所述,俞谱所论之江淹于泰始五年十月被举为南徐州秀才者,亦非是。

江淹究竟于何时被举为秀才,还应该作更进一步之探讨。笔者以为要解决这一问题,首先必须清楚江淹《望荆山》诗之作年,因为此诗关系到江淹这一时期的行踪。吴谱据《梁书·江淹传》“景素为荆州，淹随之镇”之记载以及此诗《文选》李善注，乃系此诗于泰始七年(471)，谓为江淹随建平王刘景素“初至荆州途中所作”。今考之《宋书·明帝纪》，泰始七年二月，“湘州刺史建平王景素为荆州刺史”。而《望荆山》诗所表现的乃深秋节候，这就与景素刺荆州之时间产生了明显之矛盾，因为湘州治临湘(今湖南长沙)，景素自湘州临湘前往荆州之江陵，必不可能迁延至深秋九月。再者，江淹有《建平王庆安成王拜封表》一篇，乃其代景素而作，表云：“臣涵悦楚边，魂驰关阙，不任下情。”则表乃作于抵荆之后。据《宋书·明帝纪》，明帝第三子刘准封安成王在泰始七年八月。则景素抵荆之时间又在此前。由是，吴谱以为此诗乃泰始七年深秋随景素于湘州前往荆州所作者，其误已不待辩。

俞谱则系此诗于泰始六年(470)，以为是时江淹转荆州刺史巴陵王休若右常侍，赴荆州，与建平王同行。道中作《从冠军行建平王登庐山香炉峰》诗，初至荆州时作《望荆山》诗。今按：据《宋书·明帝纪》，景素受命为湘州刺史在泰始五年十二月，江淹《从冠军行建平王登庐山香炉峰》诗云：“瑶草正翕艳，玉树信葱青。”乃春末节候，即江淹随景素赴湘而道经庐山时乃在暮春。而庐山至荆州江陵不过旬日之行程，则其至江陵并作《望荆山》亦必不可能迁延至是年深秋。况且，江淹赴荆就任巴陵王右常侍而与建平王景素同行之本身，又颇为令人怀疑。由此，俞谱以为《望荆山》诗乃泰始六年江淹赴荆就任巴陵王右常侍时所作之说，恐亦未审。

关于曹道衡先生《评传》及《年代考》将《望荆山》诗定为泰始三年深秋，江淹于赴雍州襄阳就任雍州刺史巴陵王休若右常侍途中，行经荆州江陵时所作之说，笔者已于上文指出其差强人意之处，因为江淹于泰始三年(467)八月始出南兖州狱，出狱后经由被举为南徐州秀才，而后又对策上第及除授为巴陵王右常侍之过程，再自京都建康西上，决无可能于当年深秋至江陵并作此诗。然而，曹先生虽然论此诗之写作时间未惬人意，但于《评传》论此诗之内涵及创作意图时却颇值得我们的重视。其云：

这首诗展示的是一片萧瑟的秋景，和作者在旅途中的感伤之情。这是江淹刚从狱中出来，在远适异乡的情况下所产生的哀怨。但他在诗中很少直接抒发自己的心情，而只是通过写景，将这种情绪烘托出来。

曹先生以为此诗表现出作者在旅途中的感伤之情，并认为这是作者刚出南兖州狱而致，见解可谓相当精辟。因此，此诗虽然不可能是泰始三年所作，但却极有可能作于泰始四年之深秋。《宋书·明帝纪》，泰始四年五月，“癸亥，以行雍州刺史巴陵王休若为行湘州刺史”，见休若是年秋在湘州之临湘（今湖南长沙），江淹由建康前往湘州就任巴陵王休若右常侍，江陵乃其必经之地，是时距出南兖州狱亦未久，故诗中流露出远适异乡之哀怨也就相当正常。至于此诗中“南关绕桐柏，西途出鲁阳”二句，《文选》李善注及明胡之骥《江文通集汇注》（以下简作“胡注”）[①]以南阳（今湖北南阳）之桐柏、鲁阳二山以当之，曹先生《年代考》亦同此说，以为乃今鄂北之桐柏、鲁阳。然而，从诗意看，此二句实乃指楚地之广而并非实写。《水经·溱水注》：“武溪水出临武县西北桐柏山。”诗之“桐柏”，更可能即指此山，在今湖南省南界，晋初原属荆州。而“南关”者，南方之关隘也。“南关”，“西途”二句相对以成文，盖承首二句“奉义至江汉，始知楚塞长”而言，乃盛称楚地之广也。江淹于荆州所作诗文多有言楚地之广者，如《建平王散五刑教》云“旧楚地旷，前郢邛殷。水带枉渚，山匝鲁阳。”胡注：“《楚志》曰：‘枉渚在武陵郡城南，源出枉山。《楚辞》曰朝发枉渚兮。即此。’”考武陵郡即今之湖南常德。是教之“水带枉渚，山匝鲁阳”句，乃承‘旧楚地旷’而言，谓楚地之广也。其《建平王让右将军荆州刺史表》云：“水交沅澧，山通岷峨，襟带百县，萦抱七州。”亦即此意。若据李善等注，以“桐柏”、“鲁阳”皆为河南南阳之地，则诗义殊不可解矣。此种理解，与俞谱所释此二句谓“写望中之荆山，……极言楚塞之长”亦正相契合。由此，《望荆山》诗当是江淹于泰始四年（468）深秋前往湘州之临湘，就任巴陵王刘休若右常侍时途经

① 胡之骥《江文通集汇注》，中华书局1984年点校本。

荆州江陵所作无疑。笔者前此曾撰《江淹诗文系年考辨》一文①,以为此诗乃泰始七年深秋,江淹随景素之荆州后所作,现在看起来,这一观点是应该予以修正的。

既然《望荆山》诗乃江淹于泰始四年深秋前往湘州就任巴陵王右常侍途中作,今由其《自序》所云出南兖州狱后,"寻举南徐州桂阳王秀才,对策上第,转巴陵王右常侍"之语,则其被举为南徐州秀才又在泰始三年(467)九月至四年(468)八月之间。而泰始三年八月,江淹始出南兖州狱,其被举为南徐州桂阳王秀才又当以泰始四年春为近是。举秀才后,又经策试而授巴陵王右常侍②于秋末赴湘并于途经荆州江陵时而作《望荆山》诗,前后正相符。

至于自泰始三年八月出南兖州狱后,至泰始四年春被举为南徐州秀才为止这段时间,江淹之行踪如何,曹先生《评传》未曾提及。但江淹在景素幕既以被诬而下州狱,后得赦出,恐仍当逗留于景素幕。是时景素由南兖州刺史转任丹阳尹,在京都,则此数月间,江淹又当随景素在京都建康也。

江淹于泰始四年(468)春被举为南徐州秀才,并于是年深秋前往湘州就任休若右常侍之说的揭出,对江淹一些诗文写作年代及其行踪之考察,当有着较大的帮助。以其《报袁叔明书》为例,书云:"去岁迫名茂才,冬尽不获有报,引领于邑,情讵可及。"乃其于举秀才之次年作。书又云:"徒以结发游学,……故拂衣于齐梁之馆,抗手于燕赵之门,且十年矣。"若据曹说,江淹举秀才在泰始三年,则此书应作于泰始四年,故《年代考》云:"考江淹于大明七年授始安王'五经',至此时不过五六个年头,不可能有'十年'。但古人行文,常举约数而言。"然而,仅五六年而举约数为十年,不免令人怀疑。若举秀才在泰始四年,则书乃作于五年,大明七年(463)至泰始五年(469),前后凡七年,约以十年称之,又较为可信。又,江淹有《建平王让右将军荆州刺史表》、《建平王拜右卫将军荆州刺史章》二文,为景素由湘州刺史改任荆州刺史时江淹所代作之

① 拙作《江淹诗文系年考辨》,载《河南师大学报》1987年第3期。

② "右常侍",(《梁书》本传作"左常侍",今从《自序》)。

让表及拜章。考景素于泰始七年(471)二月戊戌受命为荆州刺史,为月之三十日,则让表及拜章盖是年三月作于湘州者。即江淹复入景素幕,又在泰始七年三月之前。江淹《自序》记其为巴陵王右常侍后又任"右军建平王主簿"。今考之《宋书》之《明帝纪》及《文九王传》,建平王景素于泰始五年十二月受命为冠军将军、湘州刺史,至湘州后进号右将军。[①]若据俞谱,举秀才在泰始五年(469),则其泰始六年(470)深秋乃前往荆州就任巴陵王刘休若之右常侍,泰始七年春,江淹尚在荆州任巴陵王右常侍,又何得于湘州代景素作此让表及拜章耶?若举秀才在泰始四年春,同年深秋江淹前往湘州就任巴陵王右常侍,泰始五年乃离湘州而复入建平王景素幕,至泰始六年春,又随景素抵湘州,故泰始七年三月时乃得有代景素作让表及拜章事,时间正相契合。

泰姶五年(469)春夏之间,诗人即离开巴陵王休若幕,重新进入了景素建平王府。自此,年方二十六岁的江淹即步入了他仕途生涯的新时期,宦海沉浮,数经起落,但这已不在本文的论述范围之内了。

① 《宋书》景素本传作"左将军",盖误。说详拙著《宋书校议》。

论江淹复入宋建平王刘景素幕之时间、过程及其后期的仕途沉浮

一、江淹复入建平王景素幕之时间、地点及过程

南朝著名诗人江淹一生曾二入建平王景素幕，其《自序》载其于建平王景素幕期间因被诬受金事出狱后云："寻举南徐州桂阳王秀才，对策上第，转巴陵王右常侍，右军建平王主簿，宾待累年，雅以文章见遇。"《梁书》本传亦载其初离景素幕后："寻举南徐州秀才，对策上第，转巴陵王国左常侍。景素为荆州，淹从之镇。"江淹何时离巴陵王幕而复入建平王府，乃是研究其行踪必须解决的问题。吴丕绩《江淹年谱》（下文或简作"吴谱"）系在宋明帝泰始七年，俞绍初先生《江淹年谱》（以下简作"俞谱"）系年同。今考江淹集中有《被黜为吴兴令辞笺诣建平王》一文，乃宋后废帝元徽二年（474）江淹被黜为建安吴兴令时上于景素者，文云："窃思伏皂九载，齿录八年。"考江淹自泰始二年（466）随景素在南兖州，至作此辞笺时，适为九年，故云"伏皂九载"；而"齿录八年"，则指其在建平王府之实际时间约为八年。由此，其任巴陵王右常侍之时间，约以一年为期。这一结论，与曹道衡先生《江淹评传》（以下简作"评传"）所说之"江淹在巴陵王幕下并没有久留"，也正相一致。今由泰始四年（468）春江淹被举为南徐州秀才计之，则其离湘州而复入景素建平王府约在泰始五年（469）春夏之间。

江淹于何地复入景素幕，尚需作进一步之考察。考《宋书》卷七十二景素本传云："太宗初，……冠军将军、南兖州刺史，丹阳尹，吴兴太守，使持节、监湘州诸军事、湘州刺史，将军如故。"即景素这一段时间之历官顺序先后为南兖州刺史，丹阳尹，吴兴太守，湘州刺史。又《宋书》卷八《明帝纪》载泰始三年八月，"壬寅，以中领军沈攸之行南兖州刺史，率众北讨"。是景素乃以泰始三年八月解南兖州任而改为丹阳尹，离南兖州之州治广陵而至丹阳尹之治所建康。又《宋书》卷八十九《袁粲传》载袁粲事云："（泰始）五年，加中书令，又领丹阳尹。"则建平王景素于泰始五年时已离丹阳尹之任，由建康而之吴兴（今浙江吴兴）太守任所，其具体时间似尚难以确知。亦即江淹离巴陵王休若幕之后复入建平王府，当在建康或吴兴二地。又考之《被黜为吴兴令辞笺诣建平王》有云："昔河济荆吴，必获陪从；京辅关毂，长奉帷席。"此"京辅关毂"者，盖即指吴兴及丹阳也。见江淹于泰始五年（469）春夏之间离巴陵王幕后乃之建康而入丹阳尹景素之幕府耳。这一结论与曹先生《评传》所说其离休若幕后，"就又回到建平王景素那里充任主簿之职，那时刘景素正在丹阳尹任上"，也有一致之处。

景素离丹阳而之吴兴，江淹亦当从行，《宋书·明帝纪》载泰始五年十二月已未，"吴兴太守建平王景素为湘州刺史"，是景素之吴兴未久，又复转官湘州。考其年十二月丙申朔，已未为月之二十四日。诏命往还，再略作交割，当年赴湘自不及。由是，江淹随景素赴湘州之州治临湘又在泰始六年（470）春。

《宋书·明帝纪》载泰始七年二月戊午，"湘州刺史建平王景素为荆州刺史"，考是月乙丑朔，戊午为月之三十日。江淹《建平王让右将军荆州刺史表》、《建平王拜右卫将军荆州刺史章》二文，即是时代景素所作者，时应在三月。此后江淹随景素离湘赴荆，时又应在泰始七年三月（471）或稍后矣。

江淹何时任景素主簿之职，也是需要解决之问题。曹先生《评传》以为江淹离巴陵王休若幕后即于建康任丹阳尹建平王景素主簿。俞谱据《宋书·明帝纪》所载泰始七年，"二月癸巳，征西将军、荆州刺史巴陵王休若进号征西大将军"之记载，因而提出新说，以为"景素之进号（右将军)或在同时”,并进一步系江淹之为景素主簿在泰始七年二月。今按:俞谱之说,为疑是之辞,未足为定论。笔者尝于《江淹事迹新证》一文论及这一问题①,今复略论之如下。

考江淹有《到主簿日事诣右军建平王》一篇,乃其始任景素主簿时作,文中有云:“身轻恩重,猥奉末光,枉白璧之惠,降黑貂之私。因兹感激,未能自反。负金羁于淮吴,从后车于河楚。”胡之骥《江文通集汇注》:“建平王拜荆、徐两州刺史,移镇朱方,淹皆从事,故云。”今考《宋书·明帝纪》,建平王景素于泰始七年(471)二月受命为荆州刺史,泰豫元年(472)七月为南徐州刺史。与江淹《自序》及《梁书》、《南史》本传所谓之江淹先从景素于荆州,后随景素之南徐州者正相一致。是江淹从景素于荆州在前而之南徐州在后。今胡注以为“淮吴”乃指南徐州,则明显与“从后车于河楚”者不相合,见胡注实误。文之“淮吴”者,其实指南兖州,时治广陵,因汉吴王刘濞都此,故有是称。考建平王泰始二年(466)九月为南兖州刺史及泰始七年(471)二月为荆州刺史,一先一后,淹皆随之,故文有“负金羁于淮吴,从后车于河楚”之说。即此文必作于荆州者,亦即江淹之为景素右军主簿必自荆州始。

曹道衡先生于《江淹作品写作年代考》(以下简作“年代考”)②则更进一步将江淹任景素主簿及作《到主簿日事诣右军建平王》系于泰始三年,并云:

> 《自序传》和本文称建平王为“右军”,恐误。……可见《自序传》是用后来称号追记前事,至于本文题目,疑后人在传抄中误据《自序传》所改,本当作“冠军”。

然而若据曹说,泰始三年深秋江淹前往雍州(州治襄阳,今湖北襄阳)就任巴陵王休若右常侍,则当年又如何可能复至丹阳为景素之主簿。退一步而言,即便江淹至襄阳后旋即东返,亦与《到主簿日事诣右军建平

① 拙作《江淹事迹新证》,载《扬州师院学报》1994年第3期。
② 曹道衡先生《江淹作品写作年代考》,载《艺文志》第三辑,山西人民出版社1985年版。

王》之“从后车于河楚”者不相合，盖其从景素于荆州乃在泰始七年。是《年代考》所论，乃为臆断之辞，不足征信亦明矣。

景素于泰始七年（471）二月戊戌受命为荆州刺史，为月之三十日，则江淹随景素之荆州最早在此年三月，即其为景素右军主簿乃在是年三月或其后。今由是时江淹代景素所作之大量章、表等观之，其为景素右军主簿之时间乃在是年春夏之间。此与《宋书》景素本传所载之景素泰始五年至湘州后进号右将军，亦正相一致。盖《自序》既云“为右军建平王主簿”①，则当在景素任右将军时也。

《宋书》本传于景素为荆州刺史后续记云：“征为散骑常侍、后将军、太常，未拜。授使持节、都督南徐南兖兖徐青冀六州诸军事、镇军将军、南徐州刺史。”景素于何时被征为散骑常侍、后将军、太常，史书虽未有明载，然亦可考得。《宋书·后废帝纪》载泰豫元年闰月，“新除太常建平王景素为镇军将军、南徐州刺史”，是年闰七月，则景素被征为太常又在此前。又考《宋书》卷七十二《文九王传》载景素卒后，其故秀才刘琎上书云：“王之在荆州也，时献太妃初薨，宋明帝新弃天下，京畿诸王又相继非命，王乃征入为太常。”是其被征为太常乃在明帝始卒之后，即泰豫元年（472）四月己亥（十七日）或其后。又考之《宋书》卷八《明帝纪》载泰豫元年夏四月己亥明帝卒前事云：“镇东将军蔡兴宗为征西将军、开府仪同三司、荆州刺史。”《宋书》卷五十七《蔡兴宗传》亦云：“太宗崩，以兴宗为使持节、都督荆湘雍益梁宁南北秦八州诸军事、征西将军、开府仪同三司、荆州刺史，加班剑二十人，常侍如故。被征还都。”《南史》之《宋本纪》及蔡兴宗本传与此同。即蔡兴宗于明帝刘彧卒之同日被任为荆州刺史，并有荆州之行。由此，景素之被任为太常应与蔡兴宗受命刺荆为同时事，即在是年四月己亥日也。然而后废帝刘昱自是年四月庚子始即帝位，为明帝卒之后一日，即月之十八日。见景素之被征为太常及蔡兴宗代景素刺荆州，皆明帝临终之遗命。《宋书》景素本传载刘琎上书于“王乃征入为太常”后又续云：“楚下人士并劝勿下，王谓：‘为

① 《宋书》景素本传作“左将军”，盖“右将军”之误。说详拙著《宋书校议》，上海古籍出版社2002年版。

臣而距先皇之命,不忠;为子不奉亲之窀穸,不孝。'于是弃西州之重,而匍伏北阙。"可足证景素之被征为太常乃在泰豫元年(472)四月十七日己亥。然诏命至荆,又当在十日之后。

景素被任为太常而并未立即东还,江淹集有《建平王庆王太后正位章》《建平王庆江皇后正位章》二文,其《庆江皇后正位章》云:"臣限外任,无由恭列轩屏,不胜荒情。"《庆王太后正位章》云:"臣忝任蕃圉,无由随例阙廷,不胜荒情。"是其时景素尚在荆州之明证。据《宋书》卷九《后废帝纪》,明帝王皇后被尊为皇太后,后废帝妃江氏被尊为皇后在泰豫元年六月乙巳,为月之二十四日。则江淹之随景素由荆州东还又在此后。江淹又有《刘仆射东山集》《刘仆射东山集学骚》诗各一首,皆泰豫元年秋在京都建康与刘勔相游处之作,即是时江淹已随景素东还。而闰七月时,景素已改任为南徐州刺史。由此,江淹之随景素东还乃在泰豫元年(472)七月。是时距宋明帝之卒,即被任为太常之初,已二月有余矣。

曹道衡《年代考》以为江淹随景素东还途中,曾作有《江上之山赋》一篇,所说甚是。观赋有"红草交生,碧树四合"之语,亦与其随景素东还之时间相合。惟其云此赋乃"从景素自荆州顺流赴南徐州时作",则非是,盖景素之为南徐州刺史乃由太常而转。俞谱云是时江淹"随建平王景素回建康"者,是也。

要之,江淹自泰始四年(468)秋进入巴陵王休若幕后,于泰始五年(469)春夏之间即辞去巴陵王刘休若右常侍之任,由湘州之临湘东返京都建康,重新进入了建平王刘景素幕,时景素乃在丹阳尹任上。同年,又随景素由建康之吴兴。是年十二月末,景素由吴兴太守改任湘州刺史,江淹遂于泰始六年(470)春随之由吴兴赴湘。泰始七年(471)二月末,景素改任荆州刺史,江淹又于是年春夏之间随之之荆州江陵,至江陵后被任为景素右军主簿,掌章表书记之任。泰豫元年(472)四月,景素被征为太常,同年七月,江淹又随之东还京都。是年闰七月,景素改任南徐州刺史,江淹乃又随之之南徐州之京口耳。但据《宋书·后废帝纪》,建平王景素受命为南徐州刺史在是月甲辰,为月之二十四日,受命后曾有以母忧辞让之事,江淹《建平王让镇南徐州刺史启》一篇,乃为明证。因此,其随景素之京口之时间又应在此年八月矣。

二、江淹被黜为建安吴兴令及由建安吴兴北还之时间

江淹《自序》:“及王移镇朱方也,又为镇军参事(福林按:‘参事’,应为‘参军事’之误,‘参’后佚‘军’字),领东海郡丞。于是王与不逞之徒,日夜构议。淹知祸机之将发,又赋诗十五首,略明性命之理,因以为讽。王遂不悟,乃凭怒而黜之,为建安吴兴令,地在东南峤外,闽越之旧境也。……在邑三载,朱方竟败焉。复还京师。”《梁书》本传云:“及镇京口,淹又为镇军参军事,领南东海郡丞。景素与腹心日夜谋议,淹知祸机将发,乃赠诗十五首以讽焉。会南东海太守陆澄丁艰,淹自谓郡丞应行郡事,景素用司马柳世隆。淹固求之,景素大怒,言于选部,黜为建安吴兴令。”虽然《自序》有意回避求南东海太守事,然其不为景素所喜却仍是这次被黜之最主要原因。寻江淹屡次进谏,久已为景素所不满,加之又有《效阮公诗》十五首等暗寓讽谏之作,触怒景素自是必然。故当陆澄丁艰离南东海太守任时,乃借江淹固求行郡事为由而加以贬黜。即使今岁无陆澄丁艰离职一事,景素亦必不能容其长期在己之左右,以免密谋发兵之事泄漏,而终当以它事黜之也。

据《宋书·后废帝纪》,景素以镇军将军镇京口后,又尝于元徽元年(473)八月进号镇北将军,于元徽二年(474)七月进号征北将军,则江淹又应由景素镇军参军先后随府转为镇北参军及征北参军。亦即江淹是时乃以征北参军、领南东海郡丞而被黜。《自序》与《梁书》本传所云,乃略言其始至南徐州京口时所任之职耳。至于江淹被黜为建安吴兴令之时间,吴谱系之于元徽二年(474),其云:“建平以元徽四年反被杀,是岁先生为建安吴兴令已三载。《自序》云:‘在邑三载。而朱方竟败焉。’依此推之,先生被黜之年,当在今岁。又《被黜为吴兴令辞笺》云:‘窃思伏皂九载,齿录八年。’盖先生自始安王薨后,入建平幕,至今已九年,故先生于今岁为吴兴令,其事甚明,但未知在何月耳。”曹道衡《评传》则进一步论之云:

> 江淹被黜为建安吴兴令的具体时间，史籍虽无明文记载，但可以肯定是发生于元徽二年(474)五月以后。从他一些诗看来，出发时大约是这一年的秋天。

此说之依据大约也就是吴谱所说的理由。然而，《通鉴》卷一百三十三却于元徽三年(475)末有以下的一段记载：

> 南徐州刺史建平王景素孝友清令，又好文学，礼接士大夫，由是有美誉，太宗特爱之，异其礼秩。时太祖诸子俱尽，诸孙唯景素为长。帝凶狂失德，朝野皆属意于景素。帝外家陈氏深恶之，杨运长、阮佃夫等欲专权势，不利立长君，亦欲除之。其腹心将佐多劝景素举兵，镇军参军济阳江淹独谏之。景素不悦。

俞谱因据之而系江淹之出为吴兴令在元徽三年秋。然而若据《通鉴》所载，江淹于元徽三年末谏景素谋反，则其被黜为建安吴兴令又当为元徽四年(476)或其后之事，而不应该反在此前的元徽三年秋。由此，俞谱据《通鉴》而系江淹之被黜在元徽三年之本身即相当可疑。再者，如江淹之被黜在元徽三年，据江淹《自序》"在邑三载，而朱方竟败矣"，则建平王景素于南徐州京口(即朱方)谋反事败又当在宋顺帝昇明元年(即后废帝元徽五年,477)。而《宋书》之《后废帝纪》、《文九王传》皆明记景素据京口谋反事败乃在元徽四年七月，二者明显不相合。足证俞谱据《通鉴》所载以为江淹之被黜在元徽三年之非是。其实，《通鉴》乃综合《宋书·文九王传》及《梁书·江淹传》而书之。据《自序》及《梁书》本传，江淹之谏景素乃始于其随景素在荆州，时在宋明帝泰始七年(471)至泰豫元年(472)之间，远早于其随景素在南徐州时。《通鉴》之所以载于元徽三年末者，当因元徽四年景素乃反之故，而并非江淹之始谏在是时，此观《宋书·文九王传》载景素将佐劝其举兵事在元徽三年时自明。又且江淹久已由镇军参军而随府转镇北参军，又转征北参军，已见上文。而《通鉴》乃云"镇军参军济阳江淹"，尤益见其载，乃概言之矣。江淹《被黜为吴兴令辞笺诣建平王》一文，俞谱系于元徽三年，其云："按

《辞笺》云：'窃思伏皂九载，齿录八年。'淹自泰始二年入建平王府，至本年正得九年，而除泰始六年为巴陵王右常侍，实则八年，故有此言。"如据俞谱所言，江淹于泰始二年(466)入建平王幕，则至元徽三年(475)时前后凡十载而非九年，即俞先生计算或恐有误。今考江淹自泰始二年(466)入建平王幕，泰始三年入南兖州狱，出狱后于泰始四年秋至五年春有短时间在湘州刺史巴陵王休若幕，至元徽二年(474)被黜之建安吴兴，与"伏皂九载，齿录八年"相合。由是知江淹之被黜，必元徽二年事，吴谱及曹先生所论是也。

江淹何时由南徐州之京口前往建安吴兴，尚需要作进一步之考察。曹先生《评传》以为其"出发时大约是这一年的秋天"，已见上文所引。江淹有《被黜为吴兴令辞笺诣建平王》一文，乃元徽二年被黜时作，《年代考》于论江淹《诣建平王上书》时以为《辞笺诣建平王》乃是年冬所作。江淹又有《待罪江南思北归赋》一篇，乃其至建安吴兴后作，曹先生《年代考》论此赋时又云：

> 这篇赋作于建安吴兴时，是可以肯定的，至于具体哪一年写的，则不好断定。但其中有"当青春而离散，方仲冬而遂徂"两句，却可以考知他动身去建安吴兴时间在元徽二年的十一月。

这就是说，曹先生又以为江淹被黜后前往吴兴乃在元徽二年仲冬，这一结论，与其《评传》所说之出发在此年秋就产生了较大之矛盾。为此，我们不妨考察一下江淹之吴兴途中所作之一系列诗文。首先，江淹集中之《无锡县历山集》《赤亭渚》《渡泉峤出诸山之顶》《迁阳亭》数诗，以及《去故乡赋》，曹先生皆以为乃江淹之吴兴途中所作。其行经无锡时所作之《无锡县历山集》诗云："秋生白露日，怨起秋风年。窃悲杜蘅暮，揽涕吊空山。"明言秋日；途经钱塘(今浙江杭州)时所作之《赤亭渚》诗云："路长寒光尽，鸟鸣秋草穷。瑶水虽未合，珠霜窃过中。"又云："一伤千里极，独望淮海风。远心何所类，云边有征鸿。"闻人倓《古诗笺》："'路长'句言日将暮，'鸟鸣'句言秋将尽也。""谓坚冰虽未至而履霜正此时也。"途中所作之《去故乡赋》云："出汀州而解冠，入溆浦而捐袂。听蒹葭之萧瑟，知霜露之流滞。”又云：“是时霜翦蕙兮风摧芷，平原晚兮黄云起。”将抵吴兴，至迁阳时所之《迁阳亭》诗云：“依我从霜露，仆御复孤征。楚客心命绝，一愿闻越声。”所述亦皆秋末节候，可为江淹之吴兴之时间乃在秋季之明证。亦即《年代考》据《待罪江南思北归赋》而以为江淹“动身去建安吴兴时间在元徽二年的十一月”，非是。

江淹何时由建安吴兴北返，也是需要解决的问题。吴谱据江淹《自序》“在邑三载，而朱方竟败矣，复还京师”之记载，乃系其北还在元徽四年(476)。今考景素据京口谋反事败乃在元徽四年七月，而江淹有《还故国》诗一首，为诗人自吴兴北返时所作，此诗云：“窃值寰海辟，仄见圭纬昌。浮云抱山川，游子衔故乡。”即谓其还京都在景素起兵失败后，与《自序》所云正相合。诗又云：“遽发桃花渚，适宿春风场。红草涵电色，绿树铄烟光。”又明记其还京都时适值春日。由是，江淹之北返必不可能在元徽四年，吴谱所云非是。吴谱之所以出现以上之误解，乃其对江淹《自序》之错误理解，又拘于“在邑三载”之说所致。盖《自序》所云，乃谓其在吴兴三载而景素败，至于其北返则又在此后也。二者非同时事，不能混为一谈。《梁书》卷十四《江淹传》云：“淹在县三年。昇明初，齐帝辅政，闻其才，召为尚书驾部郎、骠骑参军事。”记其在县三年，与江淹元徽二年被黜显然乖讹，误亦甚明。此亦由姚思廉错会《自序》文意而致也。要之，江淹之北返乃在景素败之后一年，即宋顺帝昇明元年(后废帝元徽五年，477)春。《南史》卷五十九《江淹传》云：“黜为建安吴兴令，及齐高帝辅政，闻其才，召为尚书驾部郎，骠骑参军事。”考齐高帝萧道成辅政在昇明元年七月，亦可为江淹还京师在是年春之傍证。

曹道衡《年代考》论江淹《还故国》诗时云：

> 江淹从建安吴兴回到家乡的时间，肯定为昇明元年。因为《自序传》称：“在邑(指建安吴兴)三载，朱方竟败焉，复还京师。值世道已昏，守志闲居，不交当轴之士，俄皇帝始有大功于四海，闻而召之。”《梁书·江淹传》也说：“淹在县三年，昇明初，齐帝辅政，召为尚书驾部郎，骠骑参军事。”从元徽二年至昇明元年正好三年。……诗中还说：“窃值寰海辟，仄见圭纬昌”，似指后废帝已死，

朝政清明，有歌颂萧道成之意。“请学碧灵草，终岁自芬芳”，则似是尚未再度出仕，有归隐之意。所以此诗当作于到萧道成幕下之前。

今按：曹先生论江淹北返并作《还故国》诗在昇明元年，是也，然其所论则有数处未惬人意。首先，古人计算年代，皆首尾并算，今略以数例证之。诸葛亮《后出师表》云：“后值倾覆，受任于败军之际，奉命于危难之间，尔来二十有一年矣。”考之史传，刘备屯新野时与诸葛亮相遇，时在建安十二年(207)，距作此表之蜀汉建兴五年(即曹魏太和七年，227)首尾凡二十一年。又如《三国志·魏武帝纪》载建安八年(203)七月令：“丧乱以来，十五有年，后生者不见仁义礼让之风，吾甚伤之。”其中“丧乱”，指中平六年(189)董卓引兵入洛阳事。至建安八年，首尾凡十五年。此例甚众，要不列举。再以江淹本人作品为例，其有《杂三言》五首之作，其一《构象台》云：“苔藓生兮绕石户，莲花舒兮绣池梁。”其二《访道经》云：“池中莲兮十色红，窗前树兮万叶落。”其四《悦曲池》云：“盟清泠兮适潺湲，白云起兮吊石莲。”其五《爱远山》云：“紫蒲兮光水，红荷兮艳泉。香枝兮嫩叶，翠累兮翠叠。”所述皆夏秋景物。而江淹于昇明元年春即返京师，是此五首之作要当在昇明元年(477)之前。而五首之序云：“予上国不才，黜为中山长史，待罪三载。”诗人自元徽二年(474)至元徽四年(476)首尾凡三载，与序所言正相合。若据曹先生所说，至元徽四年时仅二载，则又与序所言不相吻合。此外，江淹有《诣建平王上书》一篇，曹先生《年代考》论此文时云：

> 考《宋书·明帝纪》，始安王子真赐死在泰始二年十月，江淹到建平王幕下，当在该年冬天。因为他后来在元徽二年(474)冬天所作的《被黜为吴兴令辞笺诣建平王》一文中有“窃思伏皂九载”一语，上推到泰始二年，正好是九个年头。

据曹先生上文所言，自泰始二年(466)至元徽二年(474)正好九个年头，实为首尾并计者。又，江淹尝有宣城太守之任，曹先生《评传》云：

建武元年(494)萧鸾即位后,他出任宣城太守,在郡共四个年头。建武四年(497),他被召回建康,任黄门侍郎兼步兵校尉。

以上亦明显为首尾并计之例。然而其论《还故国》诗云"从元徽二年(474)至昇明元年(477)正好三年",则又取实际年代而计之。是曹先生计算年代并无统一之标准,随意性甚大,其不可取也甚明,由此可见,江淹自元徽二年之建安吴兴,至昇明元年凡四载而非三载,即《年代考》以为"从元徽二年至昇明元年正好三年",非是。

其次,昇明元年七月,萧道成弑后废帝后旋引江淹入己府,《年代考》据《还故国》诗之"窃值寰海辟,仄见圭纬昌"二句,以为作诗时后废帝已死,且诗有歌颂萧道成之意。若据此说,则此诗又必作于昇明元年七月后,然而此结论又与曹先生所言之此诗"有归隐之意"互相矛盾,因为是年七月,江淹已入萧道成府,为尚书驾部郎、骠骑参军事,此年七月代萧道成所作之《萧骠骑谢甲仗入殿表》、《萧骠骑让油幢表》、《萧骠骑录尚书事到省表》等可为明证。见诗之"窃值寰海辟,仄见圭纬昌"二句,并非指后废帝已死,而是指景素之败也。若据曹说,则江淹春日还乡,而又何以迁延数月后方作此诗耶?

江淹《自序》云:"复还京师,值世道已昏,守志闲居,不交当轴之士。"是其于昇明元年春自建安吴兴北返之后,曾有一段在家闲居之时期,故《还故国》及其时所作之《吴中礼石佛》诗等作皆表现出归隐之意。但不久之后,功名心颇重的他即为萧道成所召,成为萧道成幕府中的重要成员之一,从此进入了他仕途中的一个全新时期。

三、江淹任正员散骑侍郎、中书侍郎之时间和过程

江淹自进入萧道成幕府之后不久,萧道成即代宋称帝,国号齐。从此,江淹地位逐渐显赫,齐初,他先后任过萧道成次子豫章王萧嶷的骠骑记室参军,领东武令,参掌诏策,又与檀超共掌史职。江淹《自序》:"受禅之后,又为骠骑豫章王记室参军事,镇东武令,参掌诏册,并典国史。既非雅好,辞不获命。寻迁正员散骑侍郎,中书侍郎。"《梁书》、《南

史》本传则略去其任正员散骑侍郎事,《梁书》本传:"建元初,又为骠骑豫章王记室,带东武令,参掌诏册,并典国史。寻迁中书侍郎。"此《南史》本传所载略同。由于记载之差异与不明确,因而论者对江淹的这一任职经历往往产生了较大之分歧。如吴谱以为正员散骑侍郎及中书侍郎二职乃江淹一时所任,并以为江淹任此职在泰始四年(468)。而俞谱则据《拜中书郎表》之"荣郁两临,恩俊交镜"句,亦以为"淹同时受正员散骑侍郎、中书侍郎二职",然而乃系之于齐高帝建元四年(482)。曹道衡《评传》乃略去任正员散骑侍郎一事,云:"萧称帝后,江淹任东武令,参掌诏策,兼管《齐史》的修撰工作,不久又升为中书郎。"但其《年代考》则系江淹《拜正员外郎表》于昇明元年(477),系《拜中书郎表》于齐建元时代,似乎又以为此二职乃江淹先后所任者。对于这一问题,笔者略作论述。

有关正员散骑侍郎与中书侍郎是否一时所任之问题,我们不妨首先考察一下这两种官职之具体职掌及品秩。正员散骑侍郎即散骑侍郎,又称正员郎,称正员者,以区别于员外散骑侍郎也。《宋书·百官志下》:"散骑侍郎,四人。魏初与散骑常侍同置。魏、晋散骑常侍、侍郎与侍中、黄门侍郎共平尚书奏事,江左乃罢。"中书侍郎又称中书郎,《宋书·百官志下》:"中书侍郎,四人。……文帝黄初初,改为中书令,又置监,及通事郎,次黄门郎。黄门郎已署事过,通事乃奉以入,为帝省读书可。晋改曰中书侍郎,员四人。"见此二职皆为奏事禁中之内职,如无特殊之情况,此二职不应由一人同时兼任。《南齐书》卷四十八《孔稚珪传》:"稚珪……迁正员郎,中书郎,尚书左丞。"《南齐书》卷五十二《文学·丘灵鞠传》亦云:"灵鞠……昇明中,迁正员郎,领本郡中正,兼中书郎如故。……建元元年,转中书郎,中正如故,敕知东宫手笔。"据《宋书·百官志》,是时正员郎与中书侍郎虽皆官五品。然由上文所载,中书郎之位任又应略高于正员郎。是故孔稚珪乃由正员郎而为中书郎,丘灵鞠得以正员郎而兼(代理)中书郎,不久而后又转中书郎也。此点,曹先生《年代考》亦有同样之认识。明乎此,我们乃可以断言正员散骑侍郎及中书侍郎二职必非江淹一时所任。《自序》云:"寻迁正员散骑侍郎,中书侍郎。"叙正员郎于中书郎前,如为一时之任,则当叙主官中书郎于正员郎前。由此,江淹当是先为正员郎,而后又迁中书郎也。而

《拜中书郎表》中"荣郁两临"句之"两临",可以理解为江淹先为正员郎,此后乃迁为中书郎,而不必理解成二职同时所任也。

关于江淹任此二职之时间,吴谱以为在宋明帝泰始四年(468),其误已不待辨。因为江淹于宋明帝泰豫元年(472)仅官八品之东海郡丞,则其泰始四年仅二十五岁又始出仕未久之时,必不可能有五品之正员郎及中书郎之任甚明。而《年代考》据《拜正员外郎表》中"不悟震离彻邃,阿景洞幽,复升清闺,列版严闼"数句,以为表"似是昇明元年(477)江淹再度出仕后不久所上",即以为江淹任正员郎在昇明元年,此说盖疑是之辞,证据并不充分。考江淹之为正员郎,乃在齐受禅并领东武令,参掌诏策之后,其《自序》乃有明载,大可不必怀疑其正确性。而且此表又云:"皇纬如纽,惭飞尘之效;璇基方峻,谢寒露之勤。"明显为齐初立国时语气。又且诗人于萧道成称帝之初仅官第七品之豫章王记室参军,则其宋昇明年间又必不得有五品之正员郎之任也,见曹先生说亦非是。《年代考》又据《南齐书》卷十一《乐志》所载之《凤凰衔书伎歌辞》乃"齐初诏中书郎江淹改",而以为江淹《拜中书郎表》作于建元时代,即以为江淹之任中书侍郎在齐建元之时。乃概言之,未予详考,又不无遗憾。而俞谱则以为江淹之迁正员散骑侍郎、中书侍郎在年三十九岁之齐建元四年(482),证据似亦嫌不足。故另为新说如下。

江淹《自序》于其镇东武令,参掌诏册,并典国史后云:"寻迁正员散骑侍郎,中书侍郎。"今考《南齐书》卷五十二《文学·檀超传》、《南史》江淹本传,建元二年,齐始置史官并以江淹与檀超共掌史职。由此,江淹之任正员散骑侍郎乃在建元二年(480)或其后。又考《梁书》本传于江淹迁中书侍郎后续云:

> 永明初,迁骁骑将军,掌国史。出为建武将军、庐陵内史。视事三年,还为骁骑将军,兼尚书左丞。

由此。江淹之任正员散骑侍郎又在永明初迁为骁骑将军、掌国史之前。复考之《南史》江淹本传云淹"永明三年,兼尚书左丞"。今由永明三年逆溯三载,则其出为建武将军、庐陵内史时在永明元年(483)。《梁书》

本传既记江淹由中书郎迁骁骑将军，掌国史在任庐陵内史前，且又在永明初，则其由中书郎迁骁骑将军，掌国史亦必在永明元年。这是因为如在永明元年以后，则与“永明三年，兼尚书左丞”不相合。因此，江淹当是于永明元年先由中书郎迁骁骑将军，掌国史，而后又出为建武将军、庐陵内史。永明三年，又由庐陵还为骁骑将军，兼尚书左丞。即江淹为正员郎，中书郎之时间乃在建元二年(480)至永明元年(483)之间。

《南史·江淹传》云：

> (淹)后拜中书侍郎，王俭尝谓曰：“卿年三十五，已为中书侍郎，才学如此，何忧不至尚书金紫。所谓富贵卿自取之，但问年寿何如尔?”淹曰：“不悟明公见眷之重。”

据《梁书》本传，江淹梁武帝天监四年(505)卒，时年六十二。则其生于宋文帝元嘉二十一年(444)，其三十五岁当宋昇明二年(478)，时齐尚未立国，江淹尚在萧道成骠骑将军府掌笔翰，不可能有中书侍郎之任甚明。故俞谱乃疑王俭所谓之“年三十五”为“年三十九”之讹。并以为其原因“盖‘五’字草书与‘九’字易混所致”，然仅据此而怀疑《自序》所载，似亦不足为据。笔者以为，建元二年时江淹年三十七，三年时年三十八，四年时年三十九，永明元年时年四十。由另一角度观之，王俭于江淹拜中书侍郎时所谓之“卿年三十五”，乃约称而非实指，盖以夸赞江之年轻有为且身居高位也。故不必拘于“年三十五”之说而怀疑《南史》记载之真实性。考建元三年(481)至永明元年，江淹年在三十八至四十之间，当不应以“年三十五”称之，而建元二年(480)时其年三十七，正可约指为三十五。由此，江淹之任中书郎当自是年始，江淹《自序》明确记载其任正员散骑侍郎在典国史之后，任中书郎之前，则其任正员散骑侍郎亦建元二年(480)事。《拜中书郎表》云：“不悟遭社鸣之世，属河清之会。”乃齐初立国时口气，亦可为江淹任中书郎在是年之佐证。

要之，建元二年(480)时，江淹先与檀超共掌史职，后又领东武令。同年又先后迁正员散骑侍郎及中书侍郎，至永明元年(483)，乃由中书郎而迁为骁骑将军，掌国史也。

论江淹几篇文章的写作时间

一、《报袁叔明书》

此文乃江淹与挚友袁炳交往之作，其《袁友人传》云："友人袁炳，字叔明，陈郡阳夏人。其人天下之士，幼有异才，学无不览，文章俶傥清澹出一时。任性观书，不为章句之学。其笃行则信义惠和，意罄如也。常念阴松柏，咏诗书。志气跌宕，不与俗人交。"江淹《自序》亦云："所与神游者，唯陈留袁叔明而已。"即此人也。关于此文之作年，历来论者之说法颇有较大之差异。较早为此文系年的为吴丕绩《江淹年谱》(以下简作吴谱)，其于泰始七年(471)云：

> 集中《报袁叔明书》云："拂衣于梁齐之馆，抗手于燕赵之门，且十年矣。"所谓"且十年"者，将十年也。则先生此书当作于出仕后八、九年间。先生自弱冠宦游，至今岁已九载，故此书当编于此处。

今考之此书云："去岁迫名茂才，冬尽不获有报，引领于邑，情讵可及。"茂才即秀才，则书乃作于江淹为南徐州秀才之次年。江淹又有《自序》一篇，云："始安之薨也，建平王刘景素闻风而悦，待以布衣之礼。然少年尝倜傥不俗，或为世士所嫉，遂诬淹以受金者，将及抵罪，乃上书见意而免焉。寻举南徐州桂阳王秀才，对策上第，转巴陵王右常侍，右军建平王主簿，宾待累年，雅以文章见遇。”《梁书·江淹传》亦云：“宋建平王景素好士，淹随景素在南兖州。广陵令郭彦文得罪，辞连淹，系州狱。淹狱中上书曰：……景素览书，即日出之。寻举南徐州秀才，对策上第，转巴陵王国左常侍。”《南史·江淹传》所载略同。若据吴谱，则江淹之被举为南徐州桂阳王秀才应在泰始六年(470)时。然《自序》既自云被举为南徐州桂阳王秀才，则其举为秀才必在桂阳王任南徐州刺史时。桂阳王，即宋文帝第十八子刘休范，宋孝武帝大明元年由顺阳王而改封桂阳王。据《宋书》之《明帝纪》《文五王传》，桂阳王休范泰始元年(465)十二月为镇北将军、南徐州刺史，五年(469)十二月征为中书监、中军将军、扬州刺史。由此，江淹之被举为南徐州桂阳王秀才应在泰始五年十二月前。见吴谱以为此文作于泰始七年之说，非是。

曹道衡《江淹作品写作年代考》(以下简作《年代考》)则系此文于泰始三四年(467—468)之间，其云：

> 此书云：“去岁迫名茂才，冬尽不获有报”，知作于“举南徐州桂阳王秀才”之明年。“举秀才”事大约在泰始三年，最早不得在二年底以前。所以此书最可能的写作时间是泰始四年，最早也不过是三年末的事。信中又有“故拂衣于齐梁之馆，执手于楚赵之门，且十年矣”诸语。考江淹于大明七年授始安王“五经”，至此时不过五六个年头，不可能有“十年”。但古人行文，常举约数而言。《南齐书·武帝纪》载武帝萧赜遗诏云：“吾行年六十”，其实他只活了五十四岁。所以“十年”二字当非确数，否则和“去岁迫名茂才”的话时间不符。

萧赜乃一代帝王，故遗诏有“吾行年六十”之张大之语，而一般情况下仅五六年而约举为十年，则不免令人怀疑。俞绍初先生《江淹年谱》(以下简作“俞谱”)又提出新说，系此书于泰始六年(470)，云：“‘且十年’，即将近十年。江淹自弱冠委身王侯，自今得八年，与‘且十年’之说亦符合。”所说各有不同。笔者以为，要解决这一问题，首先必须解决的问题是，江淹究竟于何时被举为南徐州桂阳王秀才。对这一问题，曹先生《年代考》仅推测为“大约在泰始三年，最早不得在二年底以前”。而俞谱则作了较为详细之考证，其于泰始五年云：

> 案《宋书》卷七十九《桂阳王休范传》及卷八《明帝纪》，泰始五年十二月，休范以南徐州刺史为扬州刺史，淹举秀才不得晚于是年十二月。又据江淹《哀千里赋》云：“伊孟冬之初立，出首夏以归来。”初立，谓始立功名，指举秀才事，而已知上年淹在吴兴，则其举南徐州桂阳王秀才当在本年十月。

考《年代考》推测之语，原不足据，而俞谱所论，恐亦有未审。“初立”，谓始立功名，是也；然而以为乃指举秀才事，则当有误会，盖因秀才非官，被举为秀才不得理解为始立功名也。

因此，江淹《哀千里赋》之“伊孟冬之初立”，不可能指其举秀才之事。《梁书》、《南史》本传皆云其“起家南徐州从事”，明记其始仕事，即“伊孟冬之初立”者，乃指其为始安王子真南徐州从事事也。这也就是说，俞谱所论之江淹于泰始五年十月被举为南徐州秀才者，亦非是。

江淹究竟于何时被举为秀才，还应该作更进一步之探讨。笔者以为要解决这一问题，首先必须清楚江淹《望荆山》诗之作年，因为此诗关系到江淹这一时期的行踪。吴谱据《梁书·江淹传》“景素为荆州，淹随之镇”之记载以及此诗《文选》李善注，乃系此诗于泰始七年(471)，谓为江淹随建平王刘景素“初至荆州途中所作”。今考之《宋书·明帝纪》，泰始七年二月，“湘州刺史建平王景素为荆州刺史”。而《望荆山》诗所表现的乃深秋节候，这就与景素刺荆州之时间产生了明显之矛盾，因为湘州治临湘(今湖南长沙)，景素自湘州临湘前往荆州之江陵，必不可能迁延至深秋九月。再者，江淹有《建平王庆安成王拜封表》一篇，乃其代景素而作，表云：“臣涵悦楚边，魂驰关阙，不任下情。”是表乃作于抵荆之后。据《宋书·明帝纪》，明帝第三子刘准封安成王在泰始七年八月。则景素抵荆之时间又在此前。由是，吴谱以为此诗为随景素于湘州之荆州所作者，其误已不待辩。

俞谱则系此诗于泰始六年(470),以为是时江淹转荆州刺史巴陵王休若右常侍,赴荆州,与建平王同行。道中作《从冠军行建平王登庐山香炉峰》诗,初至荆州时作《望荆山》诗。今按:据《宋书·明帝纪》,景素受命为湘州刺史在泰始五年十二月,江淹《从冠军行建平王登庐山香炉峰》诗云:"瑶草正翕艳,玉树信葱青。"乃春末节候,即江淹随景素赴湘而道经庐山时乃在暮春。而庐山至荆州江陵不过旬日之行程,则其至江陵并作《望荆山》亦必不可能迁延至是年深秋。况且,江淹赴荆就任巴陵王右常侍而与建平王景素同行之本身,又颇为令人怀疑。由此,俞谱以为《望荆山》诗乃泰始六年江淹赴荆就任巴陵王右常侍时所作之说,恐亦未审。

关于曹道衡先生《江淹评传》及《年代考》将《望荆山》诗定为泰始三年深秋,江淹于赴雍州襄阳就任雍州刺史巴陵王休若右常侍途中,行经荆州江陵时所作之说,笔者已于《论江淹复入宋建平王刘景素幕之时间、过程及后期的升降沉浮》一文中指出其差强人意之处,因为江淹于泰始三年(467)八月始出南兖州狱,出狱后经由被举为南徐州秀才,对策上第及除授为巴陵王右常侍之过程,再自京都建康西上,决无可能于当年深秋至江陵并作此诗。然而,曹先生虽然论《望荆山》之写作时间未惬人意,但《江淹评传》论此诗以为此诗表现出作者在旅途中的感伤之情,并认为这是作者刚出南兖州狱而致,见解可谓相当精辟。因此,此诗虽然不可能是泰始三年所作,但却极有可能作于泰始四年之深秋。《宋书·明帝纪》,泰始四年五月,"癸亥,以行雍州刺史巴陵王休若为行湘州刺史",见休若是年秋在湘州之临湘(今湖南长沙),江淹由建康前往湘州,江陵乃其必经之地,是时距出南兖州狱亦未久,故诗中流露出远适异乡之哀怨也就相当正常。至于此诗中"南关绕桐柏,西途出鲁阳"二句,《文选》李善注及明胡之骥《江文通集汇注》(以下简作"胡注")以南阳(今湖北南阳)之桐柏、鲁阳二山以当之,曹先生《年代考》亦同此说,以为乃今鄂北之桐柏、鲁阳。然而,从诗意看,此二句实乃指楚地之广而并非实写。《水经·溱水注》:"武溪水出临武县西北桐柏山。"诗之"桐柏",更可能即指此山,在今湖南省南界,晋初原属荆州。而"南关"者,南方之关隘也。"南关","西途"二句相对以成文,盖承首二句"奉义至江汉，始知楚塞长”而言，乃盛称楚地之广也。江淹于荆州所作诗文多有言楚地之广者，如《建平王散五刑教》云“旧楚地旷，前郢邙殷。水带枉渚，山匝鲁阳。”胡注：“《楚志》曰：‘枉渚在武陵郡城南，源出枉山。《楚辞》曰朝发枉渚兮。即此。’”考武陵郡即今之湖南常德。是教之“水带枉渚，山匝鲁阳”句，乃承‘旧楚地旷’而言，谓楚地之广也。其《建平王让右将军荆州刺史表》云：“水交沅澧，山通岷峨，襟带百县，萦抱七州。”亦即此意。若据李善等注，以“桐柏”、“鲁阳”皆为河南南阳之地，则诗义殊不可解矣。此种理解，与俞谱所释此二句谓“写望中之荆山，……极言楚塞之长”亦正相契合。由此，《望荆山》诗当是江淹于泰始四年（468）深秋前往湘州之临湘，就任巴陵王刘休若右常侍时途经荆州江陵所作无疑。笔者前此曾撰《江淹诗文系年考辨》一文①，以为此诗乃泰始七年深秋，江淹随景素之荆州后所作，现在看起来，这一观点是应该予以修正的。

既然《望荆山》诗乃江淹于泰始四年深秋前往湘州就任巴陵王右常侍途中作，今由其《自序》所云出南兖州狱后，“寻举南徐州桂阳王秀才，对策上第，转巴陵王右常侍”之语，则其被举为南徐州秀才又在泰始三年（467）九月至四年（468）八月之间。而泰始三年八月，江淹始出南兖州狱，其被举为南徐州桂阳王秀才又当以泰始四年春为近是。因此，《报袁叔明书》之作当以泰始五年（469）为是。

二、《到主簿日事诣右军建平王》

由文题，此文乃江淹就任建平王景素右将军主簿时作。吴谱系之于泰始二年（466）而未说明理由；曹道衡《年代考》则系于泰始三年（467），其云：

> 《被黜为吴兴令辞笺诣建平王》中说道：“窃思伏皂九载，齿录八年。”他在泰始二年曾入景素幕，旋即“举南徐州桂阳王秀才，对

① 拙作《江淹诗文系年考辨》，载《河南师大学报》1987年第3期。

策上第，转巴陵王右常侍，右军建平王主簿”（见《自序传》）。以《辞笺》考之，疑泰始三年他就回到建平王幕下。……前引“齿录八年”一语，当从任主簿时算起，到元徽二年刚好八个年头。

然而，由于泰始三年时建平王景素之军号乃冠军将军，与文题之“右军”不相合，故《年代考》乃辩之云：

《自序传》和本文称建平王为“右军”，恐误。《宋书·文九王·建平王景素传》，景素在任湘州刺史期间（泰始五年至七年）进号“左将军”，在此以前号“冠军将军”。《明帝纪》载，泰始五年十二月，“吴兴太守建平王景素为湘州刺史”，七年二月，“湘州刺史建平王景素为荆州刺史”（《景素传》作六年）。江淹重返景素幕后下时间，不得迟于泰始三年，否则不合“八年”之数。景素去湘州前，江淹已回到他幕下，有《从冠军建平王景素登庐山香炉峰》一诗为证。因为“冠军”正是景素初任湘州刺史时称号，而庐山又是从吴兴或建康去湘州所必经之地。可见《自序传》是后来称号追记前事，至于本文题目，疑后人在传抄中误据《自序传》所改。

这里首先需要说明的有二点。一是建平王景素在湘州期间所进号的当是“右将军”，《宋书·文九王传》所记载的“左将军”乃“右将军”之误。这首先因为除《自序》及本文外，江淹又有《建平王让右将军荆州刺表》等文，明记其是时乃在景素右将军府；此外，《南齐书·刘怀珍传》亦载景素任荆州刺史时，曾徙为“右军司马”，可为景素刺荆时军号为右将军之证。《年代考》见未及此，所说非是。二是《宋书》景素本传记景素于泰始六年为荆州刺史之“六年”，乃“七年”之误。这是因为《宋书·明帝纪》载泰始七年二月，“戊午，以征西大将军、荆州刺史巴陵王休若为征北大将军、南徐州刺史，湘州刺史建平王景素为荆州刺史”，记景素刺荆州之同时，又记原刺史巴陵王休若之改任，自较本传所记为可信。① 此

① 说详拙著《宋书校议》，上海古籍出版社 2002 年版。

外，曹说又有未惬人意之处。因为据曹先生说，泰始三年深秋江淹前往雍州（州治襄阳，今湖北襄阳）就任巴陵王休若右常侍，途经荆州江陵时作《望荆山》诗，见《年代考》及曹先生《江淹评传》，而后又复至建康或吴兴入建平王景素幕，但这在短短三四个月的时间中是无论如何也不可能完成的。退一步而言，即便江淹至襄阳后旋即东返，亦与本文之内容不相合，考文中有云："而身轻恩重，猥奉末光。枉白璧之惠，降黑貂之私。因兹感激，未能自反。负金羁于淮吴，从后车于河楚。"其后二句胡之骥《江文通集汇注》曰："建平王拜荆、徐两州刺史，移镇朱方，淹皆从事，故云。"今考建平王景素为南徐州刺史自宋明帝泰豫元年（472）七月始，而受命为荆州刺史则在泰始七年（471）二月。《汇注》以为淮吴指南徐州，则于"从后车于河楚"者不合，故必误。此'淮吴'，乃指南兖州，时治广陵，汉吴王刘濞都此，故有此称。景素泰始二年之刺南兖州及泰始七年之刺荆州，一先一后，江淹皆随之，故文有"负金羁"，"从后车"之语。这也就是说，是此文必作于建平王景素泰始七年二月受命为荆州刺史之后，是《年代考》所论，乃为臆断之辞，不足征信亦明矣。

俞谱乃系之于泰始七年二月，其云：

> 按《宋书》卷七十二《建平王景素传》，景素以冠军将军进号为右将军（本传"右"原作"左"，今从《自序》改），在由湘州刺史转荆州刺史之前。《明帝纪》载：泰始七年二月癸巳（初五日），"征西将军、荆州刺史巴陵王休若进号征西大将军"，疑景素之进号或在同时。

俞谱据巴陵王休若进号之时间而系此笺于泰始七年二月，乃疑是之辞，未足为定论。考景素于泰始七年（471）二月戊戌受命为荆州刺史，为月之三十日，则江淹随景素之荆州最早在此年三月，到荆州后任景素主簿，乃在是年三月或稍后。今由是时江淹代景素所作之大量章、表等观之，其为景素右军主簿之时间乃在是年春夏之间。即江淹此文乃泰始七年春夏之间所作。此与《宋书》景素本传所载之景素泰始五年至湘州后进号右将军，亦正相一致。

三、《哀千里赋》

此赋曹道衡《年代考》系于泰始三年秋，以为乃江淹于前往雍州襄阳就任巴陵王刘休若右常侍时，与《望荆山》诗同时作，其云：

> 此赋写秋景，与《望荆山》相似。赋中有“自出国而辞友，永怀慕而泡哀”之句。古人往往以“国”代指京城，“出国辞友”当指初离京城而远行时作。赋中又云：“及年岁之未晏”，虽袭用《离骚》之句，亦说明是作者早年所作，当亦系泰始三年去襄阳时写的作品。

关于这一说法，笔者于上文论《报袁叔明书》时已经指出，由于泰始三年(467)八月始出南兖州狱，出狱后经由被举为南徐州秀才，对策上第及除授为巴陵王右常侍之过程，再自京都建康西上，决无可能于当年深秋至江陵并作《望荆山》诗，即江淹于举为南徐州秀才后授巴陵王右常侍时，巴陵王刘休若乃在湘州之临湘，而不在雍州之襄阳，其时间当在泰始四年(468)深秋。因此，曹先生以为此赋乃泰始三年秋所作之理由并不充分。

俞谱提出新的见解，以为此赋乃乃泰始六年(470)前往荆州江陵，就任巴陵王右常侍时作。且以为是时建平王景素赴湘州刺史任，江淹与之同行，道中有《从冠军行建平王登庐山香炉峰》诗，秋，至荆州后有《望荆山》诗及《哀千里赋》等作。其云：

> 《哀千里赋》云：“萧萧江阴兮荆山之岑”，又云：“于时鸿雁既鸣，秋光亦穷。”亦知作于同时。

关于这一说法，笔者在上文论《报袁叔明书》时也已经指出，江淹就任巴陵王右常侍也并非在泰始六年于荆州，而是在泰始四年于湘州，是年深秋途经荆州江陵时有《望荆山》诗之作。这也就是说，俞谱以为此赋为泰始六年江淹初至荆州所之说亦不能成立。

此赋云：“伊孟冬之初立，出首夏以归来。自出国而辞友，永怀慕而抱哀。”应系其初离京都而远行时作，曹先生说是也。赋又云：“萧萧江阴兮荆山之岑，北绕琅琊碣石，南驰九嶷桂林。”又当作于荆州。笔者上文于论《报袁叔明书》时又指出，江淹之初次远游乃在泰始四年(468)，时前往湘州之临湘就任巴陵王休若右常侍，途经荆州而有《望荆山》诗之作，则此赋亦当作于同时。由《望荆山》诗可知，至江陵时已在是年深秋，而此赋云：“于时鸿雁既鸣，秋光亦穷。水黯黯兮莲叶动，山苍苍兮树色红。”亦深秋景象，时间正相合。是年江淹年二十五岁，又与赋所表现之为其早年之作品正相一致，以上皆足证此赋乃泰始四年深秋所作。

四、《建平王之南徐州刺史诣阙表》

此表云：“今便奉官外甸，卷迹徐山，托慕宸严。”乃建平王景素就任南徐州刺史之行前江淹所代作者。考《宋书·后废帝纪》载泰豫元年闰七月甲辰，“新除太常建平王景素为镇军将军、南徐州刺史”，曹道衡《年代考》因论之云：

> 按：此文是赴任时作，文中称“哀疾不获诣阙”，说明景素自江陵赴丹徒，路经建康并未上岸朝见后废帝，此时他和朝廷的矛盾已经很尖锐。本文这个内容，与《宋书·文九王·建平王景素传》可以互相印证。

曹先生以为此文为赴任时作，所说极是，但却又有数点颇有疑问之处。首先，《宋书》景素本传于其为荆州刺史后续云：“征为散骑常侍、后将军、太常，未拜。授使持节、都督南徐南兖兖徐青冀六州诸军事、镇军将军、南徐州刺史。”是建平王景素乃由散骑常侍、后将军、太常改任为南徐州刺史，而并非由荆州刺史改任南徐州刺史。至于景素何时被征为太常，史书虽未有明确之记载，但亦可考得，《宋书·文九王传》载景素卒后，其故秀才刘琎上书云：“王之在荆州也，时献太妃初薨，宋明帝新弃天下，京畿诸王又相继非命，王乃征入为太常。”是其被征为太常乃在明帝始卒之后，即泰豫元年(472)四月己亥(十七日)后。又据《宋书·明帝纪》载泰豫元年夏四月己亥明帝卒前事云：“镇东将军蔡兴宗为征西将军、开府仪同三司、荆州刺史。”即蔡兴宗于明帝刘彧卒之同日被任为荆州刺史，并有荆州之行。由此，景素之被任为太常应与蔡兴宗受命刺荆为同时事，即在是年四月时。然而后废帝刘昱自是年四月庚子始即帝位，为明帝卒之后一日，即月之十八日。见景素之被征为太常及蔡兴宗代景素刺荆州，皆明帝临终之遗命。《宋书》景素本传载刘琎上书又云：“王乃征入为太常，楚下人士并劝勿下，王谓：‘为臣而距先皇之命，不忠；为子不奉亲之窀穸，不孝。’于是弃西州之重，而匍伏北阙。”云“先皇之命”者，亦可为景素之被征为太常侍乃在泰豫元年(472)四月十七日己亥之明证。然诏命至荆，又当在数日后矣。刘琎上书又云：故刘琎上书乃有“宋明帝新弃天下，京畿诸王又相继非命，王乃征入为太常”之语。景素受命为太常后并未立即回京，江淹集有《建平王庆王太后正位章》、《建平王庆江皇后正位章》二文，乃作于荆州者，《宋书》卷九《后废帝纪》，明帝王皇后被尊为皇太后及废帝江皇后之立皆在是年六月乙巳，为月之二十四日。因此，江淹之随景素东还又在是年六月之后。江淹又有《刘仆射东山集》、《刘仆射东山集学骚》诗各一首，皆泰豫元年秋在京都建康与刘勔相游处之作，即是时江淹已随景素东还京都建康。由此，江淹之随景素东还乃在泰豫元年(472)七月。因此，是年闰七月景素受命为南徐州刺史之任时，当是由京都建康前往南徐州之京口(即丹徒)，而并不是“自江陵赴丹徒”。其次，景素之京口前未面见后废帝，并非因其与朝廷矛盾尖锐。试想臣主之间，矛盾纵使尖锐，臣又安敢公然废礼而蔑视帝尊邪？对于这一问题，表文其实已经说得比较清楚，其云：“载惟感恋哀疾，不获诣阙。”《汇注》：“时建平王居母周太妃之忧，故云‘哀疾’。”则景素未面见废帝之由不言自明矣。

建平王景素赴南徐州任及江淹作此表之时间，俞谱系之于此年闰七月。今考江淹集中又有《建平王让镇南徐州刺史启》一篇①，乃景素受

① 是时景素所任之军号，据《宋书》卷七十二《文九王传》，乃镇军将军。《宋书》卷九《后废帝纪》又有今岁八月“镇军将军、南徐州刺史建平王景素进号镇北将军”之记载，《宋书》、《南史》之江淹本传及江淹《自序》亦皆云景素镇京口时，江淹为其镇军参军，可见此启题作“让镇南徐州刺史”必误，“镇”后佚“军”一字，应为“让镇军南徐州刺史”也。

命为南徐州刺史时之让表，时景素因其母周太妃卒而服丧未竟，故启又有“臣乏素能，或所不任。况在忧年，必取黜辱”，“犹疑大道之行，墨缞不兴。孝治天下，通丧获遂”等语。即景素被任为南徐州刺史后，又有让刺史之事。而景素被任命为南徐州刺史，时在闰七月甲辰，为月之二十四日。诏命往返，当月赴任已无可能，因此，建平王之京口而命江淹代作此表之时间又应以泰豫元年(472)八月为近。

五、《被黜为吴兴令辞笺诣建平王》

此文吴谱及曹道衡《年代考》皆以为乃诗人于黜为建安吴兴令时行前所作，时间在宋后废帝元徽二年(474)。而俞谱则以为至吴兴后所作，其云：“《辞笺》又云：‘方蒙被霜露，裹粮洲岛，凿山楹为室，永与鼋鼍为群。’……是作于吴兴初。”今由笺题观之，俞说颇为可疑，考鲍照《发后渚》诗从军乏衣粮，方冬与家别二句，《文选》李善注云：方，犹将也。即此笺文之方蒙被霜露云云，乃想象其至吴兴后之情形，而并非至吴兴后所作。吴谱及《年代考》是也。

然而，《通鉴》卷一百三十三于元徽三年(475)末又有以下的一段记载：

> 南徐州刺史建平王景素孝友清令，又好文学，礼接士大夫，由是有美誉，太宗特爱之，异其礼秩。时太祖诸子俱尽，诸孙唯景素为长。帝凶狂失德，朝野皆属意于景素。帝外家陈氏深恶之，杨运长、阮佃夫等欲专权势，不利立长君，亦欲除之。其腹心将佐多劝景素举兵，镇军参军济阳江淹独谏之。景素不悦。

俞谱因据之而系江淹之出为吴兴令在元徽三年(475)秋。然而若据《通鉴》所载，江淹于元徽三年末谏景素谋反，则其被黜为建安吴兴令又当为元徽四年(476)或其后之事，而不应该反在此前的元徽三年秋。由此，俞谱据《通鉴》而系江淹之被黜在元徽三年之本身即相当可疑。再者，如江淹之被黜在元徽三年，据江淹《自序》“在邑三载，而朱方竟败矣”,则建平王景素于南徐州京口(即朱方)谋反事败又当在宋顺帝昇明元年(即后废帝元徽五年,477)。而《宋书》之《后废帝纪》、《文九王传》皆明记景素据京口谋反事败乃在元徽四年七月,二者明显不相合。足证俞谱据《通鉴》所载以为江淹之被黜在元徽三年之非是。其实,《通鉴》乃综合《宋书·文九王传》及《梁书·江淹传》而书之。据《自序》及《梁书》本传,江淹之谏乃始于其随景素在荆州,时在宋明帝泰始七年(471)至泰豫元年(472)之间,远早于其随景素在南徐州时。《通鉴》之所以载于元徽三年末者,当因元徽四年景素乃反之故,而并非江淹之始谏在是时,此观《宋书·文九王传》载景素将佐劝其举兵事在元徽三年时自明。又且江淹久已由镇军参军而随府转镇北参军,又转征北参军。而《通鉴》乃云“镇军参军济阳江淹”,尤益见其载,乃概言之矣。由是知江淹之被黜,必元徽二年事,吴谱及曹先生所论是也。关于江淹之建安吴兴之具本时间,江淹集中之《无锡县历山集》、《赤亭渚》、《渡泉峤出诸山之顶》、《迁阳亭》数诗,以及《去故乡赋》,皆江淹之吴兴途中所作。其行经无锡时所作之《无锡县历山集》诗云:“秋生白露日,怨起秋风年。窃悲杜蘅暮,揽涕吊空山。”明言秋日;途经钱塘(今浙江杭州)时所作之《赤亭渚》诗云:“路长寒光尽,鸟鸣秋草穷。瑶水虽未合,珠霜窃过中。”又云:“一伤千里极,独望淮海风。远心何所类,云边有征鸿。”闻人倓《古诗笺》:“‘路长’句言日将暮,‘鸟鸣’句言秋将尽也。”“谓坚冰虽未至而履霜正此时也。”途中所作之《去故乡赋》云:“出汀州而解冠,入溆浦而捐袂。听蒹葭之萧瑟,知霜露之流滞。”又云:“是时霜翦蕙兮风摧芷,平原晚兮黄云起。”将抵吴兴,至迁阳时所之《迁阳亭》诗云:“依我从霜露,仆御复孤征。楚客心命绝,一愿闻越声。”所述亦皆秋末节候。即江淹之建安吴兴之时间乃在秋日,由此,此文亦元徽二年(474)秋所作。

六、《石劫赋》

此赋俞谱未予系年,曹道衡《年代考》以为于建安吴兴时作,其云:

此赋言海人食石劫,“一名紫䕢,蚌蛤类也。春而发华,有足异者”。考南朝人食蚌蛤，本不足异。《南齐书·周颙传》载，何胤信佛，曾议论佛徒能否吃蟹和蚶蛎。钟岏认为蚶蛎不会动，与瓦砾无异，可以“长充庖厨”。但江淹这里说什么“春而发华”，有点象植物，这当是出于传闻。他对江苏一带的蚌蛤，未必能有此种议论。恐是在福建时所见品种，根据传闻而来。这时所谓“海人”，即指福建沿海的人。

今考石劫春天盛生，每潮来，壳中伸细脚攫取食物，攒簇如聚蕊，古人误以为花。故王维《送元中丞转运江淮》诗云：“去问珠官俗，来经石劫春。”曹说以为赋序之“春而发华”，乃“当是出于传闻”，非是。此赋云：“我海若之小臣，具品色于沧溟。既炉天而铜物，亦翕化而染灵。比文豹而无恤，方珠蚌而自宁。冀湖涛之蔽迹，愿洲渚以沦形。故其所巡，左委羽，右穷发。日照水而东升，山出波而隐没。光避伏而不耀，智埋冥而难发。”乃以石劫自比，表其消极避世之意，与其谪为吴兴令时心情相一致。考石劫，又作石蜐，产于浙江以南沿海。赋云“海若之小臣”，赋末又云：“请去海人之仄陋，充公子之佳客。”皆指福建沿海而言，见赋乃在吴兴令任时作，曹先生所说是也，然其泛系于在吴兴时，则又不无遗憾。今由“春而发华”云云观之，当是春日石劫盛产之时，当地居民食之，江淹乃有感而作此赋也。石劫生浙东以南沿海，江淹生长于京口一带，未能见此，其元徽二年(474)秋谪居吴兴，至元徽三年(475)春必有见土人食之之事，故奇而有感，并为作此赋也。因此，此赋之作，当在元徽三年春。

七、《伤爱子赋》

此赋序云：“江艽，字胤卿，仆之第二子也。生而神俊，必为美器，惜哉遘闵，涉岁而卒。悲至踯躅，乃为此文。”是伤其次子夭逝而作。曹道衡《年代考》系于泰豫元年(472)至元徽二年(474)之间，以为乃江淹于京口在建平王景素幕下时作。其云：

> 这篇赋是哀悼江淹的次子江艽而作。赋中提到自己“爰守官于江浔”。这“守官”二字一般指做地方官而言，与充任幕僚不同，如《草木颂序》称“守职闽中”，即指任建安吴兴令。《伤友人赋》中所谓“从官朱藩”，“从官”即指当幕僚。但他随景素在南徐州时，却有个兼职，即东海郡丞，见于《自序传》。当时东海郡在丹徒(今镇江一带)，故称“江浔”。《宋书·州郡志一》：“文帝元嘉八年，立南徐，以东海为治下郡，以丹徒属焉。”赋中又没有提到贬官之事，恐系在丹徒所作，所以应系于这一时期。

今考江淹在南徐州时以建平王景素军府佐吏而兼任东海郡丞，然时之郡丞乃太守之属官，《宋书·百官志下》，郡太守官五品，而郡丞仅八品，而其所任实职景素军府参军则官第七品。故其在南徐州时自称“从官朱藩”，而不云“守官”或“守职”。又且江淹在建安吴兴时所作诸作多未言及贬官之事，由此并不能仅因为此赋未涉及贬官而否定此赋在建安吴兴作。此赋云：“我过幸于时私，爰守官于江浔。”作于吴兴时之《草木颂十五首》序亦云：“仆一命之微，遭万代之幸。……爰乃恭承嘉惠，守职闽中。”可见一致之处。即曹先生以为此赋作于泰豫元年至元徽二年之间，未为定论也。

其实，此赋已经透露出了其子江艽生卒年之讯息，考赋云：“尔诞质于青春，摄提贞于孟陬。谓比方于右列，望齐英于前修。”“前修”，乃指屈原，屈子《离骚》自述生辰，云：“摄提贞于孟陬兮，惟庚寅吾以降。”故赋有此语。考《离骚》之“摄提”句有二解，一为王逸《楚辞章句》说，一为朱熹《楚辞集注》说。而朱熹后于江淹数百年，故时人解“摄提”句，实以东汉王逸说为准。由此，江艽之生乃在寅年。稽之江淹一生所当寅年，宋文帝元嘉二十七年(450)庚寅，年七岁，尚在孩提；大明六年(462)壬寅，年十九，尚未出仕。以上二寅年与赋所云之“我过幸于时私，爰守官于江浔”及“姊目中而下泣，兄嗟季而饮泪”不相合，可不予考虑。其余齐武帝永明四年(486)丙寅，年四十三；齐明帝建武五年(498)戊寅，年五十五，以上二寅年江淹皆在建康，与赋之“守官于江浔”不合，又且其时诗人年事已高，似不至始有次子之生，故亦可不予考虑。由此，其子江艽惟一有可能出生之时间乃在元徽二年甲寅，是年江淹年三十一。考此赋云："惜哉遘闵，涉岁而卒"，无论"涉"字作何解，江艽之卒皆应在元徽三年(475)。其年秋江淹即被黜为建安吴兴令。时建安吴兴属江州，与赋之"守官于江浔"者正相合。又考之赋又云："白露奄被此百草，尔同凋于梧楸。"则江艽之卒乃在元徽三年秋，赋亦必元徽三年(475)作于建安吴兴者。

俞谱亦据赋之"尔诞质于青春，摄提贞于孟陬"句而推断此赋作于元徽三年秋，然则以为作此赋时江淹乃在南徐州之京口。由上文论江淹《被黜为吴兴令辞笺诣建平王》可知，元徽二年秋，江淹已被黜为建安吴兴令，即俞谱论此赋之作年虽是，然以为赋作于京口者，则不无遗憾耳。

八、萧骠骑祭石头战亡文

宋顺帝昇明元年(477)十二月，荆州刺史沈攸之反于江陵，发兵东下，司徒袁粲、尚书令刘秉据建康石头城以应之，骠骑将军萧道成遣军攻石头城，斩袁粲、刘秉等，此文乃祭石头城一役战亡将士而作。曹道衡《年代考》以为作于是年闰十二月，其云：

> 昇明元年十二月，沈攸之起兵，袁粲、刘秉等据石头城乘机反对萧道成，被萧所击灭。此文是闰十二月萧道成祭战死士卒的文章，由江淹代笔。

俞谱则系于是年十二月，其云：

> 案《宋书》卷八《明帝纪》，昇明元年十二月壬申，袁粲据石头反，刘秉率众赴之，不日粲、秉事败被杀，甲戌大赦天下。祭文当作于大赦日前后。

今考是年十二月庚戌朔，是月壬申袁粲等起兵据石头，为月之二十三日。萧道成遣诸将攻之,是夜即破石头,斩粲。此文借祭石头战亡将士激励士卒,以破沈攸之之乱,必在此之月内。《年代考》以为在闰十二月,不知何据?俞谱以为在是月甲戌大赦日前后,为月之二十五日,是也。然俞谱又小有笔误,盖上事乃见之于《宋书·明帝纪》也。

九、拜正员外郎表、拜中书郎表

江淹《自序》:"受禅之后,又为骠骑豫章王记室参军事,镇东武令,参掌诏册,并典国史。既非雅好,辞不获命。寻迁正员散骑侍郎,中书侍郎。"此二文即分别为诗人任此二职之谢表。《梁书》、《南史》本传则略去其任正员散骑侍郎事,《梁书》江淹本传:"建元初,又为骠骑豫章王记室,带东武令,参掌诏册,并典国史。寻迁中书侍郎。永明初,迁骁骑将军。"《南史》本传略同。由于记载之差异与不明确,因而论者对江淹任员外郎及中书郎的经历往往产生了较大之分歧。曹道衡《年代考》乃系江淹《拜正员外郎表》于宋顺帝昇明元年(477),系《拜中书郎表》于齐建元时代,以为此二职乃江淹先后所任者。然而《自序》既云其迁正员散骑侍郎在齐受禅以后,则《拜正员外郎表》似不应作于宋昇明时。此表有云:"皇纬如纽,惭飞尘之效;璇基方峻,谢寒露之勤。"明显为齐初立国时语气。又且诗人于萧道成称帝之初仅官第七品之豫章王记室参军,则其宋昇明年间又必不得有五品之正员郎之任也。是《年代考》所论,颇有疑问之处。《年代考》又据《南齐书》卷十一《乐志三》所载之《凤凰衔书伎歌辞》乃"齐初诏中书郎江淹改",而以为江淹《拜中书郎表》作于建元时代,乃概言之,未予详考,又不无遗憾。俞谱则据《拜中书郎表》之"荣郁两临,恩俊交镜"句,以为"淹同时受正员散骑侍郎、中书侍郎二职",并进而系之于齐高帝建元四年(482),其云:

> 《南史》本传:"后拜中书侍郎,王俭尝谓曰:'卿年三十五,已为中书侍郎,才学如此,何忧不至尚书金紫。所谓富贵卿自取之,但问年寿何如尔。'淹曰:'不悟明公见眷之重。'"案江淹《自序》,叙其事历载止于中书侍郎,不确言其在何时。《南史》本传所载王俭语,

谓在年'三十五'。据上谱可知,淹三十五岁时犹在萧道成骠骑府掌笔翰,无任中书侍郎之事。又据《梁书》本传,其为中书侍郎在永明元年迁骁骑将军之前,约估之,当淹三十八岁至三十九岁两年间事。故知《南史》称"三十五"必误无疑,盖"五"字草书与"九"字易混所致。淹年三十九当建元四年,其时王俭为尚书左仆射,见《南齐书》卷二《高帝纪下》。

关于上说之正员散骑侍郎与中书侍郎是否一时所任之问题,我们不妨首先考察一下这两种官职之具体职掌及品秩。正员散骑侍郎即散骑侍郎,又称正员郎,称正员者,以区别于员外散骑侍郎也。《宋书·百官志下》:"散骑侍郎,四人。魏初与散骑常侍同置。魏、晋散骑常侍、侍郎与侍中、黄门侍郎共平尚书奏事,江左乃罢。"中书侍郎又称中书郎,《宋书》卷四十《百官志下》:"中书侍郎,四人。……魏武帝为王,置秘书令,典尚书奏事,又其任也。文帝黄初初,改为中书令,又置监,及通事郎,次黄门郎。黄门郎已署事过,通事乃奉以入,为帝省读书可。晋改曰中书侍郎,员四人。"见此二职皆为奏事禁中之内职,如无特殊之情况,此二职不应由一人同时兼任。《南齐书》卷四十八《孔稚珪传》:"孔稚珪字德璋,会稽山阴人也。……迁正员郎,中书郎,尚书左丞。"《南齐书》卷五十二《文学·丘灵鞠传》亦云:"丘灵鞠,吴兴乌程人也。……昇明中,迁正员郎,领本郡中正,兼中书郎如故。……建元元年,转中书郎,中正如故,敕知东宫手笔。"据《宋书·百官志》,是时正员郎与中书侍郎虽皆官第五品。然由上文所载,中书郎之位任又应略高于正员郎。是故孔稚珪乃由正员郎而为中书郎,丘灵鞠得以正员郎而兼(代理)中书郎,不久而后又转中书郎也。此点,曹先生《年代考》亦有同样之认识。明乎此,我们乃可以断言正员散骑侍郎及中书侍郎二职必非江淹一时所任。且《自序》云:"寻迁正员散骑侍郎,中书侍郎。"叙正员郎于中书郎前,如为一时之任,则当叙主官中书郎于正员郎前。由此,江淹当是先为正员郎,而后又迁中书郎也。而《拜中书郎表》中"荣郁两临"句之"两临",可以理解为江淹先为正员郎,此后乃迁为中书郎,而不必理解成二职同时所任也。

关于江淹先后任此二职之时间，亦可考得。据《南齐书·文学·檀超传》、《南史》江淹本传，建元二年，齐始置史官并以江淹与檀超共掌史职，而江淹《自序》记“寻迁正员散骑侍郎，中书侍郎”于其镇东武令，参掌诏册，并典国史后。由此，江淹之任正员散骑侍郎乃在建元二年(480)或其后。又考《梁书》本传于江淹迁中书侍郎后续云：

> 永明初，迁骁骑将军，掌国史。出为建武将军、庐陵内史。视事三年，还为骁骑将军，兼尚书左丞。

由此。江淹之任正员散骑侍郎又在永明初迁为骁骑将军、掌国史之前。复考之《南史》江淹本传云淹“永明三年，兼尚书左丞”。今由永明三年逆溯三载，则其出为建武将军、庐陵内史时在永明元年(483)。《梁书》本传既记江淹由中书郎迁骁骑将军，掌国史在任庐陵内史前，且又在永明初，则其由中书郎迁骁骑将军，掌国史亦必在永明元年。即永明元年时江淹先由中书郎而迁骁骑将军，掌国史，而后又出为建武将军、庐陵内史。永明三年，又由庐陵还为骁骑将军，兼尚书左丞。由此，江淹为正员郎，中书郎之时间乃在建元二年(480)至永明元年(483)之间。

复考之《南史·江淹传》所载“(淹)后拜中书侍郎，王俭尝谓曰：‘卿年三十五，已为中书侍郎’”之语，据《梁书》本传，江淹梁武帝天监四年(505)卒，时年六十二。则其生于宋文帝元嘉二十一年(444)，其三十五岁当宋昇明二年(478)，时齐尚未立国，江淹在萧道成骠骑将军府掌笔翰，不可能有中书侍郎之任甚明。故俞谱乃疑王俭所谓之“年三十五”为“年三十九”之讹，然仅据此而怀疑《自序》所载，似亦不足为据。今按：建元二年时江淹年三十七，三年时年三十八，四年时年三十九，永明元年时年四十。由另一角度观之，王俭于江淹拜中书侍郎时所谓之“卿年三十五”，乃约称而非实指，盖以夸赞江之年轻有为且身居高位也。故不必拘于“年三十五”之说而怀疑《南史》记载之真实性。考建元三年(481)至永明元年，江淹年在三十八至四十之间，当不应以“年三十五”称之，而建元二年(480)时其年三十七，正可以三十五约指之。由此，江淹之任中书郎必在是年，其为正员郎又在任中书郎前，亦建元二年(480)事也。《拜正员外郎表》云："皇纬如纽，惭飞尘之效；璇基方峻，谢寒露之勤。"《拜中书郎表》云："不悟遭社鸣之世，属河清之会。"皆乃齐初立国时口气，亦可为江淹任此二职皆在是年之佐证。由此，此二表之作，虽时有先后，然则皆在齐建元二年时也。

再论江淹几首诗歌的写作时间

一、《望荆山》

此诗吴丕绩《鲍照年谱》(以下简作"吴谱")据《梁书·江淹传》"景素为荆州,淹随之镇"之记载,以及此诗《文选》李善注,乃系此诗于泰始七年(471),谓为江淹随建平王刘景素"初至荆州途中所作"。今考之《宋书·明帝纪》,泰始七年二月,"湘州刺史建平王景素为荆州刺史"。而《望荆山》诗所表现的乃深秋节候,这就与景素刺荆州之时间产生了明显之矛盾,因为湘州治临湘(今湖南长沙),景素自湘州临湘前往荆州之江陵,必不可能迁延至深秋九月。且江淹又有《建平王庆安成王拜封表》一篇,乃其代景素而作,表云:"臣涵悦楚边,魂驰关阙,不任下情。"则表乃作于抵荆之后。据《宋书·明帝纪》,明帝第三子刘准封安成王在泰始七年八月。则景素抵荆之时间又在此前。由是,吴谱以为此诗为随景素于湘州之荆州途中所作者,非是。

曹道衡《江淹作品写作年代考》(以下简作"年代考")又以为此诗乃泰始三年江淹赴雍州襄阳就任雍州刺史巴陵王休若右常侍途中,行经荆州江陵时所作。其云:

> 此诗首二句为"奉义至江汉,始知楚塞长。"(《文选》作奉义,李

> 善注：奉义犹慕义也。本集作奉谒，意近。《艺文类聚》作奉诏，疑误）《文选》李善注认为此诗是景素为荆州刺史时事，他又说："江淹授景素五经"，显系谬误。江淹曾教始平王子真读书，却没有教过景素。再说江淹虽曾随从景素去荆州，那是以幕僚身分随行。当时他久已在景素手下，有《建平王让右将军荆州刺史表》《建平王拜右卫将军荆州刺史章》等文为证，不得称奉义或奉谒。他随从景素去荆州，系从湘州出发，不会经过远在长江以北的桐柏、鲁阳等地。所以此诗疑是他为巴陵王休若左常侍去襄阳时作。……当时雍州治襄阳，江淹由建康或京口去襄阳很可能道经鄂北，提到桐柏、鲁阳就不难理解，至于称奉义、奉谒似更象初去休若幕下时口吻。故此诗当为去襄阳途中作，时间是泰始三年下半年。

其《江淹评传》（以下简作"评传"）亦云：

> 江淹出狱后，曾被南徐州刺史桂阳王刘休范举为秀才，对策上第，任巴陵王刘休若的右常侍，当时刘休若正任雍州刺史，在襄阳。江淹于赴襄阳途中，写下了《望荆山》一诗。……江淹在刘休若的幕下并没有久留，就又回到建平王景素那里充任主簿之职。那时刘景素正在丹阳尹任上。

考曹先生所言，似亦未惬人意。首先，他以为此诗乃泰始三年下半年赴襄阳途中作，然而，江淹有《诣建平王上书》一篇，乃其在建平王景素幕时因事下狱而自为辩解之作，其《自序》云："始安之薨也，建平王刘景素闻风而悦，待以布衣之礼。然少年尝倜傥不俗，或为世士所嫉，遂诬淹以受金者，将及抵罪，乃上书见意而免焉。寻举南徐州桂阳王秀才，对策上第，转巴陵王右常侍。"却记载其了这一时期之行踪。于此，俞绍初先生《读〈文选〉江淹诗文拾琐》（以下简作"拾琐"）[1]论之曰：

---

[1] 俞绍初先生《读〈文选〉江淹诗文拾琐》，载《郑州大学学报》1993年第1期。

> 《上书》有云："不图小人固陋，……加以涉旬月，迫季秋，天光沈阴，左右无色。身非木石，与狱吏为伍。"……其中"涉旬月"表明作此书时已在狱中经历了一整月，"迫季秋"则明确指出其时已接近秋末九月。因此，可以判定，此书之作必在泰始三年八月下旬无疑，距初入建平王幕将近一年，又据《明帝纪》，其年八月癸卯，朝廷大赦天下。如此看来，江淹之出狱既与南兖州刺史换任，又复遇大赦有关，不仅如《自序》所说"上书见意而免焉"。

《拾琐》所论，可谓中的之辞。即江淹泰始三年八月尚在南兖州狱中，并作《诣建平王上书》以自辩。这也就是说，泰始三年秋江淹决无可能赴襄阳任巴陵王刘休若之右常侍并作《望荆山》诗。且曹先生《年代考》亦云江淹《诣建平王上书》作于泰始二三年间，而上书有"涉旬月，迫季秋"之语，作书时已在仲秋。若此，自与其所论《望荆山》诗乃泰始三年下半年作自相矛盾。其次，曹先生以为江淹于泰始三年深秋之前即已被桂阳王刘休范举为秀才。然而，江淹于泰始三年八月始出南兖州狱，出狱后又经一被"举为南徐州桂阳王秀才，对策上第，转巴陵王国右常侍"之时间过程，再复由京都建康西上，又如何能于当年之深秋作《望荆山》诗耶？又且江淹随景素在湘州及由湘州之荆州时，仅为其幕僚，乃所谓"待以布衣之礼"者，并未有正式职务，之荆州后始有主簿之任。故诗之"奉义至江汉"句并无难解之处。由上可见，《年代考》拘于"奉义"二字以及诗中"桐柏"、"鲁阳"之地理位置，而以为诗乃泰始三年秋赴襄阳途中作，非是。

俞绍初先生《江淹年谱》（以下简作"俞谱"）则系此诗于泰始六年（470），以为是时江淹转荆州刺史巴陵王休若右常侍，赴荆州，与建平王同行。道中作《从冠军行建平王登庐山香炉峰》诗，初至荆州时作《望荆山》诗。今据《宋书·明帝纪》，景素受命为湘州刺史在泰始五年十二月，江淹《从冠军行建平王登庐山香炉峰》诗云："瑶草正翕赩，玉树信葱青。"乃春末节候，即江淹随景素赴湘而道经庐山时乃在暮春。而庐山至荆州江陵不过旬日之行程，则其至江陵并作此诗亦必不可能迁延至是年深秋。况且，江淹赴荆就任巴陵王右常侍而与建平王景素同行之本身,又颇为令人怀疑。由此,俞谱以为《望荆山》诗乃泰始六年江淹赴荆就任巴陵王右常侍时所作之说,恐亦未审。

此诗究竟作于何时,尚须作进一步之考察。笔者以为,曹先生虽然论此诗之写作时间未惬人意,但于《评传》论此诗之内涵及创作意图时以为此诗表现出作者在旅途中的感伤之情,并认为这是因为作者刚出南兖州狱而致,见解可谓相当精辟。因此,此诗虽然不可能是泰始三年所作,但却极有可能作于泰始四年之深秋。据《宋书·明帝纪》,泰始四年五月,“癸亥,以行雍州刺史巴陵王休若为行湘州刺史”,见休若是年秋在湘州之临湘(今湖南长沙),江淹由建康前往湘州,江陵乃其必经之地,是时距其出南兖州狱亦未久,故诗中流露出远适异乡之哀怨也就相当正常。至于此诗中“南关绕桐柏,西途出鲁阳”二句,《文选》李善注及明胡之骥《江文通集汇注》(以下简作“胡注”)以南阳(今湖北南阳)之桐柏、鲁阳二山以当之,曹先生《年代考》亦同此说,以为乃今鄂北之桐柏、鲁阳。然而,从诗意看,此二句实乃指楚地之广而并非实写。《水经·溱水注》:“武溪水出临武县西北桐柏山。”诗之“桐柏”,更可能即指此山,在今湖南省南界,晋初原属荆州。而“南关”者,南方之关隘也。“南关”,“西途”二句相对以成文,盖承首二句“奉义至江汉,始知楚塞长”而言,乃盛称楚地之广也。江淹于荆州所作诗文多有言楚地之广者,如《建平王散五刑教》云“旧楚地旷,前郢邙殷。水带枉渚,山匝鲁阳。”胡注:“《楚志》曰:枉渚在武陵郡城南,源出枉山。《楚辞》曰朝发枉渚兮。即此。”考武陵郡即今之湖南常德。是教文之“水带枉渚,山匝鲁阳”句,乃承‘旧楚地旷’而言,谓楚地之广也。其《建平王让右将军荆州刺史表》云:“水交沅澧,山通岷峨,襟带百县,萦抱七州。”亦即此意。若据李善等注,以“桐柏”、“鲁阳”皆为河南南阳之地,则诗义殊不可解矣。此种理解,与俞谱所释此二句谓“写望中之荆山,……极言楚塞之长”亦正相契合。由此,《望荆山》诗当是江淹于泰始四年(468)深秋前往湘州之临湘,就任巴陵王刘休若右常侍时途经荆州江陵所作无疑。笔者前此曾撰《江淹诗文系年考辨》一文①,以为此诗乃泰始七年深秋,江淹随景

① 拙作《江淹诗文系年考辨》,载《河南师大学报》1987年第3期。

素之荆州后所作,现在看起来,这一观点是应该予以修正的。

二、《从冠军行建平王登庐山香炉峰》

《文选》载此诗时题作《从冠军建平王登庐山香炉峰》,考之题义,“行”字殊不可解,则本集所载,或衍文也。此诗末云:“幸承光诵末,伏思托后旌。”《文选》五臣吕延济注:“‘光诵’,谓建平王首篇也。”是乃应和之作,盖建平王刘景素游庐山香炉峰作诗而江淹和之。关于其作年,《文选》此诗题下李善注云:“沈约《宋书》云:‘建平王景素为冠军、湘州刺史。’”以为诗乃随景素赴湘州途中作。今考《宋书·明帝纪》,泰始五年十二月,吴兴太守建平王景素为湘州刺史,故吴谱乃系之于宋明帝泰始五年(469)。然而,景素受命刺湘在其年十二月,当年之庐山并作此诗自必无可能。由此,吴谱以为诗作于泰始五年(469)之说必误。

胡注以为此诗乃建平王景素迁荆州刺史时,“淹为记室,从行,道经庐山,登香炉峰”而作此诗。考《宋书》之《明帝纪》及《文九王传》,泰始七年(471)二月,景素以湘州刺史转为荆州刺史,由湘州之州治临湘(今湖南长沙)之荆州之州治江陵(今湖北江陵),道中不得经由庐山;又且景素刺荆州时军号乃右将军,与诗题之“冠军建平王”不合。即胡注所说亦非是。

曹先生《年代考》以为诗乃泰始六年初随建平王景素赴湘州时游山并作诗,云:“从诗中‘藉兰素多意,临风默含情’等句来看,似写春景,江南春天来得早,正月里也可以有这种情景。”考此诗有云:“瑶草正翕艳,玉树信葱青。”乃春末节候,见景素赴湘道经庐山时已在暮春。而正月时,草始萌生,诗中所述,非长江沿岸正月时所能有也。

俞绍初先生《江淹年谱》乃提出新说,以为宋明帝泰始六年,江淹“转巴陵王右常侍,赴荆州,与建平王同行,道中作《从冠军行建平王登庐山香炉峰诗》”。笔者于上文论《望荆山》诗时已经指出江淹为巴陵王刘休若右常侍乃在泰始四年(468)深秋,是时建平王景素在扬州之丹阳(今江苏南京),而不可能有荆州之行,即俞谱所说恐亦有未审。

由诗题,江淹随建平王景素登庐山而作此诗时,景素军号为冠军将军。考《宋书》卷八《明帝纪》、卷七十二《文九王传》，景素泰始二年九月为冠军将军、南兖州刺史，此后先后为丹阳尹，吴兴太守，泰始五年十二月被任为湘州刺史，以上期间军号冠军将军如故；至湘州后进号左将军，泰始七年二月转任左将军、荆州刺史（以上左将军应是右将军之误），其后亦无再为冠军将军之事。由此，诗必作于泰始二年至泰始七年之间。然景素之刺南兖州及任丹阳尹与吴兴太守时皆无由至庐山，是泰始五年前不可能有此诗之作。而湘州治长沙临湘，去“京都水三千三百”，又无陆道。故自京都建康赴湘州临湘江行途中必道经庐山，即此诗当为诗人随景素赴湘途经庐山时作也。考景素泰始五年十二月己未受命为湘州刺史，为月之二十四日，诏命往还，再略作交割，当年赴湘自已不及。由是，江淹随景素赴湘并作此诗又在泰始六年(470)春。此诗云：“瑶草正翕艳，玉树信葱青。”乃春末节候，则此诗之作乃在泰始六年(470)暮春。《年代考》系年虽是，然以为诗作于正月者，则差强人意。

三、《秋至怀归》

此诗首云：“怅然集汉北，还望岨山田。”《年代考》、俞谱皆以为“汉北”乃系实指，即诗作于雍州襄阳境内者。然《年代考》以为作于宋明帝泰始三年(467)，是时诗人随巴陵王刘休若在雍州，为雍州刺史刘休若右常侍；而俞谱则以为作于泰始六年(470)，时诗人随巴陵王休若在荆州，为荆州刺史刘休若右常侍，因事而至襄阳。今由笔者于上文论《望荆山》诗可知，江淹为巴陵王刘休若右常侍并非在雍州，亦非在荆州，而是在湘州，时间在泰始四年(468)秋至泰始五年春夏之间。由此，《年代考》及俞谱所论皆非是。

考江淹所作诗赋，多有用《楚辞》之典者，此诗之首二句，语出屈子《九章·抽思》“有鸟自南兮，来集汉北”之句，而并不一定要以实地之汉北当之。此诗又云：“沄沄百里壑，参差万里山。楚关带秦陇，荆云冠吴烟。”则应是在荆州思乡之作。退一步而言，即使诗作于地近“汉北”之雍州襄阳，也应是诗人在荆州因事而赴汉北而作，如俞谱所云。而江淹初至荆州，乃在建平王景素幕时，《宋书·明帝纪》载泰始七年二月戊午,“湘州刺史建平王景素为荆州刺史”,考是月乙丑朔,戊午为月之三十日。江淹《建平王让右将军荆州刺史表》、《建平王拜右卫将军荆州刺史章》二文,即是时代景素所作者,时应在三月。此后江淹随景素离湘赴荆,时又应在泰始七年三月(471)或稍后。此诗又云:“草色敛穷水,木叶变吴川。秋至帝子降,客人伤婵娟。”乃秋末所作。考建平王景素于泰豫元年(472)七月已离荆州还京都,江淹亦随之还京,则此诗乃泰始七年(471)秋末所作。

四、《步桐台》

此诗《年代考》系于齐高帝建元二年,云:“‘桐台’,在齐高帝子豫章王嶷宅内。《南史·齐高帝诸子传上》:‘(永明末)嶷妃庾氏尝有疾,瘳,上(武帝)幸嶷宅,后堂设金石乐,宫人毕至,登桐台。’……考萧嶷居东府颇久,《南齐书·豫章文献王嶷传》,‘沈攸之之难,太祖入朝堂,嶷出镇东府’,又云:‘(建元三年)疾愈,上(高帝)幸东府,设金石乐’。可见萧嶷久居东府。‘桐台’疑即在东府中。江淹在建元时,为骠骑豫章王记室参军,见《自序传》及《南史》本传。豫章王萧嶷在昇明末,本为荆州刺史,建元初,北魏与齐交战,复以嶷为‘都督荆湘雍益梁宁南北秦八州诸军事、南蛮校尉、荆湘二州刺史’。江淹并未随行,因登桐台而想念萧嶷。所以诗中说:‘绮帷生网罗,宝刀积尘埃。’指萧嶷外出不在家;‘思君出汉北,鞍马登楚台’二句,上句讲萧嶷兼督雍州诸军,下句则指他抚治荆州。故知此诗作于建元二年秋。”

今按:东府为扬州刺史治所,《年代考》既云:“‘桐台’在齐高帝子豫章王嶷宅内”,又云“‘桐台’疑即在东府中”,自相矛盾。且萧嶷既出刺荆州,东府自当易主,诗何又得以“绮帷生网罗”二句“指萧嶷外出不在家”?又萧嶷刺荆州时,都督八州,又何以能单以“出汉北”泛指之?嶷抚治荆州,又何得以“登楚台”言之邪?退一步说,即使桐台在萧嶷宅内,而建元元年九月萧嶷由扬州刺史转荆州刺史后,江淹已离萧嶷幕,王府戒备森严,其又何以能至萧嶷宅而登桐台邪?是《年代考》所说非是,其误盖承闻人倓《古诗笺》而未深考也。

俞谱则据此诗“思君出汉北,鞍马登楚台。岁彩合云光,平原秋色来”数句,系此诗于宋明帝泰始六年秋,以为是时江淹在巴陵王刘休若幕,为刘休若右常侍,因事而至雍州襄阳。考诗人至巴陵王休若幕,乃在泰始四年秋,地点在湘州之临湘而不在雍州之襄阳,已见上文,即俞谱所论亦恐有误。

考此诗既云“思君出汉北,鞍马登楚台”,则楚台必为楚地之台,即桐台也。诗之“汉北”,与其《秋至怀归》诗:“怅然集汉北,还望岨山田。”《望荆山》诗:“奉义至江汉。”等措辞颇相近,亦应在荆州时作。诗人初至荆州,乃在泰始七年(471)春末,而此诗云:“岁采合云光,平原秋色来。”亦秋末景色。诗人泰豫元年(472)七月已随建平王景素还京都,则此诗亦必泰始七年秋作于荆州者。

五、《从建平王游纪南城》

《读史方舆纪要》卷七十八《湖广四·荆州府·江陵县》:“纪南城,府北十里,即故郢城,楚文王自丹阳迁都此,后平王更城郢,以此为纪城。《传》楚子革曰:‘我先王辟处荆山,以共王事,遂迁纪、郢。’盖郢与纪为二城矣。……《括地志》:‘楚始都之郢,今纪南城也,在江陵县北十五里。平王所城之郢,则在江陵东北六里。’是矣。”江淹《从建平王游纪南城》诗有云:“恭承此嘉惠,末官至南荆。”又云:“江甸知礼富,汉渚闻教清。君王澹以思,树羽望楚城。”是诗必其随建平王景素在荆州时游纪南故城而作。曹道衡《年代考》系此诗于泰始七年,今考之诗此又云:“敛衽依光采,端笏奉仁明。再逢绿草合,重见翠云生。”则作于暮春。而江淹泰始七年春末始随景素自湘赴荆,正为绿草合时,此云“再逢”、“重见”,则必非泰始七年所能有,是曹先生说恐误。

俞谱则系诗于泰始七年,以为乃是年春“与建平王再度相逢”时作。今考泰始七年二月,建平王景素在湘州刺史任时江淹已在景素幕中,其于景素被任为荆州刺史时,在湘州代景素所作之《建平王让右将军荆州刺史表》、《建平王拜右卫将军荆州刺史章》二文乃是明证,则其从景素游纪南城之日,并非与景素再度相逢之时,是俞说亦未审。

考江淹始随景素至荆,乃在泰始七年春末,今由诗之“再见”、“重逢”之语,则诗必宋明帝泰豫元年(472)春于荆州作。

六、《应谢主簿骚体》

曹道衡《年代考》系此诗于泰始三四年间(467—468),以为与江淹《就谢主簿宿》所写皆秋冬景色,乃同一时间之作。其论《就谢主簿宿》诗云:

> “谢主簿”当为谢超宗。《南齐书·谢超宗传》载,超宗于泰始三年“迁司徒主簿,丹阳丞。”又云:“建安王休仁引为司徒记室,正员郎兼御史左丞中郎。”……江淹到建康的时间,只能是泰始三年回到景素幕下以后至泰始五年随景素去湘州前这一期间。此时景素历任南兖州刺史、丹阳尹、吴兴太守诸职,其中以景素任丹阳尹,谢超宗任丹阳丞时可能性最大。(当然,广陵、吴兴去建康不远,江淹有时到建康,寓谢超宗家,亦属可能。)所以本诗当作于泰始三至四年。江淹和谢超宗曾在新安王子鸾幕下共过事,所以‘谢主簿’为谢超宗似无疑问。

今考谢氏(时有陈郡谢氏与会稽谢氏)曾任主簿者甚众,此“谢主簿”未必即谢超宗。且即如《就谢主簿宿》诗之谢主簿为超宗,而此诗题之“谢主簿”亦未必为超宗。《年代考》以为此作以“谢超宗任丹阳丞时可能性最大”,然而若超宗为丹阳丞时作,则此诗又不得题作“谢主簿”矣,此足见《年代考》之误。则此应是另一谢姓主簿。

《汇注》以为诗在建安吴兴时作,其云:“此篇淹黜为吴兴时所赋,以杜蘅喻贤人,以芬芳喻忠义。”今考此诗云:“沐予冠于极浦,驰予佩兮江阳,吊秋冬之已暮,忧与忧兮不忘。使杜蘅可翦而弃,夫何贵于芬芳。”用屈子赋意,亦与其黜为建安吴兴时所作诸作如《去故乡赋》:“出汀州而解冠,入溆浦而捐袂。”“江南之杜蘅色以陈,愿使黄鹄兮报佳人。”《待罪江南思北归赋》:“至江蓠兮始秀,或杜蘅兮初滋。”《还故国》诗:“汉臣泣长沙，楚客悲辰阳。"《山中楚辞》："吾将弭节于江夏，见杜若之始大。"等以屈子之放逐自比，颇相吻合，且诗中所表现出之忧愁压抑心情亦与在吴兴令任相一致。又考此诗云："山棂静兮悲凝凉，涧轩掩兮酒涵霜。曾风激兮绿苹断，积石闭兮紫苔伤。"写山棂，写青苔，与其在建安吴兴令时所作诸作如《待罪江南思北归赋》、《青苔赋》、《赤虹赋》、《四时赋》、《杂三言五首》、《山中楚辞》等所写相一致。以上皆足证《汇注》之说，是此诗乃诗人黜为建安吴兴令时所作。考江淹宋后废帝元徽二年(474)冬抵达建安吴兴，五年(477)春自吴兴北返，据此诗之"悲凝凉"、"酒含霜"及"吊秋冬之已暮"之句，乃作于冬日者，则此诗之作，应在元徽三年(475)或四年(476)。俞谱系之于元徽四年，虽未说明理由，然系年则差为得之。

七、《悼室人》

江淹《悼室人诗》十首，乃悼其妻亡而作。曹道衡《年代考》云："这十首诗当作于《报袁叔明书》和《伤爱子赋》以后，而写作年代又不会太晚。理由是《报袁叔明书》中有'命保琴书而守妻子，其可得哉'语；《伤爱子赋》又有'尔母氏之丽人，屑丹泣于下壤，傣殷忧于上旻。视往端而擗栗，践遗绪而苦辛'等语，说明江妻尚在。但这十首诗也不会和《伤爱子赋》写作时间相去太远。因为诗人屡称'佳人'，与《伤爱子赋》中所称'丽人'意近。诗中也没有提到江淹被贬的苦辛，似作于贬官之前。考江淹在元徽二年，年三十一，江妻年龄不会相去太多，称之为'佳人'、'丽人'似较近理。如果贬官以后作，诗中当有相思之苦或随同贬黜所受的苦楚等内容，所以这十首诗，亦应是这一时期的作品(福林按指在南徐州随建平王景素时期)。"今考《悼室人》诗十首应作于《伤爱子赋》之后，自无疑问，但我们也不能以诗中未言及其被贬黜等事而否定诗作于吴兴令任时，若据曹说，江淹子江艽元徽二年生，涉岁而卒，时当在元徽三年。其后江淹妻卒，则又在此后。然而元徽二年秋江淹即已被黜为建安吴兴令，此后至元徽五年春江淹乃在建安吴兴，并不在南徐州之京口。如果此诗作于之建安吴兴之前，则其子江艽尚未卒，可见曹先生说显然不能成立，即江淹妻之卒必在其之建安吴兴之后。俞谱则系江淹妻之卒及其作《悼室人》诗于其至吴兴令任后之第二年，云："《悼室人》十首……其四云：'还结生一念，楚客独无容。'楚客，逐客之谓也，与《迁阳亭》诗'楚客心命绝'自称'楚客'同，故此诗当作于吴兴，时其妻似尚亡殁未久。"俞说颇有据。然俞谱以为江淹之被黜在元徽三年(475)，其妻之卒在元徽四年(476)则非是。今考江淹次子江艽元徽二年(474)秋卒时江淹妻尚未卒，其妻之卒应在元徽三年，所卒或又因爱子之亡伤感过度而致，即其诗之作亦在元徽三年(475)也。

八、《还故国》

此诗云："汉臣泣长沙，楚客悲辰阳。古今虽不举，兹理亦自伤。山中信寂寥，孤景对空堂。"以屈原及贾谊忠而见疑，信而被黜自比，与其在建安吴兴所作之《应谢主簿骚体》、《山中楚辞》等颇相一致。此诗题作"还故国"，与元徽二年秋被黜为建安吴兴途中所作之《去故乡赋》之"泣故关之已尽，伤故国之无际"称京口为"故国"、"故关"，又甚为相合，见诗应为江淹自建安吴兴还都时作。

吴谱以为江淹还京师并作此诗在宋后废帝元徽四年(477)，其云："《还故国》诗云：'汉臣泣长沙，楚客悲辰阳。古今虽不举，兹理亦宜伤。山中信寂寥，孤景吟空堂。北地三变露，南檐再逢霜。'又曰：'遽发桃花渚，适宿春风场。'知为南闽归途中作也。"又云：去岁"秋七月戊子，建平王景素据京城反，乙未被杀，先生还京师。有《还故国》诗。"今考江淹《自序》云："在邑三载，朱方竟败焉。复还京师。"记其复还京都在景素兵败之后，据《宋书·后废帝纪》，景素兵败在元徽四年七月，而《还故国》诗所述为春日节候，故其于元徽四年还都并作此诗必无可能。又且江淹自元徽二年秋被黜始出，若还都在四年春，则又不得有此诗所谓之"北地三变露，南檐再逢霜"之说。是吴谱必误。

曹道衡《年代考》则以为诗于昇明元年后废帝被萧道成所杀后作，其云：

> 江淹从建安吴兴回到家乡的时间，肯定为昇明元年。因为《自序传》称："在邑（指建安吴兴）三载，朱方竟败焉，复还京师。值世道已昏，守志闲居，不交当轴之士，俄皇帝始有大功于四海，闻而召之。"《梁书·江淹传》也说："淹在县三年，昇明初，齐帝辅政，召为尚书驾部郎，骠骑参军事。"从元徽二年至昇明元年正好三年。……诗中还说："窃值寰海辟，仄见圭纬昌"，似指后废帝已死，朝政清明，有歌颂萧道成之意。"请学碧灵草，终岁自芬芳"，则似是尚未再度出仕，有归隐之意。所以此诗当作于到萧道成幕下之前。

曹道衡《江淹评传》亦云：

> 萧道成又发动政变，杀死后废帝刘昱，夺取朝廷大权，……萧道成对江淹的才能本来有所了解，所以在当政以后，就把他从建安吴兴召回。

今考曹先生所云有数误。首先，古人计算年代，皆首尾并算，今略举数例以证之。诸葛亮《后出师表》："后值倾覆，受任于败军之际，奉命于危难之间，尔来二十有一年矣。"按刘备屯新野时与诸葛亮相遇，时在建安十二年（207），距作此表之蜀汉建兴五年（227，即曹魏太和七年）首尾凡二十一年。又如《三国志·魏武帝纪》载建安八年（203）七月令："丧乱以来，十五有年，后生者不见仁义礼让之风，吾甚伤之。"其中"丧乱"，指中平六年（189）董卓引兵入洛阳事。至建安八年，首尾凡十五年。此例甚众，要不一一列举。再以江淹本人所作为例，其《杂三言》五首之一《构象台》云："苔藓生兮绕石户，莲花舒兮绣池梁。"之二《访道经》云："池中莲兮十色红，窗前树兮万叶落。"之四《悦曲池》云："盟清泠兮适潺湲，白云起兮吊石莲。"之五《爱远山》云："紫蒲兮光水，红荷兮艳泉。香枝兮嫩叶，翠累兮翠叠。"所述皆夏秋景物。而江淹于昇明元年春即返京师，是此五首之作要当在昇明元年（477）之前。而五首之序云："予上国不才，黜为中山长史，待罪三载。"诗人自元徽二年（474）至元徽四年

(476)首尾凡三载，与序所言正相合。若据曹先生所说，至元徽四年时仅二载，则又与序所言不相吻合。此外，江淹有《诣建平王上书》一篇，曹先生《年代考》论此文时云：

> 考《宋书·明帝纪》，始安王子真赐死在泰始二年十月，江淹到建平王幕下，当在该年冬天。因为他后来在元徽二年(474)冬天所作的《被黜为吴兴令辞笺诣建平王》一文中有“窃思伏皂九载”一语，上推到泰始二年，正好是九个年头。

据曹先生上文所言，自泰始二年(466)至元徽二年(474)正好九个年头，乃以首尾并计者。又江淹尝有宣城太守之任，曹先生《评传》云：

> 建武元年(494)萧鸾即位后，他出任宣城太守，在郡共四个年头。建武四年(497)，他被召回建康，任黄门侍郎兼步兵校尉。

以上亦明显为首尾并计之例。然而其论《还故国》诗云“从元徽二年(474)至昇明元年(477)正好三年”，则又取实际年代而计之。是曹先生计算年代并无统一之标准，随意性甚大，其不可取也甚明，由此可见，江淹自元徽二年之建安吴兴，至昇明元年凡四载而非三载，即《年代考》以为“从元徽二年至昇明元年正好三年”，非是。其实，《自序》云：“在邑三载，朱方竟败焉。复还京师。”乃记江淹在吴兴令任上三载而景素败，至于其何时复还京师则并未明言，与朱方之败非同时事，不能混为一谈，曹先生盖拘于“三载”之说而有此误也。

其次，曹先生据《还故国》诗之“窃值寰海辟，仄见圭纬昌”二句，以为此诗作于昇明元年七月后废帝被杀之后，然而此结论又与其所言之此诗“有归隐之意”互相矛盾，因为是年七月，江淹已入萧道成府，为尚书驾部郎、骠骑参军事，此年七月代萧道成所作之《萧骠骑谢甲仗入殿表》、《萧骠骑让油幢表》、《萧骠骑录尚书事到省表》等可为明证。见诗之“窃值寰海辟，仄见圭纬昌”二句，并非指后废帝已死，而是指景素之败也。若据曹说，则江淹于是年七月后始被萧道成自吴兴召回，至京都之时间至少在是年八月之后，而七月时又何以有《萧骠骑谢甲仗入殿表》、《萧骠骑让油幢表》诸作耶？

考此诗有云："遽发桃花渚，适宿春风场。红草涵电色，绿树铄烟光。"所述乃春景，则江淹自吴兴还京师时在春日。诗人《自序》既云其复还京都在朱方竟败之后，此诗"窃值寰海辟，仄见圭纬昌。浮云抱山川，游子衔故乡。"亦指其还京都在景素起兵失败后，二者正相一致。景素之败在元徽四年七月，则江淹之还京师并作此诗在昇明元年(477)春。回京都后江淹有一在家闲居之阶段，其《自序》"复还京师，值世道已昏，守志闲居，不交当轴之士"，乃是明证。至是年七月，前废帝被杀，江淹遂入萧道成府，时间亦正相合。

九、《凤凰衔书伎歌辞》

江淹《凤凰衔书伎歌辞》一首，见在《南齐书》卷十一《乐志》，并云："《凤凰衔书伎歌辞》，盖鱼龙之流也。元会日，侍中于殿前跪取其书。宋世辞云：'大宋兴隆膺灵符。凤鸟感和衔素书。嘉乐之美通玄虚。惟新济济迈唐虞。巍巍荡荡道有余。'齐初诏中书郎江淹改。"吴谱即据《南齐书·乐志》之"齐初"云云，乃系歌辞于齐建元元年(479)。然而《南史》本传云："建元二年，始置史官，淹与司徒左长史檀超共掌其任，……又领东武令，参掌诏策。后拜中书侍郎"是江淹建元元年时尚未有中书郎之任，又且是年正月，萧道成尚未代宋，正月元会之时又不能有此歌辞之奏，即吴谱必误。

曹道衡《年代考》以为歌辞"应是建元时代作品"。今考建元凡四年，此统而言之，似亦失之宽泛。

笔者以为《南齐书·乐志》既云"齐初诏中书郎江淹改"，则应作于任中书郎后。考江淹之任中书郎，乃在建元二年①。《齐志》又云"元会日"于殿前跪取其书，则歌辞又应作于正月元会之前。考齐之首次元会日乃在建元二年正月，是时江淹尚未有中书郎之任，则歌辞当是建元二

① 说详拙作《江淹著作又考》，载《扬州师院学报》1992年第1期。

年(480)岁末所作,以备三年正月元会所唱者也。此与《乐志》所云"齐初"者,亦正相合。建元元年四月,萧道成始禅宋称帝,则二年末自可云齐初也。

俞谱系此歌辞于建元二年(480)正月,以为"而谓其时淹已为中书郎,则与事实不合,盖史家追书所致耳。"怀疑《齐志》所载之"中书郎"为史家所追书,然并无证据,似亦不足采信。

十、《贻袁常侍》诗

诗题之袁常侍,指袁炳。其《袁友人传》云:"友人袁炳,字叔明,陈郡阳夏人。其人天下之士,幼有异才,学无不览,文章俶傥清赡出一时。任心观书,不为章句之学,其笃行则信义惠和,意罄如也。常念荫松柏,咏诗书,志气跌宕,不与俗人交。俛府眉暂仕,历国常侍,员外郎……"是诗作于袁炳为王国常侍时。此诗云:"忧怨生碧草,沅湘含翠烟。"则必作于湘州者。考其于泰始五年(469)所作之《报袁叔明书》云:"仆知之矣,高皋为别,执手未期。"是诗人在湘州曾与袁炳有相别之事。诗又云:"昔我别楚水,秋月丽秋天。今君客吴坂,春色缥春泉。"云"别楚水"者,盖指泰始四年秋与袁炳于湘州作别,是年诗人在湘州之州治临湘,为巴陵王刘休若右常侍,当在是岁随景素之湘后。泰始五年春末,江淹已随景素之荆州,是此诗必泰始四年春所作。是岁春,江淹复至湘,而袁炳已之吴,故诗乃有"今君客吴坂"之语也。俞谱以为于荆州作,恐非是。

十一、《古意赠袁功曹》

曹道衡《年代考》云:"《南齐书·文学·王智深传》云:'先是陈郡袁炳,字叔明,有文学,亦为袁粲所知,著《晋书》未成,卒。'所说姓名、表字及作《晋书》均与《袁友人传》相符。袁炳卒年最迟不得超过元徽二年,有《伤友人赋》可证,所以《南齐书》有'先是'二字,表示袁炳早已死去。考《宋书·袁粲传》,袁粲于泰始五年至明帝末为丹阳尹。'丹阳尹'的官属可以有功曹之职。《宋书·百官志下》:'郡官属如公府,无东西曹,有功曹史,主选举。'袁炳既然'为袁粲所知',他任功曹史可能即在袁粲幕下。所以此诗写作时间,大约在泰始五年至七年江淹在湘州或荆州时。"按曹先生仅据袁炳"亦为袁粲所知"之记载,而推断袁炳任功曹即在袁粲幕下,并无充分之依据。如江淹自己就"早为高平檀超所知,常升以上席,甚加礼焉",但江淹却并没有进入檀超幕。今考江淹《袁友人传》叙袁炳历官顺序为"国常侍,员外郎,府功曹,临湘令",则此诗应作于《贻袁常侍》诗之后。《年代考》以为袁炳任功曹可能即在袁粲幕下,虽为臆断之辞,但以为此诗作于泰始七年,却是可信的。

论元嘉诗坛铺陈诗风的形成及其得失

《文心雕龙·明诗》云："宋初文咏，体有因革，庄老告退，而山水方滋。"对于刘勰这样的说法，后人虽然有着不同的看法。但是有一点却是肯定无疑的，那就是在东晋盛行的以阐述老庄哲理为主的玄言诗到了宋初，已经被模山范水为目的的山水诗所取代。在诗歌内容的这一转化过程中，贡献最大、成就也最为杰出的乃是宋初著名诗人谢灵运。谢灵运之族叔、晋宋之交陈郡谢氏家族的代表人物谢混，曾以一首《游西池》而显示出山水诗感人至深的魅力，奠定了山水诗的基础。谢灵运则更以奇特之运思与俊美无比之笔法，发扬了乃叔的传统，创作了大量优秀的山水诗作，从而正式确立了山水诗在当时诗坛上的独尊地位。同时，由于谢灵运深厚广博的学问以及无与伦比的出众才华，加上陈郡谢氏世代卿相的显赫家世和崇高威望，他那独特的山水诗的表现手法，在当时的诗坛上很快为人们所接受，形成了一种划时代的蔚为壮观的创作风气。

山水诗虽然盛行于宋初，但模山范水的文句，在汉赋中即已有大量的出现，如牧乘《七发》摹写虞怀宫的奇特景象，司马相如《子虚赋》盛赞云梦泽的雄奇，《上林赋》侈写上林苑的壮观，其铺陈夸张的写景技巧，琢练对偶的遣辞造句手法，都为谢灵运和宋初的山水诗提供了极好的创作借鉴。由于要再现山水之美景，甚至于集中完美地、超现实地再现自然界的奇丽景色，因此诗人们乃借鉴赋体之表现手法，以华艳之辞采，从各个方面对所见的山水景物进行全方位的铺陈描绘，究万物之情状,穷四时之变化,钩深索隐,极貌状物。这就是《文心雕龙·明诗》所说的宋初山水诗“俪采百字之偶,争价一句之奇;情必极貌以写物,辞必穷力而追新”的创作特点。日人遍照金刚《文镜秘府论·十体》有“形似”一体,云:“形似体者,谓貌其形而得其似,可以妙求,难以粗测者是。诗云:‘风花无定影,露竹有余清。’又云:‘映浦树疑浮,入云峰似灭。’”钟嵘《诗品》谓谢灵运“兴多才高,寓目辄书,内无乏思,外无遗物”,陈延杰注云:“谢客诗刻划微眇,在诗家为独辟之境。故山水之作,全用客观,皆寓目即书者,是外无遗物也。”黄庭鹄《古诗冶》引冯时可语云:“康乐设奇托怪,钩深索隐,穷四时之变,极万物之类。”都说明了谢灵运山水诗不同于前人的独特的创作特点。谢灵运的足迹,几乎踏遍了浙东永嘉、会稽的山山水水,他的诗作也不厌其烦地、详尽而细腻地描绘出了那一地区所独有的奇异景色。《游岭门山》:“千圻邈不同,万岭状皆异。威摧三山峭,瀄汩两江驰。”为千岩竞秀,两江争流之岭门奇观;《登石门最高顶》:“疏峰抗高馆,对岭临回溪。长岭罗户穴,积石拥阶基。连岩觉路塞,密竹使径迷。”是峰岩重叠,竹木繁茂,溪流萦回,路径莫辨的石门山色;《晚出西射堂》:“连嶂叠巘崿,青翠杳深沉。晓霜枫叶丹,夕曛岚气阴。”为城外晚眺所见峰峦延绵、暮色苍茫、红枫遍野、山气迷蒙的瑰丽奇景;《游南亭》:“密林含余清,远峰隐半规。久痗昏垫苦,旅馆眺郊歧。泽兰渐被径,芙蓉始发池。”是雨过天晴后万紫千红、清彻澄明的永嘉初夏傍晚;《入华子冈是麻源第三谷》:“南州实炎德,桂树陵寒山。铜陵映碧涧,石磴泻红泉。”是林木青翠、山川秀美的南国暖冬;《赠从弟惠连》:“山桃发红萼,野蕨渐紫苞。”又是桃红蕨紫、百花争艳的越地春光;《富春渚》:“溯流触惊急,临圻阻参错。”乃水流曲折奔涌、崖岸陡峭耸立、令人触目惊心的富春江水;《游赤石进泛海》:“川后时安流,天吴静不发。”则为波平浪静、使人心旷神怡的永嘉近海。在这些诗中,诗人力图通过各种角度,真实详尽地展现大自然婀娜多姿、令人流连往返的自然风貌。“钩深索隐,穷态极妍”①,“务穷幽极渺,抉山谷水泉之

① 陈祚明《采菽堂古诗选》,上海古籍出版社2008年版。

情况"①,异彩纷呈的山山水水,各具其独特的风姿,让人目不暇接。诗人笔下的诗句,也巧言切状,如印之印泥般地展现出种种各异的情状,形成了影响极大的被后世所称的谢康乐体,为我国山水诗开辟出了一条崭新的道路。

这样的创作手法,在宋初可以说已经蔚为风气,成一时之大观。当时与谢灵运齐名的是颜延之,钟嵘《诗品序》云:"谢客为元嘉之雄,颜延年为辅。"《宋书·谢灵运传论》云:"爰逮宋世,颜、谢腾声,灵运之兴会标举,延年之体裁明密,并方轨前秀,垂范后昆。"《宋书·颜延之传》:"延之与陈郡谢灵运俱以词采齐名,自潘岳、陆机之后,文士莫及也,江左称颜、谢焉。"可见二人的创作乃代表了宋初文坛总的趋势。颜延之生于东晋孝武帝太元九年(384),年长大谢一岁。二人诗歌的创作有着各自不同的个性特征,萧子显《南齐书·文学传论》在论及当时文坛三派时就分别提到了颜、谢、鲍三派。《南史·颜延之传》载:"延之尝问鲍照,已与谢灵运优劣。照曰:'谢诗如初发芙蓉,自然可爱,君诗如铺锦列绣,亦雕缋满眼。'"成就有高下悬殊之别。但是二人在写景的极貌壮物,辞采的铺陈摛写上却又是颇为一致的。从现存的颜诗看,模山范水之作占有了相当大的比重。葛立方《韵语阳秋》卷十三云:

> 颜延年《应诏观北湖诗》乃云:"周御穷辙迹,夏载历山川。蓄轸岂明茂,善游皆圣仙。"《侍游曲阿诗》又云:"虞风载帝狩,夏谚颂王游。春方动宸驾,望幸倾五州。"是开人君游豫流亡之心,非所谓告以善道者也。

葛氏从道学家的立场批评颜延之诗导君主以游乐,虽不足为训。但是我们却也从中看出了一点,即颜延之对模山范水之作的重视。颜诗如《车驾幸京口侍游蒜山作》云:"元天高北列,日观临东溟。入河起阳峡,践华因削成。岩险去汉宇,襟卫徙吴京。流池自化造,山关固神营。园县极方望,邑社总地灵。宅道炳星纬,诞曜应辰明。睿思缠故里,巡驾

① 王士祯《带经堂诗话》,人民文学出版社1963年版。

匝旧垌。陟峰腾辇路，寻云抗瑶甍。春江壮风涛，兰野茂荑英。”《应诏观北湖田收》云：“楼观眺丰颖，金驾映松山。飞奔互流缀，缇彀代回环。神行埒浮景，争光溢中天。开冬眷徂物，残悴盈化先。阳陆团精气，阴谷曳寒烟。攒素既森霭，积翠亦葱芊。”前者描绘蒜山雄伟奇险、长江浩淼壮观之气势，后者摹写北湖原野千姿百态、变化多端的景象，皆刻画细腻，极尽铺陈之能事，颇有大谢的特点。可以说都是刘勰《文心雕龙·明诗》所谓的“俪采百字之偶，争价一句之奇，情必极貌以写物，辞必穷力而追新”的典型例子。

嵘钟《诗品》论大谢诗说：“故尚巧似。”论颜延之诗也说：“尚巧似。”指出了二人在状物喻态上的共同之处。其实，在钟嵘看来，他们二人的创作本来就同出一门，大谢“其源出于陈思，杂有景阳之体”，颜延之则“其源出于陆机”，然而陆机却又“其源出于陈思”。因此，颜、谢二人诗歌创作的源头应该说皆来自于陈思王曹植。当然，钟嵘这种源出何人的见解并未得到后人广泛的认同。但这个说法却至少说明了一点，即颜、谢二人的创作风格又是有着很大的一致之处的。方东树《昭昧詹言》说：“颜诗凝厚典质，钩深持重，力足气完，差于康乐相埒，但功力有余而天才不足。”也同样指出了这一点。可见虽然颜、谢二人在文学创作最基本的要素即才气上有着明显高下的不同，但是二人诗歌的总体创作手法其实并没有实质性的根本区别。

除颜、谢二人之外，宋初另一个重要诗人则是谢灵运的族弟谢惠连。惠连元嘉十年(426)卒，时年二十七岁。惠连虽然享年不永，但创作成就却颇大，钟嵘《诗品》称之为“小谢”，置其于中品之列并予以了高度的褒扬，云：“小谢才思富捷，恨其兰玉夙凋，故长辔未骋。《秋怀》、《捣衣》之作，虽复灵运锐思，亦何以加焉。”他的诗作大多作于元嘉三年(426)他二十岁以后，那一时期。由于与谢灵运交往密切，创作上受他这位族兄的影响甚大，铺陈夸张、刻画细微的表现手法也颇为一致。其《秋怀》诗写秋夜景色的几句：“皎皎天月明，奕奕河宿烂。萧瑟含风蝉，寥唳度云雁。寒商动秋闺，孤灯暖幽幔。”从秋夜中天皎洁的明月，灿烂之群星；转而写到野外寒蝉的哀鸣，夜空孤雁的悲啼；再进而写到在凄楚哀怨的商声笼罩之下的室内的孤灯幽幔。“两就形说，两就声说”①“酷似乃兄，而才力苦狭”②。他的曾被钟嵘《诗品》誉为“五言之警策”的《捣衣》诗云：

衡纪无淹度，晷运倏如催。白露滋园菊，秋风落庭槐。肃肃莎鸡羽，烈烈寒螿啼。夕阴结空幕，宵月皓中闺。美人戒裳服，端饰相招携。簪玉出北房，鸣金步南阶。檐高砧响发，楹长杵声哀。微芳起两袖，轻汗染双题。纨素既已成，君子行未归。裁用笥中刀，缝为万里衣。盈箧自余手，幽缄俟君开。腰带准畴昔，不知今是非。

此诗咏美人捣衣，“言其感天运之速，时物之变，思念君子行役未归，用戒衣裳以为御寒之备。于是乘此月夕，招携同侣相与从事于砧杵，不惮用力如此。”③不厌其烦地从各个角度反复铺写秋夜景色以及美人的形态动作，也是一首典型的极貌状物之作。

以上这种借鉴汉大赋的铺陈叙事的表现手法，已经为当时绝大多数诗人们所采用。我们以《诗品》所提到的诗人为例，位于中品的诗人有谢世基、顾迈、戴凯、谢瞻、谢混、袁淑、王微、王僧达、谢惠连、鲍照等，位于下品的有傅亮、何长瑜、羊曜璠、范晔、谢庄、苏宝生、陵修之、任昙绪、戴法兴、区惠恭，以及宋孝武帝刘骏、南平王刘铄、建平王刘宏等人。上述数人中，顾迈、戴凯、羊曜璠、苏宝生、陵修之、任昙绪、戴法兴、区惠恭、建平王刘宏诸人诗并不传。谢世基仅存临终前所咏五言四句的《连句》一首，以一首著名的《游西池》而奠定了宋初山水诗基础的谢混未入宋即被刘裕所杀，其他部分诗人因为所存仅为乐府诗或嘲戏一类诗作，在表现手法上与正统的古体诗有所区别，因而皆置之不论以外。以下我们不妨对其他诗人的诗作作一简单的考察。

① 张玉谷《古诗赏析》，上海古籍出版社 1955 年版。
② 沈德潜《古诗源》，中华书局 1963 年版。
③ 刘履《选诗补注》，明嘉靖养吾堂刻本。

谢瞻为谢灵运之族兄,也是晋末宋初山水诗创作的有力者之一,其诗如:

夕霁风气凉,闲房有余清。开轩灭华烛,月露皓已盈。独夜无物役,寝者亦云宁。(《答康乐秋霁》)

来晨无定端,别晷有成速。颓阳照通津,夕阴暧平陆。榜人理行舻,輶轩命归仆。分手东城闉,发棹西江隩。离会虽相杂,逝川岂往复。(《王抚军庾西阳集别时为豫章太守庾被征还东》)

风至授寒服,霜降休百工。繁林收阳采,密苑解华丛。巢幕无留燕,遵渚有归鸿。轻霞冠秋日,迅商薄清穹。(《九日从宋公戏马台送孔令》)

无论从写景角度多方位的转换,抑或对环境的细腻入微的描绘,还是遣词造句的刻意雕绘来看,都表现出一种铺陈侈写的特色。显示了与二谢及颜延之相近的风格特点。所以,明许学夷论之曰:"篇什不多,而排偶雕刻;其语实工,与灵运绝相类。"①其他诗人的作品如范晔《乐游应诏》云:

原薄信平蔚,台涧备曾深。兰池清夏气,修帐含秋阴。遵渚攀蒙密,随山上岖嵚。睇目有极览,游情无近寻。

王僧达《七夕月下》云:

远山敛氛祲,广庭扬月波。气往风集隙,秋还露泫柯。节期既已孱,中宵振绮罗。

傅亮《奉迎大驾道路赋诗》云:

---

① 许学夷《诗源辩体》,人民文学出版社 1998 年版。

四牡倦长路，君辔可以收。张邴结晨轨，疏董顿夕辀。东隅诚已谢，西景逝不留。

王微《四气诗》云：

蘅若首春华，梧楸当夏翳。鸣笙起秋风，置酒飞冬雪。

南平王刘铄《过历山湛长史草堂》云：

兹岳蕴虚诡，凭览趣亦赡。九峰相接连，五渚逆萦浸。层阿疲且引，绝岩畅方禁。溜众夏更寒，林交昼常阴。

谢庄《游豫章西观洪崖井》云：

幽愿平生积，野好岁月弥。舍簪神区外，整褐灵乡垂。林远炎天隔，山深白日亏。游阴腾鹄岭，飞清起凤池。隐暧松霞被，容与涧烟移。将遂丘中性，结驾终在斯。

也都同样表现出了明显的铺陈侈写的特色。而宋文帝刘义隆虽然现存诗仅有三首，钟嵘《诗品》亦未曾论及，但山水诗似乎却颇为所喜。请看从《艺文类聚》和《太平御览》所辑录的他的《登景阳楼》：

崇堂临万雉，层楼跨九成。瑶轩笼翠幌，祖幙翳云屏。阶上晓露急，林下夕风清。蔓藻嬛绿叶，芳兰媚紫茎。极望周天险，留察浃神京。交渠纷绮错，列植发华英。（《艺文类聚》卷六十三）

士女眩街里，轩冕曜都城。万轸扬金镳，千轴树兰旌。（《太平御览》卷三百五十八）

至于宋孝武帝刘骏性喜游宴，对山水景物尤为情有独钟，因此在他的诗歌创作中模山范水的纪游诗更是占有着大量的比重：

束发好怡衍，弱冠颇流薄。素想终勿倾，聿来果丘壑。层峰亘天维，旷渚绵地络。逢皋列神苑，遭坛树仙阁。松燈含青晖，荷源煜彤烁。川界泳游鳞，岩庭响鸣鹤。（《游覆舟山》）

修路轸孤辔，竦石顿飞辕。遂登千寻首，表里望丘原。屯烟扰风穴，积水溺云根。汉潦吐新波，楚山带旧苑。壤草凌故国，拱木秀颓垣。目极情无留，客思空已繁。（《登作乐山》）

解帆憩通渚，息徒凭椒丘。粤值风景和，升高从远眸。纪郢穷西路，湘梦极南流。杳哉汉阴永，浩焉江界修。（《登鲁山》）

宵登毗陵路，旦过云阳郛。平湖旷津济，菰渚迭明芜。和风翼归采，夕氛晦山隅。惊澜翻鱼藻，赪霞照桑榆。（《济曲阿后湖》）

褰幕荡暄气，入夜渐流清。微微风始发，暧暧月初明。思因往物深，悲以归云盈。（《斋中望月》）

局景薄西隅，升月照东垂。肃肃风盈幕，泫泫露倾枝。侧闻飞壶急，坐见河宿移。睹辰念节变，感物矜乖离。（《秋夜》）

这样的诗作，可以说都是极貌状物的铺陈手法。而那些没有被钟嵘列入《诗品》的诗人们，虽然在当时的影响并不是很大，但他们的诗歌创作采用的仍然是上述主流诗人们贯用的手法，自觉或不自觉地融入到了那个时代的大合唱之中：

清晨陟阻崖，气志洞潇洒。嶰谷崩地幽，穷石凌天委。长松列竦肃，万树巉岩诡。上施神农萝，下凝尧时髓。（宗炳《登半石山》）

我阻白鸟山，因名感昔拟。仰升数百仞，俯览眇千里。杲杲群木分，岌岌众峦起。（宗炳《登白鸟山》）

暄景转谐淑，草木日滋长。梅花覆树白，桃杏发荣光。（临川王刘义庆《游鼍湖》）

丹墀设金屏，瑶榭陈玉床。温宫冬开燠，清殿夏含霜。弱蕊布遐馥，轻叶振远芳。弥望少无际，肆睇周华疆。象阙对驰道，飞廉瞩方塘。邸寺送晖曜，槐柳自成行。通川溢轻舻，长街盈方箱。顾此爝火微，胡颜厕天光。（江夏王刘义恭《登景阳楼》）

明庶起祥春,和气翕来征。庆云荫八极,甘雨润四垌。昊天降灵泽,朝日耀华精。嘉苗布原野,百卉敷时荣。鸠鹊与鹭黄,间关相和鸣。菉萍覆灵沼,香花扬芳馨。春游诚可乐,感此白日倾。(张公庭《春游》)

这样的创作风气,由士族文人的代表谢灵运和颜延之为主导,加上具有最高统治地位的宋文帝刘义隆、孝武帝刘骏以及皇室成员江夏王刘义恭、临川王刘义庆、南平王刘铄等人的积极参与,从而为当时所崇尚,成为元嘉时期诗歌创作的主流,也就是相当自然的了。

这种铺陈侈写创作手法之所以蔚为壮观,除了适应诗歌发展本身的需要和帝王的积极参与以外,笔者认为还有着另外一个重要的原因,那就是由当时的社会环境所决定。众所周知,自晋安帝义熙十一年(415)至宋文帝元嘉末的三四十年间,由于宋武帝刘裕和宋文帝刘义隆的励精图治,从而一改东晋百年来的颓势,造成了这一时期人心的振奋和国家富裕稳定的局面。这就是历史上著名的元嘉之治。《宋书·文帝纪论》云:

太祖幼年特秀,顾无保傅之严,而天授和敏之姿,自禀君人之德。及正位南面,历年长久,纲维备举,条禁明密,罚有恒科,爵无滥品。故能内清外晏,四海谧如也。昔汉氏东京常称建武、永平故事。自此厥后,亦每以元嘉为言,斯故盛矣。

《宋书·孔季恭传论》概括这一时期政治状况时也说:

自义熙十一年司马休之外奔,至于元嘉末,三十有九载,兵车勿用,民不外劳,役宽务简,氓庶繁息。至于余粮栖亩,户不夜扃,盖东西之极盛也。

与这种繁荣稳定的政治经济形势相适应,元嘉时期诗人们的心态自东晋以来首次处于上升期。因此,在诗歌创作中采用赋体的铺陈咏物手法，极貌状物，歌颂祖国山川之美，也就颇为自然。当然，其时也有流于消极之作，但却并不颓废，情调也颇为旷达。谢灵运在《山居赋》中叙述他当时的创作情况时说："研精静虑，贞观厥美，怀秋成章，含笑奏理。"可以说是元嘉时期总体创作状况的极好概括。

元嘉时期的铺陈咏物手法对革除玄言诗风，确立山水诗在当时文坛上的独尊地位起到了重大作用。但是这种不厌其烦地极貌状物手法的大量运用，又有着不可避免的共同缺憾。钟嵘《诗品》云："故诗有三义焉：一曰兴，二曰比，三曰赋。文已尽而意有余，兴也；因物喻志，比也；直书其事，寓言写物，赋也。宏斯三义，酌而用之。干之以风力，润之以丹采，使味之者无极，闻之者动心，是诗之至也。若专用比兴，患在意深，意深则词踬。若但用赋体，患在意浮，意浮则文散，嬉成流移，文无止泊，有芜漫之累矣。"即说明了诗歌创作必须赋、比、兴配合运用的道理，以及太多地运用赋的铺陈手法所造成的不足。钟嵘论诗，虽然非常欣赏大谢，置其于上品，并赞之为"譬犹青松之拔木，白玉之映尘沙，未足喻其高洁也"，但也指出了他"颇以繁富为累"的不足。诚如《文心雕龙·物色》所说的"山林皋壤，实文思之奥府，略语则阙，详说则繁也"。清汪师韩《诗学纂闻》即专列"谢诗累句"条以论之，潘德舆《养一斋诗话》也一一指出了大谢《拟魏太子邺中集》中之累句。当然，汪、潘二人由于本人诗学观点的限制，所论未免偏颇，但大谢诗因曲写毫芥、铺陈繁富而造成的上述缺憾也是无法回避的事实。谢诗如此，颜诗就更不必说。由于钩深索隐地铺陈物态，加上典故和对偶的过于讲求，使颜延之诗多显得繁芜雕琢而缺乏生气。陈祚明《采菽堂古诗选》云："延年束于时尚，填缀求工，《曲阿》、《后湖》之篇，诚擅密藻，其它繁抃之作，间多滞响。"既云"束于时尚"，可见他认为当时诗坛的上述缺憾是普遍存在的。

然而，问题的严重性还不仅在此，而在于它们背离了《诗经》、《离骚》所开创的"诗言志"和比兴传统。这种专以体物为工、追求形似的创作手法的最为致命的弱点，就是缺少了作者本身情感的抒发。为便于说明问题，以下不妨首先考察一下宋张戒《岁寒堂诗话》中的一段话：

建安、陶阮以前诗，专以言志；潘陆以后诗，专以咏物；兼而有之者，李杜也。言志乃诗人之本意，咏物特诗人之余事。古诗、苏李、曹刘、陶阮，本不期于咏物，而咏物之工，卓然天成，不可复及。其情真、其味长、其气胜，视三百篇几于无愧，凡以得诗人之本意也。潘陆以后，专以咏物，雕镌刻镂之工日以增，而诗人之本旨扫地尽矣。

张氏要叙述的主要是建安到李村杜为止的诗歌总体发展情况，这段议论自有其不完整的一面，因为在潘、陆之后，李、杜之前的诗人也并非专意咏物，以抒情为主要目的的诗人其实大有人在。如齐武帝永明时期的诗人创作群体就是一个较好的例子，这一点下文将有所涉及。但是上述议论却很好地总结了刘宋时诗歌的创作特点，这里有两点值得我们注意：一是在刘宋时期的诗歌创作中，以体物为主要目的的赋体的铺陈手法已经并不仅仅局限于山水诗的创作，而已经渗入到以表现其他内容为目的的各类诗歌之中；其二是这种刻镂求工的赋体的创作手法背离了诗人的本旨，即诗言志的抒情传统，缺少了情真、味长、气胜这样的诗歌所必需具有的基本特征。在刘宋时期山水诗而外的诗歌创作中，刻镂求工、铺陈叙事的古体诗的创作，几乎已经占领了整个诗坛. 以谢灵运为例，他山水诗以外的作品，除去乐府诗这一特定的形式，以及颇有借拟古以寄托自身遭遇感慨的《拟魏太子邺中集》、在广州被杀前所作的《临终诗》等极少数篇章而外，其他如颂扬祖先功业的《述祖德》、劝课农桑的《种桑》、述其于永嘉太守任病中招学讲经的《命学士讲经》诸作，甚或与友朋赠答诸作如《赠从弟惠连》、《还旧园作见颜范二中书》、《北亭与吏民别》等诗，都无一不采用铺陈叙事的手法而较少抒情的成分。其他诗人的作品，除了刘宋中后期的鲍照、汤惠休等极少数颇具变革思想的诗人而外，也大多沿袭着这样的一种手法。且看谢惠连的《喜雨》：

朱明振炎气，溽暑扇温飙。羡彼明月晖，离别经中宵。思此西郊云，既雨盈崇朝，上天愍憔悴，商羊自吟谣。

盛夏溽暑，酷热难当，雨水适时而至，消去闷热之暑气，自是令人十分惬意之事，所以此诗乃以喜雨为题。然而整首诗作却又全然没有久旱逢甘霖以后的激动，而以一种平静的口吻加上工整的对句和凝炼沉稳的语言去叙述了由旱到雨的过程。又如范广渊《征虏亭饯王少傅》：

挂冠东门阁，归褐西唐足。结辙尘高衢，祖供悬长麓。韩卿辞辇路，疏傅知殆辱。素德烛光尘，玄轨芳前觉。

饯别亲友也是诗歌创作中一个永恒的主题，所谓人有悲欢离合者也。自古以来，这类诗作也最能渲染出人们离别的伤感和难分难舍的缠绵复杂之情。为适应上述情感的抒发，这类诗的组织结构也往往迭宕起伏，变化颇大，甚或有杂乱无绪的感觉。可是此诗采用的却是赋体的表现手法，四平八稳地叙述王少傅的挂冠东去和他们的祖饯饮宴，表现出了让人难以置信的冷静态度，似乎诗的作者仅仅是一个局外人，王少傅的离去好像与他根本没有直接的关系。《诗大序》说：

诗者，志之所之也，在心为志，发言为诗。情动于中而形于言，言之不足故嗟叹之，嗟叹之不足故永歌之，永歌之不足，不知手之舞之，足之蹈之也。

这就是我国诗歌在艺术上从它的源头开始就形成的抒情传统，正由于诗歌的这种抒情性，所以也就能够打动读者，引发广大读者的内心共鸣。所以刘勰《文心雕龙·明诗》云：

诗者，持也，持人情性。三百之蔽，义归无邪。持之为训，有符焉尔。人禀七情，应物斯感，感物吟志，莫非自然。

缺少了作者情感的抒发，即使如谢灵运那样的大手笔，诗作中的某些篇章也往往遭到读者的不满和批评。潘德舆《养一斋诗话》批评大谢诗“真性为词气所没”。顾炎武《日知录》卷十五也说：“古來以文辞欺人者莫若谢灵运。”其实，大谢乃是一个直率任性之人，并没有很深的城府，更不会故作虚言，以文辞欺人。而造成这种误解的根本原因，其实就是大谢在创作中采用的主要是赋体的铺陈手法，而缺少具有比兴传统的抒情性的特色。才气横溢的一代巨匠谢灵运尚且如此，因此，那些在才气和学问两个方面都远远不及谢灵运，但却学谢康乐体而孜孜不倦的诗人们，这样的缺憾就更不必说。这种缺少“情”的作品在颜延之的诗中可以说是达到了极致，如他的《为织女赠牵牛》：

> 婺女俪经星，常娥栖飞月。惭无二媛灵，托身侍天阙。阊阖殊未晖，咸池岂沐发。汉阴不夕张，长河为谁越。虽有促宴期，方须凉风发。虚计双曜周，空迟三星没。非怨杼轴劳，但念芳菲歇。

牵牛与织女为了追求真挚的爱情，一年一度七夕相会的神话传说，千百年以来一直是广大人民赞美和歌颂的对象，也激发了无数骚人墨客的遐想和神往。在诗人们的笔下，演绎出了一幕幕催人泪下的爱情篇章，表达出了广大人民对这对有情人爱情悲剧的深切同情。而此诗连用数个典故，却不能起到代织女抒发内心情感的作用，反而使诗显得臃肿堆砌，了无生气。而且平稳的赋体的铺叙手法，传递给读者的似乎是一个缺少真情的甚至是麻木的织女形象。萧子显《南齐书·文学传论》就曾经对齐、梁时的这种现象进行了颇为严厉的批评：

> 今之文章，作者虽众，总而为论，略有三体。一则启心闲绎，托辞华旷，虽存巧绮，终致迂回。宜登公宴，本非准的。而疏慢阐缓，膏盲之病，典正可采，酷不入情。此体之源，出灵运而成也。……

直言不讳地指出了学谢灵运体的诗人们，诗作“疏慢阐缓”这样的“膏肓之病”所造成的“酷不入情”的致命弱点。说是膏肓之病，似乎有言辞过激之嫌，但是却并不是萧子显的偏见。因为“情”历来就被认为是文学创作的一大关键，也就是从《诗经》、《离骚》以来所形成的诗的艺术上的抒情传统。刘勰《文心雕龙》即专列《情采》篇以论之，以为“情者文之

经”,乃“立文之本源”,并得出结论说:

繁采寡情,味之必厌。

梁简文帝箫纲在《与湘东王书》中也说:

比见京师文体,懦钝异常,竞学浮疏,争为阐缓,玄冬修夜,思所不得。既殊比兴,正背风骚。若夫六典三礼,所施则有地;吉凶嘉宾,用之则有所。未闻吟咏情性,反拟《内则》之篇;操笔写志,更慕《酒诰》之作。迟迟春日,翻学《归藏》,湛湛江水,遂同《大传》。

萧纲在这段言论中也同样指出了背离《诗》、《骚》比兴传统诗作的严重缺憾。因为在他看来,诗作中吟咏性情的部分就应该像《诗经·七月》、《楚辞·招魂》那样用“春日迟迟,采蘩祁祁”和“湛湛江水兮上有枫,目极千里兮伤春心”那样抒情性极强的语句去表现,而不应该采用《尚书》等典籍的说教式的表现手法,这应该也是切中元嘉铺陈诗风致命缺憾的平允之论。在这种情形之下,一些不甘现状的富于创新精神的诗人们力图摆脱刻板的铺陈手法,转而去寻求一种符合时代精神的新的创作手法,也就是很自然的了。

最后需要指出的是,元嘉诗人的乐府诗主要表现为抒情的意绪,与古体诗正好相反。如谢灵运的《长歌行》、《豫章行》、谢惠连的《却东西门行》、《前缓声歌》、颜延之的《挽歌行》、《从军行》等皆表现出了相当深厚的抒情氛围。这种情况,乃是由乐府诗对音乐的要求,以及时人对两类诗作不同的审美要求而决定,与上文所论及的元嘉诗风的铺陈特征并不矛盾。钱钟书《管锥篇》曾指出:

奏乐以生悲为善音,听乐以能悲为知音。汉魏六朝风尚如此。

又说:

> 吾国古人言，音乐以悲哀为主。……使人危涕坠心，匪止好音悦耳也。……或云“读诗至妙处，真泪方流。”故知陨涕为贵，不独聆音。

由这种审美观所决定，当时的乐府诗多表现为哀感的抒情意绪，这也是被士族文人所把持的元嘉诗坛较少乐府诗的原因之一。因此，这种以抒情为主体的乐府诗作并不能代表元嘉诗风。明乎此，我们对家世贫贱、身世遭遇坎坷的著名诗人鲍照借助乐府形式，创作了大量的乐府诗作，以抒写其怀才不遇的伤感，抒发他内心的愤怒和不平。古体诗特别是早期之作则较多受时风的影响，铺陈痕迹时有可见的现象也就比较容易理解了。

钩深索隐、曲写毫芥到情灵摇荡、流连哀思

——论南朝诗风之流变

南朝四代相续，立国日短，诗人往往身历异代，历仕数朝，因而给后人探讨这一时期的诗风变迁带来一定的困难。又由于南朝诗歌较少现实生活的反映，所以后人在论及此阶段诗歌时每多笼统的概括而缺少细致的分析。如严羽《沧浪诗话》分此阶段诗为“元嘉体”、“永明体”、“齐梁体”和“南北朝体”四类；刘师培《中国中古文学史》概括为“宋代文学”、“齐梁文学”、“陈代文学”三个阶段。以上分类，皆未能很好地把握住南朝诗风的变化过程以及其实质性差异，特别是将齐梁诗并列，更混淆了两代诗歌创作的根本区别。本文试图通过此一时期主要诗人的诗作，以探讨南朝诗风之流变，并就教于同好。

一、研精静虑、贞观厥美、怀秋成章、含笑奏理
——铺陈期的元嘉诗坛

《文心雕龙·明诗》云：“宋初文咏，体有因革，庄老告退，而山水方滋。”统治文坛近百年之久的玄言诗到了晋末宋初，终于宣告了它在文坛上的衰退直至消亡。宋初的大诗人谢灵运以其奇丽之运思、廉俊之笔法创作了大量优秀的山水诗作，确立了山水诗在当时诗坛上的独尊地位。因为要将观察到的大自然之美景通过诗的形式再现，乃至更集中完美地超现实地表现出来；或写雄奇俊异的巉岩危峰，或写云日交晖，芰荷蔚映的碧湖澄江，或写云雾弥漫、泽兰被径的江东春色，或写朔

风积雪、万物蛰伏的南国寒冬，无不需要通过细致入微的观察，以华艳之辞采极貌状物、钩深索隐，穷四时之变化，究万物之情状，亦即需以铺陈夸张的赋的手法展开。遍照金刚《文镜秘府论·十体》有"形似"一体，云："形似体者，谓貌其形而得其似，可以妙求，难以粗测者是。"即指出了山水诗极貌状物，力求形似的铺陈特征。综观谢灵运诗，其创作手法即以直书其事、铺陈夸张为主。陈延杰《诗品注》说："谢客诗刻画微眇，在诗家为独辟之境。故出水之作，全用客观，皆寓目直书，是外无遗物也。"大谢诗如"密林含余清，远峰隐半规。久痗昏垫苦。旅馆眺郊歧。泽兰渐被径，芙蓉始发池。"(《游南亭》)"怀新道转迥，寻异景不延。乱流趋孤屿，孤屿媚中川。"(《登江中孤屿》)"林壑敛暝色，云霞收夕霏。芰荷迭映蔚，蒲稗相因依。"(《石壁精舍还湖中作》)都是铺采摛物，直陈其事的典型例子。黄庭鹄《古诗冶》引冯时可语说："康乐设奇托怪，钩深索隐，穷四时之变，极万物之类。"也正是指大谢诗的上述表现手法而言。

谢灵运的山水诗，正如很多近代学者所指出的那样，有着程式化的倾向，大多数篇章形成了"叙事——写景——说理"这样的三段式结构。甚至连他诗作中最简短的《岁暮》诗也无例外地遵循着这样的三段程式：

殷忧不能寐，苦此夜难颓。（叙事）
明月照积雪，朔风劲且哀。（写景）
运往无淹物，年逝觉已催。（说理）

第一段两句，叙述他心有忧愁，夜中失眠。第二段二句描写寒夜窗外明月和积雪交相辉映，北风劲吹如人悲鸣的景象，一句写视觉，一句写听觉。结尾则联想到岁月流逝，一年将尽，引起对自身年命衰老的理解和感慨。而这种层次清楚的三段式结构，正是诗人借鉴汉大赋写作传统的结果。周勋初先生指出谢灵运山水作品中"所显示的个人特点，就是形式整齐，结构细密，对偶工整，开合成势"，他又说："由此可见，谢灵运在写作山水诗时，注意到了前代和当代诗赋创作中构成形式美的许多技法和美感要素，并运用到自己的创作中去。”①这段论述，可以说是对谢灵运山水诗铺采摛文创作手法特征和形成原因的极好概括。

由于谢灵运才华出众，学问广博深厚，加上他陈郡谢氏的显赫家世和威望，他那融会了汉大赋形式特点的山水诗的创作手法，在当时诗坛上很快地形成了一股强烈的冲击波。宋初与大谢齐名的是颜延之，《宋书》卷七十三《颜延之传》说他“文章之美，冠绝当世。……与陈郡谢灵运俱以词采齐名。自潘岳、陆机之后，文士莫及也，江左称颜、谢焉”。《宋书》卷六十七《谢灵运传论》则说：“爰逮宋世，颜、谢腾声，灵运之兴会标举，延年之体裁明密。并方轨前秀，垂范后昆。”可见颜、谢二人诗歌创作实际上代表了宋初文坛的总趋势。颜延之诗作中成就较高且又为人称道的是语言质朴、寄意深远而无用事之弊的《五君咏》、《秋胡行》等，但这些诗作却不是他诗歌创作的主体，就现存的颜延之诗看，模山范水的写景之作占有相当的数量。葛立方《韵语阳秋》云：“颜延年《应诏观北湖诗》乃云：‘周御穷辙迹，夏载历山川。蓄轸岂明茂，善游皆圣仙。’《侍游曲阿诗》又云：‘虞风载帝狩，夏谚颂王游。春方动宸驾，望幸倾五州。’是开人君游豫之心，非所谓告以善道者也。”葛氏从道学家的立场批评颜诗，虽不足为训，但却说明了颜延之对模山范水之作的重视。颜诗以雕琢过盛而颇为后人所垢病，但铺采摛文的创作手法和谢灵运则是颇为接近的。如颜的《车驾幸京口侍游蒜山作》云：“元天高北列，日观临东溟。入河起阳峡，践华因削成。岩险去汉宇，襟卫徙吴京。流池自化造，山关固神营。园县极方望，邑社总地灵。宅道炳星纬，诞曜应辰明。睿思缠故里，巡驾匝旧垧。陟峰腾辇路，寻云抗瑶甍。春江壮风涛，兰野茂荑英。”《应诏观北湖田收诗》云：“楼窥眺丰颖，金驾映松山。飞奔互流缀，缇彀代回环。神行埒浮景，争光溢中天。开冬眷徂物，残悴盈化先。阳陆团精气，阴谷曳寒烟。攒素既森蔼，积翠亦葱芊。”辞采的雕琢刻镂、对偶的极力讲求而使上述诗作颇失自然之风致。然而前者描绘蒜山及长江雄伟壮观之气势，后者摹写北湖原野千姿百态的景象，则极尽铺陈之能事。《南史》卷三十四《颜延之传》载：“延之

① 周勋初《论谢灵运山水文学的创作经验》，《文学遗产》1985年第5期。

尝问鲍照，已与谢灵运优劣。照曰：'谢诗如初发芙蓉，自然可爱，君诗如铺锦列绣，亦雕缋满眼。'"《诗品》也记载说："汤惠休曰：'谢诗如芙蓉出水，颜诗如错采镂金。'"颜、谢二人创作风格各殊，成就自有高下，不可同日而语，但是他们创作巧言切状，直陈其事的铺陈手法却是相同的。方东树《昭昧詹言》说："颜诗凝厚典质，钩深持重，力足气完，差与康乐相埒，但功力有余而天才不足。"即指出二人创作手法的一致之处。

《诗品》论谢灵运诗说："故尚巧似。"论颜延之诗也说："尚巧似。"指出了二人状物喻态的共同之处。宋初之山水诗不同于陶渊明的田园诗，乃在于它用工笔的摹写，如同精工雕绘的油彩画。《文心雕龙·明诗》说："庄老告退，而山水方滋，俪采百字之偶，争价一句之奇，情必极貌以写物，辞必穷力而追新。此近世之所竞也。"同书《物色》又说："自近代以来，文贵形似。窥情风景之上，钻貌草木之中。吟咏所发，志惟深远；体物为妙，巧在密附。故巧言切状，如印之印泥，不加雕削而曲写毫芥。故能瞻言而见貌，即字而知时也。"形象地指出了宋初山水诗钩深索隐、曲写毫芥，极山水之致的特色。

山水诗虽盛于宋初，而模山范水的文句，在汉赋中已有大量出现。如牧乘《七发》描摹虞怀宫的奇丽景象，司马相如《子虚赋》盛称云梦泽的雄奇，《上林赋》侈写上林苑的壮观，其写景的夸张铺陈，辞句的琢炼堆砌，都给宋初的山水诗提供了极好的表现基础，但同时也带来了蹇涩繁芜之弊病。诚如《诗品》所说："若但用赋体，患在意浮，意浮则文蔽，嬉成流移，文无止泊，有芜漫之累矣。"这点，颜延之诗自不必说，谢灵运诗也时有所见。鲍照评谢诗虽有"初日芙蓉"之说，但谢诗真正清新淡雅之作则并不是很多。叶梦得《石林诗话》即说："初日芙蓉，非人力所能为，而精彩华妙之意，自然见于造化之妙，灵运诸诗，可以当此者无几。"可谓精辟的见解，另一方面，由于曲写毫芥地极貌状物，刻画细微，所以宋初山水诗又颇有繁芜之处。谢灵运诗即因"寓目即书，内无乏思，外无遗物"而被钟嵘评为"颇以繁富为累"(《诗品》)。梁简文帝萧纲《与湘东王书》云："学谢则不届其精华，但得其冗长。"也针对谢灵运诗的繁冗之弊而发。诚如《文心雕龙·物色》所云："山林皋壤，实文思之奥府，略语则阙，详说则繁也。"清汪师韩《诗学纂问》专列"谢诗累句"条以论之,潘德舆《养一斋诗话》也曾专门列举大谢《拟魏太子邺中集》之累句。当然汪、潘二人为自身诗学观点所限、所论不免偏颇,但大谢诗因为铺陈繁富,曲写毫芥而造成的一些诗作上述弊病的存在也是事实。同样,大谢诗之弊也是颜延之诗为世所垢病的原因之一,方伯海论大谢《自南山往北山经湖中瞻眺》诗指出:"此篇尚欠流逸,亦多累句,颜、谢二家多有此病。"①萧子显《南齐书·文学传论》评论齐梁文坛颜延之一派时说:"次则辑事比类,非对不发,博物可嘉,职成拘制。或全借古语,用申今情,崎岖牵引,直为偶说,唯睹事例,顿失清采。"由于错采镂金之笔法,典故、对偶的过于讲求,再加上钩深索引地铺陈物态,使颜延之一派诗人的诗歌显得繁芜雕琢而缺乏生气。《诗品》论颜延之诗:"体裁明密,情喻渊深。动无虚散,一字一句,皆致意焉。又喜用古事,弥见拘束。"陈祚明《采菽堂古诗选》说:"延年束于时尚,填缀求工,《曲阿》、《后湖》之篇,诚擅密藻,其他繁挟之作,间多滞响。"对颜延之诗的繁芜之弊都提出了批评。颜延之的《五君咏》、《秋胡行》等诗虽雕琢处较少,以言辞流畅而得到了后人很高的评价,但它们同样也采用了赋体的铺陈手法,"直陈其事,字字斟酌"②。《诗品》论谢灵运诗,以为"其源出于陈思,杂有景阳之体,故尚巧似";论颜延之诗,以为"其源出于陆机,尚巧似",而《诗品》论陆机诗则云:"其源出于陈思,才高词赡,举体华美。"由此可见颜、谢二人其实同源于曹植的诗歌创作,这恐怕也是二人具有相同的巧言切状、铺陈琢炼的特点,又同有繁芜之弊的原因之一。只是谢灵运天才俊发,又受到张协诗较大的影响,故谢诗又有致意豪华、情丽藻俊,造语幽灵的一面,诗中不时出现如"池塘生春草,园柳变鸣琴"(《登池上楼》)"异音同至听,殊响俱清越"(《石门岩上宿》)、"空翠难强名,渔钓易为曲"(《过白岸亭》)之类的如"神工巧铸"③的清新淡雅之句,为人所称颂,而颜诗则一味讲求雕琢,错采镂金而使多数诗作流于蹇涩窒碍,为

① 于光华《重订文选集评》,清同治年十一年刻本。

② 贺贻孙《诗筏》论《秋胡行》语。见郭绍虞编选、富寿荪校点《清诗话续编》,上海古籍出版社 1983 年版。

③ 王夫之《古诗评选》,张国星点校,河北大学出版社 2008 年版。

后世所垢病，成就远逊于谢，因而在后人的心目中往往也就成了两种创作风格截然不同的诗人。

除颜延之、谢灵运二人外，谢惠连也是宋初以写山水景物为主的重要诗人。谢惠连元嘉十年(433)卒，时年二十七岁。他的诗多作于元嘉三年(426)二十岁以后，那一阶段，由于和谢灵运交往甚密，创作上受这位族兄的影响颇大。惠连的山水诗作如《泛南湖至石帆》云："涟漪繁波漾，参差层峰峙。萧疏野趣生，逶迤白云起。"《泛湖归出楼中望月》云："哀鸿鸣沙渚，悲猿响山椒。亭亭映江月，浏浏出谷飙，斐斐气幂岫，泫泫露盈条。"《咏冬》云："履霜冰弥坚，积寒风愈切。繁云起重阴，回飙流轻雪。园林粲斐昭，庭除秀皎洁。"钩深索隐，刻画细致，手法与颜、谢颇为相似。他的被钟嵘极力推崇的《捣衣》诗："白露滋园菊，秋风落庭槐。肃肃莎鸡羽，烈烈寒螀啼。夕阴结空幕，宵月皓中闺，美人戒裳服，端饰相招携。簪玉出北房，鸣金步南阶。栏高砧响发，楹长杵声哀。微芳起两袖，轻汗染双题。"描绘秋夜景物及美人形态动作细致入微，曲尽其妙。再如他的《秋怀》诗中写秋景的几句："皎皎天月明，奕奕河宿烂。萧瑟含风蝉，寥唳度云雁。寒商动秋闺，孤灯暖幽幔。"从空中皎洁的明月，灿烂的群星，写到原野寒蝉的哀鸣，孤雁的悲啼，再进而写到室内的孤灯，"两就形说，两就声说"①，"酷似乃兄，而才幅苦狭"②，可见惠连诗受谢灵运的影响之大。只是惠连一生运途多乖，屡遭挫折，加上他缺少乃兄对佛道玄言的深刻领悟，所以显示了和大谢诗不同的特色，但他们在各自的诗歌创作中所采用的赋的铺采摛文的创作手法却是共同的。

谢惠连才思富捷，加上他曲写毫芥的铺陈手法，故其诗作亦往往具有颜、谢诗同样的缺憾。以其《西陵遇风献康乐》为例，其第四章云："屯云蔽曾岭，惊风涌飞流。零雨润坟泽，落雪洒林丘。浮氛晦崖巘，积素惑原畴。曲汜薄停旅，通川绝行舟。"从各个角度描摹景物，遣辞造句颇具功力，但就整首诗而言，繁芜之病却也较为明显，谢榛《四溟诗话》批评此诗为"一篇句法雷同，殊无变化"之作，应该并不是偶然的。

---

① 张玉谷《古诗赏析》，上海古籍出版社 1955 年版。

② 毛先舒《诗辩坻》，见郭绍虞编选、富寿荪校点《清诗话续编》，上海古籍出版社 1983 年版。

刘宋著名诗人鲍照约生于晋安帝义熙十二年(416),卒于宋明帝泰始二年(466),前期生活在宋文帝元嘉盛世。《诗品》说他“善制形状写物之词”,又说他“贵尚巧似”,就这一点说,和颜、谢的“尚巧似”是一致的。他现存的山水诗大多作于元嘉期间,它们铺陈雕琢的手法也较为明显。如元嘉十六年(439)的《登庐山》、《登庐山望石门》、《从登香炉峰》,元嘉十七年的《还都至三山望石头城》、《还都口号》数诗,都是曲写毫芥的铺陈之作。因此,沈德潜称其“五言古雕琢与谢公相似”①,陈祚明称“其源亦出于康乐”,又说他“即景命词,必钩深索异,不欲犹人”②,皆指出了他这类诗与大谢诗风格的一致之处。

要之,宋初诗风总的特色即是以赋的体物写法,钩深索隐,细致入微,如印之印泥般地铺陈诗人的见闻,甚至铺陈其见解及感受。尽管当时的诗人们由于各自才学和个性的差异、遭遇的不同而导致了他们诗歌有着各自不同的特色,成就也有高下的悬殊,但他们总的创作手法却是一致的,刻镂求工以及繁芜之累也是共同的。贺贻孙《诗筏》说:“观康乐集,往往深密有余而疏淡不足,专指延之为深密,谬矣。”又说:“颜集中《和谢监》诸作,颇受板滞之累。谢诗虽多佳句,然自首之尾,讽之未免痴重伤气,惠连亦有是病,或当时习尚使然耳。”指出了当时诗坛的共同的特点,自是很有见地之说。

宋初诗坛上铺叙手法的形成,还有着他的社会原因。自晋安帝义熙十一年(415)至宋元嘉末的三四十年间,由于宋武帝刘裕和文帝刘义隆的励精图治,从而造成了国家富裕稳定的新局面。《宋书·孔季恭传论》概括这一阶段情况时说:

> 自义熙十一年司马休之外奔,至于元嘉末,三十有九载,兵车勿用,民不外劳,役宽务简,氓庶繁息,至余粮栖亩,户不夜扃,盖东西之极盛也。

---

① 沈德潜《古诗源》,文学古籍刊行社1957版。

② 陈祚明《采菽堂古诗选》,上海古籍出版社2008版。

与这种稳定繁荣的政治经济形势相适应，元嘉诗坛采用赋的铺陈手法，也就成为颇为自然之事。当然，当时也有流于消极之作，但却不颓丧，情凋也颇为旷达。谢灵运在《山居赋》中概括他当时的创作状况时说："研精静虑，贞观厥美。怀秋成章，含笑奏理。"这实际上也可以说是元嘉诗坛总体创作状况的极好概括。因此，自刘宋立国至元嘉三十年，可称作是南朝诗歌发展的第一阶段即铺陈阶段。而自元嘉以后，南朝政治日趋衰落，内忧外患，兵燹日继，暴君虐主，诛杀相连。文人处境也日趋艰难，诗风为之一变，即由铺陈期的"含笑奏理"而向"感岁华之奄谢，悼遭逢之岑寂"抒情期转化了。

需要指出的是，元嘉诗人的乐府诗则主要表现为抒情的意绪。如谢灵运《长歌行》云："徂龄速飞电，颓节骛惊湍，览物起悲绪，顾已识忧端。朽貌改鲜色，悴容变柔颜。变改苟催促，容色乌盘桓。亹亹衰期迫，靡靡壮志阑。"《豫章行》云："短生旅长世，恒觉自日歆。览镜睨颓容，华颜岂久期。"谢惠连《却东西门行》云："人生随时变，迁化焉可祈。百年难必保，千虑盈怀之。"《前缓声歌》云："羲和纤阿去嵯峨，睹物知命，使余转为悲歌。忧戚人心胸，处山勿居峰，在行勿为公。"颜延之《挽歌行》云："戒徒赴幽穸，祖驾出高门，行行去城邑，遥遥首丘园。"《从军行》云："苦哉远征人，毕力干时艰。秦初略扬越，汉世争阴山。"这些诗作以及鲍照的大量抒写怀才不遇的怨愤、抨击小人奔竞和官场丑恶的乐府诗，表现出来的抒情气氛都相当浓厚。这种情况，乃是由乐府诗对音节的要求以及时代的审美观而决定，与元嘉时期铺陈诗风并不矛盾。钱锺书《管锥篇》①曾指出：

> 奏乐以生悲为善音，听乐以能悲为知音。汉魏六朝风尚如斯。

又说：

> 吾国古人言，音乐以悲哀为主，……使人危涕坠心，匪止好音

① 钱钟书《管锥篇》，中华书局 1979 年版。

悦耳也。……或云"读诗至妙处,真泪方流。"故知陨涕为贵,不独聆音。

由这种美学观所决定,当时的乐府诗多表视为哀感的抒情意绪,这也是被士族文人把持的元嘉诗坛较少乐府诗的原因之一。可见,这种以抒情为主的乐府诗作并不能代表元嘉诗风。而我们对家世贫贱、身世坎坷的鲍照大量借助乐府诗形式,抒写迁逝之悲和怀才不遇的诗作,以发泄内心的不平,古体诗则较多受时风的影响,铺陈痕迹时有所见的现象也就比较容易理解了。

二、情蝉娟而未罢,愁烂漫而方滋
——抒情期的宋末萧齐诗坛

元嘉三十年二月,宋文帝太子刘劭弑父自立。从此,刘宋政权陷入了严重的混乱之中。攻杀刘劭而即位的宋孝武帝刘骏在位期间,穷奢极欲,滥行诛杀,造成了"举朝遑遑,人人危怖,内外百司,不保首领","大臣之间,莫不重足屏气,未尝敢私往来"①的局面,《宋书》卷六《孝武帝纪论》曰:"尽民命以自养,桀衬之行也。观大明之世,其将尽民命夫!"甚而将他比为桀纣式的帝王。其子宋前废帝刘子业继位后,王朝内部更爆发了空前规模的内战。结果,导致淮北大片领土沦于北魏,国力大减。湘东王刘彧废杀刘子业自立,史称宋明帝。明帝不仅不吸取前废帝刘子业残酷杀戮而导致悲剧后果的教训,反而变本加厉地施行暴政,以致"天下骚然,民不堪命,……亲近谗慝,剪落皇枝"②,宋王朝终于在内乱中覆亡。萧齐王朝继立,高帝萧道成及武帝赜虽思图振作,然在位日短,难有作为。齐立国首尾凡二十四载而七易帝,政局之混乱暴虐又远过宋末。在此形势下,抒写各种忧愁哀思之情的诗作也就应运而生,取代了曲写毫芥的铺陈之作而成为诗坛的主流。裴子野《雕虫

① 《宋书》卷七十七《柳元景传》。
② 《宋书》卷八《明帝纪》。

论》说："宋初迄于元嘉，多为经史。大明之代，实好斯文，高才逸韵，颇谢前哲，流波相尚，滋有笃焉。自是闾阎年少，贵游总角，罔不摈落六艺，吟咏情性。"即指出自宋孝武帝大明时起，诗风已向吟咏情性的方向发展转化。这种诗风的转化自鲍照开始，到宋末江淹等人的创作，已与元嘉体诗风的铺陈摛写全然不同。

江淹生于宋文帝元嘉二十一年(444)，历仕宋、齐、梁三朝，卒于梁武帝天监四年(505)。因此，后人往往将江淹诗列入梁代去讨论，如沈德潜《说诗晬语》、鲁九皋《诗说源流考》等皆作如是观。近代学者甚至有根据《诗品》谓江淹诗"成就于谢朓，筋力于王微"的说法，而认为江淹诗受谢朓影响，并列专章加以讨论的。其实，江淹创作的旺盛时期乃在宋末。《四库全书总目提要》于论《江淹集》时说："淹《自序传》称：自少及今，未尝读书，惟集十卷。考传中所序官阶，止于中书侍郎，以校史传，正当建元之初。则永明以后所作，尚不在其内。"姚鼐《惜抱轩笔记》云："阮亭五言诗钞，置谢朓于齐，置江淹于梁，此以二人所卒之朝定耳。实则醴陵乃玄晖之前辈，故钟嵘云：'齐永明中，谢朓未遒，江淹才尽。'以江在朓前也。"现存的《江淹集》中，除极少数为齐初所作之外，其他作品则作于宋末。江淹自宋孝武帝大明七年(463)出仕后，就开始了他多艰的仕宦生涯。当时正值宋末多事之秋，他始仕始安王子真而子真旋被明帝所杀，继从建平王景素而又因郭彦文案被系南兖州狱，出狱不久又因谏止建平王刘景素谋反，作诗十五首以讽，从而激怒景素，被贬黜至闽越荒僻之地建安吴兴(今福建浦城)，北州贱士，乃作炎土流人，过着"空床连流，圭窬淹滞。网丝蔽户，青苔绕梁。春华虚艳，秋月徒光。临飞鸟而魂绝，视浮云而意长。测代序而饶感，知四时之足伤"①的放逐生活。所以，他的诗作缺少宏敞博大的铺陈夸饰的背景，而以抒写惆怅苦愁之情为主也就相当自然了。刘熙载《艺概》说："江文通诗，有凄凉日暮，不可如何之意，此诗之多情而人之不济也。"明确地指出了江淹诗凄怆哀怨的抒情特色，实为卓见。诗人作于宋明帝泰始年间的《望荆山》诗云："奉义至江汉，始知楚塞长。南关绕桐柏，西途出鲁阳。寒郊

① 江淹《四时赋》，《江文通集汇注》，李长路、赵威点校，中华书局1984年版。

无留影,秋日悬清光。悲风挠重林,云霞肃秋涨。岁晏君如何,零泪沾衣裳。玉柱空掩露,金樽坐含霜。一闻苦寒奏,再使艳歌伤。"其中既包含着失意的怨恨,又掺和了离乡背井的愁思,"词气萧瑟"①,抒情氛围相当浓厚,是被孙月峰称为有"凄绝"之情的诗作②。他同一时期作于荆州的《秋至怀归》诗,在寂寞凄清的秋景衬托下,细腻深刻地表现出他羁旅异乡的失意游子无限深切悲苦的思乡之情,也是他抒情诗的代表。在江淹诗中,虽然时时也有铺陈的写景成分,但他的写景对于元嘉诗坛来说,已发生了相当大的变化。他不是以铺叙景物来表现对山水的热爱和陶醉,而是借此来表现他深沉复杂的思想情感,为抒情而服务。李重华《贞一斋诗说》云:"诗有情有景,且以律诗浅言之,四句两联,必须情景互换,方不复沓;更要识景中情,情中景,二者循环相生,即变化不穷。"江淹诗虽无严格的情景互换之规律可循,但却是很注意以写景来衬托和加深感情的抒发的。江诗如《无锡县历山集》:"落叶下楚水,别鹤噪吴田。岚气阻不极,日色半云天。酒至情萧瑟,凭樽还惘然。"《贻袁常侍》:"昔我别剐楚水,秋月丽秋天。今君客吴坂,春色缥春泉。幽冀生碧草,沅湘含翠烟。铄铄霞上景,懵懵云外山。涉江竟何望,留滞空采莲。"《铜雀妓》:"秋至明月圆,风伤白露落。清夜何湛湛,孤烛映兰幕。抚影怆无从,惟怀忧不薄。瑶色行应罢,红芳几为乐,徒登歌舞台,终成蝼蚁郭。"都较为重视情景的互换,通过景物的铺垫,从而加深了惆怅哀思意绪的抒发。王夫之《古诗评选》论其《卧疾怨别刘长史》说:"文通于时,乃至不欲取好景,亦不欲得好句,脉脉自持,一如处女。"也从侧面说明了江淹诗多取凄切黯淡之景以衬托其凄怨之情的事实。再以他现存诗作中比重较大,成就也较高的拟古类作品而论,其中《效阮公诗》十五首,乃"明性命之理,以寄托其忧生之嗟的,抒情的意味较浓",而《杂体诗》三十首,模拟从汉至刘宋三十名家诗,以品藻源流,"其中大多数也渗透着他自己的思想感情在内","其中有着作者的某些真情实感,

① 陈祚明《采菽堂古诗选》,上海古籍出版社 2008 版。
② 于光华《重订文选集评》,清同治年十一年刻本。

并非一味的模仿因袭”①。当然，由于江淹创作的旺盛期与元嘉时代相近，少数诗作如《从建平王登庐山香炉峰》等受元嘉铺陈诗风的影响也较为明显，但是他的绝大多数诗作都具有了新诗风的抒情特色。其《赤亭渚》：“吴江泛丘墟，饶桂复多枫。水夕潮波黑，日暮精气红。路长寒光尽，鸟鸣秋草穷。瑶水虽未合，珠霜窃过中。坐识物序晏，卧视岁阴空。一伤千里极，独望淮海风。远心何所类，云边有征鸿。”这类诗作，则又完全摆脱了元嘉诗风的影响而具有了浓厚细腻的抒情风味了。

江淹在宋后废帝元徽二年(474)秋被黜为建安吴兴令时所作之《去故乡赋》抒写当时的心情说：“情蝉娟而未罢，愁烂漫而方滋。切赵瑟以横涕，吟燕笳而悲鸣。”这实际上也代表了他诗作凄怨哀思之抒情特色，同时也代表了宋末萧齐抒情期诗风的总体特色。《诗品》在论及齐谢超宗、丘灵鞠、刘祥、檀超、钟宪、颜测、顾则心七人诗时说：“余从祖正员(按指钟宪)尝云：大明、泰始中，鲍、休美文，殊已动俗，惟此诸人，傅颜、陆体，用固执不如颜，诸暨最荷家声。”许文雨《诗品讲疏》云：“仲伟前评延之诗，其源出于陆机，故连及称颜、陆焉。大抵颜、陆以华旷典正为宗；休、鲍以雕藻淫艳相尚。”钟宪所说的“鲍、休美文”，应即指鲍照、汤惠休二人元嘉后期的异于颜、谢铺陈诗风而具有雕藻淫艳、含酸茹叹的抒情风格的作品。谢超宗辞气横出，是谢灵运的嫡孙，虽然学问功力不及其祖.但性格和其祖则极为相似。谢超宗诗今虽已不存，但却不可能不受到其祖的重大影响。由此可见，宋末萧齐诗坛上虽仍有谢超宗等以颜、陆体铺陈手法为主的诗人，但却已是强弩之末而并非当时诗坛之主流了。这些诗人的作品，如钟宪《登群峰标望海》诗云：“往往孤山映，处处春云生。差池远雁没，飒沓群凫惊。”顾则心《望廨前水竹》云：“相思不会面，相望空延颈。远天去浮云，长墟斜落景。幽疴与岁积，赏心随事屏。乡念一遭回，白发生俄顷。”虽用铺叙手法但却流露出乱世哀音的心曲。至于萧齐时代的主流诗人沈约、谢朓、王融等人，则又把含酸茹叹、凄切忧怨的抒情之作推向了高潮。

沈约等人在齐竟陵王萧子良西邸，著名者号称八友。谢朓卒于齐，

---

① 曹遭衡《论江淹诗歌的几个问题》，载《文学遗产增刊》第十四辑。

沈约、范云等虽卒于梁天监时期，而他们创作的旺盛期却在萧齐。其时萧齐帝室骨肉相残，“主猜政乱，危亡虑及，举手抃地，人思自免”①，沈约《郊居赋》曾概括当时局面说：“逢时君之丧德，何昏昏之孔炽。”“彼黎元之喋喋，将垂兽而为饵。瞻穹昊而无归，虽非牢而被蕺。”这种动乱的局面、险恶的政治环境使这些士族文人在思想和精神上产生了极度的紧张和恐惧，所谓“事滔滔而未合，志涓涓而无爽。路将殚而弥峭，情薄暮而愈广”②。诗人们这种普遍的心理状态，表现在诗歌创作上乃发而为“揽涕告辞，悲来横集”③的抒写乱世哀音的抒情之作。《诗品》论当时的文坛领袖沈约诗说：“详其文体，察其余论，固知宪章鲍明远也。所以不闲于经纶而长于清怨。”即可见出沈约是以抒写哀怨凄切之情见长的。以其《八咏诗》为例，仅从分题题目“登台望秋月”、“岁暮愍秋草”、“霜来悲落桐”、“夕行闻夜鹤”、“晨征听晓雁”，“解佩去朝市”，“被褐守山东”来看，就使人感受到沉重的哀感忧伤意味，有着浓烈的抒情气氛。《诗纪别集》引刘会孟语曰：“沈休文《怀旧》九首，杜子美《八哀》之祖也。”可见他抒写愁苦的清怨之作不仅在当时，而且对后世产生了重大影响。

《诗品》论谢朓诗说：“善自发诗端，而末篇多踬，此意锐而才弱也。”曹道衡先生说：“这里所谓‘多踬’，其实是指一些消极伤感的情绪，这和谢灵运一些诗的收尾，虽流于玄理，却总较旷达不大一样”。④ 大谢诗旷达而小谢诗流于消极伤感，这固然与他们的学识及个性有关，但更主要的恐怕还是他们二人所处的时代使然。谢朓是大谢的族侄，他的山水诗既受大谢的影响又有新的变化，最为明显的是将大谢诗三段式结构中结尾的说理部分改变为抒情，从而衍变为一种新的“叙事——写景——抒情”的三段式结构。小谢的山水诗如《直中书省》、《游东田》、《晚登三山还望京邑》、《观朝雨》、《落日怅望》、《之宣城出新林浦向板桥》等都可以说是小谢诗这种新的结构程式的典型例子。

---

① 《南齐书》卷二十六《王敬则陈显达传论》。
② 沈约《郊居赋》。
③ 谢朓《辞随王笺》。
④ 曹道衡《从〈雪赋〉、〈月赋〉看南朝文风之流变》，载《文学遗产》1985年第2期。

在当时诗人们的创作中，这种“情婵娟而未罢，愁烂漫而方滋”的抒情诗时时可见，如谢朓《观朝雨》：“戢翼希骧首，乘流畏暴鳃。动息无兼遂，歧路多徘徊。”《新亭渚别范零陵云》：“心事俱已矣，江上徒离忧。”王融《游仙》：“桃李不奢年，桑榆多暮节。常恐秋蓬根，连翩因风雨。”丘迟《赠何郎》：“向夕秋风起，野马杂尘埃。忧至犹如绕，讵是故人来。”范云《渡黄河》：“不睹人行迹，但见狐兔兴。寄言河上老，此水何当澄。”沈约《伤王融》：“途艰行易跌，命舛志难逢。折风落迅羽，流恨满青松。”其中有仕途艰危、忧谗畏祸心情的表露，也有友朋命舛、兔死狐悲的伤感；有生年不永、人命奄忽的凄怆，又有生不逢辰、有志难伸的感慨。除上述的直接抒发感情以外，诗人们还时时借助咏物以间接流露情思。在永明诗人的作品中，咏物诗占有较大的比重，但他们基本上都并不是单纯的咏物，而是借所咏之物以寄寓乱世哀音的意绪，颇近似班婕妤《怨歌行》借咏扇以自比遭遇，抒写身世之悲。如谢朓《咏竹火笼》云：“庭雪乱如花，井冰粲成玉。因炎入貂袖，怀温奉芳褥。体密用宜通，文邪性非曲。本自江南墟，缠娟修且绿。暂承君玉指，请谢阳春旭。”王融《咏梧桐》云：“骞风影层枝，轻虹镜展绿。岂斁龙门幽，直慕瑶池曲。”刘绘《咏萍》云：“可怜池内萍，葐蒀紫复青，巧随浪开合，能逐水低平。微根无所缀，细叶讵须茎。漂泊终难测，留连如有情。”沈约《咏杜若》云：“生在穷绝地，岂与世相亲。不顾逢采撷，本欲芳幽人。”范云《咏桂树》云：“南中有八树，繁华无四时。不识风霜苦，安知零落期。”它们多重在内涵的探求，借以抒发诗人忧怨之心绪。吴汝纶《古诗钞》说谢朓咏物诗“殆有忧生之嗟”，可以说概括了整个永明诗坛咏物诗的特点。在当时诗人们的笔下，一年四季的景物都是那样的黯淡凄切而了无生气。他们虽然也时而描绘大自然之美景，但却并没有陶醉于其中，而只是作为凄切尤怨心情的衬托。如王融《别王丞僧孺》、谢朓《晚登三山还望京邑》、范云《贻何秀才》、沈约《登北固楼》等可为代表。《晚登三山还望京邑》云：

灞涘望长安，河阳视京县。白日丽飞甍。参差皆可见。余霞散成绮，澄江静如练。喧鸟覆春洲，杂英满芳甸。去矣方滞淫，怀哉罢欢宴。佳期怅何许，泪下如流霰。有情知望乡，谁能鬒不变。

诗之前半极力铺叙京邑暮春景色之美，近于元嘉诗人的铺陈手法。然而后半以“去矣”一转，风云陡变，将去未去，不忍去又不得不去，京邑愈美，诗人情致愈悲，倍极伤感而泪下如霰，乃至鬒发为之改色。正王夫之《姜斋诗话》所谓“以乐景写哀，一倍增其哀乐”者也，表现出了浓厚的抒情意绪。

三、绮縠纷披、宫征靡曼，唇吻遒会、情灵摇荡——宫体发展兴盛的梁陈诗坛

宋末萧齐的抒情诗发展到后期，由于过度追求形式美，强调音律的调和，加之士族文人缺少社会生活的体察，诗作的内容乃逐渐流于贫乏，眼界狭小，因而出现了一些轻靡的诗作，表现出了诗风再一次转化的迹象。到了梁代，在“新变”理论的指导下，诗风于是开始了根本的转变而进入了宫体时期。《梁书·简文帝纪》载简文帝萧纲“雅好题诗，其序云：‘余七岁有诗癖，长而不倦。’然伤于轻艳，当时号曰‘宫体’。”《梁书·徐摛传》云：“摛幼而好学，及长，遍览经史，属文好为新变，不拘旧体。……摛文体既别，春坊尽学之，宫体之号，自斯而起。”到了梁代后期，萧绎乃提出了“吟咏风谣，流连哀思者，谓之文”，“至如文者，惟须绮縠纷披，宫徵靡曼，唇吻遒会，情灵摇荡”①之主张，萧纲也说：“立身之道与文章异，立身先须谨重，文章且须放荡。”②在他们的影响下，梁陈诗坛“自后沿袭，务为妖艳，境内化之”③，宫体诗由是而盛行一时。简文帝生在梁天监二年(503)，陈后主死于隋仁寿四年(604)，这一时期，正是宫体最为盛行的时期。我们不妨将南朝诗坛宫体诗之始兴定在天监二年(503)。此后，贵族文人由抒写哀怨之情转而为追求心理刺激以填补精神空虚，新变的侧艳之风大盛。这年，宫体之主要诗人徐摛年已三十，影响所及，当已遍及江左了。

① 萧绎《金楼子·立言》。
② 萧纲《诫当阳公大心书》。
③ 杜确《岑嘉州集序》。

论《文选》乐府诗的选取和它的选诗标准

萧统《文选》选录从先秦到与他同时代的一百三十多位作者的文学作品，外加无名氏的《古诗十九首》和古乐府三首，分诗、赋、骚、七、诏、册、令、教等三十多类编排。对于其中占据比例最大、影响也最为广泛的诗歌类的选择标准，历来学者虽然讨论得较多，但似乎还有值得进一步探讨的必要。故不揣冒昧，撰成此文，以就教于方家。

一、《文选》对乐府诗并无轻视之意

认为萧统选诗主要体现儒家思想的尊帝王、美教化、厚人伦的观点，历来似乎并无太大的异议，但据笔者考察，这一观点是难以成立的，这在《文选》对乐府诗的选取中可以说表现得相当清楚。

《文选》选取的乐府诗的数量较少，这是这部文学总集为后人诟病的一个重要方面，也是它被看作体现儒家正统思想的一个重要依据。在《文选》的诗歌类中，又分为补亡、述德、劝励、献诗、公宴、祖饯等二十三类，总计选诗四百三十四首，而乐府诗作为其中之一类，选诗四十首。从这一角度看，《文选》中乐府诗的比例确实显得较少。但是如果我们作进一步的考察，就会发现《文选》中的乐府诗其实并不仅此。在列于乐府类之上的郊庙类中，萧统选录了颜延之的《宋郊祀歌》二首，此二首被郭茂倩《乐府诗集》收入"郊庙歌辞"，分别被题为《牲歌》和《迎送神歌》。在列于郊庙类之上的军戎类中，萧统选录了王粲的《从军诗》五首，这五首诗被郭茂倩《乐府诗集》题为《从军行》而收入“相和歌辞”中。在乐府类之下的挽歌类中，萧统选录了缪袭的《挽歌》一首、陆机的《挽歌》三首、陶渊明的《挽歌》一首，这五首诗也被《乐府诗集》收入“相和歌辞”中。在挽歌类之下的杂歌类中，萧统则选录了荆轲的《易水歌》、刘邦的《大风歌》、刘琨的《扶风歌》、陆厥的《中山王孺子妾歌》。这四首中的前二首被《乐府诗集》收入“琴曲歌辞”，后二首被收入“杂歌谣辞”中。而在杂诗类中，萧统选录了无名氏的《古诗十九首》，其中的“青青河畔草”、“冉冉孤竹生”、“驱车上东门”三首被《乐府诗集》收入“杂曲歌辞”中。而在杂拟类中，萧统选录了袁淑的《效白马篇》一首、鲍照的《代君子有所思行》一首、江淹《杂体诗三十首》中的《古离别》一首。以上三首也都是典型的乐府诗，皆见在《乐府诗集》“杂曲歌辞”中，袁淑的一首被题为《白马篇》。此外，所选录的江淹《杂体诗三十首》中又有《鲍参军戎行》一首，细心的读者可以发现，此诗具体所模拟的对象乃是鲍照的被《乐府诗集》收入“杂曲歌辞”类的《代出自蓟北门行》，下面我们可以对此二诗作一比较：

> 羽檄起边亭，烽火入咸阳。征骑屯广武，分兵救朔方。严秋筋竿劲，虏阵精且强。天子按剑怒，使者遥相望。雁行缘石径，鱼贯度飞梁。萧鼓流汉思，旌甲被胡霜。疾风冲塞起，沙砾自飘扬。马毛缩如猬，角弓不可张。时危见臣节，世乱识忠良。投躯报明主，身死为国殇。（鲍照《代出自蓟北门行》）
>
> 豪士枉尺璧，宵人重恩光。殉义非为利，执羁轻去乡。孟冬郊祀月，杀气起严霜。戎马粟不暖，军士冰为浆。晨上成皋坂，碛砾皆羊肠。寒阴笼白日，太谷晦苍苍。息徒税征驾，倚剑临八荒。鹪鹏不能飞，玄武伏川梁。铩翮由时至，感物聊自伤。竖儒守一经，未足识行藏。（江淹《鲍参军戎行》）

从内容、形式到结构、韵脚等方面都可以见出江诗模拟鲍诗的痕迹。因此客观地说，江淹的《鲍参军戎行》也是一首乐府诗。从以上分析我们可以知道，《文选》所收的乐府诗，其实并不仅仅是其中乐府类的四十首，而是包括了军戎、郊庙、乐府、挽歌、杂歌等类以及杂诗和杂拟类中的部分，总计六十三首。从这一角度来看，《文选》所收的乐府诗也就不能算少了。

然而，问题还没有如此简单，我们不妨再看一下朱乾《乐府正义》在论乐府古辞《饮马长城窟》时的一段话：

> 《古诗十九首》皆乐府也。中有"青青河畔草"，又有"客从远方来"本是两首，惟"孟冬寒气至"一篇下接"客从远方来"，与《饮马长城窟》章法同。盖古诗有意尽而辞不尽，或辞尽而声不尽，则合此以足之。

梁启超在《中国之美文及其历史》[①]一文中以对上述观点作出了进一步的论述，并指出：

> 流传下来的无名氏古诗亦皆乐府之辞。

对于这样的一个说法，近代著名学者余冠英表示了肯定的意见，他在《乐府诗选》[②]序中说：

> 所谓古诗本来大都是乐府歌辞，因为脱离了音乐，失掉标题，被人泛称做古诗。

接着，他又分六个方面分析了这种认识的理由，进一步阐述了朱乾和梁启超的观点，可以说得上是证据确凿。因此，在他编选的《乐府诗选》中不仅收入了被郭茂倩《乐府诗集》收录的《古诗十九首》中的"驱车上东门"和"冉冉孤竹生"，而且还选人了《乐府诗集》中未曾收录的《古诗十九首》中的"青青陵上柏"和"迢迢牵牛星"。因此，我们如果再从古诗本

---

① 梁启超《中国之美文及其历史》，东方出版社 1996 年版。

② 余冠英《乐府诗选》，人民文学出版社 1962 年版。

是乐府歌辞这一角度来看，《文选》中所收的乐府诗至少还得加上《古诗十九首》和托名的李陵诗三首、苏武诗四首。据此，则它所收的乐府诗就有近百首之多。这样，《文选》所收录的乐府诗就不但不能说少，而应该是较多了。

从另外一个角度看，同样也能说明萧统对乐府诗并不轻视。《文选》中选诗较多的诗人，于魏晋有曹植、王粲、刘桢、陆机、张协、左思，于宋有谢灵运、颜延之、鲍照，于齐梁则有谢朓、沈约。以上诸人现存的诗作中，乐府诗所占比例较大的是陆机、鲍照二人。据逯钦立《先秦汉魏晋南北朝诗》，陆机的乐府诗今存六十二首（包括残篇，其中《百年歌》十首，郭茂倩《乐府诗集》未收，如不将《百年歌》计算在内，则陆机的乐府诗现存为五十二首），而他的古体诗近七十首。《文选》收录陆机诗凡三十五题五十二首，其中乐府诗十七题二十首，古体诗十八题三十二首。鲍照的乐府诗今存七十九首，古体诗今存一百一十六首，《文选》所收鲍照诗总计十六题十八首，其中乐府诗九题九首，古诗为七题九首。可见《文选》所收陆机的乐府诗与古体诗的比例与它们在陆机全部诗歌创作中的比例大致相当，而收录的鲍照乐府诗与古体诗的比例则大大超过了他现存的乐府诗与古体诗的比例。

下面我们不妨再从《文选》中选诗较少的魏文帝曹丕和刘宋袁淑等人的情况看，曹丕诗今存五十余首（包括残篇），其中古体诗较乐府诗的比例略大，《文选》选录曹丕诗四题五首，其中乐府二题二首，古体诗二题三首。袁淑诗今存七题七首，其中乐府诗一首，古体诗六题六首。《文选》则选录袁淑古体诗和乐府诗各一首。又如晋石崇今存诗十首，其中乐府诗四首，古体诗六首，而《文选》仅选录其乐府诗《王明君词》一首。此外，我们还可从萧统本人诗歌创作的情况看，虽然现存的萧统的乐府诗与古体诗数量之比仅为一比四，但他也并没有废弃乐府诗这一在当时被认为是俗体文学的创作。因此，从以上几个方面看起来，那种说萧统《文选》不重视乐府诗的观点是完全缺乏根据的。问题的关键是，萧统究竟欣赏什么样的乐府诗，即什么样的乐府诗才能作为他心目中的“清英”而被选人《文选》？对此，我们还应当作更进一步的探讨。

二、尊帝王、美教化、厚人伦并非萧统选诗的首要标准

在《文选》所收的乐府诗中(以《乐府诗集》所收为准),王粲的《从军行》五首,属《乐府诗集》“相和歌辞”;颜延之《宋郊祀歌二首》属“郊庙歌辞”;古乐府《饮马长城窟行》《长歌行》属“相和歌辞”,《伤歌行》属“杂曲歌辞”;古诗《青青河畔草》《冉冉孤竹生》《驱车上东门》等三首属“杂曲歌辞”;班婕妤《怨歌行》、曹操《短歌行》《苦寒行》及曹丕《燕歌行》《善哉行》亦皆属“相和歌辞”;曹植《白马篇》《名都篇》《美女篇》属“杂曲歌辞”,《箜篌引》一首《乐府诗集》题作《野田黄雀行》,载入“相和歌辞”;石崇的《王明君词》属“相和歌辞”;陆机《日出东南隅行》《君子行》《长安有狭斜行》《长歌行》《门有车马客行》《苦寒行》《饮马长城窟行》《豫章行》《挽歌》三首等十五首属“相和歌辞”,《君子有所思行》《吴趋行》《前缓声歌》《悲哉行》《齐讴行》属“杂曲歌辞”;缪袭《挽歌》、陶渊明《挽歌》属“相和歌辞”;荆轲《易水歌》、刘邦《大风歌》属“琴曲歌辞”;刘琨《扶风歌》、陆厥《中山王孺子妾歌》属“杂歌谣辞”;谢灵运《会吟行》属“杂曲歌辞”;鲍照《白头吟》《东武吟行》《东门行》《放歌行》属“相和歌辞”,《代君子有所思行》《升天行》《出自蓟北门行》《苦热行》《结客少年场行》属“杂曲歌辞”;谢朓《鼓吹曲》属“鼓吹曲辞”;袁淑《效白马篇》属“杂曲歌辞”;江淹《杂体诗》之《古别离》属“杂曲歌辞”;此外,江淹《鲍参军戎行》虽未被《乐府诗集》所收,但从所拟为鲍照《出自蓟北门行》的情况看,应该也属于“杂曲歌辞”。总计《文选》所收的乐府诗六十三首中,“相和歌辞”凡三十五首,“杂曲歌辞”二十一首,“郊庙歌辞”二首,“琴曲歌辞”二首,“杂歌谣辞”二首,“鼓吹曲辞”一首。

郭茂倩编《乐府诗集》,以“郊庙歌辞”为首,所分凡十二卷,其卷一云:

> 《乐记》曰:“王者功成作乐,治定制礼。是以五帝殊时,不相沿乐,三王异世,不相袭礼。”明其有损益也。然自黄帝已后,至于三代,千有余年,而其礼乐之备,可以考而知者,唯周而已。《周颂·

昊天有成命》，郊祀天地之乐歌也；《清庙》，祀太庙之乐歌也；《我将》，祀明堂之乐歌也；《载芟》、《良耜》，藉田社稷之乐歌也。然而祭祀之有歌，其来尚矣。两汉已后，世有制作。其所以用于郊庙朝廷，以接人神之欢者，其金石之响，歌舞之容，亦各因其功业治乱之所起，而本其风俗之所由。

祭祀天地神灵，歌颂先王功德业绩，乃是我国古代以儒家正统思想为立国之本的各朝各代的头等大事，所以这类诗歌在古代乐府中所占的比重甚大，地位也最为重要。可是在《文选》中，郊庙类却被安排在补亡、述德、劝励、献诗、公宴等之后，列于所选二十三类诗歌中的第十八类，而且所选诗也仅为颜延之的《宋郊祀歌》二首，无论是在编排的位置上，还是在所选诗作的数量上，都处于一个相当不被人注意的位置。至于被《乐府诗集》列为第二类的《燕射歌辞》，《文选》却一首也未予选录；被《乐府诗集》列为第三类的《鼓吹曲辞》，《文选》也仅仅在乐府类中象征性地选录了谢朓的《鼓吹曲》一首。《乐府诗集》卷十三"燕射歌辞"云：

《周礼·大宗伯》之职曰："以饮食之礼亲宗族兄弟，以宾射之礼亲故旧朋友，以飨燕之礼亲四方之宾客。大行人掌大宾之礼，大客之仪，以亲诸侯，以九仪辨诸侯之命，等诸臣之爵，以同邦国之礼而待其宾客。上公飨礼九献，食礼九举；侯伯飨礼七献，食礼七举。子男飨礼五献，食礼五举。诸侯之卿各下其君二等，大夫士皆如之。凡正飨，食则在庙，燕则在寝，所以仁宾客也。"

《乐府诗集》卷十六述"鼓吹曲辞"云：

鼓吹曲，一曰短箫铙歌。刘瓛定军礼云："鼓吹，未知其始也。汉班壹雄朔野而有之矣。鸣笳以和箫声，非八音也。骚人曰'鸣篪吹竽'是也。"蔡邕《礼乐志》曰："汉乐四品，其四曰短箫铙歌，军乐也。黄帝岐伯所作，以建威扬德，风敌劝士也。"《周礼·大司乐》

曰:"王师大献,则令奏恺乐。"大司马曰:"师有功,则恺乐献于社。"郑康成云:"兵乐曰恺,献功之乐也。"

可见此二类曲调一为和睦宗亲兄弟、四方宾客及内和朝廷、外睦他邦之事,一为耀武树威、激励将士杀敌立功之事,皆有关国家兴衰存亡之重大内容。以上三类诗,可以说是古代统治者立国之根本和赖以生存发展之基础,在我国历朝历代都受到特别的重视。所以任何一个新王朝的诞生和每一位新君的登基,也都无例外地首先命令当时的文坛领袖或他们特别信任的文臣制作这样的乐歌,以适应新的朝廷和执政者的需要。《晋书》卷三十九《荀颢传》载晋武帝司马炎代魏以后,"时以《正德》、《大豫》雅颂未合,命顗定乐。事未终,以泰始十年薨",可为之证。西晋张华、傅玄博学善文,历任显职,乃晋初文坛领袖,今存之《晋四厢乐歌》十六首、《晋冬至初岁小会歌》一首、《晋宗亲会歌》一首、《晋宴会歌》一首(以上属燕射歌辞)、《晋凯歌》二首(以上属鼓吹曲辞),皆张华作。《晋天地郊明堂歌》五首、《晋宗庙歌》十一首、《晋郊祀歌》五首(以上属郊庙歌辞)、《晋四厢乐歌》三首(以上属燕射歌辞)、《晋鼓吹曲》二十二首(属鼓吹曲辞),皆傅玄所作。荀勖精通音律,又善属文,今存之《晋王公上寿酒歌》一首、《王公大会行礼歌》四首、《正德大豫舞歌》二首、《食举东西厢歌》十二首(以上属燕射歌辞),皆荀勖所造。刘宋时,除文坛领袖颜延之作《宋南郊登歌》三首(属郊庙歌辞)外,著作郎何承天作《宋鼓吹铙歌》十五首(属鼓吹曲辞);著名诗人吏部尚书谢庄作《昭夏乐》一首、《宋明堂歌》九首、《宋世祖庙歌》二首(以上皆郊庙歌辞);祠部尚书王韶之作《宋宗庙登歌》八首(属郊庙歌辞)、《宋四厢乐歌》五首(属燕射歌辞)。《南齐书》卷三十六《谢超宋传》云:"有司奏立郊庙歌,敕司徒褚渊、侍中谢朏、散骑侍郎孔稚珪、太学博士王咺之、总明学士刘融、何法冏、何昙秀十人并作,超宗辞独见用。"谢超宗所作今存者有《齐北郊乐歌》六首、《齐明堂乐歌》十五首、又有《齐南郊乐歌》之《肃咸乐》、《嘉祚乐》,《齐太庙乐歌》之《肃咸乐》(以上皆郊庙歌辞)。齐时又有著名文人吏部郎谢朓作《齐雩祭乐歌》八首(属郊庙歌辞)、《齐隋王鼓吹曲》十首(属鼓吹曲辞);尚书令王俭作《齐南郊乐歌》及《齐太庙乐歌》之

《高德宣列乐》(属郊庙歌辞);司徒褚渊作《齐太庙登歌》(郊庙歌辞);骁骑将军江淹作《齐藉田乐歌》二首(属郊庙歌辞)。梁时则有文坛领袖尚书令沈约作《梁北郊登歌》二首、《梁明堂登歌》五首、《梁南郊登歌》二首、《梁宗庙登歌》七首、《梁雅乐歌》十一首(以上属郊庙歌辞),以及《梁三朝雅乐歌》之《俊雅》《胤雅》《寅雅》《介雅》《需雅》《雍雅》(以上属燕射歌辞)、《梁鼓吹曲》十二首(属鼓吹曲辞)等。在这些如此众多的由各朝各代首屈一指的诗人或文臣们所创作的具有极其重要的政治内容的乐府诗中,《文选》却只选了其中的三首。对于这一点,我们不能不说这仅仅是萧统为了顾全封建礼仪的门面而采取的一种象征性的做法。从这一分析结果看,一些同仁所认为的《文选》选诗重颂扬以及美教化、厚人伦的观点恐怕就难以成立了。

萧统之所以仅仅象征性地选取了以上三类具有极为重要的政治色彩的乐府诗的原因,恐怕还得从他的《文选序》中去寻找,其云:

> 诗者,盖志之所之也,情动于中而形于言。《关雎》、《麟趾》,正始之道著;桑间濮上,亡国之音表;故风雅之道,粲然可观。自炎汉中叶,厥途渐异;退傅有《在邹》之作,降将著"河梁"之篇;四言五言,区以别矣。又少则三字,多则九言,各体互兴,分镳并驱。颂者所以游扬德业,褒赞成功;吉甫有'穆若'之谈,季子有'至矣'之叹。舒布为诗,既言如彼;总成为颂,又亦若此。次则箴兴于补阙,戒出于弼匡,论则析理精微,铭则序事清润,美终则诔发,图像则赞兴。又诏诰教令之流,表奏笺记之列,书誓符檄之品,吊祭悲哀之作,答客指事之制,三言八字之文,篇辞引序碑碣志状,众制蜂起,源流间出。譬陶匏异器,并为入耳之娱;黼黻不同,俱为悦目之玩。作者之致,盖云备矣。余监抚余闲,居多暇日。历观文囿,泛览辞林,未尝不心游目想,移晷忘倦。自姬汉以来,眇焉悠邈,时更七代,数逾千祀。词人才子,则名溢于缥囊;飞文染翰,则卷盈乎缃帙。自非略其芜秽,集其清英,盖欲兼功太半,难矣!

以上的一段话,每每为《文选》的论者所引用,它确确实实地告诉了我们,《文选》选取诗文的基本标准乃在于诗文本身的高超的文学性以及它们所能够打动读者的美妙的艺术感染力,而不是在于它们的政治功能。可惜的是,这一选文的基本标准又往往被论者在具体论述时所忽略了。

通过上面的分析,我们似乎可以说,萧统在选取乐府诗时不仅没有体现出儒家思想的重颂扬、美教化等内容,而是从侧面向人们显示出,他是将那些肃穆沉重、枯燥乏味、了无生气的郊庙、燕射类歌辞当作芜秽而略去的。这种选诗的标准无疑与传统的儒家学者论诗的标准有着根本的区别,表现了对儒家美教化、厚人伦的传统文学观的反叛和变革,体现出与当时文坛流行的新变文学观的较大的一致。

因为《诗经》被尊崇为儒家的经典著作,属于"姬公之籍、孔父之书"的范畴,所以《文选》未加选录。但是,《文选》没有选录《诗经》的篇目,并不等于说萧统对"诗三百"没有他的偏好之所在和取舍的观点。我们从《文选》中乐府诗的选择情况来进行推测,假若《诗经》也属于《文选》的选择范畴,恐怕入选较多的决不会是被历代正统文人推崇得极高的"其语和而庄、其义宽而密,其作者往往圣人之徒,固所以为万世法程而不可易"的雅、颂,而应该是"多出于里巷歌谣之作,所谓男女相与咏歌,各言其情者也"①的风诗。这个推断虽然有些大胆和武断,但却应该是符合萧统的文学理念和审美情趣的。而且这个推论,我们还可以从《文选》所选诗歌的其他类别中找到证据。在《文选》所选录的二十三类诗中,有关人伦教化以及颂扬帝王、祖先德业和讽谏劝喻等政治色彩较为明显的有补亡、述德、劝励、献诗、公宴、郊庙等六类,占整个二十三类的四分之一强。前五类分别依次列于前五位,郊庙类列于第十八位。表面上看,这一内容的诗歌在整个选诗中占据了相当重要的位置,最得萧统的青睐。但是如果我们透过表象而进行更为深入的分析的话,它们却只占了相当小的比重。据统计,补亡类选取了束晰《补亡诗》六首,述德类选取了谢灵运《述祖德》二首,劝励类选韦孟《讽谏诗》一首、张华《励志诗》一首,献诗类

① 朱熹《诗集传序》,上海古籍出版社 1980 年版。

选曹植《上责躬诗》一首、《应诏诗》一首、潘岳《关中诗》一首。公宴类选诗相对较多，共选曹植、王粲、刘桢等十三人诗十四首。以上五类加上颜延之《宋郊祀歌》二首，总计凡二十九首，在《文选》所选诗的全部四百三十四首中，仅仅占了约十五分之一的比重。而公宴类中，关于曹植的《公宴诗》，吴淇《选诗定论》说："首二句递过昼宴，从夜游写起，其写法甚类文帝《芙蓉池作》。先'明月'二句，是仰写，次'秋兰'四句，俯写，末'神飚'二句，平写。"范晔文《对床夜语》也说："子建《公宴》诗云：'清夜游西园，飞盖相追随。明月澄清景，列宿正参差。秋兰被长坂，朱华冒绿池。潜鱼耀清波，好鸟鸣高枝。'读之犹想见其景也。"可见曹植此诗主要是写景的。吴淇以为此诗写法与曹丕的《芙蓉池作》相类似，也正说明了这个问题，而曹丕的《芙蓉池作》则是被《文选》列入游览类的。类似的情况还有王粲、刘桢的《公宴诗》、谢瞻的《九日从宋公戏马台送孔令诗》、丘迟的《侍宴乐游苑送张徐州应诏》等，这些诗作与颂扬恩德、宣扬君臣关系其实并没有太多的直接联系。因此严格地说，这几首诗置于公宴类中是比较勉强的。如果再将这几首剔除在外的话，那么以上六类诗作在《文选》所选诗中的比例仅为十八分之一。由此可知，《文选》中有关人伦教化和颂扬帝王德业等政治色彩较重的诗虽然占据了非常重要的位置，但却只具有相当小的比重。这其中所表现出来的萧统的诗学观和审美情趣其实是不言而喻的。

三、《文选》选诗重在诗歌本身所具有的艺术感染力

在《文选》所选取的六十多首乐府诗中，以被《乐府诗集》列于第五类和第九类的"相和歌辞"和"杂曲歌辞"为最多，分别有三十五首和十六首，前者占所收乐府诗全部的五分之三强，后者约占七分之二。《乐府诗集》卷二十六云：

> 《宋书·乐志》曰："相和，汉旧曲也，丝竹更相和，执节者歌。本一部，魏明帝分为二，更递夜宿。本十七曲，朱生、宋识、列和等

复合之为十三曲。"其后晋荀勖又采旧辞施用于世,谓之清商三调歌诗,即沈约所谓"因弦管金石造歌以被之者"也。《唐书·乐志》曰:"平调、清调、瑟调,皆周房中曲之遗声,汉世谓之三调。又有楚调、侧调。楚调者,汉房中乐也。高帝乐楚声,故房中乐皆楚声也。侧调者,生于楚调,与前三调总谓之相和调。"……又诸调曲皆有辞、有声,而大曲又有艳、有趋、有乱。辞者其歌诗也,声者若羊吾夷伊那何之类也。艳在曲之前,趋与乱在曲之后,亦犹吴声西曲前有和,后有送也。

《乐府诗集》卷六十一云:

杂曲者,历代有之,或心志之所存,或情思之所感,或宴游欢乐中所发,或忧愁愤怨之所兴,或叙离别悲伤之怀,或言征战行役之苦,或缘于佛老,或出自夷虏。兼收备载,故总谓之杂曲。

可见这两类诗歌的总的特点,就是它们本身具有畅达优美的音乐节奏以及或动人心魂、或移人情志的艺术感染力。萧统在他的《文选》所选取的乐府诗中大量地选取了这两类诗歌,正说明了萧统对它们的重视,也就是对诗歌本身所具有的高超的艺术感染力的重视。这一点与《毛诗序》"诗者,志之所之也,在心为志,发言为诗。情动于中而形于言,言之不足故嗟叹之,嗟叹之不足故永歌之,永歌之不足,不知手之舞之,足之蹈之也"正相吻合。也正因为此,萧统在他的《文选序》中特别郑重地申明了"诗者,盖志之所之也,情动于中而形于言"这样的《毛诗序》中的话。从乐府诗的具体选取来看,我们可以发现,萧统正较为严格地遵循着这个标准。

《文选》所选诗,以荆轲的《易水歌》为最早,它虽被列为杂歌类,却正属乐府的范畴。这首杂言的歌诗在齐梁时期虽然只能被列为险俗之类,但它那慷慨激越、苍茫悲壮的歌声却激发了后代无数仁人志士为了正义事业而一往直前,义无反顾的勇气。至于被王夫之《古诗评选》誉为"高过《国风》"的班婕妤的《怨诗行》,虽然被后人断为托名之作而并非真出于班婕妤之手，但在当时却无疑被认定为班氏亲笔。在那个女子地位极其低下的时代，这首选诗中唯一的女性作品的入选，恐怕也只能被认为是诗本身所具有超乎寻常的移人情志的感染力的原因。

最后，我们不妨再考察一下曹丕诗的入选情况。《文选》计选曹丕古体诗二题三首，乐府二题二首，其中古体的《芙蓉池作》写夜游芙蓉池所见的赏心悦目景色和行游的感受，“浑穆沉厚，精深华妙”①，“灵光之气，每于景事中不期飞集，如‘罗缨从风飞’、‘丹霞夹明月’，直令后人镌心腐毫，不能仿佛”②。至于古体的《杂诗二首》，更是被王夫之在《古诗评选》中誉为“所谓不似从人间得”的可以与《古诗十九首》相匹敌的佳构杰作，历来被认为是诗人的代表作品。此二诗的入选，应该是很自然的。他的乐府诗《善哉行》以四言形式，写游子的思乡，“风情婀娜”③，也是一篇颇具情致之作。最值得一提的则是乐府诗《燕歌行》，这首七言的思妇诗历来被论者认为是我国七言诗的开山之作，它不仅对七言诗有开创之功，而且具有极高的艺术价值，是被王夫之《古诗评选》誉为“倾情、倾度、倾色、倾声，古今无两”的佳作，此诗之入选本不应该有什么问题，然而问题的关键是七言诗在萧统的时代被认为是俗体文学，并没有得到广泛的认同和应有的重视。同时萧统本人似乎也并不喜欢七言诗这样的形式，不但他现今传世的诗作没有一首是七言的，而且据《梁书》卷八《昭明太子传》所载，甚至连他所编选的《文章英华》二十卷也仅仅选取“五言诗之善者”而已。因此，在《文选》中入选这首七言的《燕歌行》，可以说正是编选者被这首移人情志的诗作的高超艺术表现力所感染，说明了这部诗歌总集选诗之所重主要在于诗歌本身所具有的艺术感染力而非并其他。

当然，在选诗中，七杂言诗人选的数量很少。但是这应该归结到时代的原因，归结到七杂言诗在当时还没有得到文人的广泛认同，归结到

---

① 方东树《昭昧詹言》，人民文学出版 1961 年版。

② 王夫之《古诗评选》卷二，张国星点校，河北大学出版社 2008 年版。

③ 陈祚明《采菽堂古诗选》，上海古籍出版社 2008 版。

这一新兴的诗体还没有成为诗歌的主流。同时也由于编选者萧统本人对五言诗的偏爱以及他平易沉稳、慈爱宽厚的性格特征。明乎此,选诗中较少选取音节促迫,风格奔放的七杂言诗也就可以理解了,这与选诗注重诗本身所具有的高超的艺术感染力并不矛盾。

刘鹗及《老残游记》杂论

刘鹗(1857—1909),字铁云,江苏丹徒人,他多才多艺,是集文学创作、音乐、数学、医药、考古、古文字学,水利等多方面才能于一身的传奇式人物。他的小说《老残游记》曾被胡适誉为“做官教科书”,“做学问做人的教科书”[1]。鲁迅先生亦赞其“叙景状物,时有可观”[2]是我国近代文学史上的一部杰作。值笔者素所敬仰的乡贤一百三十周年诞辰之际,乃就重读此书之所见,作札记三则,以就教于大方之家焉。

一、《刘鹗及〈老残游记〉资料》拾误

《刘鹗及〈老残游记〉资料》[3]载刘鹗《风潮论》一文,其中有云:

> 自己亥、丙子之后,丝茶日衰,而进口货日盛,每年入不敷出者辄二千余万。至庚子之后,又增赔款二千余万,是中国每岁净耗五千余万也。(第 138 页)

福林按:以上所指,乃光绪时事,谓光绪之初我国以丝绸与茶叶为

---

① 胡适《老残游记序》,齐鲁出版社 1981 年版。

② 鲁迅《中国小说史略》,人民文学出版社 1973 年版。

③ 《刘鹗及〈老残游记〉资料》,四川人民出版社 1985 年版。

主的出口日渐减少而进口货则日益增多，每年入不敷出已达白银二千余万两之多。而到光绪后期的庚子之乱以后，每年又增加了对外的赔款白银二千多万两，两项相加，每年入不敷出者乃有白银五千余万两之巨，以至国家财力衰竭，国事日非。这一段议论，充分表现出刘鹗的卓越见解。今考光绪时期己亥年为光绪二十五年(1899)，丙子年为光绪二年(1976)，庚子年则为光绪二十六年(1900)。今版本中“己亥”、“丙子”相连，年次先后相乱，且与文中所谓光绪之初“丝茶日衰”之语不相合，是必有所误者。盖其中“己亥”乃属“乙亥”之讹。乙亥为光绪元年(1875)，“乙亥”、“丙子”相连，与文意乃相一致。此误应属形近误排，而非原作者之失者也。

二、牛鬼蛇神，无所不有——关于《老残游记》的中心思想

在《老残游记》这部小说中，给读者印象最深的要算写玉贤和刚弼两个酷吏惨无人道的暴虐言行，即所谓揭露清官之可恶的数回。其第十六回作者自评道：

> 赃官可恨，人人知之。清官尤可恨，人多不知。盖赃官自知有病，不敢公然为非，清官则自以为我不要钱，何所不可？刚愎自用，小则杀人，大则误国。吾人亲目所睹，不知凡几也。试观徐桐、李秉衡，其显然者矣，《廿四史》中指不胜屈。作者苦心愿天下清官勿以不要钱便可任性妄为也。历来小说皆揭赃官之恶，有揭清官之恶者，自《老残游记》始。

为此，胡适于《〈老残游记〉序》中以为“这段话是《老残游记》的中心思想”，并云：

> 《游记》写官吏的罪恶，始终认定一个中心的主张，就是要指出所谓“清官”之可怕。

又云：

> 刘鹗先生眼见毓贤、徐桐、李秉衡一班人，由清廉得名，后来都用他们的陋见来杀人误国，怪不得他要感慨发愤，著作这部书，大声指斥“清官”的可恨可怕了。

诚然，作者对于毓贤、刚弼之流的凶残暴虐行为深恶痛绝，小说也重点揭露和抨击了这类所谓清官的罪行。但如果说揭露清官之可恶可怕是小说始终认定的中心主张，是《老残游记》的中心思想，似乎并不符合作者的本心和小说之旨意，也大大削弱了这部小说的思想价值。

细细推敲《老残游记》全篇所写，再结合刘鹗的生平言行，笔者以为，这篇小说并非仅仅为揭露清官之恶而作，而是通过玉贤和刚弼这两个酷吏（即所谓“清官”）的凶残暴虐行为的重点描绘，以揭露和抨击当时整个官场黑暗腐朽、可憎可怕的现实。为此，我们不妨考察一下《老残游记》续集第二回中泰山尼姑逸云对德慧生夫人所说的一段话：

> 近来风气可大不然了，到是做买卖的生意人还顾点体面，若官幕两途，牛鬼蛇神，无所不有，比那下等还要粗暴些。

作者这里借逸云之口来发表自己对当时整个官场的看法，所谓“官幕两途，牛鬼蛇神，无所不有”者，并非专指清官而言是很明显的。以下再看续集第七回“森罗宝殿伏见阎王”中，老残魂游地府时所见的一段：

> 遂走公案前，……仔细看那座上的人，煞是奇怪。男男女女参差乱坐，还不算奇。有穿朝衣朝服的，有穿蓝布棉袄裤的，还有光脊梁的；也有和尚，也有道士，也有极鲜明的衣服，也有极破烂的衣服，男女皆同。只是穿官服的少，不过一二人，倒是不三不四的多。最奇第二排中间一个穿朝服旁边椅子上，就坐了光脊梁赤脚的，只穿了一条蓝布单裤子。点算西首五排，人大概在一百名上下。却看阎罗王宝座后面，却站了有六七十人的光景，一半男一半女。男

的都是袍子马褂，靴子大帽子，大概都是水晶顶子花翎居多，也有蓝顶子的，一两个而已。女的却都是官装。最奇者，这么多的男男女女立在后面，都泥塑木雕的相仿，没有一人言笑，也无一人左右顾盼。

这段描写，历来似乎没有为研究者所注意，可是这却代表了作者对当时各个阶层人们的善恶的看法。请看这之后老残魂魄旁边坐着的穿蓝布棉袄裤的笑容满面的老者说道：

凡我们能坐小椅子的，都是善人。

这句话，其实是老残通过老者之口以表现其自身对善恶的看法。需要注意的是，在西首五排小椅子上坐着的一百名左右善人之中，绝大多数都是穿着蓝布棉袄裤的普通民众和穿得极为破烂农服，甚至是光脊梁赤脚的社会最下层的穷苦劳动者，而穿官服的官场中人物不过仅一二人而已。这些善人们可以在阎罗殿上有一席座位，他们笑容满面，可以自由言谈，这当然是因为他们生前善事做得多了，从而受到阎王特殊优待的缘故。而那些大多数做官的呢，却只能在后面站着，如泥塑木雕，没有言笑，很显然，他们生前干尽了坏事，在阎罗殿上即将受到应有的严厉惩罚。无怪乎作者要在小说续集第二回借泰山斗姆宫女尼逸云之口痛斥道：

你不知道象我们这种出家人，要算下贱到极处的，可知那娼妓比我们还要下贱！可知那州县老爷们比娼妓还要下贱！遇见驯良百姓，他治死了还要抽筋剥皮，锉骨扬灰。遇见有权有势的人，他装王八给人家踹在脚底下，还要昂起头来叫两声，说我唱个曲子你听听罢。

把那些作恶多端，凶残暴虐的州县官员们看得比娼妓更为下贱无耻，真可谓一语骂尽了普天下之官僚。这些都很显然地见出了这篇小说的宗旨正是在于否定和批判整个官场，而不仅仅是揭露所谓清官之恶。

在小说中，作者不遗余力地揭露和斥责了他所痛恶的玉贤和刚弼，玉贤“杀民如杀贼”，在不到一年时间中，站笼里就站死了两千多个无辜善良百姓，并因之而“血染顶珠红”；刚弼“清廉得格登登”，不问清红皂白地诬民为盗。此外，还写了大大小小的众多官场中人物，除了未出场的兖州知府常剥皮（见第三回）和刚弼的老师吕谏堂（见第十五回）以外，其他人多非酷吏，即所谓清官者。如续集中所写纵子行凶的泰安县令宋琼。宋琼之子倚势欺凌斗姥宫女尼靓云，并以封庙为威胁以逼迫靓云就范，事经在京任吏部主事的德慧生指出后，宋琼开始尚力辩此事为虚诳，后经德慧生严斥，“才有点惧怕”，表示要管教其子。我们从宋琼之子的胡作非为，宋琼的无赖狡诈和宋琼家人的放肆蛮横的种种言行之中，不难想象出他们在当地是如何为非作歹，鱼肉乡民的。此外，小说还具体写了庄宫保，王子瑾、白子寿、黄人瑞、申东造、德慧生等人，其中德慧生颇悟禅机，“心上已脱尘网”，是无意于官场的人物，胡适即认为这一人物乃作者自己智慧和道德的化身。申东造和黄人瑞与老残趣味相投，是老残的朋友，申东造任城武县令，虽欲“以为民除害为主”，“使地方安静”（见第七回），可遇事却无主张，并非良才，其弟申子平也是一个见到异物，一心想看个究竟，“以便回去夸耀于人”的庸人；黄人瑞人虽不俗，却是个烟枪不离口的瘾君子。而王子瑾为齐河县令，“虽是个进士出身，倒不糊涂”，并颇具正义感，可是当遇到魏家一案后，虽明知“实非中毒”，但却毫无办法查明案情，只得“详了抚台，请派员会审”，结果招致了酷吏刚弼的到来（见第十五回），刚弼严刑逼供，错断案情，王子谨虽“气得要死”，可又不敢开口争辩（第十六回），也是一个“科甲出身，最无胆识”（见连梦青《邻女语》第七回刘鹗评语）的无能庸才。

小说中的山东巡抚庄宫保求贤若渴，似乎是当时宫场中较好的一个人物，可作者却通过一系列的事例揭露了他的虚伪面貌，对他进行了尖锐的讽刺和批评。如玉贤酷虐，专以残杀无辜良民为事，不到一年，站笼站死了二千多人，可庄宫保却仅仅凭借曹州府“路不拾遗”的表面现象而对其“赏识非凡”，“打算明折保他”（见第三回），后来果然“特保了他个以道员任候补，并俟归道员班后，赏加二品衔的保举”，以致玉贤欣喜异常，“停刑三日，让大家贺喜”（见第六回）。等到老残写信向庄宫保告知玉贤的所作所为以后，他竟然对老残说道：“前日奉读大札，不料玉守残酷如此，实是兄弟之罪，将来总当设法，但目下不敢出尔反尔，似非对君父之道。”（见第十九回）看起来庄宫保颇能自责，又很讲信义。但其实不肯立即撤换玉贤的真实原因，他的文案姚云松在这之前早已一针见血地指出说：“天下巡抚谁不护短。”为了回护自己失察下属之短，虽明知玉贤草菅人命、凶残暴虐，仍继续让他留任曹州荼毒生灵，置曹州数十万处于如地狱般世界的人民的生命财产于不顾。由此，庄宫保的昏庸、糊涂和残忍的本性可谓已暴露无遗，他的“慈祥恺悌”（见第十三回作者自评）的虚伪面具也被彻底剥去。小说中，作者还花较多笔墨描绘了黄河决堤之惨，可造成黄河沿岸数十万民众死亡殆尽的罪魁祸首却正是庄宫保，在史观察向他提出废民埝以退保大堤的治河建议时，他说：“这个道理，我也明白，只是夹堤里面尽是村庄，均属膏腴之地，岂不要破坏几万家的生产吗？”（见第十四回）可是在史观察进一步说出如果宫保能行此策，定当“功垂竹帛，万世不朽”之语后，他终于蒙蔽住民众，秘密地实行了废民埝以退保大堤的方针。为了自己的“功垂竹帛”而忍心使数十万民众的身家性命在睡梦之中被无情河水所吞噬，他的糊涂昏庸，他的为个人名利，为自己飞黄腾达而不顾他人死活的凶残卑污的内心世界就这样赤裸裸地显露在光天化日之下。虽然在决策以后，庄宫保还“叹了口气”，甚至“还落了几点眼泪”（见第十三回）；在民埝突然崩溃，千村万落如蛙悬水面以后，他又派人给幸存的被河水困在屋顶上的难民送馒头，但这也是明显不过的沽名钓誉之举。小说第十四回妓女翠花向老残介绍当时的情况说：

每一个庄子里屋顶上总有百把几十人，四面都是水，到那儿摸吃的去呢？有饿急了，重行跳到水里自尽的。亏得有抚台派的委员，驾着船各处去送馒头，大人三个，小孩两个；第二天又有委员驾着空船，把他们送到北岸。这不是好极的事吗？谁知这些浑蛋还有许多蹲在屋顶上不肯下来呢！问他为啥，他说在河里有抚台大人给他送馍馍，到了北岸就没人管他吃，那就饿死了。其实抚台送了几天就不送了，他们还是饿死。你说这些人浑不浑呢？

这段文字对庄官保的讽刺可谓入木三分。困在屋顶上不肯上船的灾民固然糊涂，而渡到北岸的，最后又何尝能逃脱冻饿而死的命运呢？可见他的落泪，他的派委员送馒头，他的使人以船渡灾民，只不过为自己博个慈祥爱民的好名声罢了。至此，被他的假象所迷惑的民众心目中的“慈祥恺悌”的形象立即黯然失色。老残对此事而感慨说：“是史观察不是。……天下大事，坏于奸臣者十之三四，坏于不通事故之君子者，倒有十之六七也！”（见第十四回）虽委过于史观察的不谙世故，但庄宫保明知几十万民众将被洪水吞噬而不让民众知情，使民众不能事先搬迁而遭惨死的罪责却决不是“不谙世故”四字所能掩饰的。由此可见，小说对庄宫保的讽刺和指斥是很明显且非常厉严的。象庄宫保这样的官吏尚且如此，整个官场的腐朽黑暗状况则是不难想象的了。

小说中唯一作为良吏形像出现的是白子寿，他未及一个时辰，当堂完结魏家一十三口人命大案，平反了冤狱，其后又面折刚弼，充分表现了他精明干练的才具和刚正不阿的个性特点。但这种人在当时的官场中只是凤毛麟角，酷吏刚弼所不敢藐视的也只有白子寿一人，黄人瑞说：“舍此更无能制服他的人了。”（见第十六回）这也正从侧面说明了当时腐朽黑暗的整个官场的现实状况。

小说所描绘的幕途中人物，更是以不学无术，居心叵测者为多。如果说首创废民埝的史观察“不是坏心，并无一毫为已私见在内”（第十四回）的话，而那些主张瞒住百姓，不使民众事先撤离的庄宫保的幕僚们，则是心狠手残，有意害民的歹毒之徒无疑，所以作者在小说第十三回中借妓女翠花之口骂他们说“这些总办候补道王八蛋大人们”，一言骂尽了整个官幕两途中人物。黄人瑞在谈到当时官场情形时说：“省城里那么些人，不是比我强的，就是不如我的。比我强的，他瞧不起我，所以不能同他说话；那不如我的，又要忌妒我，又不能同他说话。难道没有同我差不多的人吗？境遇虽然差不多，心地却就大不同了。他自以为比我强，就瞧不起我；自以为不如我，就忌妒我，所以直没有说话的地方。”（第十三回）对其中尔虞我诈，一个个象乌眼鸡似的恨不得你吃了我，我吃了你的官场情态可谓概括无余。以上就是小说所描绘的"牛鬼蛇神，无所不有"的整个官场现实。

与官场相比，小说所描绘的其他阶层的情况便迥然不同。作者写了不少下层民众，其中有技艺卓绝的鼓书艺人王小玉（即白妞），有颇能行侠仗义的曹州府三班头儿陈仁美，有贤惠刚烈的于学礼的妻子吴氏，有处于地狱般世界中连生命都朝不保夕但却担心别人受害的董家口董老二房店主人老董和马家集车店伙计，有古道热肠的东昌府书店掌柜，有老实愚忠的齐河县齐东镇魏老家的管事，有宁愿自己受凌迟酷刑而不忍老父受刑的贾魏氏，有颇为精明强干的齐河县差役许亮等等。此外，小说还重点写了处于社会最底层的泰山斗姥宫女尼逸云和齐河县妓女翠花、翠环。翠环身操贱业，可为了养活年幼的弟弟，宁愿自己挨鸨儿的毒打。翠花不幸由良家女子而入娼门，为人所凌辱，过着非人的生活，可她却处处关心爱护比她更为可怜的翠环，为使翠环能跳出火坑出谋划策，替翠环向老残、黄人瑞磕头求情；她虽在烟花场中，可对黄人瑞这样的好人却能待以真诚，在客店的晚上，她被冻得"两只脚都缩在衣服里头"，"半个脸缩在衣服大襟里，半个脸靠着袖子"，却拿狼皮褥子给黄人瑞盖（见第十六回）；在说到黄河决堤事件时，她又义愤填膺，痛斥那些"总办候补道王八蛋大人们"；当老残带着脱离苦海的翠环离开齐河县时，她又一夜没睡，黎明即雇了挂车，冒着严寒刺骨的北风，在黄河边等候，以送别翠环（见第十九回）。这些，都出色地表现了翠花心地善良，真诚厚道，重义气感情又颇具正义感的优秀品质。象老董、马家集车店伙计、东昌府书店掌柜、齐东镇魏老家的管事、翠花、贾魏氏、陈仁美等一系列下层民众，应该正是死后能有资格坐在阎罗王旁边小椅子上的善人，尽管他们地位低下，可和牛鬼蛇神无所不有的官场人物的卑鄙凶残正好形成了明显的对照。其实，在作者眼中，岂止是善良民众，即便是凶狠的强盗也要比那些官老爷们善良得多。玉贤残酷，屈死于家四口性命，此事使移赃于于家的强盗都后悔得了不得，说："我当初恨他报案，毁了我两个弟兄，所以用个'借刀杀人'的法子，让他家吃几个月官司，不怕不毁了他一两千吊钱。谁知道就闹得这们厉害，连伤了他四条人命！……委实我同他家也没有这大的仇隙。"（见第五回）可是，在真强盗被抓到以后，其中“有三四个牵连着别的案情的，都站死了；有两三个专只犯于家移赃这一案的，被玉大人都放了。”玉贤这种污陷良民为盗，却故意放走真强盗的罪恶行径给庄宫保知道以后，却仍听任其继续在太守任上滥施淫威，残害曹州人民。这明显说明了在作者心目中，玉贤、庄宫保之流的凶残刻毒远远的超过了被生活所迫，铤而走险的强盗。这一理解，在《老残游记》外编中还可以得到印证。外编卷一中，老残对西园子说道：“强盗虽然犯法，大半为饥寒所迫，虽做了强盗，常有怕人的心思，若有人说强盗时，他听了总要心惊胆怕的，可见天良未昧。”又说：“其要紧的关键，就在一个以犯法为非，一个以犯法为得意。以犯法为非，尚可救药；以犯法为得意，便不可救了。”原来在作者眼中，强盗本是良民，因被饥寒所迫，不得已才铤而走险，他们天良并未昧灭；而玉贤、庄宫保之流的内心深处却是以残害人民为得意的，天良则早已丧失殆尽了。刘鹗尝作《述怀》诗一首，其中有句云：“余年初弱冠，束修事龙川。虽未明道义，洒扫函丈前。无才学干禄，乃志在圣贤。”罪恶的官场现实，清醒着他的头脑，使他鄙薄污浊黑暗的官场，从而弃绝了“干禄”之路。所以当他投效河工，因治理黄河劳绩被列案请奖时，他却推让给其兄刘梦熊①，自己乃投身于科学和实业之中去施展抱负和聪明才智。他将自己创作《老残游记》这篇小说比作屈原之作《离骚》、司马迁之作《史记》、杜甫之作《草堂诗集》、王实甫之作《西厢记》、曹雪芹之作《红楼梦》，并在小说中把自己化为摇串铃的医生老残，在“举世皆病，又举世皆睡。真正无下手处”的黑暗社会中，“先摇串铃以醒其睡”②，以唤醒被麻醉沉睡的民众，拯救处于牛鬼蛇神黑暗统治下的祖国和人民。

通过以上分析，我们可以说，揭露清官之可恨可怕仅仅是小说的一个方面，并不是小说的中心所在。这篇小说乃是旨在揭露和抨击当时整个官场黑暗腐朽现实，以唤醒广大民众的杰作佳构。

---

① 见刘大绅《关于〈老残游记〉》之“《游记》作者之家世及事业”，《刘鹗及〈老残游记〉资料》，四川人民出版社 1985 年版。

② 《老残游记》第一回作者自评。

三、天下之安危，匹夫与有责焉
——刘鹗和《老残游记》的爱国忧民情结

刘鹗于《致黄葆年》①一文中有云：

> 弟固未尝知天，弟固未尝不信天。惟其不能知天，故竟以天下为己任。天下之安危，匹夫与有责焉。今日国之大病，在民失其养。

以上这段话，可以说贯穿于刘鹗一生的言行，也贯穿于《老残游记》的始终，充分表现了他强烈的爱国忧民思想。

在《老残游记》第七回，老残向申东造介绍刘仁甫时说：

> 因为我二十几岁的时候，看天下将来一定有大乱，所以努力留心将才，谈兵的朋友颇多。此人当年在河南时，我们是莫逆之交，相约倘若国家有用我辈的日子，凡我同人，俱要出来相助为理的。其时讲舆地，讲阵图，讲制造，讲武功的，各种朋友都有，此公便是讲武功的巨擘。

在小说第二回，刘鹗又将当时残破的中国比作一条被风浪击破，水波渐渐浸入的帆船。当老残与他的挚友德慧生（为作者智慧和道德的化身）与文章伯（为作者文章的化身）在蓬莱阁上看到帆船“在那洪波巨浪之中，好不危险”之时，即迅速带了一个最准的罗盘，选了一只轻快的渔船，挂起帆来，冒着风浪追了上去，欲“到了以后，送他一个罗盘”，“再将这有风浪和无风浪时驾驶不同之处，告知船主”，以使破船能安全到达彼岸。以上一方面表现了他对国事的关心和报效祖国的愿望，更表现了他欲拯救祖国于危难之中的热切心情。在小说外篇卷一中，他又将

① 《刘鹗及〈老残游记〉资料》，四川人民出版社 1985 年版。

自己化为一个执渔鼓简板唱道情的民间艺人，说："因老残游历高丽、日本等处，看见一个堂堂箕子遗封，三千年文明国度，不过数十年间，就倒塌到这步田地，能不令人痛哭也么哥！"所以他要敲着"堂堂塌"以震聋发聩，唤醒世道人心，这也正是基于他的忧国忧民的思想。以下我们不妨再看小说第十二回中，老残在雪月交晖的黄河大堤上散步时的一段心理描写：

> 心里想道："岁月如流，眼见斗杓又将东指了，人又要添一岁了。一年一年的这样瞎混下去，如何是个了局呢？又想到《诗经》上说的'维北有斗，不可以挹酒浆'，现在国家正当多事之秋，那王公大臣只是恐怕耽处分，多一事不如少一事，弄的百事俱废，将来又是怎样个了局？国事如此，丈夫何以家为！"想到此地，不觉滴下泪来，也就无心观玩景致，慢慢回店去了。

通过他灵魂深处的独白，表现出内心深层世界的对国家盛衰兴亡的强烈责任感，尽管受到时代的局限，他的思想中产生消极落后的一面，但他对国家大事热切的关心和报效祖国的强烈愿望则是始终未曾消失。正是基于这种强烈的爱国忧民思想，他才会毕生致力于开矿筑路，兴办实业，企图通过这种行动去强国富民，以振兴中华。

刘鹗尝作有《秋夕》诗一首，云：

> 北风吹地裂，萧瑟送残年。仆告无储米，人来索贯钱。饥鸟啼暮雪，孤雁破寒烟。念我尚如此，群生更可怜。

需要指出的是，作者颇有钱财，是个大地主，但他也遇到过窘迫，有过困境，这在他的《致××》信中以及他现存的日记即可以清楚地见出。因此，此诗并不是故作姿态之作，而是作者在某一萧瑟残冬所遇到的外有债主催逼，内无斗米之储窘迫境况之下的实写。诗中，他由自身的窘境进而联想到那些比自己境遇又更为可怜得多的广大民众，充分表现出一个爱国忧民的诗人对当时处于水深火热之中人民的关心爱护之情。

这种真挚的忧民之情在《老残游记》中表现得相当明显、直接和强烈。如在小说第十六、十七两回中的大闹公堂一段，当刚弼为进一步陷害魏老儿，正准备严刑逼供贾魏氏，把“拶子往地下一摔，霍绰一声，惊心动魄”之时，老残为了解救二人性命，面对心狠手辣的刚弼，他乃“怒气上冲，也不管公堂重地，把站堂的差人用手分开，大叫一声：‘站开，让我过去’”。在公堂之上，他痛斥刚弼以治强盗的刑具随便地施于良民，从而狠狠地打击了刚弼的气焰，使“刚弼气得目瞪口呆”，令读者读至此，不由得连呼痛快。大闹公堂之后，老残回到客店时，小说写道：

> 却说老残回来，一路走着，心里十分高兴，想道：“前日闻得玉贤种种酷虐，无法可施，今日又亲见了一个酷吏，却被一封书便救活了两条性命，比吃了人参果心里还快活。”

这时老残心里所想的不是魏家父女的感恩戴德，也不是百姓的颂扬敬佩，更不是为自己能仗义执言主持公道而自鸣得意，沾沾自喜，而是为自己能面折酷吏，救出两条普通百姓的性命而高兴，其高兴的程度甚而比吃了可以长生不老的人参果还要快活。这正是毫无一己私念的真挚的爱民之心的显露。当魏家一案了结，魏氏父女被无罪释放以后，他又不顾路途的艰难险阻，独自去里山玄珠洞寻访青龙子，以求得解药，从而救活那一十三口无辜的普通劳动者的性命。在灵柩被起出，打开一个长工的棺木，看到“果然尸身未坏，然后放心”（见第二十回）。凡此等等，都是作者关爱人民的高尚情操的具体体现。

小说用了第十三、十四两回的篇目较为详细地描绘了黄河决堤所带给广大人民的深重苦难，字里行间，充分表现了作者对造成这次灾难的王八蛋老爷们的切齿痛恨，和对遭受不幸的难民的深沉而真挚的怜悯。作者于第十四回自评说：“废济阳以下民埝，是光绪己丑年事。其时作者正奉檄测量东省黄河，目睹尸骸逐流而下，自朝至暮，不知凡几。山东村居屋皆平顶，水来民皆升屋而处。一日，作者船泊小街子，见屋顶上人约八九十口，购馒头五十斤散之。值夜大风雨，耳中时闻坍屋声，天微明，风息雨未止，急开船窗视之，仅十余人矣。不禁痛哭。”作者告子云:“生平三大伤心事,出东废民堰,是其伤心之一也。”以废黄河民堰所造成的对山东百姓的伤害为毕生三大伤心事之一,他对人民大众的关切和真挚的情感充分地表现了出来。

在小说前半部叙述玉贤酷虐之数回之中,当老残听到董二房老店掌柜老董诉说于家冤案之后,说:“玉贤这个酷吏,实在令人可恨。”在听老董告知本镇盐油杂货店王掌柜之子被玉贤用站笼站死的经过以后又说:“这个玉贤真正是死有余辜的人,怎样省城官声好到那步田地?煞是怪事。我若有权,此人在必杀之列。”(第五回)后来在面见庄宫保,告知玉贤酷虐,而庄宫保却不愿立即撤回玉贤时,明知庄宫保是在为自己护短,但为了解救曹州府数十万百姓的倒悬,他又针对庄宫保“似非对君父之道”的托辞,据理力争,说:“救民即所以报君,似乎也无所谓不可。”致使“宫保默然”。这正是儒家“知其不可为而为之”的积极的用世精神的体现,为救助人民脱离灾难而不顾自身利害的优秀品质的体现。又如在第六回中,老残在曹州府客店门口看雪时的一段说:

> 又见许多麻雀儿,躲在屋檐底下,也把头缩着怕冷,其饥寒之状殊觉可悯。因想:“这些鸟雀,无非靠着草木上结的实,并些小虫蚁儿充饥度命,现在各样虫蚁自然都是入蛰,见不着的了,就是那草木之实,经这雪一盖,那里还有呢。倘若明天晴了,雪略为一化,西北风一吹,雪又变作了冰,仍然是找不着,岂不要饿到明春吗?”想到这里,觉得替这些鸟雀愁苦的受不得。转念又想:“这些鸟雀虽然冻饿,却没有人放枪伤害他,又没有什么网罗来捉他,不过暂时饥寒,撑到明年开春,便快活不尽了。若象这曹州府的百姓呢,近几年的年岁,也就很不好。又有这们一个酷虐的父母官,动不动就捉了去当强盗待,用站笼站杀,吓的连一句话也说不出来,于饥寒之外,又多出一层惧怕,岂不比这鸟雀还要苦吗?”想到这里,不觉落下泪来。又见那老鸦有一阵刮刮的叫了几声,仿佛他不是号寒啼饥,却是为有言论自由的乐趣来骄这曹州府百姓似的。想到此处,不觉怒发冲冠,恨不得立刻将玉贤杀掉,方出心头之恨。

从鸟雀在严冬时饥寒交迫的可悯情状，转而想到比鸟雀更为可怜的曹州府百姓。曹州府广大人民除了受饥寒的煎熬而外，还更多一层鸟雀所没有的酷吏的毒刑，更少一种鸟雀所没有的政府的暴政。进而又想到鸟雀之鸣叫似乎是在讥笑曹州府人民的不如它们有着言论自由的快乐，也就更加加深了对曹州人民的同情和关心。怒发冲冠，恨不得立时将玉贤杀掉，充分体现了一颗善良心灵的剧烈颤动和正义感的暴发。

太谷学派传人李龙川讲学时要求弟子认识到“万物皆我胞与，不惟一夫之饥，犹己饥之；一夫之寒，犹己寒之；即一草一木不得其所，亦以为由为己所致”①刘鹗从青年时期起即受李龙川影响，为李龙川所特别钟爱。所以，他在《老残游记》中处处表现出强烈的爱国忧民之情并不是偶然的。他的《落叶》诗云：“落叶别树，飘零随风。客无所托，悲与此同。念彼落叶，犹可为薪。用熟五谷，以饱饥人。虽委弃之余，其德足以伸。吁嗟呼，吾不及落叶之仁。”由随风飘零之落叶犹且可以作为薪柴而有用于人民，进而联想到自己不能救民于水火的无能，抒发无所用于世的感慨，也正是上述思想的体现，说明了小说所表现出的热忱的爱民之心乃是作者一贯的态度。至于他在八国联军庚子之乱攻进北京之后，慷慨解囊，不顾可以预见的严重后果，平粜太仓粟以救济饥民的举动，则又是他爱国忧民之心的具体表现。言行一致，并非沽名钓誉者的粉饰，体现了作者高尚的人格和情操。

《老残游记》作者自序以为《老残游记》“有身世之感情，有家国之感情，有社会之感情”，正指这篇小说具有爱国忧民之情感而言。我们可以说，爱国忧民的思想贯穿于《老残游记》的全篇，也贯穿于作者刘鹗一生的言行之中。

---

① 严薇青《刘鹗与太谷学派》，载《刘鹗及〈老残游记〉资料》，四川人民出版社 1985 年版。

谢瞻评传

一、从刚躁负气到处贵遗权——谢晦的生平

谢瞻(383—421),陈郡阳夏人,东晋名相谢安族孙,晋宋之际的著名诗人。瞻字宣远,一名檐,字通远,孝武帝太元八年(383)生。谢瞻幼年就初露头角,表现出过人的聪明才智和文学创作的才能。六岁时即创作了《紫石英赞》和《果然诗》,"当时才士,莫不叹异"①。谢瞻初出仕为桓温之子桓伟的安西参军。晋安帝元兴二年(403),桓玄为楚王,立百官,谢瞻为楚台秘书郎,后解职随吴郡太守刘柳到吴郡,为刘柳建威长史。刘裕平定桓玄之乱以后,谢瞻又先后任刘裕的镇军将军府参军,琅邪王司马德文的大司马参军、安成相、黄门侍郎,刘裕的相国从事中郎等职。

青年时期的谢瞻颇以才气自负,据《宋书》卷五十八《谢弘微传》的记载,谢瞻曾是其族叔谢混以文章赏会的"乌衣之游"的重要人物,谢混尝云:"阿远刚躁负气,阿客博而无检,曜恃才而持操不笃,晦自知而纳善不周,设复功济三才,终亦以此为恨;至如微子,吾无间然。"阿远,谢瞻小字,谢混以"刚躁负气"来概括他的为人,也正说明了谢瞻恃才傲物

① 《宋书》卷五十六《谢瞻传》。

和刚直急躁的性格特点。这和日后忧谗惧祸、诫惶诫恐的谢瞻可以说有着天壤之别。《宋书》卷五十八《谢弘微传》谢混云:"尝因酣宴之余,為韵语以奖劝灵运、瞻等曰:'康乐诞通度,实有名家韵,若加绳染功,剖莹乃琼瑾。宣明体远识,颖达且沈隽,若能去方执,穆穆三才顺。阿多标独解,弱冠纂华胤,质胜诚无文,其尚又能峻。通远怀清悟,采采标兰讯,直辔鲜不踬,抑用解偏吝。微子基微尚,無倦由慕兰,勿轻一篑少,进往将千仞。数子勉之哉,风流由尔振,如不犯所知,此外无所慎。'灵运等並有诫厉之言,唯弘微独尽褒美。曜,弘微兄,多,其小字也。远即瞻字。灵运小名客兒。"谢混在《诫族子诗》中说谢瞻"直辔鲜不踬,抑用解偏吝",也是指他性行过于耿直躁急而容易遭受挫折。这一性格特点,我们还可以从谢瞻奉谢混之命裁折谢灵运一事中得到印证。《宋书》卷五十六《谢瞻传》云:"灵运好臧否人物,混患之,欲加裁折,未有方也,謂瞻曰:'非汝莫能。'乃與晦、曜、弘微等共游戏,使瞻与灵运共车,灵运登车,便商较人物,瞻谓之曰:'秘书早亡,论者亦互有同异。'灵运默然,言论自是衰止。"秘书,指谢灵运的父亲谢瑍,曾经任秘书郎。谢瑍生而不慧,毫无才能可言,早年即亡。谢瞻的话语,尖刻而一语中的,击中了谢灵运的要害,从而轻易阻止了谢灵运好臧否人物的坏毛病,可以说正是他耿直刚躁性格的具体表现。

然而,不久以后,谢瞻的个性却发生了截然相反的变化,突然变得谨小慎微起来。《南史》卷十九《谢晦传附谢瞻传》记其一则佚事云:"后因宴集,灵运问晦:'潘、陆与贾充优劣。'晦曰:'安仁谄于权门,士衡邀竞无已,并不能保身,自求多福。公闾勋名佐世,不得为并'。灵运曰:'安仁、士衡才为一时之冠,方之公闾,本自辽绝。'瞻敛容曰:'若处贵而能遗权,斯则是非不得而生,倾危无因而至。君子以明哲保身,其在此乎。'""处贵而能遗权",实际上成了他后期立身处世的准则。当他任相国从事中郎时,他的弟弟谢晦已经担任了宋国的右卫将军,加侍中之职,是刘裕最为倚仗的亲信之一,当时朝廷重臣的升降任免,往往取决了谢晦的建议。《南史》卷十五《徐羡之传》记义熙十三年(417)刘穆之卒后,"帝欲用王弘代之,谢晦曰:'休元轻易,不若徐羡之。'乃以羡之为丹阳尹,总留任,甲仗二十人出入,加尚书仆射",可见一斑。《宋书》卷五十六《谢瞻传》记载说当时谢晦从彭城回建康迎接家小时,"宾客辐辏,门巷填咽",谢瞻见了不由大为惊骇,唯恐谢晦会因为过于招摇、权势太大而遭到灾祸,于是对谢晦说:"汝名位未多,而人归趣乃尔。吾家以素退为业,不愿干豫时事,交游不过亲朋,而汝遂势倾朝野,此岂门户之福邪?"①随后即用篱笆将两家分隔开来,以表示兄弟之间的区别,避免因谢晦将来的得祸而连累到整个家门。谢晦的权势地位愈高,谢瞻担心和忧虑也随之愈益增加。有时谢晦将朝廷的一些机密事宜告诉他,他又怕因此而招来灾祸,于是就将这些机密故意告诉亲戚朋友,以为笑谈而传播,吓得谢晦此后再也不敢把这类事向他诉说。不久,谢瞻即不愿意再担任相国从事中郎这样亲近显要的职务,乃自求疏远,请求降职。他对刘裕说:"臣本素士,父、祖位不过二千石。弟年始三十,志用凡近,荣冠台府,位任显密,福过灾生,其应无远。特请降黜,以保衰门。"②在他的屡次请求之下,刘裕乃改任他为人口众多、素有朝廷粮仓美誉的江南富庶之地吴兴郡的太守,但他仍认为吴兴的地理位置太优而不愿赴任,于是刘裕不得已而让他担任了相对较为贫乏的豫章(治所在今江西南昌)郡的太守。

谢瞻由刚躁负气到谨小慎微的性格截然不同的变化和炽热的心灵的死去,笔者以为应该导源于义熙八年(412)谢混的被杀。这一点,史书上虽然没有明确的记载,但我们却可以找到蛛丝马迹。谢瞻是以他的从叔谢混为首的"乌衣之游"的重要成员,从他接受谢混的指派去面折族弟谢灵运的事件来看,他对这位风华绝代的从叔是相当尊重的。而关于他畏忌权宠,不愿干预时事,时时担心灾祸降临的记载,均在谢混被杀以后。如果我们把"乌衣之游"的时间定在谢瞻二十七岁那年(即晋安帝义熙五年,409。这一年谢灵运二十五岁,谢晦二十岁,谢弘微十八岁),那末自义熙初至晋末这一段时期中,谢氏家族发生重大变故并能够使谢瞻的性格发生根本转变的只有谢混的被杀。因此可以说,正是由于谢混的被杀,使他彻底看透充满恐怖和杀戮、奸诈和权术

① 《宋书·谢瞻传》。
② 《宋书·谢瞻传》。

的仕途，从而对社会人生产生了深深的绝望和恐惧。但他的内心情感世界其实并不是如一泓死水般地永远平静，而是极其复杂的，有时甚至充满着炽热的感情。请看他的《张子房诗》：

王风哀以思，周道荡无章。卜洛易隆替，兴乱罔不亡。力政吞九鼎，苛慝暴三殇。息肩缠民思，灵鉴集朱光。伊人感代工，聿来扶兴亡。婉婉幕中画，辉辉天业昌。鸿门消薄蚀，垓下殒搀抢。爵仇建萧宰，定都护储皇。肇允契幽叟，翻飞指帝乡。惠心奋千祀，清埃播无疆。神武睦三正，裁成被八荒。明两烛河阴，庆霄薄汾阳。銮旌历颓寝，饰像荐嘉尝。圣心岂徒甄，惟德在无忘。逝者如可作，揆子慕周行。济济属车士，粲粲翰墨场。瞽夫违盛观，竦踊企一方。四达虽平直，蹇步愧无良。餐和忘微远，延首咏太康。

《文选》卷二十一此诗李善注引王俭《七志》曰："高祖游张良庙，并命僚佐赋诗，瞻之所造，冠于一时。"据《宋书》卷二《武帝纪中》记载，晋安帝义熙十二年(416)，刘裕以部将檀道济、王镇恶为前锋北伐姚秦，一路捷报频传，并在此年十月收复洛阳。义熙十三年(417)正月，刘裕亲率大军继进，军屯留城(今江苏沛县东南)，经张良庙，下令祭奠并扩建庙宇，此诗即是时所作。诗中对张良辅佐刘邦建立汉室的辉煌功绩以及功成身退的高尚人格表示了无比的倾慕和敬仰，也流露出追纵前贤、建立功业的强烈愿望。这种"骞翮思远翥"的壮志，乃是诗人被先贤丰功伟绩所激发而涌起的一股不平静的情感浪潮，也是他被胸中深藏的"达则兼济天下"的圣人古训所引发的豪气的显露。这不由使我们想象到诗人童年时写作《果然诗》和《紫石英赞》的风发意气和因此受到前辈们赞赏时的自得和胜利的微笑。这才是诗人性格深层的隐秘，是诗人性格的原始底色。当谢瞻被张良的光辉功业所感动，同时又被北伐前线频传的捷报所振奋时，久蓄他胸中那建功立业的雄心一下子被激发了，从而在诗中表现出了那其实并不平静的情感世界。但是，这一切都始终抚平不了那充满互相杀戮、尔虞我诈的恐怖黑暗的现实社会给他心理上造成的创伤，无法消除他那饱经人世沧桑的心灵上所留存的浓重阴影，因而他内心闪耀的美丽火花在短暂的跳动后迅速消逝，又重新回到他那经常保持的诚惶诚恐的状态。此前，谢混以追逐权力而招来杀身之祸，而今他的弟弟谢晦又极可能因追逐权势而带来灾难，并且有危及整个家门的危险，这又怎能不让他感到恐惧和绝望，“幸于不永”①，以早死为快呢？

宋武帝永初二年(421)，谢瞻在豫章得病，当时谢晦在刘裕代晋的过程中立有大功，被封为武昌县公，任领军将军，入直殿省，统领宿卫。谢瞻担心弟弟福过灾生而遗祸家门，因此生病后不肯医治，以早死为幸运。谢晦得到消息，立即兼程到豫章探视，谢瞻即对谢晦说：“汝为国大臣，又总戎重，万里远出，必生疑谤。”当时果然有人告发谢晦谋反，幸亏刘裕对谢晦十分信任，才避免了一场大祸。不久，谢瞻病重离任，回到京都建康，临终前给谢晦的遗书说：“吾得启体幸全，归骨山足，亦何所多恨。弟思自勉励，为国为家。”②这一年，他仅三十九岁。③

谢瞻死后仅数年，谢瞻生前时刻担心的事终于发生。在宋文帝元嘉二年(425)，谢晦即与徐羡之、傅亮共谋废杀了宋少帝刘义符及庐陵王刘义真。元嘉三年，宋文帝派遣大军讨伐当时担任荆州刺史的谢晦，谢晦起兵反抗，兵败被杀。在这次事件中，谢瞻的二子谢绍、谢世猷也被牵连其中，惨遭杀害。谨小慎微的谢瞻虽然保全了自己，但却无法保全其子孙及家人的生命，实在令人遗憾。

二、清新妩媚的诗歌创作

《宋书·谢瞻传》云：“瞻善于文章，辞采之美，与族叔混，族弟灵运

---

① 《宋书·谢瞻传》

② 《宋书·谢瞻传》。

③ 《宋书》及《南史》谢瞻本传皆记谢瞻永初二年(421)卒时年三十五。严可均《全宋文》云：“《瞻传》云：瞻文章与族叔混、(族)弟灵运相抗，是瞻为兄也。考瞻于永初二年，年三十五，灵运诛于元嘉十年(433)，年四十九，则灵运长于瞻二岁，疑有一误。”逯钦立《先秦汉魏晋南北朝诗》云：“灵运生年无误，瞻卒年三十五当为三十九之讹。瞻永初二年卒，时如为三十九，则长于灵运二岁。元兴元年(402)任桓伟参军为十九岁。如为三十五岁，则元兴元年仅十五岁，以常例衡之，不应是时即为参军也。”逯说是，今从之。

相抗。”可见他在当时文坛上有着相当高的地位。谢瞻的文学创作成就主要在诗歌上，乃是继谢混之后对山水诗创作有着杰出贡献的著名诗人。根据《隋书》卷三十五《经籍志四》的记载，他有集三卷。《艺文类聚》卷二十八录谢瞻《游西池》诗云：“逍遥越城肆，愿言屡经过。回阡被陵阙，高台眺飞霞。惠风荡繁囿，白雪腾曾阿。褰裳顺兰沚，徙倚引芳柯。美人愆岁月，迟暮独如何？”与谢混《游西池》诗之中十二句完全相同，而仅缺“景昃鸣禽集，水木湛清华”二句。笔者以为，以谢瞻之德才，必不至于有如此抄袭之作，恐是《艺文类聚》摘句录此诗时误以谢混作谢瞻也。逯钦立《先秦汉魏晋南北朝诗》将此收入谢瞻名下而未加辨证，恐是未作细考而致疏忽耳。将此一首除外，则谢瞻现今留存的诗作仅有五首。从他所保留下来的诗作看，风格和谢混颇为接近。如《答康乐秋霁诗》：

夕霁风气凉，闲房有余清。开轩灭华烛，月露皓已盈。独夜无物役，寝者亦云宁。忽获愁霖唱，怀劳奏所诚。叹彼行旅艰，深兹眷言情。伊余虽寡慰，殷忧暂为轻。牵率酬嘉藻，长揖愧吾生。

此诗《文选》卷二十五题作《答灵运》，谢灵运原诗已佚。《南史》卷十九《谢晦传附谢瞻传》说瞻“尝作《喜霁诗》，灵运写之，混咏之。王弘在坐，以为三绝”，即指此诗。王弘名重当世，而如此推重此诗，可见此诗在当时享有极高之声誉。诗的发端四句写眼前景物，渲染雨过天晴后皓月当空的夜晚宁静闲适的环境氛围，颇有超凡脱俗、飘飘欲仙的出世之意境，是被古人誉为“渊然有味”①的“即景之秀句”②。清吴淇《选诗定论》说：“‘月露皓已盈’，非写月，兼写露，乃挟露以写月，故非月看露不出，非露写盈字不出。”可见写景之妙。接着写诗人的感受，由“独夜无物役”的自由超脱转入“叹彼行旅艰”的愁绪的抒发。“殷忧暂为轻”，指沉重的忧愁在这清幽爽朗的景色中得到暂时的缓解以及片刻的宁静。结尾用《史记》卷九十七《郦食其列传》所载郦食其见刘邦长揖不拜的典

① 《古诗归》卷十一谭元春语，明萬历四十五年闵氏三色套印本。

② 毛先舒《诗辩坻》，见郭绍虞编选、富寿荪校点《清诗话续编》，上海古籍出版社 1983 年版。

故，抒发自己不能如郦生那样潇洒无拘，而不得不为外物所役使的感叹，表现了一个谨小慎微、心怀恐惧的诗人在易代这一非常时期中充满杀戮的险恶环境下的极其矛盾复杂的心理。全诗含义深刻，感情真挚，清新蕴藉，既没有词藻的堆砌，更没有玄言哲理的搀入。被陈祚明誉为"其气闲静"，"如秋空河汉，光气淡明"①，可谓一首情真意切的佳作。

再看他在晋安帝义熙十四年(418)重九佳节于彭城任相国从事中郎时所作的《九日从宋公戏马台集送孔令诗》：

> 风至授寒服，霜降休百工。繁林收阳彩，密苑解花丛。巢幕无留燕，遵渚有来鸿。轻霞冠秋日，迅商薄清穹。圣心眷佳节，扬銮戾行宫。四筵沾芳醴，中堂起丝桐。扶光迫西汜，欢余宴有穷。逝矣将归客，养素克有终。临流怨莫从，欢心叹飞蓬。

诗题之"孔令"，指孔季恭，《宋书》卷五十四《孔季恭传》云："宋台初建，令书以为尚书令，加散骑常侍，又让不受，乃拜侍中、特进、左光禄大夫。辞事东归，高祖饯之戏马台，百僚咸赋诗以述其美。"此诗即当时所作。诗前八句写戏马台(即项羽掠马台，在今江苏省铜山县)的秋景，色彩浓重，语言简练，富于变化，又带有萧瑟凄清的气氛。"巢幕"两句，既是眼前景象的客观描述，又切孔季恭的回归，一语双关。此数句是被许学夷《诗源辨体》誉为"语工而清浅"的佳句。后十句转写宴集和送归。其中"圣心"两句，后人多以为献媚刘裕，甚至被斥为"无耻而无忌"②之语。但结合当时的现实看，刘裕篡夺之势已成，谢瞻又心怀恐惧，所以这也是逼不得已的明哲保身的举动。诗中所表现的他不能追随孔季恭回归的伤感和漂泊不定的如飞蓬般身世的感叹，则和他以素退为业的思想颇相一致，乃是他真情实感的自然流露，和一般送别诗的虚伪客套有明显的区别。诗的结尾，又"如乘风收帆，忽然而止"③，有着极其强烈的感

---

① 陈祚明《采菽堂古诗选》，上海古籍出版社2008版。

② 潘德舆《养一斋诗话》，中华书局2010年版。

③ 王夫之《古诗评选》，张国星点校，河北大学出版社2008年版。

染力。当时，刘裕手下同时赋诗的人很多，但留存下来的只有谢瞻和谢灵运所作的两首。灵运的同题诗云：

季秋边朔苦，旅雁违霜雪。凄凄阳卉腓，皎皎寒潭絜。良辰感圣心，云旗兴暮节。鸣葭戾朱宫，兰卮献时哲。饯宴光有孚，和乐隆所缺。在宥天下理，吹万群方悦。归客遂海隅，脱冠谢朝列。弭棹薄枉渚，指景待乐阕。河流有急澜，浮骖无缓辙。岂伊川途念，宿心愧将别。彼美丘园道，喟焉伤薄劣。

诗的发端四句写戏马台秋景，以旅雁避寒南归暗喻孔季恭的洁身东归。后写群臣与宴的和乐之欢，赞美孔季恭的素退回归，感叹自身有愧宿心。虽然也是一首佳作，但与谢瞻的同题诗相较，似乎颇有不及，所以《文选》李善注说，当时所作，以谢瞻诗为冠。

谢瞻在义熙十一年(415)任安成太守(治所在今江西安福东南)时创作的两篇作品也颇值得我们注意。其《安成郡庭枇杷树赋》有云：

伊南国之嘉木，伟邦庭而延树。禀金秋之清条，抱东阳之和煦。肇含葩于结霜，成炎果乎纤露。高临甍首，傍拂阶路。

语言清新优美，音节和谐流畅。文用屈原《橘颂》“后皇嘉树，橘徕服兮。受命不迁，生南国兮”的典故，对橘树不畏严寒霜露，也不惧炎炎赤日而能够茁壮生长、开花结果的可贵品质作了高度的赞美。这恐怕也是他自身高洁的内心世界的宣泄。他的《于安成答灵运》诗更是被孙月峰称作“调流而思圆，细玩尽有趣味”①的佳作。其首章“条繁林弥蔚，波清源愈浚。华宗诞吾秀，之子绍前胤。绸缪结风徽，烟煴吐芳讯。鸿渐随事变，云台与年峻”，对谢灵运的赞赏，新颖脱俗而有深意。次章以“萎叶”、“涸流”自比，表现对社会人生的绝望。其末章云：

① 于光华《重订文选集评》，清同治十一年刻本。

跬行安步武，铩翮周数仞。岂不识高远，违方往有吝。岁寒霜雪严，过半路愈峻。量己畏友朋，勇退不敢进。行矣励令猷，写诚酬来讯。

抒写对“跬行独进”、“飞鸟铩羽”的忧惧和“位高而愈惧”①的战栗，都是诗人当时真实心情的写照，深沉含蓄，极富感染力。

此外，他在豫章太守任上所作的《王抚军庾西阳集别时为豫章太守庾被征还东》诗中，写“颓阳照通津，夕阴暧平陆”的凄凉冷落，以及“离会虽相亲，逝川岂往复”的别易会难的感慨，也都颇有玩味之处。

要之，谢瞻以他那“如秋空河汉，光气淡明”②的诗作突破了玄言诗的藩篱，在辞气夷泰、玄风弥漫的晋末诗坛上独树一帜，继谢混之后又一次在诗坛上吹进了一股清新爽朗的轻风。钟嵘的《诗品》以他和谢混并称，说其诗“务其清浅，殊得风流媚趣”，又说：“课其实录，则豫章、仆射宜分庭抗礼。”乃是相当精辟的见解。

① 《文选》卷二十五李善注。
② 陈祚明《采菽堂古诗选》，上海古籍出版社2008年版。

谢惠连评传

一、才思富捷，兰玉夙凋——谢惠连的生平

谢惠连(407—433)，晋安帝义熙三年(407)生。是东晋南朝陈郡谢氏的后起之秀，在诗坛上和他的族兄谢灵运、族侄谢朓被后人并称为“三谢”，是谢氏家族中的佼佼者。因曾任大将军彭城王刘义康的法曹行参军，故后世又称“谢法曹”。惠连虽然生年不永，在元嘉十年(433)年二十七即因病夭亡，未立而逝，但在刘宋一代的文坛上却有着相当重要的地位，是鼎足三分的谢灵运、颜延之、鲍照而外成就最高，对后世影响也最大的诗人。惠连天资聪慧，《宋书》卷五十三《谢方明传附谢惠连传》说他“幼而聪敏，年十岁，能属文。族兄灵运甚相知赏”。宋少帝景平二年(即元嘉元年，424)，其父谢方明由丹阳尹转任会稽太守，时年十八岁的惠连也就随父亲来到了风景秀美的谢氏庄园所在地。青少年时期的惠连沾染有纨绔子弟的轻浮和不拘礼节的毛病，而他的父亲谢方明则刚正严肃，是个“善自居遇，虽处暗室，未尝有惰容”①的人物，因此对惠连轻浮的个性颇为不满。当时会稽郡有个年轻的府吏杜德灵，“雅

---

① 《南史》卷十九《谢方明传》。

有姿色”[①]，惠连对他很是爱重，和他的关系密切得超过了正常的程度，因此也就招致了父亲的更大不满。

这时，他的族兄谢灵运闯进了他的生活，对他以后的生活和文学创作都产生了重大的影响。就在谢方明转任会稽太守的前一年（景平元年，423），谢灵运已经称疾辞去永嘉太守之职，回到了他的家乡始宁。始宁是会稽的属县，与会稽相距不足百里。因此，当景平二年谢方明就任会稽太守时，谢灵运就从始宁前来拜访他的族叔，并和惠连相见。当时的著名文士、性格疏放的何长瑜也在会稽，教惠连读书。灵运对他们大为赏识，对谢方明说：“阿连才悟如此，而尊作常儿遇之。何长瑜当今仲宣，而饴以下客之食。尊既不能礼贤，宜以长瑜还灵运。”[②]从此，惠连和何长瑜即成了谢灵运山泽之游的密友，共以文章赏会。当时惠连仅为不满二十岁的青年，且小谢灵运二十二岁，可是二人却建立了深厚的情谊，相处非常融洽。谢灵运的《酬从弟惠连》诗第一章有句说：“末路值令弟，开颜披心胸。”表明他见到这位令弟时的喜悦之情。大概就在这一二年间，惠连曾被会稽郡所在的扬州刺史府征为州主簿，可是他却推辞不就，而与族兄灵运，何长瑜等徜徉于浙东名山胜水之间，过着优哉游哉的名士生活。

元嘉三年（426），惠连二十岁时，谢灵运被召进京，任秘书监之职，这年惠连的父亲方明也病卒于会稽太守任所。族兄的离去和父亲的去世，使惠连的生活发生了重大的转折，特别是失去父亲严厉管教的他，生活上大概也就更加放浪形骸，无所拘束了。在居丧期间，惠连竟然写下了十几首五言诗赠给杜德灵。因为这事发生在父丧期间，可能赠诗又写得较为轻佻，再加上杜德灵仅仅是一个寒人小吏，而惠连则是世代显赫的贵族子弟，世家大族不和寒人交往，乃是当时的通例，因此，当惠连的赠诗流传于世，并被宋文帝得知后，文帝即大为反感，下令废除惠连贵族子弟仕宦的特殊优待，禁止他进入仕途。杜德灵大概也在这时

① 《宋书》卷五十一《宗室·长沙景王道怜传附刘义宗传》。

② 《宋书》卷六十七《谢灵运传》。

离开了会稽,投靠刘裕弟刘道怜之子新渝县侯刘义宗,成了刘义宗的门生。① 惠连赠杜德灵的十余首五言诗已佚失不存,《宋书·宗室·长沙景王道怜传》谓其中的代表为"乘流遵归渚"篇,《南史·谢方明传》作"乘流遵归路"篇。文帝的禁令,对惠连的打击很大。张溥《汉魏六朝百三家集·宋谢惠连集题辞》说"'乘流遵归路'诸篇,一生坎壈所由,今逸不存,岂自悔失言,先绝其传哉。"又云:"阿连爱幸小吏,沦废下位,命亦不长。"以为谢惠连坎坷不得志的一生,甚至其生年不永,短命夭亡,皆是由于其爱幸杜德灵以及创作了这十余首诗的缘故。这一说法,大致是可信的。从惠连在他诗文创作中所表现出来的浓厚消极低沉情调和压抑感看,应该和这一事件有重要的关系。他的被认为是"虽灵运锐思,亦何以加焉"②的《秋怀》诗说:

平生无志意,少小婴忧患。如何乘苦心,矧复值秋晏。皎皎天月明,奕奕河宿烂。萧瑟含风蝉,寥唳度云雁。寒商动清闺,孤灯暖幽幔。耿介繁虑积,展转长宵半。夷险难豫谋,倚伏昧前算。虽好相如达,不如长卿慢。颇悦郑生偃,无取白衣宦。未知古人心,且从性所玩。宾至可命觞,朋来当染翰。高台骤登践,清浅时陵乱。颓魄不再圆,倾羲无两旦。金石终销毁,丹青暂雕焕。各勉玄发欢,无贻白首叹。因歌遂成赋,聊相布亲串。

写他因遭遇忧患坎坷而长夜难眠的愁虑,感叹人生道路险恶的难以预测,以及祸福相互依存转化的不可估量。说他虽然欣赏司马相如的通达放旷,但却不能像司马相如那样超脱。因此,他表示要趁年轻时尽情游玩,肆意饮宴,赋诗作文,适性生存,不再向往和计较图形刻石的建功立业的荣耀。这可以说是他当时心态的极好写照。

元嘉五年(428),谢灵运因为冒犯朝廷而上表陈疾,辞去秘书监之

① 元嘉八年,杜德灵因仗势放横打人后躲在刘义宗府内,刘义宗也因此而被免去太子左卫率之职。事见《宋书·宗室·长沙景王道怜传》。

② 钟嵘《诗品》,陈延杰注,人民文学出版社 1958 年版。

职，宋文帝赐假东归。谢灵运再次回到了始宁以后，与惠连及当时著名文士何长瑜、羊曜璠、荀雍组成了一个小型的文学团体，“以文章赏会，共为山泽之游”①，尽情遨游山川，饮酒赋诗。荀雍字道雍，后官至员外散骑侍郎，羊璿之字曜璠，后官至临川内史，二人也都是当时颇负盛名的文士。《隋书》卷三十五《经籍志四》即著录有“宋员外郎荀雍集二卷”；羊曜璠于《诗品》中与何长瑜、范晔同品，为钟嵘所品评。谢灵运《酬从弟惠连》的第二章说：

> 心胸既云披，意得咸在斯。凌涧寻我室，散帙问所知。夕虑晓月流，朝忌曛日驰。悟对无厌歇，聚散成分离。

诗中叙述惠连早晚过涧相访，同赏诗文，共析疑义的愉悦。说白天害怕太阳下山，晚上担心晓月西下，唯恐离散。惠连作于共为山泽之游时的《泛湖归出楼中望月》诗说：“辍策共骈筵，并坐相招要。”又说：“晤言不知罢，从夕至清朝。”写他们白天游湖，晚上赏月，从早至暮、由夕及晨的游赏晤言，便是他们当时生活的真实写照。这种生活，虽然及不上曹魏邺下文学集团那样人才济济和“行则连舆，止则接席，何曾须臾相失，每至觞酌流行，丝竹并奏，酒酣耳热，仰而赋诗，当此之时，忽然不知其乐也”②的盛况，但也可称得上是文学史上的一段佳话了。

不久，惠连的仕途又出现了转机。当时任侍中，后来官至尚书仆射的殷景仁因为爱惜惠连的文才而替他开脱，对文帝说：“臣小儿时，便见世间有此文（指惠连赠杜德灵的五言诗），而论者云是惠连，其实非也。”殷景仁是文帝最为信任和倚重的大臣，文帝对景仁之言深信不疑，因而对景仁说：“若如此，便应通之。”③于是撤销了禁止惠连仕宦的禁令。从此，惠连的生活道路乃发生了较大的改变。元嘉七年春，惠连终于离开

① 《宋书·谢灵运传》。
② 曹丕《与吴质书》。
③ 《宋书·谢方明传附谢惠连传》。

久居的会稽赴京都建康求仕。惠连的《夜集叹乖诗》说："诗人咏踟蹰，骚者歌离别。诚哉曩日欢，展矣今夕切。吾生赴遥命，质明即行辙。在贫故宜言，赠子保温惠。曷用书诸绅，久要亮有誓。"很可能即记载了他和灵运等人的最后一次聚会。次日别时，灵运送了他很远很远，久久不愿分手。惠连在《西陵遇风献康乐》诗中记载了他们的这次分别。此诗共分五章，"因事比类，虽合为一诗而各断其章，自成完奏。……在繁如简，可合而固可分也"①。每章一换韵，既互相钩连，为浑然一体的长篇，又是每章相对独立，章意分明的短制。虽得益于曹植《赠白马王彪》，但却有新的变化，是长诗中别具一格之作。其前三章云：

我行指孟春，春仲尚未发，趣途远有期，念离情无歇。成装候良辰，漾舟陶嘉月。瞻途意少悰，还顾情多阙。

哲兄感仳别，相送越坰林，饮饯野亭馆，分袂澄湖阴。凄凄留子言，眷眷浮客心。回塘隐舻栧，远望绝形音。

靡靡即长路，戚戚抱遥悲，悲遥但自弭，路长当语谁！行行道转远，去去情弥迟。昨发浦阳汭，今宿浙江湄。

叙述他仲春远行离家前与兄长泛舟湖上，赏月话别，心中如同空阙般地难受。接着写灵运殷勤相送，远远越过郊外的树林，在野外长亭把盏饯别，然后在湖的南岸分手，直到行船被曲折的堤岸隐没，才望不见兄长的身影。第三章抒发别后愁绪，并交待行程。"直以宿处相告者，欲使兄知我今夕之所在，又自叹其离去之渐远也"②，"感兄送别而历记其送之地，饮酒之亭，分手之处。凄凄在心者，留子之言，眷眷不忘者，客心之荡。于是送去，舟过回塘而舻栧隐矣，再远望而形容并绝，别思何堪"③，深刻地表达了他们兄弟间的深厚情谊和难分难舍的伤感。

元嘉七年（430），二十四岁的谢惠连当上了大将军、司徒彭城王义

① 王夫之《古诗平选》。

② 刘履《选诗补注》，四库全书本。

③ 王尧衢《古唐诗合解》，岳麓书社 1989 年版。

康的法曹参军。这个仅为七品、地位很低的事务性官职，对惠连这个世族子弟来说，是很委屈的。这一年的秋天，刘义康修建东府城（宰相府所在），在挖掘东府城北面的护城河时挖出一座古墓，内有棺木两具，铜、漆、瓦等器皿数十种，又有长三尺左右的木人二十多个，拨之皆成灰烬。棺上又有五铢钱一百多枚，水中有甘蔗节和梅李核等物。葬者“铭志不存，世代不可得而知”①。此年九月二十四日，义康命为之改葬于东冈，以豚酒祭之，又命惠连撰作祭文，惠连乃挥笔立就。这篇《祭古冢文》和他的《雪赋》，都是借外物来抒发自己不得志的愁苦之作，有着浓重的伤感情绪。

就在惠连写下《祭古冢文》不久的元嘉十年(433)，年仅二十七岁的他即因病与世长辞了。惠连之死，史书没有说明原因。笔者认为，这其中有他对个人遭遇不幸的伤感和长期不得志的遗憾的积郁，也有他所尊敬的族兄谢灵运被捕和远徙广州对他的打击。另外，当时谢氏家族中官位较显的谢晦、谢澹、谢曜、谢弘微、谢瞻等人先后死去，英才零落殆尽，谢氏家族的前途和命运岌岌可危，令人担忧，这恐怕也是造成惠连抑郁成疾，以至未立夭逝的重要原因。惠连聪颖过人，文采出众，钟嵘的《诗品》曾对他的早夭深表惋惜，说：“小谢才思富捷，恨其兰玉夙凋，故长辔未骋。”吴淇的《选诗定论》也说他：“使非兰玉夙凋，未可量也。”他的早逝，不仅使陈郡谢氏失去了一个优秀人物，是南朝文坛上的一大损失，而且也是我国文学史上的一大损失。虽然惠连出身一流的高门大族，文才又为杰出，但是他却没有一般世族文人的“文人相轻”和“视寒素之子，动若仆隶”的恶习，而是乐于提携、奖掖地位低下但却有文才的人物。《诗品》曾记载“宋监典事区惠恭”一事。惠恭本胡人，是颜师伯的小吏，“颜为诗，辄偷笔定之。后造《独乐赋》，语侵给主，被斥”，后在大将军义康修筑北第时被命为工头，时惠连临时担任义康的记室参军。一次惠恭作了一首《双枕诗》给惠连看，惠连乃对他说：“君诚能，恐人未重，且可以为谢法曹造遣。”果然，义康见到此诗大为欣赏，并拿出二端锦缎赏赐给惠连，这时惠连乃对义康说：“此诗公作长所制，

① 谢惠连《祭古冢文》。

请以锦赎之。”此事最后结果如何，《诗品》未予记载，不过由此惠恭文名大振则是肯定的，否则钟嵘也不会在《诗品》中对他加以品评。但是，独掌朝廷大权、性情偏狭的刘义康受了愚弄后对惠连产生不满也是必然的。这种纯真任性、不计后果的性格和行为，恐怕也是惠连仕途蹭蹬的一个重要原因。

二、谢惠连的文学创作

《宋书》、《南史》本传皆记载惠连“文章并传于世”。据《隋书》卷三十五《经籍志四》记载，他有集六卷，今佚。后人辑有《谢法曹集》，然已所收无几，且又多为零章残篇。

《南史·谢方明传附谢惠连传》说：“灵运见其新文，每曰：‘张华重生，不能过也。’”可见对他的推重，也可见出他文学创作上所取得的成就。惠连和谢灵运结为忘年交是在景平二年。当时灵运年已不惑，且文名已遍及江左，为士庶所仰慕；而惠连年方十八，性格尚未定型，文学创作也仅是刚刚起步。由于二人相交密切，加之对这位鼎鼎大名的族兄的仰慕，惠连在创作上受灵运的影响必然会相当大。谢灵运《酬从弟惠连》云：“凌涧寻我室，散帙问所知。”即透露出惠连在创作上受他影响的端倪。再加上惠连与灵运、何长瑜、羊璿之、荀雍的“共为山泽之游”，寻山陟岭，对会稽山水的流连忘返和细致入微的欣赏观察，所以，在惠连的诗作中，模山范水的写景诗自然成了很重要的内容。如《泛湖归出楼中望月》：

> 日落泛澄瀛，星罗游轻桡。憩榭面曲汜，临流对回潮。辍策共骈筵，并坐相招要。哀鸿鸣沙渚，悲猿响山椒。亭亭映江月，浏浏出谷飙。斐斐气幂岫，泫泫露盈条。近瞩祛幽蕴，远视荡喧嚣。晤言不知罢，从夕至清朝。

写他和友朋泛舟湖上后游兴未消而复出登楼望月之事，由泛湖写到憩榭，再写到待月望月。其中，写待月时所闻水边沙地鸿雁的声声哀鸣、山间猴猿的阵阵悲号，渲染出宁静、幽寂的夜境。接下四句写月夜景色：亭亭高悬的明月映照湖面，闪动着粼粼波光；从山谷中吹来的夜风驱赶走他们的睡意；云雾飘渺，犹如披散的轻纱，笼罩着远方的群峰；露珠晶莹剔透，随着枝条的摆动而摇摇欲坠。不断变换着视听的角度，传神地写出了静谧和谐的月光下那迷人的夜色。诗虽极雕琢之工，属对之巧，千锤百炼，然而却不失自然之风致。"平极净极"①，"清出有态"②，如芙蓉出水般清新可喜。最后，又转写望月后的感觉，表现望月的愉悦。其结构的三程式和遣词造句都明显与谢灵运诗一脉相承。只是惠连诗归于清秀，和灵运的深厚不同，自有其特色，再加上惠连缺少灵运那样对佛道玄言的深刻感受和领悟，所以玄言佛理的成分很少。就整体而言，虽不及灵运诗那样深厚博大；但自然畅达却又过之，显示了写景诗发展和进步的轨迹。他的《西陵遇风献康乐》第四章："屯云蔽曾岭，惊风涌飞流，零雨润坟泽，落雪洒林丘。浮氛晦崖巘，积素惑原畴，曲汜薄停旅，通川绝行舟。"写遮蔽重重山岭的云层、大风骤起后翻涌的水浪、飘洒的细雨、飞舞的雪花、弥漫笼罩山丘的浓雾、覆盖原野的皑皑积雪。"句句着力正写，而情景刻露，一一得画意。默会静思之，如人意中所欲出"③。全诗虽不以写景为目的，但却可见出他对写景的重视以及写景的深厚功力。

惠连一生屡遭挫折，因而他的诗作中又多表现出伤时感怀的内容。《南史》本传云："灵运见其新文，每曰：'张华重生，不能易也。"谢灵运对他的赞语实际上也表明了他的诗作有张华般"儿女情多，风云气少"④的特点。他的名作"一往清绮"⑤的《秋怀》和《捣衣》，即是伤时感怀的典型之作。《捣衣》诗：

衡纪无淹度，晷运倏如催。白露滋园菊，秋风落庭槐。肃肃莎

① 王夫之《古诗评选》。
② 陈祚明《采菽堂古诗选》，上海古籍出版社 2008 版。
③ 方东树《昭昧詹言》，人民文学出版 1961 年版。
④ 钟嵘《诗品》，陈延杰注，人民文学出版社 1958 年版。
⑤ 何焯《义门读书记》，中华书局 1987 年版。

鸡羽，烈烈寒螀啼。夕阴结空幕，宵月皓中闺。美人戒裳服，端饰相招携。簪玉出北房，鸣金步南阶。櫚高砧响发，楹长杵声哀。微芳起两袖，轻汗染双题。纨素既已成，君子行未归。裁用笥中刀，缝为万里衣。盈箧自余手，幽缄候君开。腰带准畴昔，不知今是非？

借捣衣表现女主人公的怀人幽情。诗首先渲染满园的秋菊寒露、遍地的槐叶、悲鸣的莎鸡寒蝉，以及明月当空的萧瑟凄凉的夜景。接着写美人捣衣，通过捣衣时所发出的清亮哀转的响声表现美人怀人的哀怨。再写捣衣后的缝衣，以新制衣服的腰带以昔日为准，不知如今大小是否适合丈夫的身体作结，感叹丈夫长久不归，寄托深长的相思情谊，表现出一种婉转低回的情韵。末二句被唐代张籍《白纻歌》和裴说《寄边衣》分别衍化为"裁缝长短不能定，自持刀尺向姑前"，"愁捻银针信手缝，惆怅无人试宽窄"。此诗"说情婉细"①，"前段景物凄肃，后段声情流逸，结句作意新警"②，是一首相当感人的抒情诗作。

他更多的则是个人的哀怨和忧惧之情的直接抒发：

夕坐苦多虑，行歌践闺中，房栊引倾月，步檐结春风。（佚名诗）

哀朝菌，闵颓力，迁化常然焉肯息。（《顺东西门行》）

慷慨发相思，惆怅恋音徽，四节竞阑候，六龙引颓机。人生随时变，迁化焉可祈。百年难必保，千虑盈怀之。（《却东西门行》）

表达时光流逝的忧伤。又如《鞠歌行》："翔驰骑，千里姿，伯乐不举谁能知。南荆璧，万金赀，卞和不斫与石离。年难留，时易陨，厉志莫赏徒劳疲。"《燕歌行》："余独何为志无成？忧缘物感泪沾缨。"抒发无人赏识的苦闷。《前缓声歌》："羲和纤阿去嵯峨，睹物知命，使余转欲悲歌。忧戚人心胸，处山勿居峰，在行勿为公。居峰大阻锐，为公遇谗蔽。雅琴自

① 于光华《重订文选集评》引孙月峰语。

② 陈祚明《采菽堂古诗选》，上海古籍出版社2008年版。

疏越，雅韵能扬扬，滑滑相混同，终始福禄丰。”佚名诗：“臧否同消灭，谁能穷薪火。郦生无文章，西施整妖冶。胡为空耿介，悲哉君志琐。”表达对黑白颠倒的社会的怨愤。《豫章行》：“舟车理殊缅，密友将远从。九里乐同润，二华念分峰。集欢岂今发，离欢自古钟。促生靡缓期，迅景无迟踪。”诉说友朋离别的伤悲。这些诗篇皆为寄托诗人深沉痛苦的感怀之作。他的《西陵遇风献康乐》第五章：

临津不得济，伫楫阻风波。萧条洲渚际，气色少谐和。西瞻兴游叹，东睇起凄歌。积愤成疢痗，无萱将如何！

由万物萧条不相谐和的荒凉景象，逼出“前进不得，后退不得”①的苦情以及别后对前途的担忧，更显示了一种无可奈何的酸楚。其实惠连也并没有自甘沉沦，作为谢氏家族的后起之秀，他也有过远大的理想，希望能有所作为。这种思想，往往借助诗歌表现出来：

赵骑驰四牡，吴舟浮三翼，弓矛有恒用，殳铤无暂息。(《从军行》)

纪郢有通逵，通逵并轩车。帟帟雕轮驰，轩轩翠盖舒。撰策之五尹，振辔从三闾。推剑凭前轼，鸣佩专后舆。(《长安有狭邪行》)

这种气势充沛、骨节强劲的以“军旅苦辛之辞”和“言世路险狭邪僻，正直之士无所措手足”②为内容的诗作，虽非惠连所长，但其中表现出的用世之志却是颇为清楚的。相比之下，他的《猛虎行》：“贫不攻九嶷玉，倦不憩三危峰。九嶷有惑号，三危无安容。美物标贵用，志士励奇踪。如何抵远役，王命宜肃恭。伐鼓功未著，振旅何时从？”则写得更为出色一些。诗前四句模拟古辞“饥不从猛虎食，暮不从野雀栖。野雀安无巢，游子为谁骄”，与陆机同题乐府“渴不饮盗泉水，热不息恶木阴。恶木岂无枝，志士多苦心”的句法和语意相近，暗示志士的气节。接着说有志

① 吴淇《六朝选诗定论》，汪俊、黄进德点校，广陵书社 2009 年版。

② 《乐府诗集》卷三十四《相逢行》古词引《乐府解题》。

之士的出路是去追求不平凡的经历，从军远行，在战场上建立功业。最后表示即使不能如愿，初战不胜，也渴望最后的成功，振旅凯旋。诗中刻画了一个豪迈慷慨的战士形象，与诗题亦颇为切近，一如陆机《猛虎行》“言从远役，犹耿介，不以艰险改节”①之意，表现了诗人建功立业的雄心壮志。惠连的诗作中还有一首《喜雨诗》，颇值得我们注意。

> 火明振炎气，溽暑扇温飙。羡彼明月辉，离毕经中宵。思此西郊云，既雨盈崇朝。上天愍憔悴，商羊自吟谣。

诗中的“憔悴”，明显指穷苦的劳动人民。诗写出了久旱之后雨水及时降落而使人民免除灾荒的喜悦。这首诗在南北朝时期可以说是少有的表现对劳动人民关心和同情的诗作之一，而且它出自一个簪缨世族的青年之手，则尤其显得难能可贵。这应该是值得我们重视和肯定的诗人思想中的闪光之处。

惠连的诗风也有和谢灵运近似的长于铺叙和锤炼字句的特色。《诗品》说谢灵运“兴多才高，内无乏思，外无遗物”，又说其诗“颇以繁富为累”；说谢惠连“才思富捷”，“《秋怀》、《捣衣》之作，虽复灵运锐思，亦何以加焉”。王世贞《艺苑卮言》说：“三谢固自琢磨而得，然琢磨之极，妙亦自然。”他们皆指出了惠连和灵运的诗作在以上两个方面的共同之处。惠连集中有《泛南湖至石帆》诗一首，云：“轨息陆途初，枻鼓川路始。涟漪繁波漾，参差层峰峙。萧疏野趣生，逶迤白云起。登陟苦跋涉，瞬眄乐心耳。即玩玩有竭，在兴兴无已。”逯钦立《先秦汉魏南北朝诗》此诗按语云：“《太平寰宇记》卷九十九引《永嘉记》云：‘永嘉南岸有石帆，乃尧时神人以破石为帆，将入恶溪，道次置之溪侧。’又引《永嘉郡国志》云：‘东海信都，神破石为帆。’《艺文类聚》卷八引谢灵运《游名山志》曰：‘破石溪南二百余里，又有石帆。’惠连未曾至永嘉，不得有此诗，作惠连者，乃灵运之误。”如果诗题之“石帆”即是永嘉石帆的话，那末诗应是灵运所作无疑，逯钦立所说是也。然而，此诗误作惠连诗的本身，

① 《乐府诗集》卷三十一魏文帝《猛虎行》引《乐府解题》。

其实就是二人诗风相近的一个极好证明。

但是，由于谢惠连与谢灵运在气质、个性等方面存在着较大的差异，因而惠连诗在借鉴灵运创作方法的同时又自有其特色。他往往以凄清环境和气氛的渲染来衬托其凄苦的心境，表现出一种清冷的风格，在感情上较谢灵运诗更为丰富，因而更能引起读者的共鸣。如他的《秋怀诗》写景的几句："皎皎天月明，奕奕河宿烂。萧瑟含风蝉，寥唳度云雁。寒商动清闺，孤灯暖幽幔。"从天空皎洁的月色、璀璨的众星，写到室外秋日原野寒蝉的哀鸣、孤雁的悲啼，再进而写到屋中的孤灯、不寐的幽人，"两就形说，两就声说；动闺、暖幔，拍到己身"①，造成一种清冷幽寂的环境氛围。再如《捣衣》诗，属对工整，"有声有色，有味有态"，却又"说情婉细"②。皆是惠连诗作既受谢灵运诗的影响，又自有其特色的典型之例。毛先舒《诗辩坻》说："法曹酷欲似兄，而才幅苦狭，角奥字句，殊乏微思，观其本色，乃在流逸。"乃是极有见地之论。又如惠连的《咏冬》诗："七宿乘运曜，三星与时灭。履霜冰弥坚，积寒风愈切。繁云起重阴，回飙流轻雪。园林粲斐皓，庭除秀皎洁。墀琐有凝污，逵衢无通辙。"这和《七月七日夜咏牛女》等，都可以说是既有注重铺陈语言、锤炼字句的特色，又有着清冷幽寂诗风的作品。所谓"世并称三谢，然实互有同异"③也。

惠连诗还有一个明显的特点，即喜用叠字。他的诗今存约三十首，而运用了叠字的就有十首以上，这种情况在古代诗人中是罕见的。他的《泛湖归出楼中望月》诗，连用"亭亭"、"浏浏"、"斐斐"、"泫泫"四叠字，分别状月、风、雪、露之形貌，被陈祚明赞为"甚得叠字之法"④。事实上，惠连诗中凡出现叠字的地方，都极为自然巧妙，毫无生硬之弊。如《西陵遇风献康乐》，一诗而六用叠字，其中第三章仅八句四十字，即连用四对叠字，特别是"行行道转远，去去情弥迟"两句，以"去去"、"行

① 张玉谷《古诗赏析》，上海古籍出版社 1955 年版。
② 于光华《重订文选集评》引孙月峰语，清同治十一年刻本。
③ 毛先舒《诗辩坻》，见郭绍虞编选，富寿荪校点《清诗话续编》，上海古籍出版社 1983 年版。
④ 陈祚明《采菽堂古诗选》，上海古籍出版社 2008 年版。

行”，表露其倦于行役、不忍分离的忧伤，相当含蓄有味。《捣衣》诗“肃肃莎鸡羽，烈烈寒螿鸣”两句，以“肃肃”、“烈烈”，切莎鸡、寒蝉之声。《秋怀诗》“皎皎天月明，奕奕河宿烂”两句，以“皎皎”喻月色之清明，以“奕奕”状星辰之众多。《前缓声歌》“雅韵能扬扬，滑滑相混同”两句，以“扬扬”喻声音播越之状，“滑滑”像水涌流之声，形象而生动。至于《泛南湖至石帆》“即玩玩有竭，在兴兴无已”，既以叠字承上，又以叠字启下，突破了古人叠字用法的常例，表现出新的变化，显现了诗人大胆的创新精神和不同凡响的艺术功力。因此，惠连的诗作往往富有音乐美，具有较强的节奏感，同时又显得颇生动形象，立体感很强。这种良好的艺术效果的取得，和他叠字恰当巧妙的运用有着相当大的关系。

惠连的赋今存五篇，皆为咏物小赋，其中以《雪赋》最为知名。此赋既体现了前代赋作的影响，又自有其创新和突破，成就较高。在结构上，《雪赋》借鉴了宋玉的《大言赋》和《小言赋》。宋玉赋假托“楚襄王与唐勒、景差、宋玉游于阳云之台”，先后命三人为“大言”、“小言”，于是三人乃分别先后为辞。《雪赋》则假托梁孝王和司马相如、枚乘、邹阳等人游于兔园遇雪，乃命相如即兴为文，其后又由邹阳作歌，最后以枚乘起为乱辞结束全文。然而宋玉赋中三人之言并列，显得较为单调，而惠连此赋三人所作则分别以赋、歌、乱的形式出现，“以梁王起，以相如承，以邹生转，以枚叟结”①，错综变化，引人注目。其次，赋发端说：“岁将暮，时既昏，寒风积，愁云繁。梁王不悦，游于兔园。”以三字句式出现，这又明显受郭璞《井赋》发端“益作井，龙登天，凿后土，洞黄泉。潜源洊臻，潏潏涓涓”的影响。然而，谢赋又“一起胜于郭赋”②，气势、文笔似皆非郭璞赋所能及。此外，扬雄《甘泉赋》、张衡《南都赋》、王延寿《鲁灵光殿赋》等于篇末系以乱辞，枚乘《梁王兔园赋》、班固《两都赋》、赵壹《刺世嫉邪赋》等于篇末系诗。《雪赋》受其启示而又别出奇思，融二者于一篇之中，在篇中继以邹阳作歌诗，篇末结以枚乘作乱辞，在继承中求得了新的发展，增强了赋的形式变化和声韵文采的优美，对其

① 于光华《重订文选集评》引何焯语，清同治十一年刻本。
② 钱钟书《管锥篇·全宋文》，中华书局1979年版。

后鲍照、谢庄、庾信等人的赋作产生了较大影响，也是赋的诗化过程中的重要作品。

《雪赋》构想新奇，文辞清新优美，音节流畅，层次结构严谨。其中假托司马相如赋雪景的几句：

> 其为状也，散漫交错，氛氲萧索，蔼蔼浮浮，瀌瀌弈弈。联翩飞洒，徘徊委积。始缘甍而冒栋，终开帘而入隙。初便娟于墀庑，末萦盈于帷席。既因方而为珪，亦遇圆而成璧。眄隰则万顷同缟，瞻山则千岩俱白。

写雪花纷纷扬扬飘洒而来，飞入帘帏，集于坐席；又写雪花无处不到，将连绵的群山、广袤的大地装裹成瑶玉般的世界。此后作者还别出心裁，写雪后天晴日出、红装素裹的绚丽璀璨："若乃积素未亏，白日朝鲜，烂兮若烛龙衔耀照昆山；尔其流滴垂冰，缘溜承隅，粲兮若冯夷剖蚌列明珠。"又写到雪后月明风清之夜赏玩月景："若乃申娱玩之无已，夜幽静而多怀，风触楹而转响，月承幌而通晖。"优美流转，以"风月傍衬，更加精彩及人"①。遣词造句虽极锤炼之功，然却归之自然真切，且具有清冷的意境，表现了作者独特的创作风格。赋中又说：

> 邹阳……于是乃作而赋《积雪之歌》，歌曰："携佳人兮被重幄，援绮衾兮坐芳缛。燎薰鑪兮炳明烛，酌桂酒兮扬清曲。"又续而为《白雪之歌》，歌曰："曲既扬兮酒既陈，朱颜酡兮思自亲，愿低帷以昵枕，念解珮而递绅。怨年岁之易暮，伤后会之无因，君宁见阶上之白雪，岂鲜耀于阳春。"

一歌写夜间赏雪的宴饮，一歌诉因之引起的年华易衰的伤感，虽采用枚乘《梁王兔园赋》的歌诗形式，但却不起枚乘赋的总结作用，而是以婉转优美的文辞渲染出清幽冷寂的气氛，从而具有浓厚的抒情色彩，增

① 于光华《重订文选集评》引何焯语。

加了全赋的感染力。而结尾的“乱”辞，则更值得我们注意：

白羽虽白，质以轻兮；白玉虽白，空守贞兮。未若兹雪，因时兴灭。玄阴凝不昧其洁，太阳曜不固其节。节岂我名，洁岂我贞？凭云升降，从风飘零。值物赋象，任地班形。素因遇立，污随染成。纵心皓然，何虑何营！

借助雪的特征，寄托了惠连复杂的思想情感，既表现出他屡遭挫折后随俗浮沉的消极心理，也有对当时“不固其节”、失去操守人士的反语讥讽，包含了诗人内心无限的酸楚和感慨。他的其他一些赋作，如《甘赋》“嘉寒园之丽木，美独有此贞芳。质葳蕤而怀风，性耿介而凌霜”，“倾子节兮相之区，承君玩兮堂之隅。濯雨兮冒霜，长无绝兮芳敷”，《白鹭赋》“表弗缁之素质，挺乐水之奇心”，都体现出了上述的心态。因此，笔者以为，某些论者将《雪赋》的乱辞看成是惠连所产生的不必固守节操的人生观的体现，恐怕是有悖于作者原意的。

上面的认识还可以由惠连的其他作品得到印证。如《松赞》：“松惟灵木，拟心云端。迹绝玉除，形寄青峦。子欲我知，求之岁寒。”《目箴》：“气之清明，双眸善识。唯道是视，瞻彼正直。”即可见出他不以政治风云的变幻而改变节操的高尚情怀和不凡的追求。他敬仰“不获哀公之禄”，“不受文侯之位”（《连珠》）的子张、段干木，赞美“不臣天子，不事诸侯，公辟弗盼，王命匪酬。穷欢极乐，带索披裘”（《为学生祭周居士文》）的周居士，批评“竞荣昧进，志忘其审”（《连珠》）的小人，激赏“春颖其苗，夏秀其英，秋有真实，冬无凋色，可谓贯四时而不改者”（《仙人草赞序》）的仙人草。这正是他不改操、不易节的高洁心志的体现。

惠连的《祭古冢文》也是散文名作，文中将不知名的死者“假为之号曰‘冥漠君’”。唐代陈子昂的《冥寞君坟记》即由此而出。惠连此文有云：

追惟夫人，生自何代？曜质几年？潜灵几载？为寿为夭？宁显宁晦？铭志湮灭，姓氏不传。今谁子后？曩谁子先？功名美恶，如何蔑然？

对死者一连提出了八个问题，并对死者的处境深表哀悼。虽受曹植《髑髅说》的影响，但“简而有意，曹子建伏轼而问髑髅，辞不逮也”①，其中又包含着他不得志的苦痛和伤感，寄托之意很是明显。

① 张溥《汉魏六朝百三家集·谢法曹集题辞》，殷孟伦注，人民文学出版社1960年版。

谢庄评传

一、机变敏捷、明哲保身的政治家

谢庄(421—466),字希逸,生于宋武帝永初二年(421),南朝刘宋时期著名文学家。他的文学成就虽然不及他的族叔谢灵运和谢惠连,但在当时也声名远播,誉满文坛。庄幼而聪慧,《宋书》卷八十五《谢庄传》云:“年七岁,能属文。通《论语》。及长,韶令美容仪。”因而深为宋文帝所赏识,尝“谓尚书仆射殷景仁、领军将军刘湛曰:‘兰田出玉,岂虚也哉。’”对他可谓赞美有加。大约在元嘉十七年(440),二十岁的谢庄即担任了文帝次子始兴王濬的后军法曹行参军。此后,他又先后转任太子舍人,文帝第五子庐陵王绍文学,太子洗马,中舍人等职。元嘉二十六年(449),谢庄二十九岁,又被任命为文帝第六子雍州刺史随王诞的后军谘议参军,领记室参军,成了刘诞的主要幕僚之一。在雍州期间,他“分左氏《经》、《传》,随国立篇,制木方丈,图山川土地,各有分理;离之则州别郡殊,合之则宇内为一”①,表现出了高深的学术素养和杰出的政治才能,因而名播遐迩。元嘉二十七年(450),北魏大举南侵,魏太武帝拓跋焘亲率数十万大军进攻宋彭城(今江苏徐州),派遣尚书李孝伯

① 《宋书》卷八十五《谢庄传》。

与镇守彭城的宋文帝第三子徐州刺史、武陵王骏的长史张畅会谈，就指名道姓地打听谢庄和王微的情况。可见在当时，三十岁的谢庄声名就已超越国境而饮誉北土了。元嘉二十九年(452)，谢庄回到京都担任了太子中庶子之职。其时文帝第四子南平王刘铄献给朝廷一只赤鹦鹉，赤鹦鹉是鹦鹉中罕见的珍品，被认为是吉祥的征兆，因此文帝普诏群臣作赋赞美其事。时任太子左卫率的著名文士袁淑奉诏作赋完毕后拿给谢庄看时，谢庄所作也正好完成。袁淑读谢庄《赤鹦鹉赋》，不禁大为感叹曰："江东无我，卿当独秀。我若无卿，亦一时之杰也。"①，袁淑"文冠当时"②，"博涉多通，好属文，辞采遒艳，纵横有才辩"③、诗被钟嵘《诗品》列为中品。袁淑自视甚高，又"喜为夸诞"④。但从此以后，袁淑遂藏匿自己所作之赋而不再示人。这一方面见出二人所作赋之优劣，另一方面也足以见出袁淑对谢庄文才的悦服。

元嘉三十年(453)二月，宋王朝内部发生了一次震惊朝野的事变，文帝太子刘劭和次子刘濬合谋发动宫廷政变，刘劭率东宫宿卫兵杀死了文帝，自立为帝。事变后谢庄被刘劭任为司徒左长史。这年三月，文帝第三子江州刺史武陵王刘骏在寻阳起兵往攻京都，讨伐刘劭，并将讨伐刘劭的檄文派人秘密送至在京都建康的谢庄，让他修改。谢庄于是将刘骏的檄文秘密地在京都传布，以动摇刘劭的军心；又派心腹门生具庄带着自己的亲笔书信去江州表示效忠。因此，当刘骏即帝位(孝武帝)并在这年的五月攻入京都后，对谢庄就格外器重和信任，任命他担任了侍中这一要职。这年，北魏向刘宋王朝提出开放边境贸易的要求，孝武帝下诏让群臣讨论。谢庄发表见解，认为北魏惟利是图，不讲信用，它提出边境互市的目的不过是企图窥测我方虚实，我方如同意就等于向对方示弱，有弊无利，因此不能同意。接着，谢庄又讽谏孝武帝，缓解了因强行让荆州刺史南郡王刘义宣入朝而一触即发的内讧。并针对

① 《宋书·谢庄传》。
② 《宋书·谢庄传》。
③ 《宋书》卷七十《袁淑传》。
④ 《宋书·袁淑传》

孝武帝即位之初所颁发的《节俭诏》向孝武帝建议，凡有违反的一律予以严惩，不得徇私枉法。从上述事实看，他确是一个有着敏锐观察力的也颇欲有所作为的政治家。

孝建元年(454)，谢庄由侍中改任左卫将军，掌管京都的宿卫营兵，担负保卫皇宫的重任。他看到当时选拔人才的途径太窄，而且官员的任免大权又掌握在吏部尚书手中，因而上表建议“宜普命大臣，各举所知，以付尚书，依分铨用。若任得其才，举主延赏，有不称职，宜及其坐”①。他还建议改变地方官任职以三年为期的制度，增以六年为限。这些建议切中时弊，对当时的政治具有积极的意义。可惜的是，当孝武帝下令群臣讨论时，由于触犯了大多数大臣的利益，遭到反对而未能实行。这年，谢庄又转任吏部尚书，被委以官吏选拔和任用的大权。《宋书》卷七十五《颜竣传》记载当时的一则轶事说：“孝建元年，(颜竣)转吏部尚书，领骁骑将军，留心选举，自强不息，任遇既隆，奏无不可。其后谢庄代竣领选，意多不行。竣容貌严毅，庄风姿甚美，宾客喧诉，常欢笑答之。时人为之语曰：‘颜竣嗔而与人官，谢庄笑而不与人官。’”足见谢庄在吏部尚书这一要任上的谨慎和公正。由于吏部尚书职务过于重要，谢庄担心引起孝武帝的猜忌，孝建三年(456)时即屡次推托身体多病，从而辞去了这一职务。大明元年(457)，谢庄又被起用为都官尚书，掌管刑法。是年，他又提出改定刑狱的建议，指出当时冤狱太多，“楚对之下，鲜不诬滥。身遭鈇锧之诛，家婴孥戮之痛，比伍同閈，莫不及罪，是则一人罚谬，坐者数十”的现实，建议改革当时由“督邮案验，仍就施刑”②的审验制度，而代以县、郡、州、廷尉层层审验。这一建议最后是否得以实行，不得而知，但从中却可看出他在改革政治弊端上所作出的巨大努力。大明二年(458)，孝武帝为了防止吏部尚书的权力过重，下诏置吏部尚书二人，以分其权。并且由谢庄和顾恺之二人同任此职。次年，谢庄转任右卫将军，加给事中。当时雍州河南郡地方长官向朝廷献了一匹舞马，舞马的出现，在当时也是吉祥的征兆，孝武帝因此又下诏

① 《宋书·谢庄传》。
② 《宋书·谢庄传》

令群臣作赋以颂。谢庄所作《舞马赋》文采华美，为一时所传诵，后来被沈约全文收入了《宋书》。随即孝武帝又命他作《舞马歌》，并交付乐府演唱。《宋书》卷十九《符瑞志下》又记载了谢庄的一则轶事云："大明五年正月戊午元日，花雪降殿庭，时右卫将军谢庄下殿，雪集衣。还白上，以为瑞。于是公卿并作《花雪诗》。"谢庄所作《和元日雪花应诏》诗今尚见存。但是谢庄也并非一味迎合孝武帝，他也不时有向孝武帝进谏的举动。大明五年，他改任侍中，领前军将军。当时孝武帝出游无度，常常早出晚归。一次出游后直到深夜方回，而城门已闭，帝下令开门，正好谢庄当值，谢庄乃"执不奉旨，须墨诏乃开"，使孝武帝大为不满。事后，孝武帝在一次酒宴上对他说："卿欲效郅章君邪?"郅君章即东汉初著名诤臣郅恽，后以屡次直谏免官。谢庄乃委婉讽谏说："臣闻搜巡有度，郊祀有节，盘于游田，著之前诫。陛下今蒙犯尘露，晨往宵归，容恐不逞之徒，妄生矫诈，臣是以伏须神笔，乃敢开门耳。"[①]孝武帝虽然未加其罪，但此后他却因之而离开了近侍之要任，先后担任孝武帝第三子晋安王子勋的征虏长史和孝武之叔江夏王义恭的太宰长史之职。

大明六年(462)，四十二岁的谢庄又被召回，任吏部尚书，并领国子博士。此年四月，孝武宠妃殷淑仪去世，帝悲不自胜，追赠殷淑仪为贵妃，谥曰"宣"。他还模拟汉武帝《李夫人赋》的形式，撰文以悼，其中有云："面缟馆之酸素，造松帐之葱青。俯众胤而恸兴，抚藐女而悲生。"[②]谢庄亦作《宣贵妃诔》奏上，孝武帝卧读诔文后，"起坐流涕曰：'不谓当今复有此才。'"[③]此文传出之后，都下竞相传抄，一时纸墨为贵。然而一向处世谨慎的谢庄却为此而种下了祸根，日后几乎引来杀身之祸。大明七年(463)，谢庄因用人不当被免去吏部尚书后，孝武帝为了抬高他最宠爱的儿子、殷淑仪所生的新安王刘子鸾的地位和声望，乃以谢庄为子鸾的北中郎长史，又转任子鸾抚军长史，领临淮太守，担当起辅导子鸾的重任。

---

① 《宋书·谢庄传》。

② 《宋书》卷八十《孝武十四王传》。

③ 《南史》卷十一《后妃上·宋孝武殷淑仪传》。

大明八年(464)闰五月,孝武帝病卒,太子刘子业即位,史称前废帝。谢庄改任金紫光禄大夫。子业是孝武帝王皇后所生,因其父宠爱殷淑仪和新安王子鸾而冷落王皇后,子业极为不满。子业为人凶狠暴虐,淫纵无度,草菅人命,无恶不作,他即位以后采取了一系列的疯狂行动,“诛杀相继,内外百司,不保首领”①,又挖掘了殷妃的坟墓,捣毁了孝武帝为纪念殷妃而建造的新安寺,下令杀死新安王子鸾和他的同母弟妹。子业甚至还想发掘其父亲的陵墓。此事后来虽经人劝谏而停止,但仍在孝武陵墓上堆放粪便以泄愤。大明六年殷淑仪死时谢庄曾作《宣贵妃诔》,其中有“赞轨尧门”一句,引汉昭帝母赵婕妤尧母门事②,吹捧殷淑仪,对此废帝子业一直记恨在心。因此子业即位后即派人责问谢庄说:“卿作《殷贵妃诔》,颇知有东宫不?”正当他要下令杀害谢庄时,有人解围说:“死是人之所同,政复一往之苦,不足为深困。庄少长富贵,今且系之尚方,使知天下苦剧,然后杀之未晚也。”③子业觉得有理,于是乃将谢庄关进了大牢。景和元年(即泰始元年,465)十二月,孝武帝之弟湘东王刘彧暗中联络宫中宿卫将士,杀前废帝子业,刘彧即位,是为明帝。谢庄被释放出狱,任散骑常侍、光禄大夫,加金章紫绶,领寻阳王师,受明帝之命起草《泰始元年改元大赦诏》。受命后,“庄夜出署门方坐,命酒酌之,已微醉,传诏立待,诏成,其文甚工”④。诏文痛斥子业罪状说:“收掩之旨,虓虎结辙;掠夺之使,白刃相望。百僚危气,首领无有全地;万姓崩心,妻子不复相保。所以鬼哭山鸣,星钩血降,神器殆于驭索,景祚危于缀旒。”乃是一篇文笔流畅,气势充沛之文字。不久,明帝任命谢庄为中书令、散骑常侍,领寻阳王师。后又加金紫光禄大夫,给亲信二十人。泰始二年(466),谢庄病卒,终年四十六岁。死后被追赠为右光禄大夫,谥曰宪子。

谢庄为人,沉稳而有远见,处世小心谨慎,明哲保身,畏忌权宠,虽

---

① 《宋书》卷七《前废帝纪》。

② 汉武帝将赵婕妤生昭帝刘弗陵的房门命为“尧母门”,比其如尧母之生尧。

③ 《宋书·谢庄传》。

④ 《南史》卷二十《谢弘微传附谢庄传》。

然深受孝武帝的赏识和信任，但却不参与朝廷的权力斗争，也不愿过多地接近权力，可说是深得其父谢弘微的衣钵。在宋初，文帝曾想让谢弘微担任太子右卫率，加吏部尚书的要职，可弘微却以身体多病固辞。无独有偶，谢庄在孝武帝委任他为吏部尚书时，也同样以疾辞，“不愿居选部”。他在给大司马江夏王义恭笺中说：“家世无年，亡高祖四十，曾祖三十二，亡祖四十七，下官新岁便三十五，加以疾患如此，当复几时见圣世，就其中煎恢若此，实在可矜。”①虽出自谦退，却发自肺腑，结合家世和本身情况，感慨惋叹，凄楚动人。他虽然对孝武帝的一些行为有微词，时亦有谏言，但终不敢犯颜直谏，其友沈怀文正直不阿，常有违忤孝武帝之举，对此他乃对怀文云：“卿每与人异，亦何可久。”②希望沈怀文能明哲保身，也足见其处世谨慎的性格特征。

谢庄颇识机变，善于辞令。孝武帝凶狠猜忌，好杀成性，曾经赏赐给他一柄宝剑，可谢庄却将此剑转送给了当时的豫州刺史鲁爽。孝建元年(454)，鲁爽因为参与孝武帝叔父南郡王义宣的叛乱被杀。一次当孝武问起宝剑的所在时，谢庄回答说：“昔以与鲁爽别，窃为陛下杜邮之赐。”③用战国秦名将白起之典以对，白起为战国末期秦国的名将，曾率秦军攻打三晋及楚国，连下七十余城。长平一役，杀赵将赵括，坑杀赵军士卒四十五万，使赵国从此一蹶不振，后功高遭忌，在杜邮亭被秦昭王派人赐剑自刎。这一典故在此相当贴切，孝武帝听后非常高兴。谢庄以自己的机智，避免了一场杀身大祸。《南史·谢庄传》曾记载其一则佚事云：“孝武尝问颜延之曰：‘谢希逸《月赋》何如?’答曰：‘美则美矣，但庄始知隔千里兮共明月。’帝召庄，以延之答语语之。庄应声曰：‘延之作《秋胡诗》，始知生为久离别，没为长不归。’”“美人迈兮音尘阙，隔千里兮共明月”，是谢庄《月赋》中的名句，为人所传诵。颜延之所说，意谓谢庄才知道这样一个简单的道理。而‘生为久离别，没为长不归’则是颜延之名作《秋胡行》中的句子，谢庄以同样的道理来反击颜延之，

① 《宋书·谢庄传》。

② 《宋书》卷八十二《沈怀文传》。

③ 《宋书·谢庄传》。

实在巧妙至极，故孝武帝听后乃“抚掌竟日。”《南史》本传又记载谢庄轶事说：“王玄谟问庄何者为双声，何者为叠韵。答曰：‘玄护为双声，碻磝为叠韵’。其捷速若此。”“玄护”，遍照金刚《文镜秘府论·文二十八种病》作“悬瓠”。碻磝、悬瓠皆为当时的军事重镇，元嘉二十七年王玄谟率军北伐，兵败于此。玄谟武人，故就其所熟悉者答之。这既表现了谢庄对音律的精通和过人的敏捷，同时又暗中讥讽了玄谟的败军，一语双关。谢庄在长期的政治生涯中，基本上处于一帆风顺的境地，这与他的机变和敏捷是分不开的。

谢庄不仅在文学创作上有较高的成就，在我国文学史上占有一定的地位，而且又是一个多才多艺的风流才士。张彦远《历史名画记》说他“性多巧思，善画”。同时，他又精通音律，性别宫商。钟嵘《诗品序》记齐永明体的重要作家王融尝云：“宫商与二仪俱生，自古词人不知之，惟颜宪子（按即颜延之）乃云律吕音调，而其实大谬。唯见范晔、谢庄，颇识之耳。”范晔《狱中与诸甥书》也认为精通音律的除他自己以外，“年少中，谢庄最有其分”。《南史》卷二十八《褚裕之传附褚彦回传》又记载云：“尝聚袁粲舍，初秋凉夕，风月甚美，彦回援琴奏《别鹄》之曲，宫商既调，风神谐畅。王彧、谢庄并在粲坐，抚节而叹曰：‘以无累之神，合有道之器，宫商暂离，不可得已。’”谢庄称赏褚彦回（即褚渊）的弹奏合于宫商，也可见出他在音律上有着较高的造诣。至于他现今所存的《宋明堂歌》九首、《宋世祖庙歌》二首，则是他精通音律的明证。

谢庄著述颇丰，“所著文章四百余首，行于世”①。据《隋书》卷三十五《经籍志四》记载，谢庄有集十九卷，今已佚。后人辑有《谢光禄集》，然所存诗文已为数不多。

二、气候清雅、清丽研炼的文学创作

谢庄诗除《宋明堂歌》《宋世祖庙歌》外，今仅存十六首（包括残篇），其中奉诏应制之作占了半数以上，如《侍东耕诗》《从驾顿上诗》《烝斋应

① 《宋书·谢庄传》。

诏诗》等一味歌颂帝王圣德，缺少真情实感而没有什么实际内容。他甚至还有不顾事实的歌功颂德之作，大明三年(459)，宋王朝爆发了一场大规模的内战，当时孝武帝的弟弟广陵王刘诞任南兖州刺史，镇广陵。刘诞在孝武取得帝位的过程中立有大功，又颇具才干，“上性多猜，颇相疑惮”，因此派兵偷袭广陵。事泄后刘诞举兵反抗，经过七十多天的激战，广陵城被攻破。于是孝武帝对广陵进行了骇人听闻的大屠杀，“帝命城中无大小悉斩，庆之执谏，自五尺以下全之。于是同党悉伏诛，以女口为军赏”①。“秋七月己巳克广陵城，斩诞。悉诛城内男丁，以女口为军赏。是日解严”②。这个令亲者痛、仇者快的事件引起了很多有识之士的忧虑，可是谢庄却专门为此而作了《江都平解严诗》：“肃旗简庙律，耸钺畅乾灵。朝晏推物泰，通渥抃身宁。击辕歌至世，抚壤颂惟馨。”对平定广陵大加吹捧。究其原因，恐怕还得追溯到他元嘉时曾经任过刘诞的高级幕僚一事，为避免猜忌，引起祸端而作此诗。这种小心谨慎、战战兢兢的处世态度，虽然使他在险恶多变的官场上始终立于不败之地，但也束缚和限制了他文学创作才能的发挥。大量应制诗作的存在，也影响了后人对他诗歌创作成就的评价。其实，谢庄应制诗以外的一些诗还是相当出色的。他的写景诗作借鉴了族叔灵运和惠连山水诗的长处，表现出了优美的意境。如《游豫章西观洪崖井》：

> 幽愿平生积，野好岁月弥。舍簪神区外，整褐灵乡垂。林远炎天隔，山深白日亏。游阴腾鹄岭，飞清起凤池。隐暧松霞被，容与涧烟移。将遂丘中性，结驾终在斯。

在结构的三程式以及写景的铺陈、角度的变化、词句的锤炼诸方面，都可以见出大谢诗的影响，表现出了深厚的功力。

但是，谢庄诗作中能表现出自己独特风格且具有较高成就的则是他抒情色彩较浓的杂言诗。如《山夜忧》写他在一个清风明月之夜出游

① 《南史·宋文帝诸子传》。
② 《宋书》卷七《孝武帝纪》。

所见“涧鸟鸣兮夜蝉清，橘露靡兮蕙烟轻。凌别浦兮值泉跃，经乔林兮遇猿惊。跃泉屡环照，惊猿亟啼啸”的美景，并抒发由此而产生的“徒芳酒而生伤，友尘琴而自吊”，“夜永兮忧绵绵，晨寒起长渊”的伤时感怀之情。全诗写景抒情融合无间，可谓景中有情，情中有景。且又采用三、五、六、七言交替的句式，灵活而有变化。这种形式的诗篇，不仅独立于谢灵运体之外自成一格，而且在整个南朝诗人的诗作中都是很少见的。在这种自由灵活的楚辞体的诗歌形式中，他长期压抑着的灵感和思绪得以恣情地发挥，感情也畅酣淋漓地得到抒发，从而表现出较高的水准。

谢庄诗以好用典故著称，《诗品序》说：“至乎吟咏情性，亦何贵于用事。‘思君如流水’，既是即目；‘高台多悲风’，亦唯所见；‘清晨登陇首’，羌无故实；‘明月照积雪’，讵出经史。观古今胜语，多非补假，皆由直寻、颜延、谢庄，尤为繁密，于时化之，故大明、泰始中，文章殆同书钞。”对颜延之和谢庄诗好用典故之弊提出了尖锐的批评。但钟嵘所论，仅限于五言，并不包括谢庄自然流畅的杂言诗。而且，谢庄用典过多的毛病主要表现在应制之作中，而他的写景诗如《北宅秘园》、《游豫章西观洪崖井》等作不但没有“全借古语，用申今情”①的弊病，而且达到了“物无遁情，字无虚设”，“自然之华，因流动生变而成其绮丽”的“动人无际”②的高超境界。《北宅秘园》诗云：

> 夕天霁晚气，轻霞澄暮阴。微风清幽幌，余日照青林。收光渐窗歇，穷园自荒深。绿池翻素景，秋怀响寒音。伊人傥同爱，弦酒共栖寻。

诗写秋夜“秘园”景色，从日之将入写到月之普照，又自日暮的清彻澄明、霞光辉映转入夜间荒园的幽深静寂、凄清落寞，色调由明而暗，情感也由忘却自我的陶醉转为寂寥凄清的感伤。词句精练，“微风清幽幌”，

---

① 《南齐书》卷五十二《文学传》论。

② 王夫之《古诗评选》，张国星点校，河北大学出版社 2008 年版。

"清"字拟人，形象传神；"绿池翻素景"，"翻"字化静为动；"秋槐响远音"，"响"字则突出了夜的静寂、凄凉。结尾归结到寻求知音同心，寄寓较为深刻。"清景清语"①，"诗如见深山晚景，亦幽静，亦冷僻"②，表现出了一种"清丽研炼"③的风格，脱却了应制诗庄重肃穆的面具。此诗和他的《怀园引》《游豫章西观洪崖井》等作才真正表现出他的个性，代表了他的诗风，《诗品》说"希逸诗气候清雅"，当正指他这种清丽研炼的诗作而言。由于谢庄精通音律，因此他的诗作，特别是受楚辞和"琴曲歌辞"影响较大的杂言诗，往往显得音节流畅优美。其被陈祚明激赏的《怀园引》可以说是典型的例子。此诗发端借鸿雁起兴：

鸿飞从万里，飞飞河岱起。辛勤越霜雾，联翩溯江汜。去旧国，违旧乡，旧山旧海悠且长。回首瞻东路，延翮向秋方。

中以池鹤自比：

轩皃池鹤恋阶墀，岂忘河渚捐江湄？试托意兮向芳荪，心绵绵兮属荒樊。想绿蘋兮既冒沼，念幽兰兮已盈园。

采用杂言形式，三、五、六、七言交错运用，又用工稳的对句，于自然灵活之中颇见整饬之美。音调婉转流畅，再掺入楚辞体的句式，愈使诗具有流荡动人的情调。所以夏敬观《八代诗评》说："谢庄诗尤重音节，开初唐四杰之派。"诗最后又连用几个通俗常见的典故作结，使怀园的内容具有了较深的寄托和内涵。这类诗作对后代杂言歌行体的发展无疑有着积极的作用。李白《鸣皋歌送岑征君》、《蜀道难》等诗受其影响明显可见。从全诗看，所表现的仍是"清丽研炼"的特色，和他诗作的整体风格相一致。

---

① 《古诗归》钟惺语，明万历四十五年闵氏三色套印本。
② 王闿运《湘绮楼说诗》，台北文海出版社 1974 年版。
③ 余冠英《汉魏六朝诗选》，人民文学出版社 1985 年版。

谢庄的赋今存四篇，其中被孟棨《本事诗》誉为“前不见古人，后不见来者”的《月赋》为传世名作。此赋结构上受他族叔惠连《月赋》的影响较大。发端假托曹植因“初丧应、刘，端忧多暇”，与王粲清夜赏月，命王粲为辞．于是“仲宣跪而称”之。钱钟书《管锥篇》说：“曹植封陈王时，王粲早与应、刘同岁俱殁。词章凭空，异乎文献征信。”“依附真人，构造虚事，虚虚复须实实，假假要亦真真。”文中托王粲赋月的一节是全文的重点，表现了一种迷人的境界。其中有云：

若夫气霁地表，云敛天末，洞庭始波，木叶微脱。菊散芳于山椒，雁流哀于江濑。升清质之悠悠，降澄辉之蔼蔼。列宿掩缛，长河韬映。柔祇雪凝，圆灵水镜。连观霜缟，周除冰净。

先写雨过天晴后月光照耀下的洞庭湖微波荡漾，湖畔树叶冉冉飘降，秋菊芳香飘散．秋雁声声哀鸣的景象，“无一字说月，却无一字非月，清空彻骨，穆然可怀”①。接着，又正面描写在皓月祥和的清辉笼罩下洁白如雪的大地、澄彻清明的夜空、黯然失色的繁星、如同披上白绢素练的亭台楼阁和冰雪般晶莹明净的阶除，渲染出清冷空寂的意境。景中有情，衬托出作者忧怨哀伤的心绪。而赋末所系的两首歌辞，则将这种心绪更推进到高潮：

歌曰：美人迈兮音尘阙，隔千里兮共明月。临风叹兮将焉歇？川路长兮不可越。歌响未终，余景就毕，满堂变容，回遑如失。又称歌曰：月既没兮露欲晞，岁方晏兮无与归。佳期可以还，微霜沾人衣。

分别抒写皓月当空和明月隐没的月夜怀人的思绪，和写景浑然一体，形成了完美的结合。反复咏唱，“深情婉致，有味外味”②，“言兴感之情，大意全在二歌”③，与发端的“悄然疚怀”，“临浚流而怨遥，登崇岫而伤远”

---

① 许梿《六朝文絜》，黎經浩笺注，上海古籍出版社 1962 年版。

② 许梿《六朝文絜》。

③ 于光华《重订文选集评》引何焯语，清同治十一年刻本。

相呼应,使全篇充满了不胜惆怅的情思。《月赋》虽受惠连《雪赋》影响,同为咏物抒情,但却自有其特色。“雪描写著迹,月则意趣洒然”①;《雪赋》重在写貌,《月赋》重在写神;《雪赋》重写景,《月赋》重抒情。整篇《月赋》充满了凄怆感伤的情调和浓厚的抒情气息,“秀色可餐,脱尽前人浓重之气,另成一格”②。谢庄的《舞马赋》也是当时的名作。其中描绘舞马之句:“卷雄神于绮文,蓄奔容于帷烛。蕴策云之锐景,戢追电之逸足。方叠熔于丹缟,亦联规于朱驳。”以夸张的笔法和丰富的想象,表现舞马的神骏和气势,文辞精彩华美,有一定的特色。至于他的《曲池赋》,从《艺文类聚》辑出,当非完篇。《赤鹦鹉赋》虽为应制之作,但却都表现出一种浓烈的抒情气息。

> 步东池兮夜未久,卧西窗兮月向山。引一息于魂内,扰百绪于眼前。(《曲池赋》)
>
> 至于气淳体净,雾下崖沈。月圆光于绿水,云写影于青林。溯还风而耸翮,沾清露而调音。(《赤鹦鹉赋》)

格调清雅,也是赋的诗化过程中的产物,和他诗歌气候清雅、清丽研炼的风格也正相一致。

谢庄的几篇诔文亦充满缠绵悱恻的情调,哀感动人,同样是气候清雅之作。《孝武帝宣贵妃诔》为其代表,其叙贵妃死后的情形:“灵衣虚袭,组帐空烟,巾见余轴,匣有遗弦。呜呼哀哉!移气朔兮变罗纨,白露凝兮岁将阑。庭树惊兮中帷响,金缸暖兮玉座寒。”写得“语语凄绝”,“调逸思哀”③,感人至深。《南史》卷十一《后妃传上》说:“帝卧览读,起坐流涕。”当是可信的。

谢庄的散文最值得称道的是他针对当时现实而写的几篇议论文。他的《搜才表》云:“九服之旷,九流之艰,提钧悬衡,委之选部。一人之

---

① 许梿《六朝文絜笺注》。

② 于光华《重订文选集评》引邵子湘语,清同治十一年刻本。

③ 许梿《六朝文絜》。

鉴易限，而天下之才难原，以易限之鉴，镜难原之才，使国罔遗授，野无滞器，其可得乎！”又云：“又政平讼理，莫先亲民，亲民之要，实归守宰。”《改定刑狱表》云：“臣近兼讯。见重囚八人，旋观其初，死有余罪，详察其理，实并无辜。恐此等不少，诚可怵惕也，旧官长竟囚毕，郡遣督邮案验，仍就施刑。督邮贱吏，非能异于官长，有案验之名，而无研究之实。愚谓此制宜革。……必令死者不怨，生者无恨。”依据事实进行分析，然后提出自己的见解，颇有说服力。笔势流畅，文风也较朴实通俗。特别可贵的是文章中又能考虑到民生，表现出对人民的关心和同情。这类文章，也应该引起我们的注意和重视。张溥《谢光禄集题辞》说：“《搜才》《定刑》二表，与《索虏互市议》，雅人之章，无忝国器。耳食者徒称陈王之明月，河南之舞马，欲以两赋概其群长，不几采春华、忘秋实哉！”是很有见地的。

鲍照评传

一、贫贱自负、才气横溢的青年

鲍照，字明远，生于晋安帝义熙十二年(416)，卒于宋明帝泰始二年(466)，是我国南北朝时期的杰出作家，在刘宋文坛上与谢灵运、颜延之并称为元嘉三大诗人。鲍照虽然是元嘉体的代表诗人之一，但却又是元嘉诗风向萧齐永明体诗风过渡的关键诗人，在我国文学史上有着相当重要的地位。

鲍照的籍贯，虞炎《鲍照集序》记为上党人，而沈约《宋书》与萧子显《南齐书》则记为东海人，因而后人于上党与东海之间往往聚讼纷纭。由于东晋南朝时期北方州、郡、县在南方纷纷侨立的特殊情况，对于上党与东海的具体地理位置，学者们则更是各执一词，说法不一。如上党，前人多以为指南朝侨立于徐州的淮阳郡的上党县(今江苏宿迁)。东海则有人以为指今东魏所建置的东海即今江苏的灌云，有人以为指南朝所建置的东海即今江苏的涟水，以上所说其实并不准确。根据笔者的考察，鲍照原籍最为可能的是秦汉时所建置的并州上党(今山西长子)。鲍氏原居渤海高城，自西汉鲍宣开始乃徙于上党长子。此后，鲍宣之子鲍永曾任司隶校尉，后拜为兖州牧；鲍永之子鲍昱，更先后任过司徒，太尉等职，凡再为三公；鲍昱之子鲍德，先官至南阳太守，后征拜大司农，亦九卿之一。世代卿相，声势显赫，成了上党望族，上党也从此成了鲍氏郡望之所在。而自鲍昱之子鲍德开始，鲍氏又迁居于东海，此东海乃汉晋时所治郯城的东海（治所在今山东郯城）。而自鲍德迁居东海以后，鲍氏则未有位任通显者。因此，鲍氏虽族居于东海而郡望则高标为上党，即所谓“聚族于东海，标望于上党”①者也。然而鲍氏居于上党的时间不过仅三四世，时间颇短，所以一般情况下，称鲍氏籍贯时则仍称为东海。这就是为什么虞炎称鲍照上党人，而《宋书》《南齐书》则称鲍照为东海人的真正原因。

但是，鲍照其实并不是实际意义上的上党或东海人，因为从鲍照诗文中所反映出来的内容看，鲍照当时应该家于今江苏镇江和南京一带。这是因为在西晋永嘉大乱之后，北方流民蜂拥南下避乱，在这种大规模的移民浪潮中，鲍照的先世作为徐州淮北的流民，离开了东海族居之地而避乱江南乃是极其自然之事。根据《宋书·州郡志》的记载，当时的南渡流民极大多数乃寓居于侨置的南徐州，而南徐州治所所在的京口（今江苏镇江）当时就侨立有南东海郡，以安置从徐州南下的东海郡流民。因此，鲍照的先辈南渡后侨居于京口又为必然，所以鲍照在他诗中乃称京口为其“旧邦”耳。

关于鲍照的出身，也是历来争论较多的一个问题。鲍照在他的诗文中多次提到过他家庭的贫贱情况，如《解褐谢侍郎表》说：“臣孤门贱生，操无炯迹，鹑栖草泽，情不及官。”《谢解禁止表》说：“臣自惟孤贱，盗幸荣级。”《请假启》说：“臣居家之治，上漏下湿。暑雨将降，有惧崩压。比欲完葺，私寡功力，板锸陶涂，必须躬役。”虞炎《鲍照集序》也说：“鲍照字明远，本上党人，家世贫贱。”而且《南齐书》卷五十六《倖臣传》也将鲍照与佞臣巢尚之相提并论，因此有些学者乃据此而以为鲍照出身庶族。但是从鲍照以及他妹妹鲍令晖所受的教养来看，他的出身应该并非庶族可比。而且，鲍照一出仕即为刘义庆的临川王国侍郎，出仕之后又与当时一流高门世族琅邪王氏和陈郡谢氏的代表人物王僧达、王僧绰、谢庄等人交往甚密，且有诗酒唱和之举，这也说明了他应该并非庶

① 清光绪二十三年鲍辅楹等重修《鲍氏宗谱》序。

族出身。再考察被一些学者以为他出身庶族证据的《南齐书·倖臣传》说：

> 宋文世，秋当、周纠并出寒门，孝武以来，士庶杂选。如东海鲍照，以才学知名，又用鲁郡巢尚之，江夏王义恭以为非选。

上文既然说“孝武以来，士庶杂选”，因此巢尚之并不一定就出身庶族。而《宋书·恩倖传》在提到巢尚之时则说：

> 鲁郡巢尚之，人士之末。

《宋书》卷八十八《薛安都传》载安都从弟道生为秣陵令庾淑之所鞭，安都往杀庾淑之，柳元景责之曰：“卿从弟服章言论，与寒细不异，虽复人士，庾淑之亦何由得知。且人身犯罪，理应加罚，卿为朝廷勋臣，宜崇奉法宪，云何放恣，辄欲于都邑杀人。”《南齐书》卷五十六《倖臣·吕文度传》云：“永明中，敕亲近不得辄有申荐，人士免官，寒人鞭一百”。是“人士”，亦犹“士人”。这里说巢尚之是“人士之末”，也就是说巢尚之乃是士人中的末流，即低级士族。因此，据此以为鲍照出身庶族的根据显然不足。其实，鲍照在自己的诗文中已经透露出了自己的出身，只是论者往往忽略了这一点，对此未予重视而已。他的《拜侍郎上疏》说：

> 臣北州衰沦，身地孤贱。

这里需要注意的是“北州衰沦”四字。说“北州”，乃是说他本是中原旧姓；说“衰沦”，乃是说他鲍氏家族至此已经衰落。东海鲍氏在南朝虽然已经衰落，并非高门，但也必非庶族之列。《宋书》卷四十二《王弘传》载王弘于元嘉初的一段议论说：“如衰陵士人，实与里巷关通，相知情状，乃当于冠带小民。”王弘所说的“衰陵士人”，其实也就是鲍照自称的“北州衰沦”，二者乃是一致的。再看他的《谢永安令解禁止启》说：

臣田茅下第，质非谢品。志终四民，希绝三仕。

“下第”，乃是当时被举为秀才和孝廉者对策所得的等第之一。马端临《文献通考》卷二十八《选举一》说：“宋制……凡州秀才、郡孝廉至，皆策试，天子或亲临之。及公卿所举皆属于吏部，序才诠用，凡举得失，各有赏罚。……齐吏部都令史骆宰议策秀才格五问，并得为上，四、三为中，二为下，一，不合与第。”卷三十四《选举七》说：“宋制，丹阳、吴、会稽、吴兴四郡岁举二人，余郡各一人，州举秀才，郡孝廉，皆策试。”鲍照既然自称“田茅下第”，能有被州郡所荐举的资格，则其必非庶族可知。而“谢品”，《鲍参军集注》钱仲联注说：“《新唐书·柳冲传》：‘魏氏立九品，置中正，尊世胄，卑寒士，权归右姓。其州大中正、主簿，郡中正、功曹，皆取著姓士族为之，以定门胄，品藻人物。晋、宋因之，始尚姓已。过江则为侨姓，王、谢、袁、萧为大。’”即鲍照所谓的“质非谢品”，乃指其并非陈郡谢氏所能取得的高品，这也说是说，他是能取得士人品第的人。那末，鲍照的出身乃是士族已是肯定无疑的。东海鲍氏是时既然已经衰陵，鲍照的父、祖又不见载于史册，则鲍照无疑属于低级士族之列。其实，段师熙仲先生二十多年以前在他的《鲍照五题》(载《文学遗产》1981年3期)中就曾说：

如依颜氏文例解钟记室人微之语，至少可以说，明远决非寒族，而很可能是上党旧姓，南渡较迟，致仕宦不达，亦非势族。

就从另外一个角度明确指出了鲍照的出身应该是低级士族，遗憾的是，这一结论并未曾得到人们应有的重视。

鲍照在他的《侍郎报满辞阁疏》中曾说：“臣嚚杌穷贱，情嗜踳昧，身弱涓甃，地幽井谷。本应守业，垦畛剿芴，牧鸡圈豕，以给征赋。而幼性猖狂，因顽慕勇；释担受书，废耕学文。画虎既败，学步无成。”《在谢秣陵令表》中说：“臣负锸下农，执羁末皂。”可见他少年时期曾经有过农耕的生活。虽然与真正的劳动人民的生活有着较大差距，但这种农耕生活对他以后世界观的形成还是起到了相当大的作用，也是他的诗作中为什么有较多的篇章能够反映下层人民的艰苦生活，表现出对下层人民深切同情的主要原因。

鲍照在青少年时期就表现出了杰出的创作才能和强烈的求取功名的愿望，虞炎《鲍照集序》说他“少有文思”。他的创作中，有著名的组诗《拟行路难》十八首，这一组诗，历来得到了学者的高度评价，王夫之《古诗评选》甚至说：“《行路难》诸篇，一以天才天韵，吹宕而成。独唱千秋，更无和者。太白得其一桃，大者仙，小者豪矣。”又说：“看明远乐府，别是一味，急切觅佳处，早已失之。吟咏往来，学蓬勃如春烟，弥漫如秋水，溢目盈心，期得之矣。”其中的最后一首说：

> 诸君莫叹贫，富贵不由人。丈夫四十强而仕，余当二十弱冠辰。莫言草木委冬雪，会应苏息遇阳春。对酒叙长篇，穷途运命委皇天。但愿樽中九酝满，莫惜床头百个钱。直须优游卒一岁，何劳辛苦事百年。

对于这十八首组诗的创作年代，虽然学者的看法还有不完全一致之处，但组诗的末首既然说“余当二十弱冠辰”，又说“对酒叙长篇”，那么组诗的一部分应当为诗人二十岁甚至是二十岁之前所作，而这一首却毫无疑问为诗人二十岁时作品。它让读者感受到了震撼人心的力量，也感受到了一个杰出青年横溢的才华与豪迈的气概。以一个年仅二十岁的青年而创作出这样的杰作佳构，实在不是虞炎“少有文思”所能涵盖得了的。

仅就《行路难》的末首而言，诗人似乎在说，从此要将命运交给上天，自己只管尽情去饮酒作乐，过今朝有酒今朝醉的日子了。但明眼人不难看出，诗人其实是通过对饮酒赋诗，及时作乐的描写，反语表达他不屈服于现实的斗争精神，对自己的才能充满了自信和自负。“但愿樽中九酝满，莫惜床头百个钱。直须优游卒一岁，何劳辛苦事百年。”与后来大诗人李白《将进酒》的“人生得意须尽欢，莫使金樽空对月。天生我材必有用，千金散尽还复来”所透露出来的豪迈慷慨的气魄，又何其相似乃尔。

宋文帝元嘉十二年(435)的深秋,二十岁的鲍照在创作了《拟行路难》中的部分诗篇以后,即从京都建康出发,踏上了西游求仕的道路,前往江陵(今湖北江陵)去干谒当时担任荆州刺史的临川王刘义庆。途中行经大雷戍(今安徽望江县境内)时,登岸四望,为这一带壮丽景色所激荡,不由豪气勃发,感慨万千,遂奋笔意疾书,写下了著名的《登大雷岸与妹书》。此文气势雄壮,辞藻华丽瑰奇,摆脱了一般骈文中常见的平庸、靡弱的文风。运用了比喻、拟人、想象、夸张等多种修辞手法以描绘登大雷岸所见的景物,奇丽变幻,气象万千,光彩曜目,令人应接不暇,表现了诗人驾驭文字的高超功力。特别是其中描绘庐山景物的一段:

西南望庐山,又特惊异。基压江潮,峰与辰汉相接。上常积云霞,雕锦缛。若华夕曜,岩泽气通,传明散彩,赫似绛天。左右青霭,表里紫霄。从岭而上,气尽金光,半山以下,纯为黛色。信可以神居帝郊,镇控湘、汉者也。

以一特写镜头展现望中的庐山。先以"基压江潮"二句,总写望中庐山的印象,然后重点描绘庐山山峰上云彩变幻,霞光辉映,神奇莫测景象。"若华夕曜"数句,浓墨重彩,极尽渲染之能事。并将神话传说融入其中,更增加了庐山的诡异气氛。末则以"信可神居"二句总结,从侧面补充映证庐山的雄伟神奇。许梿《六朝文絜笺注》说:"烟云变灭,尽态极妍。即使李思训数月之功,亦恐画所难到。"对此作出了高度的评价。而描绘登大雷岸所见的雄伟壮丽景色的一段说:

东顾五洲之隔,西眺九派之分;窥地门之绝景,望天际之孤云。长图大念,隐心者久矣!南则积山万状,负气争高,含霞饮景,参差代雄,凌跨长陇,前后相属,带天有匝,横地无穷。东则砥原远隰,亡端靡际。寒蓬夕卷,古树云平。旋风四起,思鸟群归。静听无闻,极视不见。北则陂池潜演,湖脉通连。苎蒿攸积,菰芦所繁。栖波之鸟,水化之虫,智吞愚,强捕小,号噪惊聒,纷乎其中。西则回江永指,长波天合。滔滔何穷,漫漫安竭!创古迄今,舳舻相接。

思尽波涛，悲满潭壑。烟归八表，终为野尘。而是注集，长写不测，修灵浩荡，知其何故哉！

以拟人化的手法，描绘重叠山峦的高视阔步，横贯大地。想象芒蒿积聚，菰芦丛生的水泽中“栖波之鸟，水化之虫”的弱肉强食。从而发出了“长途大念，隐心者久矣”的呐喊，表现了一个初出茅庐的青年所独有的远大心志，和对前途充满的无限希望。“负气争高，含霞饮景，参差代雄”，“回江永指，长波天合，滔滔何穷，漫漫安竭”等句，也正是诗人为眼前壮丽景色所激荡，以他当时的心情去观察景物的结果，表现他欲凭借自己的才能学问，以求一逞的志向。将自身自信自负的情感，不露痕迹地融入眼前的景物之中。

这一年的秋末，鲍照到达了荆州的治所江陵。《南史》卷十三《宋临川烈武王道规传附鲍照传》说：“照始尝谒义庆，未见知，欲贡诗言志，人止之曰：‘卿位尚卑，不可轻忤大王。’照勃然曰：‘千载上有英才异士沉没而不闻者，安可数哉！大丈夫忌可遂蕴智能，使兰艾不辨，终日碌碌，与燕雀相随乎？’于是奏诗。义庆奇之，赐帛二十匹。寻为国侍郎。”鲍照献诗临川王刘义庆这一迫不急待的以求一逞的举动，也正是他当时极端自信自负心情的具体表现。至于他所献的究竟是何诗，有的论者曾猜测即是《拟行路难》，而清鲍辅楹重修的《鲍氏宗谱》则说是他的《建除诗》。此诗说：

建旗出敦煌，西讨属国羌。除去徒与骑，战车罗万箱。满山又填谷，投鞍合营墙。平原亘千里，旗鼓转相望。定舍后未休，候骑敕前装。执戈无暂顿，弯弧不解张。破灭西零国，生虏郅支王。危乱悉平荡，万里置关梁。成军入玉门，士女献壶浆。收功在一时，历世荷余光。开壤袭朱绂，左右佩金章。闭帷草太玄，兹事殆愚狂。

为藏头诗形式，两句一组，分别冠以建除满平等字，该字也为诗句意义的组成部分。诗的内容为一场征讨西域少数民族的战争，表现统一国土的愿望和报国立功的雄心壮志。虽然带有游戏性质，但与他年轻时迫切的立功求仕心情也颇为一致。刘义庆因此而奇之，也是非常可能的。从此，鲍照即开始了长达十多年的王国幕僚生涯。

二、坎坷潦倒的王国幕僚

在刘义庆幕府的初期，可以说是他人生中一个比较美好的时期。当时在刘义庆的幕府，聚集何长瑜、陆展、盛弘之等著名文人。《宋书·宗室传》曾记载刘义庆：

> 招聚文学之士，近远必至。太尉袁淑，文冠当时，义庆在江州，请为卫军谘议参军，其余吴郡陆展，东海何长瑜、鲍照等，并为辞章之美，引为佐史国臣。

有些学者遂根据上文的“义庆在江州”的记载，而以为鲍照与袁淑、陆展、何长瑜等乃在江州同为刘义庆的僚属。其实，根据《宋书》卷六七《谢灵运传》的记载，何长瑜仅在荆州担任过刘义庆的僚属，先为临川国侍郎，后为平西记室参军，并未曾至江州任刘义庆幕僚。同卷中又记载何长瑜“尝于江陵寄书于宗人何勖，以韵语序义庆州府僚佐云：‘陆展染鬓发，欲以媚侧室。青青不解久，星星行复出。’如此者五六句，而轻薄少年遂演而广之，凡厥人士，并为题目，皆加剧言苦句，其文流行。义庆大怒，白太祖除为广州所统曾城令。”则陆展担任刘义庆幕僚亦在荆州。至于袁淑，虽然在江州入义庆幕，时间于以上数人为迟，但由于其后袁淑官位较高，故乃列于陆展等人之前耳。何长瑜曾得到过谢灵运的赏识，《宋书·谢灵运传》记载元嘉五年，“灵运既东还，与族弟惠连、东海何长瑜、颍川荀雍、泰山羊璿之，以文章赏会，共为山泽之游，时人谓之四友。惠连幼有才悟，而轻薄不为父方明所知。灵运去永嘉还始宁，时方明为会稽郡。灵运尝自始宁至会稽造方明，过视惠连，大相知赏。时长瑜教惠连读书，亦在郡内，灵运又以为绝伦。谓方明曰：‘阿连才悟如此，而尊作常儿遇之。何长瑜当今仲宣，而饴以下客之食。尊既不能礼贤，宜以长瑜还灵运。'灵运载之而去。"《隋书》卷三十五《经籍志四》别集类于《王微集》下有"《何长瑜集》八卷，亡"，《荀雍集》下有"南海太守《陆展集》九卷，亡"的记载，而盛弘之则著有《荆州记》。《宋书》刘义庆本传说义庆"为性简素，寡嗜欲，爱好文义，才词虽不多，然足为宗室之表。"由于刘义庆的爱才好士，鲍照在荆州应该度过了一段美好的时光。他的《送盛侍郎饯侯亭》诗就是当时他送别盛弘之的作品。在荆州期间，鲍照还与沙门释惠休交往甚密，惠休曾作有《赠鲍侍郎》诗一首，鲍照也作有《秋日示休上人》与《答休上人》二诗。惠休《赠鲍侍郎》云：

> 玳枝兮金英，绿叶兮紫茎。不入君玉杯，低彩还自荣。想君不相艳，酒上视尘生。当令芳意重，无使盛年倾。

鲍照《答休上人》诗云：

> 酒出野田稻，菊生高冈草。味貌亦何奇，能令君倾倒。玉碗徒自羞，为君愧此秋。金盖覆牙柈，何为心独愁。

充分表现了二人之间浓厚的友情。惠休本姓汤，诗风与鲍照相近，《宋书》卷七十一《徐湛之传》说他"善属文，辞采绮艳，湛之与之甚厚，世祖命其还俗"，《隋书》卷三十五《经籍志四》著录有"宋宛朐令《汤惠休集》三卷"。当然，汤惠休的还俗，又在孝武帝刘骏即位以后了。

在义庆幕期间，鲍照还与何长瑜等参与了著名的笔记小说《世说新语》的编写。鲁迅在《中国小说史略》中说此书"乃纂辑旧文，非由自造，《宋书》言义庆才词不多，而招聚文学之士，远近必至，则诸书或成于众手，未可知也"，日本学者川胜义雄则推论可能出于何长瑜之手。笔者以为何长瑜并没有独立完成这一巨著的能力，而鲍照参与其中则应该是肯定的。此外，《隋书·经籍志》著录的刘义庆著作还有《江左名士传》一卷、《宣验记》十三卷，《幽明录》二十卷，《集林》一百八十卷、《宋临川王义庆集》八卷，以上除《刘义庆集》八卷之外，它书亦当出于众人之手，以"贡诗言志"而得到义庆赏识的鲍照也必然是众书的编纂者之一。

元嘉十六年(439)四月，刘义庆由荆州刺史改任江州刺史，移镇寻阳(今江西九江)，鲍照随之前往。在江州之初，他还随同刘义庆登庐山，作有《登庐山》和《从登香炉峰》等诗，《从登香炉峰》说："辞宗盛荆梦，登歌美凫绎。徒收杞梓饶，曾非羽人宅。"谓当时文学之士，视屈、宋为盛。歌颂义庆，比之鲁侯之保有凫、绎。但是，不久他与刘义庆的蜜月即宣告结束。元嘉十七年，他即遭到了禁止的处分，解除禁止后，又因过失受到谴责。他的《谢解禁止表》和《谢随恩被原疏》二文即为这二次事件而作。他的《谢随恩被原疏》说：

由臣悴贱，可侮可诬，曾参杀人，臣岂无过。寝病幽栖，无援朝列，身孤节卑，易成论竅。幸大明临下，仁道毓物，泽洎翾走，臣覃末庆。然古人有言，"杨者，易生之木也。一人植之，十人拔之，无生杨矣"，何则？植之者难，拔之者易。况臣一植之功不立，众拔之过屡至，同彼风霜，异此贞脆。

他在元嘉二十年(443)所作的《野鹅赋》中也写道：

惟君囿之珍丽，实妙物之所殷，翔海泽之轻鸥，巢天宿之鸣鹑，鹍程材于枭猛，翚荐体之雕文，既敷容以照景，亦避翮而排云，虽居物以成偶，终在我以非群。望征云而延悼。顾委翼而自伤，无青雀之衔命，乏赤雁之嘉祥，空秽君之园池，徒惭君之稻粱，愿引身而翦迹，抱末志而幽藏。

后一篇文章暗示与义庆幕府中的同僚性格不合，而前一篇文章则明确指出他的受到谴责乃是由于小人谗言的诬陷。因此，学者大多以为这就是他被刘义庆疏远的原因。但笔者则以为，以上仅是表面现象，鲍照当时受到打击应该还有更深层次的原因，那就是他直接得罪了临川王义庆。请看他的《代淮南王》诗云：

淮南王，好长生，服食炼气读仙经。琉璃作碗牙作盘，金鼎玉匕合神丹。合神丹，戏紫房，紫房彩女弄明珰，鸾歌凤舞断君肠。朱城九门门九闺，愿逐明月入君怀。入君怀，结君佩，怨君恨君恃君爱。筑城思坚剑思利，同盛同衰莫相弃。

西汉淮南王刘安追求服食长生之事，《汉书·淮南王刘安传》记载颇详，说："淮南王安为人好书、鼓琴，……招致宾客方术之士数千人，作为《内书》二十一篇，《外书》甚众。又有《中篇》八卷，言神仙黄白之术，亦二十余万言。"此诗对淮南王追求长生而虚耗财产进行讽刺，以"断君肠"表现求仙的必不可得。卒章现意，委婉致讽。《宋书》刘义庆本传说义庆晚年"奉养沙门，颇致费损"，与淮南王刘安服食求仙的情况颇为相似。因此，此诗很可能是托言淮南王刘安事，讽谏刘义庆佞佛之作。诗人尝作有《飞蛾赋》一篇，其文云：

仙鼠伺暗，飞蛾候明，均灵舛化，诡欲齐生。观齐生而欲诡，各会住以凭方。凌燋烟之浮景，赴熙焰之明光。拔身幽草下，毕命在此堂。本轻死以邀得，虽糜烂其何伤。岂学山南之文豹，避云雾而深藏。

表现出诗人为追求正义而不惜献身的精神，这正是他青年时代耿直刚强性格的反映。此赋当不是无的放矢，而是在遭遇挫折之后自我态度的表白，极有可能是在临川王幕中因过获罪时的作品。因此，鲍照当时对刘义庆佞佛而虚耗钱财的举动进行谏劝是极为可能的。他的《谢解禁止表》也多少透露了他获罪刘义庆的原因，此文有云：

臣闻获过于神，或凭尸祝以请；得罪于君，可因左右而谢。臣自惟孤贱，盗幸荣级。闇涩大义，猖狂世礼，奇非阮籍，无保持之助；才愧冯衍，有鍖鐔之因。自非圣朝超然览臣于视听之外，则今日渥泽，更成妄遣，来辰萎叶，终先朝草。小人岁暮，知能何报，徒厚恩华，忧惧叹息，不任下情。

文中明确指出他被禁止的原因乃是“暗涩大义，猖狂世礼”的缘故，实际上也就是对刘义庆的某种程度的不恭，这才应该是他失宠于刘义庆的最为主要的原因。由于失去刘义庆的欢心，再加上同僚们的落井下石，他在江州接二连三地遭到禁止的处分和被谴责也就颇为自然。而这也正是他在刘义庆幕中长达八九年的时间，始终得不到升迁的原因。

元嘉十七年十月，刘义庆改任南兖州刺史，移镇广陵(今江苏扬州)。由寻阳到广陵，当经由都城建康，在这年的冬天，鲍照随刘义庆回到了阔别多年的家乡。当时，诗人的心情相当复杂，在回京都途中所作的《上寻阳还都道中》说：“未尝违户庭，安能千里游。谁令乏古节，贻此越乡忧。”《还都至三山望石头城》说：“征夫喜观国，游子迟见家。流连入京引，踯躅望乡歌。”《还都口号》说：“君王迟京国，游子思乡邦。思世共渝洽，身愿两扳逢。勉哉河济客，勤尔尺波功。”《还都道中》之二说：“夜分霜下凄，悲端出遥陆。愁来攒人怀，羁心苦独宿。”一种长期离家后终得回乡的喜悦，一事无成的感慨，以及对未来前途的期望与担忧，皆齐集于胸中，使他的心情无法平静。

元嘉二十一年(444)正月，刘义庆病死，鲍照为刘义庆服丧三个月后乃辞职还家，并作有《临川王服竟还田里》一诗记其事。此后乃渡江北上，有梁郡和徐州之行，并接受了宋文帝的弟弟衡阳王刘义季的邀请，进入了刘义季的幕府，当时刘义季正担任徐州刺史。元嘉二十四年(447)，刘义季病死于徐州的治所彭城，鲍照又离开彭城回到了京都。不久又进入了担任扬州刺史的宋文帝次子始兴王刘濬的幕府，任始兴国侍郎。元嘉二十六年(448)，刘濬改任南徐兖二州刺史，移镇京口，鲍照乃跟随刘濬来到了他的故乡。京口是宋武帝刘裕的故居所在地，刘裕父母皆安葬于此。在京口期间，他随同始兴王拜谒了刘氏祖先的陵墓，并作有《从拜陵登京岘》诗一首。关于此诗的作年，前辈学者皆以为是诗人随宋文帝或宋孝武帝谒陵时所作，因而无法确定它的写作年代，但根据笔者的考察，鲍照当时并没有跟随宋文帝和孝武帝谒陵的机会，唯一有可能作此诗的时间只有这次随刘濬在京口时。在京口期间，诗人又随同刘濬游玩当地的名胜蒜山，并作有《蒜山被始兴王命作》诗一首。还奉命而创作了《代白苎舞歌辞四首》，夸耀始兴王的豪奢生活，并表示对始兴的恩遇表示感谢。这四首诗的内容虽不值得称道，但诗采用新兴的七言形式，多用典故与比兴手法，巧妙地表现了诗的内容，音节也婉转流畅，实在是七言诗的佳作，对后来七言诗的成熟与发展起到了相当大的作用。王夫之于《古诗评选》论此组诗说："涓涓洁洁，裁此短章，顿挫沿洄，遂已尽致。自非如此，亦安有七言哉！七言之制，断以明远为祖，何？前虽有作者，正荒忽中鸟径耳。明远于此，实已范围千古。故七言不自明远来，皆荑稗而已。"对这一组诗就作出了高度的评价。

元嘉二十七年(450)，宋魏之间爆发了一场大规模的战争。这年的七月，宋文帝命大将王玄谟北伐，为北魏所败，北魏太武帝拓跋焘乘机率军南侵，势如破竹，一直攻占了刘宋京都建康对岸的瓜步，声言欲渡江，建康危在旦夕。次年春，魏军虽然退去，但却对南方的广大人民造成了灾难性的伤害。据《资治通鉴》卷一百二十六记载说"魏人凡破南兖、徐、兖、豫、青、冀六州，杀掠不可胜计，丁壮者即加斩截，婴儿贯于槊上，盘舞以为戏。所过郡县，赤地无余，春燕归，巢于林木。"诗人有感于此，乃写下了慷慨激昂的《代陈思王白马篇》诗一首：

> 白马骍角弓，鸣鞭乘北风。要途问边急，杂虏入云中。闭壁自往夏，清野径还冬。侨装多阙绝，旅服少裁缝。埋身守汉境，沈命对胡封。薄暮塞云起，飞沙被远松。含悲望两都，楚歌登四墉。丈夫设计误，怀恨逐边戎。弃别中国爱，邀冀胡马功。去来今何道，卑贱生所钟。但令塞上儿，知我独为雄。

充分表现了他驱除胡虏的雄心壮志和为国立功的愿望。

元嘉二十八年的二月，始兴王刘濬奉命率众筑城于瓜步，鲍照也随之到了江北。当时，始兴王多有不法的行为，屡次被宋文帝所诘责，并与文帝太子刘劭共为巫蛊，以玉人为文帝形像，埋于皇宫的含章殿内，以诅咒文帝速死。鲍照作为刘濬的幕僚，虽然并未参与此事，但对刘濬的行径可能多少有所觉察。所以，当刘濬从江北返回京口时，鲍照辞去了始兴国侍郎的职务，仍逗留于江北，并作有《代放歌行》诗一首以寄意。及时抽身离去，以避免受到刘濬的牵连，乃是上上之策。从这一点看，他的政治观察力还是颇为敏锐的。这年的春夏之间，诗人又专程前往广陵，凭吊了在宋魏战争中遭受到严重破坏的广陵芜城，怀古伤今，从而写下了一篇著名的《芜城赋》。

广陵城为西汉吴王刘濞所建，为刘濞的都城。汉景帝时刘濞反，兵败被杀，城破家亡。前代学者或以为此文乃大明三年(459)诗人有感于广陵王刘诞叛逆，广陵城遭受兵火后之残破景象而作，借西汉吴王刘濞谋反失败之事，以讽刺时事。曹道衡先生则以为乃宋文帝元嘉二十七年(450)至二十八年(451)年之间，诗人目睹宋文帝太子元凶刘劭和始兴王刘濬的反叛阴谋，而借吴王刘濞事进行讽谏之作。但笔者以为，此赋乃元嘉二十八年诗人目睹北魏南侵所造成广陵城残破景象而作。《宋书》卷九十五《索虏传》曾两次提到过在元嘉二十七年的宋魏战争中广陵城所遭受到摧毁的情况：

> 焘自率大军南向，中书郎鲁秀出广陵，高梁王阿斗埿出山阳，永昌王于寿阳出横江。凡所经过，莫不残害。
>
> 初，太祖闻虏冠逆，焚烧广陵城府船乘，使广陵、南沛二郡太守刘怀之率人民一时渡江。

所以，赋末的《芜城之歌》“边风急兮城上寒，井径灭兮丘陇残”，当指广陵在宋魏战争中所受到的严重破坏而说。赋以广陵今昔盛衰的对比展开，一扬一抑，形成了极大的反差。“入手言广陵形胜及其繁盛，后乃写其凋敝衰飒之形，俯仰苍茫，满目悲凉之状，溢于纸上，真足以惊心动魄矣。”①其中写广陵城战后荒凉的一节：

> 泽葵依井，荒葛罥涂。坛罗虺蜮，阶斗麏鼯。木魅山鬼，野鼠城狐。风嗥雨啸，昏见晨趋，饥鹰厉吻，寒鸱吓雏。伏虣藏虎，乳血餐肤。崩榛塞路，峥嵘古馗。白杨早落，塞草前衰。稜稜霜气，蔌

① 林纾《林纾選評古文辭類纂》。

> 菽风威。孤蓬自振，惊沙坐飞。灌莽杳而无际，丛薄纷其相依。通池既已夷，峻隅又以颓。直视千里外，唯见起黄埃。凝思寂听，心伤已摧。

以悲怆的语调，峭拔的气势，夸张的笔法，渲染芜城的荒凉，极大地刺激了读者的感官。诚如姚鼐《古文辞类纂》所说“驱迈苍凉之气，惊心动魄之辞，皆赋家之绝境”，堪称文学史上的杰作。

元嘉二十九年(452)五月，鲍照离开江北，经由瓜步返建康，登瓜步山有感而作《登瓜步山楬文》一篇，借瓜步山的得地势之要，抒发“故才之多少，不如势之多少远矣”的感慨，以表现对世族门阀制度的强烈不满，抒发寒人仕进无门的悲愤。末则借用历史上远如许由、务光，近如管宁等贤人以自比，表示对名利的轻蔑，并对贩交买名的鄙况，吮痈舐痔的邓通之流进行了尖刻的讽刺。沉痛愤激之情，溢于言表。

这一年的夏秋之间，诗人又由建康南下，前往南徐州的义兴(今江苏宜兴)，拜访他的好友王僧达并逗留义兴，从而开始了他人生的一个全新时期。

三、忧谗畏讥的孝武帝近臣

元嘉三十年(453)二月，发生了一件令人震惊的也影响到整个刘宋王朝后期政局的大事，这就是元嘉三十年(453)二月文帝太子刘劭率兵杀父自立的事件。参与这起杀父事件的另一主要人物，正是文帝次子始兴王刘濬。这年的三月，担任江州刺史的宋文帝第三子武陵王刘骏(即宋孝武帝，这年四月即帝位)即自寻阳率军进攻建康，并传檄天下，讨伐刘劭。当时鲍照正在义兴，依附义兴太守王僧达，与王僧达诗酒相唱和。王僧达，琅邪临沂人，宋初开国功臣太保王弘之少子，门第既高，人才又优，为琅邪王氏的代表人物。鲍照与王僧达的交往，还得追溯到元嘉年间他在临川王义庆幕时。其时鲍照为义庆幕僚，而僧达则为义庆女婿，故二人有相往还之机缘而以文义相交往。在鲍照现存的与人相唱和的诗作中，以与王僧达相唱和的为最多。在元嘉二十七年王僧达出任宣城太守时诗人所作的《送别王宣城》诗说："广望周千里，江郊蔼微明。举爵自惆怅，歌管为谁清。"表现了与友人分别时的难舍难分，和对友人的无限留恋。元嘉三十年秋在京都与王僧达相唱和的《和王护军秋夕》诗说："匹命无单年，偶影有双夕。暂交金石心，须臾云雨隔。"表现对友人的依恋，都可见出二人交谊的深厚。据《宋书》卷七十五《王僧达传》记载说，当王僧达收到刘骏的檄文后，"僧达未知所从。客说之曰：'方今衅逆滔天，古今未有，为君计，莫若承义师之檄，移告傍郡，使工言之士，明示祸福，苟在有心，谁不响应，此策上也。如其不能，可躬率向义之徒，详择水陆之便，致身南归，亦其次也。'僧达乃自候道南奔，逢世祖于鹊头，即命为长史，加征虏将军。"传文中虽然未曾明载说王僧达投刘骏的"客"是谁，但笔者以为很可能即为鲍照。其理由之一是，这年的五月，鲍照因为孝武帝军平定京都而作《中兴歌》十首，鲍照此时必定随同王僧达投奔刘骏。不久后鲍照又被任为海虞(今江苏常熟)令，以一平民而直为江南富庶之地的六品县令，这种情况若不是因为有劝说王僧达南奔而立功，是决没有可能的。其二，鲍照以友人的身份依附王僧达，也正与"客"的身份相符合。其三，鲍照素怀报国立功壮志，又极富正义感，当二凶逆乱，举国同忾之时，他劝说王僧达南奔刘骏自当属必然之举。

由于劝说王僧达起兵响应武骏王刘骏平定刘劭和刘濬的叛乱，并追随王僧达投奔刘骏而得到刘骏的信任，因此在元嘉三十年(453)刘骏攻破京都并称帝后，鲍照即被任命为海虞县令。孝武帝孝建三年(456)左右，他又迁任太学博士，并代理中书舍人。中书舍人是君主耳目所寄的亲近之臣，品位虽然不高，但由于身份的特殊，权力却相当大。《宋书·恩倖传》说："赏罚之要，是谓国权，出内王命，由其掌握，于是方途结轨，辐辏同奔。人主谓其身卑位薄，以为权不得重。曾不知鼠凭社贵，狐藉虎威，外无逼主之嫌，内有专用之功。……西京许、史，盖不足云，晋朝王、庾，示或能比。"如当时与鲍照同为中书舍人的戴明宝、戴法兴、巢尚之等人，据《宋书·恩倖传》云："凡选授迁转诛赏大处分，上皆与法兴、尚之参怀，内外诸杂事，多委明宝。上性严暴，睚眦之间，动至罪戮，尚之每临事解释，多得全免，殿省甚赖之。而法兴、明宝大通人事，多纳货贿，凡所荐达，言无不行，天下辐凑，门外成市，家产并累千金。”可见这种职务地位之重要，鲍照这时也达到了他政治生涯的顶峰。

在京都任职的初期，鲍照度过了一段美好的时光。钟嵘《诗品》记载说：“照尝答孝武云：‘臣妹才自亚于左芬，臣才不及太冲尔。”鲍照的答语虽然相当谦虚，但从中可以看出，孝武帝当时对鲍照兄妹二人的文才颇为欣赏，同时，鲍照当时不仅有接触孝武帝的机会，而且关系还较为密切。他的《药奁铭》与《赐药启》也是这一时期所作，《赐药启》说：

> 遐泽近临，猥委存恤，瘠同山岳，蒙灵药之赐；惠非河间，谬仙使之屈。恩逾脯糗，惠重帷席。

见其染病之时，孝武帝乃遣专使赐药，也是孝武帝当时对他颇为赏识的明证。他当时与吏部尚书谢庄所作的《与谢尚书庄三连句》说：“霞晖兮涧朗，月静兮秋澄。风轻桃欲开，露重兰未胜。水光溢兮松雾动，山烟叠兮石露凝。掩映晨物采，连绵夕羽兴。”与王延秀、荀原之等人所作的《月下登楼连句》说：“佛仿萝月光，缤纷篁雾阴，乐来乱忧念，酒至歇忧心。”都是语言轻松的作品。此外，当时颇受孝武帝重用的大臣柳元景迁职为骠骑将军时，鲍照代为作《柳令让骠骑表》，随孝武帝游覆舟山时代柳元景作《侍宴覆舟山诗》二首。这些，都显示出他当时有着较好的处境。

孝武帝刘骏是一个猜忌刻薄，好杀成性的君主。因此，鲍照在孝武帝左右也就变得格外的小心谨慎，他的《尺蠖赋》应该就是这一时期的作品：

> 智哉尺蠖，观机而作，伸非向厚，屈非向薄。当静泉渟，遇躁风惊。起轩躯以旷跨，伏累气而并形。冰炭弗触，锋刃靡迕，逢险蹙蹐，值夷舒步，忌好退之见猜，哀必进而为蠹，每骧首以瞰途，常驻景而翻露。故身不豫托，地无前期，动静必观于物，消息各随乎时，从方而应，何虑何思？是以军算慕其权，国容拟其变。高贤图之以隐沦，智士以之而藏见。笑灵蛇之久蛰，羞龙德之方战，理害道而

为尤，事伤生而感贱，苟见义而守勇，岂专取于弦箭。

可以说就是他当时处世态度的真实写照。由早年赞美“本轻死以邀得，虽糜烂其何伤。岂学山南之文豹，避云雾而深藏”的飞蛾，到如今赞美见机行事、能屈能伸的尺蠖，二者之间形成了极大的反差。这既是他在险恶环境下的无奈之举，也是他在长期仕途不顺的困境之下随着年龄增长而产生的人生态度转变。《宋书》鲍照本传说：“世祖以照为中书舍人。上好为文章，自谓物莫能及。照悟其旨，为文多鄙言累句，当时咸谓照才尽，实不然也。”对此，前人曾有不同的看法，如张溥《鲍参军集题辞》就说：“集中文章，实无鄙言累句，不知当时何以相加。”虽然我们现在找不到鲍照诗文有故为鄙言累句的例子，但从这一篇《尺蠖赋》来看，《宋书》的这则记载还是可信的，只是他的故为“鄙言累句”的文章后已佚失，或是虞炎在奉齐文惠太子萧长懋之命搜集鲍照遗文编次成集时干脆未予收入集中而已。

但是性格的改变并不是一件说到就能做到的事，表面的委曲求全并不能掩盖他内心的刚直，这就必然使他很快遭到同僚的诋毁从而逐渐失去了孝武帝的欢心。他的《代陈思王京洛篇》就是当时所作：

凤楼十二重，四户八绮窗。绣桷金莲花，桂柱玉盘龙。珠帘无隔露，罗幌不胜风。宝帐三千所，为尔一朝容。扬芬紫烟上，垂彩绿云中。春吹回白日，霜歌落塞鸿。但惧秋尘起，盛爱逐衰蓬。坐视青苔满，卧对锦筵空。琴瑟纵横散，舞衣不复缝。古来共歇薄，君意岂独浓。唯见双黄鹄，千里一相从。

郭茂倩在《乐府诗集》中说此诗：“始则盛称京洛之美，终言君恩歇薄，有怨旷沉沦之叹。”诗借一女子之口，叙述她备受君王爱幸，宠压群芳，而又充满色衰爱弛、不得所终忧惧的矛盾心情，曲折地表现了诗人自身的处境与复杂心情。鲍照遭受同僚谗言除了个性上的原因之外，很重要的一个方面又应该是他为人的廉洁。诗人有《请假启》和《请假又启》二篇，皆作于任中书舍人时，其《请假启》说：

> 臣启：臣居家之治，上漏下湿。暑雨将降，有惧崩压。比欲完葺，私寡功力，板锸陶涂，必须躬役。冒欲请假三十日，伏愿天恩，赐垂矜许。

其《请假又启》说：

> 臣启：臣所患弥留，病躯沈痼。自近蒙归，频更顿处，日夜间困或数四。委然一弊，瞻景待化。……臣母年老，经离忧伤，服粗食淡，羸耗增疾。心计焦迫，进退罔蹶。冒乞申假百日，伏愿天慈，赐垂矜许。

叙述了他家庭当时的贫困情况，笔者以为这里并没有多少夸张。然而，他的同僚戴法兴、戴明宝等人的情况则是"大通人事，多纳货贿，凡所荐达，言无不行，天下辐凑，门外成市，家产并累千金"①。自古正邪不能两立，在这种情形之下，鲍照遭到同僚的谗言也就是必然的了。

约在宋孝武帝大明元年(457)，诗人终于离开了他短暂的中书舍人之任，被贬为秣陵（今江苏江宁）县的县令，秣陵虽然是京都建康的近郊大县，但其位置的重要已远远不是中书舍人所能比拟的。行前，诗人写下沉痛的《代白头吟》诗一首：

> 直如朱丝绳，清如玉壶冰。何惭宿昔意，猜恨坐相仍。人情贱恩旧，世议逐衰兴。毫发一为瑕，丘山不可胜。食苗实硕鼠，玷白信苍蝇。凫鹄远成美，薪刍前见陵。申黜褒女进，班去赵姬升。周王日沦惑，汉帝益嗟称。心赏犹难恃，貌恭岂易凭。古来共如此，非君独抚膺。

以古代周幽王得褒姒而黜申后，汉成帝因赵飞燕而疏班婕妤的事实，说明君主喜新厌旧的本性。指出造成如今"猜恨"的原因，如同硕鼠之伤

① 《宋书》卷九十四《恩倖传》。

苗，苍蝇之污白；又如凫鹄自远而来，方为贵美，薪刍之在前者，必为后来者所覆压，以自嘲的口吻抒发感慨。表面上是自我安慰之辞，实则寄托了诗人被贬之时深深的无奈与尤怨。而脍炙人口的《玩月城西门廨中》诗正是在秣陵令任时所作：

> 始出西南楼，纤纤如玉钩。末映东北墀，娟娟似娥眉。娥眉蔽珠栊，玉钩隔琐窗。三五二八时。千里与君同。夜移衡汉落，徘徊帷户中。归华先委露，别叶早辞风。客游厌苦辛，仕子倦飘尘。休浣自公日，宴慰及私辰。蜀琴抽白雪，郢曲发阳春。肴干酒未阕，金壶启夕沦。回轩驻轻盖，留酌待情人。

诗的前六句追叙望中的初生新月，由虚写之景写到眼前望中圆月的实景。一方面表达了诗人望月之专，暗示其对"情人"怀念的情真意切。另一方面则在于用新月对比望日之月，新月光线柔弱，恐难以远照，不能与远方之"情人"共赏，而今月圆光满，正好与远隔千里之人共度此良宵，引出怀人之思，为下文的厌倦客游埋下伏笔。采用拟人化的手法，以实写虚，将无形的月光当作有形的物体，形象生动而富有实体感；同时将月光的移动比作人的徘徊，富于感情色彩，也暗示了诗人当时的复杂心绪。此诗遣词造句形象生动，风格清丽柔美，在诗人追求奇险的总体风格中乃是别具一格的作品，对后人望月诗词的创作具有较大的影响。

大明二年(458)，因为他的好友王僧达被孝武帝所杀，更大的打击又接着降临到他的头上。王僧达个性桀骜不驯，《宋书》卷七十一《王僧达传》说他"自负才地，谓当时莫及。上初践阼，即居端右，一二年间，便望宰相"。由于当宰相的愿望未能实现，王僧达乃多有越轨的行为并且屡发怨言，从而招致了孝武帝的忌恨。而这时又恰好发生了高阇谋反的事件，《宋书·王僧达传》说："先是，南彭城蕃县民高阇、沙门释昙标、道方等共相诳惑，自言有鬼神龙凤之瑞，常闻箫鼓音，与秣陵民蓝宏期等谋为乱。又要结殿中将军苗允、员外散骑侍郎严欣之、司空参军阚千纂、太宰府将程农、王恬等，谋克二年八月一日夜起兵攻宫门，晨掩太宰江夏王义恭，分兵掩杀诸大臣，以阁为天子。”这场形同儿戏的谋反尚未能真正发动即被平定，王僧达也被孝武帝有意识地罗织罪名，诬陷他参与了高阇的谋反，于这年的八月赐死于狱中。作为王僧达好友的鲍照，受到牵连也就在情理之中。同时，这次谋反事件的主谋者之一的蓝宏期，又正是鲍照治下的秣陵县的县民，失察之罪也在所难免。因此，鲍照就在这一年被贬为永安县的县令，并受到禁止的处分，从而开始了他频繁东西奔走的晚年人生。

四、倦于奔波的不幸文人

鲍照以带罪之身所贬的永安令究竟在何地，历来论者也都语焉不详。根据《宋书·州郡志》的记载，当时永安县有二，其一在荆州之南河东郡，《宋书》卷三十七《州郡志三》：“南河东太守，河东郡，秦立，晋成帝咸康三年，征西将军庾亮以司州侨户立。……今领县四，户二千四百二十三，口一万四百八十七。去州水一百二十，去京都水三千五百。”所领四县为闻喜、永安、松滋、谯县。其云：“永安令，前汉彘县，顺帝阳嘉二年更名，后属平阳。”则此永安乃东晋所侨立，无实土。今考原永安县为地处今山西霍县一带，由前汉之彘县而更名者，晋、宋时已沦于北方少数民族之手。钱大昕《廿二史考异·宋书·州郡三》云：“南河东太守，晋成帝咸康三年，征西将军庾亮以司州侨户立。按晋志，渡江以后，河东人南寓于汉武陵郡孱陵县界上明地，侨立河东郡，即此郡也。桓冲为荆州刺史都督司州之河东军事，亦指此。”是荆州河东郡之永安县侨立于原武陵郡孱陵县境内，即地在今湖北松滋一带。而另一永安则在益州之宋宁郡，《宋书》卷三十八《州郡志四》：“宋宁太守，文帝元嘉十年，免吴营侨立，领县三，户一千三十六，口八千三百四十二。寄治成都。”所领三县为欣平、宜昌、永安。其云：“永安令，与郡俱立。”则此永安县乃宋文帝所侨立，时寄治成都，亦无实土可言。鲍照所担任的永安令现虽难以确定，但最有可能的当为时属益州宋宁郡的永安。笔者前此尝撰《鲍照年谱》①,以为鲍照所任的永安令可能性较大的是荆州南河东郡的永安。但现在看来,这一观点是应该予以修正的。

大明四年(461),孝武帝的第七子子顼被封为历阳王,派往扬州的吴兴(今浙江湖州),担任征虏将军、吴兴太守。由于子顼当时年仅五岁,需要得力的佐吏掌文书簿籍并辅佐之,因此鲍照在大明五年被解除了禁止的处分,并被任命为子顼的军府参军,掌书记之任,当时子顼已改封为临海王。他也因此而写了一篇《谢永安令解禁止启》一文表示感谢,文中说:"不悟乾陶弥运,复垂埏饰,矫迹升等,改观非服,振缨珥笔,联承贵宠。"正是指他由永安令改任子顼的军府佐吏而说。这年,他已经四十六岁。在吴兴的二年期间,他作有《自砺山东望震泽》和《吴兴黄浦亭庾中郎别》、《送盛侍郎饯候亭》等诗,流露出满怀悲愁郁闷的心绪和强烈的思乡之情,年轻时的豪迈之情与积极的进取精神随着时间的推移与年龄的渐增,已经荡然无存。

大明六年,子顼被任为荆州刺史,鲍照也跟随子顼由吴兴经由京都建康前往荆州的江陵。在建康,他目睹京都的奢侈建筑,从而有感而写下了著名的《代陆平原君子有所思行》一篇:

> 西上登雀台,东下望云阙。层阁肃天居,驰道直如发。绣甍结飞霞,璇题纳行月。筑山拟蓬壶,穿池类溟渤。选色遍齐代,征声匝邛越。陈钟陪夕宴,笙歌待明发。年貌不可还,身意会盈歇。蚁壤漏山阿,丝泪毁金骨。器恶含满欹,物忌厚生没。智哉众多士,服理辨昭昧。

根据《宋书》中《文帝纪》和《孝武帝纪》等记载,元嘉二十三年(446),宋文帝在京都开挖玄武湖,并欲于湖中立方丈、蓬莱、瀛洲三神山;宋孝武帝又于大明五年"初立驰道,自阊阖门至于朱雀门,又自承明门至于玄武湖",极尽奢华之能事。此诗即由眼前所见的京都景物而抒发感慨,暗示时光流逝,佚乐难以持久,直言灾祸生于微忽,说明虚则欹,满则覆

① 拙著《鲍照年谱》,上海古籍出版社 2004 年版。

的道理，对执政者进行讽谏。在宋孝武帝尚在世时，诗人能够写出这样尖锐的诗作，当冒有较大的危险，这实在是十分难能可贵的。

这一年的秋天，鲍照随临海王子项由京都出发，前往荆州的江陵，行前写下了《从临海王上荆初发新渚》和《代东门行》等诗作，其《代东门行》乃是他的代表作之一：

> 伤禽恶弦惊，倦客恶离声。离声断客情，宾御皆涕零。涕零心断绝，将去复还诀。一息不相知，何况异乡别。遥遥征驾远，杳杳白日晚。居人掩闺卧，行子夜中饭。野风吹草木，行子心肠断。食梅常苦酸，衣葛常苦寒。丝竹徒满坐，忧人不解颜。长歌欲自慰，弥起长恨端。

表现出与亲友分别时的无限痛苦，和对离别宦游的厌恶与恐惧。在上荆途中，他又写下了《登黄鹤矶》、《岐阳守风》二诗以及《游思赋》一篇。《从临海王上荆初发新渚》诗说："狐免怀窟志，犬马恋主情。抚襟长太息，相顾俱涕零。奉役途未启，思归思已盈。"《登黄鹤矶》诗说："泪行感湘别，弄珠怀汉游。岂伊药饵泰，得夺旅人忧。"《岐阳守风》诗说："洲迥风正悲，江寒雾未歇。飞云日东西，别鹤方楚越。尘衣孰挥澣，蓬思乱光发。"《游思赋》说："塞风驰兮边草飞，胡沙起兮雁扬翮。虽燕越之异心，在禽鸟而同戚。怅收情而抆泪，遣繁悲而自抑。"也都表现出了此行的无奈以及对家乡思念的痛苦。在诗人的心中，功名富贵已经不能再引起任何兴趣，他所向往的只是脱离充满险恶的官场，过上虽然清贫，但却能与亲人朝夕相处的生活。这次到达荆州后所写的《梦还乡》诗则是这种心情的具体体现：

> 衔泪出郭门，抚剑无人逵。沙风暗空起，离心眷乡畿。夜分就孤枕，梦想暂言归。孀妇当户叹，缫丝复鸣机。慊款论久别，相将还绮闱。历历檐下凉，胧胧帐里晖。刈兰争芬芳，采菊竞葳蕤。开奁夺香苏，探袖解缨徽。梦中长路近，觉后大江违。惊起空叹息，恍惚神魂飞。白水漫浩浩，高山壮巍巍。波澜异往复，风霜改荣

衰。比土非吾土,慷慨当告谁。

字里行间,充满了对妻子的柔情蜜意,也表现了思乡的痛苦,还乡的心切,以及辞官归隐,与妻子相伴相随的强烈愿望。

然而,就在诗人写下了这首诗之后不久,他的妻子即离开了人世,诗人得知这一噩耗后,不由感慨万千,写下了沉痛至极的《伤逝赋》,赋中说:“结单心于暮条,掩行泪于晨风。念沈悼而谁剧?独婴哀于逝躬。草忌霜而逼秋,人恶老而逼衰。诚衰耄之可忌,或甘愿而志违。”又说:“日月飘而不留,命倏忽而谁保?譬明隙之在梁,如风露之停草。发迎忧而送华,貌先悴而收藻。共甘苦其几人,曾无得而偕老。”既是对死者的哀悼,也是对生命的恐惧。这时,年仅五十的诗人即已感叹生命的衰老,从而在《在江陵叹年伤老》诗说:“役生良自休,大患安足保。”“节如惊灰异,零落就衰老。”表现对年华逝去的无奈和对生命难久的伤感。

大明八年(464)闰五月,孝武帝刘骏病卒,太子刘子业即位,史称前废帝。刘子业暴虐无道,任意诛杀大臣,次年(即宋明帝泰始元年,465)十一月,孝武帝刘骏之弟湘东王刘彧遂接连刘子业的近侍,乘夜入殿杀死子业,自立为帝,从而引发了一场遍及全国的大规模内战。当时年仅十岁的孝武帝第三子晋安王刘子勋正在江州刺史任上,在他的幕僚的策划下,这年的十二月,乃传檄京邑,起兵讨伐刘彧。泰始二年(466)正月,刘子勋又称帝于寻阳,年号义嘉。临海王子顼也在幕僚的挟持之下,起兵响应子勋。这年的八月,子勋兵败,被杀于寻阳。同时,荆州城也被宋明帝刘彧的军队所攻破,鲍照在城破之时被乱后所杀,结束了多艰的一生。

江淹评传

一、贫贱坎坷的青少年时代

江淹字文通，生于宋文帝元嘉二十一年(444)，卒于梁武帝天监四年(505)，历仕宋、齐、梁三朝，为南朝最为著名的文学家之一。《梁书》卷十四《江淹传》、《南史》卷五十九《江淹传》以及江淹之《自序》皆说他是济阳考城(今河南兰考)人，但是根据《元和姓纂》的记载，济阳江氏早先族居于陈留圉(今河南杞县)，其后始“因居考城为著姓”。《晋书》卷五十六《江统传》及卷八十三《江逌传》即记江统及其侄江逌为陈留圉人。济阳江氏自江统而后始贵显，自此以后，济阳考城即成了江氏的郡望。故江统之前史料称江氏籍贯时云“陈留圉”，而江统之后则多称“济阳考城”。据《晋书·江统传》及《魏书》卷七十一《江悦传》所载，江统于永嘉四年(310)西晋末的永嘉之乱中因避难而奔于成皋(今河南荥阳)，随后又南徙渡江而居于江南。又由《宋书·州郡志》所记以及江淹诗文中所透露出来的信息，济阳江氏南徙渡江后乃族居于当时南徐州之京口，即今江苏镇江。所以江淹乃是事实上的江苏镇江人，现存的宋《嘉定镇江志》及元《至顺镇江志》在“侨寓”类明确记载江淹为镇江人，也很好地说明了这一点。

济阳江氏虽然是当时著名的大族，但江淹的一支却并不贵显。不过江淹的祖父江耽及父亲江康之仍然做到过县令这样的官职。江淹的母亲祖籍在平原高唐(今山东高唐),是梁代著名学者刘昭的姑母。平原刘氏也是从北方流亡至江南的士族,南渡后族居之地大约在今江苏无锡一带。刘昭的祖父与父亲官职也不高,地位与江淹的家庭大致相当。从以上情况来看,江淹的家庭在当时应该是一般的士族家庭。

江淹的《自序》说他六岁即能属诗,可见他的早年曾受到过良好的教育,家境应该还是不错的。但是由于他的父亲江康之在他十三岁的时候即去世,从此他的家道遂逐渐衰落,渐趋贫穷。《梁书》江淹本传说他"少孤贫",应该正是从他父亲死后开始的。南朝陈何之元所撰《梁典》及《南史》江淹本传也都说他年十三,孤贫,常采薪以养母。因此早年江淹的生活应该是较为艰苦,而这一段生活对他的成长以及坚韧性格的形成又起到了相当大的作用。

江淹早年勤奋好学,刘璠《梁典》说他,"及长,爱奇尚异,自以孤贱,励志笃学。"他的《自序》自称"长遂博览群书,不事章句之学,颇留精于文章。所诵咏者,盖二十万言。而爱奇尚异,深沉有远识。"从他二十岁左右所创作的诗歌来看,这些话应该是可信的。由于他的博学和早年所显示出来的创作天赋,使他很快引起了一些士大夫的注意并得到他们的赏识,其中对他帮助最大的就是当时的著名文士檀超。《南史》江淹本传说他,"早为高平檀超所知,常升以上席,甚加礼焉"。檀超字悦祖,高平金乡人,他的事迹,见载于《南齐书》卷五十二《文学传》,说他:"好文学,放诞任气。"又说:"超嗜酒,好言咏,举止和靡,自比晋郗超,为'高平二超'。谓人曰:'犹觉我为优也。'"郗超字景兴,一字嘉宾,与檀超同为高平金乡人。郗超是东晋时期的著名人物,在当时与东晋名将谢玄并称为"二玄"。《晋书》卷六十七《郗鉴传附郗超传》说他,"少卓荦不羁,有旷世之度,交游士林,每有胜拔,善谈论,义理精微"。檀超以郗超自比,并以为自己更要优于郗超,可见他自视之高。《南齐书》檀超本传曾记载了他的一则佚事,说檀超早年"尝与别驾萧惠开共事,不为之下。谓惠开曰:'我与卿俱起一老姥,何足相夸?'"檀超所说的"老姥",即宋高祖刘裕之母孝懿萧皇后,萧惠开为其侄孙,乃当时的著名贵戚。檀超与萧惠开共事而不为之下,更显示出他狂傲张扬的个性。檀超当时在年龄上大于江淹许多,江淹青少年时期,檀超久已成名,为当世所重。然而就是这样的一个人物,却不仅礼待江淹,而且“常升以上席”,这当然会使江淹名声大振。以他孤苦贫寒的出身,在二十岁左右的青年时期即能出入诸王王府,檀超的奖掖无疑起到了重要的作用。

宋孝武帝大明七年(463),年方二十岁的江淹即踏上仕途,由南徐州京口来到京都建康(今江苏南京),为当时的始安王刘子真和建平王刘景素等讲授五经,成了他们的发蒙教师。当时始安王子真年仅七岁,建平王景素年十二岁。子真为孝武帝刘骏之子,景素则是孝武帝最为信任的弟弟建平王刘宏之子,这时刘宏已死,所以景素继承了王位。同年冬,江淹又被正式任命为南徐州刺史新安王刘子鸾的从事,不久又转为奉朝请之职。新安王子鸾为孝武帝第八子,且为孝武帝宠妃殷氏所生,因此爱冠诸子。子鸾是时年仅八岁而被任为南徐州刺史,只是虚职,并未之京口任所而留在京都建康。所以,江淹在子鸾幕期间仍然居于京都并周旋于诸王之间。

作为一个出身并不高贵的中下层士族,在当时颇重门第的时代,江淹能在二十岁就能成为诸王的塾师并得以任为孝武帝宠子的从事,乃是非常幸运并且难得的事情。此时的江淹,可以说是志满意得。如果照此发展下去,江淹的前途将会是一片光明。然而就在江淹二十一岁的大明八年(464),形势却发生了急剧的变化。这年的闰五月,宋孝武帝病死,继任的是他的长子刘子业,因为子业后来被其叔宋明帝所废,所以史称前废帝。子业是孝武帝王皇后所生,由于孝武帝宠爱殷妃及新安子子鸾,所以子业即帝位之前就心存不满,对子鸾怀恨在心。加之子业为人,心胸狭窄,刚戾凶狠,在他即位后仅二个月,就免去了子鸾的司徒之职,让子鸾前往南徐州就任,次年的九月,子鸾即被子业所赐死。在这种情况下,江淹乃进入了始安王子真幕府,成了子真幕府中的重要一员。当时子真的职务是征虏将军、南彭城太守,领石头戍事。几个月后,子真又先后改任丹阳尹及南兖州刺史之职,宋明帝泰始元年(465)的秋天,江淹于是又随子真到了南兖州的治所所在的广陵(今江苏扬州)。在子真幕府期间,子真上给朝廷的章、表等大多出自江淹之手。

前废帝子业不仅深恨子鸾,而且对他的几个叔叔和其他的弟弟以及朝中的大臣也都非常猜忌，常欲置他们于死地。对政治形势颇为敏感的江淹大约已经对此有所预感，加之新安王子鸾无端被杀的阴影犹在，所以他在当时陪侍子真登石头城时所作的《侍始安王石头》诗说："暮情郁无已，流望在川阳。""揽镜照愁色，从坐引忧方。山中如未夕，无使桂叶伤。"在随同子真前往南兖州广陵就任途中所作的《从征虏始安王道中》诗说："结轩首凉野，驱马傃寒城。容裔还乡棹，逶迤去国旌。""徒惭恩厚概，空抱春施名。仰愿光威远，岁晏返柴荆。"就表现出了与他二十岁左右青年人的心态非常不协调的忧虑伤感之情。

江淹随始安王子真到达南兖州广陵仅仅三个月左右，也就是泰始元年十一月，宋王朝即发生了一次重大的政治事件。由于前废帝子业的荒淫暴虐，威胁到诸王的生命安全，也引起了在朝诸大臣的不满。因此，子业的叔父湘东王刘彧乃乘机结连内侍，入宫废杀了子业并自立为帝，这就是历史上的宋明帝。因为不满明帝刘彧的弑君自立，宋孝武帝的几个儿子与相当一部分大臣纷纷起兵反抗，宋王朝终于爆发了一次大规模的内战，战争几乎涉及到整个国家，直到泰始二年(466)的八月，反对者的大本营江州的寻阳(今江西九江)才被明帝的军队所攻破，反抗者所遵奉的孝武帝第三子晋安王子勋被杀，战事才基本结束。宋明帝为了巩固政权，消除隐患，乃尽杀孝武帝诸子，年仅十岁的始安王子真也在这年的十月被明帝所赐死。继任为南兖州刺史的是建平王刘景素，江淹在数年前曾是建平王景素的塾师，所以景素对江淹有着相当的了解和信任。江淹逃过这一劫难之后，却因祸得福，仍留在广陵，成了建平王景素的幕僚。他的《自序》说："始安王之薨也，建平王景素闻风而悦，待以布衣之礼。"可见他当时在景素的幕府中虽然并无职务，但却是宾客的身分，景素对他还是颇为礼遇的。

然而命运多舛的江淹在这时又意外地遭遇到一次人生的重大挫折。在泰始三年(467)的八月，广陵令郭彦文犯罪下狱，此事牵连到江淹。有人乘机告发说江淹有接受贿赂之嫌，江淹因此而被捕下狱。至于这次被捕的真正原因，据江淹《自序》说，乃是他"倜傥不俗"，即因年少气盛，恃才傲物而招致了同僚的忌妒。从江淹的生平行事看，他的这个说法是比较可信的。在狱中，他写下了《诣建平王上书》一文，向景素陈述冤情。文章发端即援引古人之事，叙述自己的冤屈说："昔者，贱臣叩心，飞霜击于燕地；庶女告天，振风袭于齐台。下官每读其书，未尝不废卷流涕。何者？士有一定之论，女有不易之行。信而见疑，贞而为戮。是以壮夫义士，伏死而不顾者，此也。"此后他叙述狱中苦况与心情说："不图小人固陋，坐贻谤缺。迹坠昭宪，身限幽圄。履影吊心，酸鼻痛骨。下官闻亏名为辱，亏形次之。是以每一念来，忽若有遗。加以涉旬月，迫季秋，天光沈阴，左右无色。身非木石，与狱吏为伍。此少卿所以仰天槌心，泣尽而继之以血者也。"文中又说："夫以鲁连之智，辞禄而不反；接舆之贤，行歌而忘归。子陵闭关于东越，仲蔚杜门于西秦，亦良可知也。若使下官事非其虚，罪得其实，亦当钳口吞舌，伏匕首以殒身。何以见齐鲁奇节之人，燕赵悲歌之士乎？"声情并茂，慷慨激昂，语气又不卑不亢，感人至深。文章模拟西汉邹阳《狱中上梁王书》与司马迁《报任安书》，采用骈散结合的笔法，淋漓尽致地表达了当时的感受，乃是历来传颂的名篇。钱钟书于《管锥编》"二〇八"论此文说："按齐梁文士，取青妃白，骈四俪六，淹独见汉魏人风格而悦之，时时心摹手追。此书出入邹阳《上梁孝王》、司马迁《报任少卿》两篇间，……虽于时习刮磨未净，要皆气骨权奇，绝类离伦。"即给予了很高的评价。无怪乎景素在见到这篇文章后深受感动，立即就释放了他。

不久，景素离开南兖州刺史任，回到京都建康担任了丹阳尹之职，江淹也随之南归。大约在回京后的第二年即泰始四年的春天，江淹即被南徐州刺史桂阳王刘休范举为秀才，随后又在当时例行的秀才对策中得到上第，从而被任命为巴陵王刘休若的王国右常侍之职，当时巴陵王休若正在湘州刺史任上。这一年的秋天，江淹乃沿长江西上，前往湘州治所所在地临湘（今湖南长沙），结束了他艰难坎坷的青少年朝代，踏上了他人生的新旅途。

二、忠心耿耿的建平王幕僚

在前往湘州临湘的途中，江淹经过南朝当时西部的政治经济中心荆州的江陵（今湖北江陵），远望江陵近郊的著名山脉荆山的景物，不禁感慨万千，写下了他早年的代表作之一《望荆山》诗：

奉义至江汉，始知楚塞长。南关绕桐柏，西途出鲁阳。寒郊无留影，秋日悬清光。悲风挠重林，云霞肃川涨。岁晏君如何，零泪染衣裳。玉柱空掩露，金樽坐含霜。一闻苦寒奏，再使艳歌伤。

除了《杂体诗三十首》以外，诗人被《文选》所收录的诗作并不多，此诗乃是其中之一。诗中描绘所见荆州一带的秋景，气势雄浑壮阔，但已不似元嘉诗人写景诗的峭刻与崇尚藻饰，而显示出一种较为清秀自然的风格，明显表现出了从元嘉向永明诗风过渡的痕迹，对后来谢朓的诗歌创作有着较大的影响。由于他这时离出南兖州狱不久，在狱中与狱吏为伍的阴影还未彻底消除，因此在诗中展示出来的是一片萧瑟的秋景，回荡着浓厚的悲秋气氛，含蓄地烘托出了他当时远适异乡的伤感之情。历来的文学评论家对此诗都有颇高的评价，可见并不是偶然的。

这次途经荆州时，诗人还创作了一篇《哀千里赋》，赋中写道："既而悄怆成忧，悯默自怜。信规行之未旷，知距步之已难。虽河北之爽垲，犹橘柚之不迁。及年岁之未晏，愿匡坐于霸山。"抒发了与《望荆山》诗同样的哀怨之情。

江淹在巴陵王休若幕下仅仅只有几个月时间，在泰始五年(469)的春夏之间，他即离开了休若幕，从临湘回到京都建康，重新进入了建平王景素的幕府，当时景素正在丹阳尹任上，不久景素转任吴兴(今浙江吴兴)太守，江淹又随之到了吴兴。从这时开始，一直到宋后废帝元徽二年(474)，他始终在景素幕中，对景素有着深厚的感情。加上此前在南兖州广陵的一段时间，诗人在景素幕中先后大约共生活了八年左右。所以他在日后所作的《被黜为建安吴兴令辞笺诣建平王》一文中有"窃思伏皂九载，齿录八年"的说法。

泰始五年岁末，景素被任命为湘州刺史，因此在泰始六年(470)的春天，江淹又一次有了湘州的临湘之行。在途经著名的庐山时，建平王率随从登上庐山，不由诗兴大发，写下了一首赞美庐山的诗篇，江淹也因此而写下了一首和作《从冠军建平王登庐山香炉峰》①：

> 广成爱神鼎，淮南好丹经。此峰具鸾鹤，往来尽仙灵。瑶草正翕艳，玉树信葱青。绛气下萦薄，白云上杳冥。中坐瞰蜿虹，俯伏视流星。不寻遐怪极，则知耳目惊。日落长沙渚，曾阴万里生。藉兰素多意，临风默含情，方学松柏隐。羞逐市井名。幸承光诵末，伏思托后旌。

这是又一首诗人早期的名作，也被萧统收入了《文选》。由于建平王景素爱才好士，诗人在景素幕中的心情应该十分的惬意，加之被系南兖州狱时残存的阴影已经逐渐消除，所以此诗显得颇为轻松，色调也较为明快，充分表现出了庐山如仙境般的空灵境界。结尾则对建平王予以赞美并表示追随与尽心辅佐的愿望。事实上，江淹此诗诗末所说的并非是一般的应酬，也并非阿谀奉承之辞，在日后追随景素的过程中，他确实尽到了全力辅佐景素的责任。

泰始七年(471)年的二月，景素由湘州刺史改任为荆州刺史，江淹代景素写了《建平王让右将军荆州刺史表》和《建平王拜右将军荆州刺史章》②二文。到荆州后，江淹即被任命为景素的右军主簿，并作有《到主簿日事诣右军建平王》一文。在此后很长的一段时间中，景素所上给朝廷的章、表及在荆州所发布的教文等，大多出自江淹之手。

重新进入景素幕的早期，诗人与景素之间的关系应该是比较融洽的，所以在《自序》中他说曾被景素“宾待累年，雅以文章见遇”，在泰始六年时他也写出了《从冠军建平王登庐山香炉峰》这种在他的诗作中少有的没有抒写忧怨之情的诗篇。在此期间，他还写下了《秋至还归》《步桐台》《渡西塞望江上诸山》《寄丘三公》《感春冰遥和谢中书二首》等诗篇，这些诗中，他虽然也写忧情，自称“忧人”，表现归隐的愿望，但这应

---

① 《文选》载江淹《从冠军建平王登庐山香炉峰》诗一首，本集则作《从冠军行建平王登庐山香炉峰》。考之题义，“行”字殊不可解，则本集所载，或衍文也。

② 本集作《建平王拜右卫将军荆州刺史章》，“卫”字当为衍文。

该是诗人对政治的敏感，对宋明帝末年无情杀戮诸王的担忧所致，并不像后来诗作的消沉与愤激。然而时隔不久，形势又一次发生了重大的变化。在泰豫元年(472)的四月，宋明帝刘彧病死，继任的是他的长子刘昱，也就是历史上的宋后废帝。宋明帝临死前，已经开始猜忌景素，因为怀疑景素会对他的继任者造成威胁，他临死前遗诏改任景素为太常这一闲职，以防止在景素在荆州割据一方，拥兵自重。后废帝即位以后，任用近臣阮佃夫、王道隆等，无端诛杀大臣，大臣人怀危惧，朝政一片混乱。而建平王景素这时已是二十岁左右的青年，羽翼也逐渐丰满，加之他因礼待士人，修身洁行，抚接百姓，从而深得朝野之心。朝中一些大臣乃属意景素，希望他能取后废帝而代之。《宋书》卷七十二《建平王宏传附景素传》记载当时，“朝野翕然，莫不属意焉。而后废帝凶狂失道，内外皆谓景素宜当神器”。在这种形势下，后废帝刘昱的生母陈氏的亲属，以及其所宠幸的近臣阮佃夫、杨运长等乃深忌景素，派遣耳目，对景素严加防范。当时的荆州，乃是南朝西部的政治经济和军事中心，荆州刺史实际上管辖当时的荆、湘、雍、益、梁、南北秦数州，可以说是西部之长。景素的担任荆州刺史，无疑掌握了西部地区的政治军事大权。而回京担任太常之职，实际上等于交出了一切权力，后果的严重是不言而喻的。当时在景素的僚属中，就有许多人为了追求荣华富贵而力劝景素乘机起事，景素也为了自身的安全，所以就与其亲信密谋自全之计，企图发兵东下，夺取政权。此时江淹分析形势，认为在当时的条件之下，景素一旦发兵，则必败无疑。于是他乃不顾利害，以周王朝管叔、蔡叔谋反失败的教训向景素进谏，告诫景素不要轻举妄动。这时的景素在左右亲信的怂恿蛊惑之下，不免有些丧失理智，飘飘然起来，他不仅没有采纳江淹的意见，反而对江淹有所不满，从此逐渐疏远了江淹。

泰豫元年七月，景素经过再三权衡，决定先行回京都以待机而动，途中江淹作有《江上之山赋》一篇，其中说：“嗟世道之异兹，牵忧恚而来逼。惟炉炭于片景，抱丝绪于一息。每意远而生短，恒轮平而路仄。信悬天兮窈昧，岂系命于才力。既群龙之咸疑，焉众状之所极。俗逐事而变化，心应物而回旋。既歘翕兮其未悟，亦纬缅而已迁。伊人寿兮几何，譬流星之殒天。怅日暮兮吾有念，临江上之断山。虽不敏而无操，愿从兰芬与玉坚。”对当时局势的严重表示了无限的担忧。这年的闰七月，景素又被改任为镇军将军、南徐州刺史，江淹也随景素来到了南徐州刺史治所所在的京口（今江苏镇江），并被任为景素的镇军参军，领南东海郡丞。来到京口以后，元徽二年（474）友人袁炳的英年早逝，又使他在精神上遭受到重大的打击。袁炳字叔明，陈郡阳夏人，乃是被诗人称为与之有“神交”的最为信赖的挚友，死时年仅二十八岁。在袁炳死后诗人所作的《袁友人传》中，曾对他作了极高的评价，说：“其人天下之士，幼有异才，学无不览，文章俶傥清赡出一时。任心观书，不为章句之学。其笃行则信义惠和，意罄如也。常念荫松柏，咏诗书，志气跌宕，不与俗人交。俯眉暂仕，历国常侍，员外郎，府功曹，临湘令。粟之入者，悉散以赡亲。其为节也如此，数百年未有此人焉。”诗人在泰始五年所作的《报袁叔明书》，元徽二年所作的《与交友论隐书》，都是与袁炳的书信往来之作。二文受司马迁《报任安书》、杨恽《报孙会宗书》及嵇康《与山巨源绝交书》的影响，骈散结合，叙事抒情自然流丽，极富感染力，乃六朝书信散文中的名篇。钱钟书《管锥篇》“全梁文卷三十八”以为《与交友论隐书》乃“嵇康与山巨源之遗”，与《报袁叔明书》同为“气骨权奇，绝类离伦”之作，是很有道理的。《报袁叔明书》说：“若十口之隶，去于饥寒，从疾旧里，斥归故乡。箕坐高视，举酒极望。虽五侯交书，群公走币，仆亦在南山之南矣。此可为智者道，难与俗士言也。”《与交友论隐书》说：“今但愿拾薇藿，诵诗书，乐天理性，敛骨折步，不践过失之地耳。犹以妻孥未夺，桃李须阴。望在五亩之宅，半顷之田。鸟赴檐上，水匝阶下，则请从此隐，长谢故人。”将自己的内心思想，毫无保留地向老友全盘托出，既不矫揉造作，也没有丝毫的隐藏，足见二人友情之深厚。如今老友英年早逝，怎能不使诗人为之痛哭流涕。为此，他乃一连写下了《伤友人赋》、《袁友人传》以寄托其哀思。《伤友人赋》中说：“凋碧玉之神树，销紫石之灵根。永远书于江澨，结深痛于尔魂。魂绵昧其若绝，泣萦盈其若结。吝妙赏之不留，悼知音之已逝。”《袁友人传》则说：“嗟乎！斯才也，斯命也，天之报施善人，何如哉！何如哉！”寥寥数语，表现了诗人内心极大的悲伤之情。再加上当时局势的严重，更使诗人在这一时期的诗文创作中充满了人生无常，世事难料的悲悯之情。

在南徐州，建平王景素阴谋反叛之心愈加显露，与其左右心腹日夜谋议，以求一逞。江淹此时见自己直言进谏已不可能被景素所接受，于是意欲通过微言托讽的手法，以图使景素悬崖勒马。由此，他作了十五首五言诗以为讽谏，这就是现存的《效阮公诗十五首》。这一组诗模仿阮籍《咏怀诗》，大量运用比兴的手法，委婉曲折地表达了自己的见解。虽然较为含蓄，但规劝之意还是相当明显的。如其中的第四首：

> 飘飘恍惚中，是非安所知。大道常不验，金火每如斯。忼慨少淑貌，便娟多令辞。宿昔秉心誓，灵明将见期。愿从丹丘驾，长弄华池滋。

此诗借游仙的题材，表现世事的难为，暗示反叛的难以成功；以小人的美言令辞对比自己的逆耳忠言；最后则说明天命无常，祸福难料的道理。又如第十一首：

> 扰扰当途子，毁誉多埃尘。朝生舆马间，夕死衢路滨。藜藿应见弃，势位乃至亲。华屋争结绶，朱门竞弹巾。徒羡草木利，不爱金碧身。至德所以贵，河上有丈人。

指斥那些怂恿景素谋反的小人为了自身的荣华富贵而不惜冒险以求一逞，警告他们最后必然会落得可悲的下场。最后又指出道家全身远害的可贵。以上数首诗作规劝景素的意思都是相当明显的。此外，他还写下了《灯赋》《扇上彩画赋》《遂古篇》等作品，或托物言志，或暗喻讽谏。《遂古篇》全文模仿屈原《天问》，对古代的传说表示疑问，文中有云："六合之内，心常浑兮。幽明诡性，令智昏兮。"显然针对景素的异谋，指斥景素等人的利令智昏。结尾说："茫茫造化，理难遁兮。圣者不测，况庸伦兮。笔墨之暇，为此文兮。薄暮雷电，聊以忘忧，又示君兮。"文中的"君"，也明显指景素而言。与屈原的《天问》，同样寄托了政治上失意的忧愤。但是在当时，景素一方面过高地估计了自己的力量，另一方面也已经骑虎难下，正所谓箭在弦上，不得不发。江淹的苦心，不但起不到应有的效果，反而加深了二人之间的隔阂。在这种形势之下，为了排斥异己，也为了反叛的阴谋不至泄露，景素将江淹驱逐出自己的幕府，已经是势所必然了。

这年的秋天，景素通过主管官吏的吏部，将江淹贬为建安吴兴县令。贬官的理由根据《梁书》与《南史》江淹本传的记载，是因为南东海太守陆澄因家中丧事而回家守孝，按照当时的惯例，作为南东海太守副职的江淹应该代理陆澄的职务，但景素却任命了他的军府司马柳世隆。江淹固求此职，致使景素大怒。其实这只是作为贬黜江淹的一个冠冕堂皇的理由，其个中真正的原因，却是不言而喻的。江淹抱着一片忠心，从此离别了侍奉多年的建平王景素。但出于与景素相处多年的情谊，也出于对景素的一片赤诚，他在到达建安吴兴之后，仍然写下了《被黔为吴兴令辞笺诣建平王》一文，文中说："窃思伏皂九载，齿录八年。以春以秋，且思且顾。竟不能抑黑质，扬赤文，抽精胆，报慈光。"又说："淹乃梁昌，自投东极，晨鸟不飞，迁骨何日？一辞城濠，旦夕就远。白云在天，山川间之。眷然西顾，泣下若屑。"向建平王叙述他们相处多年的深厚感情，也表示了重新回到景素身边的愿望。但这时利令智昏的建平王景素对此已经完全无动于衷了。

三、在建安吴兴三年创作高峰时期的生活

建安吴兴即现在福建的浦城，当时隶属江州，在六朝时期乃是近海多山的荒僻之地，距离诗人的家乡京口又路途遥远。据《宋书·州郡志》的记载，建安一郡领七县，凡三千零四十二户，人口一万七千六百八十六。如果以均数计算，则吴兴一县仅有四百三十余户，凡二千五百二十余人，地位之无足轻重，由此可见一斑。因此这次贬黜，对诗人的打击无疑是相当巨大的。元徽二年秋，诗人辞别妻儿，自京口出发，在临行前他即写下了《倡妇自悲赋》一篇，以失宠之倡妇自比，表示被贬黜的悲伤之情。然而诗穷而后工，在吴兴艰难的贬黜生活，却促成了江淹文

学创作的巨大成功。从元徽二年秋末江淹从京口出发，前往建安吴兴开始，到宋顺帝昇明元年(477)他重新回到京都为止的三年不到的时间中，诗人创作了大量的优秀作品。其中诗作有《无锡县历山集》《无锡舅相送衔涕别》《赤亭渚》《渡泉峤出诸山之顶》《迁阳亭》《应谢主簿骚体》《杂三言》《草木颂》《采石上菖蒲》《山中楚辞》《悼室人》《游黄蘗山》等，赋作则有《倡妇自悲赋》《去故乡赋》《泣赋》《青苔赋》《石劫赋》《赤虹赋》《待罪江南思北归赋》《伤爱子赋》《四时赋》《翡翠赋》《丽色赋》《空青赋》《水上神女赋》等，而最为著名的则是被历来被广泛传诵的名篇《恨赋》与《别赋》。这期间他不仅创作的诗赋数量众多，而且他创作中最为后人所称道的名篇也基本上集中于这一阶段。

在前往建安吴兴途中，诗人途经无锡(今江苏无锡)时与母舅相聚，作有《无锡县历山集》《无锡舅相送衔涕别》二诗；道经钱塘(今浙江杭州)，在著名的风景区富春江又写下了他的名作《赤亭渚》诗。此外，在途中他还创作了《渡泉峤出诸山顶》《迁阳亭》二诗及《去故乡赋》一篇。《赤亭渚》说："路长寒光尽，鸟鸣秋草穷。瑶水虽未合，珠霜窃过中。坐识物序晏，卧视岁阴空。一伤千里极，独望淮海风。远心何所类，云边有征鸿。"《迁阳亭》说："依我从霜露，仆御复孤征。楚客心命绝，一愿闻越声。"《渡泉峤出诸山之顶》说："行行讵半景，余马长以怀。南方天炎火，魂兮可归来。"都表现了他这次贬黜时的伤悲，以及对回归故乡的希冀之情。而《去故乡赋》中说：

> 于是泣故关之已尽，伤故国之无际。出汀洲而解冠，入溆浦而捐袂。听蒹葭之萧瑟，知霜露之流滞。对江皋而自忧，吊海滨而伤岁。抚尺书而无悦，倚樽酒而不持。去室宇而远客，遵芦苇以为期。情婵娟而未罢，愁烂漫而方滋。切赵瑟以横涕，吟燕笳而坐悲。

结尾说：

> 横羽觞而淹望，抚玉琴兮何亲？瞻层山而蔽日，流余涕以沾

巾。恐高台之易晏,与蝼蚁而为尘。

将远离故土的伤感毫无保留地抒发了出来,可谓情真意切,催人泪下。

在建安吴兴期间,江淹在他的作品中多次提到过这里的居住和生活状况。如《待罪江南思北归赋》说:“于是临虹蜺以筑室,凿山楹以为柱。上曷曷以临月,下淫淫而愁雨。奔水潦于远谷,汩木石于深屿。”《赤虹赋》序说:“东南峤外,爰有九石之山。乃红尘十里,青崿百仞。苔滑临水,石险带溪。自非巫咸采药,群帝上下者,皆敛意焉。”《草木颂十五首》序说:“今所凿处,前峻山以蔽日,后幽晦以多阻。”其中虽然有着夸张的成分,但这里生活环境颇为艰苦则是肯定的。然而江淹并没有因此而消沉,而是悠然于山水之间,或潜心思考人生的哲理,或沉浸于文学的创作。他在《自序》中说当时,“山中无事,与道书为偶,乃悠然独往,或日夕忘归。放浪之际,颇著文章自娱”,正是他当时思想与生活的真实写照。在这里,诗人尽情地浏览着吴兴的奇山异水,《游黄檗山》诗就是他在这里留下的名作:

长望竟何极,闽云连越边。南州绕奇怪,赤县多灵仙。金峰各亏日,铜石共临天。阳岫照鸾采,阴溪喷龙泉。残屼千代木,廧崒万古烟。禽鸣丹壁上,猿啸青崖间。秦皇慕隐沦,汉武愿长年。皆负雄豪威,弃剑为名山。况我葵藿志,松木横眼前。所若同远好,临风载悠然。

诗题之黄檗山,前人多有不同之说法,《古诗笺》闻人倓释首二句以为“闽越即西瓯,今建安郡是也”,据诗中所述,闻注当为可信。诗融合元嘉诗人谢灵运“情必极貌以写物,辞必穷力而追新”以及鲍照“贵尚巧似,不避险仄”的特点于一体,但既不同于谢灵运山水诗的色彩绚丽,生机盎然,也不似鲍照山水诗的充满肃杀之气,而表现了诗人自身的创作特色,充分展示出人迹罕至的黄檗山奇险幽僻之独特风貌。

在建安吴兴,他还见到了此前见所未见的奇异的动植物,使他加深了对异乡山水的热爱,他将这些也一一写入了诗文之中。《空青赋》《石劫赋》《翡翠赋》以及《草木颂十五首》《采石上菖蒲》诗等就是这一类作品。《草木颂十五首》序说这里“叶饶冬荣,花有夏色,兹赤县之东南乎?何其奇异也!结茎吐秀,数千余类,心所怜者,十有五族焉。”在数千余类奇异的植物之中,他选择了最为喜爱的金荆、相思、豫章、木莲等十五种植物进行了具体的描绘。而《石劫赋》则描述了蚌蛤类在福建沿海地区的一种特产石劫,这种蚌蛤春天大量繁殖,每每潮水发生时,石劫则于壳中伯细脚攫取食物,攒簇如聚蕊,故古人乃以之为花。有些学者以为此乃出于传闻,其实是不准确的。诗人感而赋之,说:“我海若之小臣,具品色于沧溟。既炉天而铜物,亦翕化而染灵。比文豹而无恤,方珠蛤而自宁。冀湖涛之蔽迹,愿洲渚以沦形。”已完全陶醉于对天生异物的遐想之中。

就在诗人悠游于建安吴兴的奇山异水之时,在元徽三年(475)的秋天,一个不幸的消息从家乡传来,他年仅二岁的次子江艽因病夭折。江艽虽年幼,但却因为生于寅年的正月,与大诗人屈原相同,故尔被江淹寄予了无限的希望。得此噩耗,诗人写下了一篇《伤爱子赋》以为哀悼,其中有云:“嗟奈何兮弱子,我百艰兮是寻。验纤带之夜缓,察葆鬓之朝侵。惟人生之在世,恒欢寡而戚饶,虽十纪之空名,岂百龄之能要。迅朱光之映夜,湛白露之凝朝。”鼻酸骨楚,可谓痛彻心脾。然而祸不单行,更大的打击不久又接踵而来。在江艽病死的次年即元徽四年(476),一个更令诗人难以承受的不幸再次从家乡传来,诗人的妻子刘氏因爱子夭逝,忧伤过度而抑郁成疾,终于不治而亡。

诗人此前在建安吴兴所作诗文,如《伤爱子赋》中“夺怀袖之深爱,尔母氏之丽人”,《四时赋》中“眷庭中之梧桐,念机上之罗纨”,《采石上菖蒲》诗中“凉琴久尘芜,金镜废不看。不见空闺里,纵横愁思端”,皆为思念妻子之语。再从他三十多岁始有次子江艽的情况看,他好象也没有妾媵,这些都可见出他们夫妻之间相当恩爱。这种深厚的感情使他在得知妻子云世的消息后随即写下了表现中年丧妻之痛的《悼室人》诗十首。其中第二首说:

适见叶萧条,已复花掩郁。帐里春风荡,檐前还燕拂。垂涕视去景,催心向徂物。今悲辄流涕,昔欢常飘忽。幽情一不弭,守叹谁能慰。

第三首说:

夏云多杂色,红光铄蕤鲜。苒弱屏风草,擅拖曲池莲。黛叶鉴深水,丹华香碧烟。临采方自吊,揽气以伤然。命知悲不绝。恒如注海泉。

第五首说:

秋至捣罗纨,泪满未能开。风光肃入户,月华为谁来。结念向珠网,沥思视青苔。鬓局将成葆,带减不须催。我心若涵烟,葐蒀满中怀。

第七首说:

颢颢气转暮,蔌蔌清衾单。阶前水光裂,树上雪花团。庭鹤哀以立,云鸡肃且寒。方冬有苦泪,承夜非膏兰。从此永黯削,萱叶焉能宽。

诗人无论是在何时何地,都仿佛能听到妻子砧杵捣衣的响声,见到妻子亲切的面容,然而这所有的一切却又难以成为现实。一种莫名的痛苦在抽打着诗人的心灵,摧残着诗人的形体,我们仿佛看到了诗人憔悴的面容和形销骨立的身影。组诗虽然在某些手法上受潘岳《悼亡诗》的影响,但又自有其特色。诗采用民歌中四季相思的形式,抒写一年四季对亡妻的无限哀思;又运用景物的变化推移,以及幻想与现实的结合,将他剪不断,理还乱的思绪、缠绵悱恻的伤感与痛苦推向了极致。可以说是悼亡诗中别具特色之作。

如果说诗人在妻亡之前的作品某种程度上还带有一些平静旷达成

分的话，那么在接连遭受到丧子与丧妻的双重打击之后，却是无论如何也旷达不起来了。所以，对他在建安吴兴时写出《泣赋》、《恨赋》与《别赋》那样寄托莫名哀怨，集伤感与悲愤于一体的作品，应该就可以理解了。

《恨赋》与《别赋》是诗人最为后人所传诵的作品，也是历代赋作中的杰构。《恨赋》选择典型的历史人物作为某一种类型的人物的代表，以抒写他们的死生之感。通过秦始皇、赵王迁、李陵、王昭君、冯衍（敬通）、嵇康之死，分别抒写帝王之恨、诸侯之恨、名将之恨、美人之恨、名士之恨、高士之恨，然后推广至孤臣、孽子、迁客、以及富贵者之恨。虽然这些恨人的生活时代不同，每人的具体情况不同，个性不同，死生的情绪也各不相同，但诗人都能将他们各自不同的恨写得别具特色。如写李陵：

至如李君降北，名辱身冤。拔剑击柱，吊影惭魂。情往上郡，心留雁门。裂帛系书，誓还汉恩。朝露溘至，握手何言。

重在写李陵投降匈奴后名辱身冤的伤感无奈，抒写其有志难伸，有才难展的痛苦。赋的结尾说：

已矣哉！春草暮兮秋风惊，秋风罢兮春草生。绮罗毕兮池馆尽，琴瑟灭兮丘垄平。自古皆有死，莫不饮恨而吞声！

将世事循环无端，荣枯同归于尽之理，说得淋漓尽致，令人肠气回荡。

《别赋》可以说是《恨赋》的姐妹篇，内容表现人们离别的痛苦，手法与《恨赋》略同而又有变化。此赋以“黯然销魂者，唯别而已矣”总领全篇，然后分述人间的种种离别。然而与《恨赋》不同的是，此赋却并不具体写某一人物，而是按各种人物的类型予以描述，因而更具概括性，也更便于作者感情的抒发。如写情人离别的一段：

下有芍药之诗，佳人之歌。桑中卫女，上宫陈娥。春草碧色，春水渌波。送君南浦,伤如之何!至乃秋露如珠,秋月如珪。明月白露,光阴往来。与子之别,思心徘徊。

几乎完全采用民歌抒情独白的形式,于缠绵悱恻的忧伤之中充满了诗意的美感。

以上二赋采用四六的句式,属对工整,但却写得参差错落,自然流畅,丰富多彩;笔法时而简劲,时而悲惋。熔铸《诗经》、《楚辞》、乐府、古诗的句法词语,却浑然无迹;音韵畅朗优美,流丽自然,极具感人之魅力。许梿《六朝文絜》说"《恨》《别》二赋,文通创格",即说明他除了善于吸收前人的创作特色以外,还是一个极富创造力的诗人。其中融合伤感、哀怨及悲愤于一体的感情的抒发,可以说正是作者在充分经历了身遭贬斥、流离他乡而历经艰难的别离之苦,以及中年丧子丧妻的切肤之痛的具体况味后的人生体验与感悟。所以他在《恨赋》中乃自称"仆本恨人,心惊不已",应该并不是无病呻吟之语。

元徽四年七月,与景素同谋发动兵变并在京都建康担任羽林监的垣祗祖率数百骑兵逃奔京口,称京都已经溃乱,劝景素速入。景素听从了这一错误情报,于是仓促起兵。由于实力的悬殊以及准备并不充分,结果不到十日,景素即兵败被杀。自此朝廷大权逐渐为镇压景素叛乱而立下大功的镇军将军、南兖州刺史萧道成所掌握。萧道成在当政前早就非常赏识江淹的文才,《南史》江淹本传曾记载说:"桂阳之役,朝廷周章,诏檄久之未就。齐高帝引淹入中书省,先赐酒食,淹素能饮啖,食鹅炙垂尽,进酒数升讫,文诰亦办。""桂阳之役",指元徽二年(474)年江州刺史桂阳王刘休范起兵攻打京都建康的战役,此役也以刘休范的失败而告终。因此,萧道成在执掌朝政后为夺取帝位的需要,下令将江淹从建安吴兴召回。昇明元年(即元徽五年,477)的春天,三十四岁的江淹终于离开与他相伴数年的异乡山水,踏上了回乡的路途。并写下了《还故国》诗一首:

汉臣泣长沙,楚客悲辰阳。古今虽不举,兹理亦自伤。山中信寂寥,孤景吟空堂。北地三变露,南檐再逢霜。窃值环海辟,仄见圭纬昌。浮云抱山川，游子衔故乡。遽发桃花渚，适宿春风场。红草涵电色，绿树铄烟光。高歌傃关国，微叹依笙簧。请学碧灵草，终岁自芬芳。

一路上桃花盛开，春风拂面，红草耀眼如电，绿树闪光似烟，一种久客异乡终得回归的喜悦溢于言表。而令人遗憾的是，此诗也成了江淹创作高峰期结束的标志，是他最后具有自己创作个性的极少数佳作之一。此后，他即将主要精力投入于政治活动而较少文学创作。后世所谓的江郎"才尽"，从这以后当已经开始逐渐显露出来。作为一个文学家，江淹的前半生取得了令人瞩目的成就，而作为一个政治家，江淹的后半生也同样取得了相当的成功。

四、卓具远见的杰出政治家

回到家乡京口以后，江淹曾在家中有过短暂的闲居，并作有《无为论》一篇，表示从此要绝意仕宦，隐居避世。但实际上这不过是他借此以显示清高，而并非其真实思想。昇明元年七月，萧道成结连内侍发动政变，杀死后废帝刘昱，拥立刘昱之弟安成王刘准为帝，从此完全操纵了刘宋王朝的军政大权。随即萧道成将江淹召入幕府，任命他为自己的骠骑大将军府的功曹参军。从此，江淹即成了萧道成幕府中掌笔翰的最为主要的人物，萧道成上于顺帝之章、表及所发之教、令等应用文字，基本上出自江淹之手。

昇明元年季冬，当时担任荆州刺史的沈攸之因为不满萧道成的专权，乃从江陵发兵东下。沈攸之握有重兵，实力强大。《宋书》卷七十四《沈攸之传》记载说当时"攸之素畜士马，资用丰积。至是战士十万，铁马二千"，对萧道成形成了巨大的压力。再加上当时朝中忠于王室的大臣袁粲、刘秉等人因感到萧道成对刘宋王朝的威胁，也欲响应沈攸之，以乘机除掉萧道成。在这严峻的形势之下，萧道成曾向江淹征求看法。江淹以历史上以弱胜强的具体事例，以坚定萧道成必胜的信心，同时他还进一步分析了萧道成的五大有利条件及沈攸之五大不利的因素，得出萧必胜而沈必败的结论，力劝萧道成以武力平定叛乱。后来事态的发展果真如江淹所料，沈攸之于昇明二年(478)的正月即兵败被杀。叛乱的迅速平定，也更加深了萧道成对他的信任。从此，江淹的政治前途已经是一片光明。

昇明三年(即齐高帝建元元年，479)萧道成废宋顺帝自立，国号齐，是为齐高帝。江淹自此又进入了萧道成的次子豫章王萧嶷的幕府，为萧嶷相府的记室参军，同时参掌诏册，国家当时的诏书等重要文件，仍然基本由他起草。建元二年(480)他又领东武令，同时还兼管国史的编撰。与他素所尊敬的檀超一同修《齐史》。不久，江淹又先后升任正员散骑侍郎，中书郎，成了掌管国家机密的核心人员。建元四年(482)三月，萧道成病卒，江淹作《齐太祖高皇帝诔》以赞美萧道成的功绩，并将萧道成的遗文编次成集。而他最为后世所称道的《杂体诗三十首》在这年之前也已经全部完成。此三十首诗模拟汉无名氏古诗至南朝汤惠休为至的古今凡三十名家的五言诗，每人拟作一首，乃其竭尽心力之作。组诗的序言说：

> 夫楚谣汉风，既非一骨，魏制晋造，固亦二体。譬犹蓝朱成彩，杂错之变无穷。宫商为音，靡曼之态不极。故蛾眉讵同貌，而俱动于魄。芳草宁共气，而皆悦于魂。不其然欤！至于世之诸贤，各滞所迷，莫不论甘而忌辛，好丹而非素。岂所谓通方广恕，好远兼爱者哉！及公干仲宣之论，家有曲折，安仁士衡之评，人立矫抗，况复殊于此者乎？又贵远贱近，人之常情，重耳轻目，俗之恒敝。是以邯郸托曲于李奇，士季假论于嗣宗，此其效也。然五言之兴，谅非夐古。但关西邺下，既已罕同；河外江南，颇为异法。故玄黄经纬之辨，金碧沉浮之殊，仆以为亦合其美并善而已。今作三十首诗，斅其文体，虽不足品藻渊流，庶亦无乖商榷云尔。

可见此三十首并非单纯的模拟之作，其真正的目的乃是要力图通过这些形象的拟作以表达自己的创作观点，批评当时各迷所滞、贵远贱近、重耳轻目等不良倾向。表现了他对创作风格多样化的文学主张的提倡,以及对不同时代、不同创作风格作家的尊重。从时间上看,这三十首应该并非创作于一时一地,而恐是一个较长时期创作的汇总。这是因为这一组诗所模拟的三十家时代各不相同,时间跨度既大,创作的主要内容与风格又各迥异。况且组诗的创作目的乃是意欲通过这些拟作来显示三十家诗人各自的创作特色,并进而表现自己的文学批评观点。要做到这一点,就需要作者沉浸于各家的创作之中,去悉心体会各家的风格以及遣词造句、状景体物、抒情言志等各方面的特点,掌握各家创作的主要成就,甚而至于要充分了解各家的生平经历和思想状况。只有做到以上这些,才能使其所拟之作不仅达到形似而且是神似的高度。这一点,江淹不仅做到了,而且做得相当之成功。钟嵘《诗品》谓“文通诗体总杂,善于模拟”,严羽《沧浪诗话》谓“拟古惟文通最长,拟渊明似渊明,拟康乐似康乐,拟左思似左思,拟郭璞似郭璞”,陈绎曾《诗谱》谓“江淹善观古作,曲尽心手之妙”,皆主要指此组诗而言,评价远远要超过江淹其他的诗作。因此,这一组诗决不可能在短时期中完成。而一些学者将江淹的这三十首杂体诗定在建元末年或永明初年的说法,至少应该是不准确的。

三十首拟作在诗题中皆一一标明所拟对象的诗作中最富特色的内容,并在诗中充分展示了各家创作的总体风格特点。其中拟隐渊明、鲍照、汤惠休等人的数首,甚至被后人误以为乃是被拟者的原作。如拟陶渊明的《陶征君田居》:

> 种苗在东皋,苗生满阡陌。虽有荷锄倦,浊酒聊自适。日暮巾柴车,路暗光已夕。归人望烟火,稚子候檐隙。问君亦何为,百年会有役。但愿桑麻成,蚕月得纺绩。素心正如此,开径望三益。

将陶渊明的形神乃至思想皆揣摩得惟妙惟肖,可谓貌合神似。以至此诗长期羼入陶集中,被当作《归园田居》的第六首。苏东坡亦直以此诗为渊明原作从而和之,则尤益见其功力之深。而更值得我们注意的是,陶渊明直为田家语的诗作在刘宋孝武帝大明时期,虽有王僧达与鲍照的拟作①,但由于多方面的原因,陶诗在当时仍未引起应有的重视。江淹在模拟五言诗发展过程中的重要诸家时,不仅列陶渊明于其中,而且模拟得如此肖酷逼真,不仅表现了他对陶诗之推崇,更表现了他超凡脱俗的敏锐目光以及过人的胆识。在这一组诗完成之后,再也不见他有佳作问世,诗人蒙受"才尽"之讥的时间,大约就在这一时期前后。虽然在次年他还作有《铜剑赞》,永明六年(488)也有《灵丘竹赋》之作,但都显得较为板滞,艺术上已经没有多少可称之处了。

关于江淹才尽的原因,钟嵘《诗品》论"齐光禄江淹诗"有以下的一段记载说:"初,淹罢宣城郡,遂宿冶亭,梦一美丈夫,自称郭璞。谓淹曰:'吾有笔在卿处多年矣,可以见还。'淹探怀中,得五色笔以授之,尔后为诗,不复成语,故世传江淹才尽。"《南史》江淹本传除以上这一轶事以外,还记载了张协索锦事,说:"淹少以文章显,晚节才思微退,云为宣城太守时罢归,始泊禅灵寺渚,夜梦一人自称张景阳,谓曰:'前以一匹锦相寄,今可见还。'淹探怀中得数尺与之,此人大恚曰:'那得割截都尽。'顾见丘迟谓曰:'余此数尺既无所用,以遗君。'自尔淹文章踬矣。又尝宿于冶亭,梦一丈夫自称郭璞,谓淹曰:'吾有笔在卿处多年,可以见还。'淹乃探怀中得五色笔一以授之,尔后为诗,绝无美句,时人谓之才尽。"这一说法,应该是好事者所杜撰的回护之辞,不尔则为江淹自己所杜撰,以为自我解嘲耳。这是因为江淹自宣城太守任还京都时,乃在齐东昏侯永元元年(499),是时江淹才尽已久;又且江淹梦中之事,又由何人能知耶。推究江淹才尽之原因,大致应该有以下数点,一为王世贞《艺苑卮言》所说:"文通裂锦还笔入梦以来,便无佳句,人谓才尽。鲍照亦谓才尽,殆非也。昔人夜闻歌渭城甚佳,质明迹之,乃一小民佣酒馆者。捐百缗予使酇酒,久之不复能歌渭城矣。近一江右贵人,强仕之始,诗颇清淡,既涉贵显,虽篇什日繁,而恶道坌出。人怪其故,予曰:'此不能歌渭城也。'"以为乃富贵而后所致。笔者以为,这一点应当正是他才尽最为直接和主要的原因。其二,江淹的诗歌风格,以抒写悲苦之情绪最为擅长,现存的佳作,除《杂体诗三十首》而外,绝大多数皆属

① 王僧达拟陶诗已佚,但鲍照《学陶彭泽体》注曰"奉和王义兴",知王僧达亦有拟陶之作。

于这一类作品。刘熙载《艺概》卷二《诗概》说:“江文通诗,有凄凉日暮,不可如何之意,此诗之多情而人之不济也。”除了指出江淹诗的善于抒发悲苦之情而外,还指出造成他善于抒发悲苦情绪这一特点的原因乃是江淹的“人之不济”,即他处境的不顺。因此当后期一旦官运亨通以后,他就再也无法去叹穷嗟悲,感慨时不我与了。再加上他在宋末齐初年事渐高,文思减退,在这种情况下,他的才尽也就不足为怪了。当然,当时文风的变化也多少影响了他的文学创作,但笔者认为这恐怕并不是主要原因。因为在与自己创作风格不同的时代中,同样能创作出优秀作品的诗人其实是大有人在的,如较江淹生活时期稍早的晋末宋初,这样的诗人就不在少数。

齐武帝萧赜永明元年(483),江淹迁职骁骑将军,掌国史,主持《齐史》的修撰。在这之前建元二年(480)江淹的典国史,檀超乃是主纂。永明元年因为檀超的离任,江淹于是成为国史的主持者。檀超在齐建元时期,深得高帝萧道成信任,但他个性刚强高傲,狂放不羁,又嗜酒放诞,同时与齐武帝最为宠信的权臣王俭关系也颇为紧张。因此在齐武帝即位后不久,檀超即被流放交州(治今越南河内附近),并在前往交州的途中被齐武帝派人所杀。当得知檀超被杀的消息后,江淹不禁为之扼腕叹息,当即写下了《齐故司徒左长史檀超墓志文》,说:“惟金有诜,惟玉有瑶。君实渊哉,行为世标。高志洒落,逸气寂寥。奥学内溢,深文外昭。嘉采籍誉,登国振朝。亦既有美,鸰伤蕙凋。人迩运旷,世促道辽。永矣仁矣,流芳无浇。”对檀超的文才人品均作出了高度的评价。其中的“君实渊哉”,的“渊”,笔者颇怀疑乃“冤”的谐音借字,对檀超的屈死表示无限的痛心与愤慨,而这却不免会触犯齐武帝的忌讳。齐武帝生性严刻好杀,他即位之后,先后被他以种种借口杀害的大臣有五兵尚书垣崇祖、散骑常侍荀伯玉、车骑将军张敬儿及其四子、征北谘议参军谢超宗等。江淹这篇墓志的写作,当时无疑有相当的危险,但为了对自己有过奖掖与提携之恩的知音和前辈,一向明哲保身的江淹乃一反常态,写下了这一篇可能会对自己产生严重后果的文字。

就在这年,江淹被外任为建武将军、庐陵(治所在今江西南昌)内史。从品第上看,建武将军与江淹此前所担任的骁骑将军皆为四品武职，但骁骑将军则是守卫宫廷之内军，何况其任骁骑将军时又掌国史，地位更自不同。原任的中书郎官第五品，亦与庐陵内史官阶相当。然而中书郎乃掌管机密之职，《南齐书》卷三十五《刘瓛传》载："除车骑行参军，南彭城郡丞，尚书祠部郎，并不拜。……上欲用瓛为中书郎，使吏部尚书何戢喻旨。戢谓瓛曰：'上意欲以凤池相处，恨君资轻，可且就前除，少日当除国子博士，便即后授。'"何戢所说的"凤池"，即凤凰池，指中书郎一职。凤凰池本为帝王宫中的池沼，中书省地在禁近，掌政府机要，故以凤凰池代称。由此可见中书郎为当世之所重。从这一点看，江淹永明元年的外任，自是贬黜无疑，而这很可能正是受为檀超作墓志的影响。

永明三年(485)，江淹从庐陵被召回京都任骁骑将军，同时还代理尚书左丞。不久，他又兼领国子博士一职。永明十一年(493)七月，齐武帝萧赜死后，江淹又以骁骑将军代理御史中丞，主管对官员的纠察弹劾。他到任以后，先后弹劾了中书监谢朏、司徒左长史王缋、护军长史庾弘远、益州刺史刘悛、梁州刺史阴智伯、临海太守沈昭略、永嘉太守庾昙隆等众多大臣。这些人中，谢朏、王缋等都是著名的世家大族，地位也较江淹为高，所以朝中一时为之肃然。以至当时执政的宰相西昌侯萧鸾称赞说："宋世以来，不复有严明中丞，君今日可谓近世独步。"他这种不惧权贵，也不依附于任何政治集团的行为，正是他在当时极其混乱、充满了杀戮的险恶时代中，一直未受到重大打击的根本原因。

建武元年(494)，西昌侯萧鸾先后废杀了郁林王萧昭文与海陵王萧昭业两个小皇帝而自立为帝，江淹升任廷尉卿，加给事中。但这年又发生了一件对江淹颇为不利的事情，在明帝萧鸾篡位的过程中起到关键作用的领军将军、南徐州刺史萧谌及其弟司州刺史萧诞因为功高震主，受至猜忌而先后被杀。而江淹之女才君则是萧诞的儿媳，并为萧氏尽节，在萧诞被杀后恸哭而死。这自然就引起了明帝萧鸾的不满，于是江淹被贬出京都，任辅国将军、宣城太守。直到明帝死后，才被继位的东昏侯萧宝卷召回，任黄门侍郎，领步兵校尉。不久又升任为秘书监、侍中，成了齐王朝的高级官员之一。永元二年(500)春，在平西将军崔慧景的叛乱事件中，五十七岁的江淹再次表现出过人的见识。崔慧景当时已经攻破京都建康城,东昏侯仅仅凭借宫城据守。在这一形势之下,朝中绝大多数官员皆以为东昏侯必败的大局已定,为求自保而纷纷向崔慧景示好。但江淹却料定慧景必败,因而称病不往,随后慧景兵败被杀,江淹又一次保全了自己。而在随后萧衍起兵进攻建康时,兼任卫尉而负责保卫京都的江淹却采取了与此前截然相反的态度和举动,微服逃离京都投奔了萧衍,从而深得萧衍的信任和器重,当即被任冠军将军、秘书监,不久又转为萧衍的相国右常侍。对两次近似的事变所采取的完全不同的态度,正是他作为一个杰出的政治家的极好体现。天监元年(502)四月,萧衍废齐和帝萧宝融自立,国号梁,江淹被任为散骑常侍、左卫将军,封临沮县伯。随后又因病被任为金紫光禄大夫这一相当荣耀的闲职,并改封醴陵伯。此后安享尊荣,直至天监四年(505)他六十二岁时因病去世。江淹死后,梁武帝萧衍深为痛惜,亲自为他服丧举哀。在同时代取得成功的政治家与文学家中,能得到这种荣耀的,仅江淹一人而已。

总观江淹一生,早年仕途不顺,历经坎坷,但在文学创作上却取得了巨大的成功,成为我国六朝时期杰出作家之一。后期致力于官场,其间虽小有波折,但基本是一帆风顺,可以说是一个成功的政治家。这种既在文学创作上取得杰出成就,又在仕途上取得重大成功,同时又能善终的人物,在篡夺相继,诛杀无度的混乱黑暗的南朝,乃是非常罕见的。

附 录

作者相关论著

著 作

东晋南朝的谢氏文学集团　　黑龙江教育出版社 1998 年 8 月版
宋书校议　　上海古籍出版社 2002 年版
鲍照年谱　　上海古籍出版社 2004 年 11 月版
江淹年谱　　江苏古籍出版社 2007 年 12 月
鲍照研究　　凤凰出版社 2009 年 12 月版
南齐书校议　　中华书局 2010 年 9 月版
鲍照集校注(与丛玲玲合作)　　中华书局 2012 年 4 月版
东晋南朝谢氏文学集团研究
世界图书出版西安有限公司 2014 年 10 月版

选 注

水仙凌波(“花香鸟语诗词集锦”之一)
江苏古籍出版社 1997 年 8 月版
谢灵运鲍照集 (“历代名家精选集”之一)
凤凰出版社 2009 年 1 月版

后汉书（“历代名著精选集”之一）

凤凰出版社 2010 年 1 月版

教 材

中国历代文学作品选（卞孝萱主编。选注南北朝部分，编委之一）

华中师大出版社 1997 年 7 月版

长篇小说

陶渊明全传 长春出版社 2000 年 1 月版

参编著作

江苏艺文志·镇江卷（杨积庆主编，本人为副主编之一）

江苏人民出版社 1994 年 10 月版

金元明清词鉴赏辞典（唐圭璋主编）

江苏古籍出版社 1985 年 5 月版

增订注释全宋词（朱德才主编） 文化艺术出版社 1988 年版

历代文言小说鉴赏辞典（谈凤梁主编）

江苏文艺出版社 1991 年 7 月版

汉魏六朝诗鉴赏辞典（吴小如等主编）

上海辞书出版社 1992 年 9 月版

历代小令词精华（陆国斌、钟振振主编）

岳麓书社 1993 年 10 月版

历代哲理诗鉴赏辞典（徐应佩主编）

湖北教育出版社 1994 年 8 月版

中国古典文学名著分类集成（王筱云主编）

百花文艺出版社 1995 年 6 月版

辞赋大辞典（霍松林主编） 江苏古籍出版社 1996 年 5 月版

秋心如海潮(古诗分类鉴赏系列之一)
上海辞书出版社 1996 年 8 月版
六朝作家年谱辑要·鲍照年谱简编(刘跃进、范子烨主编)
黑龙江教育出版社 1999 年 3 月版

论　文

虞炎《鲍照集序》的一处传写错误　《文史》第十五辑
关于鲍照的籍贯　《文史》二十辑
鲍照任前军参军的时间　《文史》二十二辑
《宋书·刘勔传》校读札记　《文史》第 46 辑(1999 年 1 辑)
论鲍照的义兴和吴兴之行及其后期的升降沉浮
《文史》第 58 辑
鲍照著作考　《文史》第六十三辑
《南齐书》校勘记辨正　《文史》2005 年 2 期
再论江淹几首诗歌的写作时间　《文史》2006 年 3 期
中华书局点校本《南齐书》校勘考补　《文史》2008 年 2 期
试论鲍照诗歌的"俊逸"特色　《文学遗产》1983 年 3 期
《望荆山诗》所反映的江淹生平仕履问题
《文学遗产》2006 年 2 期
鲍照诗文系年考辨　《中华文史论丛》1983 年 3 期
试论"兼"、"行"的代理义　《中华文史论丛》1984 年 1 期
再论鲍照几首诗歌的创作时间
《中华文史论丛》第七十辑(2002 年 2 辑)
《宋书》《南史》校点札记
《古籍整理出版情况简报》239 期,1991 年 3 月 1 日出版
《资治通鉴》正误一则　《中国史研究》1992 年 3 期
中华书局版《晋书·五行志》标点拾误
《中国史研究》2007 年 2 期
鲍照生年考索　《南京师大学报》1986 年 1 期

鲍照诗文又考辨　《南京师大学报》1988 年 1 期
中华书局版《宋书》校读记　《南京师大学报》1992 年 3 期
论江淹以五经授始安王及为新安王从事、奉朝请始末
《南京师大文学院学报》2004 年 4 期
江淹诗文系年考辨　《河南师大学报》1987 年 3 期
点校本《宋书·州郡志》辨误一则
《上海师大学报》1987 年 3 期
《刘鹗及〈老残游记〉资料》拾误　《江海学刊》1988 年 3 期
《南齐书·文学传论》对文坛三派的评价
《辽宁大学学报》1996 年 3 期
论鲍照山水诗的抒情意绪与悲苦情结
《郑州大学学报》2011 年 3 期
《宋书》标点拾误　《贵州大学学报》1990 年 4 期
点校本《宋书》标点商兑　《云南师大学报》1991 年 2 期
建安文学三考　《安徽师大学报》1992 年 3 期
论元嘉诗坛铺陈诗风的形成与得失
《广西师大学报》2009 年 2 期
鲍照作品在南北朝隋唐时期的影响
《汕头大学学报》1986 年 3 期
点校本《宋书》标点质疑　《江苏教育学院学报》1994 年 2 期
江淹事迹新证　《扬州师院学报》1994 年 3 期
江淹著述又考　《扬州师院学报》1992 年 1 期
点校本《宋书》、《南史》献疑　《徐州师院学报》1985 年 1 期
点校本《宋书》标点质疑　《贵州文史丛刊》1998 年 2 期
关于汉代的属国的几个问题　《苏州科技大学学报》2003 年 1 期
鲍照几首诗歌写作时间的再认识
《江苏科技大学学报》2004 年 1 期
鲍照《数诗》和乾隆皇帝
中华书局《学林漫录》十七辑(2009 年 5 月)
曹丕创作浅议　安徽《艺谭》丛书(1983 年)

鲍照《芜城赋》的现实意义

《镇江师专《教学与进修》1983 年 3 期

鲍照交游考略　　《镇江师专学报》1984 年 3 期

鲍照交游考略(续)　　《镇江师专学报》1985 年 1 期

宋文帝和他的戎行诗　　《镇江师专学报》1985 年 3 期

论曹操的游仙诗　　《镇江师专学报》1986 年 1 期

鲍照交游考略(续完)　　《镇江师专学报》1986 年 4 期

牛鬼蛇神无所不有——谈《老残游记》的中心思想

《镇江师专学报》1988 年 1 期

点校本《建康实录》卷十一标点志疑

《镇江师专学报》1989 年 2 期

江淹诗文系年杂考　　《镇江师专学报》1990 年 1 期

点校本《宋书》标点札记　　《镇江师专学报》1991 年 1 期

《宋书》卷七十二校议　　《镇江师专学报》1992 年 1 期

钩深索隐、曲写毫芥到情灵摇荡、流连哀思——论南朝诗风之流变

《镇江师专学报》1993 年 4 期

鲍照简谱　　《镇江师专学报》1993 年 4 期

论鲍照的社会诗　　《镇江师专学报》1994 年 3 期

谢朓诗三题　　《镇江师专学报》1995 年 1 期

中古文学四考　　《镇江师专学报》1996 年 2 期

论谢灵运的辞赋和散文　　《镇江师专学报》1997 年 1 期

陶渊明诗新证　　《镇江师专学报》1999 年 2 期

论《文选》乐府诗的选取和它的选取标准

《镇江师专学报》2000 年 4 期

《建康实录校点的思考》　　《盐城师院学报》2006 年 1 期

才艺兼该、文武兼备的一代人主——曹丕

《古典文学知识》1987 年 6 期

才思富捷的青年诗人谢惠连　　《古典文学知识》1994 年 3 期

机辨敏捷的才士谢庄　　《古典文学知识》1996 年 4 期

酌奇而不失其真,玩华而不坠其实—谈鲍照创作的奇丽特色
《古典文学知识》1997 年 1 期
从刚躁负气到处贵遗权—谈东晋山水诗人谢瞻
《古典文学知识》2003 年 5 期
谢混和他的山水诗 《古典文学知识》2004 年 4 期
杰出的政治家和文学家江淹(上)(下)
《古典文学知识》2007 年 3、4 期
坎坷潦倒的诗人鲍照(上)(下)
《古典文学知识》2008 年 5、6 期
命运坎坷的一代才士萧子显 《古典文学知识》2013 年 1、2 期
《宋书》、《南史》校点拾遗 南京师大《文教资料》1989 年 3 期
《宋书》点校考异 南京师大《文教资料》1992 年 1 期
点校本《宋书》举遗 南京师大《文教资料》1994 年 2 期
《南齐书》校点札记 南京师大《文教资料》1996 年 2 期
标点本《资治通鉴》校读记 南京师大《文教资料》1997 年 3 期
《宋书》补校两则 《江海学刊》1992 年 5 期
《宋书》考疑(一) 《江海学刊》1994 年 2 期
《宋书》考疑(二) 《江海学刊》1994 年 3 期
《宋书》考疑(四) 《江海学刊》1994 年 5 期
《宋书》考疑(五) 《江海学刊》1995 年 1 期
《宋书》考疑(六) 《江海学刊》1995 年 2 期
《宋书》考疑(七) 《江海学刊》1995 年 3 期
《宋书》考疑(八) 《江海学刊》1995 年 4 期
《宋书》考疑(九) 《江海学刊》1995 年 5 期
《宋书》考疑(十) 《江海学刊》1995 年 6 期
《宋书》考疑(十一) 《江海学刊》1996 年 1 期
《宋书》考疑(十二) 《江海学刊》1996 年 2 期
《宋书》考疑(十三) 《江海学刊》1996 年 3 期
《宋书》考疑(十四) 《江海学刊》1996 年 4 期
《南齐书》考疑(一) 《江海学刊》1998 年 2 期

《南齐书》考疑(二)　《江海学刊》1998年3期
《南齐书》考疑(三)　《江海学刊》1998年4期
《南齐书》考疑(四)　《江海学刊》1998年5期
《宋书》考疑(十五)　《江海学刊》2000年5期
《宋书》考疑(十六)　《江海学刊》2000年6期
《宋书》考疑(十七)　《江海学刊》2001年1期
《宋书》考疑(十八)　《江海学刊》2001年2期
《宋书》考疑(十九)　《江海学刊》2001年3期
《宋书》考疑(二十)　《江海学刊》2001年4期
《宋书》考疑(二十一)　《江海学刊》2001年5期
《宋书》考疑(二十二)　《江海学刊》2001年6期
《南史》考疑(一)　《江海学刊》2002年1期
《南史》考疑(二)　《江海学刊》2002年2期
《南史》考疑(三)　《江海学刊》2002年3期
《南史》考疑(四)　《江海学刊》2002年4期
《南史》考疑(五)　《江海学刊》2002年5期
《南史》考疑(六)　《江海学刊》2002年6期
《南史》考疑(七)　《江海学刊》2003年4期
《南史》考疑(八)　《江海学刊》2003年5期
《南史》考疑(九)　《江海学刊》2003年6期
《南史》考疑(十)　《江海学刊》2004年1期
《南史》考疑(十一)　《江海学刊》2004年2期
《南史》考疑(十二)　《江海学刊》2004年3期
《南齐书》考疑(五)　《江海学刊》2004年4期
《南齐书》考疑(六)　《江海学刊》2004年5期
《南齐书》考疑(七)　《江海学刊》2004年6期
《南齐书》考疑(八)　《江海学刊》2005年3期
《南齐书》考疑(九)　《江海学刊》2005年4期
《南齐书》考疑(十)　《江海学刊》2005年5期
《南齐书》考疑(十一)　《江海学刊》2005年6期

《南齐书》考疑(十二)　　《江海学刊》2006 年 1 期
《南齐书》考疑(十三)　　《江海学刊》2006 年 2 期
《南齐书》考疑(十四)　　《江海学刊》2006 年 3 期
《南齐书》考疑(十五)　　《江海学刊》2006 年 4 期
《南齐书》考疑(十六)　　《江海学刊》2006 年 5 期
《南齐书》考疑(十七)　　《江海学刊》2006 年 6 期
《南齐书》考疑(十八)　　《江海学刊》2007 年 1 期
《南齐书》考疑(十九)　　《江海学刊》2007 年 2 期
《南齐书》考疑(二十)　　《江海学刊》2007 年 3 期
《南齐书》考疑(二十一)　　《江海学刊》2007 年 5 期
《南齐书》考疑(二十二)　　《江海学刊》2007 年 6 期
《南齐书考疑》(二十三)　　《江海学刊》2008 年 1 期
《南齐书考疑》(二十四)　　《江海学刊》2008 年 2 期
《南齐书考疑》(二十五)　　《江海学刊》2008 年 3 期
《南史考疑》(十三)　　《江海学刊》2008 年 4 期
《南史考疑》(十四)　　《江海学刊》2008 年 5 期
《南史考疑》(十五)　　《江海学刊》2008 年 6 期
《南史考疑》(十六)　　《江海学刊》2009 年 1 期
《南史考疑》(十七)　　《江海学刊》2009 年 2 期
《南史考疑》(十八)　　《江海学刊》2009 年 3 期
《南史考疑》(十九)　　《江海学刊》2009 年 4 期
《南史考疑》(二〇)　　《江海学刊》2009 年 5 期
《南史考疑》(二一)　　《江海学刊》2009 年 6 期
《南史考疑》(二二)　　《江海学刊》2010 年 1 期
《南史考疑》(二三)　　《江海学刊》2010 年 2 期
《南史考疑》(二四)　　《江海学刊》2010 年 3 期
《南史考疑》(二五)　　《江海学刊》2010 年 4 期

后　　记

自从1982年在《文史》发表了我的处女作《虞炎〈鲍照集集序〉的一处传写错误》以后，我先后在《文史》《文学遗产》《中华文史论丛》《中国史研究》《古籍整理出版情况简报》《江海学刊》《南京师大学报》《上海师大学报》《汕头大学学报》《河南师大学报》《安徽师大学报》《徐州师大学报》《贵州大学学报》《云南师大学报》《扬州大学学报》《辽宁大学学报》《苏州科技学院学报》《广西大学学报》《郑州大学学报》《南京师范大学文学院学报》《江苏教育学院学报》《贵州文史丛刊》《江苏科技大学学报》《盐城师院学报》《镇江师专学报》《学林漫录》《古籍文献研究》《古典文学知识》等刊物发表论文多篇，先后出版了《东晋南朝的谢氏文学集团》（黑龙江教育出版社1998年8月版）、《宋书校议》（上海古籍出版社2002年6月版）、《鲍照年谱》（上海古籍出版社2004年11月版）、《江淹年谱》（凤凰出版社2007年12月版）、《鲍照研究》（凤凰出版社2009年12月版）、《南齐书校议》（中华书局2010年9月版）、《鲍照集校注》（中华书局2012年4月版）数部学术著作，著有《水仙凌波》（江苏古籍出版社1997年8月版）、《谢灵运鲍照集》（凤凰出版社2009年1月版）、《后汉书》（凤凰出版社2010年1月版）三部古代名著的选注品评本，创作了长篇小说《陶渊明全传》（长春出版社2000年1月版）。此外还参与承担了《历代文言小说鉴赏辞典》（江苏文艺出版社1991年7月版）、《汉魏六朝诗鉴赏辞典》（上海辞书出版社1992年9月版）、《历代小令词精华》（岳麓书社1993年10月版）、《历代哲理诗鉴赏辞典》（湖北教育出版社 1994 年 8 月版)、《江苏艺文志·镇江卷》(副主编之一,江苏人民出版社 1994 年 10 月版)、《金元明清词鉴赏辞典》(江苏古籍出版社 1989 年 5 月版)、《增订注释全宋词》(文化艺术出版社 1997 年 12 月版)、《辞赋大辞典》(江苏古籍出版社 1996 年 5 月版)、《中国历代文学作品选》(华中师大出版社 1997 年 7 月版)等书的部分任务。今将历年所撰论文,分为文学与史学两类结集出版,以作为我从事中国古代文学与史学研究的总结。

论稿的大部分撰成于我在镇江的二十年中,这是我人生中又一个极为艰苦的时期。当时一家四口蜗居于居住面积仅为四十平方的斗室之中。加之又处六楼的顶层,冬寒夏热,寒暑之气交替侵人。而学校高层则因为公私事务繁忙,无暇顾及普通教师的居住环境。当时在我读书写作的半室之中,堆满书籍资料,又有双层单人床一张,兼作两个孩子之卧室,其中之艰辛,现在每每回想起来,犹不免唏嘘感叹。故集以"半室"为名,以作为这段艰难的读书写作生活之记念耳。

这本文学论文集中所收的二十多篇论文,是从历年所撰中选出,其中对某些此前发表过论文作了合并。文集基本以所论内容时代的先后编排,大体是有关我所从事的专业汉魏六朝文学的内容,仅《刘鹗及〈老残游记〉》一篇,因为此文为刘鹗一百三十周年诞辰纪念而写,所写虽不成熟,且不能充分表现乡贤人品之高尚及《老残游记》之伟大不朽,然却不忍割舍,留置其中,以表达笔者对这位素所敬仰的乡贤之敬重。论文中个别观点,由于写作时思虑不周,乃有不当之处,但为了保存原貌,亦未予以修正,而是在此后所作的相关论文中加以说明。由于本人才疏学浅,论文中颇有不当之处,谨敬请博雅君子不吝赐教焉。

在论稿即将付梓之时,我又一次不自然地想到了我的恩师段熙仲先生和张瑗先生,想到他们对我的关爱和提携。谨在此再一次祝愿他们的在天之灵安息。特别是二位恩师在我处于困境之时,为我多方奔波,与南京师范大学校方达成一致,将我调入南京师范大学任教,并安排了我妻子的工作。但由于种种原因,我却谢绝了这一次调动,辜负了二位先师的厚意和苦心,回想起来,内心总会产生一种莫名的愧悔。二位先师离开我们已经多年,可他们的音容笑貌却仍深深留在我的记忆之中。这次论文的结集出版，既是我对自己学术生涯的小结，也承载着我对二位先师的深切思念和浓厚的感恩之情，谨再一次衷心祝愿二位先师的在天之灵安息。

论稿的出版得到了凤凰出版社姜小青先生与卞岐先生的大力支持和关心，承蒙二位先生不弃，为论稿的出版提供了诸多便利。盐城师范学院文学院院长陈义海教授对论稿的出版十分关心，给予了经费的支持。谨在此向诸位先生表示崇高的敬意和衷心的感谢。

笔　者

二〇一四年五月十九日